OLGA TOKARCZUK

UNRAST

Aus dem Polnischen von
Esther Kinsky

KAMPA

Die polnische Originalausgabe erschien 2007 unter dem Titel *Bieguni* im Verlag Wydawnictwo Literackie, Warschau.
Die deutsche Erstausgabe erschien 2009
im Verlag Schöffling & Co., Frankfurt am Main.

Die Übersetzung wurde gefördert vom Literarischen Colloquium Berlin mit Mitteln des Auswärtigen Amts und der Senatsverwaltung für Wissenschaft, Forschung und Kultur Berlin.

Die Übersetzerin dankt dem deutschen Übersetzerfonds für die großzügige Unterstützung ihrer Arbeit.

KAMPA TV
Videoporträt von Olga Tokarczuk auf
www.kampaverlag.ch/kampa-tv

KAMPA POCKET
DIE ERSTE KLIMANEUTRALE TASCHENBUCHREIHE
Gedruckt auf säurefreiem und chlorfrei gebleichtem Papier aus verantwortungsvollen Quellen, zertifiziert durch das Forest Stewardship Council. Der Umschlag enthält kein Plastik. Kampa Pockets werden klimaneutral gedruckt, kampaverlag.ch/nachhaltig informiert über das unterstützte CO_2-Kompensationsprojekt.

Veröffentlicht im Februar 2021 als Kampa Pocket

Covergestaltung: Lara Flues, Kampa Verlag, nach einem Entwurf von Designbüro Lübbeke Naumann Thoben, Köln
Covermotiv: despositphotos, Dr.PAS; Fotolia.com, Liliia
Satz: Reinhard Amann, Aichstetten
Gesetzt aus der Stempel Garamond LT / 220340
Druck und Bindung: GGP Media GmbH, Pößneck
Auch als E-Book erhältlich
ISBN 978 3 311 15016 9

www.kampaverlag.ch

Unrast

Ich bin

Ich bin ein paar Jahre alt. Ich sitze auf der Fensterbank, ringsum liegen Spielsachen verstreut, umgestürzte Türme aus Bauklötzen, Puppen mit weit aufgerissenen Augen. Im Haus ist es dunkel, die Luft in den Zimmern wird kühler, der Abend dämmert. Niemand ist zu Hause; sie sind fortgegangen, verschwunden, man hört noch ihre verhallenden Stimmen, Rascheln, das Echo von Schritten, ein fernes Lachen. Draußen vor dem Fenster liegt der verlassene Hof. Sanft senkt sich das Dunkel herab. Wie schwarzer Tau breitet es sich über die Dinge.

Am spürbarsten ist die Starre, sie ist dicht und sichtbar: der kalte Dämmer und das schwache Licht der Natriumlampen, das kaum einen Meter von seiner Quelle schon im Dunkel versinkt.

Nichts ereignet sich, der Anmarsch der Finsternis macht vor der Tür des Hauses Halt, der ganze Tumult des Dunkelns kommt zur Ruhe, bildet eine pelzige Haut wie auf erkaltender Milch. Vor dem Hintergrund des Himmels dehnen sich die Umrisse der Gebäude ins Unendliche, verlieren langsam alle scharfen Kanten, Ecken, Winkel. Das erlöschende Licht zieht die Luft mit sich, das Atmen wird schwer. Das Dunkel dringt jetzt durch die Haut. Die Töne rollen sich zusammen, ziehen die Schneckenaugen zurück; das Orchester der Welt ist abgezogen und im Park verschwunden.

Dieser Abend ist der Rand der Welt, ich habe ihn zufällig und absichtslos beim Spiel ertastet. Ich habe ihn entdeckt, als man mich einen Augenblick allein, ohne Obhut gelassen hatte. Natürlich saß ich in der Falle, war eingesperrt. Ich bin ein paar Jahre alt, sitze auf der Fensterbank, blicke in den erstarrten Hof. Die Lichter in der Schulküche sind schon ausgeschaltet, alle sind schon heimgegangen. Die Betonplatten auf dem Hof haben sich mit Dunkelheit vollgesogen und sind verschwunden. Die Türen sind geschlossen, die Luken dichtgemacht, die Rollladen heruntergelassen. Ich würde gern hinausgehen, weiß aber nicht, wohin. Einzig und allein meine Gegenwart nimmt schärfere Umrisse an, die zittern und wogen, das tut weh. In einem einzigen Augenblick entdecke ich die Wahrheit: Es lässt sich nicht mehr ändern – ich bin.

Die Welt im Kopf

Meine erste Reise unternahm ich zu Fuß, quer über die Felder. Meine Abwesenheit wurde lange nicht bemerkt, und so kam ich ziemlich weit. Ich ging durch den ganzen Park, dann über Feldwege, durch Maisfelder und über feuchte Wiesen mit Butterblumen und einem Netz von Entwässerungsgräben – bis hin zum Fluss. Der Fluss war in diesem Tiefland ohnehin allgegenwärtig, er durchtränkte die Grasschicht und leckte an den Feldern.

Ich kletterte auf den Deich und sah ein bewegliches Band, einen Weg, der über die Grenzen des Blickfelds, über die Grenzen der Welt hinausfloss. Und wenn man Glück hatte, konnte man Kähne darauf sehen, große, flache Boote, die stromauf und stromab fuhren, ohne auf die Ufer zu achten, auf die Bäume, die Menschen, die auf dem Deich standen und wahrscheinlich als unstete, nicht weiter beachtenswerte Orientierungspunkte erschienen, Zeugen der anmutigen Bewegung der Boote. Ich träumte davon, später, wenn ich groß sein würde, auf einem solchen Kahn zu arbeiten oder – besser noch, überhaupt ein Kahn zu werden.

Es war kein großer Fluss, es war nur die Oder, aber ich war ja damals auch klein. Sie hatte ihren Platz in der Hierarchie der Flüsse, wie ich später auf der Landkarte nachprüfte, und war eher unbedeutend, aber machte sich doch bemerkbar, eine Edelfrau aus der Provinz am Hof der Königin Amazonas. Mir jedoch reichte sie vollauf, sie kam mir riesig vor. Sie floss nach Belieben, nie reguliert, zu Überschwemmungen neigend, unberechenbar. An manchen Stellen stieß sie am Ufer auf Hindernisse unter der Wasseroberfläche, dort bildeten sich Strudel im Wasser. Sie strömte dahin, zog vorüber, mit ihren Zielen befasst, die irgendwo weit im Norden, jenseits des Horizonts lagen. Man konnte den Blick nicht auf ihr ruhen lassen, sie zog ihn mit sich fort, auf den Horizont zu, so dass man das Gleichgewicht verlor.

Sie schenkte mir keine Beachtung, war mit sich beschäftigt, ein unstetes wanderndes Gewässer, in das man nie zweimal steigt, wie ich später lernte.

Jedes Jahr forderte der Fluss seinen gesalzenen Lohn dafür, dass er die Kähne auf seinem Rücken trug, denn jedes Jahr ertrank jemand darin: sei es ein Kind beim Baden an einem heißen Sommertag, sei es ein Betrunkener, den es irgendwie auf die Brücke verschlagen hatte und der dort trotz des Geländers ins Wasser gefallen war. Die Ertrunkenen wurden lange und mit großem Aufwand gesucht, die ganze Gegend hielt den Atem an. Taucher kamen, das Militär stellte Motorboote. Den belauschten Gesprächen der Erwachsenen zufolge waren die schließlich gefundenen Leichen aufgedunsen und bleich, das Wasser hatte alles Leben aus ihnen gewaschen und ihre Gesichtszüge so verwischt, dass die Angehörigen die Toten nur mit Mühe erkennen konnten.

Als ich so in den Anblick der Strömung versunken auf dem Flutwall stand, wurde mir klar, dass aller Gefahren zum Trotz das, was in Bewegung ist, immer besser sein wird, als das, was ruht, dass der Wandel edler ist als die Stetigkeit, dass das Unbewegliche Zerfall und Auflösung anheimfallen muss und zu Schutt und Asche wird, während das Bewegliche sogar ewig währen kann. Von da an wurde der Fluss zur Nadel, die in meiner sicheren, steten Landschaft stak: im Park, in den Beeten, wo die Gemüse in verschämten Reihen standen, in dem Gehweg aus Betonplatten, wo Himmel und Hölle gespielt wurde. Die Nadel durchstach sie alle, bezeichnete vertikal eine dritte Dimension, sie hatte ein Loch gemacht, und die kindliche Welt erwies sich als ein Aufblasspielzeug, aus dem pfeifend die Luft entwich.

Meine Eltern waren nicht ganz vom sesshaften Schlag. Immer wieder zogen sie um, von einem Ort zum anderen, bis sie sich schließlich für längere Zeit in einer Provinzschule niederließen, weitab von jeder ordentlichen Straße und Eisenbahnstation. Jedes Überschreiten der Gartengrenze, jeder Ausflug in die kleine Stadt war schon eine Reise. Einkäufe, Papiere, die im Gemeindeamt eingereicht werden mussten, immer derselbe Friseur am Markt vor dem Rathaus, der immer denselben erfolglos gewaschenen und gebleichten Kittel trug, auf dem die Färbemittel für die Haare seiner Kundinnen kalligraphische Flecken hinterlassen hatten, chinesische Schriftzeichen. Mama ließ sich die Haare färben, der Vater wartete an einem der beiden Tische draußen vor dem Café

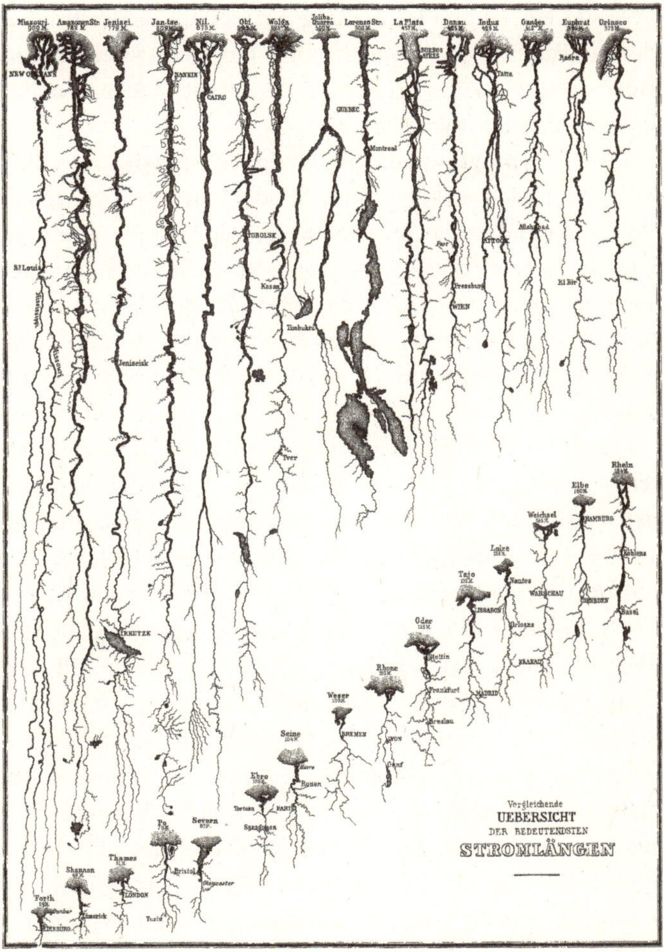
Missouri
AmazonenStr.
Jenisei
Jan-tse
Nil
Obi
Wolga
Joliba Quorra
Lorenzo Str.
La Plata
Donau
Indus
Ganges
Euphrat
Orinoco
NEW ORLEANS
NANKIN
CAIRO
QUEBEC
Montreal
BUENOS AYRES
Basra
Allahabad
ATTOCK
TOBOLSK
St. Louis
Kasan
Pressburg
WIEN
El Bir
Timbuktu
Jeniseisk
Tver
IRKUTZK
Rhein
Elbe
Weichsel
Loire
Tajo
Oder
Rhone
Weser
Seine
Ebro
Po
Severn
Thames
Shannon
Forth
HAMBURG
Koblens
Nantes
WARSCHAU
DRESDEN
Basel
LISSABON
Orleans
Stettin
Frankfurt
MADRID
Breslau
BREMEN
LYON
Genf
Rouen
Tortosa
PARIS
Saragossa
Bristol
LONDON
Limerick
EDINBURG
Turin
Vergleichende
UEBERSICHT
DER BEDEUTENDSTEN
STROMLÄNGEN

»Nowa« auf sie und las Zeitung. Er las die Lokalzeitung, in der die Rubrik »Kriminalfälle« mit Berichten über Marmeladen- und Gewürzgurkenraub aus irgendwelchen Kellern immer das Interessanteste war.

Ihre Ferienausflüge unternahmen sie zaghaft, mit einem bis unters Dach voll gepackten Skoda. Lange vorbereitet, an Vorfrühlingsabenden geplant, wenn der Schnee gerade getaut, die Erde aber noch nicht wieder erwacht war und sie sich auch bis auf weiteres nicht den Pflügen und Hacken hingeben, sich noch nicht befruchten lassen und die Zeit der Menschen vom Morgen bis zum Abend in Anspruch nehmen würde.

Sie gehörten zu einer Generation, die mit Wohnwagen unterwegs war, einen Hausersatz hinter sich herzog. Einen kleinen Gasherd, Klappstühle, einen Klapptisch. Eine Plastikschnur zum Aufhängen der Wäsche, wo man Halt machte, hölzerne Wäscheklammern. Wasserfestes Wachstuch für den Tisch. Ein Picknick-Set für die Reise, bestehend aus bunten Tellern, Besteck, Salzfässchen und Gläsern – alles aus Plastik.

Irgendwo unterwegs, auf einem Flohmarkt, wie ihn er und meine Mutter besonders gerne besuchten (wenn sie sich zufällig einmal nicht gerade gegenseitig vor Kirchen und Denkmälern fotografierten), hatte mein Vater einen Wasserkocher aus der Armee erstanden, einen Kupferbehälter mit einem Rohr in der Mitte, in das man eine Handvoll kleingebrochenes Reisig legen und anzünden konnte. Obwohl es auf den Campingplätzen Stromanschlüsse gab, kochte er das Wasser immer in diesem Teekessel, der qualmte und ewig brauchte. Er kniete über dem heißen Gefäß und lauschte stolz auf das Bullern des kochenden Wassers, das er dann auf die Teebeutel goss – ein echter Nomade.

Sie hielten an den dafür bestimmten Orten, auf Campingplätzen, immer in Gesellschaft anderer Leute ihres Schlags, und hielten Schwätzchen mit den Nachbarn über die Socken hinweg, die an den Zeltschnüren trockneten. Mit Hilfe des Reiseführers legte man Reiserouten fest, wobei die Sehenswürdigkeiten sorgfältig aufgelistet wurden. Bis Mittag Baden im Meer oder in einem See, am Nachmittag ein Ausflug zu den Ruinen und Überresten von Städten, zum Abschluss das Fertigabendessen, meistens aus Eingewecktem bestehend: Gulasch, Frikadellen, Klopse in Tomatensauce. Dazu brauchte man nur noch Reis oder Nudeln zu kochen. Ewiges Sparen, der Zloty steht schlecht, das ist der rote Heller der Welt. Orte suchen, wo es Stromanschluss gibt, dann wieder unwillig packen, um weiterzureisen, jedoch immer in der metaphysischen Umlaufbahn des eigenen Heims. Sie waren keine echten Reisenden, denn sie reisten, um zurückzukehren. Und immer kehrten sie erleichtert heim, hatten das Gefühl, eine Pflicht gut erfüllt zu haben. Sie kamen zurück und nahmen den Stapel Briefe und Rechnungen von der Kommode. Machten große Wäsche. Langweilten die heimlich gähnenden Freunde mit ihren Fotos zu Tode. Das sind wir in Carcassone. Und hier ist meine Frau, vor der Akropolis.

Dann führten sie das ganze Jahr ein sesshaftes Leben, dieses merkwürdige Leben, in dem man morgens da weitermacht, wo man am Abend aufgehört hat, in dem die Kleidung ganz vom Geruch der eigenen Wohnung durchdrungen ist und die Füße unermüdlich ihren Pfad auf dem Teppich treten.

Das ist nichts für mich. Offenbar fehlt mir irgendein Gen, das beim Menschen dazu führt, nach kurzer Zeit an einem Ort Wurzeln zu schlagen. Ich habe es oft versucht, aber meine Wurzeln waren flach, jeder beliebige Windstoß konnte mich ausreißen. Ich konnte nicht sprießen, diese den Pflanzen eigene Fähigkeit fehlt mir. Ich ziehe keine Säfte aus der Erde, ich bin ein Anti-Anteus. Meine Energie schöpft sich aus der Bewegung – aus dem Ruckeln von Autobussen, dem Dröhnen von Flugzeugen, dem Schaukeln von Fähren und Zügen.

Ich bin handlich, klein und kompakt. Mein Magen ist anspruchslos, mein Bauch fest, meine Lungen sind kräftig, meine Armmuskeln stark. Ich nehme weder Medikamente noch Hormone und trage keine Brille. Vierteljährlich schere ich mir die Haare mit dem Rasierapparat, ich benutze so gut wie keine Schminke. Ich habe gesunde Zähne, vielleicht nicht ebenmäßig, doch ganz, nur eine alte Plombe ist da, ich glaube im Sechser links unten. Leberwerte normal. Bauchspeicheldrüsenwerte normal. Die Nierenfunktion rechts und links hervorragend. Meine Bauchschlagader in der Norm. Meine Harnblase genau richtig. Hämoglobin: 12.7; Leukozyten: 4.5; Hämatokrit: 41.6; Thrombozyten: 228; Cholesterin: 204; Kreatinin: 1.0; Bilirubin: 4.2; und so weiter. Mein IQ – wenn man an so etwas glaubt – ist 121, das reicht. Ich habe eine außergewöhnlich gut entwickelte räumliche Vorstellungskraft, die fast eidetisch ist, dafür ist mein laterales Denken schlecht ausgeprägt. Kein stabiles Persönlichkeitsprofil, wahrscheinlich wenig vertrauenswürdig. Alter: psychologisch. Geschlecht: grammatisch. Bücher kaufe ich lieber im Taschenbuch, um sie ohne Bedauern auf Bahnsteigen liegen zu lassen, für die Augen anderer. Ich sammle nichts.

Ich habe mein Studium abgeschlossen, aber im Grunde habe ich keinen Beruf erlernt, was ich sehr bedaure: Mein Großvater war Weber, er bleichte die gewebte Leinwand, indem er sie auf einem Hang ausbreitete und dem hellen Sonnenlicht aussetzte. Es würde mir Spaß machen, Kette und Schuss miteinander zu verweben, aber es gibt keine transportablen Webrahmen, die Weberei ist eine Kunst für sesshafte Menschen. Unterwegs stricke ich. Leider ist es neuerdings bei manchen Fluggesellschaften verboten, Strick- oder Häkelnadeln mit an Bord zu nehmen. Wie gesagt, ich habe kein Fach gelernt, dennoch habe ich, ungeachtet der Warnungen meiner Eltern, immer überleben können, indem ich auf Reisen alle möglichen Arbeiten ausgeübt habe und keineswegs unter die Räder gekommen bin.

Als meine Eltern nach zwanzig Jahren ihr romantisches Experiment aufgaben und in die Stadt zurückkehrten, als sie der Dürren und Fröste überdrüssig waren, der gesunden Nahrung, die den ganzen Winter über im Keller kränkelte, der von den eigenen Schafen geschorenen Wolle, mit denen die unersättlichen Kehlen der Kissen- und Deckenbezüge gestopft wurden, da bekam ich ein wenig Geld von ihnen und machte mich zum ersten Mal auf den Weg.

Ich arbeitete in Gelegenheitsjobs, wo ich gerade hinkam. In einer internationalen Manufaktur am Rand einer Weltstadt schraubte ich Antennen in Luxusyachten. Dort arbeiteten viele wie ich. Wir arbeiteten schwarz, keiner fragte nach unserer Herkunft und nach unseren Zukunftsplänen. Freitags bekamen wir den Wochenlohn, und wem es nicht gefiel, der kam am Montag nicht wieder. Zukünftige Studenten arbeiteten dort, die ihre Zeit zwischen Abitur und Uni-Aufnahmeprüfung überbrückten. Emigranten auf ewiger Reise zu einem idealen gerechten Land irgendwo im Westen, wo die Menschen Schwestern und Brüder sind und ein starker Staat die Rolle eines fürsorglichen Elternteils übernimmt. Flüchtlinge, die vor ihren Familien ausgerissen waren, vor Frauen, Männern, Eltern, unglücklich Verliebte, verstört, melancholisch, ewig verfroren. Manche, nach denen das Gesetz seinen langen Arm ausstrecken wollte, weil sie ihre überzogenen Kreditkarten nicht abbezahlt hatten. Herumtreiber, Vagabunden. Verrückte, die beim nächsten psychotischen Schub in die Klinik gebracht und von dort – kraft uneindeutiger Vorschriften – in ihr Herkunftsland abgeschoben wurden.

Nur ein Inder war da, der schon seit Jahren in diesem Werk arbeitete. Doch ehrlich gesagt unterschied sich seine Situation nicht sehr von unserer. Er war nicht versichert und bekam keinen Urlaub. Er arbeitete schweigend, geduldig, in gleichmäßigem Tempo. Nie kam er zu spät, nie fragte er um einen arbeitsfreien Tag. Ich überredete ein paar Leute, sich wenigstens seinetwillen gewerkschaftlich zu organisieren – das waren die Zeiten der Solidarność –, aber er wollte nicht. Von meiner Anteilnahme gerührt, bewirtete er mich jeden Tag mit scharfem Curry, das er im Henkelmann von zu Hause mitbrachte. Heute kann ich mich nicht mal mehr an seinen Namen erinnern.

Ich war Kellnerin, Zimmermädchen in einem exklusiven Hotel und Kindermädchen. Ich habe Bücher und Tickets verkauft. In einem kleinen Theater verdingte ich mich für eine Saison als Garderobiere im Fundus und konnte so den langen Winter zwischen Plüschkulissen, schweren Kostümen, atlasseidenen Umhängen und Perücken verbringen. Nach meinem Studienabschluss habe ich außerdem als Pädagogin, Beraterin in der Suchthilfe und zuletzt in einer Bibliothek gearbeitet. Sobald ich ein wenig Geld verdient hatte, machte ich mich wieder auf den Weg.

Der Kopf in der Welt

In einer großen düsteren kommunistischen Stadt habe ich Psychologie studiert, mein Fachbereich war in dem Gebäude untergebracht, in dem sich während des Krieges der Sitz der dortigen SS befand. Dieser Stadtteil war auf den Ruinen des Ghettos errichtet worden, das ließ sich ganz leicht erkennen, wenn man genau hinschaute: Der ganze Stadtteil stand nämlich rund einen Meter höher als die übrige Stadt. Ein Meter Trümmer. Ich fühlte mich dort nie wohl, zwischen den neuen Wohnblocks und den kläglichen Grünanlagen blies immer der Wind, die eisige Luft fühlte sich besonders scharf an und schnitt ins Gesicht. Trotz der Bebauung gehörte die Gegend im Grunde noch den Toten. Das Institutsgebäude kommt heute noch in meinen Träumen vor – seine breiten, wie aus Fels gehauenen Korridore, die von den Füßen der verschiedensten Menschen glattgelaufen waren, die ausgetretenen Treppenstufen, die von unzähligen Händen blankpolierten Geländer, lauter Spuren, die im Raum ihre Abdrücke hinterlassen hatten. Vielleicht besuchten uns deshalb ab und zu Geister.

Wenn wir Ratten ins Labyrinth setzten, war immer eine dabei, deren Verhalten den Theorien widersprach und unserer raschen Hypothesen spottete. Sie stellte sich auf zwei Beine und zeigte nicht das geringste Interesse an der Belohnung am Ausgang der Versuchsstrecke, den mit dem pawlowschen Reflex verbundenen Privilegien abgeneigt, musterte sie uns und kehrte dann um oder machte sich daran, in aller Ruhe das Labyrinth zu erkunden. Sie suchte etwas in den Seitengängen, wollte auf sich aufmerksam machen. Sie quiekte verwirrt, und die Mädchen hoben sie entgegen den Vorschriften aus dem Labyrinth und nahmen sie in die Hand.

Die Muskeln eines toten, in die Länge gezogenen Froschs beugten und streckten sich nach dem Diktat elektrischer Impulse, doch auf eine Art und Weise, wie sie in unseren Lehrbüchern noch nicht beschrieben worden war: Sie gaben uns Zeichen, die Extremitäten vollführten eindeutig Droh- und Spottgebärden und widerlegten damit den geheiligten Glauben an die mechanische Unschuld physiologischer Reflexe.

Hier wurde uns beigebracht, dass sich die Welt beschreiben, ja sogar mit einfachen Antworten auf intelligente Fragen erklären lässt. Dass sie dem Wesen nach ohnmächtig und unbelebt ist, dass in ihr recht simple Gesetze herrschen, die man erklären und nennen muss, am besten mit Hilfe eines Schaubilds. Von uns wurden Experimente verlangt. Wir sollten Hypothesen formulieren. Verifizieren. Wir wurden in geheime Statistiken eingeführt, denn man glaubte, mit ihrer Hilfe ließen sich alle möglichen Gesetzmäßigkeiten der Welt perfekt erfassen, schließlich hat 90 Prozent eine größere Bedeutung als fünf.

Doch heute weiß ich eines: Wer Ordnung sucht, soll die Psychologie meiden. Lieber soll man sich mit Physiologie oder Theologie beschäftigen, dann kann man sich wenigstens auf etwas Ordentliches stützen, nämlich entweder auf die Materie oder auf den Geist, anstatt auf der Psyche auszurutschen. Die Psyche ist ein sehr unsicherer Untersuchungsgegenstand.

Sie hatten recht, die behaupteten, diese Fachrichtung suche man sich nicht im Hinblick auf einen zukünftigen Beruf, aus Interesse, aus dem Wunsch heraus, anderen zu helfen, oder ähnlichen schlichten Gründen. Ich habe den Verdacht, dass wir alle einen tief im Innern verborgenen Defekt hatten, obwohl wir bestimmt wie intelligente, gesunde junge Leute wirkten. Es war ein maskierter Defekt, der bei der Aufnahmeprüfung geschickt getarnt wurde. Ein heillos verheddertes, verfilztes Emotionsknäuel, wie die seltsamen Geschwulste, die man manchmal im menschlichen Körper entdeckt und in jedem Anatomie- und Pathologiemuseum findet, das etwas auf sich hält. Aber vielleicht waren unsere Prüfer ja vom gleichen Schlag und wussten in Wirklichkeit genau, was sie taten. Dann wären wir sozusagen ihre Erben gewesen.

Als wir im zweiten Jahr die Funktion von Schutzmechanismen behandelten und verwundert die Macht dieses Teils unserer Psyche erkannten, verstanden wir allmählich eines: Wenn wir keine Rationalisierung, Sublimierung, Verdrängung, keines dieser Kunststückchen hätten, derer wir uns bedienen, wenn wir ganz schutzlos, ehrlich und mutig die Welt betrachten würden – dann würde es uns das Herz brechen.

Was wir in diesem Studium lernten, war, dass wir aus Schutzvorrichtungen bestehen, aus Schild und Rüstung, wir sind Städte, deren Architektur aus Mauern, Basteien und Befestigungen besteht, wir sind Bunkerstaaten.

Alle Tests, Interviews und Untersuchungen führten wir aneinander durch, und nach dem dritten Studienjahr konnte ich mein Problem schon benennen, das war wie die Entdeckung eines geheimen Eigennamens, mit dem man zu einer Initiation aufgerufen wird.

In meinem erlernten Beruf hielt es mich nicht lange. Während einer meiner Reisen, als ich ohne Geld in einer großen Stadt festsaß und als Zimmermädchen arbeitete, begann ich zu schreiben. Es war eine Geschichte für die Reise, zum Lesen im Zug, etwas, was ich für mich selbst schreiben würde. Ein Buch wie ein Häppchen, das man ganz herunterschluckt, ohne abzubeißen.

Ich konnte mich entsprechend konzentrieren, für eine gewisse Zeit wurde ich zu einem ungeheuerlichen Ohr, das auf Geräusche, Echos und Geflüster lauschte, auf ferne Stimmen, die hinter einer Wand erklangen.

Doch nie wurde ich eine richtige Schriftstellerin oder – besser gesagt – ein Schriftsteller, denn in diesem Genus hört sich das Wort ernsthafter an. Das Leben entwischte mir immer wieder. Ich stieß immer nur auf seine Spuren, auf erbärmliche abgestreifte Häute. Wenn ich seine Position anpeilte, war es schon wieder woanders. Ich fand nur Zeichen, wie diese eingeritzten Inschriften in der Rinde von Parkbäumen: Ich war hier. In meinem Schreiben wurde das Leben zu unvollständigen Erzählungen, traumgleichen kleinen Geschichten mit ausfransenden Erzählfäden, von weitem erschien es in ungewöhnlich verschobenen Perspektiven oder wie ein Querschnitt – und es ließen sich kaum Schlussfolgerungen auf das Ganze ziehen.

Jeder, der schon einmal versucht hat, einen Roman zu schreiben, weiß, was das für ein mühsames Unterfangen ist, es ist zweifellos eine besonders schlechte Form der Selbstbeschäftigung. Die ganze Zeit muss man in sich selbst sein, in einer Einpersonenzelle, in völliger Einsamkeit. Es ist eine kontrollierte Psychose, eine Paranoia und zugleich Obsession, die mit Arbeit verbunden ist und deshalb auch nicht mit den Federn, Rüschen und venezianischen Masken ausgestattet, die wir damit assoziieren, sondern eher mit Fleischerschürze und Gummistiefeln und einem Messer zum Ausweiden in der Hand. Aus diesem Schriftstellerkeller sieht man allenfalls die Beine der Passanten, hört das Klappern der Absätze. Manchmal bleibt einer stehen, bückt sich und wirft einen Blick hinein, dann bekommt man ein menschliches Gesicht zu sehen und kann sogar ein paar Worte wechseln. Doch in Wirklichkeit ist der Geist mit seinem Spiel beschäftigt, das in einem hastig skizzierten Panoptikum abläuft, er stellt die Figuren auf einer provisorischen Bühne zurecht: Autor und Held, Erzählerin und Leserin, den, der beschreibt, und diejenige, die beschrieben wird; Füße, Schuhe, Absätze und Gesichter werden früher oder später ein Teil dieses Spiels.

Es tut mir nicht leid, dass ich mir just diese Tätigkeit ausgesucht habe. Zum Psychologen hätte ich nicht getaugt. Ich konnte keine Erklärungen finden, konnte in den Dunkelkammern des Geistes keine Familienfotos entwickeln. Die Bekenntnisse anderer haben mich oft gelangweilt, wie ich betrübt eingestehen muss. Ehrlich gesagt kam es öfter vor, dass ich gern die Rollen getauscht und ihnen von mir erzählt hätte. Ich musste mich vorsehen, dass ich nicht unvermittelt eine Patientin am Ärmel fasste und sie mitten im Satz unterbrach. »Was Sie nicht sagen! Das empfinde ich ganz anders! Wenn Sie wüssten, was ich geträumt habe! Hören Sie zu...« Oder: »Was wissen Sie schon von Schlaflosigkeit, guter Mann! Das soll eine Panikattacke sein? Dass ich nicht lache! Der Patient vor ihnen, der hat vielleicht...«

Ich konnte nicht zuhören. Ich wahrte nicht die Grenzen, war anfällig für Übertragungen. Ich glaubte nicht an Statistiken, nicht an die Verifizierbarkeit von Theorien. Die Prämisse der Deckungsgleichheit von Persönlichkeit und Mensch kam mir immer zu minimalistisch vor. Ich neigte dazu, das Offensichtliche zu verschleiern, felsenfeste Argumente in

Zweifel zu ziehen, es war eine Angewohnheit, perverses Yoga des Hirns, ein subtiler Genuss beim Verspüren innerer Bewegung. Urteile betrachtete ich mit Skepsis, schmeckte sie unter der Zunge und machte die keineswegs überraschende Entdeckung, dass keines echt war, dass alles künstlich war, gefälschte Marken. Ich wollte keine festen Überzeugungen, sie wären unnötiger Ballast für mich gewesen. In Diskussionen stand ich mal auf dieser, mal auf jener Seite, ich weiß, dass mich das bei meinen Gesprächspartnern nicht beliebt machte. Ich war Zeuge eines merkwürdigen Vorgangs in meinem Kopf: Je mehr Argumente ich »für« etwas fand, desto mehr fielen mir »dagegen« ein, und je stärker ich an den ersteren hing, desto mehr drängten sich die letzteren auf.

Wie sollte ich andere untersuchen können, wenn mir selbst schon jeder Test so schwerfiel. Persönlichkeitstest, Umfragen, Fragebögen mit Kolonnen von Fragen und Skalen zum Ankreuzen der Antwort kamen mir zu schwierig vor. Diese Unzulänglichkeit wurde mir bald bewusst, und wenn wir uns in den praktischen Übungen während des Studiums gegenseitig befragen mussten, gab ich meine Antworten auf gut Glück. Ein seltsames Profil kam dabei heraus, eine schiefe Kurve im Koordinatennetz. »Glaubst du, dass die beste Entscheidung immer die ist, die sich am leichtesten ändern lässt?« Ob ich glaube? Was für eine Entscheidung? Ändern? Wann? Und was heißt leicht? »Du betrittst einen Raum – nimmst du eher einen Platz in der Mitte oder am Rand ein?« Was für ein Raum? Und wann? Ist der Raum leer, oder stehen rote Plüschsofas an der Wand? Und die Fenster – wie ist der Ausblick? Und was Bücher angeht: Lese ich lieber das Buch, anstatt auf eine Party zu gehen, oder hängt es vom Buch und von der Party ab?

Was für eine Methodologie! Stillschweigend geht man davon aus, dass der Mensch sich selbst nicht kennt, doch, mit so schlauen Fragen konfrontiert, sich selbst ausspionieren wird. Er selbst stellt sich die Frage, er selbst gibt die Antwort. Und unversehens verrät er sich selbst gegenüber ein Geheimnis, von dem er nichts gewusst hat.

Und die zweite lebensgefährliche Annahme ist die, dass wir statisch und unsere Reaktionen berechenbar sind.

Das Syndrom

Die Geschichte meiner Reisen ist nur die Geschichte einer Unzulänglichkeit. Ich leide an einem Syndrom, das sich mühelos in jedem Atlas klinischer Syndrome finden lässt und das – wie die Fachliteratur behauptet – immer mehr um sich greift. Am besten greift man zu »The Clinical Syndrome« in einer älteren Ausgabe, aus den siebziger Jahren. Das ist eine Art eigener Syndrom-Enzyklopädie. Für mich übrigens eine unerschöpfliche Quelle der Inspiration. Würde es da noch jemand wagen, den Menschen als Ganzes zu beschreiben, allgemein und objektiv? Sich voller Überzeugung des Begriffs der »Persönlichkeit« zu bedienen? Begeisterung für eine überzeugende Typologie aufzubringen? Ich glaube kaum. Der Begriff des Syndroms passt wie angegossen auf die Reisepsychologie. Ein Syndrom ist nicht groß, übertragbar, an keine schlaffe Theorie gebunden, episodisch. Man kann damit etwas erklären und es dann in den Papierkorb werfen. Ein Erkenntniswerkzeug zum Einmalgebrauch. Meines heißt Perseveratives Detoxifikationssyndrom. Ganz nüchtern und schlicht erklärt, bedeutet es nur so viel, dass es dem Wesen nach auf der hartnäckigen Bewusstmachung bestimmter Vorstellungen, ja sogar auf der zwanghaften Suche nach diesen Vorstellungen beruht. Es ist eine Variante des »Mean World Syndrome« (»Böse-Welt-Syndrom«), das in der jüngsten Zeit in der neuropsychologischen Literatur ziemlich gut als eine spezifische Form der Infektion durch die Medien beschrieben wird. Im Grunde ein sehr bürgerliches Leiden. Der Patient verbringt Stunden vor dem Fernseher und sucht mit der Fernbedienung nur die Sender, auf denen besonders schreckliche Nachrichten gebracht werden: Kriege, Epidemien, Katastrophen. Gebannt von dem Anblick, kann der Zuschauer die Augen nicht mehr abwenden.

Die Symptome selbst sind nicht bedrohlich, man kann in Ruhe damit leben, solange man eine gewisse Distanz behält. Dieses unangenehme Leiden lässt sich nicht heilen, die Wissenschaft begnügt sich in diesem Fall mit der bedauernden Feststellung, dass es existiert. Gelangt der über sich selbst entsetzte Patient schließlich in die Sprechstunde eines Psychiaters, wird dieser ihm raten, seine Lebenshygiene zu verbessern: Verzicht auf Kaffee und Alkohol, Schlafen bei offenem Fenster, Gartenarbeit, Stricken oder Weben.

Mein Symptomkomplex besteht darin, dass mich alles anzieht, was kaputt, unvollkommen, defekt, zerbrochen ist. Mich interessiert das Unansehnliche, Irrtümer der Schöpfung, Sackgassen. Das, was sich entwickeln sollte, doch aus irgendwelchen Gründen unentwickelt geblieben oder, umgekehrt, übers Ziel hinausgeschossen ist. Alles, was von der Norm abweicht, was zu klein oder zu groß ist, wuchernd oder verkümmert, monströs und abstoßend. Formen, die keine Symmetrie wahren, die sich vervielfältigen, in die

Breite gehen, sprießen oder, umgekehrt, die Vielzahl zur Einzahl reduzieren. Mich interessieren keine wiederholbaren Vorkommnisse, über die sich aufmerksam die Statistik beugt, die von allen mit zufriedenem freudigem Grinsen gefeiert werden. Meine Sensibilitäten sind teratologisch, monstrophil. Ich bin der unbeirrbaren und irritierenden Überzeugung, dass genau darin das wahre Sein zum Vorschein kommt und seine Natur offenbart. Eine plötzliche, zufällige Enthüllung. Ein verschämtes »Hoppla«, ein Zipfel Unterwäsche unter dem sorgsam plissierten Rock. Ein abscheuliches Metallskelett dringt plötzlich durch den Samtbezug, eine Eruption der Federn im Plüschsessel, die jedwede Illusion von Weichheit schamlos demaskiert.

Kuriositätenkabinett

Für den Besuch von Kunstmuseen habe ich nie viel übrig gehabt, und wenn es nach mir ginge, könnte man an ihrer Stelle gerne Kuriositätenkabinette einrichten, wo das Seltene und Einmalige, das Absonderliche und Monströse gesammelt und ausgestellt wird. Das, was im Schatten des Bewusstseins existiert und aus dem Blickfeld verschwindet, sobald man hinschaut. Ja, mit Gewissheit leide ich an jenem unglückseligen Syndrom. Mich zieht es nicht zu Ausstellungen in den Stadtzentren, sondern eher in kleine, zu Krankenhäusern gehörige Sammlungen, die oft in den Keller verbannt sind, als verdienten sie keinen wertvollen Ausstellungsraum, Indizien für den suspekten Geschmack früherer Sammler. Ein Salamander mit zwei Schwänzen in einem ovalen Glas, der mit hochgereckter Schnauze den Tag des Jüngsten Gerichts abwartet, wenn alle Präparate der Welt wiederauferstehen. Die Niere eines Delphins in Formalin. Die reine Anomalie: ein Schafsschädel mit je zwei Augenpaaren, Ohrenpaaren und Schnauzen, schön wie das Bildnis einer vielgesichtigen antiken Gottheit. Ein mit Glasperlen geschmückter menschlicher Embryo, dazu ein in sorgfältiger Schönschrift gefertigtes Etikett: »Fetus Aethiopis 5 mensium«. Jahrelang wurden hier die schrägen Launen der Natur gesammelt, Doppelköpfige und Kopflose, ungeboren treiben sie träge in Formaldehyd-Lösung. Oder der Fall des Cephalothoracophagus Monosymetro, bis heute in einem Museum in Pennsylvanien ausgestellt, der in Gestalt der pathologischen Morphologie einer Leibesfrucht mit einem Kopf und zwei Körpern die Grundlagen der Logik als Gleichung 1 = 2 in Frage stellt. Und zu guter Letzt ein rührendes hausgemachtes Präparat aus der Küche: Äpfel aus dem Jahre 1848 mit seltsamen, ganz abartigen Formen schlummern in Spiritus, weil offensichtlich jemand erkannte, dass diesen Launen der Natur Unsterblichkeit gebührt und nur das überdauert, was anders ist.

Und genau deshalb unternehme ich meine geduldigen Reisen, auf denen ich die Fehler und Reinfälle der Schöpfung aufspüre.

Ich habe gelernt, in Zügen, Hotels und Wartesälen zu schreiben. Auf den Klapptischchen im Flugzeug. Ich mache mir beim Mittagessen unter dem Tisch Notizen, oder sogar auf der Toilette. Ich schreibe auf Museumstreppen, in Cafés, auf geparkten Autos am Straßenrand. Ich schreibe auf Papierfetzchen, in Notizbücher, auf Postkarten, auf meinen Handrücken, auf Servietten, auf die Seitenränder in Büchern.

Meistens kurze Sätze, Skizzen, manchmal schreibe ich auch Stücke aus Zeitungen ab. Es kommt vor, dass mich irgendeine Gestalt in der Menge von meinem Weg abbringt, ich folge ihr eine Zeitlang, fange an zu erzählen. Das ist eine gute Methode, in der ich mich vervollkommnen will. Von einem Jahr aufs andere ist die Zeit meine Verbündete geworden, wie für jede Frau: Ich bin unsichtbar, durchsichtig geworden. Ich kann mich wie ein Geist umherbewegen, Menschen über die Schulter schauen, ihren Streit belauschen, zusehen, wie sie mit dem Kopf auf dem Rucksack schlafen, wie sie mit sich selbst reden, ohne sich meiner Anwesenheit bewusst zu sein, die Lippen bewegen, Worte formulieren, die ich ihnen laut nachspreche.

Sehen ist wissen

Das Ziel meiner Pilgerreise ist immer ein anderer Pilger. Diesmal ist es ein gebrechlicher Pilger, in Stücken.

Hier werden zum Beispiel Knochen gesammelt, aber nur solche, mit denen etwas nicht stimmt: verkrümmte Wirbelsäulen und verdrehte Rippen, die bestimmt aus ebenso verdrehten Körpern gezogen worden sind, um präpariert, getrocknet und zum Schluss mit Lack überzogen zu werden. Eine kleine Nummer gibt einen Hinweis auf die Krankheitsbeschreibung in längst zerbröselten Listen. Wie kurzlebig ist Papier im Vergleich mit Knochen! Man hätte gleich auf Knochen schreiben sollen.

Da ist zum Beispiel ein Oberschenkelknochen, den jemand vorwitzig der Länge nach durchgesägt hat, um zu sehen, was darin steckt. Bestimmt war er enttäuscht, denn er hat beide Teile mit Schnur umwickelt und sie, mit den Gedanken schon bei etwas anderem, zurück in den Schaukasten gelegt.

In diesem Schaukasten befinden sich mehrere Dutzend Menschen, die sich nicht kannten, deren Leben zeitlich und räumlich weit voneinander entfernt stattfanden. Jetzt sind sie gemeinsam in diesem schönen, geräumigen, trockenen und gut beleuchteten Grab zur musealen Ewigkeit verurteilt; die Knochen, die auf ewig in der Erde stecken, beneiden sie bestimmt darum. Und manche von ihnen – die Knochen der Katholiken – machen sich vielleicht Sorgen darüber, wie sich alle am Tag des Jüngsten Gerichts wiederfinden werden, wie sie sich so versprengt wieder zu dem Körper zusammenfinden sollen, der Sünden begangen und gute Taten vollbracht hat.

Schädel mit allen nur vorstellbaren Strukturen, durchschossen, durchlöchert, geschrumpft. Vom Rheumatismus befallene Handknochen. Mehrfach gebrochene Arme, die ohne Hilfe wieder zusammengewachsen sind, so, wie es sich gerade fügte, ein versteinerter vieljähriger Schmerz.

Lange Knochen, die zu kurz sind, und kurze Knochen, die zu lang sind, tuberkulös, von Veränderungen gezeichnet, als hätte ein Borkenkäfer an ihnen genagt.

Arme Menschenschädel in beleuchteten viktorianischen Glaskästen, wo sie die eigenen Zähne demonstrativ blecken. Der eine hat zum Beispiel mitten in der Stirn ein großes Loch, aber schöne Zähne. Man fragt sich, ob dieses Loch tödlich war. Nicht unbedingt. Es gab einmal einen Eisenbahningenieur, dem eine Eisenstange das Gehirn durchbohrte und der trotz dieser Verletzung noch viele Jahre lebte. Diesen Fall machte sich selbstverständlich die Neuropsychologie zunutze und erklärte, der Sitz unseres Seins sei im Gehirn. Der Verletzte starb nicht, veränderte sich aber stark. Er wurde – wie man so sagt – ein anderer. Denn es hängt vom Gehirn ab, wie wir sind, deshalb wollen wir gleich nach links abbiegen, in den Gang mit den Gehirnen. Da sind sie! Cremefarben liegen sie in der Lösung, große und kleine, geniale und solche, die nicht bis zwei zählen konnten.

Weiter hinten liegt das Revier der Föten, der Menschen im Miniaturformat. Kleine Püppchen, Präparatchen, alles im Miniaturformat, so passt ein ganzer Mensch in ein kleines Glas. Die Allerjüngsten, die Embryonen, die man fast nicht sehen kann, sind kleine Fischchen, Fröschchen, die an einem Rosshaar im Formaldehyd hängen. Die Größeren veranschaulichen uns die Ordnung des menschlichen Körpers, in dem alles so wunderbar verpackt ist. Nicht menschgewordene Würmchen, semihominidale Winzlinge, deren Leben nie die magische Grenze des Potentiellen überschritt. Sie haben eine Gestalt, doch in den Geist sind sie noch nicht hineingewachsen – vielleicht ist die Gegenwart des Geistes irgendwie mit der Größe der Gestalt verbunden. In ihnen hat die Materie angefangen, sich in schläfriger Unbeirrbarkeit zu Leben zu fügen, Gewebe anzusammeln, Verbindungen zwischen den Organen herzustellen, ein festes Netz zu bilden, schon hat die Arbeit am Auge begonnen, sich die Lunge vorbereitet, obwohl Licht und Luft weit weg sind.

In der nächsten Reihe die gleichen Organe, doch ausgewachsen, glücklich, dass die Umstände ihnen gewogen waren und sie ihre volle Größe erreichen konnten. Ihre Formen? Woher wussten sie, wie groß sie sein sollten, wann sie aufzuhören hatten? Manche wussten es nicht, sie wuchsen und wuchsen, und die braven Professoren hatten Mühe, ein Glas zu finden, das groß genug war. Umso schwerer kann man sich vorstellen, wie sie im Bauch des Mannes Platz fanden, dessen Initialen auf dem Etikett vermerkt sind.

Ein Herz. Sein ganzes Geheimnis ist ein für alle Mal offengelegt: Es ist dieser unförmige Klumpen, faustgroß und schmutzigweiß. Das ist nämlich die Farbe unseres Körpers, grau-cremeweiß, graubraun, hässlich, das darf man nicht vergessen. Weder in unserem Haus noch in unserem Auto würden wir eine solche Farbe sehen wollen. Das ist die Farbe des Inneren, der Dunkelheit, der Orte, wo die Sonne nicht eindringt, wo sich die Materie im Feuchten vor fremden Blicken verbirgt, da muss sie sich nicht mehr zur Schau stellen. Nur mit dem Blut kann sie sich noch Eskapaden leisten. Das Blut soll warnen, sein Rot soll der Alarm sein, dass die Muschel des Körpers sich geöffnet hat, dass die Geschlossenheit des Gewebes unterbrochen ist.

In Wirklichkeit haben wir im Innern gar keine Farbe. Wenn alles Blut aus dem Herzen gespült ist, sieht es genau so aus: wie ein Schleimklumpen.

Sieben Jahre Reisen

»Jedes Jahr eine Reise, seit sieben Jahren, seitdem wir geheiratet haben«, erzählte ein junger Mann im Zug. Er trug einen eleganten langen schwarzen Mantel und hatte ein schwarzes Köfferchen bei sich, das aussah wie ein feiner Besteckkasten.

»Wir haben viele Fotos«, erklärte er. »Alle der Reihe nach geordnet. Südfrankreich, Tunesien, Türkei, Italien, Kreta,

Kroatien, sogar Skandinavien.« In der Regel schauen sie die Bilder mehrmals an: zuerst mit der Familie, dann bei der Arbeit, dann mit Freunden, und danach liegen die Fotos jahrelang wohlverwahrt in Plastikhüllen, wie Beweisstücke im Schrank eines Detektivs: »Wir sind dort gewesen.«

Er wurde nachdenklich und schaute aus dem Fenster. Draußen entflohen die Landschaften, werweißwohin hastend. Dachte er nicht manchmal darüber nach, was das heißt: »Wir sind gewesen«? Wohin sind die zwei Wochen in Frankreich, die sich heute mit Mühe in ein paar Erinnerungen quetschen lassen: plötzlicher Hunger an der Stadtmauer eines mittelalterlichen Orts und ein Augenblick, eines Abends in einem Lokal, unter einem weinberankten Dach. Was ist von Norwegen übrig geblieben? Nur die Kälte des Wassers in einem See und ein Tag, der nicht zu Ende gehen wollte, und dann noch die Freude über das Bier, das man kurz vor Geschäftsschluss hatte erstehen können, oder der umwerfende erste Blick auf einen Fjord.

»Was ich gesehen habe, das gehört mir«, erklärte der Mann zusammenfassend, dabei lebte er plötzlich auf und schlug sich begeistert auf die Schenkel.

Eine Prophezeiung von Cioran

Ein anderer Mensch, der sanftmütig und schüchtern war, nahm immer ein Buch mit ganz kurzen Texten von Cioran auf seine Dienstreisen mit. Im Hotel hatte er das Buch auf seinem Nachttisch liegen, und gleich nach dem Aufwachen schlug er es auf gut Glück auf, um sein Motto für den neuen

Tag zu finden. Seiner Meinung nach sollten die Bibeln in europäischen Hotels schleunigst gegen Cioran ausgetauscht werden. Von Rumänien bis Frankreich. Denn was Prophezeiungen anging, hatte die Bibel ihre Aktualität verloren. Was sollte einem beispielsweise der folgende Vers sagen, wenn man ihn an irgendeinem Freitag im April oder einem Mittwoch im Dezember aufschlagen würde: »Bei allen Geräten der Wohnung zu all ihrem Bedarf, und alle Pflöcke dazu, und alle Pflöcke des Hofes seien von Kupfer«. Wie sollten wir das verstehen? Es müsse übrigens gar nicht unbedingt Cioran sein, erklärte er. Er sah mich herausfordernd an.

»Bitte, schlagen Sie etwas anderes vor«, sagte er.

Mir fiel nichts ein. Da zog er das dünne abgewetzte Büchlein aus seinem Rucksack, schlug es willkürlich irgendwo auf, und sein Gesicht strahlte:

»Statt auf die Gesichter der Vorübergehenden achtzugeben, beobachtete ich ihre Füße – all diese Erregten schrumpften gleichsam zusammen zu dahineilenden Schritten – wohin eilten sie? Und es wurde mir klar, dass unsere Sendung drin besteht, den Staub zu streifen auf der Suche nach einem Geheimnis, dem jeder Ernst abgeht«, las er befriedigt vor.

Kunicki. Wasser I

Es ist Vormittag, die Uhrzeit weiß er nicht genau, er hat nicht auf die Uhr geschaut, aber er wartet höchstens seit einer Viertelstunde – meint er. Er lehnt sich bequem in den Sitz zurück und schließt die Augen. Die Stille ist durchdringend wie ein hoher unablässiger Ton, es ist unmöglich, die

Gedanken zu sammeln. Noch weiß er nicht, dass die Stille wie ein Alarm klingt. Er schiebt den Fahrersitz zurück und streckt die Beine aus.. Sein Kopf wird schwer, den Körper zieht es hinterher in diese Schwere, er sinkt in die erhitzte weiße Luft. Er wird sich nicht rühren, er wartet.

Sicher raucht er eine Zigarette, vielleicht sogar zwei. Nach ein paar Minuten steigt er aus dem Auto und pinkelt in den Graben. Kein einziges Auto schien in der Zwischenzeit vorbeigekommen zu sein, aber jetzt ist er sich nicht mehr so sicher. Er steigt wieder ins Auto und trinkt Wasser aus der Plastikflasche. Allmählich wird er ungeduldig. Er drückt heftig auf die Hupe, und der ohrenbetäubende Ton lässt eine Zorneswelle aufbrausen, die ihn rasch holt. Mit einem Mal sieht er alles deutlicher: Er macht sich auf, über den Pfad ihnen hinterher und denkt sich unwillkürlich schon die Worte aus, die er gleich sagen wird: »Mensch, was zum Teufel machst du so lange? Was treibst du da?«

Der Olivenhain ist knochentrocken. Das Gras knistert unter den Sohlen. Zwischen den knorrigen Olivenbäumen wachsen wilde Brombeeren: Junge Ranken schieben sich auf den Pfad und greifen nach seinen Füßen. Überall liegt Abfall: Papiertaschentücher, schmutzige Binden, fliegenübersäte menschliche Exkremente. Manche Leute entleeren sich gleich auf dem Weg, machen sich nicht mal die Mühe, ins Gebüsch zu gehen, sogar hier haben sie es eilig.

Kein Wind. Keine Sonne. Der reglose weiße Himmel wirkt wie ein Zelt. Es dampft. Kleine Wassertröpfchen zersprühen in der Luft, überall riecht man das Meer – elektrisch, ozonhaltig, fischig.

Er sieht, dass sich etwas bewegt, aber nicht dort zwischen den Bäumen, sondern auf dem Weg, zwischen seinen Füßen.

Ein riesiger schwarzer Käfer krabbelt auf dem Pfad. Einen Augenblick streckt er die Fühler prüfend in die Luft, hält inne, offenbar spürt er die Anwesenheit eines Menschen. Der weiße Himmel spiegelt sich als milchiger Fleck in seinem makellosen Panzer, und Kunicki hat ganz kurz das Gefühl, als schaue ihn ein einzelnes Auge aus der Erde an, das zu keinem Körper gehört, ein frei schweifendes, unbeteiligtes Auge. Kunicki stößt die Spitze seiner Sandale leicht in die Erde. Der Käfer eilt über den Pfad, raschelt im ausgedörrten Gras. Verschwindet im Brombeergebüsch. Sonst nichts.

Fluchend kehrt Kunicki zum Auto zurück, unterwegs hat er noch die Hoffnung, dass sie mit dem Jungen auf irgendeinem Umweg zurückgekommen und schon dort ist, ja er ist ganz sicher, dass das so sein wird. »Stundenlang suche ich nach euch!«, wird er ihnen sagen. »Was zu Teufel habt ihr getrieben?«

Sie sagte: Halt an. Als er anhielt, stieg sie aus und öffnete die hintere Tür. Sie löste den Gurt des Kindersitzes, nahm den Kleinen an die Hand und ging mit ihm davon. Kunicki hatte keine Lust auszusteigen, er war müde und schläfrig, obwohl sie erst ein paar Kilometer gefahren waren. Er sah sie nur aus dem Augenwinkel, ohne darauf zu achten, er wusste nicht, dass er besser genau hätte hinschauen sollen. Jetzt versucht er, sich dieses verschwommene Bild in Erinnerung zu rufen, es scharf zu stellen und näher zu holen, zu halten. Da sieht er sie von hinten, wie sie über den knirschenden Pfad gehen. Sie trägt eine helle Leinenhose, glaubt er, und ein schwarzes T-Shirt, der Kleine ein Trikothemd mit einem Elefanten darauf, das weiß er genau, denn er hat es ihm am Morgen selbst angezogen. Im Gehen reden die beiden miteinander, er hat nicht zugehört, er wusste nicht, dass er besser zugehört hätte. Sie verschwinden zwischen den Olivenbäumen. Er weiß nicht, wie lange das dauert, bestimmt nicht lange. Eine Viertelstunde, vielleicht ein wenig mehr, er vertut sich leicht mit der Zeit, er hat nicht auf die Uhr geschaut. Er wusste nicht, dass er besser auf die Zeit geachtet hätte. Er hasste es, wenn sie ihn fragte: Woran denkst du? An nichts, sagte er dann immer, aber sie glaubte ihm nicht. Man kann nicht nicht denken, sagte sie dann und war beleidigt. Aber klar! Kunicki empfand so etwas wie Genugtuung, er schaffte das – an nichts zu denken. Er kann das.

Doch dann bleibt er plötzlich mitten im Brombeerdickicht stehen, erstarrt, als hätte sein Körper im Bücken nach einem Brombeerstrunk wider Willen einen neuen Mittelpunkt seines Gleichgewichts gefunden. Das Summen der Fliegen und ein Dröhnen im Kopf begleiten die Stille. Einen Augenblick lang sieht er sich selbst von oben: ein Mann in alltäglichen Khakihosen und weißem Hemd, mit einer kleinen Glatze oben auf dem Kopf, der in dem kleinen, niedrigen Dickicht steht, ein Eindringling, ein Gast in einem fremden Haus. Ein dem Beschuss ausgesetzter Mensch, ein Ausgelieferter genau in der Mitte eines vorübergehenden Waffenstillstands in der Schlacht, in die der glühende Himmel und die schrundige Erde verstrickt sind. Angst überfällt ihn, er möchte sich sofort verstecken, im Auto verkriechen, doch sein Körper ignoriert ihn, er kann die Beine nicht rühren, kann sie nicht zwingen, sich in Bewegung zu setzen. Nur einen Schritt tun – er hat das nie für so schwer gehalten, die Übertragungsleitungen sind gerissen. Sein Fuß in der Sandale ist ein Anker, der ihn auf der Erde hält, er steckt fest. Konzentriert, mit

Mühe, über sich selbst erstaunt zwingt er ihn zur Bewegung. Anders kann er diesen glühenden grenzenlosen Raum nicht verlassen.

Sie waren am 14. August angekommen. Die Fähre von Split war voll besetzt, ziemlich viele Touristen, aber die meisten waren Einheimische, die auf dem Festland eingekauft hatten, denn dort war es billiger. Auf den Inseln gibt es nicht viel anzubauen. Die Touristen ließen sich leicht erkennen, denn als sich die Sonne anschickte, unweigerlich ins Meer zu versinken, gingen sie alle nach Backbord und richteten ihre Objektive auf sie. Die Fähre passierte langsam die verstreuten Inseln, dann sah es kurze Zeit so aus, als führe sie aufs offene Meer hinaus. Ein unangenehmes Gefühl, einen ganz kurzen, unbedeutenden Augenblick lang machte sich Panik bemerkbar.

Problemlos fanden sie ihre direkt am Meer gelegene Pension namens »Poseidon«. Der Besitzer, der bärtige Branko in einem Hemd mit Muschelmuster, ließ sich gleich beim Vornamen nennen und klopfte Kunicki vertraulich auf die Schulter, während er sie in den ersten Stock des Hauses führte und stolz die Wohnung präsentierte. Sie hatten zwei Schlafzimmer zur Verfügung, eine kleine, traditionell eingerichtete Küchenecke mit Schränken aus laminiertem Pressspan. Aus den Fenstern sah man direkt auf den Strand und das offene Meer. Unter einem Fenster war eine Agave erblüht, die Blüte saß auf dem starken Stängel und reckte sich triumphierend über das Wasser.

Er nimmt eine Karte der Insel hervor und erwägt die Möglichkeiten. Vielleicht hatte sie die Orientierung verloren und war einfach an einer anderen Stelle auf die Fahrstraße gestoßen. Bestimmt steht sie woanders, stoppt vielleicht sogar ein Auto und fährt damit weg – aber wohin? Er sieht auf der Karte, dass die Landstraße auf Vis in einer gewundenen Linie über die ganze Insel führt und dass man darauf die Insel durchqueren kann, ohne einmal ans Meer zu kommen. So hatten sie selbst vor ein paar Tagen eine Tour über Vis gemacht. Er legt die Karte zu ihrer Tasche auf den Beifahrersitz und fährt los. Er fährt langsam, hält zwischen den Olivenbäumen nach ihnen Ausschau. Doch etwa nach einem Kilometer ändert sich die Landschaft, die Olivenhaine weichen steinigem Ödland, das mit trockenem Gras und Brombeergestrüpp bedeckt ist. Die weißen Kalksteinbrocken sind schartig wie Riesenzähne, die irgendein wildes Geschöpf hier verloren hat. Nach einigen Kilometern kehrt er um. Zu seiner Rechten sieht er jetzt verblüffend grüne Weingärten, in denen hier und da kleine Gerätehütten aus Stein stehen – alles leer und düster. Im besten Fall hat sie sich verirrt, vielleicht ist ihr auch schlecht geworden, oder aber dem Kleinen, es ist ja so schwül und heiß. Vielleicht brauchen sie Hilfe, und anstatt etwas zu tun, gondelt er die Landstraße hinauf und hinunter. Ach, wie dumm er ist, das begreift er erst jetzt. Sein Herz schlägt heftiger. Vielleicht hat sie einen Sonnenstich. Oder ein Bein gebrochen.

Er geht zurück und hupt ein paarmal. Zwei deutsche Autos kommen vorbei. Er schaut auf die Uhr: Ungefähr anderthalb Stunden sind schon vergangen, das heißt, dass die Fähre schon weg ist. Sie hat die Autos verschluckt, die Tore geschlossen und ist in See gestochen, ein mächtiger weißer Dampfer. Mit jeder Minute liegt ein größerer Streifen gleichgültiges Meer zwischen ihnen und der Fähre. Kunicki hat eine düstere Ahnung, von der ihm der Mund ganz trocken wird, eine Ahnung von etwas, das mit dem Abfall auf dem Pfad zusammenhängt, mit den Fliegen und den menschlichen Exkrementen. Er begreift. Sie sind umgekommen. Beide sind sie verschwunden. Er weiß, dass sie nicht in dem Olivenhain sind, trotzdem läuft er über den ausgedörrten Pfad dorthin und ruft nach ihnen, obwohl er schon gar nicht mehr glaubt, dass sie antworten werden.

Jetzt ist Siesta, die kleine Stadt ist so gut wie ausgestorben. Am Strand gleich neben der Fahrstraße lassen drei Frauen einen hellblauen Drachen steigen. Beim Parken kann er sie genau sehen. Eine von ihnen trägt eine cremefarbene Hose, die ihre dicken Gesäßbacken eng umspannt.

Er findet Branko an einem Tisch in dem kleinen Café. Dort sitzt er mit zwei anderen Männern. Sie trinken Obstler mit Eis, wie Whisky. Branko lächelt überrascht, als er ihn sieht.

»Hast du was vergessen?«, fragt er.

Sie bieten ihm einen Stuhl an, aber er will sich nicht setzen. Er will alles der Reihe nach erzählen, geht zu Englisch über, während er gleichzeitig in einem anderen Teil seines Kopfes nachdenkt, wie man jetzt vorgehen würde, wenn das Ganze ein Film wäre. Er sagt, sie seien verschwunden, Jagoda und der Kleine. Er sagt, wo und wann. Er sagt, dass er sie gesucht hat und sie nicht gefunden hat.

»Habt ihr euch gestritten?«

Fragt Branko.

Er verneint, wahrheitsgemäß. Die beiden Männer trinken von ihrem Obstler. Er hätte auch Lust darauf. Im Mund spürt er den scharf-süßlichen Geschmack. Langsam räumt Branko seine Zigaretten und Streichhölzer vom Tisch. Die beiden anderen stehen auf, widerspenstig, als wollten sie sich vor einem Kampf konzentrieren, vielleicht wollen sie aber auch nur hier im Schatten der Markise sitzen bleiben. Alle wollen zu der Stelle fahren, aber Kunicki beharrt darauf, dass erst die Polizei benachrichtigt werden muss. Branko zögert. Hier und da scheint ein graues Haar durch seinen schwarzen Bart. Auf dem gelben T-Shirt prangt das Bild einer roten Muschel und die Aufschrift »Shell«.

»Vielleicht ist sie ans Meer gegangen?«

Vielleicht. Sie beschließen, dass Branko und Kunicki zurück an die Stelle fahren, die beiden anderen gehen auf die Wache, um in Vis anzurufen. Branko erklärt, dass in Komiža nur ein Polizist stationiert ist, die richtige Wache ist in Vis. Auf dem Tisch lassen sie die Gläser mit den schmelzenden Eiswürfeln zurück.

Kunicki erkennt die kleine Bucht, wo er zuvor gestanden hat, sofort wieder. Ihm scheint es Ewigkeiten her zu sein, die Zeit fließt jetzt anders, sie ist zäh und herb, setzt sich aus Einzelsequenzen zusammen. Hinter den weißen Wolken kommt die Sonne hervor, auf einmal wird es heiß.

»Hup mal!«, sagt Branko, und Kunicki drückt auf die Hupe.

Ein langgezogener klagender Laut ertönt, wie von einem Tier. Er verstummt, zerfällt zu den Miniaturechos der Zikadenklänge.

Sie dringen in den Olivenhain vor, rufen sich hin und wieder etwas zu. Erst am Weingarten treffen sie wieder zusammen, nach kurzer Beratung beschließen sie, auch diesen ganz zu durchkämmen. Sie schreiten die schattigen Reihen ab und rufen nach der verschwundenen Frau: Jagoda! Jagoda! Kunicki wird sich der Bedeutung des Namens bewusst – Beere –, die war ihm ganz entfallen. Plötzlich hat er das Gefühl, an einem uralten, obskuren und grotesken Ritual teilzunehmen. Von den Weinstöcken hängen pralle dunkelviolette Trauben, perverse Ballungen von Brustwarzen, und er irrt in dem belaubten Labyrinth umher und schreit »Jagoda, Jagoda!«. An wen ist das gerichtet? Wen sucht er?

Er muss kurz stehen bleiben, er hat Seitenstechen, krümmt sich zwischen den Weinranken. Er taucht den Kopf in die schattige Kühle, die vom Laub gedämpfte Stimme Brankos verstummt, und Kunicki hört jetzt das Summen der Fliegen – den vertrauten Grundton der Stille.

Hinter diesem Weingarten beginnt der nächste, vom ersten nur durch einen schmalen Pfad getrennt. Sie bleiben stehen, und Branko macht einen Anruf von seinem Mobiltelefon. Er sagt mehrmals die beiden Worte »Zena« und »dijete« – »Frau« und »Kind« –, mehr kann Kunicki nicht verstehen. Die Sonne wird orange, wird groß und aufgedunsen, man kann zusehen, wie sie kraftloser wird. Gleich kann man ihr direkt ins Gesicht sehen. Die Weingärten nehmen jetzt ein tiefes Dunkelgrün an. Zwei menschliche Gestalten stehen ratlos in diesem Meer aus grünen Streifen.

Als es dämmert, haben sich bereits mehrere Autos und ein Männergrüppchen an der Landstraße eingefunden. Kunicki sitzt in einem Auto mit der Aufschrift »Polizei« und beantwortet mit Brankos Hilfe die ihm chaotisch erscheinenden Fragen des dicken, verschwitzten Polizisten. Er spricht in einem einfachen Englisch: »We stopped. She went out with the child. They went right, here.« Er zeigt die Richtung mit der Hand. »I was waiting, let's say fifteen minutes. Then I decided to go and look for them. I couldn't find them. I didn't know what had happened.« Sie geben ihm lauwarmes Mineralwasser, er trinkt gierig. »They are lost.« Kurz darauf sagt er noch einmal: »Lost.« Der Polizist wählt eine Nummer auf dem Handy. »It is impossible to get lost here, my friend«, sagt er zu ihm. Dieses »my friend« kommt Kunicki merkwürdig vor. Dann meldet sich das Walkie-Talkie. Noch eine Stunde vergeht, bis sie in offener Schwarmlinie ins Innere der Insel aufbrechen.

Unterdessen sinkt die Sonne langsam über dem Weingarten, und als sie den Kamm erreichen, sieht man, dass sie schon das Meer berührt. Sie werden unfreiwillige Zeugen ihres theatralischen langen Untergangs. Schließlich schalten sie ihre Taschenlampen an. Es ist schon dunkel, als sie auf den hohen, felsigen Küstenstreifen der Insel kommen, wo zahlreiche Buchten sind. Sie steigen in zwei Buchten hinab, um nachzufragen. In kleinen Steinhäusern wohnen dort etwas exzentrischere Touristen, die keine Hotels mögen und dafür lieber etwas mehr bezahlen, um weder fließendes Wasser noch Strom zu haben. Sie bereiten ihr Essen auf Steinöfen zu, manche haben auch Gasflaschen mitgebracht. Sie fangen Fische, die direkt vom Meer auf den Grill wandern. Nein, niemand hat eine Frau mit einem Kind gesehen. Gleich gibt es bei ihnen Abendessen, Brot, Käse, Oliven und die armen Fische, die sich am Nachmittag noch ihren sorglosen Spielen im Meer hingegeben haben. Immer wieder ruft Branko im Hotel in Komiża an – Kunicki bittet ihn darum, weil er sich nur vorstellen kann, dass sie sich verirrt hat und schließlich doch auf einem anderen Weg dorthin zurückgelangt. Doch nach jedem Anruf klopft Branko ihm nur wortlos auf die Schulter.

Gegen Mitternacht löst sich die Gruppe der Männer langsam auf. Auch die beiden, die Kunicki am Cafétisch in Komiża gesehen hat, sind dabei. Jetzt erst, beim Abschiednehmen, stellen sie sich vor: Drago und Roman. Zusammen gehen sie zum Auto. Kunicki ist ihnen für ihre Hilfe dankbar, er weiß nicht, wie er es ausdrücken soll, er hat vergessen, was auf Kroatisch »danke« heißt. Wahrscheinlich ein dem Polnischen entfernt ähnelndes Wort. Mit einem bisschen guten Willen müsste man eigentlich eine slawische Verständigungsform entwickeln können, eine Zusammenstellung ähnlicher praktischer slawischer Wörter, die man ohne Grammatik benutzen könnte, anstatt sich einer hölzernen und simplifizierten Version des Englischen zu bedienen.

In der Nacht legt ein Boot an dem Haus an, wo er wohnt. Sie müssen evakuiert werden, es gibt eine Überschwemmung. Das Wasser reicht schon bis zum ersten Stockwerk der Häuser. In der Küche dringt es durch die Fugen zwischen den Kacheln und strömt in warmen Bächen aus den Steckdosen. Die Bücher sind von der Nässe schon aufgequollen. Er öffnet eines und sieht, dass die Buchstaben wie Schminke zerfließen und verschmierte leere Seiten hinterlassen. Es stellt sich heraus, dass alle schon mit dem letzten Transport fortgefahren sind, nur er ist zurückgeblieben.

Im Schlaf hört er Tropfen, die vereinzelt vom Himmel fallen und kurz darauf zu einem heftigen kurzen Wolkenbruch werden.

Benedictus, qui venit

April auf der Autobahn, rote Sonnenstreifen auf dem Asphalt, eine vom Regen wie mit sorgfältig aufgetragenem Zuckerguss überzogene Welt – ein Osterkuchen. Es ist Karfreitag, irgendwo zwischen Belgien und Holland bin ich mit dem Auto unterwegs, ich weiß nicht genau, in welchem Land ich bin, die Grenze ist verschwunden, hat sich verwischt, wird nicht mehr gebraucht. Im Radio wird ein Requiem übertragen. Beim *Benedictus* leuchten plötzlich entlang der Autobahn die Lampen auf, als wollten sie den mir unfreiwillig übers Radio erteilten Segen wirksam werden lassen.

Eigentlich kann es aber auch nur daran gelegen haben, dass ich nun in Belgien angelangt war, wo man alle Autobahnen reisefreundlich zu beleuchten pflegt.

Panoptikum

Das Panoptikum und die Wunderkammer sind, wie ich einem Museumsführer entnahm, ein etabliertes Paar, das einen Vorläufer der Museen darstellt. Dort zeigte man alle möglichen gesammelten Kuriositäten, die die Eigentümer von ihren Reisen nach nah und fern mitgebracht hatten.

Man sollte nicht vergessen, dass Bentham sein geniales System zur Überwachung von Gefangenen auch als Panoptikum bezeichnete: Er plante eine Anlage, die räumlich so gestaltet war, dass jeder Gefangene jederzeit beobachtet werden konnte.

Kunicki. Wasser II

So groß ist die Insel ja nun auch wieder nicht«, sagt Djudzica am nächsten Morgen zu Branko, als sie ihm einen starken schwarzen Kaffee einschenkt.

Alle wiederholen diese Worte wie ein Mantra. Kunicki versteht, was sie sagen wollen, er weiß ja selbst, dass die Insel so klein ist, dass man nicht darauf verloren gehen kann. Die Insel ist nur zehn Kilometer lang, und es gibt zwei größere Orte darauf: Vis und Komiża. Man kann sie Zentimeter für Zentimeter durchsuchen, wie eine Schublade. Und in beiden Orten kennen sich alle. Die Nächte sind warm, auf den Feldern wächst der Wein, die Feigen sind fast schon reif. Selbst wenn sie sich verirrt hätten, würde ihnen nichts zustoßen, sie würden weder verhungern noch erfrieren und auch nicht Opfer wilder Tiere werden. Sie würden eine warme Nacht im trockenen, sonnenerhitzten Gras verbringen, unter den Zweigen eines Olivenbaums und beim schläfrigen Rauschen des Meeres. Von keiner Stelle aus sind es mehr als drei, vier Kilometer zur Landstraße. Auf den Feldern stehen Steinhütten, wo die Weinfässer aufbewahrt werden, manchmal sind auch Essen und Kerzen da. Zum Frühstück nehmen sie sich eine Handvoll reife Weintrauben oder bekommen bei den Sommergästen in einer der Buchten eine richtige Mahlzeit.

Sie gehen hinunter zum Hotel, wo schon ein Polizist auf sie wartet, diesmal ist es ein anderer, jüngerer. Einen Augenblick lang hat Kunicki die Hoffnung, dass er gute Nachrichten hat, aber der Polizist fragt nur nach seinem Pass. Alle Angaben schreibt er ganz genau auf, sagt, dass sie jetzt auch auf dem

Festland nach den beiden suchen werden, in Split. Und auf den benachbarten Inseln.

»Vielleicht sind sie übergesetzt«, erklärt er.

»Sie hatte kein Geld. No money. Alles ist hier drin.« Kunicki zeigt die Tasche und zieht ihr Portemonnaie heraus, es ist rot und mit kleinen Perlen bestickt. Er öffnet es und hält es dem Polizisten unter die Nase.

Der zuckt mit den Schultern und notiert seine Adresse in Polen.

»Wie alt ist das Kind?«

»Drei«, sagt Kunicki.

Sie fahren über eine Serpentinenstraße an dieselbe Stelle, der Tag verspricht heiß und klar zu werden, erleuchtet wie ein Dia. Am Mittag wird das Bild ganz daraus verschwinden. Kunicki denkt über die Möglichkeit nach, die Insel von oben zu betrachten, aus einem Hubschrauber, sie ist ja fast kahl. Er denkt auch an Erkennungschips, wie sie Vögeln eingesetzt werden, Kranichen und Störchen, aber für Menschen gibt es keine. Alle sollten so einen Chip haben, zu ihrer eigenen Sicherheit. Später könnte man dann alle ihre Bewegungen im Internet verfolgen: Strecken, Begegnungen, Verirrungen. Wie viele könnten vorm Tod gerettet werden! Er sieht einen Computerbildschirm vor sich, darauf bunte Linien, die Menschen bezeichnen, lauter Spuren, Zeichen. Kreise und Ellipsen, Labyrinthe. Vielleicht auch Endlosschleifen, vielleicht missratene Spiralen, die plötzlich abbrechen.

Ein Hund ist da, ein schwarzer Schäferhund, sie halten ihm ihren Pullover vom Rücksitz vor die Nase. Der Hund schnüffelt um das Auto herum, dann schlägt er den Pfad zwischen den Olivenbäumen ein. Kunicki fühlt plötzlich, wie neue Energie in ihm erwacht, gleich wird sich alles aufklären. Sie laufen hinter dem Hund her. Der Schäferhund bleibt an einer Stelle stehen, offenbar haben sie hier ihre Notdurft verrichtet, obwohl man keine Spur davon sieht. Er bleibt stehen, mit sich zufrieden – aber wir sind noch nicht fertig, Hund! Wo sind die Leute, wohin sind sie gegangen? Der Hund versteht nicht, was sie von ihm wollen, aber nach kurzem Zögern bewegt er sich weiter, biegt seitlich ab, Richtung Straße, weg von den Weingärten.

Dann ist sie an der Straße entlang gegangen, denkt Kunicki. Sie muss sich vertan haben. Sie mochte weiter unten an der Straße herausgekommen sein und auf ihn gewartet haben. Aber hatte sie die Hupe nicht gehört? Und dann? Vielleicht hatte jemand sie mitgenommen – doch wohin, da sie ja nicht aufzufinden waren? Jemand. Eine unscharfe, verschwommene breitschultrige Gestalt. Ein schwerer Nacken. Entführung. Hatte er sie geknebelt und in den Kofferraum verfrachtet? Dann hatte er sie mit der Fähre aufs Festland gebracht, und jetzt sind sie schon in Zagreb oder München oder werweißwo. Aber wie konnte er mit zwei bewusstlosen Menschen die Grenze überqueren?

Nun biegt der Hund in eine leere Schlucht ein, die schräg von der Straße abgeht, eine lange steinige Rinne, die läuft er hinab, über das Geröll. Dort fängt ein schmaler, verwilderter alter Weingarten an, darin steht ein kleines, mit rostigem Wellblech gedecktes Steinhäuschen, das an einen Kiosk erinnert. Vor der Tür liegt ein Haufen vertrockneter Traubenpergel, wahrscheinlich zum Verbrennen. Der Hund läuft im Kreis um das Haus, kehrt dann zur Tür zurück. Doch die Tür ist mit einem Vorhängeschloss versperrt, sie schauen alle verdutzt. Der Wind hat Reisig auf die Schwelle geweht, man sieht, dass hier niemand hineingegangen ist. Der Polizist schaut durch die schmutzige Scheibe ins Innere und rüttelt dann an der Scheibe. Er rüttelt immer fester und fester, bis sie nachgibt. Alle schauen hinein, Modergeruch schlägt ihnen entgegen und der Geruch nach Meer, der allgegenwärtige.

Die Walkie-Talkies rauschen, der Hund bekommt zu trinken, dann lässt man ihn wieder an dem Pullover schnüffeln. Jetzt macht er drei Runden um das Haus, kehrt zum Weg zurück, trabt nach kurzem Zögern auf dem Weg weiter, auf ein paar kahle Felsen zu, nur mit einzelnen Grasbüscheln bewachsen. Tief unten am Abhang sieht man das Meer. Dort bleiben alle Sucher stehen, das Gesicht dem Wasser zugewandt.

Der Hund hat die Spur verloren, kehrt zurück, legt sich schließlich mitten auf den Pfad.

»To je zato jer je po noci padala kisa«, sagt jemand auf Kroatisch, und Kunicki versteht genau, dass es um den Regen geht, der in der Nacht gefallen ist.

Branko lädt ihn zu einem späten Mittagessen ein. Die Polizisten bleiben zurück, sie fahren nach Komiża. Sie reden kaum ein Wort. Kunicki kann sich denken, dass Branko nicht weiß, was er sagen soll, dazu noch in einer fremden Sprache, auf Englisch. Nun gut, er braucht nichts zu sagen. In einem Restaurant direkt am Meer bestellen sie gebratenen Fisch. Eigentlich ist es kein Restaurant, es ist die Küche von Brankos Bekannten. Hier sind alle seine Bekannten, sie sehen sich sogar ähnlich, ihre Gesichtszüge sind irgendwie schärfer, die Gesichter wie vom Wind gegerbt, ein Stamm der Seewölfe. Branko schenkt ihm Wein ein, redet ihm zu, er soll trinken. Er selbst leert sein Glas in einem Zug. Er lässt nicht zu, dass Kunicki bezahlt. Branko bekommt einen Anruf.

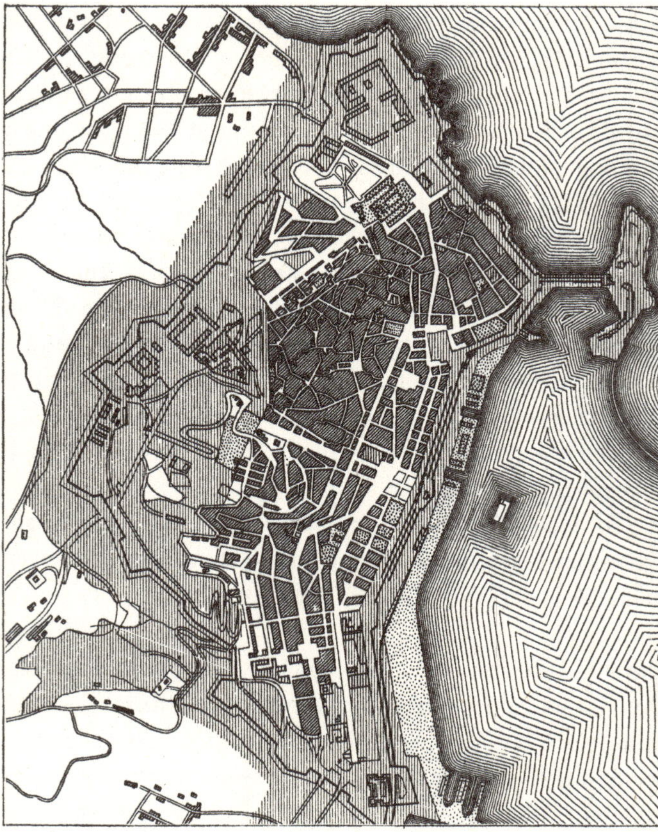

»They manage to get a helicopter, an airplane. Police«, sagt Branko.

Sie machen einen Plan: In Brankos Boot wollen sie die Küste der Insel abfahren. Kunicki ruft seine Eltern in Polen an, er hört die brüchige Stimme seines Vaters, sagt ihm, sie müssten noch drei Tage bleiben. Er sagt nicht die Wahrheit. Alles ist in Ordnung, sie müssen bloß noch etwas bleiben. Er ruft auch bei der Arbeit an, es gebe ein kleines Problem, er bittet um weitere drei Tage Urlaub. Er weiß nicht, warum er genau »drei Tage« sagt.

Er erwartet Branko am Hafen. Branko trägt jetzt ein neues Hemd mit einer roten Muschel darauf, es ist frisch und sauber, offenbar hat er mehrere von der Sorte. Sein kleiner Kutter liegt zwischen anderen vertäuten Booten. In unbeholfenen hellblauen Lettern steht der Name auf der Bootswand: »Neptun«. Kunicki fällt ein, dass die Fähre, mit der sie angekommen waren, »Poseidon« hieß. Dieser Name taucht hier an so vielen Stellen auf: Bars, Läden und Boote heißen Poseidon. Oder Neptun. Diese beiden Namen wirft das Meer wie Muscheln aus. Wie haben sie sich wohl das Copyright bei dieser Gottheit gesichert? Und womit bezahlt?

Sie setzen sich im Kutter zurecht. Eigentlich handelt es sich eher um ein Motorboot mit einer Kabine, die nachlässig aus Holzbrettern zusammengezimmert ist. Dort bewahrt Branko Wasserflaschen auf, leere und volle. In einigen Flaschen ist Wein aus seinem Weingarten, ein guter, starker Weißwein. Branko holt den Motor aus der Kabine und montiert ihn am Heck. Beim dritten Versuch springt er an, jetzt müssen sie sich schreiend verständigen. Der Lärm ist erst unerträglich, aber bald hat sich das Gehirn daran gewöhnt, so wie an dicke Winterkleidung, die den Körper von der Außenwelt abschottet. Nach und nach versinkt der Anblick der immer kleiner werdenden Bucht und des Hafens in dem Lärm. Kunicki erkennt das Haus, in dem sie gewohnt haben, sogar das Küchenfenster und die emporragende Agave, wie ein erstarrtes Feuerwerk, eine triumphale Ejakulation.

Vor seinen Augen schnurrt alles zusammen und verschwimmt: Die Häuser werden zu einer ungleichmäßigen dunklen Linie, der Hafen zu einem chaotischen weißen Fleck mit den kreuz und quer ragenden Masten. Dafür wachsen hinter der Stadt Berge empor, nackte, graue Berge mit den grünen Tupfen der Weinstöcke. Sie wachsen, werden riesig. Im Inland, von der Straße aus, wirkte die Insel klein, jetzt sieht man ihre Wucht, ein zu einem monumentalen Kegel geformter Felsbrocken, eine aus dem Wasser gereckte Faust.

Sie biegen nach links, kommen aus der Bucht aufs offene Meer hinaus, und von hier sieht die Küste der Insel steil und bedrohlich aus.

Die weißen Kämme der an die Felsen brandenden Wellen und die Vögel, die das Auftauchen des Bootes in Unruhe versetzt hat, bringen Bewegung in das Bild. Als sie zur Rückfahrt wieder den Motor anlassen, verschwinden die aufgescheuchten Vögel. Und noch etwas: ein senkrechter Kondensstreifen, der den Himmel in zwei Flächen zerschneidet. Ein Flugzeug fliegt nach Süden.

Es geht los. Branko zündet zwei Zigaretten an, eine gibt er Kunicki. Das Rauchen ist schwierig, unter dem Bug sprüht das Wasser auf und überzieht alles mit kleinen Tröpfchen.

»Guck aufs Wasser«, schreit Branko. »Auf alles, was schwimmt.«

Als sie sich einer Bucht mit einer Höhle nähern, sehen sie

einen Hubschrauber, der in die entgegengesetzte Richtung fliegt. Branko stellt sich ins Boot und winkt. Kunicki blickt fast glücklich auf die Maschine. Die Insel ist doch nicht groß, denkt er zum hundertsten Mal, von oben betrachtet wird sich nichts vor den Augen des großen mechanischen Insekts verbergen können, alles liegt offen da wie auf dem Präsentierteller.

»Fahren wir zur Poseidon«, ruft er Branko zu, aber der will nicht so recht.

»Dort gibt es keine Durchfahrt«, schreit er zurück.

Aber der Kutter biegt ab und verlangsamt die Fahrt. Mit abgestelltem Motor treiben sie zwischen den Felsen.

Dieser Teil der Insel müsste auch Poseidon heißen, so wie alles andere, denkt Kunicki. Gott hatte sich hier seine eigenen Kathedralen gebaut mit Haupt- und Nebenschiff, Säulen und Chor. Die Perspektiven sind planlos, der Rhythmus falsch und ungleichmäßig. Die Felsen aus schwarzem Magma glänzen nass, wie mit einem seltenen dunklen Metall überzogen. Jetzt, im Dämmer, sind diese Bauwerke erschütternd traurig, das ist die Quintessenz der Verlassenheit, hier hat noch nie jemand gebetet. Kunicki meint plötzlich, hier die Urform der Kirchen der Menschen zu erblicken. Hierher müsste man reisen, bevor man nach Reims oder Chartres fährt.

Er möchte diese Entdeckung mit Branko teilen, aber der Lärm ist zu groß, man kann kein Wort wechseln. Sie sehen ein anderes größeres Boot mit der Aufschrift »Policie. Split«. Es fährt an der Steilküste entlang. Die Boote fahren aufeinander zu, Branko spricht kurz mit den Polizisten. Keine Spur ist zu entdecken, nichts. Das entnimmt Kunicki jedenfalls, das Knattern der Motoren übertönt das Gespräch. Offenbar verständigen sie sich mit Lippenbewegungen und einem sanften ratlosen Schulterzucken, was nicht zu ihren weißen Polizeihemden mit den Achselklappen passt. Sie geben mit Gebärden zu verstehen, man solle umkehren, gleich würde es dunkel. »Kehrt um!«, diese Worte versteht Kunicki. Branko gibt Gas, es hört sich an wie eine Explosion. Das Wasser bebt, kleine Wellen laufen auseinander, wie ein Schauder.

Als sie sich jetzt der Insel nähern, wirkt alles ganz anders als bei Tag. Zuerst sehen sie das Lichtergefunkel, das mit jedem Moment klarer in einzelne Punkte zerfällt, die Reihen bilden. Sie wachsen im sinkenden Dunkel, treten einzeln und verschiedenartig hervor: Die Lichter der Yachten vor dem Ufer sind anders als die in den Häusern, wieder anders sind die erleuchteten Schilder und die beweglichen Scheinwerfer der Autos. Eine gezähmte Welt, die Sicherheit ausstrahlt.

Schließlich schaltet Branko den Motor aus, und das Boot erreicht das Ufer. Unerwartet scheuert der Bootsboden auf Kies – sie sind auf dem kleinen Strand, des Ortes angekommen, gleich neben dem Hotel und weit vom Hafen. Kunicki ahnt, weshalb. An der Rampe, gleich am Strand, steht ein Polizeiauto, zwei Männer in weißen Hemden warten offensichtlich auf sie.

»Ich glaube, die wollen mit dir reden«, sagt Branko und vertäut das Boot. Kunicki wird plötzlich ganz schwach zumute, er hat Angst vor dem, was er vielleicht gleich hören wird. Dass sie die Leichen gefunden haben. Davor hat er Angst. Mit weichen Knien geht er auf sie zu.

Gott sei Dank – es ist nur ein normales Verhör. Nein, es gibt nichts Neues. Aber inzwischen ist so viel Zeit vergangen, die Angelegenheit ist sehr ernst geworden. Sie bringen ihn über die einzige Straße der Insel nach Vis auf die Wache. Es ist schon stockdunkel, aber offensichtlich kennen sie den Weg gut, sie gehen nicht mal in den Kurven vom Gas. An jener Stelle fahren sie schnell vorbei. Auf der Wache warten weitere Leute auf ihn. Ein Übersetzer – ein großer gutaussehender Mann, den sie extra aus Split hergeholt haben und der offen gestanden sehr wenig Polnisch spricht – und noch ein Polizist. Sie stellen Routinefragen, fast gleichgültig, und ihm wird langsam klar, dass er verdächtigt wird.

Sie bringen ihn bis direkt ans Hotel. Er steigt aus und tut so, als ginge er hinein. Aber er bleibt in dem dunklen Vestibül stehen, bis sie fort sind, bis das Brummen des Motors verklungen ist, dann tritt er wieder hinaus auf die Straße. Er geht auf die nächste Ansammlung von Lichtern zu, in Richtung des Boulevards am Hafen, wo sich die Cafés und Restaurants befinden. Aber es ist schon spät, und obwohl Freitag ist, sind nicht mehr viele unterwegs, es muss schon ein, zwei Uhr nachts sein. Unter den spärlichen Gästen an den Tischen sucht er nach Branko, aber er kann ihn nicht entdecken, das Hemd mit dem Muschelmotiv ist nirgends zu sehen. Italiener sind da, eine ganze Familie, sie sind gerade mit dem Essen fertig, er nimmt auch zwei ältere Leute wahr, die ein Getränk mit dem Strohhalm trinken und die lärmende italienische Familie mustern. Zwei blonde Frauen sitzen einander vertraulich zugeneigt ins Gespräch vertieft, ab und zu berühren sich ihre Schultern. Männer aus dem Ort, Fischer, ein Paar. Welch ein Glück, dass ihn niemand beachtet... Er geht im Schatten direkt am Ufer entlang, spürt den Geruch nach Fisch und den warmen salzigen Hauch des Meeres. Er hat Lust, eine der kleinen Gassen hinaufzugehen, die zu Brankos Haus führen, aber er traut sich nicht, bestimmt schlafen sie schon. Schließlich setzt er sich an einen kleinen Tisch am Rand einer Terrasse. Der Kellner ignoriert ihn.

Er betrachtet die Männer, die auf den Tisch neben ihm zusteuern. Sie setzen sich hin, stellen noch einen Stuhl dazu, sie sind zu fünft. Bevor der Kellner kommt und sie ihre Getränke bestellen, verbindet sie schon ein unsichtbares Einvernehmen.

Sie sind verschiedenen Alters, zwei von ihnen haben dichte Bärte, doch in dem Kreis, den sie unwillkürlich sogleich gebildet haben, verschwinden all diese Unterschiede. Sie reden, aber es ist nicht wichtig, was sie reden, es könnte so aussehen, als schickten sie sich zum gemeinsamen Singen an, als probierten sie ihre Stimmen aus. Lachen erfüllt den Raum im Innern ihres Kreises, Witze, sogar altbekannte, werden erfreut kommentiert, ja sogar gewünscht. Es ist ein tiefes, vibrierendes Lachen, es nimmt den Raum in Beschlag und bringt die Touristen am Nebentisch – plötzlich aufgeschreckte Frauen in mittlerem Alter – zum Schweigen. Es zieht neugierige Blicke auf sich.

Sie bereiten sich ihr Publikum vor. Der Eintritt des Kellners mit dem Tablett voller Getränke wird zur Ouvertüre, der Kellner selbst, ein junger Mann, wird, ohne sich im Geringsten dessen bewusst zu sein, zum Conférencier, der einen Tanz, eine Oper ankündigt. Bei seinem Anblick leben sie auf, eine Hand fährt in die Höhe und zeigt ihm den Platz: hier. Ein Augenblick Stille – und schon wandern die Glasränder zu den Lippen. Der eine oder andere von ihnen – und zwar die Ungeduldigsten – schließt unwillkürlich die Augen wie in der Kirche, wenn der Priester weihevoll die weiße Oblate auf die ausgestreckte Zunge legt. Die Welt ist bereit, umgekrempelt zu werden, nur konventionshalber ist der Boden noch unter den Füßen und die Decke über dem Kopf, der Köper gehört nicht mehr allein sich selbst, sondern ist Teil einer lebendigen Kette, eines lebendigen Kreises. So wie auch jetzt die Gläser wieder zum Mund geführt werden, der Augenblick selbst, in dem sie geleert werden, ist fast unmerklich, es geschieht in blitzartiger Konzentration mit einem kurzzeitigen Ernst. Ab jetzt werden sich die Männer an ihren Gläsern festhalten. Die Körper rings um den Tisch fangen an zu kreisen, die Scheitel werden in der Luft Kreise beschreiben, erst kleinere, dann größere. Sie werden sich überlagern, neue Lücken entstehen lassen. Schließlich werden sich die Hände erheben, zuerst werden sie ihre Kraft in der Luft erproben, in Gesten, die Worte illustrieren, dann werden sie zu den Schultern der Kameraden wandern, zu ihren Armen und Rücken, sie klopfen und stützen. Die Verbrüderung der Hände und Schultern ist keine Zudringlichkeit, es ist ein Tanz.

Kunicki schaut voller Neid zu. Er würde gerne aus dem Schatten kommen und sich ihnen anschließen. Eine solche Intensität kennt er nicht. Ihm steht der Norden näher, wo die Männer in Gemeinschaft zurückhaltender sind. Doch im Süden, wo Sonne und Wein den Körper schneller und ungenierter lösen, wird dieser Tanz ganz real. Nach einer Stunde sinkt der erste Körper rückwärts und fängt sich an der Lehne des Stuhls.

Der Nachtwind schlägt Kunicki wie eine warme Tatze auf den Rücken, schiebt ihn auf die Tische zu, als wollte sie ihn überreden, Geh, los, geh schon. Er würde sich ihnen gerne anschließen, egal wohin sie sich aufmachen. Er will, dass sie ihn mitnehmen.

Auf der unbeleuchteten Seite des Boulevards geht er zurück zum Hotel, dabei achtet er darauf, die Grenze des Dunkels nicht zu überschreiten. Bevor er das enge stickige Treppenhaus betritt, holt er tief Luft und bleibt einen Augenblick lang reglos stehen. Im Dunkeln tasten seine Füße nach den Stufen, so steigt er die Treppe hinauf und lässt sich im Zimmer gleich auf sein Bett fallen. Angezogen liegt er auf dem Bauch, die Arme von sich gestreckt, als hätte ihn jemand in den Rücken geschossen, und er hätte kurz über die Kugel nachgesonnen und wäre dann gestorben.

Nach ein paar Stunden steht er auf, er kann höchstens zwei Stunden gelegen haben, denn es ist noch dunkel, und er tastet sich die Treppe hinunter zu seinem Auto. Die Verriegelung klackt, das Auto blinzelt vertraulich und sehnsüchtig. Kunicki holt das Gepäck heraus, alles, wie es gerade kommt. Er trägt die Koffer die Treppe hinauf, sie in der Küche und im Zimmer auf den Boden fallen. Zwei Koffer und etliche Beutel, Taschen, Körbe, auch den mit dem Reiseproviant, eine Plastiktüte mit einem Satz Taucherflossen, Tauchermasken, einen Sonnenschirm, Strandmatten und die Kiste mit Wein, Ajvar, dieser Paprikapaste, die sie so gerne aßen, und Oliven von der Insel. Er knipst alle Lichter an und sitzt dann mitten in diesem Durcheinander. Er nimmt ihre Tasche und kippt den Inhalt vorsichtig auf den Küchentisch. Er setzt sich hin und betrachtet das Häuflein kläglicher Gegenstände, als wäre es ein kompliziertes Mikadospiel, für das man eine bestimmte Bewegung braucht, um einen Stab so herauszuziehen, dass die anderen sich nicht bewegen. Nach kurzem Zögern nimmt er ihr Rouge und dreht den Deckel ab. Dunkelrot, noch fast neu. Sie benutzte es nicht oft. Er riecht daran. Es duftet gut, schwer zu sagen, wonach. Er fasst Mut, nimmt jeden Gegenstand in die Hand und legt ihn einzeln auf den Tisch. Der Pass im blauen Umschlag, auf dem Bild ist sie wesentlich jünger, trägt die langen Haare offen, mit einem Pony. Die Unterschrift auf der letzten Seite ist verwischt, deshalb wird sie an Grenzen oft angehalten. Ein schwarzes mit einem Gummi zusammengehaltenes Notizbuch. Er schlägt es auf und blättert darin, ein paar Notizen, die Zeichnung von einer Jacke, eine Zahlenkolonne, die Karte von einem Bistro in Polanica mit einer Telefonnummer auf der Rückseite, ein Büschelchen dunkle Haare, eigentlich nicht mal ein Büschel, nur ein paar Dutzend einzelne Haare. Das legt er beiseite, er wird es später genauer anschauen. Ein Schminktäschchen aus indischem Stoff, darin ein dunkelgrüner Augenstift, eine Puderdose (fast ohne Puder), grüne Wimperntusche in einer Hülse, ein Brauenstift aus Plastik, Lipgloss, eine Pinzette, ein schwarz angelaufenes gerissenes Kettchen. Er findet noch ein Billett für das Museum in Trogir, auf der Rückseite steht etwas, ein Fremdwort; er hält das Stück Karton dicht vor die Augen und liest mit Mühe: καιρος, wohl K-A-I-R-O-S, aber er ist sich nicht sicher, das Wort sagt ihm nichts. Am Boden des Täschchens lauter Sand.

Das Mobiltelefon: Der Akku ist fast leer. Er prüft die letzten gewählten Nummern, vor allem seine eigene Nummer erscheint, aber auch zwei, drei andere, mit denen er nichts verbindet. Eingegangene Nachrichten: nur eine, die hat er geschickt, als sie sich in Trogir verloren hatten: »Ich bin am Brunnen auf dem Hauptplatz.« Verschickte Nachrichten: keine. Er kehrt zum Hauptmenü zurück, auf dem Bildschirm leuchtet kurz ein Muster auf und erlischt.

Ein angebrochenes Päckchen Papiertaschentücher. Ein Bleistift, zwei Kugelschreiber: der eine ein gelber Wegwerfstift, der andere mit der Aufschrift »Hotel Mercure«. Kleingeld, Groschen und Eurocent. Das Portemonnaie, darin ein paar kroatische Banknoten, zehn polnische Zloty. Eine Visakarte. Ein oranges Zettelblöckchen, etwas angeschmutzt. Eine

Anstecknadel aus Kupfer mit antikem Muster, sie sieht kaputt aus. Zwei Bonbons. Eine Digitalkamera in schwarzem Etui. Ein Nagel. Eine weiße Klammer. Ein Kaugummistaniol. Krümel. Sand.

Alles breitet er vorsichtig auf der mattschwarzen Tischfläche aus, alle Gegenstände im gleichen Abstand voneinander. Er geht zum Wasserhahn, trinkt Wasser. Kehrt zurück zum Tisch und zündet sich eine Zigarette an. Dann macht er sich daran, mit ihrem Apparat zu fotografieren. Jeden Gegenstand einzeln. Er fotografiert langsam, mit Hingabe, aus geringstmöglicher Distanz, mit Blitz. Er bedauert nur, dass er sich mit dem kleinen Apparat nicht selbst fotografieren kann. Er ist auch ein Beweisstück in diesem Fall. Dann geht er in den Flur, wo die Taschen und Koffer stehen, knipst von jedem Gegenstand ein Bild. Doch dabei lässt er es nicht bewenden, er packt die Koffer aus und fotografiert jedes Kleidungsstück, jedes Paar Schuhe, jede Cremetube, jedes Buch. Die Spielsachen des Kleinen. Er schüttelt sogar die Schmutzwäsche aus der Plastiktüte und macht ein Foto von dem unförmigen Haufen.

Er findet eine kleine Flasche Rakija und trinkt sie, den Fotoapparat in der Hand, auf einen Zug aus, dann macht er ein Bild von der leeren Flasche.

Es ist schon hell, als er sich mit dem Auto in Richtung Vis aufmacht. Er hat die vertrockneten Brote dabei, die sie für die Reise zurechtgemacht hatte. In der Hitze war die Butter geschmolzen, hatte die Brotscheiben mit glänzendem Fett getränkt, der Schnittkäse ist hart geworden und halb durchsichtig wie Plastik. Er isst zwei Brote bei der Ausfahrt aus Komiža, die Hände wischt er an der Hose ab. Er fährt langsam und vorsichtig, schaut rechts und links, achtet auf alles, an dem er vorbeifährt, er ist sich bewusst, dass er Alkohol im Blut hat. Aber er fühlt sich stark und zuverlässig wie eine Maschine. Er schaut sich nicht um, obwohl er weiß, dass dort, in seinem Rücken, das Meer immer größer wird. Die Luft ist so klar, dass man vom höchsten Punkt sicher bis zur italienischen Küste sehen kann. Vorläufig hält er sich an die Buchten und schaut sich jede Kleinigkeit genau an, jedes Papierchen, jedes Stück Abfall. Er hat auch Brankos Fernglas mit, damit mustert er die Küstenfelsen. Er sieht die steinigen Hänge, auf denen strohig verdorrtes, grau gewordenes Gras wächst, er sieht die unverwüstlichen Disteln, von der Sonne dunkel verfärbt, die sich mit ihren langen Trieben krampfhaft festklammern. Die mickrigen verwilderten Olivenbäume mit ihren gewundenen Stämmen, die Steinmauern, die von aufgegebenen Weingärten noch übrig geblieben sind.

Etwa eine Stunde fährt er nach Vis hinab. Er fährt langsam wie eine Polizeistreife, an dem kleinen Supermarkt vorbei, wo sie eingekauft haben, vor allem Wein, und bald ist er in der Stadt.

Die Fähre liegt schon am Hafen vertäut. Sie ist riesig, groß wie ein Mietshaus, ein schwimmender Wohnblock. Die »Poseidon«. Die großen Tore sind geöffnet, eine Reihe Autos mit verschlafenen Passagieren stehen schon Schlange, um in diese gähnende Höhle zu fahren, gleich werden sie eingelassen. Kunicki bleibt an der Barriere stehen und betrachtet die Gruppe von Leuten, die Fahrkarten kaufen. Einige haben Rucksäcke dabei, darunter auch ein schönes Mädchen mit einem bunten Turban auf dem Kopf. Er schaut sie an und kann den Blick nicht von ihr losreißen. Neben dem Mädchen steht ein großer, skandinavisch-gutaussehender Junge. Frauen mit Kindern stehen dort, wahrscheinlich Einheimische, sie haben kein Gepäck, ein Mann im Anzug und mit Aktentasche. Ein Paar – die Frau hat die Augen geschlossen und den Kopf an seine Brust gelehnt, als wollte sie versäumten Schlaf einer zu kurzen Nacht nachholen. Und ein paar Autos: eines mit deutscher Nummer, das bis unters Dach beladen ist, zwei italienische. Und Lieferwagen vom Ort, die Brot, Gemüse, Post holen. Die Insel muss leben. Kunicki wirft verstohlene Blicke in die Autos.

Schließlich setzt sich die Schlange in Bewegung, die Fähre verschluckt Menschen und Autos, niemand protestiert, sie gehen hinein wie die Lämmer. Eine Gruppe von fünf französischen Motorradfahrern kommt an, sie sind die Letzten, die gehorsam im Schlund der Poseidon verschwinden.

Kunicki wartet, bis sich die Tore mit mechanischem Knirschen schließen. Der Fahrscheinverkäufer knallt sein Fenster zu und kommt heraus, um eine Zigarette zu rauchen. Sie sind beide Zeugen, wie die Fähre mit plötzlichem Getöse vom Ufer ablegt.

Er sagt, er suche eine Frau und ein Kind, zieht ihren Pass aus der Tasche und hält ihn dem anderen unter die Nase.

Der Fahrscheinverkäufer blickt auf das Bild im Pass, er beugt sich darüber. Dann sagt er etwas auf Kroatisch, das sich ungefähr anhört wie:

»Die Polizei hat schon nach ihr gefragt. Hier hat sie keiner gesehen.« Er zieht an seiner Zigarette und setzt hinzu: »Das ist ja keine große Insel, man würde sich an sie erinnern.«

Unvermittelt legt er Kunicki die Hand auf die Schulter, als wären sie alte Bekannte.

»Kaffee? Trinkst du einen Kaffee?«, mit dem Kopf nickt er in Richtung des kleinen Cafés am Hafen, das gerade aufgemacht hat.

Ja, Kaffee. Warum nicht?

Kunicki setzt sich an den Tisch, der andere kommt kurz darauf mit zwei doppelten Espressi. Sie trinken schweigend.

»Mach dir keine Sorgen«, sagt der Fahrscheinverkäufer. »Hier kann man nicht verloren gehen. Hier sind wir alle sichtbar wie auf einem Präsentierteller.« Das sagt er und zeigt dabei seine von dicken Linien durchzogene Handfläche. Danach holt er ihm ein Brötchen mit Frikadelle und Salat. Schließlich geht er und lässt Kunicki mit dem halb ausgetrunkenen Kaffee allein. Als er fort ist, entringt sich Kunicki ein kleines Schluchzen, es ist wie ein Stück Brötchen, er schluckt es herunter, es schmeckt nach nichts.

Er kann die Vorstellung nicht abschütteln, dass sie sichtbar sind wie auf einem Präsentierteller. Für wen? Wer soll auf sie alle hinabblicken, auf diese Insel im Meer, die Asphaltstraßen, die sich wie Fäden von einem Hafen zum anderen ziehen, die paar Tausend in der Hitze zerfließenden Menschen, Einheimische und Touristen, die alles in Bewegung halten. Bilder von Satellitenaufnahmen fallen ihm ein, angeblich kann man auf ihnen die Aufschrift auf einer Streichholzschachtel erkennen. Ob das möglich ist? Bestimmt kann man von dort auch seinen Glatzenansatz sehen. Der große kühle Himmel voll mit den beweglichen Augen der ruhelosen Satelliten.

Auf dem Rückweg zum Auto nimmt er den Pfad über den kleinen Friedhof neben der Kirche. Alle Gräber sind wie in einem Amphitheater dem Meer zugewandt, also haben die Toten einen Blick auf das langsame, sich ständig wiederholende Leben im Hafen. Bestimmt freut sie die weiße Fähre, vielleicht halten sie sie sogar für einen Erzengel, der die Seelen auf ihrer himmelhohen Überfahrt eskortiert.

Kunicki fällt auf, dass sich wenige Namen immer wiederholen. Die Leute hier sind wahrscheinlich wie diese Katzen, sie bleiben unter sich, verkehren in einem kleinen Kreis von Familien, selten heiratet einer in die Fremde. Er bleibt nur einmal stehen, als er einen kleinen Grabstein sieht, auf dem zwei kurze Zeilen stehen:

Zorka 9 II 21 – 17 II 54

Srečan 29 I 54 – 17 VII 54

Einen Augenblick lang sucht er in diesen Daten eine algebraische Ordnung, sie sehen aus wie ein Code. Mutter und Sohn. Eine in den Daten enthaltene Tragödie, die in Etappen stattgefunden hatte. Eine Stafette.

Da hört die Stadt auch schon auf. Er ist müde, die Hitze hat ihren Höhepunkt erreicht, der Schweiß läuft ihm in die Augen. Als er mit dem Auto wieder ins Innere der Insel hinauffährt, sieht er, dass die scharfe Sonne sie in die abweisendste Gegend der Erde verwandelt. Die Hitze tickt wie eine Zeitbombe.

Auf der Polizei serviert man ihm ein kaltes Bier, als wollte man unter dem weißen Schaum die eigene Ratlosigkeit verbergen. »Keiner hat sie gesehen«, sagt der massige Beamte und dreht den Ventilator höflich in Kunickis Richtung.

»Was sollen wir machen?«, fragt er den Polizisten, der an der Tür steht.

»Ruhen Sie sich etwas aus«, sagt der.

Aber Kunicki bleibt auf dem Kommissariat und hört alle Telefongespräche und das geheimnisumwobene Knistern der Walkie-Talkies an, bis Branko kommt und ihn zum Mittagessen abholt. Sie reden kaum ein Wort. Danach lässt er sich ins Hotel fahren, er fühlt sich schwach und legt sich angezogen aufs Bett. Er riecht seinen Schweiß, den ekelerregenden Geruch der Angst.

Angezogen liegt er auf dem Rücken, umgeben von den Dingen aus den Taschen und Tüten. Angestrengt erforscht sein Blick ihre Konstellationen, ihr Verhältnis zueinander, die Richtungen, die sie weisen, die Figuren, die sie bilden. Das könnte eine Prophezeiung sein. Darin ist eine Nachricht für ihn enthalten, ein Brief über seine Frau und sein Kind, vor allem aber über ihn selbst. Er kennt nicht den Brief, er kennt nicht die Zeichen, mit Sicherheit hat sie keine Menschenhand geschrieben. Ihr Zusammenhang mit ihm ist offensichtlich, allein die Tatsache, dass er sie betrachtet, ist wesentlich; und dass er sie sieht, ist ein großes Geheimnis. Es ist ein Geheimnis, dass er überhaupt schauen und sehen kann, das Geheimnis ist, dass er ist.

Überall und nirgends

Wenn ich mich auf eine Reise begebe, verschwinde ich von der Landkarte. Niemand weiß, wo ich bin. An dem Punkt, von dem ich ausgegangen bin, oder an dem Punkt, zu dem ich strebe? Existiert ein »Dazwischen«? Bin ich wie dieser verlorene Tag, wenn man nach Osten fliegt, und die gewonnene Nacht nach Westen? Gilt für mich dasselbe Gesetz, auf das die Quantenphysik so stolz ist: dass ein Atom gleichzeitig an zwei Orten sein kann? Oder ein anderes Gesetz, von dem wir noch nichts wissen und das noch nicht belegt worden ist: dass man an ein und demselben Ort zweifach nicht existieren kann?

Ich glaube, es gibt viele, die so sind wie ich. Entschwundene, Abwesende. Sie tauchen plötzlich im Ankunfts-Terminal eines Flughafens auf und fangen an zu existieren, wenn der Beamte ihnen einen Stempel in den Pass drückt oder eine höfliche Dame ihnen an einer Hotelrezeption einen Schlüssel aushändigt. Wahrscheinlich haben sie schon entdeckt, wie wandelbar sie sind, wie abhängig von Orten und Tageszeiten, von der Sprache, der Stadt, dem Klima. Fließend, mobil, illusionshaft – das ist gleichbedeutend mit zivilisiert. Barbaren reisen nicht, sie streben nur nach einem Ziel oder fallen an einem Ort ein.

Die Frau, die mir Kräutertee aus ihrer Thermosflasche anbietet, als wir zusammen auf den Bus vom Bahnhof zum Flughafen warten, denkt ähnlich. Ihre Hände sind mit einem komplizierten Hennamuster bemalt, das mit jedem Tag blasser wird. Beim Einsteigen hält sie mir einen Vortrag zum Thema Zeit. Sie sagt, sesshafte, ackerbauende Menschen bevorzugten den Trost einer zyklischen Zeit, in der alles wieder an seinen Anfang zurückkehren muss, zu einem Keim schrumpft und den Weg zu Reife und Tod aufs Neue gehen muss. Doch Nomaden und reisende Händler mussten eine andere Zeitform ersinnen, die dem Unsteten besser entsprach. Das war eine lineare Zeit, sie war für sie geeigneter, weil sie das Maß für die Annäherung an ein Ziel und für den Zinszuwachs war. In dieser Zeitform ist jeder Augenblick neu und unwiederholbar, das macht die Menschen geneigter, Risiken auf sich zu nehmen, mit beiden Händen zu greifen, was sie bekommen können, den Augenblick auszukosten. Doch im Grunde war das eine bittere Entdeckung: Wenn eine Veränderung in der Zeit unwiderruflich ist, werden Verlust und Trauer zu einer alltäglichen Erfahrung. Deshalb haben sie auch ständig Worte wie »vergeblich« oder »verschwendet« auf der Zunge.

»Vergebliche Anstrengung, verschwendete Mittel«, lacht die Frau und verschränkt die bemalten Hände hinter dem Kopf. Die einzige Möglichkeit, in einer solchen in die Länge gezogenen, linearen Zeit zu überdauern, sei das Wahren von Abstand, sagt sie. Ein Tanz, dessen Schritte im Wechsel von Annäherung und Entfernung bestehen. Ein Schritt vor, ein Schritt zurück, ein Schritt nach links, ein Schritt nach rechts – eine Schrittfolge, die man sich leicht merken kann. Und je größer die Welt werde, desto größer die Entfernung, die man sich auf diese Weise ertanzen könne, man könne hinter sieben Meere, hinter zwei Sprachen, hinter eine ganze Religion wandern.

Ich habe jedoch eine andere Meinung zum Thema Zeit. Die Zeit aller Reisenden sind viele Zeiten in einer, eine ganze Vielheit. Das ist eine Inselzeit, Archipele der Ordnung im Ozean des Chaos, das ist die Zeit, die Bahnhofsuhren erzeugen – überall anders, eine Zeit nach Absprache, eine meridionale Zeit, die niemand besonders ernst nimmt. Die Stunden verschwinden im fliegenden Flugzeug, der Morgendämmer tritt blitzartig ein, der Mittag und gleich dahinter der Abend traben ihr schon auf den Fersen. Die hektische Zeit der Großstädte, wo man sich nur für kurze Zeit einfindet, um sich in die Gefangenschaft eines Abends zu begeben, und die träge Zeit der unbewohnten Ebenen, die man aus dem Flugzeug sieht.

Ich glaube auch, dass die Welt im Innern steckt, in den Gehirnwindungen, in der Zirbeldrüse, er steckt einem im Hals, dieser Globus. Eigentlich kann man ihn aushusten und ausspucken.

Flughäfen

Es gibt die großen Flughäfen, die uns mit dem Versprechen der Umsteigemöglichkeiten in Mengen versammeln, sie haben ihre geordneten Verbindungen und Flugpläne im Dienste der Bewegung. Doch auch wenn wir nicht vorhaben, uns in den nächsten paar Tagen fortzubewegen, lohnt es sich, sie näher kennenzulernen.

Früher wurden sie wie die Bahnhöfe an den Stadtrand gelegt, als eine Art Anhang. Aber heute haben sie sich so weit emanzipiert, dass sie ihre ganz eigenständige Identität haben. Bald wird man sagen können, dass es die Städte sind, die als Arbeits- und Schlafstätten Anhängsel der Flughäfen bilden. Denn inzwischen ist ganz klar, dass das wahre Leben in der Bewegung stattfindet.

Warum sollten heutzutage Flughäfen richtigen Städten in irgendetwas nachstehen? Es gibt dort Kunstausstellungen, Konferenzzentren, sie sind Schauplatz für Festivals und Shows. Es gibt Gärten und Promenaden, kulturelle Veranstaltungen werden angeboten. In Schiphol kann man schöne Rembrandtkopien bewundern, auf einem asiatischen Flughafen gibt es ein Religionsmuseum, eine sehr gute Idee. Außerdem haben wir dort Zugang zu guten Hotels und etlichen Bars und Restaurants. Es gibt kleine Läden, Supermärkte und Geschäftspassagen, in denen man sich nicht nur für die Reise versorgen kann, man kann bereits hier alle möglichen Souvenirs kaufen, um am Zielort keine Zeit damit zu verschwenden. Es gibt Fitness Clubs, Massagesalons – klassisch und asiatisch –, Friseure und Anlageberater, Niederlassungen von Banken und Mobiltelefongesellschaften. Wenn die körperlichen Bedürfnisse schließlich gedeckt sind, kann

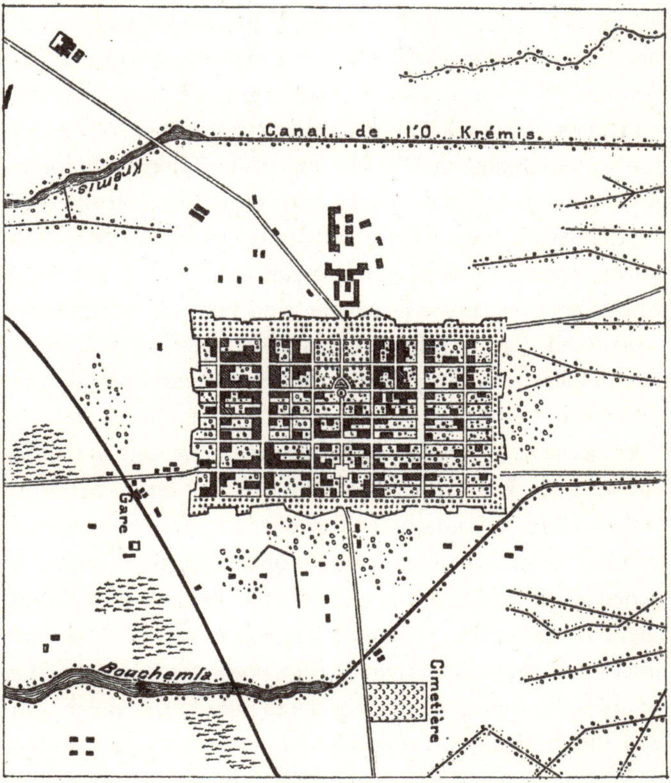

Canal de l'O. Krémis
Krémis
Gare
Bouchemla
Cimetière

man sich zur geistigen Erbauung in die zahlreichen Kapellen und Meditationsräume begeben. Auf manchen Flughäfen werden für die Reisenden Autorenlesungen geboten. Irgendwo im Rucksack habe ich noch das Programm einer solchen Lesung: »Geschichte und Grundfragen der Reisepsychologie«, »Die Entwicklung der Anatomie im 17. Jahrhundert«.

Alles ist gut organisiert, Laufbänder erleichtern den Wechsel von einem Terminal zum anderen, dann geht es von einem Flughafen zum andern (manche sind mehrere Flugstunden voneinander entfernt!), und ein diskreter Ordnungsdienst sorgt indessen für das reibungslose Funktionieren dieses großen Mechanismus.

Heute sind Flughäfen mehr, als ihr Name sagt, sie bilden eine spezielle Kategorie von Stadtstaaten mit festem Standort, jedoch ständig wechselnder Bevölkerung. Die Flughafenrepubliken, Mitglieder des Internationalen Luftfahrtverbands, haben noch keine Vertretung bei den Vereinten Nationen, aber das wird sicher nicht mehr lange dauern. Sie sind ein Beispiel für ein System, in dem die Innenpolitik weniger wichtig ist als die Verbindungen mit anderen zum Verband gehörenden Flughäfen, denn nur damit können sie ihre Existenz rechtfertigen. Sie sind ein Beispiel für ein extravertiertes System, die Verfassung steht auf jedem Fahrschein gedruckt, und der einzige Personalausweis seiner Bürger ist die Bordkarte.

Die Einwohnerzahl ist stets fluktuierend. Interessanterweise sind bei Nebel und Gewitter immer Bevölkerungszunahmen zu verzeichnen. Damit sich jeder überall und stets wohlfühlen kann, dürfen die Einwohner nicht zu auffällig sein. Manchmal könnte man auf dem Laufband beim Anblick der anderen Reisebrüder und -schwestern den Eindruck haben, dass wir Präparate in Formalin sind, die einander aus ihren Gläsern angucken. Leute, die aus den Bildern in Reiseführern herausgeschnitten worden sind. Unsere Adresse ist der Platz im Flugzeug, beispielsweise 7D oder 16A. Die großen Laufbänder tragen uns in entgegengesetzte Richtungen: Die einen sind in Pelz und Mütze, andere in Hemden mit Palmenmuster und Bermudashorts, manche mit schneegetrübten Augen, andere sonnengebräunt, diese durchdrungen von nördlicher Feuchtigkeit, dem Geruch faulender Blätter und aufgeweichter Erde, jene mit Wüstensand in jeder Ritze ihrer Sandalen. Die einen dunkelhäutig, sonnenverbrannt, versengt, die anderen blendend weiß, fluoreszierend. Kurzgeschorene und solche, die sich nie die Haare schneiden. Große und Breitschultrige wie dieser Mann da, und Kleine, Zerbrechliche, wie jene Frau, die ihm gerade mal bis zur Taille reicht.

Sie haben auch ihre eigene Musik. Das ist die Symphonie der Flugzeugmotoren, ein paar einfache Klänge, die sich im rhythmusfreien Raum ausbreiten, ein orthodoxer zweimotoriger Chor, düster rußig, rot und schwarz unterlegt, ein Largo, bestehend aus einem einzelnen Akkord, der sich selbst ermüdet. Ein Requiem, das mit dem mächtigen Introitus des Starts beginnt und mit dem zur Landung abklingenden Amen endet.

Reise zu den eigenen Wurzeln

Hostels, die herbergsartigen Unterkünfte, müsste man wegen »Ageism« zur Rechenschaft ziehen, wegen Diskriminierung aufgrund des Alters. Aus irgendwelchen Gründen nehmen sie nur junge Leute als Übernachtungsgäste auf.

Sie setzen sich selbst diese Altersgrenzen, doch jemand über vierzig würde die Schwelle mit Sicherheit ohnehin nicht überschreiten. Warum sollen junge Leute solch ein Vorrecht haben? Sind sie rein biologisch nicht schon mit allen Vorzügen ausgestattet?

Nehmen wir zum Beispiel diese Rucksacktouristen, aus denen sich die Mehrheit der Gäste in den Hostels rekrutiert. Männer wie Frauen sind kräftig und groß, haben gesunde helle Haut, selten rauchen sie oder konsumieren andere Schweinereien, höchstens ab und zu mal einen Joint. Sie reisen ökologisch bewusst zu Lande, mit Nachtzügen oder überfüllten Langstreckenbussen. In manchen Ländern können sie auch noch trampen. Abends kommen sie in diesen Hostels an, und beim Essen stellen sie einander Die Drei Reisefragen. Woher bist du? Woher kommst du gerade? Wohin fährst du? Die erste Frage stellt die senkrechte Achse dar, die nächsten beiden die waagrechte. Mit Hilfe dieser Konfiguration können sie eine Art Koordinatensystem erstellen, und wenn es ihnen gelungen ist, einander auf dieser Karte zu platzieren, können sie ruhig schlafen.

Einer, den ich im Zug traf, war wie die meisten auf der Suche nach seinen Wurzeln. Das war eine ziemlich komplizierte Reise. Mütterlicherseits war seine Großmutter russische Jüdin, sein Großvater Pole aus Wilna (sie hatten Russland mit der Armee von Anders verlassen und sich nach dem Krieg in Kanada niedergelassen). Väterlicherseits war sein Großvater Spanier, seine Großmutter Indianerin, den Namen ihres Stammes habe ich vergessen. Er war am Anfang seiner Reise, und das alles schien ihn etwas zu erdrücken.

Reisekosmetika

Heute bietet jede Drogerie, die etwas auf sich hält, ihren Kunden eine spezielle Serie von Kosmetika für die Reise. Manche Ketten stellen ganze Regale dafür bereit. Hier kann man sich mit allem ausstatten, was man für die Reise braucht: Shampoo, Waschmittel in der Tube, um in Hotelwaschbecken die Unterwäsche waschen zu können, zusammenklappbare Zahnbürsten, Sonnenschutzcreme, Insektenspray, Tüchlein mit Schuhcreme (erhältlich in einer breiten Farbpalette), Intimhygiene, Fußcreme, Handcreme. Das Charakteristische daran ist immer die Größe: Es sind Miniaturen, Tübchen und Gläschen, daumengroße Fläschchen, im kleinsten Näh-Set haben drei Nadeln, jeweils drei Meter Faden in fünf verschiedenen Farben, zwei weiße Notknöpfe und eine Sicherheitsnadel Platz. Vor allem der Haarlack in Sprayform wird nützlich sein, der Miniaturbehälter passt in die hohle Hand.

Offensichtlich hält die Kosmetikindustrie das Reisephänomen für eine verkleinerte Kopie des sesshaften Lebens, für seine spielerische, leicht infantile Miniatur.

La mano di Giovanni Battista

Es gibt zu viel Welt. Man müsste sie verkleinern, nicht weiter und größer machen. Man sollte sie wieder in eine kleine Dose stopfen, in ein mobiles Panoptikum, das man nur samstagnachmittags anschauen dürfte, wenn die Tagesarbeit getan, die saubere Wäsche vorbereitet ist, die gestärkten Hemden auf der Stuhllehne hängen, die Böden gescheuert sind und der Streuselkuchen zum Auskühlen auf der Fensterbank steht. Dann würde man durch ein kleines Loch hineinschauen wie in ein Fotoplastikon und jede Einzelheit bestaunen.

Leider aber ist es dafür wohl zu spät.

Wahrscheinlich bleibt einem nichts anderes übrig, als zu lernen, wie man unentwegt eine Wahl trifft. Wie man so wird wie der Reisende, den ich einmal in einem Nachtzug kennengelernt habe. Der sagte, er müsse in regelmäßigen Abständen in den Louvre fahren und vor dem einen Bild stehen, das es seiner Meinung nach wert ist, gesehen zu werden. Vor dem Bild von Johannes dem Täufer, um mit dem Blick seinem erhobenen Finger zu folgen.

Original und Kopie

In der Cafeteria eines Museums sagte mir einmal jemand, nichts vermittle ihm eine solche Befriedigung wie der Umgang mit Originalen. Er stellte auch die Behauptung auf, je mehr Kopien es auf der Welt gebe, desto größer sei die Macht des Originals, eine Macht, die manchmal fast so groß ist wie die einer Reliquie. Denn wichtig ist das Einmalige, weil darüber die Gefahr der Zerstörbarkeit schwebe. Die Bestätigung seiner Worte fand sich in Gestalt einer Touristengruppe, die in der Nähe mit gottesdienstartiger Andacht ein Bild Leonardo da Vincis zelebrierte. Nur ab und zu hielt jemand die Spannung nicht aus, das deutlich vernehmbare Klicken eines Fotoapparates ertönte und klang wie eine Art »Amen« in einer neuen Zeichensprache.

Der Zug der Feiglinge

Es gibt Züge, die ganz auf den Schlaf der Passagiere eingerichtet sind. Der ganze Zug besteht nur aus Schlafwagen und einem Buffetwagen, nicht mal ein richtiger Speisewagen ist nötig. Ein solcher Zug verkehrt zum Beispiel zwischen Stettin und Breslau. Er fährt um 22.30 los und kommt um 7.00 an, obwohl die Strecke gar nicht so lang ist, es sind gut 340 Kilometer, die müssten sich in fünf Stunden zurücklegen lassen. Aber es geht ja nicht immer nur um Geschwindigkeit, das Unternehmen denkt auch an den Komfort der Passagiere. Der Zug hält auf offener Strecke und steht in Nacht und Nebel, ein leises Hotel auf Rädern. Es lohnt sich nicht, mit der Nacht um die Wette zu laufen.

Es gibt auch einen durchaus guten Zug auf der Strecke Berlin – Paris. Und Budapest – Belgrad. Und Bukarest – Zürich.

Ich glaube, diese Züge sind für die Leute ersonnen, die Angst vorm Fliegen haben. Sie sind öffentlichkeitsscheu, besser erwähnt man nicht, dass man mit ihnen fährt. Es wird auch keine besondere Werbung für sie gemacht. Diese Züge haben eine feste Kundschaft, nämlich den unglückseligen Teil der Menschheit, der bei jedem Start und jeder Landung tausend Tode stirbt. Das sind die mit den schwitzigen Händen, die hilflos ein Taschentuch nach dem anderen zerknüllen und die Stewardessen am Ärmel zupfen.

Ein solcher Zug steht bescheiden auf einem Nebengleis, er fällt nicht auf. (Zum Beispiel der von Hamburg nach Krakau wartet in Altona, hinter Reklametafeln verborgen.) Wer zum ersten Mal damit fährt, irrt erst auf dem Bahnhof herum, bevor er ihn findet. Das diskrete Einsteigen dauert seine Zeit. In den Seitentaschen des Gepäcks stecken Schlafanzug und Pantoffeln, Kosmetika, Ohrenstöpsel. Die Kleidung wird sorgfältig auf spezielle Bügel gehängt, Zahnbürste und Zahnpasta gibt man in die winzige aufklappbare Waschkonsole. Bald kommt der Schaffner und nimmt die Bestellung für das Frühstück entgegen. Kaffee oder Tee – das ist die Scheinfreiheit des Zuges. Wenn sie einen Billigflug gebucht hätten, wären sie in einer Stunde am Ziel, hätten Geld gespart. Und sie hätten die Nacht – in den Armen ersehnter Geliebter, ein Abendessen in einem Restaurant auf der Rue Ble-Ble, wo es Austern gibt. Ein abendliches Mozart-Konzert in einer Kirche. Einen Spaziergang am Flussufer. Doch so müssen sie sich restlos der Dauer einer Zugreise ergeben, nach althergebrachter Weise persönlich jeden Kilometer hinter sich bringen, jede Brücke, jeden Viadukt und jeden Tunnel auf dieser Reise zu Lande passieren. Nichts kann man auslassen oder überspringen. Die Räder berühren jeden Millimeter der Strecke, machen daraus ihre Augenblickstangente, eine nie wiederholbare Konfiguration von Rad und Schiene, Zeit und Ort, die es im ganzen Kosmos nur einmal gibt.

Kaum ist dieser Zug der Feiglinge ohne große Ankündigung in die Nacht aufgebrochen, füllt sich schon die Bar. Männer in Anzügen kommen für ein paar Schnäpse oder ein großes Bier, um besser einschlafen zu können; gut gekleidete Schwule blitzen mit den Augen umher wie mit Kastagnetten, Fußballfans schauen sich verloren um, getrennt von der Gruppe, die mit dem Flugzeug geflogen ist, sind sie unsicher wie Schafe außerhalb ihrer Herde; Freundinnen über vierzig, die ihre langweiligen Männer zu Hause gelassen haben und sich auf Abenteuerreise begeben.

Bald sind keine Plätze mehr frei, die Reisenden benehmen sich wie auf einer großen Party, nach und nach machen die freundlichen Bediensteten an der Bar die einzelnen Gäste miteinander bekannt: »Dieser Gast fährt jede Woche mit mir.« »Ted, der sagt immer, dass er nicht schlafen geht, aber kippt als Erster in die Falle.« »Dieser Herr fährt jede Woche zu seiner Frau, er muss sie sehr lieben.« Das ist Frau »Nie-wieder-fahr-ich-mit-diesem-Zug«. Mitten in der Nacht, wenn der Zug langsam über die belgische oder Lebusser Ebene kriecht, wenn der Nachtnebel dichter wird und alles verschwimmen lässt, dann taucht die zweite Schicht in der Bar auf: von Schlaflosigkeit erschöpfte Passagiere, die sich der Pantoffeln an den bloßen Füßen nicht schämen. Sie gesellen sich dazu, als übergäben sie ihr Wohl und Wehe in die Hände des Fatums: Was sein wird, wird sein.

Ich glaube, ihnen kann nur das Beste passieren. Sie befinden sich doch an einem beweglichen Ort, der sich durch den schwarzen Raum schiebt, sie werden durch die Nacht getragen. Niemanden kennen, von niemand gekannt werden. Aus dem eigenen Leben treten und dann wohlbehalten wieder zurückkehren.

Die verlassene Wohnung

Die Wohnung versteht nicht, was passiert ist. Die Wohnung meint, der Besitzer ist gestorben. Seitdem die Tür ins Schloss gefallen ist und der Schlüssel im Schlüsselloch geknirscht hat, dringen alle Geräusche nur noch gedämpft herein, ohne Schattierung und Umriss, wie verlaufene Flecken. Der Raum erstarrt, ungenutzt, von keinem Durchzug, keiner Bewegung der Vorhänge aufgestört, in dieser Reglosigkeit bilden sich zaghaft probeweise Formen, und zwar solche, wie sie einen Augenblick lang im Flur zwischen Decke und Fußboden hängen.

Natürlich erscheint hier nichts Neues, wie könnte es auch? Das sind nur die Imitationen bekannter Formen, die blasenartige Ballungen bilden und ganz kurz Gestalt annehmen. Es sind einzelne Episoden, wie zum Beispiel ein Fußabdruck auf dem weichen Teppich, der dauernd – und immer an der gleichen Stelle – entsteht und verschwindet. Oder bloße Gesten, wie die Hand, die am Tisch die Bewegung beim Schreiben imitiert, was vollkommen unbegreiflich ist, denn sie hat weder Stift noch Blatt noch Schrift noch einen Körper, der dazu gehört.

Das Buch der Schandtaten

Eine Freundin war sie nicht. Ich traf sie auf dem Flughafen in Stockholm, dem einzigen Flughafen der Welt mit Holzfußboden, ein schönes dunkles Eichenparkett, gebohnerte, sorgfältig aufeinander abgestimmte Holzplättchen, man kann sich leicht vorstellen, dass ein paar Hektar nördlicher Wald darin stecken.

Sie saß neben mir, hatte die Beine ausgestreckt und auf ihren schwarzen Rucksack gelegt. Sie las nicht, hörte keine Musik, hatte die Hände über dem Bauch verschränkt und schaute vor sich hin. Mir gefiel diese Ruhe, diese völlige Hingabe ans Warten. Als ich sie etwas neugieriger musterte, bemerkte ich, dass ihr Blick über den gebohnerten Boden glitt.

Ich wollte sie ansprechen und murmelte deshalb etwas wie: »Schade um so viel Wald für einen Fußboden im Flughafen.«

»Wahrscheinlich muss beim Bau eines Flughafens ein Lebewesen zum Opfer gebracht werden. Damit keine Katastrophen passieren.«

Die Stewardessen am Pult hatten ein Problem. Leider hatte sich herausgestellt – wie sie uns, den Wartenden, durchs Mikrofon mitteilten –, dass unsere Maschine überbelegt war. Unerklärlicherweise waren zu viele Leute auf der Passagierliste. Ein Computerfehler – das Fatum unserer Tage. Wenn zwei Passagiere bereit wären, ihren Flug auf morgen zu verschieben, würden sie je zweihundert Euro bekommen, eine kostenlose Übernachtung im Flughafenhotel und einen Gutschein für ein Abendessen.

Die Leute wechselten nervöse Blicke. »Losen wir aus!«, schlug einer vor. Ein anderer lachte, aber dann trat ein unangenehmes Schweigen ein. Niemand will zurückbleiben, das ist verständlich, wir leben ja nicht in einem Vakuum, wir haben Verabredungen, morgen müssen wir zum Zahnarzt, und zum Abendessen sind Freunde eingeladen.

Ich betrachtete meine Schuhspitzen. Ich habe es nicht eilig. Ich muss nirgends zu einem festen Zeitpunkt sein. Soll die Zeit sich nach mir richten und nicht umgekehrt. Außerdem – man kann auf alle möglichen Weisen Geld verdienen, hier tut sich jetzt eine ganz neue Dimension von Arbeit auf, vielleicht ist das die Einkunftsquelle der Zukunft, die Rettung vor Arbeitslosigkeit und Überproduktion von Abfall. Vom Flug zurücktreten, mit der Übernachtung im Hotel ein Tageseinkommen verdienen, morgens vom großen schwedischen Frühstücksbuffet essen und die reiche Auswahl an Joghurt genießen. Warum nicht? Ich stand auf und trat auf die aufgeregte Stewardess zu. Die Frau, die neben mir gesessen hatte, folgte mir.

»Warum nicht?«, fragte sie.

Unser Gepäck musste leider ohne uns abfliegen. Der leere Autobus brachte uns zum Hotel, wir bekamen zwei nette kleine Zimmer nebeneinander. Es gab nichts auszupacken, Zahnbürste und frische Unterwäsche waren im Handgepäck, ebenso wie die Gesichtscreme und ein dickes Buch. Ein Notizbuch. Ich werde Zeit haben, alles aufzuschreiben, auch diese Frau zu beschreiben:

Sie ist groß, hat eine gute Figur, ziemlich breite Hüften und kleine Hände. Ihr volles gewelltes Haar trägt sie in einem Knoten, aber weil es nicht so leicht zu bändigen ist, schwebt es wie eine silberne Aureole um ihren Kopf, ganz ergraut. Aber ihr Gesicht ist jung, hellhäutig, sommersprossig. Bestimmt ist sie Schwedin, die färben nicht die Haare.

Wir hatten verabredet, dass wir uns am Abend unten in der Bar treffen würden, nach einer ausgiebigen Dusche und einem Blick in die verschiedenen Fernsehsender.

Wir bestellten Weißwein, und nach anfänglichen Höflichkeiten und den Drei Fragen der Reisenden kamen wir zur Sache. Ich erzählte ihr zuerst von meinem Wanderleben, aber hatte bald den Eindruck, dass sie nur höflichkeitshalber zuhörte. Deshalb verlor ich den Schwung, ich wusste, dass sie eine viel interessantere Geschichte haben würde.

Sie sammelte Beweise, dafür hatte sie ein Stipendium der EU, aber das reichte nicht für ihre Reisen, sie hatte zusätzlich etwas von ihrem Vater leihen müssen, der in der Zwischenzeit gestorben war. Sie strich sich eine graue Korkenzieherlocke aus der Stirn (dabei konnte ich mich vergewissern, dass sie bestimmt nicht älter als fünfundvierzig war), und für die Gutscheine der Fluggesellschaft bestellten wir uns einen Salat. Griechischer Salat war das Einzige, was wir uns dafür leisten konnten.

Beim Sprechen hielt sie die Augen halb geschlossen, das verlieh ihren Worten eine leichte Ironie. Deshalb war ich in den ersten Minuten nicht ganz sicher, ob sie ernst meinte, was sie sagte. Sie behauptete, die Welt wirke nur auf den ersten Blick so vielfältig. Wohin man auch fahre, man stoße auf verschiedene Menschen, ihre exotischen Kulturen, nach verschiedensten Plänen erbaute Städte, aus allen möglichen Materialien. Dächer, Fenster, Höfe – überall anders. Mit der Gabel spießte sie ein Stück Feta auf und beschrieb damit einen Kreis in der Luft.

»Doch lass dich von dieser oberflächlichen Vielfalt, von diesem Pfauenschweif nicht täuschen«, sagte sie. »Überall ist es dasselbe: die Tiere. Das, was der Mensch den Tieren antut.«

Ruhig, als hielte sie einen auswendig gelernten Vortrag, begann sie aufzuzählen: »Hunde reißen in brütender Hitze an zu kurzen Ketten, warten auf Wasser wie auf den Heiland, Welpen liegen an Ketten von einem halben Meter Länge, im zweiten Lebensmonat können sie noch nicht laufen; Schafe werfen im Winter auf offenem Feld, die Bauern unternehmen nichts, organisieren höchstens Lieferwagen, die die erfrorenen Lämmer abtransportieren. In Restaurants kann der Gast mit dem Finger auf den lebenden Hummer im Aquarium zeigen, den er damit zum Tod im siedenden Wasser verurteilt; andere Restaurants halten heimlich im Hinterhof Hunde, denn Speisen aus Hundefleisch sollen Männern die

Potenz wiedergeben; Käfighühner werden nach der Anzahl der gelegten Eier definiert und in ihrem kurzen Leben mit Chemie vollgepumpt; Hunde richtet man zum Kampf ab, Affen werden ansteckende Krankheiten gespritzt, auf der Haut von Kaninchen werden Kosmetika getestet; ungeborene Lämmer werden zu Pelzmänteln verarbeitet.« Das alles sagte sie ganz gleichgültig, während sie sich die Oliven in den Mund schob.

Ich protestierte. Nein, das werde ich mir nicht anhören.

Sie zog einen Stapel Unterlagen aus ihrer Patchworktasche, die sie über den Stuhl gehängt hatte. Die Blätter steckten in zusammengehefteten Plastikhüllen, dicht beschriebene Fotokopien, die sie mir über den Tisch reichte. Ich blätterte sie unwillig durch. Auf den dunklen Seiten waren jeweils zwei Spalten Text wie in einer Enzyklopädie oder in der Bibel. Kleingedrucktes, Anmerkungen. »Berichte über Schandtaten«, ihre Internetadresse. Beim ersten Blick darauf wusste ich schon, dass ich sie nicht lesen würde. Trotzdem steckte ich sie später sorgfältig in meinen Rucksack.

»Damit beschäftige ich mich«, sagte sie.

Als wir bei der zweiten Flasche Wein waren, erzählte sie mir, wie sie auf einer Reise in Tibet die Höhenkrankheit bekommen hatte und fast daran gestorben wäre. Eine Frau dort hatte sie geheilt, indem sie auf Trommeln schlug und ihr Heilkräutersud einflößte.

Wir gingen spät zu Bett, unsere Zungen hatten sich am Abend gelöst, vom Wein geölt und voll Verlangen nach langen Sätzen und Fabeln.

Als wir am nächsten Morgen beim Frühstück saßen, beugte sich Alexandra – so hieß nämlich die zornige Frau – über die Croissants zu mir.

»Der wahre Gott ist ein Tier«, erklärte sie. »Er ist in den Tieren, so nah, dass wir ihn nicht erkennen. Tagtäglich opfert er sich für uns, stirbt unzählige Male, ernährt uns mit seinem Körper, kleidet uns in seine Haut, lässt zu, dass man Medikamente an ihm testet, damit wir länger und besser leben können. So zeigt er uns seine Zuneigung, beschenkt uns mit Liebe und Freundschaft.«

Ich erstarrte, schaute fassungslos auf ihren Mund. Was mich entsetzte, war weniger die Äußerung selbst als der ganz ruhige Ton, in dem sie sprach. Und das Messer, mit dem sie gelassen eine Schicht Butter auf dem weichen Inneren des Hörnchens verteilte.

»Der Beweis befindet sich in Gent.«

Sie kramte eine Postkarte aus ihrer Patchworktasche und warf sie mir auf den Teller.

Ich nahm sie in die Hand und versuchte, in der Fülle von Einzelheiten einen sinnvollen Zusammenhang zu erkennen, dazu hätte man eine Lupe gebraucht.

»Jeder kann es sehen«, sagte Alexandra. »Mitten in der Stadt steht eine Kathedrale, und im Altar dort ist ein großes schönes Bild. Darauf sieht man Felder, eine grüne Ebene vor der Stadt, und auf dieser Wiese befindet sich eine einfache Erhebung. Genau hier« – sie zeigte mit der Messerspitze auf die Stelle –, »hier ist Das Tier in Gestalt eines weißen Lammes, auf der Erhebung.«

Ja, ich erkannte das Bild. »Die Anbetung des Lamms«, ich hatte es oft auf Reproduktionen gesehen.

»Seine wahre Identität hat sich hier offenbart. Seine leuchtende Gestalt zieht den Blick an, jeder Kopf beugt sich vor seiner göttlichen Majestät«, erzählte sie und deutete mit dem Messer auf das Lamm. »Und wir sehen, wie fast von überallher Prozessionen zu ihm strömen, alle Menschen wollen ihm huldigen, diesen Gott in seiner bescheidensten, niedrigsten Form sehen. Schau, hier kommen die Herrscher der Länder, Kaiser und Könige, Kirchen, Parlamente, politische Parteien, Handwerkszünfte, Mütter kommen mit ihren Kindern, Greise und junges Volk…«

»Warum tust du das?«, fragte ich.

»Das liegt doch auf der Hand! Ich will ein großes Buch schreiben, in dem keine Schandtat vom Anfang der Welt bis zum heutigen Tag unerwähnt bleiben soll. Das wird die Beichte der Menschheit.«

Auszüge aus der antiken Literatur hatte sie schon niedergeschrieben.

Reiseführer

Beschreiben ist wie benutzen – es verschleißt. Die Farben verblassen, die Kanten werden stumpf, das Beschriebene verblasst allmählich und verschwindet. Das betrifft insbesondere Orte. Die Reiseliteratur hat große Verheerungen angerichtet, wie eine Invasion, eine Epidemie. Die Baedekers haben den größten Teil der Welt ein für alle Mal zerstört, in Millionen von Auflagen und unzähligen Sprachen gedruckt, haben sie die Orte geschwächt, sie festgenagelt, benannt und die Umrisse verwischt.

In meiner jugendlichen Naivität habe ich mich früher selbst ans Beschreiben von Orten gemacht. Wenn ich später an diese Orte zurückkehrte, tief Luft holen und mich noch einmal an der Intensität ihrer Präsenz berauschen, mein Ohr ihrem Wispern öffnen wollte – erlebte ich einen Schock. Die Wahrheit ist schrecklich: Beschreiben heißt vernichten.

Deshalb passe man besser auf. Am besten nennt man keine Namen. Man sollte verschlüsseln und verschleiern, Ortsangaben vorsichtig behandeln, um niemanden zu einer Pilgerfahrt zu verführen. Was würde der Pilger dort finden? Einen toten Ort, Staub, einen abgenagten Butzen.

In dem bereits erwähnten »Buch der Syndrome« findet sich auch das »Pariser Syndrom«, das in erster Linie japanische Touristen befällt, die Paris besuchen. Kennzeichnend dafür ist ein Schock mit etlichen vegetativen Symptomen wie flacher Atem, Herzrhythmusstörungen, Schweißausbrüche und Erregungszustände. Manchmal treten sogar Halluzinationen auf. In solchen Fällen verabreicht man Beruhigungsmittel und rät zur Heimreise. Diese Störungen lassen sich durch die Abweichung der Wirklichkeit von den Erwartungen der Pilger erklären. Das Paris, das sie vorfinden, ähnelt in nichts der Stadt, die sie aus Reiseführern, Film und Fernsehen kennen.

Das neue Athen

Dabei gibt es ja keine Bücher, die so schnell veralten wie Reiseführer, was ja für die Reiseführerindustrie ein Segen ist. Auf meinen Reisen bin ich immer zweien treu geblieben, die ich höher schätze als alle anderen, obwohl sie vor langer Zeit geschrieben wurden. Denn sie sind aus wahrer Leidenschaft entstanden, aus dem Wunsch, die Welt zu beschreiben.

Der erste wurde am Anfang des 18. Jahrhunderts in Polen verfasst, zu einem Zeitpunkt, als in Europa die erweckte Vernunft ähnliche Versuche unternahm, die vielleicht von größerem Erfolg gekrönt waren, dafür aber mit Sicherheit weniger Charme haben. Sein Autor ist der katholische Priester Benedykt Chmielowski, der irgendwo in Wolhynien geboren wurde.* Er ist ein vom Nebel der Provinz umwogter Josephus Flavius, ein Herodot vom Rand der Welt. Ich vermute, dass er an dem gleichen Syndrom gelitten haben mag wie ich, obwohl er sich, im Unterschied zu mir, nie von zu Hause fortbewegte.

In dem Kapitel mit dem langen Titel »Von anderen wundersamen und merkwürdigen Menschen auf der Welt, ergo den Anacephalen alias Kopflose, den Cynocephalen alias Hundsköpfige, und von anderen Menschen seltsamer Gestalt« schreibt er:

»... befindet sich das sogenannte Volk der Blemier, welches Isidorus auch Lemnios heißet, diese Halsmenschen haben Gestalt und Symmetrie, einen Kopf jedoch haben sie gar nicht, nur ein Gesicht in der Mitte der Brust. [...] Plinius hingegen, der große Forscher natürlicher Dinge, bestätigt nicht nur dieses Sentiment der Acephalen alias kopflosen Menschen, sondern er siedelt sie auch nicht weit von den Troglodyten in Äthiopien an, also im Land der Mohren. Diese

* Benedykt Joachym Chmielowski, geboren 1700 in Łuck, studierte ab 1722 in Łwów, dann Kanonikus an der Kathedrale in Kiew, starb 1763 in Firlej, Podolien. Verfasser mehrerer belehrender Werke zu Religion und Wissenschaft. »Das neue Athen« (»Nowe Ateny«) war als Enzyklopädie der Absonderlichkeiten und Superlative gedacht, die aus der antiken Literatur und der Bibel bekannt sind.
Anm. d. Übers.

Autoren erhalten einige Bekräftigung von jenem oculatus testis ›was heißt Augenzeugen‹, nämlich dem S. Augustinus, da ebendieser in jenem Lande (von welchem er als Hipponensischer Bischof in Afrika nicht weit entfernt war) umherzog und des Heiligen Christlichen Glaubens semina (Samen) säte, wie er ausdrücklich in seiner Predigt in Eremo (in der Wüste) an die von ihm gegründete Bruderschaft der Augustiner verkündete. [...] ›Ich war schon Bischof von Hippo und begab mich mit einigen Dienern Christi nach Äthiopien, um das Evangelium von Jesus Christus zu verkünden, und wir sahen dort viele Männer und Weiber ohne Kopf, die jedoch riesige Augen auf der Brust trugen, während ihre anderen Gliedmaßen jedoch den unseren ähnlich waren.‹ [...] Solinus, der so oft erwähnte Autor, schreibt, dass sich in den indischen Gebirgen Menschen finden, welche die Köpfe von Hunden und ebenso Hundestimmen haben, alias Bellen. Marcus Polus, welcher Indien visitieret hat, berichtet, auf der Insel Agamen gebe es Menschen mit den Köpfen und Zähnen von Hunden; ebenso bezeugt dies auch Odoricus Aelianus lib 10, welcher ihnen die Wüsten und Sümpfe Ägyptens zuschreibt. Diese menschlichen Monstra nennt Plinius Cynanalogos, Aulus, Gellus, Isidonus hingegen nennen sie Cynocephalos, das sind Hundsköpfe. [...] Der Fürst Mikołaj Radziwill gibt in Brief 3 von seinen Reisen Kunde, er habe zwei Cynocephalen, das sind hundsköpfige Menschen, mit sich genommen und sie nach Europa gebracht.

Tandem oritur questio ›so stellt sich schließlich die Frage‹: Sind solche Monstrosi Menschen capaces ›geeignet‹ für die Erlösung? Auf diese Frage antwortet der Hipponens Catedra Oraculum, der Heilige Augustinus: Wo auch immer ein Mensch geboren sein mag, solange er ein wahrhaftiger

Mensch ist, ein mit Vernunft begabtes Wesen, das eine vernünftige Seele hat, das sich in Gestalt, Farbe Stimme oder Gang von uns unterscheide mag, so darf nicht bezweifelt werden, dass er von der Menschen Erstem Stammvater Adam abstamme und deshalb teilhaftig an der Erlösung capax sei.«

Der andere Reiseführer ist »Moby Dick« von Melville.

Und wenn man gelegentlich Zugang zu Wikipedia hat, dann reicht das vollkommen aus.

Wikipedia

Meiner Meinung nach ist es das anständigste der menschlichen Erkenntnis gewidmete Projekt, das es gibt. Es bringt unmittelbar zu Bewusstsein, dass alles Wissen von der Welt dem menschlichen Kopf entspringt, so wie Athene dem göttlichen Kopf. Die Leute bringen bei Wikipedia alles ein, was sie selbst wissen. Wenn das Projekt gelingt, wird eine solche sich ständig weiterentwickelnde Enzyklopädie das größte Weltwunder sein. Darin findet sich alles, was wir wissen, jedes Ding, jede Definition, jedes Ereignis, jedes Problem, mit dem sich das menschliche Gehirn beschäftigt hat; wir werden Quellen zitieren und Links angeben. Auf diese Art und Weise werden wir unsere eigene Version von der Welt wirken, die Weltkugel mit unserer eigenen Erzählung überziehen. Alles werden wir darin unterbringen. Machen wir uns an die Arbeit! Soll jeder nur einen Satz über das schreiben, worauf er sich am besten versteht.

Manchmal habe ich allerdings Zweifel, ob es gelingen wird. Denn dort kann sich ja nur das finden, was wir aussprechen können, wofür es Worte gibt. In diesem Sinne wird eine solche Enzyklopädie keineswegs alles enthalten.

Es müsste des Gleichgewichts halber noch eine andere Wissenssammlung geben, von dem, was wir nicht wissen, wie ein Rock und seine linke Seite, sein Innenfutter, von keinem Inhaltsverzeichnis zu erfassen, keiner Suchmaschine zugänglich, ihres ungeheuren Umfangs wegen findet der Fuß keinen Halt an den Worten, sondern man setzt die Füße zwischen die Worte, in die abgrundtiefen Schlünde zwischen den Begriffen. Jedes Mal rutscht der Fuß ab, und wir fallen.

Die einzige mögliche Bewegung scheint mir die Bewegung in die Tiefe zu sein.

Materie und Antimaterie.

Information und Antiinformation.

Bürger der Welt, an die Feder!

Jasmin, eine liebenswerte Muslimin, mit der ich mich einmal einen ganzen Abend unterhalten habe, erzählte mir von ihrem Vorhaben: Sie will alle Menschen in ihrem Land dazu anregen, ein Buch zu schreiben. Sie sagte: Man braucht so wenig, um ein Buch zu schreiben, nur ein bisschen freie Zeit nach der Arbeit, nicht mal unbedingt einen Computer. Es kann immer vorkommen, dass dem einen oder andren mutigen Menschen dann ein Bestseller gelingt, dann wäre ein gesellschaftlicher Aufstieg der Lohn für seine Mühe. Das ist die beste Methode, um sich aus der Armut zu befreien, sagte sie. Wenn wir nur alle gegenseitig unsere Bücher lesen würden. Sie seufzte. Sie hat ein Forum im Internet gegründet. Angeblich gibt es schon mehrere hundert Mitglieder.

Das gefällt mir sehr: das Lesen von Büchern als eine moralische Geschwisterpflicht gegenüber unserem Nächsten.

Reisepsychologie. Lectio brevis I

Im Laufe der letzten ein, zwei Jahre bin ich auf Flughäfen Wissenschaftlern begegnet, die dort inmitten des Reisetrubels zwischen Ansagen zu Abflug und Einsteigen ihre kleinen Vorlesungen veranstalten. Irgendjemand erklärte mir, dass das ein weltweites (vielleicht aber auch nur EU-weites) Informationsprojekt sei. Deshalb blieb ich stehen, als ich die aufgespannte Leinwand im Wartesaal und die Ansammlung Neugieriger bemerkte.

»Verehrte Damen und Herren«, begann eine junge Frau und rückte mit einer etwas nervösen Bewegung ihren bunten Schal zurecht, während ihr Partner, ein Mann in Tweedjacke mit Lederflecken auf den Ellbogen, die Leinwand vorbereitete. »Die Reisepsychologie befasst sich mit dem reisenden Menschen, dem Menschen in Bewegung, und platziert sich damit außerhalb der herkömmlichen Psychologie, die das Wesen des Menschen immer im statischen Kontext, in stabiler Lage und Unbewegtheit untersucht hat – beispielsweise durch das Prisma seiner biologischen Konstitution, seiner Familienbeziehungen und sozialen Situation und so weiter.

Für die Reisepsychologie stehen solche Fragen nicht im Mittelpunkt, sie sind zweitrangig.

Wenn wir den Menschen überzeugend beschreiben wollen, können wir das nur tun, indem wir ihn in den Kontext einer Bewegung setzen – von irgendwoher, irgendwohin. Die Tatsache, dass es so viele wenig überzeugende Beschreibungen des Menschen gibt, die ihn als stabil und statisch darstellen, scheint die Existenz eines außerkontextuell verstandenen ›Ich‹ in Frage zu stellen. Aus diesem Grund setzen sich in der Reisephilosophie seit einiger Zeit verstärkt bestimmte Strömungen durch, die in der Reisepsychologie die einzig mögliche Form der Psychologie sehen.«

Das kleine Häuflein Zuhörer wurde unruhig, denn gerade kam eine lärmende Gruppe großer Männer vorbei – Fußballfans, die alle Schals in den Farben ihres Clubs trugen. Gleichzeitig gesellten sich immer neue Zuhörer dazu, die neugierig waren und wissen wollten, was es mit der Leinwand und den zwei Stuhlreihen auf sich hatte. Sie unterbrachen ihren Weg zum Abflugsteig oder ihr müßiges Bummeln durch die Flughafengeschäfte und setzten sich einen Augenblick hin. Von vielen Gesichtern ließen sich Müdigkeit und zeitliche Desorientierung ablesen. Man sah ihnen an, dass sie gerne wenigstens ein bisschen vor sich hin gedöst hätten, und wahrscheinlich wussten sie nicht, dass sich gleich um die Ecke ein bequem eingerichteter Warteraum mit Schlafsesseln befand. Mehrere Reisende blieben stehen, als die Frau anfing zu sprechen. Ein ganz junges Paar stand aneinandergeschmiegt und hörte konzentriert zu, dabei streichelten sie einander zärtlich über den Rücken.

Die Frau machte eine kleine Pause, dann nahm sie den Faden ihres Themas wieder auf:

»Ein wichtiger Begriff in der Reisepsychologie ist das Begehren, denn dieses verleiht dem menschlichen Wesen Bewegung und Richtung zugleich – es weckt die Hingabe an etwas. Das Begehren an sich ist leer, das heißt, es weist nur die Richtung, aber nicht das Ziel, das Ziel nämlich bleibt immer phantasmagorisch und unklar, je näher man ihm kommt, desto rätselhafter wird es. Das Ziel lässt sich unter keinen Umständen erreichen, man kann auch nie das Begehren damit stillen. Dieser Prozess des Strebens wird durch die Bewegung zu … hin veranschaulicht. Zu etwas hin.«

Hier hob die Frau den Blick und warf über den Rand ihrer Brillengläser hinweg einen aufmerksamen Blick in die Menge der Zuschauer, als erwarte sie irgendeine Form von Bestätigung, dass sie sich an das richtige Publikum wandte. Das gefiel einem Ehepaar mit zwei Kindern im Buggy nicht, sie wechselten einen kurzen Blick und schleiften ihr Gepäck weiter, um sich die falschen Rembrandts anzusehen.

»Die Reisepsychologie kappt das Band mit der Psychoanalyse jedoch nicht …«, fuhr sie fort, und ich bekam allmählich Mitleid mit diesen jungen Dozenten. Sie wandten sich an Leute, die sich nur zufällig hier befanden und nicht besonders interessiert aussahen. Ich zog mir einen Becher Kaffee am Automaten und gab ein paar Zuckerwürfel hinein, um richtig aufzuwachen. Als ich zurückkam, war der Mann an der Reihe.

»Das grundlegende Konzept ist das Prinzip der Konstellationalität«, sagte er, »und damit sind wir auch gleich beim ersten Grundsatz der Reisepsychologie: Im Unterschied zur Wissenschaft (und auch da wird vieles der gewünschten Ordnung wegen zurechtgebogen) gibt es im Leben kein philosophisches Primum. Das heißt, es lässt sich weder eine

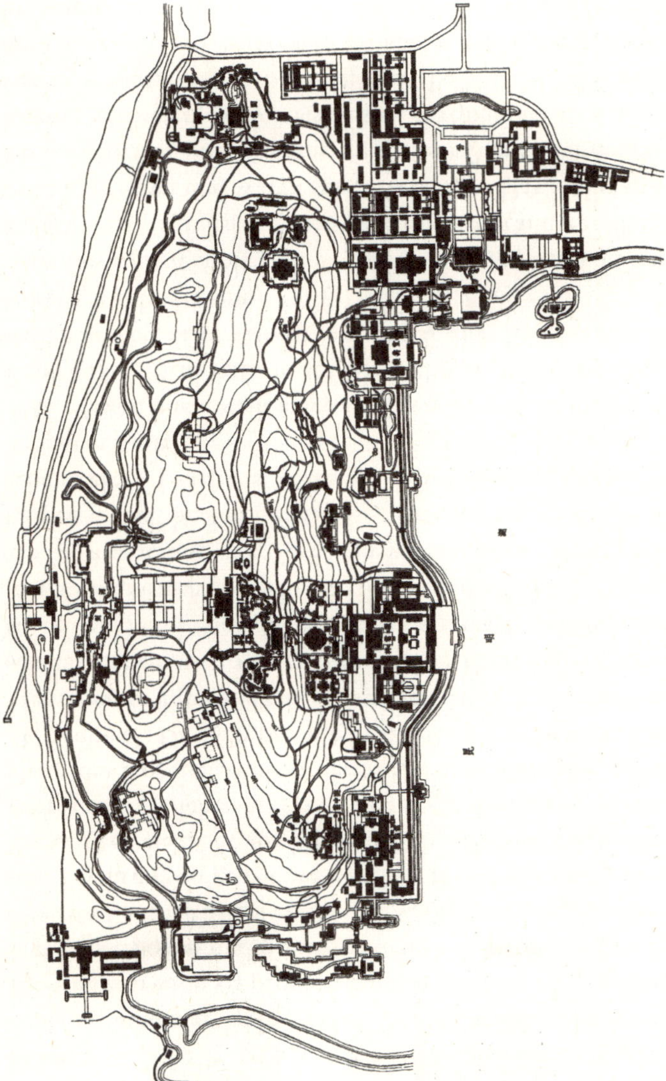

konsequente Reihe von Ursache-Folge-Argumenten aufbauen noch eine Narration aus kausal aufeinander folgenden und einander bedingenden Ereignissen konstruieren. Es wäre nur eine Approximation, so ähnlich wie uns das Netz aus Längen- und Breitengraden als Approximation der Oberfläche einer Kugel erscheint. Wollten wir hingegen unsere Erfahrung so genau wie möglich abbilden, müsste man ein Ganzes vielmehr aus konzentrisch auf einer Fläche angeordneten Teilchen ungefähr gleicher Wertigkeit bilden. Denn die Konstellation ist der Träger von Wahrheit, nicht die Sequenz. Deshalb beschreibt die Reisepsychologie den Menschen in äquivalenten Situationen, ohne zu versuchen, seinem Leben auch nur eine ungefähre Kontinuität zuzuschreiben. Das Leben des Menschen setzt sich aus Situationen zusammen. Es besteht allerdings eine gewisse Neigung zur Wiederholung von Verhaltensweisen. Diese Wiederholungen jedoch heißen nicht, dass man dem Leben den Anschein einer gleichwie gearteten konsequenten Ganzheit verleihen kann.«

Der Mann blickte mit einer gewissen Nervosität über den Rand seiner Brillengläser auf die Zuhörer, wahrscheinlich wollte er sich vergewissern, ob sie wirklich lauschten. Wir lauschten aufmerksam.

In diesem Augenblick eilte eine Reisegruppe mit Kindern an uns vorbei, offensichtlich mussten sie in ein anderes Flugzeug umsteigen und waren schon verspätet. Das lenkte uns ein bisschen ab, eine Zeitlang hing unser Blick an ihren erhitzten geröteten Gesichtern, ihren Strohhüten, den Souvenirs in Gestalt von Trommeln und Masken, den Muschelketten. Der Mann räusperte sich einige Male, um uns zur Ordnung zu mahnen, er holte tief Luft, doch nach einem weiteren Blick auf uns atmete er hörbar aus und schwieg. Er blätterte kurz in seinem Notizbuch, schließlich sagte er:

»Historisches. Nun ein paar Sätze zum historischen Hintergrund. Dieses Gebiet der Psychologie entwickelte sich in den Nachkriegsjahren (den fünfziger Jahren des vergangenen Jahrhunderts) aus der Flugpsychologie, die wiederum infolge der zunehmenden Zahl von Flugreisen entstanden war. Anfangs widmete sie sich speziellen mit dem Passagiertransport verbundenen Problemen, wie beispielsweise dem Verhalten bestimmter Gruppen in Gefahrensituationen oder der psychologischen Dynamik des Fliegens. Im Laufe der Zeit vergrößerte sich ihr Interessensbereich, die Beschäftigung mit der Organisation von Flughäfen und Hotels kam hinzu, Fragen der Eingewöhnung an neuen Orten, interkulturelle Aspekte des Reisens. Einzelne Spezialgebiete bildeten sich heraus, so die Psychogeographie und die Psychotopologie. Es entstanden auch klinische Forschungsbereiche…«

Ich hörte nicht mehr zu, der Vortrag war mir zu lang. So viel Wissen müsste man in kleineren Dosen verabreichen.

Dafür weckte ein Reisender mein Interesse: Er war ungepflegt gekleidet und wirkte sehr erschöpft, bestimmt war er schon lange unterwegs. Er hatte einen liegen gebliebenen schwarzen Regenschirm gefunden und untersuchte ihn eingehend. Doch der Regenschirm erwies sich als ganz unbrauchbar. Die Stangen waren zerbrochen, und der schwarze Schirm ließ sich nicht mehr aufspannen. Zu meiner Verblüffung begann der Mann nun, die Bespannung des Regenschirms von den Stangen und Verschraubungen zu lösen, was ziemlich viel Zeit in Anspruch nahm. Er war ganz konzentriert bei der Sache, reglos saß er inmitten der um ihn brandenden Menge der Reisenden. Als er fertig war, faltete er den

Stoff säuberlich zusammen, steckte ihn in die Tasche, und verschwand im Strom der Menschen.

Da drehte ich mich auch um und machte mich auf meinen Weg.

Die richtige Zeit, der richtige Ort

Viele Menschen glauben, dass es im Koordinatensystem der Welt einen Punkt der Vollkommenheit gibt, wo Zeit und Ort im Einklang sind. Vielleicht ist das überhaupt nur der Grund, weshalb sie zu Reisen aufbrechen, sie meinen, so planlos sie auch herumreisen, es erhöhe dennoch die Wahrscheinlichkeit, auf diesen bestimmten Punkt zu stoßen. Zur rechten Zeit am rechten Ort zu sein, die Gelegenheit nutzen, den Augenblick beim Schopf packen zu können – und dann wird das Zahlenschloss geknackt, die Kombination der Gewinnzahlen enthüllt, die Wahrheit offenbart werden. Nur nichts verpassen, auf der Welle des Zufalls, des glücklichen Zusammentreffens, der Schicksalsfügung surfen. Man braucht nichts dazu, es reicht, wenn man bereitsteht, sich in dieser einen Konfiguration von Wort und Zeit anmeldet. Dort kann man die große Liebe treffen, das Glück finden, einen Lottogewinn oder die Enthüllung eines Geheimnisses, mit dem sich alle anderen schon seit Jahren abmühen – oder den Tod. Manchmal hat man morgens früh sogar das Gefühl, dass dieser Augenblick schon ganz nah ist, vielleicht heute schon eintreten wird.

Anleitung

Ich hatte ein Traum, in dem ich ein amerikanisches Magazin mit Fotografien von Wasserbecken und Schwimmbassins anschaute. Ich sah alles, jedes Detail. Die Buchstaben a, b, c bezeichneten ganz genau jeden Bestandteil der Schemata und Pläne. Interessiert machte ich mich an die Lektüre eines Artikels mit dem Titel »Wie baue ich einen Ozean. Anleitung«.

Der Aschermittwochsschmaus

Nennt mich Eryk«, erklärte er jedes Mal anstatt eines Grußes, wenn er die kleine Bar betrat, die um diese Jahreszeit nur von einem Holzfeuer im Kamin beheizt wurde. Alle lachten ihm freundlich entgegen, manche winkten ihn sogar mit einer einladenden Geste herbei, die heißen sollte: Komm, setz dich zu uns. Denn im Großen und Ganzen war er ein guter Kumpel und trotz seiner Absonderlichkeiten beliebt. Doch anfangs, bis er eine entsprechende Menge getrunken hatte, machte er ein mürrisches Gesicht und setzte sich in eine Ecke, weit weg von der Wärme des Kaminfeuers. Er konnte sich das erlauben, er war kräftig gebaut und gegen Kälte gefeit, er heizte sich selbst.

»Diese Insel«, sagte er zuerst vor sich hin, aber so, dass die anderen ihn hören konnten, wie eine Herausforderung, während er sein erstes riesiges Bier bestellte. »Was für ein erbärmlicher Geisteszustand. Der Arsch der Welt.«

Die anderen schienen ihn nicht zu verstehen, aber grölten wie im Einvernehmen.

»He, Eryk, wann gehst du auf Walfang?«, riefen sie, und ihre Gesichter wurden rot vom Widerschein des Feuers und vom Alkohol.

Eryk antwortete mit barocken Flüchen, ein wahres Gedicht, niemand tat es ihm darin gleich – das war ein Teil des allabendlichen Rituals. So bewegte sich jeder Tag voran wie eine Seilfähre von einem Ufer zum anderen, unterwegs immer an denselben roten Bojen vorbei, deren Aufgabe es war, das Monopol des Wassers auf Unermesslichkeit zu brechen und es messbar zu machen und damit den täuschenden Eindruck von Kontrolle zu erwecken.

Nach dem nächsten Bier war Eryk schon so weit, dass er sich zu den anderen setzen konnte, und meistens tat er das auch, doch in der letzten Zeit wurde seine Laune schlechter, je mehr er trank. Er saß da mit spöttischer Miene. Er spann auch nicht mehr Seemannsgarn über seine Reisen auf fernen Meeren – wenn man ihn lang genug kannte, wusste man, dass er nie dieselbe Geschichte zweimal erzählte, zumindest in den Einzelheiten wichen sie stark voneinander ab. Jetzt jedoch erzählte er immer seltener, stichelte nur gegen die anderen. Der bösartige Eryk.

Es gab aber auch Abende, da ließ er sich hinreißen, wurde unausstehlich, und mehr als einmal musste Hendrik, der Wirt der kleinen Bar, eingreifen.

»Ihr seid alle angemustert!«, schrie Eryk und zeigte auf jeden mit dem Finger. »Jeder Einzelne. Oh Gott! zu segeln mit solch heidnischer Mannschaft, welche wenig von menschlichen Müttern hat. Geworfen irgendwo von der haifischigen See. Oh Leben! in einer Stund wie dieser ist's, die Seele niedergestreckt und dem Wissen hingegeben, – wie wilde ungebildete Dinge gezwungen werden, zu fressen.«

Hendrik zog ihn freundlich zur Seite und klopfte ihm kameradschaftlich auf die Schultern, während die Jüngeren über diese seltsame Ansprache vor Lachen grölten.

»Lass gut sein, Eryk. Du willst dich doch nicht in Schwierigkeiten bringen«, wollten ihn die Älteren beruhigen, die ihn schon länger kannten, aber Erik ließ sich nicht beschwichtigen.

»Hoppla, Bruder, weg mit dir! Ich würd die Sonne schlagen, wenn sie mich beleidigt.«

In einer solchen Situation konnte man nur beten, dass er keinen zufälligen Gast beleidigte – die Einheimischen nahmen es ihm nicht übel. Was konnte man schon von ihm erwarten, er schaute ja bereits wie durch einen trüben Vorhang auf die Theke. Dieser geistesabwesende Blick deutete darauf hin, dass Eryk jetzt die Meere in seinem Innern befuhr, sein Focksegel war schon gehisst, und man konnte ihn nur noch mitleidig nach Hause bringen.

»Hör zu, du Kleinmütiger«, stammelte Eryk noch und richtete den Finger auf die Brust seines Kollegen, »hör zu, denn ich rede mit dir.«

»Komm Eryk, ist gut jetzt.«

»Habt angemustert, nicht wahr? Namen in den Papieren? Nun ja, nun ja, unterschrieben ist unterschrieben; und wie's kommen soll, wird's kommen ...«, stammelte er und kehrte von der Tür wieder zurück zur Theke und verlangte eine letzte Runde, »für den Steigbügel«, wie er sagte, aber keiner wusste, was er damit meinte.

So wurde er lästig, bis endlich jemand den Moment gekommen sah, ihn am Frack zu packen und festzuhalten, bis ein Taxi kam.

Es ging aber nicht immer so streitlustig zu. Meistens ging

er ziemlich früh, er hatte einen Fußweg von vier Kilometern vor sich und hasste diesen Marsch nach Hause, wie er sagte. Die Strecke war eintönig, immer an der Landstraße entlang, zu beiden Seiten Brachland, ehemalige Viehweiden, wo jetzt Unkraut und Krummkiefern standen. In hellen Nächten konnte er manchmal in der Ferne die Umrisse einer Windmühle ausmachen, die schon lange nicht mehr in Betrieb war und nur noch den Touristen als Hintergrund für ihre Fotos diente.

Die Heizung schaltete sich erst etwa eine Stunde vor seiner Heimkehr ein, so hatte er sie eingestellt, um Strom zu sparen, und in den beiden dunklen Zimmern ballte sich noch die feuchte, von Meersalz durchsetzte Kälte.

Er aß immer das gleiche einfache Gericht, das war das Einzige, was ihm noch nicht langweilig geworden war. In Scheiben geschnittene Kartoffeln, mit Speck und Zwiebeln in einen Topf geschichtet. Mit Majoran und Pfeffer bestreut, gut gesalzen. Ein ideales Gericht mit ausgewogenem Nährstoffgehalt: Fett, Kohlehydrate, Ballaststoffe, Eiweiß und Vitamin C. Er aß vor dem Fernseher, obwohl der ihn noch mehr als alles andere anwiderte, deshalb öffnete er zu guter Letzt eine Flasche Wodka und leerte sie. Dann ging er schlafen.

Was für ein schrecklicher Ort, diese Insel! In den Norden gesteckt wie in eine dunkle Schublade, windig und nass. Aus irgendwelchen Gründen blieben die Leute hier wohnen und hatten keineswegs vor, in warme, helle Städte auszuwandern. Sie steckten in ihren kleinen Holzhäuschen längs der wieder neu asphaltierten Landstraße, die bergan führte und sie zu ewiger Kümmerlichkeit verurteilte.

Wandert einmal an der Landstraße entlang, über die Bankette auf den kleinen Hafen zu, der aus ein paar undefinierbaren Gebäuden besteht, eine Plastikbude, wo es die Fahrscheine für die Fähre gibt, ist auch noch da, und ein kläglicher Yachthafen, um diese Jahreszeit ganz leer. Im Sommer kommt vielleicht die eine oder andere Yacht mit exzentrischen Touristen, die des Trubels in den südlichen Gewässern, der Rivieren, des Azur und der heißen Strände überdrüssig sind. Oder Leute wie wir geraten durch Zufall an diesen trostlosen Ort, Ruhelose, stets nach neuen Abenteuern hungernd, mit ihren Rucksäcken voll chinesischer Instantsuppen. Und was seht ihr? Den Rand der Welt, wo die Zeit, die von der leeren Küste in See gestochen ist, enttäuscht ans Land zurückkehrt und diesen Ort gnadenlos dem hartnäckigen Stillstand aussetzt. Worin unterscheidet sich denn hier das Jahr 1946 von 1976 und dieses wiederum vom Jahr 2000?

Eryk war hier vor Jahren nach einer langen Reihe schöner und weniger schöner Abenteuer hängen geblieben. Ganz am Anfang jedoch, vor sehr langer Zeit, ist er aus seinem Land – seinerzeit eins von diesen unansehnlichen flachen kommunistischen Ländern – geflüchtet und heuerte als junger Emigrant auf einem Walfängerschiff an. Er hatte damals ein paar englische Worte zwischen »yes« und »no« zur Verfügung, gerade genug für das einsilbige Geknurre, das die harten Jungs auf dem Schiff miteinander wechseln. »Nimm«, »zieh«, »schneid«. »Schnell« und »fest«. »Fang auf« und »knote«. »Scheiße« und »verfickt«. Für den Anfang reichte es. Es reichte auch, den eigenen Namen gegen einen einfachen, allgemein bekannten einzutauschen – Eryk. Sich des zischenden Leichnams zu entledigen, den niemand richtig aussprechen konnte. Und es reichte auch, die Mappe mit allen Papieren ins Wasser zu werfen – Schulzeugnisse, Diplome, Studienscheine und Impfbescheinigungen –, das alles taugte hier zu nichts, konnte höchstens die anderen Matrosen beschämen, deren Biographie aus ein paar langen Reisen und Abenteuern in Hafenkneipen bestand.

Das Leben auf dem Schiff ist nicht mit Salzwasser getränkt und auch nicht mit dem süßen Regen der Nordmeere, nicht einmal mit Sonne, sondern mit Adrenalin. Man hat keine Zeit zum Nachdenken oder zum Grübeln über Fehler der Vergangenheit. Das Land, aus dem Eryk stammte, war fern und nicht sehr maritim, ans Meer war er nur ganz gelegentlich gekommen. In Häfen genierte er sich. Lieber waren ihm Städte an einem ungefährlichen Fluss, über den sich verbindende Brücken spannten. Eryk hatte keineswegs Heimweh, hier im Norden gefiel es ihm viel besser. Er hatte vor, ein paar Jahre auf dem Schiff zu arbeiten und Geld zu verdienen. Dann würde er ein Holzhaus bauen, eine flachsblonde Emma oder Ingrid ehelichen und Söhne zeugen. Sein Beitrag zu ihrer Erziehung würde darin bestehen, dass er mit ihnen Schwimmer bastelte und Meeresforellen zubereitete. Irgendwann einmal, wenn seine Abenteuer ein entsprechend handliches Paket abgäben, würde er seine Memoiren schreiben.

Er wusste selbst nicht, wie es gekommen war, dass die Jahre einfach durch sein Leben hindurchrannen, schwerelos, flüchtig, ohne Spuren zu hinterlassen. Höchstens in seinen Körper schrieben sie sich ein, vor allem in seine Leber. Das war später. Aber gleich am Anfang, nach seiner ersten Seefahrt, verschlug es ihn für drei Jahre ins Gefängnis, weil ein böser Kapitän seine ganze Besatzung zu Handlangern beim Schmuggel eines ganzen Containers mit Zigaretten und einem großen Paket Kokain gemacht hatte. Doch sogar im Gefängnis dieses fremden Landes blieb Eryk dem Meer und den Walen verfallen. In der Gefängnisbibliothek befand sich nämlich nur ein englischsprachiges Buch, wahrscheinlich hatte ein anderer Sträfling es vor Jahren dort gelassen. Es war eine alte Ausgabe vom Anfang des Jahrhunderts, die Seiten waren brüchig und vergilbt, von zahlreichen Spuren des täglichen Lebens gezeichnet.

So sicherte sich Eryk drei Jahre lang (eigentlich keine zu strenge Strafe, bedenkt man, dass tausend Seemeilen weiter nach geltendem Recht auf dieses Vergehen der Tod durch den Strick gestanden hätte) eine kostenlose Perfektionierung seiner Sprache, Englisch für Fortgeschrittene, einen Kurs in Literatur- und Walkunde sowie Psychologie und Reisewissenschaft – alles aus einem Lehrbuch. Eine gute, konzentrierte Methode. Nach fünf Monaten konnte er Ishmaels Abenteuer schon stellenweise auswendig vortragen und wie Ahab reden, was ihm besonderen Spaß machte, weil das die Eryk genehmste Ausdrucksweise war, in der er sich wie in bequemer Kleidung fühlte, ganz egal wie altmodisch und wunderlich sie war. Und was für ein Glück, dass es dieses Buch gerade dorthin und in die Hände dieses Menschen verschlagen hatte. Das ist ein den Reisepsychologen unter dem Namen Synchronizität bekanntes Phänomen, ein Beweis für den Sinn der Welt. Ein Beweis dafür, dass sich in diesem schönen Chaos in alle Richtungen Fäden entspinnen, die eine Bedeutung haben, Netze seltsamer Logik, und wenn man an Gott glaubt, sind das die verschlungenen Spuren seines Fingerabdrucks. Das dachte Eryk.

In dem fernen exotischen Gefängnis nun, wo man abends vor tropischer Schwüle kaum Luft bekam und wo Sehnsucht und Furcht das Gehirn marterten, da versenkte sich Eryk nun in die Lektüre dieses Buches, verschwor sich ihm und empfand dabei ein eigenartiges Glück. Ohne dieses Buch hätte er das Gefängnis wahrscheinlich nicht durchgestanden. Seine Zellengenossen, lauter Schmuggler wie er, wurden oft Zeuge, wenn er laut las, und erlagen bald auch dem Zauber der Abenteuer, die die Walfänger erlebten. Es wäre nicht verwunderlich gewesen, wenn sie sich nach der Rückkehr in die Freiheit in der Geschichte des Walfangs weitergebildet hätten, wenn sie Dissertationen über Harpunen und die Ausrüstung von Segelschiffen geschrieben hätten. Und wenn die Begabtesten von ihnen die höchste Stufe der Einweihung erklommen hätten, indem sie sich auf Ausdauer als Fachgebiet spezialisiert hätten. So kam es jedenfalls, dass die drei Zellenkameraden, ein Matrose von den Azoren, ein Matrose aus Portugal und Eryk, in ihrem speziellen Rotwelsch kommunizierten. Sogar über ihre kleinen schlitzäugigen Wärter redeten sie in diesem Jargon:

»Zum Teufel! Dieser Alte, das ist vielleicht ein famoser Kerl!«, rief beispielsweise der Azorenmatrose aus, wenn einer ihnen ein Päckchen durchweichter Zigaretten in die Zelle geschmuggelt hatte.

»Bei meiner Seel, ich bin beinah derselbigen Meinung, also sprich den Segen!«

Ihnen war es nur recht, wenn jeder Neue, der zu ihnen in die Zelle kam, anfangs kaum etwas verstand, er wurde ihr Fremder, den sie für ihr soziales Ersatzleben brauchten.

Jeder von ihnen hatte seine Lieblingsabschnitte, die er abends bei ihrem Leseritual vortrug, bis die anderen gegen Schluss im Chor einfielen.

Doch die Hauptthemen der Gespräche in ihrem immer

besseren Englisch waren das Meer, die Seereisen, das Ablegen vom Ufer, das Vertrauen auf das Wasser, das – wie sie nach einer mehrtägigen Diskussion, die den Vorsokratikern alle Ehre gemacht hätte, feststellten – das wichtigste Element auf dem Erdenrund war. Sie planten schon die Strecken für die Heimreise, bereiteten sich auf die Anblicke vor, die sich ihnen unterwegs bieten würden, formulierten in Gedanken das Telegramm an die Familie. Wovon würden sie leben? Sie überboten sich gegenseitig an Einfällen, doch ehrlich gesagt kreisten sie immer um ein und dasselbe Thema, ohne sich dessen bewusst zu sein, waren sie bereits angesteckt, hatten sich infiziert: Was ihr Denken beherrschte, war die bloße Möglichkeit, dass so etwas wie ein weißer Wal existierte. Jeder wusste, dass es noch Länder gab, in denen Walfang betrieben wurde, und auch wenn diese Arbeit heute nicht mehr so romantisch war, wie Ishmael es beschrieben hatte, würde man doch schwerlich eine bessere finden. Angeblich suchte man in Japan Leute für den Walfang. Was waren Dorsche und Heringe schon gegen Wale… Wie ein Handwerk gegen die Kunst…

In sechsunddreißig Monaten hat man viel Zeit, sich die Einzelheiten des zukünftigen Lebens zu überlegen, Punkt für Punkt, und sie mit den Kameraden zu besprechen. Meinungsverschiedenheiten spielten keine Rolle.

»Jetzt mal schnell Schluss damit! Denk dran, was ich dir sage von wegen Handelsmarine – mach mich nicht wild – das mag ich nicht. Aber wir wollen uns recht verstehen. Ich hab dir einen Wink gegeben, von wegen, was es mit dem Walfang auf sich hat; habest du trotzdem noch Lust drauf?«

»Was hast du schon von der Welt gesehen!«, fuhr der portugiesische Matrose erwidernd auf.

»Die Nordsee hab ich der Länge und Breite nach durchschifft, die Ostsee ist mir nicht fremd. Die Strömungen im Atlantik kenne ich so gut wie meine eigenen Adern...«

»Du bist dir etwas zu gewiss, mein Brüderchen.«

Dazu muss man etwas wissen.

Zehn Jahre – so lange dauerte Eryks Reise nach Hause, und wahrscheinlich schaffte er es noch schneller als seine Kameraden. Er kehrte auf Umwegen zurück, über abgelegene Meere, durch die engsten Meerengen und die breitesten Buchten. Kaum leckte das offene Meer an einer Flussmündung, kaum hatte er auf einem Schiff nach Hause angeheuert, da bot sich plötzlich eine neue Gelegenheit, die ihn meistens in die entgegengesetzte Richtung führte, und wenn er einen Augenblick überlegte, kam er immer wieder zu dem Schluss, dass die größte Wahrheit doch in dem alten Argument liege, das heißt: Die Erde ist rund, legen wir uns nicht auf eine Richtung fest! Das war auch irgendwie verständlich – für jemanden, der von nirgendwo kommt, wird jede Bewegung zur Rückkehr, denn nichts hat eine solche Anziehungskraft wie die Leere.

In jenen Jahren arbeitete er unter panamaischer, australischer und indonesischer Flagge. Auf einem chilenischen Frachter brachte er japanische Autos in die Vereinigten Staaten. Auf einem südafrikanischen Tanker erlebte er eine Katastrophe an der Küste von Liberia. Er brachte Arbeiter von Java nach Singapur. Er bekam Gelbsucht und lag in Kairo im Krankenhaus. Als ihm in Marseille bei einer betrunkenen Prügelei eine Hand gebrochen wurde, trank er monatelang keinen Tropfen Alkohol, um sich in dann in Malaga bis zur Besinnungslosigkeit zu besaufen und die andere zu brechen.

Wir wollen nicht ins Detail gehen. Eryks wechselvolles Schicksal auf den Meeren interessiert uns nicht. Lieber wenden wir uns ihm zu dem Zeitpunkt zu, als er endlich am Ufer jener ihm später so verhassten Insel ankommt und auf einer kleinen primitiven Fähre zwischen den Schären Arbeit bekommt. Bei der Ausübung dieser – seiner Meinung nach erniedrigenden – Arbeit magerte Eryk ab, ja auf gewisse Weise bleichte er aus. Die tiefe Bräune wich für immer aus seinem Gesicht und hinterließ dunkle Flecken. Die Schläfen ergrauten, kleine Falten ließen seinen Blick durchdringend und scharf erscheinen. Nach dieser Einführung, die schmerzlich in sein Seelenleben eingriff, wurde er auf eine verantwortungsvollere Strecke versetzt: Jetzt steuerte er eine Fähre, die die Insel mit dem Festland verband, sie fuhr nicht an einem Seil, und das breite Deck konnte sechzehn PKW aufnehmen. Die Arbeit garantierte ihm ein festes Einkommen, Krankenversicherung und ein ruhiges Leben auf dieser Insel im Norden.

Jeden Morgen nach dem Aufstehen wusch er sich mit kaltem Wasser und kämmte mit den Fingern seinen grauen Bart. Dann zog er die dunkelgrüne Uniform der Fährgesellschaft »Vereinigte Fähren des Nordens« an und marschierte zum Hafen, wo er seine Fähre am Vorabend vertäut hatte. Kurz darauf öffnete einer vom Landpersonal – Robert oder Adam – die Pforte, und die ersten Autos standen schon in einer Reihe, um über die Eisenrampe auf Eryks Fähre zu fahren. Es war immer genug Platz, manchmal kam es sogar vor, dass die Fähre leer war, sauber, leicht, schwebend. Dann setzte sich Eryk in seine Kabine in der Höhe, hockte in seinem verglasten Krähennest, und das Ufer auf der anderen Seite erschien ihm nah. Wäre es nicht besser, eine Brücke zu bauen, als von den Leuten zu erwarten, dass sie sich mit der Hin- und Herfahrerei abplagten?

Die Gemütsverfassung war wichtig. Jeden Tag konnte er zwischen zweien auswählen. In der einen – penetrant und aufdringlich – war er schlechter als andere, ihm fehlte das, was jeder hatte, auf eine gewisse Weise war er abnorm und wusste zum Teufel noch nicht mal, was ihm fehlte. Er fühlte sich isoliert, einsam, wie ein zur Strafe eingesperrtes Kind, das aus dem Fenster den Spielen seiner glücklichen Altersgenossen zuschaut. Das Schicksal hatte ihm eine nichtssagende Rolle in den chaotischen Wanderungen der Menschheit zu Lande und zur See zugeteilt, und jetzt, seit er sich auf der Insel niedergelassen hatte, erwies sich seine Rolle auch in dieser Episode als die eines Statisten.

Die andere Gemütsverfassung hingegen bekräftigte in ihm die Überzeugung, dass er der Bessere war, einzigartig und außerordentlich. Dass er allein die Wahrheit fühlte und verstand, dass nur ihm ein außergewöhnliches Dasein zuteilgeworden war. Dieses gute Selbstwertgefühl konnte manchmal ganze Stunden, ja Tage anhalten, und dann fühlte er sich sozusagen fast glücklich. Aber das verging wie ein Alkoholrausch. Als Katzenjammer stellte sich der erschreckende Gedanke ein, dass er, wollte er in seinen eigenen Augen ein achtenswerter Mensch sein, unentwegt auf diese zwei Arten Betrug begehen müsste, und – was am schrecklichsten war – eines Tages würde die Wahrheit ans Licht kommen, und es würde sich herausstellen, dass er niemand war.

Er saß in der verglasten Kabine und sah zu, wie sich die erste Morgenfähre füllte. Er sah die alten Bekannten aus dem Städtchen. Da war die Familie R. in ihrem grauen Opel, der Vater arbeitete im Hafen, die Mutter in der Bibliothek, die Kinder, ein Junge und ein Mädchen, gingen zur Schule. Und da waren die vier Teenager, Gymnasiasten, die auf der anderen Seite mit dem Autobus weiterfuhren. Und Eliza war da, die Kindergärtnerin, mit ihrer kleinen Tochter, die sie natürlich mit zur Arbeit nahm. Der Vater der Kleinen war vor zwei Jahren plötzlich verschwunden und hatte seitdem kein Lebenszeichen mehr von sich gegeben. Eryk hatte den Verdacht, dass er irgendwo auf Walfang war. Und der alte S. kam, er hatte es an den Nieren, dreimal in der Woche musste er zur Dialyse ins Krankenhaus. Er und seine Frau hatten versucht, ihr kümmerliches Holzhäuschen zu verkaufen und näher ans Krankenhaus zu ziehen, aber es hatte nicht geklappt. Der Lieferwagen des Bioladens fuhr aufs Festland, um Ware einzukaufen. Ein schwarzes fremdes Fahrzeug, bestimmt Gäste des Regisseurs. Der gelbe Lastwagen der Brüder Albert und Albrecht, die mit der Hartnäckigkeit von Junggesellen Schafe hielten. Zwei verfrorene Fahrradfahrer. Der Kombi von der Autowerkstatt – wahrscheinlich sollte er Ersatzteile holen. Edwin winkte Eryk mit der Hand. Man hätte ihn auf jeder Insel der Welt erkennen können – er trug gern karierte Hemden mit Kunstpelzbesatz. Eryk kannte sie alle, sogar diejenigen, die er zum ersten Mal sah – er wusste, warum sie hier hergekommen waren, und wenn man das Ziel der Reise kennt, weiß man schon ausreichend viel über Menschen.

Es gab drei Gründe, auf die Insel überzusetzen. Der erste war, dass man einfach hier wohnte, der zweite, dass man beim Regisseur zu Besuch war, der dritte, dass man wegen der Windmühle gekommen war, um sich gegenseitig davor zu fotografieren.

Die Fähre brauchte zwanzig Minuten. Während dieser Zeit stiegen einige Passagiere aus den Autos und rauchten eine Zigarette, obwohl das verboten war. Andere standen an die Reling gelehnt und starrten einfach ins Wasser, bis sich ihr schaukelnder Blick endlich am anderen Ufer wieder festmachen konnte. Gleich werden sie, vom Geruch des Festlands und ihren ungeheuer wichtigen Pflichten und Aufgaben erregt, in den Gassen am anderen Ufer verschwinden, sich verlaufen wie die neunte Welle, die am weitesten reicht, in die Erde versickert und nie mehr ins Meer zurückkehrt. Doch andere kommen an ihrer Stelle. Der Tierarzt im eleganten Geländewagen, den hat er sich mit dem Sterilisieren von Katzen verdient. Eine Schulklasse auf Ausflug, die im Rahmen einer Biologieexkursion Flora und Fauna der Insel untersuchen wird. Ein Lieferwagen mit einer Ladung Bananen und Kiwi. Ein Fernsehteam, das zu einem Interview zum Regisseur fährt. Familie G., die gerade vom Besuch bei der Großmutter heimkehrt. Zwei erhitzte Fahrradfahrer anstelle der beiden anderen.

Das Ent- und Beladen der Fähre dauerte fast eine Stunde. In dieser Zeit rauchte Eryk mehrere Zigaretten und versuchte, nicht zu verzweifeln. Dann kehrte die Fähre auf die Insel zurück. Und so ging es acht Mal am Tag, mit einer zweistündigen Pause zum Mittagessen, das Eryk jedes Mal in derselben Kneipe aß. Eine von drei Kneipen in der Gegend. Nach der Arbeit kaufte er Kartoffeln, Zwiebeln und Speck. Zigaretten und Alkohol. Er versuchte immer, bis zum Nachmittag nichts zu trinken, aber nach der sechsten Überfahrt war er schon voll.

Gerade Strecken – wie demütigend sie sind. Wie sie den Geist abtöten. Was für eine perfide Geometrie, die uns zu Idioten macht – hin und her, die Parodie einer Reise. Aufbrechen, um gleich darauf zurückzukehren. Beschleunigen, um sofort abzubremsen.

Eryks kurze stürmische Ehe war auch so gewesen. Maria war geschieden, sie arbeitete in einem Laden und hatte einen Sohn, der in der Stadt auf die Mittelschule ging und dort auch im Internat war. Eryk zog bei ihr ein, in ihr gemütliches hübsches Haus mit riesigem Fernseher. Sie hatte eine schlanke Taille, üppige Rundungen, helle Haut, und sie trug eng anliegende Leggings. Rasch lernte sie, Kartoffeln auf Speck zuzubereiten und gab noch Majoran und Muskatnuss dazu. Er hackte dafür an seinen freien Tagen mit Begeisterung Holz für den Kamin. Es hielt anderthalb Jahre, dann ging ihm alles auf die Nerven: das unablässige Murmeln des Fernsehers, das grelle Licht, der Lappen neben dem Aufwischtuch, auf den man die schmutzigen Schuhe stellen musste, und auch die Muskatnuss. Als er sich ein paarmal betrunken und den Matrosen mit erhobenem Finger Ansprachen gehalten hatte, warf sie ihn aus dem Haus und zog bald darauf zu ihrem Sohn aufs Festland.

*

Es war der 1. März, Aschermittwoch. Als Eryk die Augen aufschlug, sah er das graue Licht und Schneeregen, der auf den Scheiben schmierige Spuren hinterließ. Sein alter Name fiel ihm ein. Er hatte ihn fast vergessen. Er sprach ihn laut aus, und es hörte sich an, als hätte ein Fremder ihn gerufen. Im Kopf verspürte er den wohlbekannten Druck nach dem gestrigen Betrinken.

Wir müssen nun wissen, dass die Chinesen zwei Namen haben. Der eine wird von den Eltern gegeben, mit ihm wird das Kind gerufen, gerügt, zur Ordnung gemahnt und auch in zärtlichen Koseformen angesprochen. Doch wenn das Kind hinaus ins Leben geht, sucht es sich einen anderen Namen aus, einen äußeren, weltlichen Namen, eine Namen-Person. Diesen Namen legt es an wie eine Uniform, wie ein Chorhemd, einen Kampfgürtel, Kleidung für einen offiziellen Cocktailempfang. Dieser Name ist praktisch und leicht zu merken. Von nun an wird er von dem Menschen zeugen. Je weltweiter, universaler, leichter wiederzuerkennen er ist, umso besser. Fort mit der lokalen Begrenztheit unserer Namen. Fort mit Oldrzich, Sung Yin, Kazimierz und Jyrek, fort mit Blazen, Liu und Milica. Es lebe Michael, Judith, Anna, Jan, Samuel und Eryk!

Und heute antwortete Eryk auf den Ruf bei seinem alten Namen: Hier bin ich.

Niemand kennt ihn, deshalb werde ich ihn auch nicht nennen.

Der Mann namens Eryk zog seine grüne Uniform mit den Abzeichen der »Vereinigten Fähren des Nordens« an, kämmte sich mit den Fingern durch den Bart, schaltete in seinem verkümmerten Häuschen die Heizung aus und machte sich auf den Weg an der asphaltierten Straße entlang. Während er in seinem Glaskasten das Beladen der Fähre abwartete, trank er ein Bier aus der Dose und steckte sich die erste Zigarette an. Von oben winkte er Eliza und ihrer kleinen Tochter zu, ganz freundschaftlich, als wollte er sie dafür entschädigen, dass sie heute den Kindergarten nicht erreichen würden.

Als die Fähre vom Ufer abgelegt hatte und schon auf halbem Wege zwischen den beiden Anlegestellen war, zögerte er plötzlich und nahm dann Kurs aufs offene Meer.

Nicht jeder merkte, was los war. Manche waren so an die Routine der geraden Strecke gewöhnt, dass sie abgestumpft und gleichgültig auf den sich entfernenden Küstenstreifen blickten, was mit Sicherheit Eryks alkoholisierte Theorien bekräftigte, dass das Reisen auf Fähren die Gehirnwindungen geradebiegt. Andere merkten nach kurzer Zeit, was geschah.

»Eryk, was machst du da! Kehr sofort um!«, schrie Alfred ihm zu, und Eliza schaltete sich mit hoher kreischender Stimme ein: »Die Leute werden zu spät zur Arbeit kommen!«

Alfred wollte zu Eryk hinaufsteigen, doch der hatte die kleine Pforte vorsichtshalber geschlossen und den Schlüssel in seiner Kabine herumgedreht.

Er sah von oben, wie alle gleichzeitig ihre Mobiltelefone hervorholten und anriefen, empört etwas in den leeren Raum sprachen und dazu aufgeregt gestikulierten. Er konnte sich denken, was sie sagten. Dass sie sich zur Arbeit verspäten würden, dass sie gespannt sind, wer ihnen eine Entschädigung für den seelischen Schaden bezahlen wird, dass man nicht solche Trunkenbolde einstellen dürfte, dass alle wussten, dass es so enden würde, dass es nicht genug Arbeit für die Einheimischen gebe, während hier solche Immigranten eingestellt würden; egal wie gut so einer die Sprache gelernt hätte, es blieb doch immer ein…

Eryk kümmerte sich einfach nicht darum. Befriedigt stellte er fest, dass sie sich nach einiger Zeit beruhigten, sich auf ihre Plätze setzten und zuschauten, wie der Himmel aufklarte und zwischen den Wolken schöne Lichtgarben direkt ins Meer fallen ließ. Nur eines machte ihm Sorgen, und zwar das hellblaue Mäntelchen von Elizas Tochter, das war (wie jeder Seewolf wusste) auf einem Schiffsdeck ein schlechtes Omen. Er kniff die Augen zusammen und versuchte, nicht dran zu denken. Er nahm Kurs auf den Ozean und brachte den Fahrgästen eine Kiste Cola und Salzstangen hinunter, die er schon lange für diesen Anlass besorgt und bereitgestellt hatte. Offensichtlich tat ihnen dieser kleine Imbiss gut, denn die Kinder, den Blick auf die immer ferner entschwindende Küste der Insel geheftet, wurden still, und die Erwachsenen zeigten wachsendes Interesse an der Reise.

»Wohin hast du Kurs genommen?«, fragte der Jüngere der Brüder T. und musste von der Cola aufstoßen.

»Wie lange brauchen wir, bis wir aufs offene Meer kommen?«, fragte die Kindergärtnerin Eliza.

»Haben Sie auch an einen Vorrat an Treibstoff gedacht?«, erkundigte sich der alte Herr S. mit den kranken Nieren.

Zumindest kam es Eryk so vor, als sagten sie das und sonst nichts. Er bemühte sich, sie nicht anzuschauen und nicht nervös zu werden. Er hatte den Blick schon auf die Linie des Horizonts gerichtet, der bis jetzt seine Augen in zwei Hälften geschnitten hatte: eine, die vom Wasser dunkel, und die andere, die vom Wasser hell war. Die Passagiere hatten sich ja auch beruhigt. Sie drückten sich die Mützen in die Stirn, banden ihre Schals enger. Man könnte sagen, sie fuhren in völliger Stille dahin, bis das Knattern eines Hubschraubers und das Heulen von Polizeibooten diese durchschnitt.

»Es gibt Dinge, die geschehen von selbst, es gibt Reisen, die beginnen und enden im Traum, und es gibt Reisende, die antworten auf den gestammelten Ruf ihrer eigenen Unruhe. Ein solcher steht nun vor Ihnen...« Mit diesen Worten begann der Verteidiger seine Rede bei Eryks kurzem Prozess im Gericht. Leider hatte diese bewegende Rede des Verteidigers nicht die gewünschte Wirkung, und unser Held geriet wieder für eine gewisse Zeit ins Gefängnis, ich hoffe, zu seinem Vorteil. Denn für ihn gibt es ohnehin nichts anderes mehr als das dem Meer mit seinen unerforschten Gezeiten entlehnte wogende Auf und Ab.

Doch damit werden wir uns jetzt nicht befassen.

Doch was, wenn mich nun am Ende dieser Geschichte jemand fragen wollte, wenn dieser seine Zweifel ausführen wollte, ob diese die Wahrheit und nichts als die Wahrheit ist. Wenn er mich an der Schulter fasste, mich ungeduldig schüttelte und schrie: »Ich beschwöre dich, sag mir doch aus tiefster Überzeugung, ob diese Geschichte wirklich wahr ist? Bitte mir zu verzeihen, wenn ich zu aufdringlich bin –«, dann würde ich ihm verzeihen und antworten: »So wahr mir Gott helfe, und auf meine Ehr, die Geschichte, welche ich Euch erzählt, Meine Damen und Herren, ist im Kern und in ihren wesentlichen Punkten wahr. Ich weiß, dass sie wahr ist; es geschah auf diesem Erdenrund; ich selbst betrat diese Fähre«.

Expeditionen an den Pol

Ich erinnere mich an das, woran sich Borges einmal erinnert hat, nämlich dass er irgendwo gelesen hatte: Die dänischen Fürsten sollen während des Aufbaus des dänischen Reichs in den Kirchen haben verkünden lassen, dass man durch die Teilnahme an einer Expedition zum Nordpol eine leichtere Erlösung der eigenen Seele bewirken könne. Da sich nicht viele Freiwillige meldeten, erklärten sie, ja, es sei eine lange und beschwerliche Unternehmung, nicht etwas für jedermann, eben nur für die besonders Kühnen. Doch immer noch fanden sich nicht mehr Leute dazu bereit. Um sich nun ohne Gesichtsverlust aus der Affäre zu ziehen, modifizierten die Fürsten ihre Anzeige: Eigentlich könnte man jeden Ausflug als eine Expedition an den Pol bezeichnen, sogar eine kleine Reise, ja, sogar eine Fahrt mit der städtischen Kutsche.

Heutzutage wahrscheinlich sogar eine Fahrt mit der Untergrundbahn.

Inselpsychologie

Der Reisepsychologie zufolge stellt eine Insel den frühesten, ursprünglichsten Zustand vor der Sozialisierung dar, wenn das Ego sich schon weit genug entwickelt hat, um ein gewisses Niveau der Selbst-Bewusstheit zu erreichen, doch mit der Umwelt noch keine vollen, befriedigenden Beziehungen eingegangen ist. Der Inselzustand ist ein Zustand des von keinerlei äußeren Einflüssen erschütterten Verharrens innerhalb der eigenen Grenzen, er erinnert auf gewisse Weise an Narzissmus und Autismus. Alle Bedürfnisse werden innerhalb der eigenen Sphäre erfüllt. Nur das »Ich« erscheint real, »du« und »sie« sind allenfalls vage Phantasmen, Fliegende Holländer, die irgendwo fern am Horizont auftauchen und gleich wieder verschwinden. Eigentlich ist nicht einmal klar, ob sie nicht nur ganz gewöhnliche Täuschungen des Auges sind, das an die gerade Linie gewöhnt ist, die das Blickfeld perfekt in zwei Felder teilt: oben und unten.

Die Säuberung der Landkarte

Das, was mich beleidigt, lösche ich aus meinen Landkarten. Orte, in denen ich gestolpert und gefallen bin, wo man mich geschlagen, mir irgendein Leid zugefügt hat, wo etwas mir wehgetan hat, die hören auf, für mich zu existieren.

Auf diesem Wege habe ich mehrere Großstädte und eine Provinz wegradiert. Vielleicht werde ich eines Tages ein ganzes Land wegradieren. Die Landkarten nehmen das verständnisvoll hin; sie sehnen sich nach weißen Flecken, das ist ihre glückliche Kindheit.

Manchmal musste ich in diesen nicht existierenden Städten erscheinen (ich bin immer bemüht, erfahrene Kränkungen zu überwinden) und wurde dann zu einem Auge, das sich wie ein Geist in einer Gespensterstadt bewegt. Wenn ich mich sehr konzentriert hätte, hätte ich die Hand mühelos durch den festesten Beton stecken können, hätte ich unangetastet, unbeschadet, geräuschlos auf den dicht befahrenen Straßen durch die Autos hindurchgehen können.

Ich habe es nie getan, ich habe mich immer an die Regeln gehalten, die für die Bewohner dieser Städte galten. Und habe mich bemüht, nie das Illusionäre der Orte, in denen sie als Ausradierte feststecken, vor ihnen bloßzulegen. Ich werde zu dem, was sie sagen, immer lächeln und nicken. Ich möchte in ihren Köpfen keine Verwirrung stiften, indem ich sage, dass sie nicht existieren.

Die Nacht einholen

Ich konnte nie gut schlafen, wenn ich mich an einem Ort nur für eine Nacht aufhielt. Die große Stadt erstarrte langsam, kam zur Ruhe. Ich hockte im Hotel meiner Fluglinie, das war im Flugpreis inbegriffen. Ich musste bis zum nächsten Tag warten.

Auf dem kleinen Tisch lag ein hellblaues Päckchen Kondome. Neben dem Bett eine Bibel und Buddhas Lehren. Der Stecker des Teekessels passte leider nicht in die Steckdose – was soll's, so werde ich eben ohne Tee auskommen. Vielleicht war es überhaupt eher Zeit für einen Kaffee? Mein Körper hatte keine Ahnung, welche Zeit die Radiouhr neben dem Bett anzeigte, obwohl die Ziffern international, also arabisch zu sein schienen. War der gelbe Widerschein draußen vor dem Fenster das anbrechende Morgengrauen oder eher der Abenddämmer, der sich schon zur Nacht verdichtete? Schwer zu sagen, ob der Teil der Welt, über dem die Sonne gleich aufgehen würde oder eben untergegangen war, Westen oder Osten war. Ich rechnete angestrengt aus, wie viele Stunden ich im Flugzeug gesessen hatte, dabei besann ich mich auf ein Bild als Hilfe, das ich einmal im Internet gesehen hatte: die Erdkugel mit der Nachtgrenze, die sich von Osten nach Westen schiebt, wie ein großer Mund, der systematisch die Erde verschlingt.

Der Platz vor dem Hotel war leer, rings um die geschlossenen Stände zankten sich streunende Hunde. Zu guter Letzt kam ich zu dem Schluss, dass es mitten in der Nacht sein musste, und ohne ein Bad und ohne Tee legte ich mich ins Bett. In meiner ganz persönlichen Zeit, der Zeit, die ich auf meinem Mobiltelefon bei mir hatte, war es aber erst früher

Nachmittag. Es war naiv zu erwarten, dass ich einschlafen würde.

Also heißt es, sich in die Decke wickeln und Fernseher anschalten – ohne Ton, nur wispern soll er, flackern, die Zeit vertreiben. Die Fernbedienung ausstrecken und mitten auf den Bildschirm schießen. Jeder Schuss tötet einen Sender, doch sofort taucht ein neuer auf. Aber in meinem Spiel geht es darum, die Nacht einzuholen, nur die Sender zu wählen, die dort ausgestrahlt werden, wo schon Nacht herrscht. Jetzt heißt es, sich die Erdkugel vorstellen, die dunkle Schramme auf der sanften Neigung, Beweis eines lang vergangenen Verbrechens, die Narbe nach der bravourösen Teilung der siamesischen Zwillinge Licht und Finsternis.

Die Nacht hört nie auf, immer hat sie einen Teil der Welt in ihrer Macht. Man kann ihr mit der Fernbedienung folgen, immer nur Sender suchen, die in der Schattenzone liegen, in der dunklen hohlen Hand, die die Erde hält, um sich Stunde für Stunde weiter nach Westen zu schieben, über ein Land nach dem anderen. Und dann macht man eine interessante Entdeckung.

Der erste Schuss auf die glatte sorgenlose Stirn des Fernsehers schaltete den Sender Holy God ein. Dort sah ich eine Kreuzigungsszene aus einem Film der sechziger Jahre. Die Muttergottes hatte dünn gezupfte Brauen, und Maria Magdalena trug bestimmt ein Korsett unter dem verwaschenblauen Bauernkittel – offensichtlich ein schlecht kolorierter Schwarzweißfilm. Diese großen spitzen, unnatürlich vorgereckten Brüste, diese Wespentaille. Als die hässlichen Soldaten sich lachend die Kleider teilten, erschienen Bilder aller möglichen Katastrophen, das wirkte, als seien sie live aus Naturfilmen geschnitten und mit einem Klick in den Film eingefügt worden. Wolken, die sich in beschleunigtem Tempo ballen, Blitze, der Himmel ein Trichter zur Erde hin, eine Windhose, der Finger Gottes, der von nun an Schnörkel auf die Erdoberfläche malen wird. Dann branden tosende Wellen an Land, man sieht Segelboote, lächerliche Attrappen, die das aufgebrachte Wasser zu Splittern zerschmettert. Vulkanausbrüche, ein heiß aufsteigender Strahl, der sicher den Himmel befruchten kann, aber er hat keine Chance, die Lava rinnt kraftlos die Hänge hinab. Aus der glühenden Ekstase ist nur eine gewöhnliche nächtliche Ejakulation geworden.

Das reichte. Ich schoss wieder. Sender 350 – Blue Line TV – eine masturbierende Frau. Ihre Fingerspitzen verschwanden zwischen den schlanken Schenkeln. Die Frau unterhielt sich mit jemandem auf Italienisch, sie sprach in ein Mikrofon, das an ihrem Ohr befestigt war, und das andere Zünglein leckte ihr jedes italienische Wort von den Lippen, jedes si, si und prego.

354 – Sexsatelita 1 –, hier masturbierten zwei gelangweilte Mädchen. Wahrscheinlich ist die Schicht gleich zu Ende, sie können die Müdigkeit kaum verbergen. Die eine richtet mit der Fernbedienung die filmende Kamera ein, so sind sie absolut autark. Ab und zu, als wollten sie sich zur Ordnung rufen, erscheint noch eine Grimasse auf ihren Gesichtern – halb geschlossene Augen und halb geöffneter Mund. Doch sie verschwindet schnell, und Müdigkeit und Unkonzentriertheit machen sich wieder auf ihren Gesichtern breit. Trotz der einladenden Aufschriften auf Arabisch hat niemand angerufen.

Und jetzt erscheint kyrillische Schrift. Die Genesis in kyrillischer Schrift. Die Worte, die am unteren Rand des Bildschirms erscheinen, sind mit Sicherheit feierlich. Bilder von Bergen, Meer, Wolken, Pflanzen und Tieren dienen als Illustrationen.

Auf Sender 358 gibt es die besten Szenen eines Pornostars namens Rocco zu sehen. Ich bleibe einen Augenblick bei diesem Sender, denn auf Roccos Gesicht habe ich einen Schweißtropfen entdeckt. Während der Mann an anonymen Hinterbacken reibende Bewegungen vollführt, hat er die eine Hand auf seine Hüfte gelegt, so könnte man ihn für jemanden halten, der verbissen eine bestimmte Samba- oder Salsabewegung übt: ... und eins und zwei, und eins und zwei ...

Auf Kanal 288 – Oman TV – werden Verse aus dem Koran gelesen. Das schloss ich jedenfalls. Arabische Schrift lief als schönes, völlig unleserliches Muster weich über den Bildschirm. Man wollte es in die Hand nehmen und berühren, bevor man überhaupt darüber nachdachte, was es wohl heißen mochte. Man möchte diese gewundenen Schnörkel straff ziehen, die Schrift glatt bügeln und in eine einfache beruhigende Linie verwandeln.

Der nächste Schuss, und ich sehe einen dunkelhäutigen Pastor, der predigt, während sein Publikum eifrig mit »Alleluja« antwortet.

Die Nacht hat die lauten und aggressiven Nachrichten-, Wetter- und Spielfilmsender zum Schweigen gebracht, hat den täglichen Lärm der Welt beiseitegeschoben und dafür die erholsame Schlichtheit eines einfachen Koordinatensystems ausgebreitet: Sex und Religion, Körper und Gott. Physiologie und Theologie.

Binden

In der Apotheke kaufte ich eine Schachtel mit einzeln verpackten Binden. Auf jeder Verpackung stand eine lustige kurze Begriffsdefinition:

Das Wort »Letologik« bezeichnet den Zustand, in dem man sich nicht auf ein gerade benötigtes Wort besinnen kann.

»Rogographie« ist ein Begriff aus der Malerei, der die Liebe des Künstlers zu Details und Kleinigkeiten definiert.

»Riparographie« ist das Malen von Bruchstücken und Abscheulichem.

Leonardo da Vinci hat die Schere erfunden.

Als ich im Badezimmer das ganze Paket mit diesen einzelnen Wissensbröckchen auspackte, wurde mir schlagartig klar, dass das ja ein weiterer Teil des Projekts der in Entstehung begriffenen Großen Enzyklopädie war, in der man alles finden kann. Ich kehrte in die Apotheke zurück und suchte auf den Regalen nach dem Namen dieser seltsamen Firma, die das Notwendige mit dem Nützlichen verband. Welchen Sinn hat es, Papier mit Blümchen oder Erdbeeren zu bedrucken? Schließlich ist es doch als Träger von Ideen erfunden worden. Verpackungsmaterial ist Verschwendung, es sollte verboten werden. Wenn schon verpacken, dann nur in Romane und Gedichte, und immer so, dass zwischen Inhalt und Hülle ein Zusammenhang besteht.

Nach dem dreißigsten Lebensjahr schrumpft ein menschliches Wesen langsam zusammen.

Jedes Jahr kommen mehr Leute durch einen Eselstritt um als bei Flugzeugabstürzen.

Wer am Boden eines Brunnens sitzt, kann auch tagsüber Sterne sehen.

Weißt du, dass du deinen Geburtstag mit rund neun Millionen Menschen auf der Erde teilst?

Der kürzeste Krieg aller Zeiten fand im Jahre 1896 zwischen England und Sansibar statt. Er dauerte nur achtunddreißig Minuten.

Wenn die Erdachse nur um einen Grad verschoben würde, wäre die Erde nicht mehr bewohnbar, weil die Gegenden um den Äquator zu heiß und um die Pole zu kalt wären.

Aufgrund der Drehbewegung der Erde fliegt jedes geworfene Objekt nach Westen weiter als nach Osten.

Ein durchschnittlicher menschlicher Körper enthält so viel Schwefel, dass man damit einen Hund töten könnte.

Arachibutyphobie ist die Angst, dass Erdnussbutter am Gaumen kleben bleibt.

Aber am meisten hat mich Folgendes beeindruckt:

Der stärkste Muskel im Körper des Menschen ist die Zunge.

Reliquien. Peregrinatio ad loca sancta

1677 konnte man in Prag beim heiligen Veit Folgendes besichtigen: die unversehrten Brüste der heiligen Anna in einem verschlossenen Kristallglas; den Kopf des heiligen Märtyrers Stefan, den Kopf von Johannes dem Täufer. Bei den Schwestern der heiligen Theresa wurde Interessierten das dreihundert Jahre zuvor verstorbene kleine Nönnchen gezeigt, das bestens erhalten hinter einem Gitter saß. Bei den Jesuiten hingegen gab es den Kopf der heiligen Ursula und den Hut nebst einem Finger des heiligen Xaver zu bewundern.

Vor hundert Jahren kam ein Pole nach La Valetta auf Malta. Von dort schrieb er, ein einheimischer Priester habe ihn durch die Stadt geführt und ihm »... palmam dextram integram (die vollständige rechte Hand) des heiligen Johannes des Täufers« gezeigt, »frisch, wie gerade erst vom Körper abgetrennt, welche er meinen unwürdigen Lippen zum Kuss darbot, was ich Sündiger für die größte mir in meinem ganzen Leben erwiesene Gnade Gottes erachte. Ebenfalls zum Kuss gab er mir ein Stück von der Nase desselben Heiligen sowie den ganzen Fuß des heiligen Lazarus Quadriduanus, die Finger der heiligen Magdalena und einen Teil des Kopfes des heiligen Ursula (was mich wundernahm, da ich in Köln am Rhein den vollständigen Kopf derselben gesehen und mit meinen unwürdigen Lippen berührt hatte).«

Bauchtanz

Nach dem Essen brachte der Kellner eilig den Kaffee, dann zog er sich in den hinteren Teil des Gastraums zurück, hinter die Theke, er wollte auch zugucken.

Unwillkürlich senkten wir die Stimmen, als das Licht gedämpft wurde. Eine junge Frau kam im Laufschritt herein. Vor ein paar Minuten hatte ich sie noch draußen auf der Straße eine Zigarette rauchen sehen. Jetzt stellte sie sich zwischen den mit Gästen besetzten Tischen auf und schüttelte die offenen schwarzen Haare. Ihre Augen waren stark geschminkt, ihr mit Pailletten bestickter Büstenhalter glitzerte in allen Farben, was jedem Kind, vor allem jedem kleinen Mädchen gefallen hätte. Die Armreifen an ihren Handgelenken klirrten, ihr langer fließender Rock reichte von den Hüften bis auf die bloßen Füße. Sie war sehr hübsch, ihre Zähne blitzten weiß, unwirklich, die Augen warfen kühne Blicke, unter denen man nicht still sitzen bleiben konnte, man wollte sich bewegen, aufstehen, eine rauchen. Die Frau tanzte zum Rhythmus der Trommeln, ihre Hüften offenbarten ihre ganze Pracht, forderten jeden zum Wettstreit auf, der sich mit ihrer Kraft messen wollte.

Schließlich folgte ein Mann der Aufforderung und ließ sich mutig auf einen Tanz ein, ein Tourist in Bermudashorts, die nicht zu ihren Pailletten passten, aber er gab sich Mühe, schwang mit Hingabe die Hüften, während seine Kumpel am Tisch erregt mit den Füßen stampften und pfiffen. Zwei junge Mädchen, in Jeans und gertenschlank, fanden sich auch noch zum Tanz ein.

Dieser Tanz in der billigen Kneipe hatte etwas Heiliges. Das fühlten wir jedenfalls, meine Begleiterin und ich.

Als das Licht wieder anging, mussten wir uns beide verwirrt die Tränen aus den Augen wischen. Die angeheizten Männer machten sich über uns lustig. Doch ich bin sicher, dass die Rührung von zwei Frauen beim Anblick dieses Tanzes ein kürzerer Weg zu seinem Verständnis war als die Erregung der Männer.

Meridiane

Die Frau, Ingebjörg, reiste am Nullmeridian entlang. Sie kam aus Island, ihre Reise hatte sie in Shetland begonnen. Sie beklagte sich, dass man nicht in gerader Linie reisen konnte, weil man natürlich von Straßenverläufen, den Routen der großen Schiffe und der Eisenbahnstrecken abhängig war. Doch sie versuchte, sich an ihren Grundsatz zu halten, und reiste im Zickzack, um diese Linie herum lavierend.

Sie erzählte so begeistert und farbig, dass ich nicht wagte, sie zu fragen, warum sie das machte. Außerdem gibt es auf solche Fragen ja bekanntlich nur eine Antwort: Warum nicht?

Während sie sprach, stellte ich mir bildlich einen Tropfen vor, der langsam über die Oberfläche der Weltkugel läuft.

Und diese Vorstellung beunruhigt mich immer noch. Denn es gibt doch keinen Meridian.

Unus mundus

Ich habe eine Freundin, die Dichterin ist, leider aber mit ihrer Dichtung nie ihren Lebensunterhalt verdienen konnte. Wer kann schon von Gedichten leben? Deshalb nahm sie eine Arbeit bei einem Reisebüro an. Da sie sehr gut Englisch sprach, wurde sie Reiseleiterin für amerikanische Touristengruppen. Sie machte das wunderbar und wurde den anspruchsvollsten Reisenden empfohlen. Sie holte sie in Madrid ab, flog mit ihnen nach Malaga, dann ging es per Schiff nach Tunesien. Es waren meistens kleine Gruppen mit etwa zehn Teilnehmern.

Sie freute sich über diese Aufträge, in der Regel hatte sie zwei im Monat. Sie genoss es, sich in teuren Hotels ausschlafen zu können. Die Führungen zu den Sehenswürdigkeiten musste sie selbst vorbereiten, sie las viel darüber. Heimlich schrieb sie auch. Manchmal kam ihr ein besonders wichtiger Gedanke, ein Wort, eine Assoziation in den Sinn, und sie wusste, dass sie diese sofort aufschreiben musste, sonst würden sie ihr unwiederbringlich entfallen. Mit dem Alter wird das Gedächtnis weniger zuverlässig, es bekommt Löcher. Sie stand auf und ging zur Toilette, dort schrieb sie, auf der Klosettschüssel sitzend. Manchmal schrieb sie sich sogar ihre Einfälle auf die Hand, nur einzelne Buchstaben, eine Mnemotechnik.

Sie war keine Expertin für arabische Länder und ihre Kulturen, glücklicherweise waren die Touristen auch keine Kenner. Sie hatte Literatur und Linguistik studiert.

»Machen wir uns nichts vor«, sagte sie gern. »Es gibt nur eine Welt.«

Man brauchte kein Spezialist zu sein, man brauchte nur Phantasie. Manchmal gab es Unterbrechungen in der Reise, stundenlang saß man in irgendeinem Niemandsland in spärlichem Schatten, weil ausgerechnet jetzt der Keilriemen im Jeep gerissen war, und sie musste ihre Kunden irgendwie bei Laune halten. Dann erzählte sie Geschichten. Man erwartete das von ihr. Manche Geschichten entlehnte sie bei Borges, schmückte sie etwas aus und dramatisierte sie. Andere nahm sie aus den Märchen aus Tausendundeiner Nacht, aber auch dann gab sie ihr eigenes Beiwerk dazu. Man müsse nur eine Geschichte finden, die noch nie verfilmt worden war, sagte sie oft, aber da gibt es gar nicht so viele. Allem verlieh sie ein arabisches Lokalkolorit, erging sich in Beschreibungen von Gewändern, Speisen, den Farben von Kamelfell. Ihre Zuhörer lauschten offenbar nicht besonders aufmerksam, öfters brachte sie historische Fakten durcheinander, und niemand wies sie darauf hin. Deshalb nahm sie es mit den Fakten schließlich nicht mehr so genau.

Harem (Menchus Geschichte)

Die Labyrinthe des Harems lassen sich in Worten nicht darstellen. Eher vielleicht mit dem Bild der Waben in einem Bienenstock, der verschlungenen Ordnung der Därme, dem Inneren des Köpers, der Gehörgänge; Spiralen, Gänge mit totem Ende, Wurmfortsätze, weiche runde Tunnel, die am Eingang zu einer verborgenen Kammer enden.

Das Zentrum ist tief verborgen, wie in einem Ameisenhaufen, das sind die Gemächer der Mutter des Sultans, mit dicken Teppichen ausgelegt, mit Myrrhenduft besprengt, mit Wasser gekühlt, das die Fensterbänke in Bachbetten verwandelt. Nebenan erstrecken sich die Zimmer ihrer noch nicht erwachsenen Söhne, diese sind ja auch noch Frauen, sind noch ganz ins frauliche Element eingebettet, bis das Schwert ihre perlmutterne Fruchtblase durchbohrt. Dahinter öffnen sich die Innenhöfe mit ihrer komplizierten Hierarchie der Klausen der Haremsfrauen: Die am wenigsten begehrten Frauen steigen in die Höhe, als machten die vom Mann vergessenen Körper einen geheimnisvollen Prozess der Engelwerdung durch. Die Ältesten wohnen gleich unterm Dach,

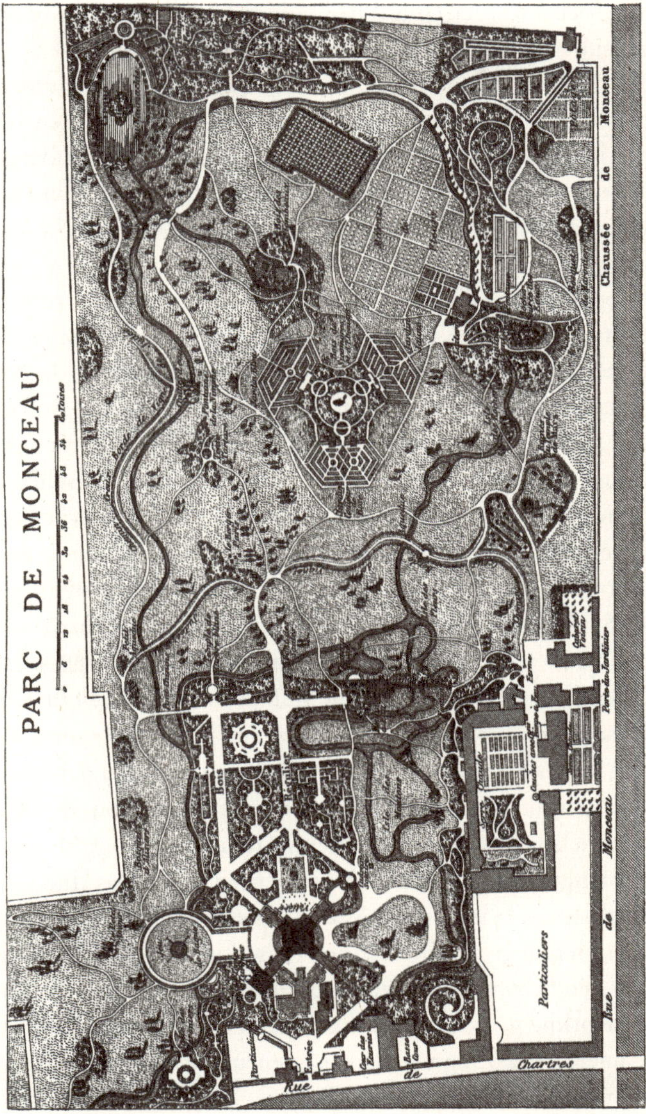
PARC DE MONCEAU
Chaussée de Monceau
Rue de Monceau
Rue de Chartres
Particuliers

ihre Seelen werden bald in den Himmel fliegen, und ihre einst so leidenschaftlichen Körper verschrumpeln wie Ingwer.

Mitten in dieser Vielzahl von Korridoren, Vorräumen, heimlichen Nischen, Kreuzgängen und kleinen Höfen hat der junge Herrscher selbst seine Schlafgemächer, zu denen jeweils ein eigenes Badezimmer gehört, in dem er, vom entsprechenden Luxus umgeben, in aller Ruhe seiner königlichen Defäkation frönen kann.

Jeden Morgen löst er sich aus den Umarmungen der Mutter, tritt in die Welt hinaus wie ein großes, schon ausgewachsenes Kind, das jetzt erst, mit einiger Verspätung, laufen lernt. In seinen Paradekaftan gekleidet spielt er seine Rolle – und abends kehrt er aufatmend zu seinem Körper zurück, zu seinen Gedärmen, den weichen Scheiden seiner Beischläferinnen. Er kehrt aus der Ältestenkammer zurück, von der aus er sein Wüstenland regiert, er empfängt Delegationen und führt die politischen Geschäfte eines verfallenden provinziellen Städtleins, eine vergebliche Politik. Die Nachrichten sind erschreckend. Blutige Zusammenstöße dreier Großmächte lassen keinen Zweifel offen: Man muss wie im Roulette den Einsatz machen und sich zu einer der Seiten bekennen. Es gibt keinerlei Anhaltspunkt, wonach man sich bei der Wahl richten soll. Dem Studienort? Dem Verhältnis zur Kultur? Dem Klang der Sprache? Die Gäste, die er jeden Morgen empfängt, verstärken diese Unsicherheit noch. Das sind Geschäftsleute, Händler, Konsuln, Geheimräte, Berater. Sie lassen sich ihm gegenüber auf den Prunkkissen nieder, wischen sich den Schweiß von der Stirn, die durch das lange Tragen der Korkhelme seltsam weiß ist und an unterirdische Knollen erinnert – das Stigma der teuflischen Abstammung dieser Menschen. Andere tragen Turbane und Kopfbinden und streichen sich die langen Bärte, ohne sich darüber bewusst zu sein, dass diese Geste mit Lügen und Heimlichtuereien assoziiert wird. Alle haben ein Anliegen vorzutragen, empfehlen ihre Verhandlungsdienste, wollen ihn zur einzig richtigen Entscheidung überreden. Ihm tut der Kopf weh davon. Sein Stätlein ist nicht groß – vielleicht ein paar Dutzend Siedlungen in den Oasen der steinigen Wüste, von allen Bodenschätzen findet sich hier nur Salztagebau. Es gibt keinen Zugang zum Meer, keine Häfen, strategisch günstige Kaps oder Meerengen. Die Bewohnerinnen dieses kleinen Landes bauen Zichorie, Sesam und Safran an. Ihre Männer führen Durchreisende und die Handelskarawanen durch die Wüste nach Süden.

Die Politik hat ihn nie interessiert, er kann gar nicht verstehen, was an ihr so faszinierend ist, dass sein großer Vater ihr sein ganzes Leben gewidmet hat. Doch er hat zweifellos wenig Ähnlichkeit mit seinem Vater, der nach unzähligen Kämpfen mit den Nomaden der Wüste diesen kleinen Staat aufgebaut hat. Unter den vielen Brüdern war er nur deshalb zum Nachfolger seines Vaters ausgewählt worden, weil seine Mutter die älteste Ehefrau und eine sehr ehrgeizige Person war. Seine Mutter hatte ihm die Macht gesichert, die sie aus angeborenen Gründen nicht selbst haben konnte. Den Bruder – ein ernsthafter Konkurrent – ereilte ein trauriges Schicksal, denn er starb an einem Skorpionbiss. Die Schwestern zählen nicht, er kennt sie nicht einmal richtig. Wenn er Frauen betrachtet, denkt er daran, dass jede seine Schwester sein könnte, und auf eine merkwürdige Weise überkommt ihn bei diesem Gedanken eine große Ruhe.

Im Ältestenrat, dieser düsteren Gruppe bärtiger Männer, hat er keine Freunde. Wenn er im Beratungssaal erscheint, verstummen sie plötzlich, deshalb hat er immer das Gefühl, dass sie etwas gegen ihn im Schilde führen. Ganz bestimmt ist das so. Nach einigen Begrüßungsritualen dann besprechen sie die anstehenden Angelegenheiten und werfen ihm Blicke zu, die Verachtung und Widerwillen kaum verhehlen, obwohl sie alles genehmigt bekommen wollen. Manchmal – und leider immer öfter – kommt es ihm vor, als seien diese kurzen Blicke von einer immer greifbareren Feindseligkeit durchsetzt, scharf wie ein Messer, als gehe es ihnen im Grunde gar nicht mehr um ein schließlich ausgesprochenes »Ja« oder »Nein«, sondern als wollten sie prüfen, ob er überhaupt noch diesen Platz in der Mitte des Saales, diese privilegierte Position einnehmen darf und ob er diesmal überhaupt einen Ton von sich gibt.

Was erwarten sie von ihm? Er ist nicht imstande, ihren emotionsgeladenen Rufen, mit denen sie sich gegenseitig übertönen, der Logik ihrer Schlüsse zu folgen. Lieber betrachtet er den schönen safrangelben Turban des einen, wohl des Ministers für Süßwasserversorgung, oder den außergewöhnlich bösen Gesichtsausdruck eines anderen, dessen krankhaft blasses Gesicht von einem ausladenden grauen Bart umrahmt ist. Bestimmt ist er krank und muss bald sterben.

»Sterben« – dieses Wort erfüllt den jungen Herrscher plötzlich mit einem überwältigenden Ekel; es war nicht gut, dass er daran gedacht hat, jetzt sammelt sich der Speichel in seinem Mund, seine Gurgel krampft sich mehrmals leicht zusammen – eine perfide Umkehr des Orgasmus. Er muss weg von hier.

Deshalb weiß er schon, was er tun muss, aber er hält alles vor seiner Mutter geheim.

Doch sie kommt von sich aus spät am Abend zu ihm, obwohl auch sie sich bei seinen beiden verdienten Wächtern, den ebenholzschwarzen Eunuchen Gog und Magog, anmelden muss. Sie besucht ihren Sohn, während er sich in den Armen seiner kleinen Freunde vergnügt, setzt sich auf ein schön gewebtes Kissen zu seinen Füßen, lässt ihre Armreifen klirren. Mit jeder Bewegung verströmt sie Wogen würziger Düfte nach den Ölen, mit denen ihr alter Körper eingerieben wird. Sie sagt ihm, dass sie von allem weiß und ihm bei der Flucht helfen wird, wenn er sie nur mitnimmt. Ob er sich denn nicht bewusst sei, mahnt sie ihn, dass er sie dem sicheren Tod ausliefere, wenn er sie hier zurücklasse.

»In der Wüste haben wir treue Verwandte, die uns bestimmt aufnehmen werden. Ich habe schon einen Boten zu ihnen geschickt, der uns ankündigt. Wir nehmen unsere Schätze mit, Edelsteine und Gold, warten dort ab, bis das Schlimmste vorbei ist, und ziehen dann in Richtung Westen, zu den Häfen, und verschwinden von dort aus auf Nimmerwiedersehen. Wir lassen uns in Europa nieder, nicht allzu weit weg, an einem Ort, wo man bei gutem Wetter die afrikanische Küste sehen kann. Warte nur, ich werde noch deine Kinder wiegen, mein Sohn«, sagt sie, und an die Flucht glaubt sie sicher, aber an die Enkelkinder nicht, ganz bestimmt nicht.

Was soll er darauf sagen – er streichelt die seidenweichen Köpfchen und nickt zustimmend.

Im Bienenkorb aber gibt es kein Geheimnis. Neuigkeiten verbreiten sich durch die sechs Wände der Wabenschichten, durch Kamine, Aborte, Korridore und Innenhöfe. Sie verbreiten sich mit der warmen Luft aus den Eisenschalen, in denen Holzkohle verbrannt wird, um die Winterkälte erträglicher zu machen. Die Luft, die aus dem Landesinnern, von den Bergen heranweht, ist manchmal so eisig, dass sich der Urin in den Majolika-Nachttöpfen mit einer dünnen Eisschicht überzieht. Die Nachricht verbreitet sich in den Stockwerken der Beischläferinnen, und alle, sogar die ausgemusterten auf den höchsten Etagen, packen ihre Habseligkeiten zusammen. Sie flüstern miteinander, sind schon dabei, sich um den Platz in der Karawane zu streiten.

Im Laufe der nächsten paar Tage wird es im Palast sichtlich lebhafter, schon lange hat man hier nicht mehr ein so reges Treiben gesehen. Deshalb wundert sich unser Herrscher, dass weder Scharlachturban noch Grimmbart etwas bemerkt zu haben scheinen.

Er meint, sie seien noch dümmer, als er angenommen hat.

Doch sie denken dasselbe: dass ihr Herrscher blöde ist, blöder noch, als sie bisher angenommen haben. Umso weniger wird es ihnen um ihn leidtun. Von Westen – so flüstern sie miteinander – nähert sich eine große Armee, zu Lande und mit Schiffen. Angeblich eine Unmenge Menschen. Angeblich haben sie der Welt den heiligen Krieg erklärt und wollen uns jetzt unterwerfen. Doch am meisten liegt ihnen an Jerusalem, dort liegen die Überreste ihres Propheten. Gegen sie ist kein Kraut gewachsen – sie sind unersättlich und zu allem bereit. Sie plündern unsere Häuser, vergewaltigen die Frauen, stecken die Wohnstätten in Brand, entehren unsere Moscheen. Sie brechen alle Abmachungen und Verträge, sie sind unstet und gierig. Kein Zweifel – hier geht es um kein Grab, wir würden ihnen auch andere Gräber geben, liebend gern, davon haben wir hier genug. Wenn es die Friedhöfe sind, die sie interessieren, bitte sehr, sollen sie sie nehmen. Doch sobald ihre Schiffe an unserem Ufer anlegen, werden sie, von der Sonne auf der langen Fahrt ausgebleicht, ausgelaugt vom Salz des Meeres, das ihre Haut mit einer dünnen silbrigen Schicht überzieht, in ihrer lauten schnarrenden Sprache schreien – sie können ja weder in Menschensprache sprechen noch Menschenschrift lesen – und sich auf unsere Städte stürzen, um die Türen der Häuser aufzustemmen, die Krüge mit Olivenöl zu zerschlagen, unsere Speisekammern zu plündern und – pfui! – in die Pumphosen unserer Frauen zu greifen. Sie sind nicht imstande, auf einen Gruß von uns zu antworten, starren mit stumpfem Blick, und die helle Iris ihrer Augen wirkt verwaschen und geistlos. Jemand hat erzählt, es sei ein Stamm, der am Boden des Meeres geboren sei, die Wellen und die silbernen Fische seien ihre Erzieher gewesen, und in der Tat erinnern sie an die vom Meer ans Land geschwemmten Holzstücke, ihre Haut hat die Farbe von Knochen, mit denen das Meer zu lange gespielt hat. Doch andere wiederum bestreiten das – wie hätte denn dann ihr rotbärtiger Herrscher in den Wassern des Flusses Selef ertrinken können?

So flüstern sie aufgeregt, doch dann gehen sie zum offenen Murren über. Dieser Herrscher ist missraten. Sein Vater, gewiss, der war ein guter Herrscher, er hätte sogleich eintausend Reiter in den Kampf geschickt, die Mauern bewehrt, Wasser- und Kornvorräte für den Fall einer Belagerung angelegt. Doch der hier … einer von ihnen spuckt aus, während er seinen Namen ausspricht, und verstummt sogleich, erschrocken über das, was ihm fast über die Lippen gekommen wäre.

Ein langes Schweigen folgt. Der eine streicht sich über den Bart, der andere vertieft sich in das komplizierte Muster auf dem Fußboden, wo bunte Keramikfliesen ein Labyrinth bilden. Wieder ein anderer streicht mit dem Finger über seinen kunstvoll mit Türkisen besetzten Nasenflügel. Der Finger fährt über den kleinen Wölbungen hin und her. Heute fassen die tüchtigen Räte und Minister keinen Beschluss. Draußen stehen schon die großen Wächter, die Palastarmee.

In dieser Nacht keimen Ideen in ihren Köpfen, wachsen wie Pflanzen, schießen empor – bald werden sie blühen und Früchte tragen. Am Morgen bricht ein berittener Bote zum Sultan auf, er überbringt die unterwürfige Bitte um Einnahme des kleinen Staates, an dessen Existenz in der Regel ohnehin niemand denkt. Ein Ältestenrat hat sich gebildet, der zum Wohle aller Gerechten und Allah Ergebenen den gegenwärtigen unfähigen Herrscher stürzen will – das Bild des mit Wucht hinabfallenden Schwerts kristallisiert sich – und um Unterstützung bei der Verteidigung gegen die Ungläubigen bittet, die, zahlreich wie die Sandkörner in der Wüste, von Westen her anrücken.

In derselben Nacht schält die Mutter ihren Sohn unter Fellen und Teppichen aus dem Gewirr von Kinderkörpern heraus, mit denen der junge Herrscher schläft. Sie schüttelt den Schlafenden und befiehlt ihm, sich anzuziehen.

»Alles ist bereit, die Kamele warten, deine zwei Reitpferde sind gesattelt, die Zelte sind zusammengerollt und schon an die Sättel geschnallt.«

Der Sohn stöhnt und klagt – wie wird er in der Wüste ohne Schüsseln und Teller auskommen, ohne Kohlenherde, ohne die Teppiche, auf die er sich mit den Kindern zu betten pflegt? Ohne seine Toilette, ohne den Blick aus dem Fenster auf den Platz und die kristallklare Wasserfontäne?

»Du wirst umkommen!«, flüstert die Mutter und zieht die Stirn kraus, eine senkrechte Falte erscheint darauf, spitz wie ein Stilett. Ihr Flüstern klingt wirklich schlangenhaft, das Zischen einer weisen Schlange am Brunnen. »Steh auf!«

Durch mehrere Wände hindurch hört man eilige Schritte, das sind die Frauen, die ihre Habseligkeiten schon zusammengepackt haben, die jungen mit größeren, die älteren mit kleineren Bündeln, um keinen Anstoß zu erregen. Ein bescheidenes Bündel, das nur die kostbarsten Schals, Ohrringe und Armreifen enthält. Jetzt sitzen sie in der Hocke vor der Tür, vor dem Vorhang und warten darauf, abgeholt zu werden, aber es dauert, und ungeduldig schauen sie aus dem Fenster, während im Osten, über der Wüste, ein rötlicher Schimmer am Himmel erscheint. Sie sehen nicht die riesige Weite der Wüste, deren raue Zungen an den Stufen des Palastes lecken, denn ihre Fenster gehen nur auf den Innenhof hinaus.

»Die Stange, an der deine Vorfahren ihr Zelt aufgespannt haben, war die Achse der Welt, ihr Mittelpunkt. Dort, wo du dein Zelt aufschlägst, dort wird dein Königreich sein«, sagt die Mutter und stößt ihn auf den Ausgang zu. Noch nie hatte sie gewagt, ihn so anzufassen, doch nun zeigt sie ihm mit dieser Geste, dass er seit ein paar Stunden nicht mehr der Herrscher des kleinen Safranstaates ist.

»Welche Frauen willst du mitnehmen?«, fragt sie. Er gibt lange keine Antwort, drückt nur die Kinder an sich, die Jungen und Mädchen, kleine Engel, mit deren nackten schmalen Körpern er sich nachts zudeckt. Der älteste Junge ist kaum zehn, das jüngste, ein Mädchen, vier Jahre alt.

Frauen? Frauen will er keine, weder alte noch junge, sie waren nur gut für den Palast. Sie waren für ihn nie besonders notwendig gewesen, er schlief mit ihnen aus demselben Grund, aus dem er sich morgens dem Anblick der bärtigen Visagen der Ratgeber aussetzte. Ihre ausladenden Hüften, das Eindringen in ihre fleischigen Öffnungen hatte ihm nie besonderes Vergnügen bereitet. Vor ihren behaarten Achselhöhlen und den runden Wölbungen ihrer Brüste verspürte er geradezu Ekel. Deshalb achtete er immer darauf, dass kein Tropfen seines kostbaren Samens in diese unansehnlichen Gefäße geriet, kein Tropfen Leben sollte verschwendet werden.

Er war sicher, dass er durch dieses Beibehalten seiner Lebenssäfte, durch die schmalen Körper der Kinder, aus denen er im Schlaf Kraft schöpfte, durch ihren süßen Atem auf seinem Gesicht einst unsterblich werden würde.

»Lass uns die Kinder mitnehmen, meine Kinderchen, mein Dutzend Engelein, sie sollen sich ankleiden, hilf ihnen!«, sagte er zu seiner Mutter.

»Du Trottel!«, zischte sie. »Die Kinder willst du mitnehmen? Mit ihnen werden wir kaum ein paar Tage in der Wüste überleben. Hörst du, wie das Raunen und Flüstern näher kommt? Wir haben keinen Augenblick zu verlieren. Dort, wo wir hingehen, nimmst du dir andere Kinder, noch mehr als hier. Diese Kinder lass hier, ihnen wird kein Leid geschehen.«

Doch als sie sieht, wie entschlossen er ist, heult sie vor Wut auf und versperrt die Tür mit ihren ausgebreiteten Armen. Ihr Sohn tritt auf sie zu, sie messen einander mit Blicken. Die Kinder stehen im Halbkreis um sie herum, einige halten sich an den Zipfeln seines Kaftans fest. Sie schauen ruhig und gleichgültig.

»Sie oder ich«, sagt die Mutter unbedachterweise. Sobald ihr die Worte entschlüpft sind und sie sie von außen betrachtet, versucht sie noch, sie mit der Zunge wieder in den Mund zu holen, aber sie erreicht sie nicht mehr.

Da stößt ihr Sohn ihr mit einer heftigen Bewegung die Faust in den Bauch, genau dorthin, wo vor Jahren sein erstes Zuhause war, eine weiche, mit Scharlachrot und Purpur ausgeschlagene Kammer. In der Faust hat er ein Messer. Die Frau beugt sich nach vorne, und aus der Falte auf ihrer Stirn strömt Dunkelheit über ihr Gesicht.

Es gibt keine Zeit zu verlieren. Gog und Magog laden die Kinder auf die Kamele, die kleineren kommen in die Körbe, wie Vögel. Sie schnallen die kostbaren Gegenstände fest, wertvolle Stoffe werden zusammengerollt und zur Tarnung in grobes Leintuch gewickelt. Als der erste kleine Sonnenstrahl den Horizont berührt, sind sie schon auf dem Weg. Anfangs gönnt die Wüste ihnen eine Fülle langer Schatten, die von einer Sandverwehung zur anderen eilen und nur für Eingeweihte sichtbare Spuren hinterlassen. Mit der Zeit werden die Schatten kleiner und verschwinden schließlich ganz – als die Karawane die angestrebte Unsterblichkeit erreicht.

Noch eine Geschichte von Menchu

Ein bestimmter Nomadenstamm lebte seit Jahrhunderten zwischen christlichen und moslemischen Siedlungen in der Wüste und hatte dadurch viel gelernt. Bei Hungersnot, Dürre und anderen Gefahren waren sie gezwungen, ihre sesshaften Nachbarn um Obdach zu bitten. Zuvor jedoch entsandten sie einen Boten, der aus den angebauten Pflanzen auf die Gepflogenheiten der jeweiligen Siedlung zu schließen wusste und an Geräuschen, Gerüchen und Gewändern erkennen konnte, ob es sich um ein moslemisches oder christliches Dorf handelte. Mit seinen Erkenntnissen kehrte er zu seinen Leuten zurück, diese holten die entsprechenden Requisiten hervor und zogen als Glaubensbrüder in den Oasen ein. Niemals wurden sie abgewiesen.

Menchu schwor, dass das die Wahrheit sei.

Kleopatren

Ich fuhr im Autobus mit einem guten Dutzend völlig verhüllter, schwarz gekleideter Frauen. Durch den schmalen Schlitz sah man nur ihre Augen, und ich war überrascht, wie sorgfältig und schön sie geschminkt waren. Kleopatraaugen. Anmutig tranken die Frauen Mineralwasser durch einen Strohhalm, der Halm verschwand in den schwarzen Stofffalten und gelangte dann irgendwie an ihren hypothetischen Mund. Zum Zeitvertreib lief ein Film in dem Linienbus, und zwar Lara Croft. Fasziniert betrachteten wir das biegsame Mädchen mit den glänzenden Schultern und Schenkeln, das bis an die Zähne bewaffnete Soldaten reihenweise umlegte.

Eine sehr lange Viertelstunde

Im Flugzeug, 8.45 bis 9.00 Uhr. Für mein Empfinden war das mindestens eine Stunde.

Der Esel Apuleius

Einmal vertraute sich mir ein Eselzüchter an.

Esel sind eine ziemlich kostspielige Investition, die sich nur langsam rentiert und arbeitsintensiv ist. Außerhalb der Saison, wenn keine Touristen kommen, muss man das Futter für sie bezahlen, ihr Fell pflegen, damit sie hübsch aussehen. Dieser dunkelbraune ist männlich, der Vater der ganzen Familie. Er heißt Apuleius, diesen Namen hat ihm eine Touristin gegeben. Dieser hier heißt Jean-Jacques, obwohl es eine Stute ist, und der da ist Jean Paul. Hinter dem Haus habe ich noch mehr. Jetzt, außerhalb der Saison, arbeiten nur zwei. Aber wenn schon im Morgengrauen der Betrieb losgeht, bringe ich sie an Ort und Stelle, bevor die Busse ankommen.

Am schlimmsten sind die Amerikaner, weil die meisten übergewichtig sind. Oft sind sie sogar für Apuleius zu schwer. Sie wiegen zweimal so viel wie andere Leute. Der Esel ist ein kluges Geschöpf, er kann das Gewicht sofort abschätzen, und wahrscheinlich wird er schon ganz nervös, wenn er sie aus dem Bus steigen sieht, überhitzt, mit großen Schweißflecken unter den Achseln, in knielangen Hosen. Ich habe das Gefühl, dass sie die Leute nach ihrem Geruch einschätzen, und dann kann es Schwierigkeiten geben, selbst wenn sie normales Gewicht haben. Erst schlagen sie aus, dann kreischen sie, sie stemmen sich einfach gegen die Arbeit.

Trotzdem, meine Tiere sind brav, ich habe sie selbst erzogen. Uns ist daran gelegen, dass unsere Kunden schöne Erinnerungen haben. Ich bin selbst kein Christ, aber ich verstehe, dass das für sie der Höhepunkt ihrer Reise ist. Sie kommen hierher, um auf meinen Eseln die Stelle zu besuchen, wo ein gewisser Johannes ihren Propheten mit Wasser aus dem Fluss getauft hat. Woher wissen sie, dass es genau hier war? Wahrscheinlich steht das in ihrem Buch.

Vertreter der Medien

Am Morgen hatte es einen Anschlag gegeben. Ein Mensch war umgekommen, mehrere andere waren verletzt. Die Leiche war schon abgeholt worden. Die Polizei hatte die Stelle mit rotweißem Plastikband abgesperrt, dahinter sah man riesige Blutflecken auf der Erde. Fliegen kreisten darüber. Ein Moped lag da, in der Nähe schimmerte eine Öllache, daneben ein Netz mit Obst, verstreute Mandarinen voll Schmutz und Ruß, weiter hinten ein paar Fetzen, eine Sandale, eine Mütze undefinierbarer Farbe, ein Teil von einem Mobiltelefon, wo vorher das Display gewesen war, gähnte jetzt ein Loch.

Ein paar Leute standen an der Absperrung und schauten entsetzt auf die Stelle. Sie sagten wenig, im Flüsterton.

Die Polizei verzögerte die Räumung der Stelle, man wartete noch auf den Reporter eines großen Fernsehsenders, der für eine Sendung filmen wollte. Angeblich ging es ihm besonders um die Blutflecken. Angeblich war er schon unterwegs.

Atatürks Reformen

Eines Abends, nach einem langen Tag, an dem ich viel umhergewandert war, viel zugeschaut und zugehört hatte, lag ich im Bett und erinnerte mich an Alexandra mit ihren Berichten. Plötzlich vermisste ich sie. Ich stellte mir vor, dass sie jetzt in derselben Stadt war wie ich, dass sie von der silbernen Aureole ihrer Haare umgeben im Bett lag und schlief, ihre Tasche neben sich. Eine Apostelin, Alexandra die Gerechte. In meinem Rucksack fand ich ihre Adresse und schrieb für sie eine Untat auf, von der ich hier erfahren hatte.

Als Atatürk in den zwanziger Jahren des vergangenen Jahrhunderts seine mutigen Reformen durchführte, war die Stadt Istanbul voll mit halbwilden herrenlosen Hunden. Eine besondere Rasse hatte sich herausgebildet, ein mittelgroßer Hund mit hellem Kurzhaarfell, weiß oder cremefarben, manchmal auch in diesen beiden Tönen gefleckt. Die Hunde lebten bei den Hafendocks, zwischen kleinen Cafés und Restaurants, auf Straßen und Plätzen. Nachts zogen sie auf Beutefang in die Stadt, wühlten im Abfall und bissen sich gegenseitig. Von den Menschen abgelehnt, kehrten sie zu alten natürlichen Verhaltensmustern zurück, sie schlossen sich zu Rudeln zusammen und folgten einer Anführerin, so wie die Wölfe und Schakale.

Doch Atatürk wollte aus der Türkei ein zivilisiertes Land machen. Innerhalb weniger Tage fingen Spezialeinheiten Tausende Hunde und brachten sie auf kahle, unbewohnte Inseln vor der Küste. Dort wurden sie ausgesetzt. Ohne Süßwasser und Futter fraßen sie einander auf, das dauerte vielleicht drei, vier Wochen. Die Bewohner von Istanbul, insbesondere diejenigen, die über einen Balkon zum Bosporus verfügten, und die Gäste in den Fischrestaurants an der Küste hörten das Geheul der Hunde und wurden später von einem furchtbaren Gestank geplagt, der in Wogen herbeiwehte.

In dieser Nacht fielen mir immer mehr Schuldbeweise ein, bis mir schließlich der Schweiß ausbrach. Zum Beispiel ein Welpe, der erfror, weil seine Hütte aus einer umgestülpten Blechwanne bestand.

Kalijuga

Die Welt wird immer dunkler – darüber unterhielten sich zwei Männer neben mir. Wie ich mitbekam, flogen sie beide zu einem Kongress der Ozeanographen und Geophysiker in Montreal. Seit den sechziger Jahren ist die Intensität der Sonnenstrahlen angeblich um vier Prozent gesunken. Durchschnittlich nimmt das Licht auf dem Planeten um rund 1,4 Prozent pro Jahrzehnt ab. Das Phänomen ist nicht so krass, dass wir es mit bloßem Auge feststellen könnten, doch es ist radiometrisch erfasst. Die Radiometer haben beispielsweise gezeigt, dass sich die Menge der Sonneneinstrahlung in der UdSSR in den Jahren 1960–1987 um ein ganzes Fünftel verringert hat.

Was ist der Grund für diese Verdunkelung? Niemand weiß es genau. Es heißt, es liege an der Luftverschmutzung, an Ruß und Aerosol.

Ich schlief ein und sah etwas Entsetzliches: Hinter dem Horizont stieg eine riesige Wolke auf, Zeichen eines großen, lange währenden Krieges in der Ferne, eines rücksichtslosen, grausamen Krieges, der die Welt vernichtet. Doch noch kein Anlass zur Sorge: Wir sind – vorläufig jedenfalls – auf einer glücklichen Insel mit azurenem Meer und blauem Himmel. Unter unseren Füßen warmer Sand und Muschelwölbungen.

Doch das ist das Bikini-Atoll. Gleich wird alles umkommen, verbrennen, zerstört werden, im besten Fall zu etwas Monströsem mutieren. Die Überlebenden werden Ungeheuer zur Welt bringen, siamesische Zwillinge, die an den Köpfen zusammengewachsen sind, ein Gehirn im verdoppelten Körper, zwei Herzen in einem Brustkorb. Zusätzliche Sinneswahrnehmungen stellen sich ein: das Wittern von Mangel, das Schmecken von Abwesenheit, die Begabung mit einer besonderen Vorahnung. Wissen um das, was nicht geschehen wird. Eine Nase für etwas haben, was es nicht gibt.

Der dunkelrote Widerschein wächst, der Himmel färbt sich braun, es wird immer dunkler.

Wachsfigurensammlungen

Das Ziel einer Pilgerfahrt ist ein anderer Pilger. Diesmal einer aus Wachs.

Wien, Josephinum. Eine Sammlung frisch renovierter anatomischer Wachsfiguren. An diesem regnerischen Sommertag hatte außer mir noch ein Reisender hierher gefunden, ein Mann mittleren Alters mit weißen Haaren und Drahtbrille. Aber er interessierte sich nur für ein Modell, dem er sich eine

Viertelstunde lang widmete, um dann mit einem unergründlichen Lächeln auf den Lippen zu verschwinden. Ich wollte länger bleiben, hatte Notizbuch und Apparat dabei und sogar Koffeinbonbons und Schokoriegel in der Tasche.

Langsam, um nur kein Exponat auszulassen, wanderte ich zwischen den gläsernen Schaukästen umher.

Modell 59. Ein Zweimetermann, gehäutet. Sein Körper aus Muskeln und Sehnen hübsch gewebt, wie ein Spitzenstoff. Auf den ersten Blick ist es ein Schock, wahrscheinlich eine ganz instinktive Reaktion: Der Anblick eines Körpers ohne Haut tut an sich schon weh, er sticht und brennt, wie in Kindertagen ein aufgeschürftes Knie. Das Modell hält den einen Arm nach hinten, die rechte Hand jedoch hat es erhoben und beschirmt in der anmutigen Haltung antiker Skulpturen die Augen, als blicke es gegen die Sonne in die Ferne. Diese Geste kennen wir von Gemälden – so schaut man in die Zukunft. Modell 59 könnte auch im nahe gelegenen Kunstmuseum stehen, ich verstehe eigentlich nicht, warum es in das verschämte Anatomiemuseum verbannt ist. Es müsste in der bedeutendsten Kunstgalerie stehen, denn es ist auf zweifache Weise ein Kunstwerk: zum einen als geniale Wachsskulptur (zweifellos die höchste Stufe naturalistischer Kunst), zum anderen als Konzept. Wer ist der Urheber?

Modell 60 stellt auch Muskeln und Sehnen dar, aber hier ist es vor allem das sanfte Band der perfekt proportionierten Gedärme, das unsere Aufmerksamkeit auf sich zieht. Auf ihrer glatten Oberfläche spiegeln sich die Fenster des Museums. Erst nach einiger Zeit stelle ich zu meiner Überraschung fest, dass es eine Frau ist, denn sie hat ein perverses Anhängsel: Unten an ihrem Bauch klebt ein Stück grauer Pelz mit einem etwas ordinären länglichen Schlitz. Offenbar wollte der Gestalter des Modells dem in Anatomie unbewanderten Betrachter klarmachen, dass er weibliche Gedärme betrachtet. Deshalb der pelzige Stempel, das Markenzeichen des Geschlechts, das Frauenlogo. Modell 60 präsentiert das System der Blut- und Lymphgefäße als eine Aureole um die Därme. Die Adern ruhen hauptsächlich auf den Muskeln, aber ein Teil ist kühn als freischwebendes Netz dargestellt, und erst darin erkennt man das Fraktalwunder dieser roten Fäden.

Danach kommen Arme, Beine, Mägen und Herzen. Jedes Modell ist sorgfältig auf ein perlmuttern schimmerndes Stück Seide gebettet. Die Nieren wachsen wie zwei Anemonen aus der Harnblase. »Die unteren Organe und ihre Blutgefäße«, steht in drei Sprachen angeschrieben. Das Lymphsystem im Unterbauch, verschlungene Knoten, Sternchen, Broschen, mit denen eine unbekannte Hand die Einförmigkeit der Muskeln verziert hat. Die Lymphgefäße könnten Juwelieren als Muster dienen.

An einer zentralen Stelle in dieser Wachsfigurenkollektion ruht Modell 244. Das schönste von allen, das den Mann mit der Drahtbrille so interessiert hat und gleich eine halbe Stunde lang meine Aufmerksamkeit fesseln wird.

Es ist eine liegende Frau, fast vollständig dargestellt. Nur an einer Stelle hat man in ihren Körper eingegriffen: Der offene Bauch zeigt uns, den Pilgern, die unter das Zwerchfell gezwängten Fortpflanzungsorgane, die Gebärmutter in der Klammer der Eierstöcke. Auch hier hat man unnötigerweise den pelzigen Geschlechtsstempel aufgedrückt. Schließlich kann es ja keinen Zweifel geben, dass es sich um eine Frau handelt. Der Schamhügel ist penibel mit Haarimitat bedeckt, und weiter unten ist sorgfältig eine Scheidenöffnung eingefügt, die nur die Ausdauernden erspähen werden, die auf

Höhe der zarten, mit rosigen Zehen bestückten Füße in die Hocke gehen, wie es der Mann mit Drahtbrille getan hat. ›Gut, dass der weg ist‹, denke ich, ›jetzt bin ich an der Reihe.‹

Die Frau hat langes blondes Haar, ihre Augen sind halb geschlossen, der Mund leicht geöffnet, der Rand ihrer Zähne ist sichtbar. Um den Hals trägt sie eine Perlenkette. Mich frappiert die absolute Makellosigkeit ihrer glatten, seidigen Lungenflügel gleich unter der Perlenkette, nie wurden sie von Zigarettenrauch verunreinigt. Es könnte die Lunge eines Engels sein. Das Herz ist quer durchgeschnitten und offenbart so seine Doppelnatur: Beide Kammern sind mit rotem samtigem Gewebe ausgekleidet, wie geschaffen für das monotone Pulsieren. Die Leber legt sich als große blutige Lippen um den Magen, man sieht auch die Nieren und die Harnwege, die an eine gegen die Gebärmutter gelehnte Alraunenwurzel erinnern. Die Gebärmutter ist ein lieblich anzusehender Muskel, schlank und wohlgeformt, man kann sich kaum vorstellen, dass sie durch den Körper wandert und Hysterien hervorruft, wie man früher glaubte. Man sieht hier ganz deutlich, dass die Organe gut verpackt im Körper liegen wie für eine lange Reise. Auch die längs durchgeschnittene Vagina enthüllt ihr Geheimnis, ein kurzer Tunnel, der plötzlich aufhört und sich als völlig nutzlos erweist, sie ist gar kein Eingang ins Körperinnere. Sie hört mit einer abgeschlossenen Kammer auf.

Erschöpft ließ ich mich auf einer harten Bank am Fenster nieder, der schweigenden Versammlung der Wachsfiguren gegenüber, und Wogen der Rührung stiegen in mir auf. Welcher Muskel war das, der mir die Kehle zuschnürte, wie war noch sein Name? Wer hat den menschlichen Körper ersonnen – und wer hat auf ihn das Copyright?

Die Reisen des Doktor Blau 1

Sein Bart ist weiß, das Haar graumeliert. Er reist zu Konferenzen, in denen es um die Konservierung medizinischer Präparate und insbesondere die Herstellung von Plastinaten aus menschlichem Gewebe geht. Er setzt sich bequem in seinen Sitz, stülpt die Kopfhörer auf und lauscht Bachkantaten.

Er trägt Fotos von einem Mädchen bei sich, die er hat entwickeln lassen. Das Mädchen hat eine komische Frisur: Hinten sind die Haare im Nacken ganz grade abgeschnitten, während die Strähnen vorne länger sind, sie reichen bis auf die nackten Schultern, wehen über ihr Gesicht, darunter sieht man nur ihren Mund als kräftigen rotbraunen Strich, der auf die glatte Fläche ihres Gesichts gemalt ist. Das gefiel Blau sehr, dieser Mund, und auch ihr Körper, klein und kompakt mit kleinen Brüsten, deutlich abgesetzte Brustwarzen, die auf der samtenen Fläche des Brustkastens zwei Akzente setzten. Sie hatte schmale Hüften und ziemlich massive Schenkel. Kräftige Beine hatten auf ihn immer anziehend gewirkt. »Kraft in den Schenkeln« – so hätte sein privates 65. Hexagramm* heißen können. Eine Frau mit kräftigen Schenkeln ist wie ein Nussknacker, denkt Doktor Blau. Wenn man sich dazwischenwagt, läuft man Gefahr, zerknackt zu werden. Zwischen solche Schenkel einzudringen ist nicht die Entschärfung einer Bombe.

Das erregt ihn. Er selbst ist klein und mager. Er setzt sein Leben aufs Spiel.

* Anspielung auf einen polnischen Schlager und die 64 Hexagramme des I Ging, Anm. d. Übers.

Während er diese Fotos aufnahm, wurde er auch erregt. Er war nackt, wie sie, deshalb wurde dieser Zustand bald offensichtlich, ja unübersehbar. Doch er genierte sich nicht, denn er hatte das Gesicht hinter dem Fotoapparat versteckt; er war ein mechanischer Minotaurus mit einem Kameragesicht, eine einäugige Linse auf einem Stängel, die zoomend vorstieß und wieder zurückschnellte. Wie eine eustachische Röhre.

Das Mädchen bemerkte den Zustand von Doktor Blau, und das machte sie selbstsicherer. Sie hob die Arme, verschränkte sie im Nacken und enthüllte dabei ihre wehrlosen Achselhöhlen und die blinden, noch nicht entwickelten Möglichkeiten ihres Schritts. Ihre Brüste schoben sich hoch, wurden fast flach, jungenhaft. Blau rutschte auf den Knien näher, den Apparat vor dem Gesicht, und fotografierte sie jetzt von unten. Er zitterte. Es kam ihm so vor, als ob das schwarze, zu einem senkrechten Strich rasierte Haarbüschel, das ihre Hüften optisch noch verlängerte und den Blick wie ein Ausrufezeichen anzog, im nächsten Augenblick über das Objektiv kratzen würde. Seine Erektion war schon beträchtlich, das Mädchen trank einen Schluck Weißwein, wahrscheinlich griechischen Retsina, und setzte sich mit übergeschlagenen Beinen auf den Boden, wobei sie die Stelle verdeckte, die den Doktor so erregte. Er konnte sich denken, was diese Bewegung zu sagen hatte – wir neigen uns dem Horizont dieses Abends zu.

Aber das war nicht sein Ziel. Er ging rückwärts zum Fenster, sein nackter magerer Hintern berührte kurz die kalte Fensterbank, während er immer weiter knipste. Der nächste Akt wurde verzeichnet, diesmal im Sitzen. Das Mädchen, noch blutjung, lächelte, sie war stolz auf die Bereitwilligkeit, die der Körper des Doktors signalisierte, schließlich hieß das doch, dass sie aus der Entfernung wirkte – was für eine Macht. Vor wenigen Jahren war sie noch ein Kind und spielte Zaubern, sie stellte sich vor, dass sie durch bloße Willensanstrengung Gegenstände bewegen konnte. Manchmal hatte sie wirklich den Eindruck, dass sich ein Löffel oder eine Nadel um einen Millimeter verschob. Aber noch nie hatte sich ein Gegenstand ihrem Willen so sichtbar, so spektakulär gefügt.

Doch jetzt stand Blau erst die eigentliche Aufgabe bevor. Das Unvermeidliche ließ sich nicht mehr aufhalten – ihre Körper trieben aufeinander zu. Das Mädchen ließ sich streicheln und auf den Rücken legen. Mit einer Berührung seiner zarten Finger entschärfte der Doktor die Bombe. Das Hexagramm der Schenkel öffnet sich jeder Interpretation. Der Apparat klickt.

Blau hat eine ganze Sammlung solcher Fotos, Dutzende, vielleicht Hunderte – Frauenkörper gegen eine kahle Wand. Die Wände sind unterschiedlich, denn die Orte sind immer andere, Hotels, Pensionen, sein Arbeitszimmer in der Akademie, auch seine Wohnung. Die Körper sind einander im Grunde ähnlich, es gibt keine Geheimnisse.

Aber nicht die Vaginen. Die sind wie die Linien auf der Fingerkuppe, ja eigentlich könnte man diese von der Polizei unterschätzten Schamorgane zu Identifikationszwecken nutzen, denn jede ist absolut einzigartig. Schön wie Orchideen, die durch Form und Farbe Insekten anziehen. Was für eine seltsame Vorstellung, dass sich dieser botanische Mechanismus erhalten hat, bis der Mensch entstand. Oder besser gesagt: dass er so lange gewirkt hat. Man möchte meinen, die Natur hatte ihre Freude an dieser Blüte. Sie hat ihr so sehr gefallen, dass sie wollte, dass sie fortbestand, allerdings wohl ohne damit zu rechnen, dass der Mensch auch mit einer Psyche ausgestattet sein würde, die sich der Kontrolle entziehen und das so schön Ersonnene verbergen würde. Sie versteckt es in der Unterwäsche, im Unausgesprochenen, im Schweigen.

Er bewahrt die Vaginaaufnahmen in gemusterten Pappschachteln von IKEA auf, über die Jahre hat sich nur das Muster je nach den Moden geändert, angefangen von den grellen kitschigen Achtzigern über die sparsamen Grautöne der Neunziger bis zur heutigen Zeit mit Vintage-, Pop-Art-, Ethnomustern. Deshalb muss er sie nicht einmal mit Daten beschriften, die Epoche lässt sich gleich erkennen. Der eigentliche Traum des Arztes jedoch wäre eine Sammlung echter Vaginen, nicht nur der Fotos.

Jedem Teil des Körpers steht Erinnerung zu. Jedem menschlichen Körper das Überdauern. Es ist ein Skandal, dass er so zerbrechlich und empfindlich ist. Es ist ein Skandal, dass man ihn in der Erde verfaulen lässt oder den Flammen übergibt, ihn wie Abfall verbrennt. Wenn es nach Doktor Blau ginge, wäre die Welt anders eingerichtet. Die Seele könnte ruhig sterblich sein, was haben wir schließlich von der Seele? Aber der Körper, der sollte unsterblich sein. Wir werden nie erfahren, wie vielfältig die menschliche Spezies ist, denkt er; jedes Individuum ist doch einzigartig, und wir überlassen die Körper mir nichts, dir nichts dem Verfall. Früher war es verständlich, da hatte man weder die Mittel noch die Methoden zur Konservierung. Nur die Allerreichsten konnten sich das Einbalsamieren leisten. Doch heute entwickelt sich die Wissenschaft der Plastifizierung sehr schnell, die Methoden werden ständig weiter perfektioniert. Heute kann jeder nach Lust und Laune seinen Körper vor dem Verfall bewahren und seine Schönheit und sein Geheimnis mit anderen teilen. Hier ist mein wunderbarer Muskelaufbau, sagt der Sprinter, der Weltmeister im Hundertmeterlauf. Guckt euch an, wie es funktioniert. Hier ist mein Gehirn, sagt der größte Schachspieler aller Zeiten. Bitte, hier sind diese zwei untypischen Furchen, nennen wir sie die »Kurven des Läufers«. Dies ist mein Bauch, aus ihm sind meine beiden Kinder auf die Welt gekommen, sagt die stolze Mutter. So würde Blau sich das vorstellen. Das ist seine Vision einer gerechten Welt, in der man nicht so einfach und hastig vernichtet, was heilig ist. Seine ganze Arbeit steht im Dienst dieser Vision.

Warum sollte uns das Probleme bereiten? Uns Protestanten bestimmt nicht. Aber auch die Katholiken sollten kein Aufhebens darum machen. Wir haben doch alte Nachweise und Reliquien; Jesus Christus selbst könnte zum Schutzpatron der Plastination ernannt werden, er zeigt uns doch auch sein rotes fleischiges Herz.

*

Das sanfte Dröhnen der Motoren verlieh dem Chor der Stimmen in den Kopfhörern des Doktors eine neue Tiefe. Das Flugzeug flog in Richtung Westen, deshalb hörte die Nacht nicht da auf, wo sie sollte, sondern zog sich noch zäh hin. Blau hob ab und zu den Vorhang, um zu sehen, ob sich nicht am rückwärtigen Horizont ein weißer Schimmer erkennen ließ, das Leuchten eines neuen Tages, neuer Möglichkeiten.

Doch nichts tat sich. Die Bildschirme waren erloschen, der Film war zu Ende. In regelmäßigen Abständen erschien das Bild einer Landkarte und darauf der kleine Punkt des Flugzeugs, das im Schneckentempo eine der Landkarte unbekannte Entfernung zurücklegte. Dabei konnte man meinen, die Karte sei von dem Kartographen Zenon erdacht worden: Jede Entfernung ist an sich unendlich, jeder Punkt öffnet einen neuen Raum, der nicht durchmessen werden kann, und da jede Bewegung eine Täuschung ist, wandern wir auf der Stelle.

Unvorstellbar die Kälte draußen, unvorstellbar die Höhe, unvorstellbar, dass sich die schwere Maschine oben in der dünnen Luft hält. »Wir danken dir Gott«, sangen die Engel in den Kopfhörern von Doktor Blau.

Er warf einen Blick auf die Hand der Frau zu seiner Linken, er konnte sich kaum verkneifen, sie zu streicheln. Die Frau hatte den Kopf an die Schulter eines Mannes gelehnt und schlief. Rechts von Doktor Blau schlummerte ein etwas pummeliger Jüngling. Seine Hand hing schlaff über die Armlehne und streifte fast die Hose des Doktors. Auch das Streicheln dieser Finger verkniff er sich.

Zwischen zweihundert Menschen saß er im langgezogenen Innenraum des Flugzeugs in seinen Sessel geklemmt und atmete dieselbe Luft wie die anderen. Genau deshalb liebte er das Reisen – unterwegs mussten die Menschen zusammen sein, sie waren körperlich einander nah, als wäre der andere Reisende das Ziel der Reise.

Doch jede dieser Existenzen, in deren Gegenwart er jetzt noch – er schaute auf die Uhr – vier Stunden ausharren musste, erschien monadisch, glatt und glänzend, eine Kugel zum Boulespiel. Deshalb wurde in den instinktiven Algorithmen Doktor Blaus nur eine einzige Form der Kontaktaufnahme mobilisiert, nämlich das Streicheln, das Streifen mit der Fingerspitze, der Fingerkuppe, um die ebenmäßige und kühle Wölbung zu spüren. Die Hände hatten schon die Hoffnung verloren, dort einen Riss zu ertasten, sie hatten das schon Tausende Male an Mädchenkörpern erprobt, es gibt keine solche offene Stelle, keine verborgene Klappe, die sich vorsichtig mit dem Fingernagel aufheben ließe und die ihn einlassen würde, keine Auswölbung, keine geheimen Hebelchen, keinen Knopf, nichts, was auf Druck oder Bewegung knarrend aufspringen würde, eine Feder in Gang setzen würde, um seinen Augen das ersehnte komplizierte Innere zu offenbaren. Aber vielleicht war es gar nicht kompliziert, vielleicht war es ganz einfach, nur eine Umkehrung der Außenfläche, nur eine nach innen gespannte, in sich geschlossene Spirale. Die Oberfläche dieser Monaden birgt abgründige Geheimnisse, sie lässt nicht mal einen Bruchteil des atemberaubenden Reichtums der ebenso wunderbar wie praktisch verpackten Strukturen erkennen. Auch der gewiefteste Reisende könnte seine Utensilien nicht so packen. Um der Ordnung, Sicherheit und Schönheit willen sind alle Organe durch Bauchfellmembrane voneinander getrennt, der Hohlraum ist mit Fettgewebe ausgepolstert. Solchen begeisterten Schwärmereien hing er in seinem unruhigen Halbschlaf während des Fluges nach.

Es ist gut. Blau spürt ein Glücksgefühl. Was kann man sich mehr wünschen. Die Welt, ihre schöne ruhige Ordnung kann er von oben betrachten. Eine antiseptische Ordnung. Sie findet sich in Muscheln und Höhlen, in Sandkörnern und den Linienflügen aller möglichen Flugzeuge, in der Symmetrie, darin, wie das Rechte seit Ewigkeiten zum Linken passt und umgekehrt, im beredten Licht der Informationstafeln, im Licht allgemein. Doktor Blau zog sich eine Decke über den schlanken Körper, ein Stück Vliesstoff, Eigentum der Fluggesellschaft, und schlief jetzt richtig ein.

*

Blau war noch ein Junge, als ihn sein Vater, ein Ingenieur, der wie andere Baumeister der Volksdemokratien jahrelang das im Krieg zerstörte Dresden wieder aufbaute, eines Tages ins Hygienemuseum mitnahm. Dort sah der kleine Blau den Glasmenschen, eine ganz aus Glas hergestellte Figur von Franz Tschakert, die zu Lehrzwecken angefertigt worden war. Der zwei Meter große, hautlose Golem bestand aus perfekt nachgebildeten gläsernen Organen, die in dem durchsichtigen und allem Anschein nach jeden Geheimnisses beraubten Körper angeordnet waren. Es war eine ganz besondere Art von Denkmal für die Natur – die ja diese ganze Vollkommenheit entworfen hatte. Leichtigkeit und Einfallsreichtum lagen darin, Raumempfinden, Geschmackssinn, Schönheit und Spiel mit der Symmetrie. Eine wunderbare menschliche Maschine mit rationalen, fließenden Formen und Lösungen, die gelegentlich witzig waren (der Aufbau des Ohrs) und gelegentlich exzentrisch (der Aufbau des Auges).

Der Glasmensch freundete sich mit dem kleinen Blau an, zumindest in der Phantasie des Jungen tat er das. Manchmal besuchte er ihn und setzte sich zu ihm ins Zimmer, schlug die Beine übereinander und ließ sich betrachten. Manchmal lehnte er sich freundlich zurück, damit der Junge ein bestimmtes Detail begreifen konnte, verstehen konnte, wie ein gläserner Muskel zärtlich einen Knochen umspannt und wohin ein Nerv verschwindet. Er wurde sein Freund, sein schweigsamer gläserner Gefährte.

In seinen Träumen wurde er lebendig, aber nur selten, eher beiläufig, könnte man sagen. Schon in seiner Jugend mochte Blau das Lebendige nicht so besonders gern, oder nur bis zu einem gewissen Grad. Dann redeten sie flüsternd den ganzen Abend unter der Bettdecke, wenn er in seinem Zimmer das

Licht ausmachen musste. Worüber redeten sie? Blau weiß es nicht mehr. Tagsüber jedenfalls wurde der Glasmensch zu seinem Schutzengel und stand ihm – unsichtbar – in Prügeleien auf dem Schulhof bei. In der Phantasie des Jungen war er immer bereit, seinen Feinden eins auf die Nase zu geben, den Klassenraufbolden auf den Gruppenausflügen in den Botanischen Garten, diesen langweiligen, quälenden Unternehmungen, die hauptsächlich in Warten bestanden, Warten darauf, dass sich die Gruppe sammelte. Die Gruppe – diese Form des kollektiven Umgangs mochte Blau besonders ungern.

Zu Weihnachten bekam er von seinem Vater eine Miniatur des Glasmenschen aus Kunststoff geschenkt. Sie konnte sich nicht mit dem Original messen und war eher wie die Statue einer Gottheit, die nur an die Existenz des Wahren erinnert.

Der kleine Blau hatte eine sehr hoch entwickelte räumliche Vorstellungskraft, was ihm später in der Anatomie sehr zustattenkam. Dank seiner Vorstellungskraft hatte er den Glasmenschen auch dann, wenn er ihn nicht sah, unter Kontrolle. Er konnte in dem Glaskörper das aufscheinen lassen, was ihm gerade interessant erschien, das verschwinden lassen, was zu dem bestimmten Zeitpunkt keine Bedeutung hatte. So erschien die Glasfigur manchmal als Mensch aus Sehnen und Muskeln, ohne Haut und Gesicht, ein reines Geflecht aus Muskeln und angespannten Sehnen, die von der Anstrengung anschwollen. Der kleine Blau lernte die Anatomie, ohne es selbst zu merken. Blaus Vater mit seinem nüchternen und anspruchsvollen Geist betrachtete das voller Stolz, er sah schon die Zukunft seines Sohnes als Arzt oder Wissenschaftler ganz konkret vor sich. Zum Geburtstag bekam der Junge hübsch kolorierte Anatomie-Schautafeln, und der Osterhase brachte ihm ein lebensgroßes menschliches Skelett.

In seinen Studienjahren und gleich nach dem Studium war Blau viel gereist. Er hatte fast alle frei zugänglichen anatomischen Sammlungen besucht. Wie der Fan einer Rockgruppe zog er hinter von Hagens und seiner dämonischen Ausstellung her, bis er den Meister endlich persönlich kennenlernte. Diese Reisen beschrieben Kreise, sie kehrten immer zum Ausgangspunkt zurück, bis klar wurde, dass ihr Ziel nicht in der Ferne lag, sondern ganz nah, im Innern des Körpers.

Er studierte Medizin, doch das wurde ihm bald langweilig. Krankheiten interessierten ihn nicht, und Heilung erst recht nicht. Ein toter Körper wird nicht krank. Nur in den Anatomiestunden beteiligte er sich rege und meldete sich unaufgefordert zu Übungen, an denen keine verschreckten kreischenden Mädchen teilnahmen. Er schrieb seine Doktorarbeit über die Geschichte der Anatomie und heiratete eine Kommilitonin aus seinem Studienjahr, die nach ihrer Facharztausbildung als Kinderärztin die meiste Zeit im Krankenhaus verbrachte, was ihm gerade recht war. Als sie ihren Willen durchgesetzt und eine Tochter geboren hatte, war Blau, inzwischen wissenschaftlicher Mitarbeiter an der Akademie, ständig auf Konferenzen und bei Berufspraktika. Seine Frau fand bald einen Gynäkologen mit großem Haus und Praxis im Souterrain und zog samt Kind zu ihm. So hatten sie einen ganzen Abschnitt des menschlichen Fortpflanzungsprozesses sehr ökonomisch organisiert.

Unterdessen schrieb Blau eine hervorragende Dissertation mit dem Titel »Haltbarmachung pathologischer Proben durch Silikonplastinierung. Innovative Ergänzung zur Lehre der Anatomopathologie«. Von den Studenten bekam er allerdings den Spitznamen »Formaldehyd«. Er beschäftigte sich mit der Geschichte anatomischer Präparate und der Haltbarmachung von Gewebe. Auf der Suche nach Material für seine Arbeit klapperte er Dutzende Museen ab, schließlich ließ er sich in Berlin nieder, wo er eine gute Stelle bekam: Er übernahm die Katalogisierung der Sammlungen des entstehenden Medizinhistorischen Museums.

Sein Privatleben richtete er sich bequem und unkompliziert ein. Er fühlte sich eindeutig wohler, wenn er allein wohnte, seine sexuellen Bedürfnisse erfüllte er mit Studentinnen, die er in der Regel erst einmal vorsichtig zum Kaffee einlud. Er wusste, dass das nicht erlaubt war, doch er ging von der soziobiologischen Grundlage aus, dass die Universität sein natürliches Revier war, und schließlich waren die Studentinnen ja erwachsene Frauen, sie wussten, was sie taten. Er sah gut aus – stattlich, sauber, glatt rasiert (gelegentlich ließ er sich auch ein sorgfältig gepflegtes Bärtchen stehen), und die Mädchen waren neugierig wie die Elstern. Zur Romantik eignete er sich anscheinend nicht; er benutzte immer Kondome, und seine Ansprüche waren nicht übertrieben, denn sein Trieb wurde zum großen Teil sublimiert. Deshalb waren mit diesem Bereich seines Lebens keine Probleme verbunden, kein dunkler Schatten lag darauf. Keine Schuld.

Seine Arbeit im Museum empfand er als Erholung nach der didaktischen Arbeit an der Hochschule. Wenn er in den Hof des großen Gebäudekomplexes der Charité trat, zwischen den gepflegten Rasenflächen und den einfallsreich gestutzten Bäumen spazierte, fühlte er sich wie an einem Ort außerhalb der Zeit. Er war mitten im Zentrum der großen Stadt, doch Hektik und Lärm drangen nicht hierher. Entspannt pfiff er vor sich hin.

Seine freie Zeit verbrachte er größtenteils in den riesigen unterirdischen Räumen des Museums, die mit den Kellern anderer Krankenhausgebäude verbunden waren. Diese Durchgänge waren meistens mit Regalen, alten verstaubten Schaukästen oder Panzerschränken zugestellt; weiß der Himmel, was darin einst aufbewahrt wurde, bis man sie irgendwann einmal hier abstellte. Doch einige Korridore waren durchgehend, und nachdem er ein paar weitere Schlüssel besorgt hatte, konnte er sich bald unter dem ganzen Komplex frei umherbewegen. Auf diesem Wege ging er jeden Tag in die Cafeteria.

Seine Arbeit bestand darin, Gläser mit Präparaten oder anders haltbar gemachten Exponaten und ihre Fachbezeichnung aus Staub und Dunkel der Museumsmagazine zu befördern. Dabei half ihm der sehr alte Herr Kampa, der schon längst im Rentenalter war, dem aber der Vertrag von Jahr zu Jahr verlängert wurde, weil sich niemand anders in diesem riesigen System auskannte.

Sie brachten ein Regal nach dem anderen in Ordnung. Zuerst säuberte Herr Kampa die Gläser sorgfältig außen, wobei er achtgab, dass das Etikett nicht beschädigt wurde. Sie lernten zusammen, die schöne, altmodische Schrägschrift zu entziffern. Meistens befand sich auf dem Etikett der lateinische Name des Körperteils oder der Krankheit, dazu die Initialen, Geschlecht und Alter des Menschen, von dem das präparierte Organ stammte. Manchmal wurde auch der Beruf angegeben. So konnte man erfahren, dass sich diese ansehnliche Darmgeschwulst im Bauch der vierundfünfzigjährigen Schneiderin A.W. befunden hatte. Doch oft waren die Informationen verwischt und ungenau. Oft war der Lack, mit dem die Deckel von Alkoholpräparaten versiegelt worden waren, brüchig geworden, Luft war eingedrungen, die Flüssigkeit war trüb geworden, und das darin schwimmende Exponat war von einem dichten Nebel umgeben. Ein solches Präparat musste vernichtet werden. Eine Kommission fand sich zusammen, die aus Blau, Kampa und zwei Mitarbeitern des Museums in den oberen Räumen bestand, und das wurde schriftlich festgehalten. Dann brachte Herr Kampa die aus den Gläsern genommenen verdorbenen Teile menschlicher Körper ins Krematorium des Krankenhauses.

Manche Präparate brauchten eine besondere Behandlung (wenn das Glas selbst beschädigt war). Dann brachte Blau das Exponat in sein kleines Laboratorium, wo er es mit äußerster Vorsicht in ein Reinigungsbad legte. Nach sorgfältiger Untersuchung, bei der er Proben entnahm und einfror, legte er es in ein neues Glas von der besten Art mit einem neuartigen Verschluss, das er selbst besorgt hatte. So schenkte er den Präparaten zwar nicht die Unsterblichkeit, doch zumindest ein wesentlich längeres Leben.

Natürlich befanden sich hier nicht nur Exponate in Gläsern. Es gab auch Schubladen mit unbeschrifteten Knochenbruchstücken, Nierensteinen, verschiedene Versteinerungen, ein mumifiziertes Gürteltier und andere Tiere in schlechtem Zustand. Eine kleine Sammlung von Maoriköpfen, Masken aus Menschenhaut, von denen zwei besonders grausliche auch im Krematorium endeten.

Kampa und er stöberten aber auch ein paar echte archäologische Raritäten auf. So stießen sie zum Beispiel auf vier Schaustücke aus der berühmten Sammlung von Ruysch, die Ende des siebzehnten und Anfang des achtzehnten Jahrhunderts entstand, doch dann in alle vier Winde zerstreut wurde. Über ihr Schicksal ist weiter nichts bekannt. Leider musste eines davon, Acardius hemisomus, der heute eine Zierde jeder teratologischen Sammlung sein könnte, wegen eines Sprungs in dem Glasbehälter ins Krematorium wandern – es ließ sich nicht mehr retten. Angesichts des fortgeschrittenen Zerfalls, in dem sich das Präparat befand, beriet die Kommission kurz darüber, ob es in solchen Fällen nicht besser wäre, eine Art von Bestattung vorzunehmen.

Blau freute sich sehr über die Entdeckung, denn so konnte er an der berühmten Mixtur von Frederik Ruysch, dem niederländischen Anatomen vom Ende des siebzehnten Jahrhunderts, verschiedene Untersuchungen vornehmen. Diese Mixtur erzielte für die damaligen Verhältnisse eine sehr gute Wirkung. Sie erhielt die natürliche Farbe des Präparates und führte zu keinem Aufquellen, das Schreckgespenst, das die damaligen Konservierungsmethoden in Flüssigkeit begleitete. Blau stellte fest, dass zu den Ingredienzien diese Präparationsflüssigkeit außer Weinbrand aus Nantes und schwarzem Pfeffer auch ein Ingwerextrakt gehörte. Er schrieb einen Artikel und schaltete sich in die alte Debatte ein, die sich um »Ruyschs Mixtur« drehte, jene Wasser des Styx, die Unsterblichkeit garantieren sollten – zumindest dem Körper, der in sie eintauchte. Von nun an nannte Kampa ihre unterirdischen Sammlungen »Eingemachtes«.

Mit Kampas Hilfe – er brachte ihm eines Morgens dieses Exponat – entdeckte er etwas Außerordentliches, woran Blau anschließend monatelang arbeitete, um Zusammensetzung und Wirkungsweise der Konservierungsflüssigkeit genau zu ergründen. Es handelte sich um einen ziemlich kräftigen Männerarm (der Bizeps hatte einen Umfang von 54 Zentimetern), 47 Zentimeter lang und offensichtlich deshalb ganz gerade abgetrennt, um die darauf befindliche Tätowierung zu bewahren. Die mehrfarbige Zeichnung zeugte von einem außerordentlichen Sinn für Proportionen. Sie stellte einen Wal dar, der aus den Meereswogen auftaucht (die weißen Schaumkronen sind mit barocker Anmut und Genauigkeit wiedergegeben) und eine Fontäne zum Himmel spritzt. Die Zeichnung war makellos ausgeführt, ganz besonders aber der Himmel, der von der Außenseite des Armes aus intensiv hellblau aussah, doch zur Achselhöhle hin immer dunkler wurde. Dieses Farbenspiel hatte sich in der durchsichtigen Flüssigkeit hervorragend erhalten.

Das Exponat war nicht beschriftet. Der Glasbehälter ähnelte denen, die im siebzehnten Jahrhundert in den Niederlanden hergestellt wurden. Er hatte eine bauchige Form, weil man damals noch keine geraden senkrechten Glaswände herstellen konnte. Das Präparat, das mit Rosshaar an dem Deckel aus Schiefer befestigt war, schien in der Flüssigkeit zu schweben. Doch das Allermerkwürdigste war die Flüssigkeit selbst. Es war kein Alkohol mehr, obwohl Blau auf den ersten Blick gemeint hatte, das Präparat auf den Anfang des siebzehnten Jahrhunderts in den Niederlanden datieren zu können. Es war eine Mischung aus Wasser und Formaldehyd mit Zusatz einer geringen Menge Glyzerin. Die Zusammensetzung war sozusagen sehr modern, ganz wie die heutzutage gebräuchliche Mischung Kaiserling III. Der Verschluss brauchte nicht luftdicht zu sein, weil diese Mischung im Unterschied zu Alkohol nicht verdampfte. Auf dem Wachs, der den Verschluss mehr schlecht als recht versiegelte, entdeckte er den Abdruck feiner Linien, das bewegte ihn. Er bildete sich ein, dass diese ganz zarten gewellten Linien, das natürliche Siegel in Gestalt eines Labyrinths jemandem wie ihm gehören mussten.

Er trug geradezu liebevoll Sorge für diesen Arm und die

Zeichnung. Er kam nicht dahinter, wem der Arm gehört hatte und wer ihn samt seiner Tätowierung in die Zeit entlassen hatte.

Sie erlebten auch einen Augenblick des Schreckens – davon erzählte Blau später einer Erstsemester-Studentin und stellte mit Genugtuung fest, wie sich ihre Augen vor Erstaunen rundeten und ihre Pupillen matter und dunkler wurden, was den Soziobiologen zufolge ein Zeichen für erotisches Interesse ist.

In einem der versperrten Flure befanden sich Holzkisten mit ausgestopften Mumien in sehr schlechtem Zustand. Die Haut war schwarz verfärbt, trocken, rissig, aus den geborstenen Nähten rieselte Seegras. Die verschrumpelten, vertrockneten Körper waren zudem in einst sicher kostbare bunte Gewänder gekleidet, doch jetzt hatten alle Spitzen und Kräglein dieselbe Staubfarbe. Ihre Verzierungen, Rüschen und Biesen waren unkenntlich geworden, sie waren nur noch ein Klumpen morscher Stoff, aus dem sich hier und da noch ein Perlknopf wölbte. Aus den breit gezogenen, vor Trockenheit offen stehenden Mündern quoll das Gras.

Zwei Mumien, die sie fanden, waren ziemlich klein, sie sahen aus wie Kinder, doch nach genauerer Untersuchung stellte Blau fest, dass es sich um ausgestopfte, sehr schlecht und unprofessionell präparierte Schimpansen handelte. Solche ausgestopften Teile wurden im achtzehnten und neunzehnten Jahrhundert oft gehandelt. Das konnte natürlich ihre Vermutung nur bekräftigen, dass auch die menschlichen Mumien gehandelt wurden, sie waren Sammlerstücke, und es gab ganz beachtliche Kollektionen. Meistens versuchte man, das zu bekommen, was anders und außergewöhnlich war, Menschen anderer Rassen, spektakuläre Krüppel, Kranke.

»Das Ausstopfen einer Leiche ist die einfachste Form der

Haltbarmachung«, fachsimpelte Blau, während er zwei Studentinnen durch diese provisorische Kellerkollektion führte. Zu Kampas Missfallen hatten sie Blaus Einladung begeistert angenommen. Blau rechnete damit, dass sich mindestens eine später auch zum Wein einladen lassen würde, und er würde eine weitere Aufnahme für seine Sammlung bekommen. »Im Grunde bleibt nur die Haut erhalten«, fuhr er fort. »Insofern ist das also gar kein Körper im eigentlichen Sinne. Das ist nur ein Fragment, die äußere Form, die zu einer Strohpuppe gestreckt worden ist. Eine Mumie ist eine ziemlich jämmerliche Art von Konservierung eines Körpers. Sie erweckt nur den Schein, dass wir einen Körper vor uns haben. Ein durchschaubarer Trick. Ein Zirkuskunststück, nur die Form und die äußerste Hülle sind geblieben. In Wirklichkeit handelt es sich dabei um die Zerstörung des Körpers, also das ideologische Gegenteil der Konservierung. Barbarei.«

Ja, sie atmeten erleichtert auf, dass es keine menschlichen Mumien waren. Das hätte Schwierigkeiten gegeben, denn das Gesetz verbietet ausdrücklich die Aufbewahrung ganzer menschlicher Leichen in staatlichen Museen (sofern es sich nicht um antike Mumien handelt, doch auch dagegen werden schon Stimmen laut). Wenn es wirklich Kinder gewesen wären, wie sie anfangs dachten, hätten sie eine komplizierte bürokratische Prozedur und einige Schwierigkeiten erwarten können. Er hatte schon öfter von solchen unbequemen Entdeckungen beim Aufräumen von Sammlungen an medizinischen Hochschulen und Universitäten gehört.

Kaiser Joseph II. hatte in Wien eine solche Sammlung aufgebaut. In seinem Kuriositätenkabinett ließ er alles zusammentragen, was absonderlich war, jeden Fall von Verirrung der Natur, wo die Materie sich vergessen hatte. Sein Nachfolger Kaiser Franz I. ließ seinen schwarzen Höfling, einen gewissen Angelo Soliman, ohne Umschweife nach dessen Tod ausstopfen. Dann konnte die Gäste des Monarchen die nur mit einem Baströckchen bekleidete Mumie bewundern.

Der erste Brief von Josephine Soliman an Franz I., Kaiser von Österreich

Ich wende mich an Eure Hoheit in Schmerz und großer Bestürzung ob der Schande, die der Person meines Vaters seligen Andenkens, Angelo Soliman, ein treuer Diener unseres höchst gnädigen Herrschers Kaiser Joseph, des Onkels Eurer Hoheit, widerfahren ist, und habe die Hoffnung, dass hier ein schrecklicher Irrtum vorliegt.

Die Lebensgeschichte meines Vaters ist Eurer Hoheit gut bekannt, weiß ich doch wohl, dass Eure Hoheit ihn persönlich gekannt und seiner vieljährigen ergebenen Dienste wegen, nicht zuletzt auch als treuen Bediensteten und Schachmeister geschätzt hat und ihm, ebenso wie der Onkel Eurer Hoheit, Kaiser Joseph II. seligen Andenkens, und andere, Achtung und Wertschätzung entgegengebracht hat. Mein Vater hatte viele Freunde, die seine Geistes- und Verstandesgaben, seinen großen Humor und seine Herzensgüte zu schätzen wussten. Viele Jahre war er freundschaftlich Herrn Mozart verbunden, bei welchem der Onkel Eurer Hoheit eine Oper in Auftrag zu geben beliebte. Mein seliger Vater hat sich im Übrigen im diplomatischen Dienst hervorgetan und war weithin für seine Besonnenheit, Weitsicht und Weisheit bekannt.

Ich möchte mir erlauben, in diesem Brief kurz an die Geschichte meines Vaters zu erinnern und sie damit dem gnädigen Andenken Eurer Hoheit anzuempfehlen. Nichts macht uns doch menschlicher als der Umstand, dass ein jeder von uns seine eigene, unwiederholbare, einzigartige Geschichte hat, dass wir uns durch die Zeit bewegen und dabei unsere Spuren hinterlassen. Doch selbst, wenn wir anderen mit nichts gedient hätten, weder unserem Herrscher noch unserem Land, so bleibt uns dennoch das Recht auf ein würdiges Begräbnis erhalten, stellt ein solches doch den Akt dar, mit dem wir in die Hände unseres Schöpfers seine Schöpfung zurückgeben, nämlich den menschlichen Leib.

Mein Vater wurde um 1720 im nördlichen Afrika geboren, doch die Jahre seiner Kindheit liegen im Dunkeln. Viele Male erzählte er, dass er an die Zeit seiner frühen Kindheit kaum Erinnerungen habe. Sein Gedächtnis reichte gerade noch in die Zeit zurück, da er als Kind von einigen Jahren in die Gefangenschaft verkauft wurde. Mit Grausen erzählte er uns von dem, was sich seinem Gedächtnis am tiefsten eingeprägt hatte. Die lange Reise auf dem Meer im dunklen Laderaum eines Schiffes, Szenen wie aus Dantes Inferno, die sich vor den Augen des Kindes abspielten, als es von Mutter und Familie getrennt wurde. Seine Eltern verschlug es aller Wahrscheinlichkeit nach in die Neue Welt, er hingegen wanderte als kleiner Mohr, als schwarzes Maskottchen wie ein Malteserhündchen oder eine persische Katze von Hand zu Hand. Weshalb hat er so selten davon gesprochen? Hätte es nicht umgekehrt sein sollen – dass er viel und laut davon hätte sprechen sollen, nachdem er seinen Posten erlangt hatte? Ich glaube, sein Schweigen lag in der schrecklichen, möglicherweise ihm selbst verborgenen Überzeugung begründet, schmerzliche Erinnerungen sollten möglichst schnell verblassen, damit sie ihre Macht verlieren und uns nicht mehr verfolgen könnten, wodurch die Welt verbessert werden würde. Die Menschen würden ihre Unschuld bewahren, wenn sie nicht erführen, wie grausam ein Mensch zum anderen sein kann. Jedoch – was mit dem Körper meines Vaters nach seinem Tod geschah, bezeugt, wie sehr er sich irrte.

Nach vielen traurigen und dramatischen Zwischenfällen wurde er schließlich dank der Großherzigkeit der Gattin des Fürsten von Liechtenstein auf Korsika aus der Sklavenschaft freigekauft und kam an den Hof. So gelangte er nach Wien, wo seine Hoheit der Fürst in großer Zuneigung oder gar – ich will es wagen, dieses Wort zu benutzen – Liebe zu dem Kind entbrannte. Seine Herkunft aus exotischer Ferne hatte sich seinem Gedächtnis nicht besonders eingeprägt, jedenfalls hörte ich, seine einzige Tochter, nie, dass er seine Wurzeln erwähnte oder jemals eine Art Heimweh verspürte. Mit ganzem Herzen war er dem Onkel Eurer Hoheit ein ergebener Diener.

Dabei erwies er sich als gewandter Politiker, intelligenter Gesandter und einnehmender Mensch. Stets war er von Freunden umgeben. Man liebte und achtete ihn. Er erfreute sich zudem eines besonderen Privilegs, nämlich der Freundschaft des Onkels Eurer Hoheit, des Kaisers Joseph II., wie er allgemein genannt wird. Viele Male betraute dieser meinen Vater mit Missionen, die große Intelligenz erforderten.

Im Jahre 1768 ehelichte er meine Mutter Magdalena Christiani, die Witwe eines holländischen Generals, mit der er bis zu ihrem Tod etliche Jahre glücklicher Ehe erlebte. Ich bin die einzige Frucht dieser Verbindung. Nach vielen Jahren nützlicher Arbeit entschloss er sich, um seine Entlassung aus den Diensten seines Wohltäters des Fürsten von Liechtenstein zu ersuchen, doch blieb er als Diener des Kaisers immer in Kontakt mit dem Hof.

Ich bin mir bewusst, wie viel mein Vater menschlicher Herzensgüte und dem natürlichen Wunsch nach gegenseitigem Beistand zu verdanken hat. Viele menschliche Existenzen, deren Geschichte einen ebenso unglücklichen Anfang nahm wie die meines Vaters, sind im Chaos der Welt untergegangen. Wenigen Kindern dunkelhäutiger Sklaven ist es vergönnt gewesen, im Leben eine so hohe und bedeutende Stellung zu erlangen, wie mein Vater sie innehatte. Doch gerade deshalb ist sein Fall so bedeutsam, zeigt er doch, dass wir alle als von Gottes Hand geschaffene Wesen Seine Kinder und daher alle Brüder sind.

Im Verband mit vielen Freunden meines Vaters seligen Andenkens, die in dieser Angelegenheit Eurer Hoheit schon geschrieben haben, möchte ich nun meine Bitte vortragen, dass mir der Leichnam meines Vaters mit der Erlaubnis eines christlichen Begräbnisses übergeben werde.

In dieser Hoffnung

Josephine Soliman von Feuchtersleben

Bei den Maoris

werden die Köpfe verstorbener Familienmitglieder mumifiziert und als Trauergegenstände aufbewahrt. Die Stadien der Mumifizierung sind: Dämpfen, Räuchern und Einfettung. Die einer solchen Prozedur unterzogenen Köpfe bleiben in einem guten Zustand mit Haaren, Haut und Zähnen erhalten.

Die Reisen des Doktor Blau II

Jetzt hat er durch lange Tunnel den Flugzeugleib verlassen, ist den Pfeilen und Leuchttafeln gefolgt, die die Passagiere in zwei Gruppen teilten: in die Gruppe der am Ziel Angekommenen und die Gruppe der Weiterreisenden. Auf dem großen Flughafen flossen die Menschenströme zusammen und wieder auseinander. Diese schmerzlose Selektion trug ihn erst zur Rolltreppe, dann in einen langen breiten Gang, wo ein Laufband die fließende Bewegung beschleunigte. Wer es eilig hatte, nutzte die Segnungen der Technik und sprang auf dem Laufband in eine andere Zeit und überholte gemächlich ausschreitend die anderen. Der Doktor kam an einer verglasten Raucherkabine vorbei, wo sich die vom langen Flug ausgehungerten Nikotinliebhaber mit seligem Gesichtsausdruck ihrem Laster hingaben. Dem Doktor kamen sie wie eine fremde Spezies vor, die in einem anderen Medium lebt, nicht in der Luft, sondern in einem Gemisch aus Rauch und Kohlendioxyd. Mit leichter Verwunderung im Blick betrachtete er sie wie Wesen in einem Terrarium – im Flugzeug schienen sie ihm so ähnlich zu sein, doch hier offenbarte sich ihre biologische Andersartigkeit.

An der Passkontrolle zeigte er seinen Pass, der Beamte maß ihn mit einem kurzen fachmännischen Blick und verglich das Gesicht auf dem Foto mit dem hinter der Glasscheibe. Offensichtlich hatte er keine Zweifel, denn Doktor Blau durfte gleich darauf ohne Probleme den Boden des fremden Staates betreten.

Mit dem Taxi fuhr er zum Bahnhof und zeigte an der Kasse sein elektronisches Ticket. Da er bis zur Abfahrt des Zuges noch zwei Stunden Zeit hatte, setzte er sich in die nach altem

Fett riechende Bahnhofsgaststätte und sah sich die anderen Gäste an, während er auf seinen Fisch wartete.

Der Bahnhof zeichnete sich durch nichts Besonderes aus. Auf der großen Videotafel über der Abfahrtsanzeige waren die gleichen Reklamen für Shampoo und Kreditkarten zu sehen wie anderswo. Die vertrauten Logos ließen diese fremde Welt sicher erscheinen. Er hatte Hunger. Das Plastikessen im Flugzeug hatte in seinem Körper keine sichtbare Spur hinterlassen, ihm kam es vor, als sei es gar nicht Materie gewesen, sondern hätte nur aus Geruch und Geschmack bestanden, ein Essen wie im Paradies. Speise für hungrige Geister. Doch jetzt bekam der Doktor einen gebratenen Fisch mit Salat, ein Stück weißes Fleisch, golden gebacken, das seinem schmalen Körper wieder Kraft gab. Er bestellte auch Wein, der hier in praktischen kleinen Flaschen serviert wurde, die ein Weinglas knapp füllten.

Im Zug schlief er ein. Er verpasste nicht viel, der Zug kroch durch die Stadt, durch Tunnel und Vorstädte, die mit ihren Graffiti auf den vorbeiziehenden Überführungen und Garagen anderen Vorstädten zum Verwechseln ähnlich sahen. Als er aufwachte, sah er das Meer, ein schmaler heller Streifen zwischen Hafenkränen, unansehnlichen Lagerhallen und der Werft.

»Sehr geehrter Herr«, hatte sie ihm geschrieben, »Ihre Fragen und die Art, wie sie gestellt sind, haben ehrlich gesagt mein tiefes Vertrauen geweckt. Derjenige, der weiß, was er fragt, könnte sich auch selbst die Antwort geben. Vielleicht brauchen Sie die sprichwörtliche Prise Salz, die auf der Waage den Ausschlag gibt.«

Er überlegte, was für eine Prise sie wohl meinte. Er suchte

unter dem Wort im Wörterbuch, fand aber kein Sprichwort mit Prise und Waage. Sie trug den Nachnamen ihres Mannes, doch ihr Vorname klang exotisch – Taina. Vielleicht kam sie aus einem fernen Land mit einer so exotischen Sprache, in der das mit der Prise und der Waage Sinn ergab. »Am besten wäre es natürlich, wenn wir uns treffen könnten. Zuerst einmal werde ich mir Ihr Dossier und alle Ihre Artikel vornehmen. Besuchen Sie mich! An dem Ort, wo mein Mann bis zuletzt gearbeitet hat, wo seine Gegenwart immer noch spürbar ist. Bestimmt wird uns das bei unseren Gesprächen helfen.«

Es war ein kleiner Ort am Meer, der sich an der Küste entlangzog, eine Asphaltstraße führte im Bogen um ihn herum. Das Taxi fuhr unmittelbar vor dem Ortsausgangsschild von der Straße ab nach unten, aufs Meer zu, sie kamen an freundlichen Holzhäusern mit Terrassen und Balkonen vorbei. Das Haus, das er suchte, war das größte und eleganteste an diesem Schotterweg, es lag hinter einer niedrigen, dicht mit einheimischen Kletterpflanzen bewachsenen Mauer. Das Tor zur Einfahrt stand offen, doch er ließ das Taxi auf der Straße halten und zog seinen Koffer auf den kleinen Rädern in die kiesbestreute Einfahrt. Den Mittelpunkt des sauberen Hofes bildete ein ansehnlicher Baum, sicher ein Nadelbaum, doch von der Gestalt eines Laubbaums, wie eine Eiche, deren Blätter aus irgendeinem Grund verkümmert waren und sich in Nadeln verwandelt hatten.

Niemand antwortete auf sein Klopfen, deshalb stand er eine Zeitlang unschlüssig auf der Holzveranda, dann fasste er Mut und drückte die Klinke hinunter. Die Tür gab nach, und er trat in einen geräumigen hellen Salon. Das Fenster auf der anderen Seite des Raumes war ganz vom Ausblick auf das Meer erfüllt. Eine große fuchsrote Katze tauchte neben seinen Füßen auf, miaute und schlüpfte hinaus, ohne dem Gast Beachtung zu schenken. Der Doktor hatte das sichere Gefühl, dass niemand im Haus war. Er stellte seinen Koffer ab und ging hinaus auf die Veranda, um die Dame des Hauses zu erwarten. Er stand vielleicht eine Viertelstunde herum und betrachtete den gewaltigen Baum, dann ging er langsam um das Haus, das wie viele Häuser in dieser Gegend eine Holzterrasse hatte, die das ganze Haus umgab. Auf der Terrasse standen (wie überall auf der Welt) leichte Sommermöbel mit Kissen. Auf der Rückseite des Hauses entdeckte er einen Garten mit gepflegtem Rasen und dichten blühenden Sträuchern. In einem erkannte er duftendes Geißblatt. Ein mit flachen Steinen markierter Pfad brachte ihn zu einem Durchgang, der direkt zum Meer zu führen schien. Nach kurzem Zögern machte er sich auf.

Der Sand am Strand wirkte fast weiß. Fein, sauber, hier und da mit kleinen weißen Muscheln durchsetzt. Der Doktor überlegte, ob er nicht die Schuhe ausziehen sollte, es kam ihm unhöflich vor, in Schuhen einen Privatstrand zu betreten.

Gegen die niedrige, aber immer noch intensive Sonne sah er in der Ferne jemanden aus dem Wasser steigen. Eine Frau in einem dunklen einteiligen Badeanzug. Auf dem Strand bückte sie sich nach ihrem Handtuch und hüllte sich hinein. Mit einem Zipfel rieb sie sich die Haare. Dann griff sie nach ihren Sandalen und kam auf den verlegenen Doktor zu. Jetzt wusste er nicht, was er tun sollte – umkehren oder auf sie zugehen? Er hätte sich ihr lieber drinnen vorgestellt, das wäre offizieller gewesen. Aber da war sie schon bei ihm, reichte ihm die Hand zum Gruß und nannte in fragendem Ton seinen Namen. Sie war mittelgroß, an die sechzig, ihr braungebranntes Gesicht war von gnadenlosen Falten durchzogen, man sah, dass sie sich gerne der Sonne aussetzte. Sonst würde sie wahrscheinlich jünger aussehen. Die hellen kurzgeschnittenen Haare klebten ihr an Gesicht und Hals. Unter dem Handtuch, das sie sich um die Hüften geschlungen hatte, schauten ebenso braungebrannte Beine hervor, die Füße waren von Hühneraugen verunziert.

»Gehen wir ins Haus«, sagte sie.

Sie bat ihn, im Wohnzimmer Platz zu nehmen, während sie für ein paar Minuten verschwand. Der Doktor wurde rot vor Nervosität, er fühlte sich, als hätte er sie bei der Toilette angetroffen oder beim Schneiden der Fußnägel erwischt. Diese erste Begegnung mit ihrem fast nackten alten Körper, mit diesen Füßen, den nassen Haaren, das brachte ihn ganz aus dem Konzept. Sie hingegen schien sich gar nichts daraus zu machen. Nach kurzer Zeit kam sie zurück, jetzt trug sie eine helle Hose und ein T-Shirt. Sie war schmal, mit schlaffen Muskeln an den Oberarmen, die Haut voll Leberflecken und Sommersprossen. Mit der Hand strich sie die immer noch nassen Haare aus dem Gesicht. So hatte er sie sich nicht vorgestellt. Die Frau von einem Mann wie Mole hatte er sich anders gedacht. Wie? Größer, dezenter, vornehmer. In einer Seidenbluse mit Rüschenbesatz und einer Gemme am Hals. Nicht jemand, der im Meer badete.

Sie setzte sich ihm gegenüber, zog die Beine hoch und schob ihm eine Schale mit Pralinen hin. Sie selbst nahm eine Praline, beim Essen zog sie die Wangen ein. Er musterte sie. Sie hatte ausgeprägte Tränensäcke, vielleicht eine Funktionsstörung der Schilddrüse oder einfach die Erschlaffung des musculus orbicularis oculi.

»Sie sind es also«, sagte sie. »Sagen Sie mir doch bitte noch einmal, womit genau Sie sich beschäftigen?«

Er verschluckte hastig die ganze Praline, egal, gleich konnte er noch eine nehmen. Er stellte sich noch einmal vor und berichtete kurz von seiner Arbeit und seinen Veröffentlichungen. Er erinnerte sie an seine »Geschichte der Konservierung«, die vor kurzem erschienen war und die er ihr zusammen mit anderen Unterlagen geschickt hatte. Er pries ihren Mann. Sagte, Professor Mole habe die Anatomie revolutioniert. Sie sah ihn aufmerksam aus ihren blauen Augen an, ein leises zufriedenes Lächeln auf den Lippen, das er für freundlich oder auch leicht ironisch halten konnte. Ihres Vornamens ungeachtet hatte sie nichts Exotisches an sich. Vielleicht war es gar nicht sie selbst, schoss ihm in den Kopf, vielleicht unterhielt er sich mit ihrer Köchin oder ihrem Zimmermädchen.

Als er fertig war, rieb er sich nervös die Hände, obwohl er sich dieses offensichtliche Zeichen von Anspannung lieber verkniffen hätte. Er fühlte sich nicht sehr frisch in seiner Reisekleidung, da sprang sie plötzlich auf, als hätte sie seine Gedanken erraten.

»Kommen Sie, ich zeige Ihnen Ihr Zimmer.«

Sie führte ihn die Treppe hinauf in das abgedunkelte erste Stockwerk und zeigte auf eine Tür. Sie ging ihm voran in das Zimmer und zog die roten Vorhänge zurück. Die Fenster gingen aufs Meer, die Sonne tauchte das Zimmer in ein gelbliches Licht.

»Machen Sie es sich bequem, ich richte etwas zu essen. Sie sind doch sicher müde? Wie war der Flug?«

Er antwortete etwas Nichtssagendes.

»Ich warte unten auf Sie«, bemerkte sie im Hinausgehen.

Er war sich nicht ganz im Klaren, wie das passiert war – diese kleine Frau in der hellen Hose und einem ausgeleierten T-Shirt hatte es mit einer unmerklichen Geste oder vielleicht nur einer hochgezogenen Braue geschafft, den ganzen Raum, alle Erwartungen und Vorstellungen des Doktors umzukrempeln. Die ganze ermüdende Reise, die Ansprachen und möglichen Abläufe, auf die er sich vorbereitet hatte, warf sie einfach über den Haufen. Sie gab den Ton an. Diktierte ihre Bedingungen. Der Doktor fügte sich, ohne mit der Wimper zu zucken. Resigniert duschte er rasch, zog sich um und ging nach unten.

Zum Abendessen gab es Salat mit Croutons aus dunklem Brot und gegrilltes Gemüse. Sie war Vegetarierin. Gut, dass er am Bahnhof noch Fisch gegessen hatte. Sie saß ihm gegenüber, die Ellbogen auf den Tisch gestützt, klaubte mit den Fingerspitzen die letzten Croutons aus dem Salat und redete über gesunde Ernährung, die Schädlichkeit von Weißmehl und Zucker, die bioorganischen Verfahren der Höfe, wo sie Gemüse, Milch und Ahornsirup kaufte, den sie anstelle von Zucker nahm. Doch der Wein war gut. Der Doktor war an Alkohol nicht gewöhnt und fühlte sich nach zwei Gläsern schon beschwipst; er legte sich einen Satz nach dem anderen zurecht, doch sie kam ihm immer zuvor. Als die Flasche fast leer war, erzählte sie vom Tod ihres Mannes. Er war beim Zusammenstoß zweier Motorboote ums Leben gekommen.

»Er war erst siebenundsechzig. Mit dem Körper konnte man nichts mehr machen. Der war völlig zertrümmert.«

Er erwartete, dass sie jetzt weinen würde, aber sie nahm nur ein weiteres Crouton und zerbröselte es über dem restlichen Salat.

»Er war auf den Tod nicht vorbereitet. Aber wer ist das

schon?«, dachte sie laut. »Ich weiß aber, dass er gern einen Schüler gehabt hätte, der seiner würdig ist, jemanden, der nicht nur kompetent ist, sondern mit Leidenschaft arbeitet, so wie er es getan hat. Er war ein großer Eigenbrötler, das wissen Sie ja. Er hat kein Testament hinterlassen, keine Anweisungen gegeben. Sollte ich die Präparate an Museen geben? Mehrere Museen haben sich schon gemeldet. Wissen Sie, welche vertrauenswürdig sind? Jetzt gibt es so viel schlechte Energie um Plastinate, dabei muss man doch heute niemanden mehr vom Galgen schneiden, um etwas zuwege zu bringen«, seufzte sie. Sie rollte ein Salatblatt zu einem zierlichen Röhrchen und steckte es sich in den Mund. »Aber ich weiß, dass er sich einen Nachfolger gewünscht hat. Einige seiner Projekte stehen erst am Anfang, ich versuche selbst, sie fortzuführen, aber ich habe nicht seine Kraft und Begeisterung... Wissen Sie, ich habe ein Botanikstudium absolviert. Es gibt zum Beispiel Probleme...«, fing sie an, brach dann aber ab. »Egal, wir haben später noch Zeit, darüber zu reden.«

Er nickte, unterdrückte seine Neugier.

»Aber Sie beschäftigen sich hauptsächlich mit historischen Präparaten, nicht wahr?«

Blau wartete einen Augenblick, bis ihre Worte verklungen waren, dann eilte er aufgeregt hinauf und holte seinen Laptop.

Sie schoben die Teller beiseite. Der Bildschirm erstrahlte in kaltem Licht. Der Doktor überlegte besorgt, was jetzt auf dem Schirm erscheinen würde – hatte er nicht vielleicht ein paar verfängliche Fotos darauf gelassen? Nein, er hatte noch vor kurzem alles in Ordnung gebracht. Er hatte ihr Informationen über sich geschickt und hoffte, dass sie diese gelesen und auch einen Blick in seine Bücher geworfen hatte. Jetzt neigten sich beide dem Bildschirm zu.

Während sie seine Arbeiten betrachteten, hatte er das Gefühl, dass sie ihn bewundernd ansah. Zweimal – das registrierte er. Er merkte sich, was sie so beeindruckt hatte. Sie verstand etwas von der Sache, stellte fachmännische Fragen. Solche Kenntnisse hatte er nicht von ihr erwartet. Ihre Haut strömte einen leichten Geruch nach Körperbalsam aus, mit dem sich ältere Frauen einreiben, angenehm, puderähnlich, unschuldig. Den Zeigefinger ihrer rechten Hand, des Fingers, mit dem sie auf den Bildschirm tippte, zierte ein merkwürdiger Ring mit einem eingefassten Stein in Gestalt eines Menschenauges. Dunkle Flecken übersäten ihren Handrücken. Ihre Hände waren von der Sonne genauso geschädigt wie ihr Gesicht. Kurz überlegte er, welche Technik man wohl brauchen würde, um diesen Effekt dünner, von der Sonne runzliger Haut wiederzugeben.

Danach nahmen sie in den Sesseln Platz, sie brachte eine halb geleerte Flasche Portwein aus der Küche und schenkte zwei Gläser ein.

»Darf ich das Laboratorium sehen?«, fragte er.

Sie antwortete nicht sofort. Vielleicht deshalb, weil sie Portwein im Mund hatte, so wie zuvor die Schokolade. Schließlich sagte sie: »Das ist ein ganzes Stück von hier entfernt.«

Sie stand auf und machte sich daran, den Tisch abzuräumen.

»Sie können ja vor Müdigkeit kaum noch aus den Augen sehen.«

Er half ihr, das Geschirr in die Spülmaschine zu räumen, dann ging er erleichtert nach oben, rief noch ein kurzes »Gute Nacht!« über die Schulter. Oben angekommen setzte er sich auf den Rand des gemachten Betts und ließ sich sofort zur Seite sinken, hatte nicht einmal mehr die Kraft, sich auszuziehen.

Am nächsten Morgen verrichtete er alles ganz sorgfältig: Er badete, faltete die Schmutzwäsche zusammen und steckte sie in einen Beutel, packte seine Sachen aus und legte sie ordentlich ins Regal, die Hemden hängte er auf Kleiderbügel. Er rasierte sich, cremte sich mit Feuchtigkeitslotion ein, trug sein Lieblingsdeo unter den Achseln auf, festigte die ergrauenden Haare mit etwas Gel. Er überlegte kurz, ob er Sandalen anziehen sollte, doch dann hielt er es für besser, bei den geschnürten Halbschuhen zu bleiben. Schließlich schlich er sich leise – ohne selbst zu wissen, warum – nach unten. Sie musste schon früher aufgestanden sein, denn auf dem Küchenbuffet stand ein Toaster, ein paar Scheiben Brot lagen daneben. Außerdem ein Glas Marmelade, eine Schale mit Honig und Butter. Sein Frühstück. In der Thermoskanne war Kaffee. Er aß den Toast im Stehen auf der Terrasse und schaute aufs Meer. Bestimmt war sie wieder schwimmen gegangen, also würde sie auf jeden Fall wieder von dieser Seite her kommen. Er wollte sie lieber zuerst sehen, bevor sie ihn bemerkte. Er hatte gern die anderen im Auge.

Er überlegte, ob sie wohl bereit sein würde, ihm das Laboratorium zu zeigen. Er war sehr neugierig. Auch wenn sie ihm nichts sagte, würde er aus dem, was dort zu sehen war, seine eigenen Schlüsse ziehen können.

Moles Technik war ein Geheimnis. Allerdings hatte der Doktor seine Vermutungen, war der Wahrheit vielleicht sogar ganz nah. Er hatte seine Präparate in Mainz gesehen und später dann auf der Internationalen Konferenz zu Gewebepräparierungen in Florenz. Er ahnte, wie Mole einen Körper konservierte, aber er kannte nicht die genaue Zusammensetzung der chemischen Konservierungsmittel, er wusste nicht, wie genau das Gewebe darauf reagierte. Ob eine Vorbereitung nötig war, eine Vorstufe der Bearbeitung. Wann und wie die Chemie eingesetzt wurde, was anstelle des Blutes eingespritzt wurde. Wie wurden die Innengewebe plastiniert?

Wie auch immer Mole – und seine Frau, denn ihrer Beteiligung war er sich jetzt immer gewisser – es gemacht hatte, seine Präparate waren hervorragend. Die Gewebe behielten eine natürliche Farbe und etwas Lebensechtes. Sie waren weich, aber gleichzeitig steif genug, um dem Körper Gestalt zu geben. Außerdem waren sie leicht zu zerlegen, was von unglaublichem Vorteil in der Lehre war – man konnte sie auseinandernehmen und wieder zusammensetzen. Es gab unzählige Möglichkeiten, durch den Körper eines solchen konservierten Organismus zu wandern. In der Geschichte der Körperkonservierung war Moles Entdeckung revolutionär, es gab nicht ihresgleichen. Von Hagens' Plastinate waren ein erster Schritt in diese Richtung gewesen, heute jedoch schienen sie schon wesentlich weniger bedeutsam.

Auch heute erschien sie wieder im Handtuch, diesmal jedoch war es rosa, und sie kam nicht aus dem Meer, sondern dem Badezimmer. Sie schüttelte die nassen Haare und machte sich gleich an der Herdplatte zu schaffen, um Milch für den Kaffee zu erhitzen. Sie bewegte einen kleinen kegelförmigen Quirl in der Milch auf und ab, bis diese zischend auf die heiße Keramikplatte spritzte.

»Wie haben Sie geschlafen, Doktor? Kaffee?«

»Ja, bitte.« Dankbar nahm er den Becher entgegen und ließ

sich die aufgeschäumte Milch einschenken. Mit gespieltem Interesse hörte er sich ihre Geschichte von der fuchsroten Katze an, die eines Tages – just an dem Tag, an dem ihre frühere fuchsrote Katze gestorben war – von irgendwoher zu ihnen gekommen war. Sie hatte sich aufs Sofa gesetzt, als wohnte sie seit eh und je hier, und war geblieben. Sie hatten so gut wie keine Veränderung bemerkt.

»Das ist die Kraft des Lebens. Ein neues Exemplar besetzt die noch warme Nische, die gerade frei geworden ist«, seufzte sie.

Der arme Blau wäre lieber gleich zur Sache gekommen. Er war nie gut im Plaudern gewesen, ihn langweilten Fragen, die nur gestellt wurden, um ein beruhigendes kollektives Summen in Gang zu halten. Es wäre ihm lieber gewesen, seinen Kaffee zu trinken und dann gleich in die Bibliothek zu gehen, er wollte sehen, wo Mole gearbeitet, was er gelesen hatte. Hatte er seine, Blaus, »Geschichte der Konservierung« im Regal? Auf welchem Wege war er zu seinen außerordentlichen Entdeckungen gelangt?

»Interessant, dass er genauso wie Sie von Ruyschs Forschungen ausgegangen ist.«

Ja, das wusste er natürlich, aber er wollte sie nicht unterbrechen.

»In seiner ersten veröffentlichten Arbeit hat er nachgewiesen, dass Ruysch versuchte, die Körper komplett zu konservieren, indem er ihnen alle natürliche Flüssigkeit entzog, sofern das damals überhaupt möglich war, und sie durch eine Mischung aus flüssigem Wachs, Talkum und tierischem Talg ersetzte. Danach sollte der so vorbereitete Körper, ähnlich wie die Präparate von Körperteilen, in ›Styxwasser‹ getaucht werden. Wahrscheinlich scheiterte diese Idee daran, dass es keine entsprechend großen Glasgefäße zur Aufbewahrung gab.«

Sie warf ihm einen flüchtigen Blick zu.

»Ich zeige Ihnen die Arbeit«, sagte sie und machte sich gleich, mit dem Kaffee in der Hand, an einer großen Schiebetür zu schaffen. Er kam ihr zu Hilfe, sie hielt unterdessen die Kaffeebecher.

Hinter der Tür lag die Bibliothek, ein schöner großer Raum mit Bücherregalen, die vom Fußboden bis zur Decke reichten. Zielsicher griff sie in ein Regal und zog einen schmalen broschierten Band heraus. Blau blätterte ihn durch, gab zu verstehen, dass er mit dem Text bereits vertraut sei. Die Probleme der Nasskonservierung hatten ihn im Übrigen nie beschäftigt, das war eine Sackgasse. Der Fall des englischen Flottenadmirals William Berkeley, den Ruysch feucht einbalsamiert hatte, interessierte ihn nur im Hinblick auf das Problem der Totenstarre. Denn das war das Geheimnis des phantastischen Aussehens dieser Leiche, das von den Zeitgenossen so begeistert beschrieben worden war. Ruysch war es gelungen, dem Toten ein ganz entspanntes Aussehen zu verleihen, obwohl er die Leiche erst zur Präparierung erhielt, als diese schon mehrere Tage alt und völlig erstarrt war. Angeblich hatte er eigens Bedienstete, die mit spezieller Massage die Totenstarre lösen konnten.

Doch hier interessierte ihn etwas ganz anderes. Er reichte ihr die Broschüre zurück, um den Raum eingehend betrachten zu können.

Am Fenster stand der große Schreibtisch, an der gegenüberliegenden Seite befanden sich Schaukästen. Präparate! Blau konnte seine Aufregung kaum zügeln, und mit einem Satz war er schon dort, bevor er selbst wusste, wie. Sie zeigte

Verärgerung, weil er ihr nicht die Zeit zu einer gemächlichen musealen Führung ließ, die ihn auf das vorbereiten sollte, was er erspäht hatte. Er riss sich los.

»So etwas haben Sie bestimmt noch nie gesehen«, sagte sie ein wenig schmollend und zeigte auf eine fuchsrote Katze, die ihre Betrachter ruhig anschaute. Ihre Haltung verriet, dass sie ganz und gar damit einverstanden war, in dieser Form zu existieren. Die lebendige Katze war hinter ihnen her ins Zimmer geschlüpft und stand nun, die andere musternd, wie ein Spiegelbild vor ihrer Vorgängerin.

»Fassen Sie sie ruhig an, nehmen Sie sie in die Hand«, ermunterte die Frau in ihrem rosa Handtuch den Doktor.

Mit zitternden Händen schob er die Glasscheibe zur Seite und berührte das Präparat. Es war kalt, aber nicht steif. Das Fell gab kaum merklich unter den Fingerkuppen nach. Blau fasste sie behutsam wie eine lebendige Katze unter Brust und Bauch – ein merkwürdiges Gefühl. Die Katze war schwer wie ein lebendes Tier und reagierte genauso auf den Druck der Hand. Es war kaum fassbar. Er sah die Frau an und machte dabei ein Gesicht, das sie zum Lachen brachte. Sie schüttelte wieder die trocknenden Haare.

»Siehst du«, sagte sie, zum Du übergehend, als habe das Geheimnisvolle des Präparats zwischen ihnen eine gewisse Vertraulichkeit und Verwandtschaft gestiftet. »Leg sie mal hin, auf den Rücken.«

Er folgte ihrer Anweisung behutsam, sie stellte sich neben ihn und legte der Katze die Hand auf den Bauch.

Unter ihrem eigenen Gewicht streckte sich die Katze und lag eine Weile flach vor ihnen auf dem Rücken in einer Stellung, die eine lebende Katze nie einnehmen würde. Blau strich über das weiche Fell, es kam ihm warm vor, obwohl das ja nicht möglich war. Ihm fiel auf, dass die Augen nicht durch Glasaugen ersetzt waren, wie es in solchen Fällen üblich war, sondern dass Mole auf irgendeine magische Weise die echten Augen belassen hatte, die höchstens ein wenig trüb wirkten. Er berührte das Lid, es war weich und gab unter dem Druck des Fingers nach.

»Gel«, sagte er mehr zu sich selbst als zu ihr, doch sie wies ihn schon auf einen Einschnitt im Bauch der Katze hin, der sich leicht aufklappen ließ und einen Blick in das ganze Innere freigab.

Vorsichtig, als berühre er das zarteste Origami, zog er mit den äußersten Fingerspitzen die Haut des Tieres auseinander und stieß auf das Bauchfell, das sich auch öffnen ließ, als sei die Katze ein Buch aus kostbarem exotischem Material, für das es noch keinen Namen gab. Dieser Anblick hatte ihm seit seiner Kindheit ein Gefühl von Glück und Erfüllung vermittelt: die in idealer, göttlicher Harmonie angeordneten und eingebetteten Organe, ihre natürliche Farbe machte die Illusion perfekt, dass sich hier das Innere eines lebendigen Körpers offenbarte und er an diesem Geheimnis teilhaben konnte.

»Da, öffnen Sie mal den Brustkorb!«, flüsterte sie an seiner Schulter. Er spürte sogar den Geruch aus ihrem Mund, eine Mischung von Kaffee und etwas süßlich Verdorbenem.

Aber er tat, was sie sagte, die dünnen Rippen gaben nach, und was er sah, war der Wirklichkeit so täuschend ähnlich, dass er nicht überrascht gewesen wäre, ein schlagendes Herz zu sehen. Plötzlich ertönte ein Klicken, etwas leuchtete rot auf, und eine kreischende Melodie ertönte, in der Blau einen populären Hit der Gruppe Queen erkannte: »I want to live forever«, ertönte aus der Katze. Erschrocken sprang er zurück, als hätte er dem Tier unabsichtlich ein Leid zugefügt;

Entsetzen und Abscheu mischten sich in ihm. Die Frau klatschte in die Hände und lachte fröhlich über den gelungenen Witz, doch angesichts Blaus strenger Miene nahm sie sich zusammen und legte ihm die Hand auf die Schulter.

»Ist doch gar nichts passiert! Ach, das ist nur einer seiner Witze. Wir wollten es nicht so traurig wirken lassen«, sagte sie, nun schon wieder mit ganz ernstem Gesicht, obwohl ihre blauen Augen immer noch lachten. »Entschuldigen Sie, entschuldigen Sie, es ist ja schon gut.«

Der Doktor erwiderte ihr Lachen etwas gequält, während er fasziniert beobachtete, wie das Gewebe des Präparats langsam, fast unmerklich, wieder seine ursprüngliche Form annahm.

Ja, sie wollte ihn mit ins Labor nehmen. Mit dem Auto fuhren sie über den Schotterweg am Strand entlang zu Steinbauten, wo früher, als der Hafen noch in Betrieb war, Fisch verarbeitet wurde. Jetzt waren sie umgebaut und enthielten eine Reihe großer Räume mit sauberen gekachelten Wänden; eine Tür ließ sich wie eine Garage mit Fernbedienung öffnen. Fenster gab es keine. Sie schaltete das Licht an, und Blau sah zwei große Metalltische und mehrere Glasschränke mit Gläsern und Geräten. Regale voller Kolben aus Jenaer Glas. »Papaina« las er auf einem und wunderte sich. Wozu hatte Mole dieses Enzym gebraucht, was hatte er damit aufgelöst? »Katalaza«. Riesige Infusionsnadeln, aber auch kleinere, wie man sie für Menschen braucht. Er registrierte es, wagte aber nicht zu fragen. Jetzt noch nicht. Eine Metallwanne zum Wässern, der Abfluss im Fußboden, eine Einrichtung, die ebenso an das Operationszimmer eines Chirurgen erinnerte wie an eine Schlachterei. Die Frau drehte einen tropfenden Wasserhahn zu.

»Zufrieden?«, fragte sie.

Er fuhr mit der flachen Hand über die Arbeitsplatte, trat an den Schreibtisch, wo immer noch Ausdrucke mit Diagrammen ausgebreitet lagen.

»Ich habe nichts angerührt«, sagte sie ermunternd, als wäre sie die Besitzerin eines zum Verkauf stehenden Hauses. »Nur die angefangenen Präparate habe ich weggeworfen, weil sie verdarben.«

Er fühlte ihre Hand auf dem Rücken und sah sie verschreckt an, dann senkte er den Blick. Sie war nah an ihn gerückt und stand jetzt so, dass ihre Brüste sein Hemd berührten. Er spürte das Adrenalin der Panik in sich aufwallen und konnte seinen Körper, der unwillkürlich zurückweichen wollte, gerade noch bremsen. Aber er fand einen Vorwand: Er war gegen den Tisch gestoßen, der jetzt zu schwanken begann, und die kleinen Glasampullen wären um ein Haar zu Boden gefallen. Im letzten Augenblick konnte er sie auffangen und sich so aus der unangenehmen Nähe ihres Körpers befreien. Er war sicher, dass es einen ganz natürlichen Grund gab, dass sie sich ganz zufällig auf ihn gestützt hatte. Gleichzeitig jedoch fühlte er sich wie ein kleiner Junge, und der Altersunterschied zwischen ihnen wurde plötzlich riesig.

Ihr schien jedoch etwas die Lust vergangen, ihm Einzelheiten zu zeigen und zu erklären, so zog sie ihr Mobiltelefon heraus und machte einen Anruf. Sie redete von einer Mietzahlung und verabredete sich für den Samstag. Unterdessen verschlang er alles mit den Blicken, betrachtete jede Kleinigkeit und befahl seinem Gedächtnis, es zu speichern. Die ganze Laborausstattung, jedes Fläschchen, die Position jedes Instruments auf einer Karte im Kopf einzutragen.

Nach dem Mittagessen, bei dem sie von Mole erzählte, von

seinem Tagesablauf und seinen kleinen Wunderlichkeiten (er lauschte aufmerksam, meinte, ihm werde eine besondere Auszeichnung zuteil), überredete sie Blau zu einem Bad im Meer. Er hatte keine Lust, lieber hätte er ein bisschen in der Bibliothek gesessen und noch einmal die Katze und die ganze Örtlichkeit genau betrachtet. Doch er wagte nicht, es ihr abzuschlagen. Er machte einen zaghaften Versuch, sich darauf hinauszureden, dass er keine Badehose bei sich hatte.

»Ach, hab dich nicht so«, sagte sie wegwerfend. »Das ist mein Privatstrand, hierher kommt niemand. Du badest einfach nackt.«

Sie selbst allerdings war im Badeanzug. Doktor Blau streifte unter dem Handtuch die Unterhose ab und stürzte sich so schnell wie möglich ins Wasser, dessen Kälte ihm einen Augenblick lang den Atem verschlug. Er schwamm nicht gut, er hatte nie Gelegenheit gehabt, es zu lernen. Überhaupt bewegte er sich nicht gern. Unsicher hüpfte er im Wasser auf und ab, sich immer wieder vergewissernd, dass er noch Boden unter den Füßen hatte. Sie hingegen kraulte mit schönen Bewegungen hinaus ins Meer und wieder zurück. Sie bespritzte ihn mit Wasser. Verblüfft kniff er die Augen zusammen.

»Na, worauf wartest du, schwimm!«, rief sie.

Er brauchte eine Weile, um sich auf den Sprung ins Tiefe vorzubereiten, schließlich sprang er, blind und fügsam wie ein Kind, das seine Eltern nicht enttäuschen will. Er schwamm eine kurze Strecke, kehrte zurück. Sie schlug mit Wucht die flache Hand aufs Wasser und schwamm allein weiter.

Zitternd vor Kälte erwartete er sie am Strand. Als sie triefend auf ihn zukam, senkte er den Blick.

»Warum bist du nicht geschwommen?«, fragte sie mit hoher, amüsierter Stimme.

»Zu kalt«, sagte er nur.

Lachend warf sie den Kopf in den Nacken, entblößte dabei ungeniert ihren Gaumen.

Wieder im Zimmer, döste er ein wenig vor sich hin, dann machte er ausführliche Notizen. Er zeichnete sogar die Anordnung von Moles Labor und fühlte sich ein wenig wie James Bond. Erleichtert wusch er das Salzwasser ab, rasierte sich und zog ein frisches Hemd an. Er ging nach unten, doch sie war nicht da. Die Tür zur Bibliothek war geschlossen, der Schlüssel in der Tür umgedreht, er hatte nicht den Mut, den Raum zu betreten... Stattdessen ging er hinaus, spielte mit der Katze, als diese Notiz von ihm nahm. Als er aus der Küche Geräusche hörte, ging er von der Gartenseite hinein.

Frau Mole stand am Tisch und zerpflückte Salatblätter.

»Wie wär's mit Salat mit Toast und Käse? Was meinst du?«

Er nickte eifrig, war aber ganz und gar nicht überzeugt, dass er davon satt würde. Sie schenkte ihm ein Glas Weißwein ein, das er unwillig zum Mund führte.

Sie erzählte ihm in allen Einzelheiten von dem Unfall, von der tagelangen Suche nach der Leiche im Meer und wie sie ausgesehen hatte, als man sie schließlich fand. Ihm verging dabei aller Appetit. Sie erzählte auch, es sei ihr gelungen, ein Stück des am wenigsten zerstörten Gewebes zu retten. Sie trug ein langes luftiges graues Kleid mit hohen Schlitzen an den Seiten und einem tiefen Dekolletee, das viel von ihrem sommersprossigen Körper zeigte. Wieder hatte er das Gefühl, den Tränen nahe zu sein.

Den Salat und Käse aßen sie fast schweigend. Dann nahm sie seine Hand. Er erstarrte.

Er drückte sie an sich und konnte sich auf diese Weise geschickt vor ihr verbergen. Sie küsste ihn auf den Hals.

»Nicht so«, stieß er hervor.

Sie verstand nicht: »Wie? Was soll ich denn tun?«

Aber er wand sich aus ihrer Umarmung und stand vom Sofa auf. Er war rot geworden, blickte ratlos hierhin und dorthin.

»Wie möchtest du es denn? Sag.«

Verzweifelt begriff er, dass er ihr nichts vorspielen konnte, dass zu viel auf einmal geschah. Mit dem Rücken zu ihr flüsterte er: »Ich kann nicht. Es ist mir zu früh.«

»Es ist nur, weil ich älter bin«, murrte sie verdrossen und stand auf.

Er widersprach ohne Überzeugung. Er wollte, dass sie ihn stützte, ohne ihn anzufassen.

»Der Altersunterschied ist ja gar nicht so groß, aber...« Er hörte, wie sie den Tisch abräumte. »Ich bin gebunden«, log er.

In gewissem Sinne stimmte es ja auch, er war gebunden. Er war schon verlobt, vermählt, verschwägert und verwandt. Mit dem Glasmenschen und der Wachsfrau mit dem offenen Bauch, mit Soliman, Fragonard, Vesalius, von Hagens und Mole und mit weiß Gott wem noch. Warum sollte er diesen lebendigen gealterten Körper aushöhlen, mit seinem durchbohren? Zu welchem Zweck? Er spürte, dass er von hier wegmusste, vielleicht heute noch. Er strich sich mit der Hand übers Haar, knöpfte sein Hemd zu.

Sie seufzte tief.

»Und jetzt?«, fragte sie.

Er wusste nicht, was er antworten sollte.

Eine Viertelstunde später stand er reisefertig mit dem gepackten Koffer im Wohnzimmer.

»Kann ich ein Taxi bestellen?«

Sie saß auf dem Sofa und las.

»Aber natürlich«, sagte sie. Sie nahm die Brille ab, zeigte auf den Telefonapparat, nahm die Lektüre wieder auf.

Da er jedoch die Nummer nicht kannte, entschied er sich, zu Fuß zum Taxistand zu gehen, bestimmt war einer in der Nähe.

So kam es, dass er früher als geplant zu dem Kongress eintraf. Nach längerer Diskussion an der Hotelrezeption bekam er ein Zimmer. Den ganzen Abend verbrachte er in der Hotelbar. Im Hotelrestaurant trank er eine ganze Flasche Wein, und im Bett heulte er wie ein kleiner Junge.

In den nächsten Tagen hörte er viele Vorträge und hielt auch seinen eigenen. Sein Vortrag trug den englischen Titel: »Preservation of pathology specimens by silicone plastination. An innovative adjunct to anatomopathology education.« Es war ein Auszug aus Doktor Blaus Dissertation.

Sein Vortrag wurde sehr positiv aufgenommen. Beim Festessen am letzten Abend lernte er einen freundlichen, gutaussehenden Teratologen aus Ungarn kennen, der ihm anvertraute, dass er im Anschluss an die Konferenz einer Einladung von Frau Mole folgen und sie besuchen würde.

»Ich fahre in ihr Haus am Meer.« Er betonte dabei die Worte ›am Meer‹. »Ich habe mich entschlossen, die beiden Reisen zu verbinden, es ist ja nicht weit von hier«, sagte er. »Alles, was ihr Mann hinterlassen hat, befindet sich jetzt in ihrem Besitz. Wenn ich einmal sein Labor sehen könnte... Weißt du, ich habe so meine eigene Theorie über die chemische Zusammensetzung. Angeblich ist sie schon in Verhandlungen mit einem Museum in den Staaten, früher oder später wird sie alles weggeben, zusammen mit der ganzen Dokumentation. Aber wenn man schon jetzt Zugang zu seinen

Aufzeichnungen bekäme…« Er wurde ganz schwärmerisch. »Dann hätte man die Habilitation in der Tasche, vielleicht gar eine Professur.«

»Armer Trottel«, dachte Blau. Um keinen Preis hätte er ihm erzählt, dass er zuerst da gewesen war. Dann versuchte er, ihn mit ihren Augen zu betrachten. Er sah sein dunkles von Gel glänzendes Haar, die kleinen Schweißflecken unter den Achseln des hellblauen Hemds. Den leicht vorstehenden, aber immer noch schlanken Bauch, die schmalen Hüften, die frische helle Haut mit dem dunklen Schatten dichten Bartwuchses. Sein Blick war schon etwas verschwommen vom Wein, doch seine Augen glitzerten in Erwartung des bevorstehenden Triumphes.

Das Flugzeug der Lüstlinge

Gerötete nördliche Gesichter, von der ungewohnten Sonne überrumpelt. Die Haare ausgebleicht von Salzwasser und den täglichen Stunden am Strand. Taschen vollgestopft mit verschwitzter Schmutzwäsche. Im Handgepäck Mitbringsel für die Familie, in letzter Minute im Souvenirgeschäft am Flughafen erstanden, eine Flasche scharfer Alkohol aus dem Duty-free-Shop. Lauter Männer, die in unausgesprochenem Einvernehmen nebeneinander Platz nehmen. Sie machen es sich in den Sesseln bequem, lockern die Gürtel, wollen schlafen. Sie werden den Nachtschlaf nachholen. Die Haut dünstet noch Alkohol aus, sie sind noch dabei, den Konsum der letzten zwei Wochen zu verarbeiten. In ein paar Stunden wird das ganze Flugzeug danach riechen. Und nach

Schweiß, vermischt mit den Überbleibseln sexueller Aktivitäten. Ein guter Kriminalist würde noch mehr entdecken: ein einzelnes langes schwarzes Haar an einem Hemdknopf, unter den Nägeln von Zeige- und Mittelfinger Spuren organischer Substanz menschlicher Herkunft mit fremder DNA, mikroskopisch kleine Hautpartikel im Baumwollgewebe der Unterwäsche, Mikromengen Samen im Bauchnabel.

Vor dem Start wechseln sie ein paar Worte mit ihren Nachbarn zur Rechten und zur Linken. Äußern vorsichtig ihre Zufriedenheit mit dem Aufenthalt. Zu viel will man ja nicht preisgeben, das ist Privatsache. Nur ein paar besonders Dreiste erkundigen sich nach Preisen und Leistungsumfang, dann dösen sie beruhigt ein. Sie sind ganz schön günstig weggekommen.

Die Pilgereigenschaft

Ein alter Bekannter sagte mir einmal, er reise nicht gern allein. Wenn er etwas Außergewöhnliches, Neues, Schönes sehe, wolle er das so gerne mit jemand teilen, dass er unglücklich sei, wenn er niemanden bei sich hat.

Meiner Meinung nach taugt er nicht zum Pilger.

Der zweite Brief von Josephine Soliman an Franz I., Kaiser von Österreich

Da ich auf meinen Brief keine Antwort erhalten habe, mag es mir gestattet sein, mich noch einmal an Eure Hoheit zu wenden, diesmal mit größerer Kühnheit, was mir nicht als ungebotene Vertraulichkeit ausgelegt werden soll – Bruder. Denn hat uns Gott – wer er auch sein mag – nicht als Brüder und Schwestern geschaffen? Hat er nicht die Pflichten gerecht unter uns aufgeteilt, auf dass wir ihnen würdig und ergeben nachkommen und Seine Schöpfung dabei achten? Er hat die Länder und die Meere unserer Obhut anvertraut, den einen hat er das Handwerk aufgetragen, den anderen die Regierungsgeschäfte. Die einen hat er wohlgeboren gemacht, gesund und schön, die anderen hingegen niederer Abkunft und mit Gebrechen. In unserer menschlichen Beschränktheit können wir nicht sagen, warum. Uns bleibt nichts anderes übrig, als darauf zu vertrauen, dass Seine Weisheit darin liegt und dass wir alle auf diese Weise in Seinem komplizierten Bauwerk einen Platz als Teile haben, deren Bedeutung wir zu erkennen nicht imstande sind, doch ohne die – und daran müssen wir glauben – dieser große Mechanismus der Welt nicht funktionieren könnte.

Vor wenigen Wochen bin ich Mutter eines Sohnes geworden, dem mein Mann und ich den Namen Eduard gegeben haben. Doch meine große Freude am Muttersein ist dadurch getrübt, dass der Großvater meines Sohnes nie zur ewigen Ruhe getragen wurde. Dass sein Körper nie begraben wurde, sondern von Eurer Hoheit als Kuriosum in der fürstlichen Wunderkammer zur Schau gestellt wird.

Wir haben das große Glück gehabt, im Zeitalter der Vernunft zur Welt zu kommen, in einer außerordentlichen Epoche, die klar zum Ausdruck bringen konnte, dass des Menschen Geist das hervorragendste Werk Gottes ist und mit seiner Macht in der Lage ist, die Welt von jeglichen Vorurteilen und Ungerechtigkeiten zu befreien und jeden Bewohner der Welt zu einem glücklichen Menschen zu machen. Mein Vater hatte sich dieser Idee mit Herz und Seele verschrieben. Er glaubte zutiefst, dass der menschliche Verstand die größte Macht darstellt, über die wir als Menschen verfügen. Auch ich, von seiner fürsorgenden Hand erzogen – glaube daran, dass der Verstand das größte Geschenk ist, das wir von Gott bekommen konnten.

In den Papieren meines Vaters, die ich nach seinem Tod geordnet habe, befindet sich ein Brief von Seiner Hoheit Kaiser Joseph, dem Vorgänger und Onkel Eurer Hoheit. Der Brief ist von seiner eigenen Hand, und darin stehen bedeutsame Worte, aus denen ich mir im Folgenden zu zitieren erlaube: »Alle Menschen sind einander von Geburt an ebenbürtig. Von unseren Eltern erben wir nur das animalische Leben, und darin gibt es, wie wir wissen, nicht den geringsten Unterschied zwischen König, Fürst, Bürger und Bauer. Es gibt kein Gesetz – weder von Gott noch in der Natur –, das diese Ebenbürtigkeit absprechen könnte.«

Wie soll ich an diese Worte glauben können?

Ich bitte nicht mehr, ich flehe Eure Hoheit an, unserer Familie den Körper meines Vaters auszuhändigen, der jeglicher Ehre und Würde beraubt, präpariert und ausgestopft in der Nachbarschaft wilder Tiere der Neugier des Publikums ausgesetzt ist. Ich wende mich an Eure Hoheit auch im Namen anderer ausgestopfter Menschenwesen, die sich im Wunderkabinett Eurer Kaiserlichen Majestät befinden, denn soviel ich weiß, gibt es niemanden, der sich für sie einsetzen kann, da sie weder Verwandte noch Familie haben. So spreche ich im Namen jenes kleinen Mädchens, das keinen Namen hat, doch auch im Namen eines gewissen Joseph Hammer und Pietro Michaele Angiola. Ich weiß nicht einmal, was dies für Menschen sind, und könnte nicht einmal die kürzeste Geschichte ihres unglücklichen Lebens berichten, dennoch scheint mir, dass ich ihnen diese Christentat schulde. Als Tochter von Angelo Soliman. Und seit kurzer Zeit auch als Mutter eines Lebewesens.

Josephine Soliman von Feuchtersleben

Sarira

Die schöne kahl geschorene Nonne im elfenbeinfarbenen Gewand neigt sich über einen kleinen Reliquienschrein, in dem auf einem Atlaskissen das liegt, was vom verbrannten Körper eines erleuchteten Wesens übrig geblieben ist. Ich stehe neben ihr, zusammen betrachten wir diese Winzigkeit. Dabei bedienen wir uns eines fest montierten Vergrößerungsglases. Die ganze Essenz hat die Form eines kleinen Kristalls, ein Steinchen, das kaum größer ist als ein Staubkorn. Wahrscheinlich wird sich der Körper dieser Nonne in vielen Jahren auch in ein Sandkorn verwandeln. Meiner nicht – meiner wird verfallen, ich habe nicht geübt.

Ich brauche mich deshalb jedoch nicht zu grämen, wenn ich mir die Zahl der Sandwüsten und Strände vor Augen führe. Aber – was, wenn diese nur aus den nach dem Tode erhaltenen Essenzen der Körper erleuchteter Wesen bestehen?

Der Boddha-Baum

Einmal lernte ich einen Mann aus China kennen. Er erzählte davon, wie er zum ersten Mal nach Indien geflogen war. Er reiste im Auftrag seines Unternehmens und hatte etliche wichtige Treffen und Konferenzen. Sein Unternehmen stellte komplizierte elektronische Geräte her, die für eine längerfristige Aufbewahrung von Blut und für den Transport von Organen zu Transplantationen bestimmt waren. In Indien führte er Verhandlungen über die Eröffnung von Niederlassungen und den Zugang zum dortigen Markt.

Am letzten Abend erwähnte er seinem indischen Geschäftspartner gegenüber, dass er von Kindheit an davon träumte, einmal den Boddha-Baum zu sehen, unter dem Buddha seine Erleuchtung erfahren hatte. Er stammte aus einer buddhistischen Familie, obwohl seinerzeit in der Volksrepublik China von Religion keine Rede sein konnte. Doch als man sich schließlich zu einem Glauben bekennen durfte, traten seine Eltern unerwartet zum Christentum über, und zwar zu einer fernöstlichen Variante des Protestantismus. Sie hatten den Eindruck, dass der christliche Gott seinen Gläubigen mehr nützt. Er ist – um es offen zu sagen – effizienter, unter ihm ist es einfacher, reich zu werden und auf eigenen Füßen zu stehen. Doch der Mann, von dem hier die Rede ist, teilte diese Meinung nicht und blieb beim buddhistischen Glauben seiner Vorfahren.

Der indische Geschäftspartner hatte Verständnis für ihn. Er nickte und schenkte ihm Alkohol nach, bis sie sich schließlich einträchtig betrunken hatten, um die Anspannung der Verhandlungen und Vertragsunterzeichnungen zu lösen.

Am nächsten Morgen brachte man ihm einen kleinen Brief aufs Zimmer, in dem nur ein Wort stand: Überraschung. Dazu die Visitenkarte seines Geschäftspartners. Vor dem Hotel stand ein Taxi, das ihn zu einem wartenden Hubschrauber brachte. Und gut eine halbe Stunde später befand er sich an jenem heiligen Ort, wo Buddha unter einem großen Feigenbaum seine Erleuchtung gehabt hatte.

Sein eleganter Anzug und sein weißes Hemd gingen in der Menge der Pilger unter. Dem Körper haftete immer noch die saure Erinnerung an den Alkohol an, die Hitze der Sauna, das Rascheln beim wortlosen Unterschreiben der Papiere auf der Glasplatte des modernen Tischs. Das Kratzen der Füllerspitze, die seinen Vor- und Nachnamen auf dem Papier hinterließ. Doch hier fühlte er sich verloren und ratlos wie ein Kind. Die papageienbunten Frauen, die ihm bis zur Schulter reichten, schubsten ihn vorwärts, in die Richtung, in die sich der Menschenstrom bewegte. Und das, was er als Buddhist dreimal täglich sagte – sofern er Zeit hatte –, machte ihm plötzlich Angst: Das Gelübde, stets bemüht zu sein, in Gebeten und Taten alle fühlenden Wesen zur Erleuchtung zu führen. Plötzlich kam ihm das so jämmerlich vor.

Als er den Baum sah, war er ehrlich gesagt enttäuscht. Kein einziger Gedanke, kein Gebetswort kam ihm in den Sinn. Er entrichtete dem Ort, was ihm gebührte, er verneigte sich viele Male, gab reichlich Spenden und kehrte nach knapp zwei Stunden zum Hubschrauber zurück. Am Nachmittag war er wieder in seinem Hotel. Er duschte, und unter den Wasserstrahlen, die Schweiß, Staub und den seltsam süßlichen Geruch der Menschenmenge, der Stände, Körper, der allgegenwärtigen Räucherstäbchen und des auf Papptellern servierten Currys abspülten, kam ihm der Gedanke, dass er selbst ja jeden Tag das sah, was Fürst Gautama so erschüttert hatte: Krankheit, Alter, Tod. Und nichts tat sich. In ihm vollzog sich keine Veränderung, ja, um die Wahrheit zu sagen: Er hatte sich daran gewöhnt. Als er sich danach mit dem weichen weißen Handtuch abtrocknete, dachte er, dass er sich eigentlich gar nicht sicher war, ob er wirklich erleuchtet werden wollte. Ob er wirklich auf einen Schlag in einem Sekundenbruchteil die ganze Wahrheit sehen wollte. Um die Welt wie mit einem Röntgenstrahl zu durchleuchten und dort das Skelett der Leere zu erblicken.

Aber gewiss, selbstverständlich war er außerordentlich dankbar für das Geschenk, wie er am selben Abend noch seinem großzügigen Freund versicherte. Dann zog er vorsichtig ein etwas mitgenommenes Laubblättchen aus der Jackentasche, und beide Männer beugten sich mit frommer Andacht darüber.

Mein Haus ist mein Hotel

Ich mache mich noch einmal schauend mit jedem Gegenstand vertraut. Betrachte jeden aufs Neue, als hätte ich ihn nie zuvor gekannt. Ich entdecke Einzelheiten. Ich bewundere die Sorgfalt der Hotelbesitzerin im Umgang mit Blumen, sie sind so groß und hübsch, die Blätter glänzen, die Erde ist so feucht, wie sie sein soll, und diese Terrastigma ist wirklich beeindruckend. So ein großes Schlafzimmer, wiewohl das Bettzeug von etwas besserer Qualität sein könnte, etwa aus weißem Leinen und gut gestärkt. Aber das hier ist nur ein billiger Baumwolldruck, dafür braucht man weder Heißmangel noch Bügeleisen. Die Bibliothek hingegen ist durchaus interessant, eigentlich ganz nach meinem Geschmack, sie enthält alles, was ich brauchen würde, wenn ich mich hier niederlassen wollte. Vielleicht werde ich wegen der Bibliothek tatsächlich länger bleiben.

Und durch einen seltsamen Zufall finde ich im Schrank ein paar Kleidungsstücke, die mir genau passen, vornehmlich in dunklen Farben, wie ich sie gern habe. Dieser schwarze Pulli mit Kapuze steht mir vortrefflich, er ist weich und bequem. Und was noch verblüffender ist, dass meine Vitamine auf dem Nachttisch stehen und daneben liegen meine bevorzugten Ohrenstöpsel. Das geht wirklich zu weit.

Mir gefällt auch, dass man die Hotelangestellten nicht sieht, keine Zimmermädchen klopfen, niemand huscht herum. Eine Rezeption gibt es nicht. Selbst den Kaffee mache ich mir morgens selbst, so, wie ich ihn mag. Espresso mit aufgeschäumter Milch.

Ja, ich habe ein durchaus annehmbares Hotel zu einem erschwinglichen Preis gefunden, vielleicht ein bisschen einsam und abseits von der Hauptstraße gelegen, die im Winter zuschneit, aber wenn man mit dem Auto unterwegs ist, spielt das keine große Rolle. Man muss bei S. die Autobahn verlassen, ein gutes Dutzend Kilometer über eine Lokalstraße fahren und hinter G. in eine Kastanienallee einbiegen, die zu einem Schotterweg zwischen Feldern führt. Im Winter muss man das Auto hinter dem letzten Hydranten stehen lassen und den Rest des Weges zu Fuß gehen.

Reisepsychologie.
Lectio brevis II

Sehr geehrte Damen und Herren«, begann die Frau – diesmal eine ganz junge mit witzig aufgestecktem Haar; bestimmt hatte sie grade erst ihr Diplom gemacht. »Wie schon in früheren Vorträgen erwähnt – die Sie vielleicht auf einem anderen Flughafen oder Bahnhof im Rahmen unseres Bildungsprojekts zu hören Gelegenheit hatten –, ist unsere Erfahrung von Zeit und Raum größtenteils unbewusst. Es sind keine Kategorien, die wir als äußerlich oder objektiv definieren können. Unser Raumgefühl entwickelt sich aus unserer Fähigkeit zur Bewegung im Raum, das Zeitgefühl hingegen daraus, dass wir als biologische Wesen dem Wandel unterworfen sind und verschiedene Stadien durchlaufen. Die Zeit ist mithin nichts anderes als das Vergehen dieser Stadien.

Der Ort als räumlicher Aspekt ist eine Pause in der Zeit, das vorübergehende Verharren unserer Wahrnehmung bei den Konfigurationen von Gegenständen. Der Ort ist im Unterschied zur Zeit ein statischer Begriff.

Wenn wir von einer solchen Vorstellung ausgehen, teilt sich die Zeit des Menschen in Etappen auf, so wie die Bewegung im Raum in Pausen – oder Orte – aufgeteilt ist. Diese Pausen verankern uns im Fluss der Zeit. Jemand, der schläft und das Gefühl für den Ort verliert, an dem er sich befindet, verliert auch zugleich das Zeitgefühl. Je mehr Pausen im Raum und je mehr Orte wir dementsprechend erleben, desto subjektiv größer die Zeitmenge, die vergeht. Die durch Pausen voneinander geteilten Etappen bezeichnen wir oft als Episoden. Sie haben keine Konsequenzen, sie unterbrechen die Zeit auf gewisse Weise, werden aber nicht zu einem Teil von ihr. Sie bilden in sich abgeschlossene Begebenheiten, jede einzelne von ihnen beginnt bei null, jeder Anfang und jedes Ende sind absolut. Man kann sagen: Eine Fortsetzung tritt nicht ein.«

Wozu es nun allerdings kam, war ein Durcheinander in der ersten Reihe. In einem der dahinplätschernden Aufrufe an verspätete Passagiere hatte jemand seinen Namen gehört und raffte jetzt hastig sein Handgepäck und die Plastiktüten aus dem Duty-free-Shop zusammen, wobei er seine Nachbarn anrempelte. Ich verlor den Faden, weil ich in plötzlicher Panik meine Gate-Nummer überprüfte, und hatte Mühe, den Ausführungen der Frau zu folgen, die jetzt von der praktischen Seite der Reisepsychologie sprach. Wir hatten jetzt genug von dieser sonderbaren komplizierten Theorie.

»In der praktischen Reisepsychologie wird die metaphorische Bedeutung von Orten erforscht. Sehen Sie sich diese erleuchteten Tafeln mit den Namen von Zielorten an. Haben Sie schon einmal überlegt, was das heißt: ›Island‹, was die ›Vereinigten Staaten‹ sind? Was wird in uns zum Klingen gebracht, wenn wir diese Namen hören? Das sind Fragen, die man sich besonders in der topographischen Psychoanalyse gern stellt, wo das Vordringen zu den tieferen Bedeutungen der Orte zur Dechiffrierung des sogenannten Itinerarium gehört – des individuellen Wegs eines Reisenden, des tieferen Sinns seiner Reise.

Die topographische Reise-Psychoanalyse stellt allem Anschein zum Trotz nicht dieselbe Frage wie die Einwanderungsbeamten: Warum bist du hierher gekommen? Unsere Frage rührt an die Probleme von Sinn und Bedeutung. Im Sinne des Prinzips – ich werde das, woran ich teilnehme. Ich bin das, was ich betrachte.

Das nämlich war der Sinn der früheren Pilgerreisen. Das Streben nach einem heiligen Ort und sein Erreichen verlieh Heiligkeit, reinigte von Sünden. Geschieht dasselbe, wenn wir an unheilige, sündige Orte reisen? Oder an wüste, traurige Orte? Fröhliche und inspirierende Orte?

Ist es denn nicht vielmehr so ...«, sagte die Frau, doch hinter mir standen zwei Paare in mittlerem Alter und unterhielten sich leise, das fand ich eine Zeitlang interessanter als die Ausführungen der Vortragenden.

Ich konnte schließen, dass es sich um zwei Paare handelte, die ihre Reiseeindrücke austauschten.

»Fahrt auf jeden Fall in die Karibik, vor allem nach Kuba, solang der Fidel noch regiert. Wenn er tot ist, wird Kuba so wie jeder andere Ort. Jetzt kann man da noch echte Armut sehen – und mit was für Autos die dort fahren! Man sollte sich wirklich beeilen, angeblich ist der Fidel ja sehr krank.«

Landsleute

Unterdessen hatte die Frau diesen Teil ihres Vortrags beendet, und die Reisenden stellten zaghaft Fragen, allerdings nicht die erwarteten. Wenigstens kam es mir so vor. Ich selbst hatte nicht den Mut, etwas zu fragen, deshalb ging ich in eine Kaffeebar in der Nähe. Dort stand eine Gruppe Leute, die sich in meiner Sprache unterhielten. Ich warf ihnen misstrauische Blicke zu – sie sahen mir ähnlich. Ja, diese Frauen hätten meine Schwestern sein können. Ich setzte mich möglichst weit von ihnen entfernt an einen Tisch und bestellte einen Kaffee.

Es freute mich eigentlich nie, wenn ich an einem fremden Ort auf Landsleute stieß. Ich tat so, als verstünde ich die Laute meiner eigenen Sprache nicht, blieb lieber anonym. Ich betrachtete sie aus dem Augenwinkel und amüsierte mich darüber, dass sie sich unbelauscht glaubten. Nachdem ich sie eine Weile beobachtet hatte, verschwand ich.

Einmal vertraute mir ein müder Brite an, dass er genauso empfand. Er hatte schon mehrere Bier intus und taxierte die Leute, die hereinkamen, mit Blicken. Wir plauderten eine Zeitlang, hatten uns aber nicht viel zu sagen.

»Es freut mich eigentlich nie, wenn ich an einem fremden Ort auf Landsleute stoße.«

Ich tat so, als müsste ich gehen, trank meinen Kaffee aus und kehrte zurück zum Ort des Vortrags. Die von ihrer Aufgabe erfüllte Vortragende war noch dabei, den drei beharrlichsten Zuhörern, die sich um sie geschart hatten, etwas zu erklären.

Reisepsychologie. Schluss

Verehrte Damen und Herren, wir sind Zeugen des stetig wachsenden Ich, wir sehen, wie es immer ausgeprägter und wahrnehmbarer wird – wo es doch früher kaum auffiel, in der Menge an Konturen verlor, sich dem Kollektiv unterordnete. Gefangen im Korsett der Rollen und Konventionen, eingezwängt in die Mühlen der Tradition, sich den Erfordernissen fügend. Jetzt wird es größer und nimmt die Welt in Besitz.

Einst befanden sich die Götter draußen, waren unzugänglich, gehörten ebenso wie ihre Boten, die Engel und Dämonen, einer anderen Welt an. Doch das menschliche Ego expandierte und holte die Götter nach drinnen, richtete ihnen einen Platz ein, der irgendwo zwischen Hypophyse und Hirnstamm liegt, zwischen Zirbeldrüse und Broca-Zentrum. Nur so können die Götter überleben – in den stillen dunklen Winkeln des menschlichen Körpers, in den Ritzen des Hirns, im leeren Raum zwischen den Synapsen. Mit diesem faszinierenden Phänomen befasst sich ein Wissensbereich, der erst in Entstehung begriffen ist – die Reise-Psychotheologie.

Dieser Wachstumsprozess wird immer mächtiger – das von uns nicht Ersonnene hat genauso Einfluss auf die Wirklichkeit wie das, was wir ersonnen haben. Wer bewegt sich noch im Realen? Ich kenne Menschen, die Reisen in das Marokko aus Bertoluccis Film, in James Joyces Dublin, in das Tibet aus einem Film über den Dalai Lama unternehmen.

Es gibt ein bestimmtes als Stendhal-Syndrom bezeichnetes Phänomen, bei dem die unmittelbare Begegnung mit einem aus Literatur oder Kunst bekannten Ort so stark empfunden und erlebt wird, dass der Besucher dort einen Ohnmachts- oder Schwächeanfall erleidet. Andererseits rühmen sich manche, völlig unbekannte Orte entdeckt zu haben, und wir beneiden sie, weil sie, sei es auch nur für ein paar Augenblicke, die wahrhaftigste Wirklichkeit erleben konnten, bevor unser Geist diesen Ort genauso wie alles andere verschlungen hat.

Deshalb müssen wir hartnäckig immer wieder dieselbe Frage stellen: Wohin segeln sie, in welche Länder, an welche

Orte? Andere Länder sind zu einem inneren Komplex, einem Knäuel von Bedeutungen geworden, das ein guter topographischer Psychologe im Handumdrehen entwirren und auf der Stelle interpretieren kann.

Unsere Aufgabe ist es, Ihnen die Idee der praktischen Reisephilosophie näher zu bringen und bei Ihnen Interesse an unseren Leistungen zu wecken. Meine Damen und Herren – haben Sie keine Angst vor diesen stillen Winkeln beim Kaffeeautomaten in der Nähe der Duty-free-Shops, den provisorischen Konsultationsräumen mit zwei Stühlen hinter einem Wandschirm aus Landkarten, wo die Analyse schnell und diskret vorgenommen und nur selten von Abflugsmitteilungen gestört wird.

›Also Peru?‹, fragt der topographische Psychoanalytiker. Man kann ihn ohne weiteres mit einem Kassierer oder Angestellten am Check-in verwechseln. Also Peru?

Und dann macht er mit ihnen einen kurzen Assoziationstest, wobei er genauestens verfolgt, welches Wort sich als der entscheidende Auslöser entpuppt. Dabei handelt es sich um eine kurzfristige Analyse ohne überflüssige Abschweifungen, ohne auf Väter und Mütter zurückzugreifen, die niemandem etwas zuleide getan haben. Im Laufe einer Sitzung müsste es uns gelingen.

Peru – oder wohin sonst?«

Der stärkste Muskel des Menschen ist die Zunge

Es gibt Länder, da sprechen die Menschen englisch. Sie sprechen aber nicht so wie wir, die wir unsere eigenen Sprachen im Handgepäck mit uns führen, zwischen den Kosmetika versteckt, denn englisch sprechen wir nur auf Reisen, in fremden Ländern und mit fremden Leuten. Man kann es sich schwer vorstellen, aber Englisch ist ihre eigentliche Sprache! Oft sogar die einzige. Sie haben nichts, worauf sie zurückgreifen oder sich in Momenten des Zweifels stützen können.

Wie verloren müssen sie sich in der Welt vorkommen, da jede Anweisung, jedes Wort des dümmsten Lieds, jede Speisekarte, die banalste Geschäftskorrespondenz, die Beschriftung der Knöpfe im Fahrstuhl in ihrer privaten Sprache sind. Weil man sie immer und überall versteht, wenn sie sprechen, und sie ihre Aufzeichnungen wahrscheinlich chiffrieren müssen. Egal wo sie sind, jeder hat immer und überall unbegrenzten Zugang dazu.

Es soll schon Pläne geben, sie unter Schutz zu stellen, ihnen sogar eine von diesen kleinen ausgestorbenen Sprachen zuzuweisen, die niemand mehr braucht, damit sie auch eine eigene haben, die nur ihnen gehört.

Sprechen, sprechen!

Drinnen und draußen, mit sich und mit anderen, jede Situation erzählen, jeden Zustand benennen, Worte suchen, sie anprobieren, diesen Schuh, der Aschenputtel auf wundersame Weise in eine Prinzessin verwandelt. Worte hin- und herschieben wie Jetons, die man auf die Zahlen im Roulettespiel legt. Vielleicht klappt es diesmal? Vielleicht gibt es einen Gewinn?

Sprechen, Leute am Ärmel fassen, sie zum Hinsetzen auffordern, zum Zuhören. Dann sich selbst in den Zuhörer verwandeln für ihr »Sprechen, sprechen«. Sagt man nicht: Ich spreche, also bin ich. Man spricht, also ist man?

Alle zur Verfügung stehenden Mittel benutzen, Metaphern, Parabeln, Stottern, nicht zu Ende gesprochene Sätze, sich nichts daraus machen, dass der Satz in der Mitte abbricht, als hätte sich hinter dem Verb plötzlich ein Abgrund aufgetan.

Keine Situation unerklärt, unerzählt lassen, keine Tür geschlossen, sie mit dem Fußtritt eines Fluches aushebeln, sogar dann, wenn sie zu peinlichen und beschämenden Korridoren führt, die man lieber vergessen würde. Sich keines Fiaskos, keiner Sünde schämen. Die erzählte Sünde wird vergeben. Das erzählte Leben wird erlöst. Ist es nicht das, was uns die Heiligen Sigmund, Karl und Jakob lehren? Wer nicht gelernt hat zu sprechen, wird ewig in der Falle sitzen.

Frosch und Vogel

Es gibt zwei Sichtweisen der Welt: die Froschperspektive und die Vogelperspektive. Jeder dazwischenliegende Punkt trägt nur zum Chaos bei.

Zum Beispiel die Flughäfen, die manchmal als hübsch gezeichnete Werbung auf den Ticketumschlägen von Fluggesellschaften zu finden sind. Ihr Sinn offenbart sich nur dann, wenn man sie von oben betrachtet. Genauso wie die monumentalen Zeichnungen auf der Nazca-Hochebene, die für Wesen geschaffen wurden, die sich in die Luft erheben. So hat der neue Flughafen von Sydney beispielsweise die Form eines Flugzeugs. Meiner Meinung nach keine besonders aufregende Idee – das Flugzeug landet im Flugzeug. Der Weg wird zum Ziel, das Mittel zum Ergebnis. Der wie eine große Hieroglyphe angelegte Flughafen von Tokio hingegen bringt den Betrachter in Verlegenheit. Was ist das für ein Buchstabe? Wir haben das japanische Alphabet nicht gelernt, wir wissen nicht, was unsere Ankunft bedeutet, mit welchem Wort sie uns begrüßen. Was stempeln sie uns in den Pass? Ein großes Fragezeichen?

Angeblich rufen die Formen der chinesischen Flughäfen bestimmte Buchstaben des jeweils regionalen Alphabets in Erinnerung, man muss sie lernen, nebeneinander auslegen, ein Anagramm aus ihnen bilden – vielleicht enthüllen sie dann eine unerwartete Reiseweisheit. Oder man muss sie wie die 64 Hexagramme aus dem Buch der Wandlungen betrachten, dann wird jede Landung eine Prophezeiung. Hexagramm 40. Sie. Befreiung. Hexagramm 36. Ming-i. Verdunkelung des Lichts. Hexagramm 10. Lü. Schreiten. 17. Suei. In die Fußstapfen treten. 24. Fu. Wendepunkt. 30. Li. Anhänglich.

Aber lassen wir jetzt mal diese vertrackte östliche Metaphorik aus dem Spiel, zu der wir angeblich neigen. Schauen wir uns den Flughafen von San Francisco an, da haben wir doch etwas Bekanntes, etwas, das Vertrauen weckt, wo wir uns gleich wie zu Hause fühlen: Hier haben wir den Querschnitt durch eine Wirbelsäule. Das kreisförmige Zentrum des Flughafens ist der Kern der Wirbelsäule, der in der harten, schützenden Knochenhülle eines einzigen Wirbels eingeschlossen ist, und da sind die strahlenförmig auseinanderlaufenden Nervenstränge, von denen die zahlreichen Flugsteige abgehen, jeder schließt mit einem Ärmel ab, der ins Flugzeug reicht.

Und Frankfurt? Dieser große Umladeflughafen, ein Staat im Staat? Welche Assoziation weckt der? Ja, ja, genau, es ist ganz deutlich ein verkoppeltes System wie im Computer, diese ganz dünne Platte. Hier gibt es keinen Zweifel, hier wird uns gesagt, wer wir sind, liebe Reisende. Einzelne Nervenimpulse der Welt, Augenblicksbruchteile, jeder für sich gerade mal so viel, dass plus zu minus wird, oder vielleicht umgekehrt, und alles in unablässigem Fluss bleibt.

Linien, Flächen, Körper

Ich habe oft davon geträumt, zu sehen, ohne selbst gesehen zu werden. Heimlich zuzuschauen. Ein idealer Beobachter zu sein. Wie die Camera obscura, die ich einmal aus einer Schuhschachtel gebastelt habe. Sie fotografierte für mich ein Stück der Welt in den schwarzen abgeschlossenen Raum mit einer mikroskopisch kleinen Linse, durch die Licht ins Innere fiel. Ich trainierte.

Der beste Ort für ein solches Training ist Holland, wo die Menschen in der Überzeugung ihrer vollkommenen Unschuld keine Vorhänge haben, und nach Einbruch der Dämmerung verwandeln sich die Fenster in kleine Bühnen, auf denen die Schauspieler ihren Abend spielen. Eine Reihe von solchen in gelbes warmes Licht getauchten Bildern sind die einzelnen Akte derselben Vorstellung mit dem Titel »Leben«. Holländische Malerei. Lebende Natur.

Dort erscheint jetzt ein Mann in der Tür, er trägt ein Tablett und stellt es auf den Tisch. Zwei Kinder und eine Frau sitzen dort. Sie essen lange und in vollkommener Stille, denn der Ton funktioniert in diesem Theater nicht. Danach ziehen sie aufs Sofa um, schauen aufmerksam auf den erleuchteten Bildschirm, doch für mich hier draußen auf der Straße ist nicht ersichtlich, was sie da so faszinierend finden. Ich sehe nur Mienen, zitternde Lichter, Bilder, die zu kurz und weit weg sind, um sie zu verstehen. Ein Gesicht, das aufgeregt die Lippen bewegt, eine Landschaft, ein anderes Gesicht... Manche halten es für ein langweiliges Theaterstück, in dem nichts passiert. Doch mir gefällt es – zum Beispiel die Bewegung des Fußes, der gedankenlos mit dem Pantoffel spielt, oder der ganze erstaunliche Vorgang des Gähnens. Oder die Hand, die auf dem Velours des Polsters nach der Fernbedienung sucht und beruhigt erschlafft, sobald sie sie gefunden hat.

Im Abseits stehen. Die Welt nur in Bruchstücken sehen, eine andere wird es nicht geben. Es gibt Augenblicke, Fragmente, vorübergehende Konfigurationen, die kurz nach ihrer Entstehung wieder zerfallen. Leben? So etwas gibt es nicht, ich sehe Linien, Flächen und Körper und ihre Verwandlungen in der Zeit. Die Zeit erweist sich als einfaches Instrument

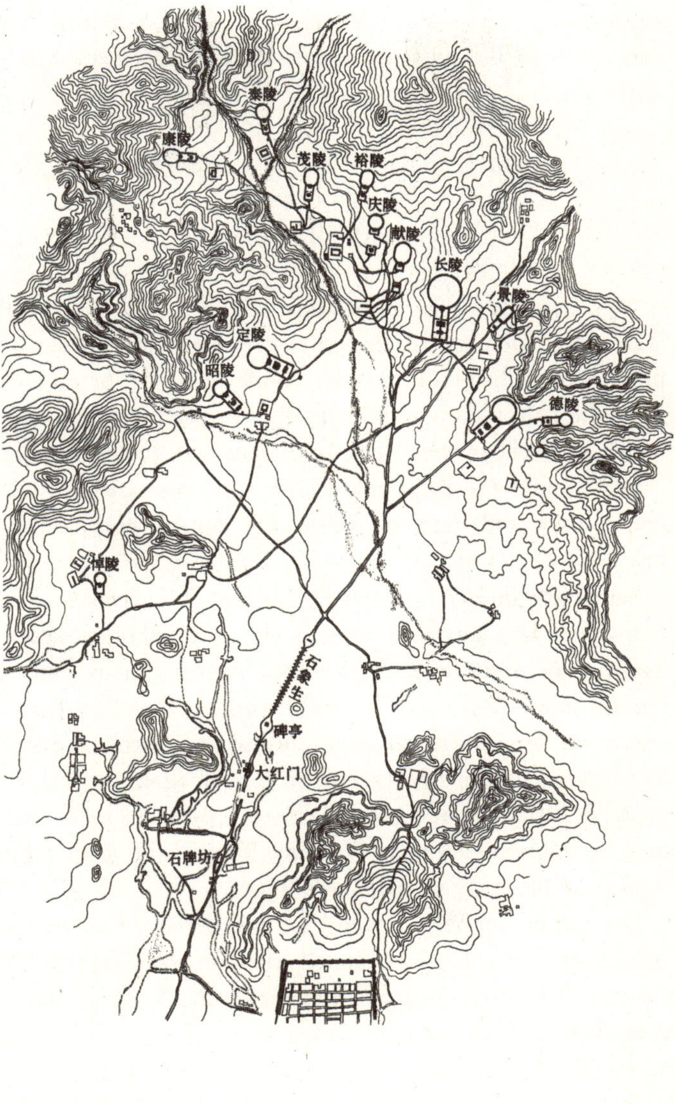
泰陵
康陵
茂陵
裕陵
庆陵
献陵
长陵
景陵
定陵
昭陵
德陵
悼陵
石象生
碑亭
大红门
石牌坊

zur Messung kleiner Veränderungen, ein Schullineal mit einer vereinfachten Skala: Es gibt knappe drei Punkte: war, ist und wird sein.

Die Achillesferse

Die neue Ära begann im Jahre 1542, obwohl das leider niemandem auffiel. Es war weder eine runde Jahreszahl noch eine Jahrhundertwende, numerologisch betrachtet hatte die Zahl nichts Besonderes an sich, höchstens dass sie durch drei teilbar war. Doch in diesem Jahr erschienen die ersten Kapitel von Kopernikus' »De revolutionibus orbium coelestium« und Vesalius' Werk »De humani corporis fabrica«.

Selbstverständlich konnten diese beiden Bücher nicht alles enthalten – aber gibt es überhaupt etwas, das alles enthalten kann? Kopernikus fehlte der Rest des Sonnensystems, Planeten wie zum Beispiel Uranus, der bis zum Vorabend der Französischen Revolution auf seine Entdeckung warten musste. Vesalius wiederum fehlten etliche Einzelheiten zur Erklärung der Mechanik des menschlichen Körpers, der Jochbeine und Gelenkverbindungen, wie zum Beispiel die Sehne, die Wade und Ferse miteinander verbindet.

Die Karten der Welt, der inneren wie der äußeren, waren jedoch schon skizziert, die einmal erkannte Ordnung war im Geist des Menschen abgelichtet, hatte sich dort in ihren grundlegenden Linien und Flächen eingeprägt.

Nehmen wir an, es ist der warme November des Jahres 1689. Nachmittag. Philip Verheyen macht das, was er meistens tut: Er sitzt am Tisch, im Sonnenlicht, das durchs Fenster fällt, als sei das seine einzige Aufgabe. Er untersucht Gewebe, das auf dem Tisch aufgespannt ist. Graue Nervenstränge sind mit Nadeln auf der hölzernen Tischplatte festgesteckt. Mit der rechten Hand zeichnet er, was er sieht, ohne auf das Papier zu schauen.

Denn sehen heißt wissen.

Da klopft jemand an der Tür, der Hund bellt wütend, Philip muss sich vom Tisch erheben. Das tut er ungern. Sein Körper hatte schon seine Lieblingshaltung eingenommen, der Kopf war tief über das Präparat gebeugt, jetzt muss er sich auf das gesunde Bein stützen und unter dem Tisch das andere Bein hervorziehen, das nur aus einem Holzstumpf besteht. Humpelnd geht er zur Tür, den Hund kann er zur Ruhe bringen. Vor der Tür steht ein junger Mann, in dem er erst nach einiger Zeit seinen Schüler Willem van Horssen erkennt. Der Besuch freut ihn gar nicht, kein Besuch würde ihn freuen, doch er tritt zurück in den Flur, klopft mit dem Holzbein auf den Steinfußboden, bittet den Gast herein.

Van Horssen ist groß, hat volles gelocktes Haar und ein fröhliches Gesicht. Er legt auf den Küchentisch, was er unterwegs gekauft hat: eine Kugel Käse, einen runden Laib Brot, Äpfel und Wein. Er spricht laut, rühmt sich der Billetts – das ist der Grund für sein Kommen. Philip muss sich anstrengen, um in seinem Gesicht den Ausdruck von Unduldsamkeit zu unterdrücken und nicht eine Miene zu machen, als habe es ihn plötzlich mitten in einen entsetzlichen Lärm verschlagen. Er kann sich denken, dass der Grund für das Kommen des eigentlich doch ganz liebenswürdigen Jungen in dem

Brief verborgen ist, der ungeöffnet auf dem Tisch im Flur liegt. Während der Gast den Tisch deckt, lässt der Gastgeber den Brief geschickt verschwinden. Er wird so tun, als kenne er den Inhalt.

Er wird auch so tun, als könne er die Haushälterin nicht finden, obwohl er sie gar nicht gesucht hat. Er wird so tun, als wisse er bei jedem Namen, der dem Gast über die Lippen kommt, genau Bescheid, obwohl es in Wirklichkeit um sein Gedächtnis nicht gut bestellt ist. Er ist der Rektor der Universität von Leuven, doch seit Jahren schon hat er sich aufs Land verkrochen und klagt über gesundheitliche Beschwerden.

Zusammen zünden sie im Kamin ein Feuer an und setzen sich zur Mahlzeit. Der Gastgeber isst unwillig, doch nach und nach bekommt er Appetit und nimmt weitere Bissen. Der Wein passt gut zu Käse und Fleisch. Van Horssen zeigt ihm die Billetts. Sie betrachten sie schweigend, Philip geht ans Fenster und stellt die Linsen seiner Augengläser so ein, dass er die verschlungene Zeichnung und die Buchstaben besser erkennen kann. Denn das Billett an sich ist ein Kunstwerk: Unter dem Text im oberen Teil der Karte findet sich eine schöne Illustration von Meister Ruysch, die Skelette von menschlichen Föten darstellt. Zwei Föten sitzen vor einem Arrangement von Steinen und trockenen Zweigen und halten Musikinstrumente in den Händen; das eine erinnert an eine Trompete, das andere an eine Harfe. Betrachtet man das Gewirr kleiner Striche näher, entdeckt man dort noch mehr Knochen und Schädel, klein und zart. Jeder aufmerksame Betrachter würde darin weitere kleine Föten erkennen.

»Schön, oder?«, fragt der Gast mit einem Blick über Philips Schulter.

»Was ist daran schön?«, fragt der Gastgeber förmlich. »Menschenknochen.«

»Das ist Kunst.«

Doch Philip lässt sich in keine Diskussion verwickeln, er erinnert nicht mehr an den Philip Verheyen, den van Horssen auf der Universität kannte. Das Gespräch ist zäh, man könnte meinen, dass der Gastgeber mit etwas anderem beschäftigt ist, vielleicht hat die Einsamkeit seine Gedanken in lange Stränge gezogen und ihn an innere Dialoge gewöhnt.

»Hast du sie noch, Philip?«, fragt der ehemalige Schüler schließlich nach langem Schweigen.

Verheyens Werkstatt ist in einem kleinen Anbau untergebracht, den man durch einen Türdurchbruch in der Flurwand erreicht. Der Anblick, der eher wie eine Gravurwerkstatt anmutet, überrascht ihn keineswegs. Überall sieht man Platten, Becken zum Beizen, ganze Sätze von Stichstiften hängen an der Wand, fertige Stiche sind allenthalben zum Trocknen aufgestellt, der Boden ist übersät mit Wergknäueln. Unwillkürlich tritt der Gast näher, um ein paar bedruckte Blätter zu betrachten, auf denen Muskeln und Blutgefäße, Sehnen und Nerven abgebildet sind. Sorgfältig gekennzeichnet, vollkommen transparent, perfekt. Auch ein Mikroskop steht da, ein erstklassiges Instrument, um das ihn viele beneiden, die Linsen sind von Benedictus Spinoza geschliffen. Durch dieses Mikroskop studiert Philip die Adernkränze.

An dem einzigen, jedoch großen südwärtigen Fenster steht ein breiter blanker Tisch, darauf ein Präparat – allerdings schon seit Jahren dasselbe. Neben diesem ein leeres Gefäß, das zu zwei Dritteln mit einer strohgelben Flüssigkeit gefüllt ist.

»Wenn wir morgen nach Amsterdam fahren sollen, musst du mir helfen, das alles einzupacken«, sagt Philip. »Ich habe gearbeitet«, setzt er mit leisem Vorwurf hinzu.

Mit seinen langen Fingern zieht er behutsam die mit kleinen Stiften aufgespannten Gewebestücke und Adern vom Tisch. Seine Hände sind rasch und behände, eher wie die Hände eines Schmetterlingsfängers, nicht wie die eines Anatomen und Stahlstechers, der Furchen in das harte Metall zieht, die sich durch die Säure dann in das Negativ eines Stichs verwandeln. Van Horssen hält nur das Glas mit der Tinktur; die Teile des Präparats sinken in die durchsichtige gelbbraune Flüssigkeit, als kehrten sie heim.

»Weißt du, was das ist?«, fragt Philip und zeigt mit dem Nagel des kleinen Fingers auf eine hellere Substanz oberhalb des Knochens. »Fass es ruhig an.«

Der Gast streckt den Finger nach dem toten Gewebe aus, aber er berührt es nicht. Sein Finger bleibt in der Luft hängen. Die Haut ist so aufgeschnitten, dass sie diese Stelle auf ganz unerwartete Weise freilegt. Nein, er weiß nicht, was das ist, aber er rät:

»Das ist der musculus soleus, der Muskelansatz.«

Der andere schaut ihn eine Zeitlang schweigend an, als suche er nach Worten.

»Von jetzt an ist es die Chorda Achillis.«

Van Horssen wiederholt die beiden Wörter, als wollte er sie auswendig lernen.

»Die Achillessehne.«

Die Hände, rasch an einem Lappen abgewischt, ziehen eine Karte aus dem Stapel, darauf ist ein mit größter Genauigkeit gezeichnetes Schema in vier Perspektiven zu sehen: Unterwade und Fuß bilden eine Ganzheit, und es ist schwer zu glauben, dass sie einst nicht so zusammenhingen, dass an dieser Stelle überhaupt nichts war, höchstens ein ganz unscharfes Bild, an das er sich schon nicht mehr erinnern kann: Es waren lauter einzelne Teile, jetzt hängt es zusammen. Wie war es möglich, diese Sehne nicht wahrzunehmen? Das war doch unglaublich, dass man Teile des eigenen Körpers so entdeckte, als arbeitete man sich mühsam flussaufwärts, gegen den Strom, um zur Quelle zu gelangen. Genauso fährt man mit dem Skalpell an einem Blutgefäß entlang und stellt fest, wo es seinen Anfang nimmt. Weiße Flecken überzieht man mit dem Netz einer Zeichnung.

Man entdeckt und benennt. Unterwirft und zivilisiert. Ein Stück weißer Knorpel wird von nun an unseren Gesetzen unterliegen, wir nehmen ihn an die Kandare.

Den größten Eindruck jedoch macht der Name auf den jungen van Horssen. Eigentlich ist er Dichter. Zwar ausgebildet als Mediziner, doch lieber würde er Poeme schreiben. Erst ein Name lässt in seinem Kopf märchenhafte Bilder erstehen, dann ist ihm, als betrachte er italienische Gemälde, bevölkert mit üppigen Nymphen und Göttern. Könnte man einen besseren Namen für diesen Körperteil finden, an dem die Göttin Thetis den kleinen Achilles hielt, um ihn im Styx zu baden und auf alle Ewigkeit gegen den Tod zu feien?

Vielleicht war Philip Verheyen einer verborgenen Ordnung auf der Spur – ist in unserem Körper vielleicht die ganze Welt, die ganze Mythologie verborgen? Existiert vielleicht ein Abbild des Großen und des Kleinen, birgt der menschliche Körper die Verbindung von allem mit allem: von Erzählung und Helden, Göttern und Tieren, der Ordnung der Pflanzen und der Harmonie der Mineralien? Vielleicht sollte man sich beim Namengeben davon leiten lassen: Artemismuskel, Athene-Aorta, Hephaistos-Hämmerchen und -amboss, Merkurspiralen.

Zwei Stunden nach Einbruch der Dunkelheit legen sich die beiden Männer schlafen, gemeinsam in einem Ehebett, das wahrscheinlich von den früheren Besitzern zurückgelassen worden ist, denn Philip war nie verheiratet. Die Nacht ist kalt, sie müssen sich mit mehreren Schaffellen zudecken, die von der das ganze Haus durchdringenden Feuchtigkeit nach Wollfett und Stall riechen.

»Du musst nach Leiden zurückgehen, an die Universität«, beginnt van Horssen. »Wir warten auf dich.«

Philip Verheyen schnallt den Lederriemen ab und stellt das Holzbein auf die Seite.

»Das tut mir weh«, sagt er.

Der andere meint, es gehe um den auf einen Schemel gebetteten Beinstumpf, doch Philip Verheyen zeigt weiter, auf einen Körperteil, den es nicht mehr gibt, in den leeren Raum.

»Tun die Narben weh?«, fragt der junge Mann nach. Egal was schmerzt – es mindert nicht sein tiefes Mitgefühl für diesen mageren, zerbrechlichen Menschen.

»Das Bein tut mir weh. Ich spüre den Schmerz den ganzen Knochen entlang, und meine Füße bringen mich zum Wahnsinn. Der große Zeh und das Gelenk. Sie sind geschwollen und heiß, die Haut juckt. Genau hier...« Er beugt sich vor und zeigt auf eine kleine Mulde im Bettzeug.

Willem schweigt. Was soll er sagen?

Beide legen sich auf den Rücken und decken sich bis zum Kinn zu. Verheyen löscht die Kerze und verschwindet, doch kurz darauf lässt sich seine Stimme aus dem Dunkel vernehmen: »Wir müssen unseren Schmerz erforschen.«

Ein Fußmarsch mit einem Menschen, der sich auf einem Holzbein fortbewegt, ist verständlicherweise nicht besonders flott, doch Philip schlägt sich tapfer, und ohne das leichte Humpeln und das Klopfen der Prothese auf dem knochentrockenen Boden des Wegs würde man kaum wahrnehmen, dass diesem Menschen ein Bein fehlt. Das langsame Gehen hat zudem den Vorteil, dass sie sich unterhalten können. Der frische Morgen, die Bewegung, die aufgehende Sonne, die die schlanken Pappeln streift – das Wandern tut gut. Auf halbem Wege können sie ein Fuhrwerk anhalten, das Gemüse zum Leidener Markt bringt, so haben sie mehr Zeit für ein ordentliches Frühstück in der Wirtschaft »Zum Kaiser«.

Danach besteigen sie über den Landesteg ein Kanalboot, das von schweren Pferden am Ufer gezogen wird; sie haben billige Plätze auf Deck unter einer Zeltplane, die vor Sonne und Regen schützt, doch das Wetter ist schön, und die Reise ist ein reines Vergnügen.

Und so verlasse ich sie – auf dem Kahn, unterwegs nach Amsterdam, in dem über das Wasser gleitenden Schattenflecken, den die Zeltbahnen über ihren Köpfen werfen. Beide Männer sind schwarz gekleidet, tragen weiße Kragen aus gestärktem Batist. Van Horssen ist stattlicher, adretter gekleidet, aber das heißt nichts weiter, als dass er eine Frau hat, die seine Kleider besorgt, oder dass er sich ein Dienstmädchen leisten kann. Philip sitzt mit dem Rücken zur Fahrtrichtung, bequem angelehnt, das gesunde Bein hält er angewinkelt, den schwarzen Lederschuh krönt eine zerschlissene dunkelviolette Schleife. Das Holzbein steckt in einem Astloch in den Bootsplanken. Sie sehen sich gegenseitig vor dem Hintergrund der entschwindenden Landschaft: Felder, von Kopfweiden gesäumt,

Entwässerungsgräben, kleine Anlegestege, Holzhäuser mit Schilfrohrdächern. Am Ufer kleine Boote aus Gänsefedern. Ein leichter warmer Wind bewegt die Federn an ihren Hüten.

Ich will noch erwähnen, dass van Horssen im Gegensatz zum Meister kein Zeichentalent besitzt. Er ist Anatom, und zu jeder Sektion mietet er einen Berufszeichner. Seine Arbeitsmethode beruht auf ausführlichen Notizen, deren Detailtreue ihm beim späteren Lesen alles genau vor Augen führt. Das ist auch eine Möglichkeit. Schreiben.

Darüber hinaus ist er als Anatom bemüht, die Empfehlungen von Herrn Spinoza – dessen Lehren hier bis zu ihrem Verbot mit Eifer studiert wurden – zu befolgen: Menschen wie Linien, Flächen und Körper zu betrachten.

Die Geschichte von Philip Verheyen, aufgeschrieben von seinem Schüler und Vertrauten Willem van Horssens.

Mein Lehrer und Meister wurde im Jahre 1648 in Flandern geboren. Das Haus seiner Eltern sah genauso aus wie andere flandrische Häuser. Es war aus Holz erbaut und mit Schilfrohr gedeckt, das so gerade geschnitten war wie das Stirnhaar des jungen Philip. Der Boden war seit kurzem erst mit Lehmziegeln ausgelegt, und jetzt machte sich die Anwesenheit eines jeden Familienmitglieds durch das Klopfen der Pantinen auf dem Fußboden bemerkbar. Sonntags tauschte man die Pantinen gegen Lederschuhe, und zu dritt begaben sich die Verheyens über die lange, schnurgerade pappelgesäumte Straße zur Kirche in Verrebroek. Dort nahmen sie ihre Plätze ein und warteten auf den Pastor. Die abgearbeiteten Hände griffen dankbar nach den Büchern für den Gottesdienst. Die hauchdünnen Blätter und die winzigen Buchstaben bestätigten sie immer wieder in der Auffassung, dass diese Bücher beständiger waren als das zerbrechliche Leben des Menschen. Der Pastor von Verrebroek begann seine Predigt jedes Mal mit den Worten: »Vanitas vanitatum.« Man hätte es für einen Gruß halten können, und tatsächlich fasste der kleine Philip das auch so auf.

Philip war ein ruhiges, stilles Kind. Er half dem Vater auf dem Hof, doch bald wurde klar, dass er nicht in seine Fußstapfen treten würde. Er würde nicht jeden Morgen Milch in Kübel schütten und mit einem aus Kalbsmägen gewonnenen Pulver mischen, um große Käseräder stechen zu können, und er würde auch nicht Heu zu gleichmäßigen Haufen aufschichten. Er würde nicht zu Anfang des Frühlings darauf achten, dass sich in den Furchen der gepflügten Erde kein Wasser sammelte. Der Pastor von Verrebroek hatte den Eltern klargemacht, dass Philip sehr begabt war und sie ihn nach Absolvierung der kirchlichen Hauptschule weiter ausbilden lassen sollten. So kam es, dass der Vierzehnjährige ins Heilige-Drievuldigheids-Lyzeum eintrat, wo sich seine außerordentliche zeichnerische Begabung herausstellte.

Wenn es stimmt, dass es Leute gibt, die die kleinen Dinge sehen, und solche, die nur die großen Dinge sehen, dann bin ich sicher, dass Verheyen zu den Ersteren gehörte. Ich nehme sogar an, dass sein Körper sich von Anfang an in dieser einen Haltung am wohlsten fühlte: über den Tisch gebeugt, die Wirbelsäule zum Bogen gekrümmt, in der Hand eine Feder, die sich gar nicht für das Entfernte interessiert, sondern die aufs Nahe zielt, in das Königreich des Details, den Kosmos der Einzelheiten, Striche und Punkte, wo das Bild entsteht. Aquaforta und Mezzotinta – das Hinterlassen feiner Spuren und Zeichen im Metall, Einritzen der glatten gleichgültigen Oberfläche eines Blechs, ihr Altern, bis sie weise wird. Er sagte mir einmal, dass ihn der Avers immer überrasche und seine Überzeugung bestätige – dass links und rechts zwei ganz verschiedene Dimensionen seien. Ihre Existenz müsste uns eigentlich veranschaulichen, wie verdächtig das ist, was wir für die Wirklichkeit halten.

Und obgleich er solche Fertigkeit im Zeichnen hatte und mit Stechen, Ätzen, Färben und Drucken so beschäftigt war, machte sich der zwanzigjährige Verheyen nach Leiden auf, um Theologie zu studieren und so wie sein Mentor in Verrebroek Pastor zu werden.

Noch früher jedoch – das erzählte er mir im Zusammenhang mit jenem makellosen Mikroskop, das auf seinem Tisch stand – nahm ihn der Pastor in regelmäßigen Abständen auf Ausflüge mit, ein paar Meilen weit reisten sie auf ausgefahrenen Wegen zu einem Linsenschleifer, einem verwegenen Juden, der von seinen Glaubensgenossen ausgestoßen worden war, wie es hieß. Dieser Mann, der in gemieteten Räumen in einem aus Stein erbauten Haus lebte, wirkte so außergewöhnlich, dass jeder solche Ausflug Verheyen als großes Ereignis erschien, obwohl er zu jung war, um an den Gesprächen teilzunehmen, von denen er ohnehin nicht viel verstand. Jener Schleifer kleidete sich überdies exotisch und etwas wunderlich. Er trug ein langes Kleid und auf dem Haupt eine hohe steife Kappe, die er nie ablegte. Er sah aus wie ein Strich, wie ein Ausrufezeichen. Das erzählte mir Philip und scherzte, dass dieser Sonderling, auf freiem Feld aufgestellt, den Menschen hätte als Sonnenuhr dienen können. Verschiedenste Gäste versammelten sich bei ihm, Kaufleute, Studenten und Professoren, die an einem Holztisch unter einer großen Weide saßen und endlose Diskussionen führten. Von Zeit zu Zeit hielt der Gastgeber oder einer der Gäste einen Vortrag, nur um die Diskussion wieder anzufachen. Philip erwähnte auch, dass der Gastgeber so sprach, als lese er vor, fließend, ohne zu stocken. Er bildete lange Sätze, deren Sinn dem kleinen Jungen sofort wieder entfiel, doch der Sprecher beherrschte sie vortrefflich. Der Pastor und Philip brachten immer etwas zu essen mit. Der Gastgeber bewirtete sie mit Wein, den er mit reichlich Wasser verdünnte. Das blieb Philip von diesen Begegnungen haften, und Spinoza blieb für immer sein Meister, den er leidenschaftlich las und mit dem er sich leidenschaftlich auseinandersetzte. Wer weiß – vielleicht waren es gerade diese Begegnungen mit dem geordneten Denken, der geistigen Kraft und dem Bedürfnis zu verstehen, die den jungen Philip dazu brachten, in Leiden das Theologiestudium zu ergreifen.

Ich bin sicher, dass wir nicht imstande sind, das Schicksal zu erkennen, das die göttlichen Griffel für uns auf der anderen Seite des Lebens einritzen. Sie müssen sich uns erst in einer dem Menschen zugänglichen Gestalt offenbaren – schwarz auf weiß. Gott schreibt mit der linken Hand und in Spiegelschrift.

1676, im zweiten Studienjahr, wohnte Philip in einer der engen Leidener Gassen bei einer Witwe zur Untermiete. Eines Maiabends stieg er die schmale Treppe zu seinem gemieteten Zimmer hinauf und riss sich dabei an einem Nagel ein Loch ins Hosenbein. Am nächsten Tag sah er, dass er sich bei der Gelegenheit eine kleine Verletzung an der Wade zugezogen hatte. Die Nagelspitze hatte in seine Haut eine rote Spur geritzt, einen Strich von ein paar Zentimetern Länge, der mit kleinen Punkten aus Blutströpfchen besetzt war; eine unvorsichtige Bewegung des Graveurs auf einem zarten Menschenkörper. Einige Tage später überfiel ihn ein Fieber.

Als die Witwe endlich einen Medikus rufen ließ, hatte sich die kleine Wunde schon infiziert, die Wundränder waren rot entzündet und geschwollen. Der Arzt verschrieb Umschläge und Brühe zur Stärkung. Doch schon am nächsten Tag war klar, dass sich der Prozess nicht mehr aufhalten ließ und das Bein direkt unterm Knie amputiert werden musste.

»Es vergeht keine Woche, ohne dass ich jemandem etwas amputieren muss. Du hast ja noch dein anderes Bein«, so wird ihn der Medikus getröstet haben, der später sein Freund wurde, mein Onkel Dirk Kerkrinck, für den Philip kurz zuvor ein paar anatomische Zeichnungen angefertigt hatte. »Du bekommst einen Krückstock aus Holz und wirst höchstens ein wenig mehr Lärm beim Gehen machen als jetzt.«

Kerkrinck war ein Schüler von Frederik Ruysch, dem besten Anatomen in den Niederlanden, möglicherweise sogar auf der ganzen Welt, die Amputation wurde vorbildlich ausgeführt und war erfolgreich. Der Teil wurde geschickt vom Ganzen getrennt, der Knochen gleichmäßig durchgesägt, die Blutgefäße verschlossen, indem sie mit einem glühenden Stab versengt wurden. Doch noch vor der Operation fasste der Patient den Freund am Ärmel und bestand darauf, dass das amputierte Bein aufbewahrt werden sollte. Er war immer sehr gläubig gewesen, wahrscheinlich glaubte er buchstäblich an die körperliche Auferstehung, dass wir bei der Ankunft von Christus in unserer körperlichen Gestalt aus den Gräbern steigen. Er sagte mir einmal, dass er damals große Angst hatte, sein Bein könnte alleine auferstehen, er wollte, dass man seinen Körper als Ganzes beerdigte, wenn die Zeit dazu kommen würde. Und wenn es ein x-beliebiger Medikus gewesen wäre, nicht mein Onkel, sondern jemand von der Straße, ein gewöhnlicher Feldscher, der Hühner schlachtet und Zähne ausreißt, wäre ihm dieser Wunsch nicht erfüllt worden. In der Regel wanderte ein amputierter Körperteil in Leinwand gewickelt auf den Friedhof, wo es mit Andacht, jedoch ohne jedwede religiösen Rituale in eine kleine Grube gelegt wurde, die man danach nicht einmal markierte. Doch während der Patient von Spiritus betäubt schlief, befasste sich mein Onkel eingehend mit dem Bein. Zuerst befreite er die Adern und Lymphgefäße durch Einspritzen einer bestimmten Substanz, deren Zusammensetzung der Meister geheim hielt, von allem verdorbenen Blut und Resten von Wundeiter. Nach diesem Trocknungsprozess legte er die Extremität in einen Glasbehälter mit Nantaiser Weinbrand und schwarzem Pfeffer, was den Körperteil dauerhaft vor Verfall bewahren sollte. Als Philip aus der alkoholisierten Betäubung erwachte, zeigte ihm der Freund das in Weinbrand eingelegte Bein – genauso wie man einer Mutter nach der Geburt das Neugeborene zeigt.

Verheyen genas langsam. Die Witwe, bei der er zur Miete wohnte, pflegte ihn auch. Wenn sie nicht gewesen wäre – wer weiß, wie das alles geendet hätte. Der Patient verfiel nämlich in eine Depression, schwer zu sagen, ob es an dem unablässigen Schmerz der ausheilenden Wunde lag oder an seiner neuen Situation. Schließlich war er im Alter von achtundzwanzig Jahren zum Krüppel geworden, sein Theologiestudium hatte keinen Sinn mehr, denn mit einem amputierten Bein konnte er nicht mehr Seelsorger werden. Er ließ seine Eltern nicht davon unterrichten, er war tief beschämt, sie so zu enttäuschen. Dirk und zwei andere Bekannte besuchten ihn, allerdings schienen sie weniger wegen des Leidens des Patienten zu kommen als wegen des amputierten Körperteils, der am Kopfende seines Bettes aufgestellt war. Dieses Stück eines menschlichen Körpers schien nun sein eigenes Leben als Präparat zu leben, in ewiger Umnebelung lag es in Alkohol und träumte seine eigenen Träume vom Laufen, vom feuchten Gras am Morgen, vom warmen Sand am Strand. Es kamen auch ein paar Studienkollegen, denen Philip schließlich eröffnete, dass er nicht mehr an die theologische Fakultät zurückkehren würde.

Wenn die Gäste gegangen waren, erschien die Frau des Hauses, die Witwe Fleur. Sie brachte eine Schale und einen Krug mit warmem Wasser. Obwohl der Patient kein Fieber mehr hatte und kein Blut mehr aus der Wunde trat, reinigte die Frau das Bein sorgfältig und half ihm, sich zu waschen. Dann zog sie ihm ein sauberes Hemd und eine Hose an. An seinen Hosen hatte sie das linke Hosenbein bereits umgenäht. Alles, was sie mit ihren flinken Händen berührte, sah natürlich aus, ordentlich, als wäre es genauso von Gott erschaffen worden, als wäre Philip Verheyen ohne das eine Unterbein zur Welt gekommen. Wenn er aufstehen musste, um sich in den Nachttopf zu erleichtern, stützte er sich auf den starken Arm der Witwe. Am Anfang war ihm das höchst peinlich, doch mit der Zeit wurde es ganz natürlich – wie alles, was mit ihr verbunden war. Nach ein paar Wochen führte sie ihn behutsam nach unten, wo er mit ihr und ihren beiden Kindern an dem schweren Küchentisch aß. Sie war groß und schön gewachsen, wie viele Fläminnen hatte sie dichtes blondes Haar. Sie verbarg es unter einer leinenen Haube, doch immer fand sich eine Strähne, die ihr auf die Schultern oder in die Stirn rutschte. In der Nacht, wenn die Kinder den Schlaf der Gerechten schliefen, ging sie wahrscheinlich zu ihm hinauf und legte sich zu ihm ins Bett – genauso natürlich, wie sie ihm tagsüber den Nachttopf brachte. Ich sehe darin nichts Verwerfliches, denn ich meine, Menschen sollten einander behilflich sein, wo auch immer sie können. Ich habe die Witwe selbst kennengelernt und halte sie für einen Engel. Philip wohnte etliche Jahre dort, bis er sich ein Haus in Rijnsburg kaufte und sich dort niederließ.

Im Herbst war die Wunde schon völlig verheilt, an dem Beinstumpf war kaum eine Rötung zurückgeblieben. Philip Verheyen holperte mit dem Stock über das unebene Pflaster von Leiden, wenn er sich morgens auf den Weg zu den Vorlesungen im Medizinischen Zentrum machte, wo er das Studium der Anatomie aufgenommen hatte.

Bald schon gehörte er zu den besonders geschätzten Studenten – wie kein anderer konnte er sein Zeichentalent zur Geltung bringen, wenn es darum ging, die Gestalt von Sehnen und Blutgefäßen auf Papier zu übertragen, die dem ungeübten Auge auf den ersten Blick als Gewebechaos des menschlichen Körpers erschienen. Er fertigte auch eine Kopie von Vesalius' berühmtem hundertjährigen Anatomieatlas an, eine Aufgabe, die sich für ihn überdies als besonders nützlich erwies, war sie doch die beste Einführung in seine eigene Arbeit, die ihn später berühmt gemacht hat. Zu vielen seiner Studenten, unter denen auch ich war, hatte er ein väterliches Verhältnis – liebevoll, aber streng. Unter seiner Aufsicht führten wir Vivisektion durch; mit wachsamem Blick und geschickter Hand führte er uns durch die Pfade dieses außerordentlichen Labyrinths. Die Studenten hatten großen Respekt vor seiner Ausdauer und seinem detaillierten Wissen. Sie bestaunten die raschen Bewegungen seines Reißstifts wie ein Wunder. Zeichnen heißt nie, einfach abbilden – um zu erblicken, muss man schauen können, man muss wissen, was man anschaut.

Er war immer eher wortkarg, und heute kann ich rückblickend sagen, dass er dabei auch irgendwie geistesabwesend schien, er horchte in sich hinein. Nach und nach zog er sich aus der Vorlesetätigkeit zurück, um sich ganz der einsamen Arbeit in seinem Studierzimmer zu widmen. Ich habe ihn öfters in seinem Haus in Rijnsburg besucht. Ich freute mich, ihm Nachrichten aus der Stadt zu bringen, Tratsch und Sensationen von der Universität. Doch zu meiner Besorgnis stellte ich fest, dass ihn zunehmend nur noch ein einziges Thema im Bann hielt: sein in einzelne Teile zerlegtes Bein, das er bei Licht immer wieder genauestens untersuchte. Es stand stets in einem Glas am Kopfende seines Bettes oder jagte dem Besucher einen Schrecken ein, wenn es in voller Länge auf dem Tisch aufgestellt war. Mir wurde klar, dass ich der einzige Mensch war, mit dem er noch in Kontakt stand, und begriff allmählich, dass Philip eine unsichtbare Grenze überschritten hatte und es kein Zurück mehr gab.

Am frühen Nachmittag legte unser Kahn an der Herengracht in Amsterdam an, und wir machten uns von der Anlegestelle aus schnurstracks auf den Weg zu unserem Ziel. Es war schon winterlich, die Kanäle stanken nicht mehr so erbärmlich wie im Sommer, und es war angenehm, durch den milchigen warmen Nebel zu spazieren, der sich vor unseren Augen auflöste und den Blick auf einen ungetrübten Herbsthimmel freigab. Wir bogen in ein schmales Gässchen im Judenviertel und wollten irgendwo auf ein Bier einkehren. Gut, dass wir in Leiden ein reichhaltiges Frühstück zu uns genommen hatten, denn alle Schenken an unserem Weg waren überfüllt und man musste lange auf Bedienung warten.

Auf dem Handelsmarkt steht inmitten all der Buden die Wiegehalle, wo die verladene Ware gewogen wird. In einem Turm des Gebäudes hatte der geschäftstüchtige Ruysch sein Theatrum eingerichtet, und dort fanden wir uns um einiges früher als zu der auf dem Billett angegebenen Stunde ein. Obwohl für das Publikum noch kein Einlass war, standen bereits etliche Besucher vor dem Eingang. Interessiert betrachtete ich sie. Aussehen und Kleidung vieler verrieten, dass der Ruhm von Professor Ruysch schon weit über die Grenzen der Niederlande hinaus gedrungen war. Ich hörte Gespräche in fremden Sprachen, sah manchen Kopf mit französischer Perücke und englische Spitzenmanschetten, die unter den Jackenärmeln hervorschauten. Es waren auch viele Studenten dort. Diese hatten offenbar billigere Eintrittsbilletts ohne Nummerierung, denn sie drängten sich vor dem Eingang, um sich gleich einen Platz mit möglichst guter Sicht zu sichern.

Immer wieder traten Bekannte zu uns, Leute, die wir aus der Zeit kannten, als Philip noch am Leben der Universität teilgenommen hatte. Es waren hochgestellte Mitglieder des Stadtrates und Chirurgen, die neugierig waren, was Ruysch uns gleich zeigen würde, was er sich ausgedacht hatte. Schließlich erschien auch mein Onkel, makellos ganz in Schwarz gekleidet. Er hatte uns die Billetts geschenkt und begrüßte Philip nun überschwänglich.

Der Raum sah aus wie ein Amphitheater, Bänke standen im Kreis in aufsteigenden Reihen, bis fast unter die Decke. Die Beleuchtung war gut, alles war sorgfältig für das Spektakel vorbereitet. Im Eingang und im Saal selbst waren Tierskelette an der Wand aufgestellt; die mit dünnen Drähten verbundenen Knochen ruhten auf unauffälligen Stützkonstruktionen, und es wirkte, als könnten die Skelette jederzeit zum Leben erwachen. Auch zwei menschliche Skelette waren zu sehen: eines auf Knien mit zum Gebet erhobenen Händen, das andere in Denkerpose, den Kopf auf die Hand gestützt, deren kleine Knöchlein sorgfältig mit Draht zusammengehalten wurden.

Während die Zuschauer unter Flüstern und Füßescharren hereindrängten, um die ihnen auf den Billetts angewiesenen Plätze einzunehmen, kamen sie an Schaukästen mit Ruyschs berühmten »Kompositionen« vorbei, genüsslich aus einzelnen Körperteilen zusammengestellte Skulpturen. »Der Tod verschont auch die Jugend nicht«, lautete die Aufschrift eines solchen Werkes, das zwei Fötenskelette im Spiel miteinander zeigte. Zarte, cremefarbene Knochen, blasenförmige kleine Schädel, zwischen beiden eine Erhebung aus ebenso zarten Knöchlein kleiner Hände und Rippen. Symmetrisch dazu fand sich ein anderes Tableau, das die Skelette von etwa vier Monate alten Kindern zeigte, diese standen auf einem Hügel aus Gallensteinen – wie ich bei näherem Hinsehen erkannte –, umrankt von präparierten getrockneten Blutgefäßen. Auf dem dicksten Ast saß ein ausgestopfter Kanarienvogel. Das Skelett auf der linken Seite hielt eine winzige Sense, das andere hingegen hob in trauervoller Pose ein Tüchlein aus menschlichem Gewebe – vielleicht der Lunge? – an die leeren Augenhöhlen. Eine zartfühlende Hand hatte lachsrosa Spitze um die Szene drapiert und sie mit einem Seidenband geschmückt, auf dem in Schönschrift die Worte standen: »Warum sollten wir uns nach weltlichen Dingen sehnen?« Das nahm dem Anblick viel von seinem Grauen. Ich war bewegt, noch bevor die Vorstellung begonnen hatte. Es kam mir vor, als betrachte ich die rührenden Zeugnisse nicht des Todes, sondern eines kleinen Tödleins. Wie konnte etwas ernsthaft gestorben sein, was noch nicht einmal geboren war?

Wir nahmen unsere Plätze in der ersten Reihe neben anderen ausgewählten Gästen ein.

In der Mitte stand ein Tisch, über den man gleich aufgeregt und laut zu flüstern begann. Darauf lag ein zur Vivisektion vorbereiteter Leichnam, von einem schimmernden Stück Leinwand bedeckt, unter der jedoch die Umrisse des Körpers zu erkennen waren. Auf unseren Billetts war es schon wie ein köstliches Gericht angekündigt, eine specialité de la maison: »Ein Leichnam, dank dem wissenschaftlichen Talent des Dr. Ruysch so zur Haltbarmachung und Bewahrung seiner natürlichen Farbe und Beschaffenheit präpariert, dass er frisch und geradezu lebendig wirkt.« Ruysch hielt die Ingredienzen seiner außergewöhnlichen Tinktur streng geheim, wahrscheinlich war es eine Weiterentwicklung der Lösung, in der sich Philip Verheyens Bein bis jetzt gehalten hatte.

Bald waren alle Plätze besetzt. Zum Schluss ließen die Saalhüter noch ein gutes Dutzend Studenten ein, in der Mehrzahl Ausländer, die nun wie in seltsamer Eintracht mit den dort aufgestellten Skeletten an der Wand standen und die Hälse reckten, um überhaupt etwas sehen zu können. Unmittelbar vor Beginn der Darbietung nahmen in der ersten Reihe ein paar vornehm nach ausländischer Mode gekleidete Männer Platz.

Ruysch erschien in Begleitung zweier Gehilfen. Nach einigen einführenden Worten des Professors ergriffen diese gleichzeitig die beiden Enden des Leintuchs und deckten den Leichnam auf.

Kein Wunder, dass ein lautes Seufzen durch die Reihen lief.

Es war der Körper einen jungen schlanken Frau; soweit ich weiß, erst das zweite Mal, dass ein Frauenkörper zu einer öffentlichen Vivisektion zugelassen wurde. Bis dahin war nur das Sezieren männlicher Körper gestattet gewesen. Mein Onkel flüsterte mir ins Ohr, es handele sich um eine italienische Dirne, die ihr Neugeborenes getötet habe. Ihre gebräunte, glatte, makellose Haut sah von unseren Plätzen in der ersten Reihe, kaum einen Meter von dem Tisch entfernt, frisch und rosig aus. Die Ohrläppchen und Zehen waren leicht gerötet, als hätte sie zu lange an einem kalten Ort gelegen und gefroren. Offenbar war sie mit Öl eingerieben, denn sie glänzte; sicher gehörte das zu Ruyschs Konservierungsmethode. Unterhalb des Brustkastens war ihr Bauch eingesunken, und über dem ganzen schmalen zarten Körper erhob sich der Venushügel als der wichtigste, bedeutendste Knochen des ganzen Skeletts. Selbst für mich, der ich doch ans Sezieren gewöhnt bin, war das ein bewegender Anblick. Meistens sezierten wir Gehenkte, Menschen, die ihren Körper vernachlässigt und Gesundheit und Leben aufs Spiel gesetzt hatten. Das Erschütternde hier war die Makellosigkeit des Körpers, und ich konnte nicht umhin, Ruysch meine Achtung dafür zu zollen, dass er die Geistesgegenwart besessen hatte, ihn in so gutem Zustand in seinen Besitz zu bringen und so schön zu präparieren.

Ruysch begann seinen Vortrag für die versammelten Zuhörer mit einer detaillierten Nennung der Titel aller anwesenden Doktoren der Medizin, Professoren der Anatomie, Chirurgen und Würdenträger.

»Ich begrüße Sie, meine Herren, und danke Ihnen, dass Sie so zahlreich erschienen sind. Dank der Großzügigkeit unseres Magistrats werde ich vor Ihren Augen enthüllen, was die Natur in unserem Körper verborgen hat. Jedoch keineswegs, um hässliche Gefühle an diesem Körper auszulassen, oder aus dem Bedürfnis, ihn für die Tat zu bestrafen, die er hat geschehen lassen, sondern deshalb, damit wir uns selbst erkennen können, und zwar so, wie die Hand des Schöpfers uns gemacht hat.«

Er erklärte dem Publikum auch, dass dieser Leichnam bereits zwei Jahre alt sei, was hieß, dass er diese Zeit über im Totenhaus gelegen hatte und dank der von ihm ersonnenen Methode bis auf den heutigen Tag frisch gehalten werden konnte. Als ich den schönen Körper betrachtete, der bloß und wehrlos dalag, schnürte es mir die Kehle zu, dabei bin ich doch niemand, der sich vom Anblick einer Leiche beeindrucken lässt. Ich dachte daran, dass man alles haben und alles werden kann, wenn wir es nur – wie man so sagt – nach Kräften wollen, denn der Mensch steht doch im Zentrum der Schöpfung, und unsere Welt ist eine Menschenwelt und nicht die Welt Gottes oder wessen auch immer. Nur eines können wir nicht haben, und das ist das ewige Leben, doch, bei Gott – wie kommt es, dass wir uns ausgerechnet das in den Kopf gesetzt haben: unsterblich zu sein?

Den ersten Schnitt führte er fachmännisch am unteren Rand der Bauchdecke entlang aus. Irgendwo im Saal wurde es offenbar jemandem übel, dort kam es zu einer kurzen Unruhe.

»Diese junge Frau wurde erhängt«, sagte Ruysch und hob den Körper so, dass wir den Hals sehen konnten. Tatsächlich verlief dort eine waagrechte Spur, kaum als Strich erkennbar, und es war schwer zu glauben, dass das hatte den Tod bewirken können.

Zuerst konzentrierte er sich auf die Organe der Bauchhöhle. Er erläuterte in Einzelheiten den Verdauungstrakt, doch bevor er zum Herzen überging, gestattete er allen einen Blick auf die nach der Entbindung vergrößerte Gebärmutter, die er unter dem Hügel heraushob. Alles, was er tat, hatte auch für uns, seine Fachkollegen, die doch derselben Gilde angehörten, etwas von einer Zaubervorstellung an sich. Die Bewegungen seiner schmalen hellhäutigen Hände waren rund und fließend wie bei einem Jahrmarktsmagier. Aller Augen folgten ihnen fasziniert. Vor dem Publikum öffnete sich der zarte Körper, enthüllte seine Geheimnisse, voller Vertrauen, dass diese Hände ihm keinen Schaden zufügen würden. Ruyschs Kommentare waren knapp, klar und gut verständlich. Er scherzte sogar, jedoch mit Würde, nichts konnte Anstoß erregen. Da verstand ich auch die Natur seiner Vorstellungen, seine Beliebtheit. Mit seinen weichen Handbewegungen verwandelte Ruysch das Wesen des Menschen in einen Körper und entkleidete diesen vor unseren Augen seines Geheimnisses, er zerlegte ihn in Grundbestandteile, als nähme er ein kompliziertes Uhrwerk auseinander. Der Schrecken des Todes schwand dahin. Es gab nichts zu fürchten. Wir sind ein Mechanismus, so ähnlich wie eine Huygens'sche Uhr.

Nach der Vorstellung gingen die Zuschauer schweigend und ergriffen davon. Was von dem Körper übrig geblieben war, wurde barmherzig mit demselben Leintuch wieder zugedeckt. Doch draußen, wo die Sonne inzwischen alle Wolken vertrieben hatte, begann man rasch, sich lebhafter zu unterhalten. Die Eingeladenen – darunter auch wir – begaben sich zum Magistrat, wo zur Feier des Tages ein Bankett gerichtet war.

Philip jedoch war die ganze Zeit schweigsam und düster und zeigte nicht das geringste Interesse an dem erlesenen Essen, den Weinen und dem Tabak. Ehrlich gesagt war ich auch nicht in Laune. Wer meint, wir Anatomen würden nach jeder Vivisektion zur Tagesordnung übergehen, der irrt sich. Manchmal – und so auch heute – »steigt etwas auf«, das ich für mich als »Wahrheit des Körpers« bezeichne, diese seltsame Überzeugung, dass der Körper, sich selbst überlassen, dem offensichtlichen Tod und der Abwesenheit der Seele zum Trotz, eine intensive Ganzheit darstellt. Selbstverständlich lebt der tote Körper nicht, es geht mir eher darum, dass er seine Form bewahrt hat. Die Form ist auf ihre eigene Art und Weise lebendig.

Diese Vorlesung Ruyschs eröffnete die Wintersaison; ab jetzt würde es in De Waag regelmäßig Vorträge, Diskussionen und Vivisektionen von Tieren geben, sowohl für die Studenten als auch für die Öffentlichkeit. Und wenn die Umstände einen frischen menschlichen Leichnam bescheren, werden auch andere Anatomen öffentlich die Vivisektion eines menschlichen Körpers vorführen. Vorläufig war Ruysch der Einzige, der einen Körper eine Zeitlang, ja sogar – wie er heute behauptet hatte und was ich kaum glauben konnte – zwei Jahre im Voraus präparieren konnte und deshalb die sommerliche Hitze nicht fürchten musste.

Hätte ich Philip Verheyen nicht am nächsten Tag nach Hause begleitet – erst im Boot, dann zu Fuß –, hätte ich nie erfahren, was ihn plagte. Was ich von ihm hörte, kam mir seltsam und ungewöhnlich vor. Als Arzt und Anatom habe ich schon öfter von diesem Phänomen gehört, solche Schmerzen jedoch immer auf nervöse Überreiztheit oder eine allzu wuchernde Phantasie geschoben. Doch Philip kannte ich seit Jahren und wusste von keinem, der ihm in geistiger Schärfe, Nüchternheit der Beobachtung und Klarheit des Urteils ebenbürtig gewesen wäre. Wenn der Intellekt die richtige Methode anwendet, kann er mit Hilfe der eigenen, klaren und präzisen Ideen wahres und nützliches Wissen über die kleinsten Einzelheiten der Welt erlangen – das hatte er uns gelehrt, und zwar an derselben Universität, an der Descartes fünfzig Jahre zuvor Mathematik unterrichtet hatte. Denn der im höchsten Grade vollkommene Gott, der uns doch mit der Kraft der Erkenntnis begabt hat, kann kein Betrüger sein. Wenn wir diese Kräfte richtig nutzen, müssen wir zur Wahrheit gelangen.

Die Schmerzen begannen einige Wochen nach der Operation und suchten ihn nachts heim, wenn sich der Körper entspannte und auf der ungewissen Grenze zwischen Wachen und Traum schwebte, wo es von unruhig wandernden Bildern wimmelt, die im Innern des schläfrigen Geistes reisen. Es war ihm, als sei sein linkes Bein eingeschlafen, und er wollte es unbedingt in die richtige Lage bringen, er spürte ein Kribbeln in den Zehen, ein unangenehmes Stechen. Er wälzte sich halb im Schlaf hin und her. Er wollte die Zehen bewegen, aber die Unausführbarkeit dieser Bewegung brachte ihn endgültig zum Aufwachen. Er setzte sich im Bett auf, warf die Decke zurück und betrachtete die schmerzende Stelle – sie befand sich rund dreißig Zentimeter unter dem Knie, genau auf dem zerknitterten Leintuch. Er schloss die Augen und versuchte sich zu kratzen, doch er konnte nichts fassen, verzweifelt fuhren die Finger über eine Leere und verschafften Verheyen keine Linderung.

Irgendwann, wenn Schmerz und Jucken ihn schon zum Wahnsinn treiben wollten, stand er in einer Aufwallung von Verzweiflung auf und zündete mit zitternden Händen eine Kerze an. Auf einem Bein hüpfend trug er das Gefäß mit dem abgeschnittenen Bein zum Tisch. Fleur, die ihn ja nicht gut bitten konnte, es auf den Speicher zu tragen, hatte es mit einem blumengemusterten Tuch bedeckt. Er zog den Körperteil aus dem Gefäß und versuchte beim Schein der Kerze den Grund für den Schmerz daran zu entdecken. Das Bein schien jetzt ein wenig kleiner, die Haut war vom Weinbrand braun verfärbt, doch die Fußnägel waren gewölbt und perlweiß geblieben, Verheyen kam es sogar vor, als seien sie gewachsen. Er setzte sich auf den Boden, streckte die Beine aus und legte das abgeschnittene Bein genau dahin, wo es gewesen war, gleich unter dem linken Knie. Mit geschlossenen Augen griff er jetzt blindlings nach der schmerzenden Stelle. Seine Hand berührte ein kaltes Stück Fleisch – aber nicht den Schmerz.

Methodisch und ausdauernd arbeitete er an seinem eigenen Atlas des menschlichen Körpers.

Zuerst kam die Sektion: Sorgfältig bereitete er das Modell für die Skizze vor, legte einen Muskel bloß, Nervenstränge, den Verlauf eines Blutgefäßes. Dann wurde das Präparat für die zweidimensionale Darstellung zurechtgezogen und auf die vier Richtungen oben und unten, rechts und links reduziert. Er benutzte dazu dünne Holznadeln, mit deren Hilfe er Kompliziertes ganz transparent und klar aussehen lassen konnte. Erst dann ging er hinaus, um sich gründlich die Hände zu waschen und zu trocknen und das Oberkleid zu wechseln. Er kehrte mit Papier und Bleistift zurück und machte sich daran, die Ordnung aufs Papier zu übertragen.

Er sezierte im Sitzen, versuchte dabei vergeblich, die Körperflüssigkeiten unter Kontrolle zu halten, die die Deutlichkeit der Zeichnung verdarben. Er übertrug die Einzelheiten in hastigen Skizzen auf Papier und bearbeitet sie anschließend in Ruhe und mit großer Sorgfalt in allen Details, Nerv um Nerv, Sehne um Sehne.

Die Amputation hatte seine Gesundheit sichtlich mitgenommen, oft litt er unter Schwächezuständen und verfiel in Melancholie. Den Schmerz im linken Bein, der ihm ständig zusetzte, nannte er jetzt »Phantomschmerz«, doch er fürchtete sich, mit anderen darüber zu sprechen; er hatte den Verdacht, Opfer einer nervösen Illusion, ja eines Wahns geworden zu sein. Wenn jemand davon erführe, würde er sicher seine hohe Stellung an der Universität verlieren. Bald begann er als Arzt zu praktizieren und wurde in die Gilde der Chirurgen aufgenommen. Seines fehlenden Beines wegen wurde er öfter als andere zu allen möglichen Amputationen gerufen, als könnte das den Erfolg der Operation sichern, als könnte ein einbeiniger Chirurg sozusagen Glück in der Krankheit bringen. Er veröffentlichte detaillierte Arbeiten über die Anatomie der Muskeln und Sehnen. Als man ihm im Jahre 1689 den Posten des Rektors der Universität antrug, zog er nach Leuven. In seinem Gepäck hatte er auch das vorsichtig in Leintücher gewickelte Gefäß mit seinem Bein.

Ich, Willem van Horssens, war der Bote, den wenige Jahre später, im Jahre 1693, der Drucker zu Verheyen schickte, um ihm die druckfrische dicke Ausgabe seines ersten Buches vorzulegen, den anatomischen Atlas »Corporis Humani Anatomia«. Dieses Werk enthielt die Arbeit von zwanzig Jahren. Jeder Stich war makellos ausgeführt, klar und deutlich und mit einem erklärenden Text versehen, so dass es dem Betrachter vorkam, als sei in diesem Buch der Körper des Menschen auf eine geheimnisvolle Weise so auf seine Essenz reduziert, vom leicht verderblichen Blut und von der Lymphe, von den verdächtigen Flüssigkeiten, vom Rauschen des Lebens befreit, dass er seine vollkommene Ordnung in der absoluten Stille von Weiß und Schwarz offenbare. Die »Anatomia« brachte ihm Ruhm, und nach wenigen Jahren erschien das Buch in einer neuen, noch höheren Auflage und wurde zum Lehrbuch.

Zum letzten Mal suchte ich Philip Verheyen im November 1710 auf. Sein Diener hatte mich rufen lassen. Ich traf meinen Lehrer in sehr schlechtem Zustand an und konnte mich kaum mit ihm verständigen. Er saß am Fenster nach Süden und schaute hinaus, aber ich hatte keinen Zweifel, dass dieser Mensch nur noch die Bilder sah, die er in seinem Inneren trug. Er reagierte nicht, als ich eintrat, sah mich ohne Neugier, ohne eine Geste an, wandte den Blick dann wieder zum Fenster. Auf dem Tisch lag sein Bein, oder eher das, was davon übrig war, denn es war in Hunderte, ja Tausende winzig kleiner Teile zerlegt, in Sehnen, Muskeln und Nerven, die wiederum in ihre kleinsten Teile zerlegt waren und die gesamte Oberfläche des Tisches bedeckten. Der Bedienstete, ein schlichter Bursche vom Land, war entsetzt. Er hatte Angst, das Zimmer seines Herrn zu betreten, und machte mir hinter seinem Rücken unentwegt Zeichen und kommentierte seine Reaktionen lautlos, indem er nur die Lippen bewegte. Ich untersuchte Philip, so gut ich konnte, die Diagnose fiel nicht günstig aus. Anscheinend funktionierte sein Gehirn nicht mehr richtig, und er war in eine Art Apathie versunken. Ich wusste ja, dass er an melancholischen Anfällen litt, und nun war ihm die schwarze Galle bis ins Gehirn gestiegen, möglicherweise von jenen Schmerzen verursacht, die er als Phantomschmerzen bezeichnete. Beim letzten Besuch hatte er mir Landkarten gezeigt und erzählt, nichts heile die Melancholie so gut wie das Betrachten von Landkarten. Ich verordnete ihm fettes Essen zur Stärkung und Ruhe.

Ende Januar bekam ich die Nachricht von seinem Tod und eilte sogleich nach Rijnsburg. Sein Körper lag gewaschen und rasiert schon zum Begräbnis bereit im Sarg. Verwandte aus Leiden machten sich im Haus zu schaffen, und als ich den Bediensteten nach Verheyens Bein fragte, zuckte der nur mit den Schultern. Der große Tisch am Fenster war mit Lauge abgewaschen und gescheuert. Als ich nachfragen wollte, was denn mit dem Bein geschehen sei, von dem Philip so oft gesagt hatte, dass er es mit ins Grab nehmen wollte, wimmelte die Familie mich ab. Er wurde ohne sein Bein beerdigt.

Zum Trost und zur Beschwichtigung händigte man mir einen Stapel von Verheyens Papieren aus. Das Begräbnis fand am 29. Januar im Sprengel Vlierbeek statt.

Briefe an ein amputiertes Bein

Die losen Blätter, die ich nach Verheyens Tod erhielt, stürzten mich in Verwirrung. In seinen letzten Lebensjahren hatte mein Lehrer seine Gedanken in Form von Briefen aufgeschrieben, die an einen absonderlichen Adressaten gerichtet sind, was jeder zweifellos als Beweis für seinen Wahnsinn erachten wird. Liest man jedoch diese mit Sicherheit nicht für fremde Augen bestimmten, sondern eher als Gedächtnisstütze gedachten eilig hingeworfenen Notizen aufmerksam, erkennt man in ihnen die Aufzeichnung einer ganz speziellen Reise in ein unbekanntes Land und den Versuch, diese kartographisch zu skizzieren.

Ich überlegte lange, was ich mit diesem unverhofften Erbe machen sollte, entschied mich jedoch schließlich gegen jede Form von Publikation. Als sein Schüler und Freund möchte ich, dass die Nachwelt ihn als herausragenden Anatomen und Zeichner und als Entdecker der Achillessehne und einiger anderer zuvor nicht bekannter Teile unseres Körpers in Erinnerung behält. Ich möchte, dass wir seiner schönen Stiche gedenken und es bei der Feststellung bewenden lassen, dass man von einem fremden Leben nicht alles verstehen kann. Doch um den Gerüchten vom angeblichen Wahnsinn des Meisters entgegenzutreten, die nach seinem Tod in Amsterdam und Leiden aufgekommen sind, möchte ich hier in aller Kürze einige Fragmente aufführen und mit diesen belegen, dass er nicht den Verstand verloren hatte. Ich hege indessen keinerlei Zweifel, dass Philip in Zusammenhang mit seinem unerklärlichen Schmerz einer seltsamen Obsession verfallen war. Eine Obsession jedoch ist die Vorahnung der Existenz einer individuellen Sprache, einer unnachahmlichen Sprache, mit deren Hilfe wir – wenn wir den Mut haben, uns ihrer zu bedienen – in der Lage sein werden, Wahrheiten zu entdecken. Man muss dieser Vorahnung bis in Bereiche nachspüren, die anderen absurd oder wahnsinnig erscheinen mögen. Ich weiß nicht, warum diese Sprache der Wahrheit für die einen wie Engelszungen klingt und sich anderen in mathematischen Zeichen oder Notenschrift offenbart. Es gibt jedoch auch solche, zu denen sie auf ganz eigenartige Weise spricht.

In seinen »Briefen an mein amputiertes Bein« hat Philip versucht, präzise und emotionslos Folgendes nachzuweisen: Da Körper und Seele dem Wesen nach dasselbe sind, da sie zwei Attribute des unendlichen, alles umfassenden Gottes sind, muss zwischen ihnen eine gewisse vom Schöpfer angelegte Entsprechung bestehen. Totam naturam unum esse individuum. Was ihn nämlich in Wirklichkeit am meisten interessierte, war die Frage, auf welche Weise sich zwei so verschiedene Substanzen wie Körper und Seele im menschlichen Körper verbinden und aufeinander wirken. Auf welche Weise kann der räumliche Körper einen kausalen Kontakt mit der nichträumlichen Seele aufnehmen? Wie entsteht Schmerz, wo kommt er her?

Er schrieb zum Beispiel:

»Was geht wirklich in mir vor, wenn ich Schmerz und Beschwerden spüre, da doch mein Bein von mir abgetrennt ist und in Alkohol schwimmt? Nichts plagt es, es hat keinen Grund zu leiden, ein solcher Schmerz hat nicht die geringste logische Grundlage, und doch existiert er. Jetzt betrachte ich mein Bein und spüre gleichzeitig darin, in den Zehen, eine so unerträgliche Hitze, als stecke der Fuß in brühheißem Wasser, und diese Empfindung ist so echt, so klar, dass ich, schlösse ich die Augen, in meiner eigenen Vorstellung den Kessel mit zu hoch erhitztem Wasser und den eigenen Fuß samt Zehen bis zum Knöchel darin sehe. Ich berühre meine körperlich existierende Extremität in Gestalt eines konservierten Beines – und spüre nichts. Ich spüre etwas, was nicht existiert, es ist im physischen Sinne eine leere Stelle, dort ist nichts, was irgendwelche Empfindungen auslösen könnte. Mir tut etwas weh, was nicht existiert. Ein Phantom. Ein Phantomschmerz.«

Die Zusammensetzung aus diesen beiden Worten erschien ihm zuerst seltsam, doch dann benutzte er den Ausdruck immer häufiger. Er machte auch detaillierte Notizen über die fortschreitende Sektion des Beines. Er zerlegte es immer weiter, bald war er so weit, dass er die einzelnen Teile nur noch mit Hilfe eines Mikroskops erkennen konnte.

»Der Körper ist etwas absolut Geheimnisvolles«, schrieb er. »Auch wenn wir ihn noch so genau beschreiben, heißt das nicht, dass wir ihn kennen. Das ist wie ein Satz aus dem Buch von Spinoza, diesem Linsenschleifer, der das Glas eben darum poliert, damit wir jedes Ding aus größerer Nähe betrachten können, und der eine hochschwierige Sprache ersonnen hat, um seine Gedanken zum Ausdruck zu bringen. Denn es heißt: Sehen ist wissen.

Ich will wissen, aber mich nicht der Logik unterwerfen. Was soll ich mit einem von außerhalb herangezogenen Beweis für eine im Grunde nur geometrische Folgerung, das vermittelt bloß den Anschein logischer Konsequenz und einer Ordnung, die dem Verstand gefällig ist. Es gibt A, und auf A folgt B, zuerst die Definitionen, dann die Axiome und nummerierten Behauptungen, dann noch ein paar Schlüsse dazu – und schon möchte man meinen, dass eine solche Beweisführung ähnlich ist wie die schön gezeichneten Stiche im Atlas, wo die einzelnen Teile mit Buchstaben bezeichnet sind und alles so klar und einfach erscheint. Wie es jedoch funktioniert, das weiß man immer noch nicht.«

Doch er glaubte an die Kraft des Verstandes, daran, dass dieser von Natur aus die Dinge als unbedingt und nicht als zufällig betrachtete. Sonst hätte er sich ja selbst negiert. Er predigte immer wieder, dass wir unserem Verstand vertrauen müssen, denn er sei gottgegeben. Gott wiederum sei vollkommen, wie könne er uns da mit etwas versehen, was uns täuschen würde? Er ist doch kein Betrüger! Wenn wir unsere geistigen Gaben auf die richtige Art und Weise anwenden, werden wir schließlich zur Wahrheit gelangen, wir werden alles über Gott und uns erfahren, denn wir sind ja ebenso wie alles andere ein Teil von ihm.

Er bestand jedoch darauf, dass die höchste Form von Verstand nicht die Logik, sondern die Intuition sei. Indem wir intuitiv erkennen, erblicken wir gleichzeitig die deterministische Unbedingtheit der Existenz aller Dinge. Alles, was unbedingt ist, kann nicht anders sein. Wenn wir uns dessen ausreichend bewusst werden, erfahren wir eine große Erleichterung und innere Reinigung. Der Verlust von Hab und Gut, das Verrinnen der Zeit, Alter und Tod – das alles wird uns keine Sorge mehr bereiten. So werden wir Herrschaft über die seelischen Affekte erlangen und in der Folge geistige Ruhe finden.

Wir müssen nur den primitiven Wunsch verwerfen, über Gut und Böse urteilen zu wollen, so wie der zivilisierte Mensch die primitiven Triebe wie Rache, Gier und Besitzdrang hinter sich lassen muss. Er glaubte, dass unser ganzes Wissen von der Natur im Grunde ein Wissen von Gott ist.

Dieses Wissen ist es, das uns von dem befreit, was unsere Hölle ist: Trauer, Verzweiflung, Neid und Furcht.

Es stimmt, dass er sich seinem Bein gegenüber wie zu einem lebendigen, unabhängigen Wesen verhielt, das will ich nicht leugnen. Von ihm abgetrennt gewann es einerseits eine Art dämonischer Autonomie, blieb jedoch andererseits mit ihm krankhaft verbunden. Ich gebe zu, dass dieses Verhältnis die beklemmendsten Fragmente seiner Briefe bestimmt. Gleichzeitig jedoch habe ich keinen Zweifel, dass es nur eine Metapher ist, ein bestimmtes gedankliches Kürzel. Ihm ging es wahrscheinlich eher darum, dass das, was einmal ein Ganzes darstellte, dann aber in einzelne Teile zerschlagen wird, immer noch auf unsichtbare, schwer zu ergründende Weise innig miteinander verbunden bleibt. Die Natur einer solchen Verbindung ist nie eindeutig und wird unter keinem Mikroskop zu erkennen sein.

Und doch ist es offensichtlich, dass wir allein Physiologie und Theologie vertrauen können. Das sind die beiden Säulen der Erkenntnis. Alles, was dazwischenliegt, zählt nicht.

Bei der Lektüre seiner Aufzeichnungen darf man nicht vergessen, dass Philip Verheyen ständig an Schmerzen litt, ohne den Grund für diese Schmerzen zu kennen. Das müssen wir uns vergegenwärtigen, wenn wir die folgenden Worte lesen:

»Warum habe ich Schmerzen? Deshalb weil – wie jener Schleifer behauptet, und was das Einzige sein mag, worin er sich nicht irrt – Körper und Seele in Wahrheit Teil eines größeren gemeinsamen Ganzen sind, Zustände derselben Substanz, so wie das Wasser, das gleichzeitig flüssig und fest sein kann. Warum schmerzt mich etwas, was nicht existiert? Weshalb spüre ich einen Mangel, eine Abwesenheit? Sind wir vielleicht zur Ganzheit verurteilt, und jede Zerteilung, jede Durchtrennung geschieht nur zum Schein, ereignet sich auf der Oberfläche, während die Ebene darunter unangetastet und unverändert bleibt? Gehört nicht das kleinste Fragment auch weiterhin zum Ganzen? Wenn die Welt wie eine große gläserne Kugel fällt und in Millionen Teile zerspringt – bleibt dann nicht weiterhin eine Ganzheit in diesem Großen, Gewaltigen, Unendlichen erhalten?

Kann es sein, dass dieser Schmerz Gott ist?

Mein Leben ist eine Reise gewesen, ich bin zu meinem eigenen Körper gereist, zu meiner eigenen abgetrennten Extremität. Ich habe detaillierteste Landkarten angefertigt. Ich habe den Gegenstand meiner Untersuchung methodologisch perfekt in seine Grundbestandteile zerlegt. Ich habe die Muskeln, Sehnen, Nerven und Blutgefäße gezählt. Ich habe dazu meine eigenen Augen gebraucht, doch mich auch des feineren Auges des Mikroskops bedient. Mir scheint, ich habe nicht das kleinste Teil ausgelassen.

Die Frage, die ich mir heute stellen kann, ist: Was habe ich gesucht?«

Geschichten zum Reisen

Ist es gut, dass ich erzähle? Wäre es nicht besser, den Verstand mit einer Klammer zu bündeln, die Zügel straff zu ziehen und mich nicht in Geschichten auszudrücken, sondern mit einem schlichten Vortrag, wo ein Gedanke mit jedem Satz klarer Gestalt annimmt und in den folgenden Absätzen an andere Gedanken geheftet wird? Ich könnte

Zitate und Anmerkungen verwenden, ich könnte in der Reihenfolge der Punkte oder Kapitel die Schlüssigkeit der Beweisführung Schritt für Schritt darlegen, aufzeigen, worum es mir geht; ich würde eine zuvor aufgestellte Hypothese verifizieren, und zum Schluss könnte ich Argumente hinaushängen wie ein Leintuch nach der Hochzeitsnacht, für jedermanns Augen sichtbar. Ich wäre Herrin über meinen Text, ich könnte ein ehrliches Zeilenhonorar damit verdienen.

Doch so lasse ich mich auf die Rolle der Geburtshelferin ein, der Gärtnerin, deren Verdienst höchstens das Säen ist und anschließend das langweilige Unkrautjäten.

Erzählungen haben eine eigene Trägheit, die sich nie ganz unter Kontrolle bringen lässt. Sie brauchen Leute wie mich, die unsicher sind, unentschieden, leicht an der Nase herumzuführen. Naive.

Dreihundert Kilometer

Ich hatte einen Traum, in dem ich aus der Höhe eine Stadt betrachtete, die in Tälern und an Berghängen gelegen ist. Aus dieser Perspektive war sichtbar, dass diese Städte in den abgesägten Stümpfen einstiger Riesenbäume liegen, wahrscheinlich gigantischer Sequoien und Ginkgos. Ich überlegte, wie hoch diese Bäume gewesen sein mussten, wenn heute in ihren Baumstümpfen ganze Städte siedeln. Aufgeregt versuchte ich, ihre Höhe zu berechnen, wobei ich eine einfache Gleichung anwandte, an die ich mich noch aus der Schule erinnerte:

$$A : B = C : D$$
$$A \times D = B \times C$$
$$D = \frac{B \times C}{A}$$

Wenn A die Oberfläche der Schnittfläche des Baumes ist, B seine Höhe, C die Oberfläche der Stadt, während D die gesuchte Höhe des Stadt-Baumes darstellt, dann kommen wir bei der Annahme, dass der durchschnittene Baum beispielsweise 1 m^2 Oberfläche am Baumstumpf und eine Höhe von maximal 30 m. hat, die Stadt hingegen (eine eher kleine Siedlung) einen Hektar (10 000 m^2) auf folgendes Ergebnis:

$$1 : 30 = 10000 : D$$

$$1 \times D = 10000 \times 30$$

und das ergibt 300 km

Auf dieses Ergebnis kam ich in dem Traum. Der Baum musste dreihundert Kilometer hoch gewesen sein. Ich fürchte, diese Schlafarithmetik wird man nicht ernst nehmen.

30 000 Gulden

Das wiederum ist nicht so viel. Die Jahreseinnahmen eines Kaufmanns, der mit den Kolonien handelt, vorausgesetzt, auf der Welt herrscht Frieden und es werden keine holländischen Schiffe konfisziert, um die man hinterher endlos prozessieren muss. Eine ganz anständige Summe. Dazu muss man noch dicke, robuste Holzkisten rechnen sowie die Transportkosten.

Genau diese Summe gab Peter der Große, Zar des Gesamten Russland, für die Sammlung von Präparaten aus, die Fryderyk Ruysch über viele Jahre angelegt hatte.

Im Jahre 1697 reiste der Zar mit einem großen Gefolge von 200 Personen durch Europa. Begierig besichtigte er alles, aber am meisten begeisterten ihn die Wunderkammern. Vielleicht litt er auch an einem Syndrom. Nachdem Ludwig XIV. dem Zaren eine Audienz versagt hatte, ließ sich dieser einige Monate in den Niederlanden nieder. Mehrere Male kam er inkognito in Begleitung kräftig gebauter Gefährten ins Theatrum anatomicum in De Waag, wo er mit konzentrierter Miene den fließenden Bewegungen des Professors folgte, dessen Skalpell die Körper von Gehenkten aufschnitt und den Blicken der Öffentlichkeit preisgab. Er knüpfte sogar engere Bekanntschaft mit dem Meister selbst, ja man kann sogar behaupten, dass sie Freunde wurden, und Ruysch brachte ihm bei, Schmetterlinge zu präparieren.

Doch was ihm am besten gefiel, war Ruyschs Sammlung: Hunderte von Präparaten, die in fest verschlossenen Gläsern in Flüssigkeit schwammen, ein Panoptikum des menschlichen Körpers, in seine Einzelteile zerlegt, ein mechanischer Kosmos der Organe. Ihn überlief ein kalter Schauer, wenn er die menschlichen Föten betrachtete, der Anblick faszinierte ihn so sehr, dass er die Augen kaum davon losreißen konnte. Und die dramatischen, phantastischen Anordnungen aus menschlichen Knochen, die ihn in eine angenehme kontemplative Stimmung versetzten. Das musste er in seinen Besitz bringen.

Die Gläser wurden sorgfältig in ausgepolsterte Kisten verpackt, mit Zwirn verschnürt und auf Pferdewagen zum Hafen gebracht. Ein gutes Dutzend Matrosen war einen ganzen Tag damit beschäftigt, die kostbare Ware unter Deck zu bringen. Der Professor persönlich überwachte die Verladung, wütete und tobte dabei, denn durch eine unvorsichtige Bewegung war schon ein schönes Exemplar von Acephalie zerstört worden, ein sehr seltenes Schaustück; in der Regel sammelte er keine Verirrungen der Natur, sondern war bemüht, Schönheit und Harmonie des Körpers zu zeigen. Jetzt war die Glasglocke zu Bruch gegangen, die berühmte Konservierungsflüssigkeit ergoss sich aufs Pflaster und versickerte zwischen den Steinen. Das Präparat rollte über die schmutzigen Pflastersteine und barst an zwei Stellen. Auf einer Glasscheibe sah man nur noch das schwarzumrandete Etikett, auf das die Tochter des Professors in sorgfältiger Schönschrift geschrieben hatte: »Monstrum humanum acephalum«. Ein seltenes Stück. Untypisch. Schade. Der Professor wickelte es in ein Tuch und humpelte damit nach Hause. Vielleicht ließ sich noch etwas damit machen.

Was für ein trauriger Anblick – der leere Raum, wo die verkaufte Sammlung gestanden hatte. Professor Ruysch ließ die Augen lange darüber gleiten und bemerkte dunkle Flecken auf den Holzregalen, die flachen Bodenumrisse der dreidimensionalen Gläser, Spuren im allgegenwärtigen Staub, nicht mehr als die Flächenmaße der Gefäße, ohne den kleinsten Hinweis auf den Inhalt.

Er ging schon auf die Achtzig zu, die Sammlung war das Ergebnis seiner Arbeit der letzten dreißig Jahre, er hatte ziemlich früh angefangen. Man kann ihn auf dem Bild eines gewissen Backer sehen, damals war er zweiunddreißig Jahre alt und hielt die besten Anatomievorlesungen in der Stadt. Dem Maler ist es gelungen, den besonderen Gesichtsausdruck des jungen Ruysch festzuhalten: Selbstsicherheit und kaufmännische Schläue. Ja, der zur Vivisektion vorbereitete Körper, die in perspektivischer Verkürzung dargestellte Leiche eines jungen Mannes ist frisch, dieser Körper sieht lebendig aus, die Hautfarbe ist milchig-rosig, nichts erinnert an eine Leiche, das angewinkelte Knie lässt an einen Menschen denken, der sich nackt auf den Rücken legt, doch instinktiv die Schamzone vor den Blicken fremder Menschen schützt. Das ist der Körper des hingerichteten Diebes Joris van Iperen. Die in Schwarz gehüllten Chirurgen stehen in beunruhigendem Kontrast zu diesem schamhaften, wehrlosen toten Körper. Der Professor führt vor, worauf er dreißig Jahre später seinen Ruhm gründete: die von ihm ausgedachte Mixtur, mit der sich die Frische des Gewebes lange bewahren lässt. Die Flüssigkeit, in der Ruysch seltene anatomische Präparate haltbar macht, hat wahrscheinlich dieselbe Zusammensetzung. Er ist zwar guter Gesundheit, doch in der Tiefe seines Herzens ahnt er, dass ihm die Zeit fehlen wird, sie neu zu mischen, und das bereitet ihm Kummer.

Die Tochter des Professors – eine ihm völlig ergebene Fünfzigjährige mit zarten Händen in cremefarbenen Spitzenmanschetten – weist gerade Mädchen zum Saubermachen an. Kaum jemand weiß noch, wie sie mit Vornamen heißt, »die Tochter von Professor Ruysch« oder »Fräulein«, wie die Putzmägde zu ihr sagen, reicht ihr vollkommen. Aber wir kennen ihren Namen – Charlotta. Sie ist befugt, für ihren Vater Dokumente zu unterzeichnen, und die Unterschriften der beiden sind nicht voneinander zu unterscheiden. Doch ihrer zarten Hände, der Spitzen und ihres umfangreichen

Wissens auf dem Gebiet der Anatomie ungeachtet wird sie nicht so wie ihr Vater in die Geschichte eingehen. Sie wird nicht unsterblich wie er, wird weder im Menschengedenken noch in Lehrbüchern einen Platz haben. Die Präparate, die sie mit so großer Hingabe anonym angefertigt hat, werden sie überdauern. All diese schönen zarten Föten, die in goldfarbener Flüssigkeit, in stygischen Wassern, ihr stilles paradiesisches Dasein führen, werden sie überleben. Die kostbarsten von ihnen, selten wie Knabenkraut, haben ein zusätzliches Paar Hände oder Füße, denn im Unterschied zu ihrem Vater ist sie von dem fasziniert, was unvollkommen und krankhaft ist. Von Microcephalen, die sie von bestochenen Hebammen besorgen konnte. Oder gargantuesk wuchernden Därmen, die sie von Chirurgen bekam. Provinzmediziner boten der Tochter von Professor Ruysch besonders seltsame Geschwulste zum Kauf an. Fünfbeinige Kälber, die Föten siamesischer Zwillinge, die am Kopf zusammengewachsen waren. Doch am meisten hat sie den städtischen Hebammen zu verdanken. Sie war eine gute Kundin, auch wenn sie zu handeln verstand.

Der Vater hinterlässt das Geschäft ihrem Bruder Henrik, und er ist es auch, der sich auf dem Gemälde befindet, das dreizehn Jahre nach dem ersten entstand. Dieses Bild sieht Charlotta jeden Tag, wenn sie die Treppe hinuntergeht. Es zeigt ihren Vater schon als gestandenen Mann mit sorgfältig gestutztem spanischem Bärtchen und Perücke. Diesmal hebt er die mit einem Chirurgenmesser bewaffnete Hand über dem offenen Körper eines Säuglings. Die Bauchdecke ist schon ordentlich auseinandergeklappt und legt die Organe im Leibesinnern frei. Charlotta assoziiert damit ihre Lieblingspuppe, die ein blasses Porzellangesicht hat und einen sägespangefüllten Torso aus Lappen.

Sie hat nicht geheiratet, das wurde akzeptiert, denn sie widmete sich ja dem Vater. Sie wird keine Kinder haben, außer den schönen blassen, die in Alkohol schwimmen.

Sie hat immer bedauert, dass ihre Schwester Rachel, die mit ihr an der Anfertigung der Präparate gearbeitet hat, verheiratet wurde. Doch Rachel hatte es immer mehr zur Kunst als zur Wissenschaft gezogen. Sie wollte die Hände nicht in Formalin tauchen, und von Blutgeruch wurde ihr schlecht. Dafür verzierte sie die Gläser für die Präparate mit Blumenmotiven. Sie entwarf auch Kompositionen aus Knochen, vor allem den ganz kleinen, denen sie dann nachher außergewöhnliche Namen gab. Doch mit ihrem Mann zog sie nach Haag, und Charlotte blieb allein zurück, die Brüder zählen ja nicht.

Sie fährt mit dem Finger über die Oberfläche eines Regalbretts und hinterlässt darauf eine Spur. Gleich werden die Wischlappen der Reinemachmädchen sie tilgen. Es tut ihr sehr leid um die Sammlung, der hat sie ihr ganzes Leben gewidmet. Sie wendet den Kopf zum Fenster, damit die Dienstmädchen ihre Tränen nicht bemerken. Draußen sieht sie den alltäglichen Betrieb der Stadt. Sie fürchtet, dass die Gläser dort im fernen Norden nicht fachgerecht aufbewahrt oder gelagert werden. Der Lack, der die Deckel abdichtet, bekommt unter dem Einfluss der Dämpfe der Konservierungsmischung manchmal Sprünge, dann verfliegt der Alkohol. Das hat sie alles auf Lateinisch in einem langen detaillierten Brief aufgeschrieben, den sie der Sammlung beigelegt hat. Aber können sie dort überhaupt Latein lesen?

Heute schläft sie nicht ein. Sie macht sich Sorgen, als hätte sie die eigenen Söhne auf die Reise zu einer fernen Universität entlassen. Aus Erfahrung weiß sie jedoch, dass die beste

Arznei gegen Sorgen die Arbeit ist. Die Arbeit an sich, die Annehmlichkeit und Belohnung darstellt. Sie bringt die schwätzenden Mädchen zum Schweigen, die sich vor ihrer strengen Erscheinung fürchten. Bestimmt denken sie, dass jemand wie sie direkt in den Himmel kommt.

Aber was braucht sie den Himmel? Was soll sie im Himmel der Anatomen? Er ist dunkel und eintönig, sie stehen dort unbeweglich in Gruppen, nur Männer in dunklen Kleidern, die sich kaum vom umgebenden Dämmerlicht abheben, vor ihnen eine aufgeschnittene Leiche. Auf ihren im Widerschein der weißen Kragen blass leuchtenden Gesichtern lässt sich ein Ausdruck von Zufriedenheit, ja sogar Triumph erkennen. Sie ist eine Eigenbrötlerin, sie braucht keine Menschen um sich. Deshalb bereiten ihr Kränkungen keinen Kummer und Erfolge keine Freude. Jetzt räuspert sie sich laut, um sich Trost zuzusprechen, und geht davon, wobei sie mit ihren Röcken eine Staubwolke aufwirbelt.

Doch sie geht nicht nach Hause, es zieht sie in die entgegengesetzte Richtung, zum Meer hin, in den Hafen, und bald darauf erblickt sie die hohen schmalen Masten der Ostindien Compagnie. Sie liegen vor Anker, kleine Boote eilen zwischen ihnen hin und her und bringen die Ware an Land. Die Fässer und Kisten tragen das aufgestempelte Zeichen der VOC*. Braungebrannte Männer mit entblößtem schweißglänzendem Oberkörper tragen Kisten mit Pfeffer, Nelken und Muskatnuss über die Fallreeps. Der salzige Fischgeruch des Meeres ist hier mit Zimtduft gewürzt.

Sie geht am Ufer entlang, bis sie in der Ferne den Dreimaster des russischen Zaren entdeckt, den will sie so schnell wie

* Vereenigde Oostindische Compagnie, Anm. d. Übers.

möglich hinter sich lassen, will ihn weder anschauen noch sich vorstellen, wie die Gläser dort in einem schmutzigen, nach Fisch stinkenden Laderaum stehen, wie fremde Hände sie berühren, wie sie dort viele lichtlose Tage verbringen müssen, in denen kein Menschenauge sie betrachtet.

Sie beschleunigt den Schritt und gelangt zu den Docks, wo die Schiffe liegen, die sich anschicken, den Anker zu lichten und bald auf dänischen und norwegischen Meeren segeln werden. Diese Schiffe sehen ganz anders aus als die der Compagnie. Sie sind prächtig, bunt bemalt, tragen Galionsfiguren wie Sirenen und andere mythologische Gestalten.

Sie wird Zeuge einer Musterung. Zwei schwarz gekleidete Beamte mit braunen Perücken sitzen an einem langen Tisch am Ufer. Davor steht eine Gruppe Männer, die anheuern wollen, langschädelige Fischer aus den umliegenden Dörfern, zerlumpt und stoppelbärtig, seit Ostern nicht gewaschen.

Ein verrückter Gedanke schießt ihr durch den Kopf: Sie könnte abgerissene Männerkleider anziehen, die Arme mit stinkendem Öl beschmieren, ihr Gesicht damit dunkler machen, die Haare abschneiden und sich auch in diese Reihe stellen. Die Zeit nivelliert gnädig die Unterschiede zwischen Frau und Mann, sie weiß, dass sie keine Schönheit ist, dass sie mit ihren schon schlaffen Wangen und dem von zwei Falten umklammerten Mund für einen Mann gehalten werden könnte. Säuglinge und alte Leute sehen alle einander ähnlich. Was hält sie davon ab? Das schwere Kleid, die vielen Unterröcke, die unbequeme Haube, die ihre unansehnlichen Haare fest frisiert hält, ihr alter, verrückter Vater, seine Anfälle von Geiz, wenn er ihr mit knochigem Finger die Münzen für den Haushalt über die hölzerne Tischplatte zuschiebt? Der in seinem sorgsam maskierten Wahnsinn schon beschlossen hatte, dass sie jetzt alles ganz von vorne anfangen würden – sie solle sich bereithalten. Im Laufe weniger Jahre würden sie die Sammlung wieder aufbauen, die Hebammen bezahlen, damit sie jederzeit bereitstünden und keine Missgeburt oder Fehlgeburt vergeudet würde.

Morgen könnte sie an Bord gehen, sie hatte gehört, dass die Compagnie noch Matrosen brauchte. Sie würde eines der Boote besteigen, das sie nach Texel bringen würde, wo eine ganze Flotte lag. Die Schiffe der Compagnie wölben sich breit mit großen Bäuchen, stämmige Schiffe, die möglichst viel Seide, Porzellan, Teppiche und Gewürze in sich aufnehmen können; ein großer Mund stünde ihnen auch noch gut, Entenschnäbel sind so raffgierig. Sie würde Maat, niemand würde etwas merken, sie ist ziemlich groß und kräftig, die Brust würde sie mit einer Leinenbinde flachdrücken. Und selbst wenn es herauskäme – dann wären sie schon auf hoher See auf dem Weg nach Ostindien –, was könnte man ihr schon tun? Sie könnten sie höchstens an einem zivilisierten Ort von Bord schicken, zum Beispiel in Batavia, wo angeblich – das hatte sie auf Stichen gesehen – die Affen in Scharen herumlaufen und auf den Dächern sitzen, wo das ganze Jahr über Früchte reifen wie im Paradies und wo es so warm ist, dass man nicht mal Strümpfe trägt.

So denkt sie, so phantasiert sie, doch dann zieht ein großer breitschultriger Mann ihre Aufmerksamkeit auf sich, seine Schultern und Arme, sein nackter Oberkörper sind voller Tätowierungen, bunte Bilder von Schiffen, Segeln, spärlich bekleideten dunkelhäutigen Frauen. Als trüge dieser Mensch die Geschichte seines Lebens auf dem eigenen Körper verzeichnet, wahrscheinlich stellen die Bilder seine Reisen und

Geliebten dar. Charlotta kann den Blick nicht von ihm wenden. Der Mann schultert große Ballen, die in graue Leinwand gehüllt sind, und trägt sie über das Fallreep auf ein kleines Boot. Er spürt wohl ihren Blick im Rücken, denn er mustert sie flüchtig, weder lächelt er, noch schaut er schief, sie ist für ihn nicht attraktiv. Ein altes Mädchen in Schwarz. Doch sie ist wie gebannt von seinen Tätowierungen. Auf seinem Oberarm entdeckt sie einen bunten Fisch, einen großen Wal, und im Spiel der Muskeln des arbeitenden Matrosen kommt es ihr vor, als sei dieser Wal lebendig, als lebe er in einer einmaligen Symbiose mit diesem Menschen, auf seiner Haut, für immer an ihn geheftet, auf einer unendlichen Reise vom Schulterblatt zu seiner Brust. Dieser große schwere Körper beeindruckt sie sehr. Sie fühlt, wie ihre Beine langsam und schwer werden, wie ihr Körper sich von unten öffnet, sich – so empfindet sie es – diesen Schultern, diesem Walfisch öffnet.

Sie presst die Zähne zusammen, bis es in ihrem Kopf dröhnt. Sie macht sich auf den Weg nach Hause, am Kanal entlang, aber nach kurzer Zeit verlangsamt sie den Schritt und bleibt stehen. Sie hat das merkwürdige Gefühl, dass das Wasser über die Straßenkante schwappt. Ganz sanft, zuerst schickt es kleine Wellen aus, den Ort zu erkunden, in den es sich ausdehnen will, dann drängt es sich kühner vor, ergießt sich auf das Pflaster und sickert zwischen die Steine, erreicht nach kurzer Zeit die Treppenstufen der Häuser. Charlotta fühlt die Schwere des Elements ganz deutlich – ihre Röcke saugen sich voll mit Wasser, werden bleiern, sie kann sich nicht mehr bewegen. Sie spürt diese Flut in jedem Zoll ihres Körpers und sieht, wie die erstaunten Boote gegen die Bäume stoßen; immer hatten sie den Bug gegen die Wellen gerichtet, jetzt haben sie die Orientierung verloren.

Die Sammlung des Zaren

Im Morgengrauen des nächsten Tages lichtete das russische Segelschiff mit der sorgfältig im Laderaum verstauten Sammlung den Anker und stach in See. Glücklich brachte es die dänische Meerenge hinter sich, und nach wenigen Tagen nahm die Ostsee es in Empfang. Der Kapitän war gut gelaunt, er sann über den Kauf des von niederländischen Handwerkern wunderbar angefertigten Telluriums nach, denn das hat ihn immer mehr interessiert als das Segeln, und im Innersten seines Herzens wäre er lieber Astronom oder Kartograph geworden, jemand, der über die Grenzen des unseren Augen und unseren Schiffen zugänglichen Raums hinausreicht. Ab und zu stieg er in den Laderaum hinab, um sich davon zu überzeugen, dass die kostbare Ladung unbeschadet an Ort und Stelle war.

Doch dann, in der Gegend von Gotland, änderte sich das Wetter.

Nach einem nicht allzu heftigen Gewitter legte sich der Wind, die Luft über dem Wasser blieb stehen, und die letzte Augustwärme verwandelte sich in einen großen atmosphärischen Bernstein. Die Segel hingen schlaff, und so blieb es mehrere Tage. Um die Mannschaft irgendwie beschäftigt zu halten, ließ der Kapitän sie die Leinen ab- und aufwickeln, das Deck scheuern und abends zur Musterung antreten. Doch nach Einbruch der Dämmerung verloren seine Autorität und Macht auf eine unbestimmte Art und Weise die Konturen, und er verspann sich allein im gemütlichen Kokon der Kajüte, teils aus Widerwillen gegen die dumpfen und primitiven Matrosen, teils auch des Reisetagebuchs wegen, das er seinen beiden Söhnen widmen wollte.

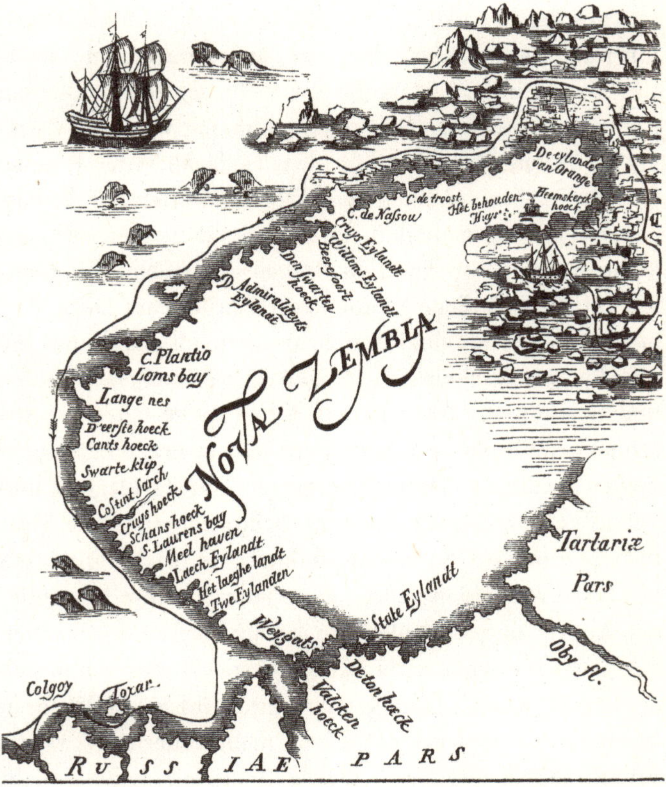

NOVA ZEMBLA
De eylande van Orange
C. de troost
Het behouden Huys
Heemskercks hoeck
C. de Nassou
Cruys Eylandt
Willems Eylandt
Beerefoort
Den swarten hoeck
D. Admiraliteyts Eylandt
C. Plantio
Loms bay
Lange nes
D'eerste hoeck
Cants hoeck
Swarte klip
Costint Sarch
Cruys hoeck
Schans hoeck
S. Laurens bay
Meel haven
Laech Eylandt
Het laeghe landt
Twe Eylanden
Weygats
State Eylandt
Tartariæ Pars
Oby fl.
Colgoy
Toxar
Deton hoeck
Valcken hoeck
RUSSIAE PARS

Am achten Tag der Meeresstille begannen die Matrosen zu murren, als sich herausstellte, dass das in Amsterdam gekaufte Gemüse, insbesondere die Zwiebeln, schlechter Qualität und zum großen Teil bereits verschimmelt war. Der Vorrat an Wodka neigte sich schon dem Ende zu – der Kapitän fürchtete sich, einen Blick unter Deck zu werfen, wo die Fässer gelagert waren, doch die Meldungen des ersten Offiziers klangen ziemlich bedrohlich. Sorgenvoll lauschte der Kapitän auf das nächtliche Klopfen von Schritten auf Deck. Anfangs waren es nur einzelne Schritte, dann klopften schon ein paar Füße, und schließlich drangen ein regelrechtes Stampfen und rhythmische Rufe an sein Ohr (ob sie tanzten?), die schließlich in heisere Schreie Betrunkener und einen lauten ungleichmäßigen Gesang übergingen, der so klagend und voller Weh war, dass er ihn an das Schreien bestimmter Meerestiere erinnerte. So ging es einige lange Nächte hindurch fast bis zum Morgengrauen. Tagsüber sah er ihre verquollenen Augen, die geschwollenen Lider und den ausweichenden Blick. Doch sowohl er als auch der erste Offizier waren sich im Klaren, dass die Dunkelheit mitten auf einem reglosen Meer der Lösung ernster Probleme nicht förderlich war. Erst am zehnten Tag der Flaute, als die nächtlichen Exzesse nicht mehr zu tolerieren waren und die helle Sonne des Tages seine Orden und Epauletten gut zur Geltung brachte, ging er auf Deck und nahm den Anführer, einen gewissen Kalukin, fest.

Leider musste er mit bebendem Herzen feststellen, dass ein Teil der Ladung beschädigt worden war. Von den Hunderten mitgeführter Gläser waren mehrere Dutzend aufgebrochen, und die Konservierungsflüssigkeit, ein starker Weinbrand, war bis auf den letzten Tropfen geleert. Die Präparate waren nicht angerührt, sie lagen, mit Sägespänen und

Werg übersät, auf dem Boden herum. Er sah sie nicht genauer an. In der Einsamkeit in seiner Kajüte übergab er sich vor Ekel und Entsetzen. In der nächsten Nacht musste er den Eingang zum Laderaum mit der Waffe in der Hand bewachen, und es wäre fast zur Meuterei gekommen. Die Augusthitze trieb die Leute in den Wahnsinn. Und die spiegelglatte Oberfläche des Meeres. Und die Ladung selbst.

Doch schließlich hatten sie keine andere Wahl, der Kapitän gab den Befehl, die Körperteile in Jute einzunähen, dann warf er sie selbst über Bord. Und, wie von einem Zauberstab berührt, schluckste das Meer, von diesem Leckerbissen beschwichtigt, auf und regte sich. Vom schwedischen Festland her erhob sich ein Wind und trieb das Segelschiff des Zaren auf seinen Heimathafen zu.

Nach der Ankunft in Petersburg musste der Kapitän einen Geheimbericht schreiben, Kalukin wurde verurteilt und gehängt, und die Sammlung selbst wurde, wenngleich nicht mehr vollständig, wohlbehalten an einen speziell für diesen Zweck bestimmten Ort gebracht.

Den Kapitän jedoch versetzte man wegen mangelnder Sorge für den Transport mitsamt seiner Familie in den hohen Norden, wo er den Rest seines Lebens damit verbrachte, kleine Walfangexpeditionen zu veranstalten und zur Erstellung detaillierter Karten von Nowaja Zemlja beizutragen.

Irkutsk – Moskau

Das Flugzeug Irkutsk – Moskau. Es fliegt in Irkutsk um acht Uhr morgens ab und erreicht Moskau um dieselbe Uhrzeit – um acht Uhr morgens am selben Tag. Genau um diese Zeit geht die Sonne auf, man fliegt also die ganze Zeit bei Tagesanbruch. Man verharrt in einem Augenblick, in einem großen, ruhigen, ausgedehnten Jetzt, das so groß ist wie Sibirien.

In dieser Zeit müsste man seine Lebensbeichte ablegen. Die Zeit vergeht im Inneren des Flugzeugs, aber verrinnt nicht außerhalb von ihm.

Dunkle Materie

Drei Stunden nach dem Abflug, als mein Sitznachbar von der Toilette zurückkam und ich aufstehen musste, um ihn auf seinen weich gepolsterten Platz zu lassen, wechselten wir ein paar höfliche Bemerkungen über das Wetter, Turbulenzen, das Essen. Eine Stunde später stellten wir uns einander vor. Er war Physiker. Auf dem Heimweg von einem Vortrag. Als er die Schuhe auszog, bemerkte ich, dass er in der Ferse des einen Strumpfs ein sehr großes Loch hatte. Damit zwinkerte mir der physische Körper des Physikers zu, und von da an unterhielten wir uns entspannter. Er erzählte mir begeistert von Walfischen, aber eigentlich befasste er sich mit etwas anderem.

Dunkle Materie – das war sein Thema. Das ist etwas, von dem wir wissen, dass es existiert, aber wir können ihm mit keinerlei Instrumenten beikommen. Die Beweise für die Existenz der dunklen Materie lassen sich eindeutig aus komplizierten Berechnungen ablesen, mathematische Ergebnisse legen Zeugnis von ihr ab. Alles deutet darauf hin, dass sie drei Viertel des Universums erfüllt. Unsere Materie, die helle Materie, die wir kennen und aus der unser Kosmos besteht, ist wesentlich rarer. Die schwarze hingegen passt überall hin, sagt der Mann mit dem Loch im Strumpf, hier neben uns, ringsum. Er schaut aus dem Fenster und deutet mit den Augen auf die blendend hellen Wolken unter uns.

»Auch dort ist sie. Überall. Das Schlimmste ist, dass wir nicht wissen, was es ist. Und warum es da ist.«

Ich wollte ihn sofort mit den Klimaforschern bekannt machen, die zu einem Kongress nach Montreal flogen. Ich stand von meinem Platz auf und suchte sie mit den Augen. Doch natürlich wurde mir gleich klar, dass es ein anderes Flugzeug gewesen war.

Mobilität ist Realität

verkündet eine große Werbetafel an einer verglasten Wand allwissend:

Мобильность становися реальностю*

Wir wollen fest dabei bleiben, dass das nur eine Reklame für Mobiltelefone ist.

* mobil'nost's stanovitsja real'nostju – dt. Mobilität wird Wirklichkeit, Anm. d. Übers

Unrast

In der Nacht steigt die Hölle über der Welt auf. Zuerst verzerrt sie den Raum, macht alles enger, massiver, unbeweglicher. Einzelheiten verschwinden, Gegenstände verlieren ihr Gesicht, werden massig und unscharf, wie merkwürdig, dass man tagsüber von ihnen sagen kann, sie seien »schön« oder »nützlich«; jetzt erinnern sie an unförmige Klumpen, deren Zweck schwer zu erraten ist. Doch in der Hölle ist alles unwirklich. Diese ganze Formenvielfalt des Tages, das Vorhandensein von Farben und Nuancen erweist sich als völlig leer – wozu das alles? Welchen Zweck haben die cremefarbenen Sesselbezüge, das Blattmuster der Tapete, die Fransen am Vorhang? Welche Bedeutung hat das Grün des Kleides, das über der Stuhllehne hängt; der begierige Blick, der es gestreift hat, als es noch in der Auslage des Geschäftes hing, lässt sich jetzt kaum noch begreifen. Es hat keine Knöpfe, Ösen, Häkchen mehr, im Dunkeln ertasten die Finger nur noch Auswölbungen, Unebenheiten, Ballungen harter Materie.

Dann zieht die Hölle gnadenlos aus dem Schlaf empor. Manchmal drängt sie beängstigende Bilder auf, die grässlich oder höhnisch sind, zum Beispiel einen abgetrennten Kopf, den Körper eines geliebten Menschen in einer Blutlache, menschliche Knochen in einem Aschehaufen – o ja, sie liebt es, Schrecken einzujagen. Doch am häufigsten weckt sie einen einfach ganz ohne Umschweife auf, die Augen öffnen sich ins Dunkel, ein Gedankenstrom setzt ein, der Blick, der ins schwarze Nichts geht, ist ihre Vorhut. Das nächtliche Gehirn ist Penelope, die nachts den tagsüber sorgfältig gewebten Teppich des Sinns wieder auftrennt. Manchmal ist es ein Faden, manchmal sind es mehrere, ein kompliziertes Muster zerfällt in seine Grundbestandteile von Kette und Schuss, die Kette fällt, es bleiben nur noch parallele Linien, der Strichcode der Welt.

Dann wird es offenbar: Die Nacht gibt der Welt ihr ursprüngliches natürliches Aussehen zurück, sie erfindet nichts; der Tag ist die Extravaganz, das Licht – nur eine kleine Ausnahme, ein Versehen, eine Störung der Ordnung. In Wirklichkeit ist die Welt dunkel, fast schwarz. Bewegungslos und kalt.

Sie sitzt starr aufgerichtet im Bett, zwischen den Brüsten kitzelt ein Schweißtropfen, das Nachthemd klebt an ihr wie eine alte Haut, die sie bald abstreifen wird. Annuschka lauscht ins Dunkel und hört aus Petjas Zimmer ein leises Wimmern. Mit den Füßen sucht sie nach den Pantoffeln, gibt aber bald auf. Lieber läuft sie schnell barfuß zu ihrem Sohn. Neben ihr im Bett erkennt sie die dunklen Umrisse eines Menschen, der sich ächzend rührt.

»Was ist?«, fragt ihr Mann schlaftrunken und lässt den Kopf resigniert wieder aufs Kissen sinken.

»Nichts. Petja.«

Sie knipst die kleine Lampe im Kinderzimmer an und sieht sofort seine Augen. Sie sind ganz wach, blicken sie aus den dunklen Höhlen an, die das Licht auf seinem Gesicht entstehen lässt. Sie legt ihm die Hand auf die Stirn, instinktiv, wie immer. Die Stirn ist nicht heiß, sie ist schweißnass und kühl. Behutsam bringt sie den Jungen in Sitzhaltung und massiert ihm den Nacken. Sein Kopf sinkt auf ihre Schulter. Annuschka spürt den Geruch seines Schweißes, sie erkennt den Schmerz darin, denn das hat sie schon gelernt: Petja riecht anders, wenn er Schmerzen hat.

»Hältst du es bis zum Morgen aus?«, fragt sie flüsternd,

liebevoll, doch sofort wird ihr klar, wie dumm diese Frage ist. Warum sollte er aushalten? Wozu? Sie greift nach den Tabletten auf dem Nachttisch, drückt eine aus der Folie und steckt sie dem Jungen in den Mund. Dann ein Glas mit lauwarmem Wasser. Der Junge trinkt, verschluckt sich, sie lässt ihn noch einmal trinken, diesmal vorsichtiger. Die Tablette beginnt sofort zu wirken, sie legt den kraftlosen Körper auf die rechte Seite, zieht ihm die Knie bis zum Bauch an, sie hat immer das Gefühl, dass diese Haltung für ihn am bequemsten ist. Sie legt sich zu ihm auf den Bettrand und drückt den Kopf an seinen mageren Rücken. Sie hört, wie die Luft Atem wird, wie sie in seine Lungen strömt und wieder in die Nacht hinaus entweicht. Sie wartet, bis dieser Prozess seinen leichten, automatischen Rhythmus gefunden hat, dann steht sie leise auf und geht auf Zehenspitzen in ihr Bett zurück. Sie würde lieber bei Petja im Zimmer schlafen, so wie früher, bevor ihr Mann zurückkam. So war es besser, sie war ruhiger, wenn sie beim Einschlafen und Aufwachen das Gesicht dem Kind zugewandt hatte. Sie brauchte nicht jeden Abend das eheliche Doppelbett auszuziehen, sollte es ruhig leer bleiben. Aber Ehemann ist Ehemann.

Vor vier Monaten war er zurückgekommen. Nach zwei Jahren. Er kam in Zivilkleidung, in denselben Sachen, die er anhatte, als er fortging. Inzwischen waren sie nicht mehr modern, dabei hat er sie offensichtlich gar nicht benutzt. Sie schnupperte daran, sie rochen nach nichts, höchstens ein wenig nach Feuchtigkeit, sie hatten diesen Geruch der Starre, nach dem doppelt und dreifach verschlossenen Magazin.

Er war ein anderer, als er zurückkam, das merkte sie gleich, und er blieb auch so anders. In der ersten Nacht untersuchte sie seinen Körper, auch der war ein anderer geworden. Fester, größer, muskulöser, doch auch seltsam schwach.

Sie ertastete eine Narbe auf seiner Schulter und unter den Haaren, die sichtbar schütter und grau geworden waren. Seine Hände waren massig geworden, die Finger dick, als hätte er körperliche Arbeit verrichtet. Sie legte sie auf ihre nackten Brüste, doch die Hände blieben unentschlossen. Sie versuchte, ihn mit der Hand zur Liebe zu verlocken, aber er blieb so still liegen und atmete so flach, dass sie sich genierte.

Nachts erwachte er oft mit einem kehligen, rasenden Schrei, setzte sich im Dunkeln auf, kurz darauf verließ er das Bett und ging zu der Schrankwand, wo die Getränke standen, schenkte sich Schnaps ein. Danach roch er nach Äpfeln. »Fass mich an, fass mich an«, bat er dann.

»Sag mir, wie es dort war, davon wird dir leichter, sag es mir«, flüsterte sie ihm ins Ohr, wollte ihn mit ihrem heißen Atem verführen.

Aber er sagte nichts.

Während sie sich mit Petja beschäftigte, lief er in seinem gestreiften Schlafanzug in der Wohnung umher, trank Kaffee, der so stark war, dass er einen umhauen konnte, schaute aus dem Fenster auf die Siedlung. Dann kam er ins Zimmer des Jungen. Manchmal hockte er sich neben ihn und versuchte, Kontakt zu ihm zu finden. Später schaltete er den Fernseher an und zog die gelben Vorhänge vor, so dass das Tageslicht kränklich, dicht, fiebrig wurde. Er zog sich erst nachmittags an, kurz bevor die Pflegerin zu Petja kam, aber auch das nicht immer. Manchmal schloss er einfach die Tür, der Ton des Fernsehers wurde undeutlich, wurde zu einem zermürbenden Rauschen, einer Aufforderung zu einer Welt, die allen Sinn verloren hatte.

Das Geld kam regelmäßig, jeden Monat. Sogar reichlich, genug für die Medikamente für Petja, für seine Pflegerin, für den selten benutzten Rollstuhl.

Heute wird sie sich nicht mit dem Kind befassen, heute hat sie ihren Ausgehtag. Gleich kommt ihre Schwiegermutter, es ist nie klar, ob sie mehr ihres Sohnes oder ihres Enkels wegen kommt, ob sie sich dem einen mit größerer Zärtlichkeit widmet oder dem anderen. Sie stellt die karierte Plastiktasche hinter der Wohnungstüre ab und zieht einen Kittel aus Nylon und Schlappen heraus, ihre Hauskleidung. Sie schaut bei ihrem Sohn ins Zimmer, fragt etwas, er antwortet Ja oder Nein, ohne den Blick vom Fernseher zu wenden. Sonst nichts, sie hat nichts zu erwarten, sie geht zum Enkel. Sie muss ihn waschen und füttern, das durchgeschwitzte und vollgepinkelte Bettzeug wechseln, ihm die Medikamente geben. Dann die Waschmaschine anschalten und mit dem Kochen beginnen. Danach Spielen mit dem Kind, wenn das Wetter schön ist, kann sie den Jungen auf den Balkon tragen, obwohl es von dort nicht viel zu sehen gibt – Wohnblocks, die wie große graue Korallenriffe eines ausgetrockneten Meeres, von beweglichen Organismen bevölkert, am verschwommenen Horizont der großen Stadt, des riesigen Moskau, stehen. Doch der Junge hebt den Blick immer zum Himmel, heftet ihn an die Bäuche der Wolken und wandert mit ihnen, bis sie außer Sichtweite sind.

Annuschka ist ihrer Schwiegermutter für diesen einen Tag in der Woche dankbar. Beim Hinausgehen küsst sie flüchtig die weiche, samtige Wange. Mehr sehen sie nicht voneinander, immer nur kurz in der Tür, schon läuft sie die Treppe hinunter, je weiter unten sie ist, desto leichter fühlt sie sich. Den ganzen Tag hat sie vor sich. Doch sie nutzt ihn nicht nur für sich, sie hat einiges zu erledigen. Sie bezahlt Rechnungen, macht Einkäufe, besorgt Rezepte für Petjas Medikamente, geht auf den Friedhof und fährt schließlich ans andere Ende dieser riesigen unmenschlichen Stadt, um im Dunkeln zu sitzen und zu weinen. Es ist in der Tat eine lange Fahrt, überall sind Staus, zwischen anderen Menschen eingezwängt betrachtet sie aus den Autobusfenstern die großen Autos mit abgedunkelten Scheiben, die mühelos und wie durch Teufelswerk vorankommen, obwohl alles andere steht. Sie blickt auf die Grünanlagen, wo es von jungen Leuten wimmelt, auf die Marktstände mit billigen chinesischen Waren. Am Kiewer Bahnhof muss sie immer umsteigen; auf dem Weg von der unterirdischen Haltestelle nach oben kommt sie an unzähligen Menschen vorbei. Doch niemand erscheint ihr so auffallend, so anrührend wie die merkwürdige Gestalt am Ausgang, vor dem provisorischen, dicht mit schreienden Reklamen beklebten Zaun, der die Baugrube und Fundamente eines angefangenen Gebäudes verdeckt.

Diese Frau dort geht im Kreis auf einem Streifen Niemandsland zwischen der Mauer und den frisch verlegten Gehsteigplatten. So wird sie Zeugin des unablässig vorüberziehenden Menschenstroms, sie nimmt diese Parade müder, hastender Passanten ab, von denen die meisten sich hier erst auf halbem Wege zwischen Zuhause und Arbeit, zwischen Arbeit und Zuhause befinden, hier ist die Umsteigehaltestelle zwischen Metro und Autobus.

Sie ist eigenartig gekleidet, alles Mögliche hat sie an: Hosen, darüber mehrere Röcke, die so geschichtet sind, dass der eine unter dem anderen hervorschaut. Ihre Oberbekleidung ist ähnlich, sie besteht aus zahlreichen Hemden, Pullundern, Westen. Und über allem eine alte graue wattierte Jacke, Gipfel der raffinierten Schlichtheit, Anklang an ein fernöstliches Kloster oder ein Arbeitslager. Das alles zusammen hat aber einen ästhetischen Sinn, ja es gefällt Annuschka sogar, die Farben scheinen mit Bedacht aufeinander abgestimmt; vielleicht ist es keine persönliche Wahl, sondern die Haute Couture der Entropie, der verblichenen Farben, des Spleißens und Verschleißens.

Doch am merkwürdigsten sind der Kopf – auf einem stramm um die Stirn gewickelten Stoffstreifen sitzt eine Kappe mit Ohrenschützern – und das verdeckte Gesicht, von dem nur der unentwegt Flüche ausstoßende Mund zu sehen ist. Dieser Anblick ist so erschütternd, dass Annuschka nie auch nur versucht zu verstehen, welche Aussage sich in den Flüchen versteckt. Auch jetzt geht sie an ihr vorbei, beschleunigt ihren Schritt, sie hat Angst, die Frau könnte sie anhalten, in dem Strom der wütenden Worte könnte ihr eigener Name auftauchen.

Es herrscht angenehmes Dezemberwetter, die Gehsteige sind trocken, vom Schnee befreit, in ihren Schuhen lässt sich gut gehen. Annuschka steigt nicht in den Autobus, sondern überquert eine Brücke und marschiert nun an einer mehrspurigen Straße entlang. Sie fühlt sich dabei wie am Ufer eines großen Flusses ohne Brücken. Der Fußmarsch macht ihr Freude, weinen wird sie erst in ihrer Kirche, in dem dunklen Winkel, wo sie immer kniet und in dieser unbequemen Haltung so lange verharrt, bis sie alles Gefühl in den Beinen verliert, bis ihre Knie die nächste Stufe nach Starre, Brennen und Schmerz erreichen – das große Nichts. Jetzt jedoch hängt sie die Handtasche über die Schulter und hält den Beutel mit den herausragenden Plastikblumen fest im Griff. Sie versucht an nichts zu denken, vor allem nicht an den Ort, den sie gerade verlassen hat. Sie nähert sich dem feinsten Viertel der Stadt, und hier gibt es einiges, auf das sie den Blick richten kann, lauter Geschäfte, in denen glatte Schaufensterpuppen vollkommen gleichgültig die teuersten Kleider zur Schau stellen. Annuschka bleibt stehen, um eine Damenhandtasche zu bestaunen, die mit Millionen bunter Perlen bestickt und mit Tüll und Spitze verziert ist, ein wahrer Traum. Schließlich gelangt sie zu der Spezialapotheke, wo sie eine Zeit warten muss, bis sie an der Reihe ist. Sie bekommt die erforderlichen Medikamente, kostenlose Medikamente, die seine Symptome kaum lindern.

An einem Stand kauft sie eine Tüte Piroggen, sie setzt sich auf eine Bank in der Grünanlage und isst.

In ihrer kleinen Kirche sind viele Menschen. Touristen. Der junge Pope, der sich meistens wie ein Kaufmann zwischen seinen Waren in der Kirche zu schaffen macht, ist jetzt beschäftigt. Er erklärt den Touristen die Baugeschichte und die Ikonostase. Mit melodischer Stimme trägt er die auswendig gelernte Lektion vor. Er ist schmal und groß, sein Kopf ragt aus der kleinen Schar auf, sein prächtiger heller Bart lässt an einen unwirklichen Heiligenschein denken, der vom Kopf gerutscht und auf die Brust gefallen ist. Annuschka zieht sich verschreckt zurück – wie soll sie in Gegenwart der Touristen beten und weinen? Sie wartet lange, doch da kommt schon die nächste Touristengruppe, und Annuschka entschließt sich, einen anderen Ort für ihre Tränen zu suchen. Ein Stück weiter ist eine kleine, alte Kirche, die meistens geschlossen ist. Einmal war sie schon dort, aber es hat ihr nicht gefallen, die Kühle und der Geruch nach feuchtem Holz haben sie abgestoßen.

Doch jetzt will sie sich nicht abstoßen lassen, sie muss einen Ort finden, wo sie sich endlich ausweinen kann, einen stillen, aber nicht leeren Ort, die Gegenwart von etwas, das größer ist als sie, muss dort spürbar sein, große ausgebreitete Arme, vor Lebensfülle bebend. Annuschka muss jetzt einen Blick spüren, ihr Weinen muss von jemandem gesehen werden, sie darf nicht ins Leere sprechen. Es können ruhig die auf Holz gemalten, immer offenen Augen sein, die nie ermüden, diese ewig ruhigen Augen, sie sollen ohne ein Wimpernzucken ihr Zeuge sein.

Sie nimmt drei Kerzen und wirft das Geld in die Büchse. Die erste ist für Petja, die zweite für ihren schweigsamen Mann, die dritte für die Schwiegermutter in ihrem bügelfreien Hauskittel. Sie entzündet sie an einer der wenigen anderen Kerzen, die hier brennen, und mit den Augen findet sie bald einen Platz in einer dunklen Nische auf der rechten Seite, wo sie die betenden alten Frauen nicht stört. Inbrünstig schlägt sie dreimal das Kreuzzeichen und eröffnet mit dieser Geste das Ritual ihrer Tränen.

Doch als sie die Augen zum Gebet erhebt, neigt sich ihr aus dem Dämmer ein anderes Gesicht zu – das große Gesicht einer dunklen Ikone. Es ist das schlichte Antlitz von Christus, in Braun- und Grautönen auf ein quadratisches Stück Holz gemalt, das hoch oben, fast in der Kuppel der Kirche, an der Decke hängt. Ein dunkles Gesicht auf dunklem Grund, ohne Heiligenschein und Krone, nur die Augen brennen und sind direkt auf sie gerichtet, so wie sie es gewollt hat. Doch einen solchen Blick hatte Annuschka sich nicht vorgestellt, sie hatte sanfte Augen voller Liebe erwartet. Dieser Blick lässt sie erstarren, er hypnotisiert sie. Annuschkas Körper krümmt sich unter diesem Blick. Er hat sich vorübergehend hier eingefunden, er ist von weit, weit her hierhin, unter die Kirchendecke, geströmt, aus dem tiefsten Dunkel, denn das ist der Ort Gottes, dort hält er sich verborgen. Dieser Gott braucht keinen Körper, er hat nur ein Gesicht, mit dem sie sich jetzt Auge in Auge befindet. Es ist ein durchdringender Blick, er bohrt sich wie ein Schraubenzieher schmerzlich ins Innere ihres Kopfes, bohrt ein Loch in ihr Hirn. Womöglich ist es gar nicht das Gesicht des Erlösers, sondern eines Ertrunkenen, der jedoch nicht gestorben ist, sondern sich unter Wasser vor dem allgegenwärtigen Tod versteckt hat und jetzt von unerklärlichen Strömungen nach oben getragen worden ist, er ist wach, bei klarstem Bewusstsein, und sagt: Schau, da bin ich. Aber sie will ihn nicht betrachten, sie senkt die Augen, sie will es nicht wissen – dass Gott schwach ist und verloren hat, man hat ihn verjagt, und er versteckt sich hinter den Müllhaufen der Welt, in ihren stinkenden Höhlen. Es gibt nichts zu weinen, das ist kein Ort für Tränen. Dieser Gott hilft nicht, weder stützt er, noch tröstet er, weder reinigt noch erlöst er. Der Blick des Ertrunkenen ist auf ihren Scheitel gerichtet, sie hört Grollen, ein fernes unterirdisches Dröhnen, Vibrationen unter dem Boden der Kirche.

Sie hat fast nicht geschlafen, den ganzen Tag fast nichts gegessen, deshalb wird ihr schlecht. Die Tränen wollen nicht mehr fließen, ihr Flussbett ist ausgetrocknet.

Sie steht abrupt auf und verlässt die Kirche. Mit steifen Beinen geht sie direkt zur Metro.

Offenbar hat sie etwas erfahren, etwas hat sie durchdrungen, hat sie im Innern wie eine Saite gespannt, bis ein reiner Ton erklang, der für niemanden hörbar war. Es war ein leiser Ton, der für ihren Körper bestimmt war – ein kurzes Konzert in einer zerbrechlichen Orchestermuschel. Sie lauscht dem

Ton immer noch hinterher, ihre ganze Aufmerksamkeit ist nach innen gerichtet, doch ihre Ohren hören nur ihr pulsierendes Blut.

Die Rolltreppe führt nach unten, sie kommt ihr endlos vor, die einen gehen nach unten, die anderen nach oben. Sonst gleitet ihr Blick immer über die Gesichter der anderen Menschen, doch jetzt sind Annuschkas Augen, von jenem Anblick erschüttert, ratlos, sie bleiben an jedem Menschen hängen, der an ihr vorbeikommt, jedes Gesicht ist wie ein Schlag auf die Wange, heftig und brennend. Es dauert nicht mehr lange, und sie wird diesen Anblick nicht mehr ertragen können, sie wird ihre Augen verbinden müssen wie jene Verrückte vor dem Bahnhof und genauso wie sie anfangen, Flüche auszustoßen.

»Erbarmen, Erbarmen!«, flüstert sie und krallt die Finger um das Treppengeländer, das sich schneller bewegt als die Treppe; wenn Annuschka jetzt nicht loslässt, wird sie fallen.

Sie sieht die stummen Menschen-Ameisen, die nach unten oder nach oben fahren, Schulter an Schulter in der Menge. Jeder von ihnen wird wie an einer Schnur gezogen, hin zu seinem Wohnort irgendwo fern am Stadtrand, im zehnten Stock, wo er sich die Decke über den Kopf ziehen und in einen Schlaf sinken kann, der aus Tag- und Nachtfetzen besteht. Und eigentlich ist dieser Traum auch am Morgen nicht vorbei, die Fetzen werden zu Collagen und Flecken, einzelne Konfigurationen sind geradezu raffiniert, ja man könnte sogar sagen: durchdacht.

Sie sieht die Zerbrechlichkeit der Schultern, die Zartheit der Augenlider, die unstete Linie der Lippen, die eine Grimasse so leicht verzerrt, sie sieht, wie schwach die Hände sind, wie schwach die Beine, die zu keinem Ziel tragen. Sie sieht die Herzen und ihr regelmäßiges Schlagen, die einen schneller, die anderen langsamer, eine gewohnheitsmäßige mechanische Bewegung, die Lungenflügel erinnern an schmutzige Plastiktüten, sie hört das Rascheln des Atems. Die Kleider werden durchsichtig, was sie sieht, ist die Vermählung mit der Entropie. Unsere armen, schmutzigen Körper, Materie, die ausnahmslos dazu bestimmt ist, durch die Mühle gedreht zu werden.

Die Rolltreppe trägt all diese Wesen direkt in die Unterwelt, an den Abgrund, dort sind schon die Zerberusaugen in den verglasten Kabinen am Ende der Treppe, dort die trügerischen Säulen, der Marmor, die gewaltigen Standbilder von Dämonen: der eine mit einer Sichel, der andere mit einer Getreidegarbe. Ihre Beine sind massiv wie Säulen, sie haben die Arme von Riesen. Traktoren – Höllenmaschinen, die scharfzahnige Folterwerkzeuge schleifen, mit denen sie der Erde unheilbare Wunden zufügen. Auf allen Seiten zusammengepferchte Gruppen von Menschen in Panik, die Hände flehend emporgereckt, die Münder zum Schrei geöffnet. Das Jüngste Gericht findet hier statt, in der Unterwelt der Metro, im Licht der Kristallleuchter, die ein lebloses gelbes Licht werfen. Richter sieht man zwar keine, doch man spürt ihre Gegenwart überall. Annuschka will zurücklaufen, die Treppe hinauf gegen den Strom, doch die Rolltreppe lässt sie nicht, sie muss hinunter, nichts bleibt ihr erspart. Die Münder der unterirdischen Züge öffnen sich zischend, und die dunklen Tunnel saugen sie ein. Aber der Abgrund ist ja überall, sogar in den oberen Stockwerken der Stadt, selbst in den zehnten und sechzehnten Etagen der Hochhäuser, auf dem höchsten Punkt der Turmfirste und auf den Spitzen der Antennen. Es gibt kein Entfliehen vor dem Abgrund – war es nicht das, was jene Verrückte zwischen ihren Flüchen geschrien hat?

Annuschka taumelt und stützt sich mit den Armen an einer Wand ab. Auf ihrem flauschigen Mantel bleiben weiße Spuren von Putz zurück, die Wand hat sie gesalbt.

Sie muss umsteigen, es ist schon dunkel, sie steigt auf gut Glück aus, denn aus den Fenstern im Autobus kann man nichts mehr sehen, der Frost hat schon sein silbernes Gezweig darauf gezeichnet. Sie kennt die Strecke im Schlaf und hat sich nicht geirrt. Noch ein paar Höfe – sie nimmt eine Abkürzung –, und gleich wird sie vor ihrem Block stehen. Doch sie wird langsamer, die Beine wollen sie nicht mehr ans Ziel tragen, sie leisten Widerstand, ihre Schritte werden immer kürzer. Sie hebt den Kopf und schaut hinauf, sieht, dass die Fenster ihrer Wohnung erleuchtet sind. Bestimmt wird sie schon erwartet – sie setzt sich in Bewegung, doch im nächsten Augenblick bleibt sie wieder stehen. Der kalte Wind dringt durch ihren Mantel, weht die Schöße hoch und greift mit eisigen Fingern nach ihren Schenkeln. Seine Zärtlichkeiten sind wie Rasierklingen, wie Glasscherben. Tränen der Kälte laufen ihr über die Wangen, und das kommt dem Wind grade recht, denn da hat er einen Grund, sie ins Gesicht zu zwicken. Annuschka setzt sich in Bewegung, aufs Treppenhaus zu, doch als sie schon an der Tür ist, dreht sie um, schlägt den Kragen hoch und kehrt mit raschem Schritt dahin zurück, woher sie gekommen ist.

Wärmer ist es nur im großen Wartesaal des Kiewer Bahnhofs oder auf den Toiletten. Unentschlossen steht sie da, wenn die Wachen an ihr vorbeigehen (sie gehen immer mit langsamen, lässigen Schritten, die Füße leicht schleifend, als spazierten sie auf einem Boulevard am Meer), tut sie so, als studiere sie den Fahrplan; sie weiß selbst nicht, was sie fürchtet, sie hat ja nichts verbrochen. Die Wachen interessieren sich sowieso für etwas anderes: Unfehlbar picken sie braunhäutige Männer in Lederjacken und ihre bekopftuchten Frauen aus der Menge.

Sie geht hinaus vor den Bahnhof und sieht schon von weitem, dass die Vermummte immer noch vor sich hin stapft, die Stimme ist ihr vom Fluchen heiser geworden, und die Flüche sind schon gar nicht mehr als solche erkennbar. Na gut – nach kurzem Zögern geht sie ruhig auf sie zu und bleibt vor ihr stehen. Die andere stockt nur ganz kurz, offenbar kann sie durch den Stoff, der ihr Gesicht verdeckt, gut sehen. Annuschka macht noch einen Schritt und steht jetzt ganz nah an ihr und riecht ihren Geruch nach Staub und Moder und ranzigem Öl. Die andere wird immer leiser, schließlich verfällt sie in eine Trance und verstummt. Das Stampfen ist zu einer wiegenden Bewegung geworden, als könnte sie sich nicht auf den Beinen halten. Eine Zeitlang stehen sie so bewegungslos einander gegenüber, die Passanten gehen gleichgültig an ihnen vorbei, nur einmal wirft ihnen jemand einen Blick zu, alle haben es eilig, ihre Züge zu erreichen, die gleich abfahren.

»Was sagst du?«, fragt Annuschka.

Die vermummte Frau erstarrt, Verblüffung verschlägt ihr die Sprache, dann stürzt sie verschreckt zur Seite davon, auf einen Bretterweg zu, der über hartgefrorenen Schlamm durch die Baustelle führt. Annuschka folgt ihr, sie lässt sie nicht aus den Augen, sie läuft ein paar Schritte hinter der Frau, ihrem wattierten Mantel, ihren Filzstiefeln, die kleine Schrittchen machen. Sie wird sie nicht entkommen lassen. Die Frau schaut über die Schulter und will ihren Schritt beschleunigen, sie läuft fast, doch Annuschka ist jung und kräftig, sie hat starke Muskeln – wie oft hat sie den Rollstuhl und Petja all die Treppen hinuntergetragen und wie oft wieder hinauf, wenn der Fahrstuhl kaputt war.

»He, du!«, ruft sie immer wieder, aber die andere reagiert gar nicht.

Sie überqueren einen Hof zwischen Häusern, kommen an Müllschluckern und zertrampelten Grünanlagen vorbei. Annuschka spürt keine Müdigkeit, sie verliert die Tüte mit den Plastikblumen für den Friedhof, will aber keine Zeit darauf verschwenden, sie zu suchen.

Schließlich geht die Frau in die Hocke, japsend ringt sie nach Luft. Annuschka bleibt ein paar Meter hinter ihr stehen und wartet, bis sie aufsteht und sich ihr zuwendet. Sie hat verloren, sie muss sich ergeben. Und tatsächlich, die andere wendet sich um, schaut über die Schulter, und ihr Gesicht ist zu sehen, sie hat die Augenbinde abgezogen. Sie hat hellblaue Augen, die ängstlich auf Annuschkas Schuhe starren.

»Was willst du von mir? Warum jagst du mich?«

Annuschka gibt keine Antwort, es kommt ihr vor, als hätte sie ein großes Tier gefangen, einen fetten Fisch, einen Walfisch, und jetzt weiß sie nicht, was sie damit machen soll. Sie hat Mitleid mit ihrer Beute.

Die Frau fürchtet sich, offenbar sind ihr vor Angst alle Worte versiegt.

»Bist du von der Polizei?«

»Nein«, sagt Annuschka.

»Was denn dann?«

»Ich will wissen, was du sagst. Du redest doch die ganze Zeit, ich sehe dich jedes Mal, wenn ich in die Stadt fahre.«

Die andere fasst etwas Mut und erwidert: »Nichts sage ich. Lass mich in Ruhe.«

Annuschka beugt sich zu ihr und streckt die Hand aus, um ihr beim Aufstehen zu helfen, doch die Hand ändert ihre Absicht und streicht der Frau über die Wange. Sie ist warm, angenehm, weich.

»Ich wollte nichts Böses.«

Die andere erstarrt erst vor Verblüffung über die Berührung, doch dann, von dieser Geste offenbar begütigt, rappelt sie sich auf und kommt auf die Beine.

»Ich habe Hunger«, sagt sie. »Komm, gleich hier ist ein Kiosk, dort gibt es billige Brote, da kannst du mir etwas zu essen kaufen.«

Schweigend gehen sie Arm in Arm. Annuschka kauft zwei Baguettes mit Käse und Tomaten an der Bude und achtet unterdessen darauf, dass die Frau nicht wegläuft. Sie selbst bringt nichts runter. Sie hält das Baguette vor sich wie eine Flöte, auf der sie gleich eine Wintermelodie spielen wird. Sie setzen sich auf eine niedrige Mauer. Die Frau isst ihr Brot und nimmt dann wortlos Annuschkas. Die Frau ist alt, älter als Annuschkas Schwiegermutter. Runzeln ziehen sich über ihre Wangen, sie laufen schräg von der Stirn bis zum Kinn. Das Kauen fällt ihr schwer, sie hat kaum noch Zähne. Die Tomatenscheiben rutschen zwischen den Brothälften heraus, sie fängt sie ungeschickt im letzten Moment noch auf und legt sie sorgfältig wieder an ihren Platz. Mit den Lippen reißt sie große Stücke Brot ab.

»Ich kann nicht nach Hause zurückgehen«, sagt Annuschka plötzlich und senkt den Blick. Sie ist selbst ein wenig überrascht über die eigenen Worte, im nächsten Moment erst erschrickt sie, als sie versteht, was das bedeutet. Die andere murmelt eine unverständliche Antwort, als sie den Bissen hinuntergeschluckt hat, fragt sie:

»Wie ist die Adresse?«

Sie leiert sie herunter: »Kuzniecka 46, Wohnung 78.«

»Dann vergiss sie einfach«, unterbricht die Frau sie mit vollem Mund.

Workuta. Dort ist sie Ende der sechziger Jahre geboren, als die Blocks, die heute uralt erscheinen, erst entstanden. Sie erinnert sich an sie, als sie neu waren, an den rauen Putz, den Geruch von Beton und Asbest für die Isolierung. Die verheißungsvolle Ebenmäßigkeit der PVC-Platten. Doch in einem kalten Klima altert alles schneller, der Frost zerstört die Festigkeit der Mauern, verlangsamt die Elektronen in ihrem unablässigen Kreisen.

Sie erinnert sich an das blendende Weiß der Winter. Dieses Weiß und die scharfen Kanten des Lichts in der Verbannung. Ein solches Weiß existiert nur zu dem einen Zweck, einen Rahmen für die Dunkelheit zu bilden, die entschieden das Übergewicht hat.

Ihr Vater war Heizer in einem großen Heizwerk, ihre Mutter arbeitete in einer Kantine. Sie konnte immer etwas mit nach Hause bringen, deshalb ging es ihnen nicht schlecht. Heute meint Annuschka, sie alle hätten dort an einer merkwürdigen Krankheit gelitten, an einer großen, tief im Körper, unter der Kleidung verborgenen Traurigkeit, oder etwas Größerem als Traurigkeit, doch ihr fällt das rechte Wort nicht ein. Sie wohnten im siebten Stock eines achtstöckigen Wohnblocks, einem unter vielen, doch in ihren Kinderjahren leerten sich die oberen Geschosse nach und nach. Die Leute zogen in freundlichere Gegenden, meistens nach Moskau, egal wohin, bloß weg von dort. Wer blieb, zog in die leerstehenden Wohnungen in den unteren Stockwerken, um näher an den Menschen, näher an der Erde zu sein. Während des lange Monate währenden Polarwinters im achten Stock zu wohnen ist, als hinge man in einem gefrorenen Wassertropfen an der gewölbten Betondecke der Welt, mitten in einer Kältehölle. Als sie ihre Mutter und Schwester zuletzt besuchte, wohnten die beiden im Parterre. Ihr Vater ist schon lange tot.

Es war Glück, dass Annuschka einen Platz an einer guten Pädagogischen Hochschule in Moskau bekam. Und es war Pech, dass sie das Studium nicht abschloss. Hätte sie ihren Abschluss gemacht, wäre sie jetzt Lehrerin und hätte vielleicht nie den Mann kennengelernt, mit dem sie jetzt verheiratet ist. Ihre Gene hätten sich nicht zu dieser verderblichen Mischung verbunden, die schuld ist, dass Petja mit einer Krankheit auf die Welt kam, gegen die es keine Medizin gibt.

Annuschka hat oft versucht zu handeln, und zwar mit jedem, der ihr geeignet erschien, sei es Gott, die Gottesmutter, die heilige Märtyrerin Praskowia, die gesamte Ikonostase und sogar die vage Welt des Schicksals. Ich trete an Petjas statt, ich nehme seine Krankheit auf mich, ich kann sterben, wenn er gesund wird. Nicht genug damit – sie warf auch noch das Leben anderer mit in die Waagschale: ihren schweigsamen Mann (er kann ja dort erschossen werden), ihre Schwiegermutter (sie könnte einen Schlaganfall kriegen). Aber natürlich gab es nie eine Antwort auf ihre Angebote.

Sie kauft einen Fahrschein und fährt auf der Rolltreppe nach unten. Immer noch herrscht Gedränge, die Leute kehren aus der Stadt heim in ihre Betten, um zu schlafen. Einige nicken schon im Zug ein. Ihr schlaftrunkener Atem haucht Dunst auf die Scheiben, in den man mit dem Finger etwas zeichnen kann, egal was, es wird sowieso gleich verschwinden. Annuschka gelangt zur Endstation Jugo Zapadnaja, steigt aus und bleibt auf dem Bahnsteig stehen, bis sie begreift, dass derselbe Zug gleich wiederkommt. Sie setzt sich auf ihren Platz und fährt jetzt ein paarmal hin und her. Nach ein paar Runden wechselt sie die Strecke und fährt mit der Kolzowa. Jetzt fährt sie im Kreis, und gegen Mitternacht kehrt sie an den Kiewer Bahnhof zurück wie nach Hause. Sie bleibt auf dem Bahnsteig sitzen, bis eine angsteinflößende Wachfrau sie wegschickt, weil die Metrostation gleich geschlossen wird. Unwillig geht sie hinaus. Draußen herrscht beißender Frost, doch bald findet sie eine kleine Kneipe am Bahnhof, ein Fernseher hängt unter der Decke, und an den Tischen sitzen ein paar verirrte Reisende. Sie bestellt einen Tee mit Zitrone, dann noch einen, später einen Barschtsch, der wässrig ist und nicht gut schmeckt. Den Kopf auf die Hand gestützt, versinkt sie in einen kurzen Schlummer. Sie ist glücklich, weil sie keinen Gedanken im Kopf hat, keine Sorge, keine Erwartungen oder Hoffnungen. Das ist ein guter Zustand.

Der erste Zug ist noch leer. Später steigen mehr und mehr Leute ein, schließlich ist das Gedränge so groß, dass Annuschka zwischen den Rücken von Riesen eingeklemmt ist. Sie kommt nicht bis an die Haltegriffe und muss sich darauf verlassen, dass diese anonymen Körper sie stützen. Auf einen Schlag lichtet sich die Menge, noch eine Station, und der Zug ist fast leer. Höchstens eine Handvoll Leute sitzen noch im Waggon. Und Annuschka macht die Erfahrung, dass manche auch an den Endhaltestellen sitzen bleiben. Sie selbst steigt aus und in einen anderen Zug ein. Doch sie sieht durchs Fenster Passagiere, die zu den Plätzen im hintersten Teil des Waggons streben und sich ihre Plastiktüten und meist abgewetzten alten Rucksäcke neben die Füße stellen. Sie dösen mit geschlossenen Augen oder wickeln Essen aus Papier, schlagen mehrmals das Kreuzzeichen und bewegen die Lippen, bevor sie andächtig hineinbeißen.

Sie steigt um, weil sie Angst hat, man könnte sie bemerken, jemand könnte sie am Arm packen und schütteln oder – noch schlimmer – sie irgendwo einsperren. Manchmal geht sie auf die andere Seite des Bahnsteigs, manchmal wechselt sie den Bahnsteig, dann wandert sie über Rolltreppen und durch Tunnel, ohne auf Schilder zu achten, völlig ziellos. Sie fährt zum Beispiel nach Tschistye Prudy, steigt von der Sokolnitscheskaja in die Kalusko-Ryska-Linie um und fährt nach Medwedkowo und zurück ans andere Ende der Stadt.

Sie sucht die Toiletten auf, um sich ein wenig zurechtzumachen, um ordentlich auszusehen, nicht aus Bedürfnis (das hat sie ehrlich gesagt nicht), sondern um nicht durch schlampiges Aussehen die Aufmerksamkeit der Zerberussinnen zu erregen, die aus ihren Glaskabinen die Rolltreppen überwachen. Sie hat den Verdacht, dass diese gelernt haben, mit offenen Augen zu schlafen. Am Kiosk kauft sie Binden, Seife, die billigste Zahnpasta und eine Zahnbürste. Den ganzen Nachmittag verschläft sie auf der Ringbahn. Am Abend steigt sie die Treppe hinauf an die Oberwelt, um nachzusehen, ob sie die Vermummte vor dem Bahnhof findet. Aber sie ist nicht da. Es ist kalt, noch kälter als gestern, und sie ist froh, wieder in die unterirdischen Gefilde zurückzukehren.

Am nächsten Tag ist die Vermummte an ihrem Platz, wiegt sich hin und her auf steifen Beinen und stößt ihre gestammelten Flüche aus. Annuschka stellt sich auf der anderen Seite des Durchgangs in ihr Blickfeld, doch, ganz in ihre Lamentationen versunken, sieht die andere sie nicht. Schließlich nutzt Annuschka den Moment, als es vorübergehend leer wird, und stellt sich direkt vor sie.

»Komm, ich kauf dir ein Brötchen.«

Die Frau erstarrt, ist aus ihrer Trance gerissen, reibt die behandschuhten Hände und stapft von einem Fuß auf den anderen wie eine bis auf die Knochen durchfrorene Marktfrau. Zusammen gehen sie zum Kiosk. Annuschka freut sich richtig über das Wiedersehen.

»Wie heißt du?«, fragt sie.

Die andere ist mit ihrem Brötchen beschäftigt und zuckt nur mit den Schultern. Dann aber sagt sie mit vollem Mund: »Galina.«

»Ich heiße Annuschka.«

Das ist das ganze Gespräch.

Als der Frost Annuschka schließlich wieder zurück in den Bahnhof treibt, fragt sie noch: »Galina, wo schläfst du?«

Die Vermummte sagt ihr, sie solle am Abend, wenn die Metro geschlossen wird, wieder zum Kiosk kommen.

Den ganzen Abend fährt Annuschka auf derselben Strecke und betrachtet gleichgültig ihr Gesicht, das sich vor dem Hintergrund der dunklen Tunnelwände im Fenster spiegelt. Mindestens zwei Leute erkennt sie schon wieder. Sie würde nicht wagen, sie anzusprechen. Mit einem von ihnen ist sie ein paar Haltestellen gefahren, es ist ein großer dünner Mann, nicht alt, vielleicht sogar jung, schwer zu sagen. Ein schütterer heller Bart bedeckt den unteren Teil seines Gesichts und reicht ihm bis auf die Brust. Er trägt eine Schirmmütze, eine gewöhnliche, abgewetzte Leninkappe, dazu einen langen grauen Mantel mit vollgestopften ausgebeulten Taschen und einen ausgeblichenen Rucksack. An den Füßen hohe Schnürschuhe, über dem Rand schauen handgestrickte Socken hervor, die eng die braunen Hosenbeine umschließen. Er scheint auf nichts ringsum zu achten, ist ganz in seine Gedanken vertieft. Geübt springt er an der Haltestelle auf den Bahnsteig, dabei wirkt er, als strebe er einem fernen, aber ganz konkreten Ziel zu. Annuschka hat ihn auch vom Bahnsteig aus schon zweimal gesehen: Einmal schlief er in einem völlig leeren Waggon, der offenbar schon zur Nachtpause fuhr; auch beim zweiten Mal war er eingeschlafen und hatte die Stirn an die Fensterscheibe gelegt, sein Atem zauberte einen Dunst darauf, der sein halbes Gesicht verdeckte.

Der andere, den Annuschka bemerkt hat, ist ein alter Mann. Das Gehen macht ihm Mühe, er hat eine Krücke oder besser gesagt einen Stab, einen dicken Stock mit gekrümmtem Ende. Wenn er in den Waggon steigt, muss er mit einer Hand nach der Tür greifen, dann kommt ihm meistens jemand zu Hilfe. Drinnen machen ihm die Leute zwar unwillig, aber doch sofort Platz. Er sieht aus wie ein Bettler. Ihn versucht Annuschka zu stellen, so wie die Vermummte ein paar Tage zuvor. Aber sie schafft es nur, mit ihm in einem Waggon zu fahren und eine halbe Stunde lang vor ihm zu stehen, bis sie sich sein Gesicht und seine Kleidung in allen Einzelheiten eingeprägt hat. Der Mann hält den Kopf gesenkt, achtet nicht auf das, was um ihn herum vorgeht. Später schwemmt ihn die Menge der Leute, die von der Arbeit nach Hause fahren, mit sich fort. Auch sie lässt sich von dem warmen Strom aus Berührungen und Gerüchen hinwegtragen.

Erst draußen vor dem Eingang befreit sie sich daraus, als hätte die Unterwelt sie wie einen Fremdkörper ausgespien. Jetzt wird sie sich einen Fahrschein kaufen müssen, um zurückfahren zu können, doch sie weiß, dass ihr Geld bald zur Neige geht.

Weshalb erinnert sie sich an diese beiden? Ich glaube deshalb, weil sie auf gewisse Weise statisch waren, sie bewegten sich anders, langsamer. Die übrigen Menschen sind ein Fluss, eine Strömung, ein Wasser, das von einem Ort zum anderen fließt, das Wirbel und Wellen erzeugt, doch jede dieser Formen ist unbeständig, sie verschwindet, und der Strom vergisst sie. Doch jene bewegen sich gleichsam gegen den Strom, deshalb sind sie so deutlich sichtbar. Und die Regeln des Flusses gelten nicht für sie. Ich glaube, das ist es, was Annuschka so anzieht.

Die Metro wird geschlossen, und Annuschka wartet an einem Seiteneingang auf die Vermummte. Sie hat die Hoffnung schon fast aufgegeben, als die Frau endlich kommt. Die Augen hat sie verbunden, und mit den vielen Kleiderschichten sieht sie aus wie ein Fässchen. Sie bedeutet Annuschka, ihr zu folgen, diese geht gehorsam hinter ihr her. Sie ist sehr müde, offen gestanden hat sie überhaupt keine Kraft mehr und würde sich am liebsten irgendwo am Wegesrand hinsetzen. Auf einem Brettersteg überqueren sie die Baugrube, kommen an einem Blechzaun voller Plakate vorbei und gehen dann hinunter in eine Unterführung. Eine Zeitlang folgen sie einem engen Korridor, wo es angenehm warm ist. Die Frau zeigt ihr eine Stelle auf dem Boden, Annuschka legt sich hin, wie sie ist, in allen Kleidern, und fällt sofort in einen tiefen Schlaf. Während sie einschläft – tief und ohne Gedanken, wie sie es sich immer gewünscht hat –, kehrt einen

Augenblick lang das Bild zurück, das sie eben ganz kurz im Korridor erhascht hat:

Ein dunkler Raum, darin eine Tür zu einem anderen, helleren Raum. Dort steht ein Tisch, um den Leute sitzen, sie halten sich gerade und haben die Hände auf die Tischplatte gelegt. Sie sitzen und schauen einander in völligem Schweigen und völliger Reglosigkeit an. Sie meint, in einem der Leute den Mann mit der Schirmkappe zu erkennen.

Annuschka schläft fest. Nichts weckt sie auf, kein Rascheln, kein Stöhnen hinter der Wand, kein Quietschen des Betts, kein Fernseher. Sie schläft, als wäre sie Teil eines Felsens, an dem sich hartnäckig die Wellen brechen, ein Baum, der umgestürzt ist und den jetzt Moos und Flechten überziehen. Erst kurz vor dem Aufwachen hat sie einen komischen Traum, in dem sie mit einem bunten Kosmetiktäschchen spielt. Kleine Elefanten und Katzen sind darauf abgebildet, und Annuschka dreht das Täschchen in den Händen. Plötzlich lässt sie es fallen, doch das Täschchen fällt nicht zu Boden, es bleibt zwischen ihren Händen in der Luft hängen, und Annuschka stellt fest, dass sie damit spielen kann, ohne es zu berühren. Sie bewegt es durch ihre Willenskraft. Das ist eine sehr schöne Erkenntnis, die sie mit einer Freude erfüllt, wie sie sie schon lange, eigentlich seit ihrer Kindheit nicht mehr empfunden hat. Deshalb wacht sie gut gelaunt auf und sieht, dass sie sich nicht in einem verlassenen Arbeiterheim befindet, wie sie gestern gedacht hat, sondern in einem gewöhnlichen Heizkeller. Deshalb ist es hier so warm. Und sie liegt auf Kartons neben einem Kohlehaufen. Auf einem Stück Zeitung sieht sie ein Viertel ziemlich grobes Brot und ein Stück Speck mit Paprikapulver. Sie vermutet, dass Galina es dorthin gelegt hat, doch sie rührt es erst an, als sie sich in einer düsteren Toilette ohne Tür erleichtert und sich die Hände gewaschen hat.

Oh, wie gut tut das, wie gut, in eine Menge zu tauchen, die sich langsam aufwärmt. Mäntel und Pelze strömen den Geruch der einzelnen Wohnungen aus – Fett, Mundwasser, süße Parfums. Annuschka geht durch das Eingangstor und lässt sich dann von der ersten Welle tragen. Diesmal ist es die Kalininska-Linie. Sie steht auf dem Bahnsteig und fühlt die warme unterirdische Luft, die der einfahrende Zug vor sich herschiebt. Die Tür geht auf, und schon ist sie drinnen im Waggon, so eng zwischen Körper geklemmt, dass sie sich nicht festhalten muss. Wenn der Zug in eine Kurve fährt, überlässt sie sich der Bewegung, sie schwankt wie ein Grashalm unter anderen, sie ist ein Weizenhalm unter vielen Halmen. An der nächsten Haltestelle steigen noch mehr ein, obwohl kaum noch eine Nadel Platz hätte. Annuschka schließt die Augen und fühlt sich wie auf Armen getragen, als würde sie zärtlich von allen Seiten umfangen und beruhigend gewiegt. An einer Haltestelle steigen dann mit einem Schlag die meisten aus, und sie muss wieder auf eigenen Beinen stehen.

Als der Wagen sich fast ganz geleert hat und die Endstation nicht mehr weit ist, findet sie eine Zeitung. Zuerst betrachtet sie sie eher skeptisch, vielleicht hat sie ja das Lesen ganz verlernt, doch dann nimmt sie sie zur Hand und blättert sie unruhig durch. Sie liest, dass ein Mannequin an Anorexie gestorben ist und die Regierung jetzt überlegt, zu verbieten, dass sich zu magere Mädchen auf dem Laufsteg präsentieren. Sie liest auch von Terroristen – dass man wieder einen Anschlag hat vereiteln können. Dass man in einer Wohnung Trotyl und Streichhölzer gefunden hatte. Dass desorientierte Walfische an den Strand schwimmen und dort verenden.

Dass die Polizei übers Internet einem Pädophilenring auf die Schliche gekommen ist. Und: Mobil'nost's stanovitsja real'nostju.

Irgendetwas stimmt nicht mit dieser Zeitung, sie muss gefälscht sein, eine Attrappe. Jeder Satz, den sie liest, ist unerträglich und schmerzt. Annuschkas Augen füllen sich mit Tränen, die in dicken Tropfen auf die Zeitung fallen. Das minderwertige Papier saugt sie auf wie Löschpapier.

Als die Metro den Tunnel verlässt und oberirdisch fährt, presst Annuschka das Gesicht an die Scheibe und schaut. Die Stadt zeigt alle Schattierungen von Asche, von schmutzigem Weiß bis hin zu Schwarz. Sie besteht aus Vierecken und unregelmäßigen Klötzen, aus Quadraten und einem Gewirr von Geraden. Sie folgt mit dem Blick den Hochspannungsleitungen und Kabeln, dann hebt sie den Blick zu den Dächern und zählt die Antennen. Sie schließt die Augen. Als sie sie wieder öffnet, stellt sie fest, dass die Welt von einem Ort an den anderen gesprungen ist. Als sie noch einmal an dieser Stelle vorbeikommt, ist es ganz kurz vor Einbruch der Dämmerung, und sie sieht, wie die tiefstehende Sonne hinter den weißen Wolkenknäueln hervorbricht und einen Augenblick, nur wenige Minuten lang, die Blocks in einen roten Schein taucht, aber nur die Spitzen, die höchsten Stockwerke, und das sieht so aus, als brennten riesige Fackeln.

Später sitzt sie auf einer Bank auf dem Bahnsteig unter einer großen Reklame. Sie isst den Rest von ihrem Frühstück. Sie wäscht sich auf der Toilette und kehrt an ihren Platz zurück. Gleich beginnt die Stoßzeit. Diejenigen, die am Morgen in die eine Richtung gefahren sind, fahren nun in die Gegenrichtung. Der Zug, der vor ihr hält, ist gut beleuchtet und fast leer. Nur ein Mensch sitzt im ganzen Waggon – der Mann mit der Schirmkappe. Er sitzt gerade wie ein Stock. Als der Zug sich in Bewegung setzt, ruckelt er ein wenig, dann verschlingt ihn der dunkle Mund der unterirdischen Gefilde, und er verschwindet.

»Ich kaufe dir ein Brötchen«, sagt Annuschka zu der Vermummten, und diese erstarrt in ihrem Schwanken einen Augenblick lang, als könnte sie diesen Satz nur in der Bewegungslosigkeit verdauen. Dann geht sie los in Richtung Kiosk.

Sie stehen an die Rückwand des Kiosks gelehnt und essen, zuvor musste die Vermummte ein paarmal das Kreuzzeichen schlagen und sich verbeugen. Annuschka fragt sie nach den Leuten, die gestern schweigend im Heizkeller saßen, und die Frau erstarrt wieder, diesmal mit einem Bissen im vollen Mund. Sie sagt etwas Zusammenhangloses, »Wieso das?«, oder so ähnlich, dann stößt sie wütend hervor: »Weiche von mir, Weib.«

Und geht davon. Annuschka fährt Metro bis ein Uhr morgens, als abgesperrt wird und die Zerberussinnen die Leute hinausjagen, treibt sie sich in der Gegend herum, wo ihrer Erinnerung nach der Eingang zum Heizkeller war, aber sie findet ihn nicht. Sie geht also wieder zurück zum Bahnhof, wo sie für ihre letzte Barschaft, die sie in einzelnen Münzen herausrückt, eine weitere Nacht mit einem Tee nach dem anderen und Barschtsch im Plastikbecher verbringt, die Ellbogen tapfer auf die laminierte Oberfläche des Tischs gestützt.

Sobald sie hört, wie das Gitter knirschend geöffnet wird, kauft sie am Automaten einen Fahrschein und fährt nach unten. In der Fensterscheibe des Zuges sieht sie, dass ihre Haare fettig sind, von einer Frisur ist keine Spur mehr zu sehen, und die anderen Passagiere nehmen widerwillig neben ihr Platz. Manchmal fährt es ihr panisch durch den Kopf, dass sie ja Bekannte treffen könnte, obwohl die eher mit einer anderen Linie fahren würden. Trotzdem sucht sie für alle Fälle einen Platz in der Ecke, gleich an der Wand. Aber was hat sie schon für Bekannte? Die Briefträgerin, die Frau aus dem Laden im Erdgeschoss, ihr Nachbar aus der Wohnung gegenüber, sie weiß nicht mal, wie sie heißen. Sie hat Lust, sich das Gesicht zu verbinden wie die Vermummte, das ist eigentlich eine gute Idee – sich eine Augenbinde umzulegen, um selbst so wenig wie möglich zu sehen und so wenig sichtbar wie möglich zu sein. Sie wird geschubst, aber ihr macht es sogar Freude, dass jemand sie berührt. Eine ältere Frau auf dem Sitz neben ihr zieht einen Apfel aus der Tasche und reicht ihn ihr lächelnd. Als sie an der Station Kulturpalast vor einer Piroggenbude stehen bleibt, kauft ein junger, kurzgeschorener Bursche ihr eine Portion. Sie schließt daraus, dass sie nicht gerade prächtig aussieht. Sie nimmt dankend an, obwohl ihr noch ein paar Groschen geblieben sind. Sie wird Zeuge vieler Zwischenfälle: wie die Polizei einen Mann mit Lederjacke abführt. Wie ein Paar – beide betrunken – lauthals streitet. Wie ein junges Mädchen, vielleicht fünfzehn, sechzehn Jahre alt, an der Tscherkizowskastraße laut schluchzend in den Zug steigt und immer wieder ruft: Mama, Mama!, doch niemand hat den Mut, ihr zu helfen, bis es zu spät ist und das Mädchen an der Komsomolskaja aussteigt. Sie sieht einen kleinen braunhäutigen Mann, der flüchten will, er stößt die Passanten bei-

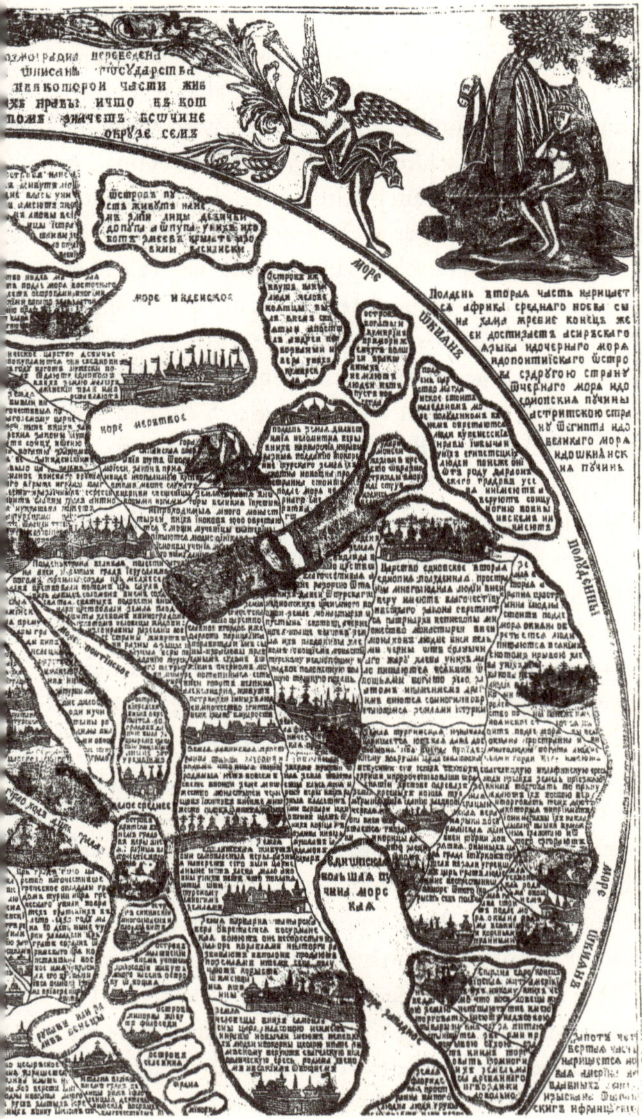
море
ѡкиана
море индейское
полуденныя
море
ѡкиана

seite, doch an der Treppe bleibt er in der Menge stecken, zwei andere packen ihn und drehen ihm die Arme auf den Rücken. Wie eine Frau jammert, man habe ihr alles, alles gestohlen, ihre Stimme dringt aus immer größerer Ferne, wird leiser und leiser und verstummt schließlich ganz. Und zweimal an diesem Tag sieht sie den steifen Alten mit dem abwesenden Blick, wie er vor ihr in den erleuchteten Wagen schlüpft. Sie weiß nicht einmal, dass es schon lange dunkel ist, dass oben schon alle Lampen und Straßenlaternen brennen und ihr gelbes Licht in die dichte Frostluft verströmen. An diesem Tag ist ihr jedes Sonnenlicht entgangen. Am Kiewer Bahnhof kommt sie wieder nach oben und strebt gleich auf den provisorischen Durchgang an der Baustelle zu, wo sie hofft, die Vermummte zu treffen.

Die Frau ist an der üblichen Stelle und macht das Gleiche wie immer: Sie stapft Kreise und Achten und schreit dabei ihre Flüche. Sie sieht aus wie ein Bündel durchnässter Lumpen. Annuschka bleibt vor ihr stehen und wartet, die andere erkennt sie schließlich und verstummt. Dann gehen sie beide in stillschweigendem Einvernehmen mit raschen Schritten los, als beeilten sie sich, an ein Ziel zu kommen, das ihnen, wenn sie zu langsam sind, kommentarlos und endgültig entgleiten wird.

An einem Kiosk auf dem Arbat gibt es köstliche Bliny, sie sind nicht teuer, triefen vor Fett und sind auch noch mit Sahne übergossen. Die Vermummte legt Münzen auf die Theke, und sie bekommen ihre heißen Portionen. Sie suchen sich ein Plätzchen auf einer kleinen Mauer, wo sie diesen Leckerbissen in Ruhe verzehren können. Annuschka starrt wie gebannt die jungen Leute an, die trotz der Kälte auf den Bänken sitzen, Gitarre spielen und Bier trinken. Sie lärmen mehr, als dass sie singen. Sie überschreien sich gegenseitig, albern herum. Zwei ganz junge Mädchen kommen zu Pferde, das ist ein außergewöhnlicher Anblick. Die Pferde sind groß und gepflegt, sicher kommen sie direkt aus der Manege. Eine der Amazonen begrüßt einen Jungen mit Gitarre, anmutig steigt sie ab, hält den Zügel kurz und unterhält sich mit den Jungen. Die andere versucht unterdessen, von ein paar verspäteten Touristen Geld für Pferdefutter zu erbetteln, das sagt sie jedenfalls – aber sie können sich denken, dass es eher für Bier gedacht ist. Das Pferd sieht nicht so aus, als ob es Hunger litte.

Die Vermummte stößt sie mit dem Ellbogen an.

»Iss.«

Aber Annuschka kann die Augen nicht von dieser Szene abwenden, hingerissen betrachtet sie die jungen Leute, während die Bliny in ihrer Hand dampfen. Sie sieht in ihnen allen ihren Petja, sie sind in seinem Alter. Petja kehrt in ihren Körper zurück, als hätte sie ihn nie zur Welt gebracht. Dort steckt er zusammengekrümmt, schwer wie ein Stein, schmerzend, er quillt in ihr auf und wächst, sie muss ihn wohl noch einmal gebären, diesmal mit jeder Pore ihrer Haut, sie muss ihn ausschwitzen. Im Augenblick steigt er ihr in der Kehle auf, er hängt in ihrer Lunge fest und kann nicht anders hinaus als in einem Schluchzer. Nein, sie kann keine Bliny essen, sie ist ganz voll und satt. Petja steckt ihr im Hals, dabei könnte er doch auch dort sitzen und jetzt die Hand mit der Bierdose heben, sie dem Mädchen mit dem Pferd geben, sich mit dem ganzen Körper nach hinten lehnen und vor Lachen herausplatzen. Er könnte sich bewegen, sich bis zu den eigenen Schuhen bücken, könnte die Hände hochrecken, den Fuß in den Steigbügel setzen und das Bein hinüberschwingen. Auf dem Rücken des Tieres sitzen, aufrecht und lächelnd, mit dem Schnurrbartansatz, der allmählich einen Schatten auf seine Oberlippe wirft. Er könnte die Treppe hinauflaufen und wie ein Wirbelwind herunterstürmen, er ist doch in dem gleichen Alter wie jene Jungen da, und sie, seine Mutter, würde sich Sorgen machen, weil ihm eine Fünf in Chemie droht, dass er die Aufnahmeprüfung fürs Studium nicht schafft und wie sein Vater enden wird, dass er Schwierigkeiten haben wird, Arbeit zu finden, dass seine Frau ihr überhaupt nicht gefallen wird und dass sie sich zu früh ein Kind kommen lassen.

Und dieses bleischwere Meer schwillt in ihr bis zur Unerträglichkeit an, es passt zu der Geste des Mädchens, das das ungeduldige Pferd bändigen will und seinen Kopf am Zügel nach unten zieht, um es zum Stillstehen zu bringen. Und als das Pferd sich widersetzt, zieht sie ihm die Gerte über den Rücken und schreit »Steh still, verdammt! Steh, Alter!«

Die Bliny mit der Sahne fallen Annuschka aus der Hand, sie stürzt sich auf das Mädchen, das mit dem Pferd ringt, und trommelt mit den Fäusten blindlings auf sie ein.

»Lass das Pferd! Lass es!«, pfeift es aus ihrer zugeschnürten Kehle.

Es dauert einen Augenblick, bis die verblüfften Jungen reagieren und versuchen, die plötzlich durchgedrehte Frau im karierten Mantel wegzuzerren, aber da kommt ihr eine zweite zu Hilfe, eine vermummte Verrückte, die in Lumpen gekleidet ist, beide versuchen sie, das Mädchen wegzuschubsen und ihr die Zügel zu entreißen. Das Mädchen kreischt und legt die Arme schützend über den Kopf – einen so wütenden Angriff hatte sie nicht erwartet. Das Pferd wiehert und schnaubt, reißt sich los und trabt verschreckt mitten über den

Arbat (nur gut, dass die Fußgängerstraße um diese Zeit fast leer ist), das Echo seiner Hufschläge hallt von den Mauern wider und weckt Erinnerungen an Straßenkämpfe und Streiks; Fenster werden geöffnet. Da erscheinen zwei Polizisten am Ausgang der Straße; gelassen schlendernd unterhalten sie sich über Computerspiele, weil ja sowieso nichts los ist, doch da sehen sie den Tumult, ergreifen sogleich handlungsbereit ihre Stöcke und setzen sich in Trab.

»Reg dich«, sagt die Vermummte, »beweg dich.«

Sie sitzen auf der Wache und warten, dass sie an die Reihe kommen und ein unfreundlicher Polizist mit sehr rosigem Gesicht ihre Aussage aufnimmt.

»Reg dich« – und mehrere Stunden lang redet sie wie aufgedreht, wahrscheinlich aus Angst. Das Adrenalin hat ihre vermummte Zunge aufgeweckt. Sie flüstert ihr direkt ins Ohr, damit es keiner hört, der Beklaute nicht, und nicht die beiden dunkelhäutigen Nutten und auch nicht der mit der Kopfverletzung, der mit der einen Hand den Verband festhält. Annuschka aber weint, die Tränen laufen unablässig über ihr Gesicht, und man sieht schon, dass ihr Vorrat bald erschöpft sein wird.

Als sie drankommen, schreit der rotgesichtige Polizist über die Schulter einem im Nachbarzimmer zu: »Das ist diese Läuferin.«

Und die Stimme aus dem Nebenzimmer antwortet: »Die kannst du laufenlassen, aber schreib die andere auf, wegen Ruhestörung.«

Der Polizist sagt zu der Vermummten: »Frau, beim nächsten Mal bringen wir dich aus der Stadt, hundert Kilometer von hier, verstanden? Wir wollen hier keine Sektierer.«

Doch von Annuschka nimmt er die Dokumente entgegen und, als könnte er selbst nicht lesen, lässt er sich von ihr alles noch einmal aufsagen: Vorname, Vatername, Nachname und die Adresse, bitte die Adresse. Annuschka berührt die Tischplatte mit den Fingerspitzen und gibt ihre Daten an, als sage sie ein Gedicht auf. Die Adresse nennt sie zweimal:

Kuzniecka 46, Wohnung 78.

Sie lassen erst die eine gehen, eine Stunde später die andere. Als Annuschka rauskommt, ist die Vermummte spurlos verschwunden. Kein Wunder, es ist schrecklich kalt. Sie läuft in der Nähe der Wache herum, ihre Beine treiben sie an, sie würden sie über diese breiten Straßen bis hin zur Quelle aller Straßen tragen, wo sie aus den hügeligen Vorstädten entspringen, und dahinter würden sich wieder andere Ausblicke öffnen auf die große Ebene, die sich an ihrem eigenen Atem ergötzt. Doch Annuschkas Autobus kommt an, sie erreicht ihn noch im letzten Augenblick.

Die Leute sind schon unterwegs, auf den Straßen herrscht der morgendliche Verkehr, obwohl die Sonne noch nicht aufgegangen ist. Annuschka fährt lange mit dem Bus, bis an den Stadtrand, dann steht sie vor ihrem Wohnblock und schaut hinauf zu ihren Fenstern, hoch oben. Sie sind noch dunkel, aber als der Himmel heller wird, sieht sie, dass in der Küche ihrer Wohnung das Licht angeht, und sie geht los, auf den Eingang zu.

Was die vermummte Läuferin sagte

Reg dich, beweg dich, los, Bewegung, Unrast. Nur so kannst du ihm entkommen. Er, der die Welt beherrscht, hat keine Macht über die Bewegung und weiß, dass unser Körper in Bewegung heilig ist, nur dann kannst du ihm entgehen, wenn du dich bewegst. Er aber hat die Herrschaft über das, was unbeweglich und erstarrt ist, was reglos und kraftlos ist.

Also beweg dich, reg dich, wiege dich, geh, lauf, renn, sobald du dich vergisst, stehen bleibst, rastest, packen dich seine Hände, verwandelt er dich in eine Marionette, sein Atem hüllt dich ein, der riecht nach Rauch und Abgasen und nach den riesigen Müllhaufen vor der Stadt. Er verwandelt deine bunte Seele in ein kleines flaches Seelchen, das aus Papier ausgeschnitten ist, aus Zeitungspapier, und er wird dir mit Feuer, Krankheit und Krieg drohen, er wird dir Angst machen, bis du die Ruhe verlierst und nicht mehr schlafen kannst. Er wird dich zeichnen und dich in seine Register eintragen, er wird dir das Dokument deines Untergangs geben. Er wird deine Gedanken mit Unwichtigem tränken – was kaufen, was verkaufen, wo ist es billiger, wo teurer. Fortan wirst du dich über Nichtigkeiten grämen, über den Benzinpreis und darüber, wie sich das auf die Abzahlung des Kredits auswirken wird. Du wirst jeden Tag in Schmerzen durchleben, als lebtest du zur Strafe für eine Missetat, doch wer sie begangen hat und wann und was für eine Missetat es war, das wirst du nie erfahren.

Vor langer Zeit einmal versuchte ein Zar die Welt zu reformieren, doch er erlitt eine Niederlage, und die Welt fiel geradewegs in die Arme des Antichrist. Gott, der Wahre, der Gute, wurde aus der Welt vertrieben, die Gefäße mit der Kraft Gottes wurden zerschlagen, sie sickerte in die Erde und verschwand in der Tiefe. Doch als er flüsternd aus seinem Versteck sprach, hörte ihn ein gerechter Mensch, ein Soldat mit Namen Eufemius, und er merkte sich Gottes Worte in seinem Geist. In der Nacht warf er sein Gewehr von sich, zog die Uniform aus, wickelte die Fußlappen ab und streifte die Schuhe von den Füßen. Er stand unter dem Himmel, nackt, wie der Herrgott ihn geschaffen hatte, dann lief er davon in den Wald, bedeckte seine Blöße und wanderte von Dorf zu Dorf, wo er die düstere Nachricht verkündete. Flieht, lauft aus euren Häusern, geht los, Läufer, denn nur durch die Unrast kann man sich vor den Fallen des Antichrist schützen. Jeder offene Kampf mit ihm kann von vornherein als verloren gelten. Lasst stehen und liegen, was ihr besitzt, verlasst euren Grund und Boden und setzt euch in Bewegung.

Denn alles, was seinen festen Platz in dieser Welt hat, jeder Staat, jede Kirche und Regierung, alles, was in dieser Hölle seine Form behalten hat, ist ihm zu Diensten. Alles, was bestimmt ist, was von-hier-bis-da ist, was in Rubriken erfasst, in Registern verzeichnet, nummeriert, nachgewiesen, beschworen ist; alles, was angehäuft, zur Schau gestellt und etikettiert ist. Alles, was festhält wie Häuser, Sessel, Betten, Familie, Erde, Saat, Pflanzung, Pflege des Wachsenden. Planen, Warten auf Ergebnisse, das Erstellen von Plänen, Hüten von Ordnung. Deshalb entwöhne deine Kinder, wenn du sie schon achtloserweise geboren hast, und mach dich auf den Weg. Bestatte deine Eltern, da sie dich schon unachtsamerweise haben werden lassen, und geh. Zieh in die Ferne, hinaus aus der Reichweite seines Atems, weg von seinen Kabeln und Antennen, seine feinen Instrumente sollen dich nicht erreichen.

Wer sich aufhält, der versteinert, wer rastet, wird aufgespießt wie ein Insekt, eine hölzerne Nadel durchbohrt sein

Herz, seine Hände und Füße werden durchstoßen und an Schwelle und Türsturz genagelt.

So nämlich ist jener umgekommen, der aufbegehrt hat. Er wurde ergriffen, sein Körper an ein Kreuz genagelt, gelähmt wie ein Insekt; zur Schau für menschliche Augen und unmenschliche, für die Letzteren besonders, denn diese ergötzen sich vor allem an jenem Schauspiel; kein Wunder, dass sie es jedes Jahr wieder neu aufführen und feiern und einen toten Körper anbeten.

Deshalb haben Tyrannen aller Färbung, diese Höllendiener, Hass auf alle Nomaden im Blut, deshalb verfolgen sie Zigeuner und Juden, deshalb zwingen sie alle freien Menschen, sich anzusiedeln, und bezeichnen sie mit einer Adresse, die für uns ein Urteilsspruch ist.

Ihr Ziel ist es, eine erstarrte Ordnung aufzubauen, das Vergehen der Zeit als Schein darzustellen. Die Tage wiederholbar und ununterscheidbar wirken zu lassen, eine große Maschine zu bauen, in der jedes Geschöpf seinen Platz einnehmen und zum Schein Bewegungen ausführen muss. Einrichtungen und Büros, Stempel, Rundschreiben, Hierarchien und Chargen, Ränge, Anträge und Ablehnungen, Pässe, Nummern, Karten, Wahlergebnisse, Werbung und Anhäufung von Punkten, Sammeln, Eintauschen von Gegenständen gegen andere.

Die Welt soll mit Hilfe von Strichcodes festgenagelt, jeder Sache ein Etikett verliehen werden, man soll wissen, was für eine Ware etwas ist und wie viel sie kostet. Möge diese fremde Sprache für die Menschen nicht lesbar sein, mögen Maschinen und Automaten sie lesen, mögen sie nachts in den kalten unterirdischen Gewölben Lesungen ihrer eigenen Strichdichtung abhalten. Beweg dich, beweg dich. Gesegnet, wer geht.

Der dritte Brief von Josephine Soliman an Franz I., Kaiser von Österreich

Eure Hoheit schweigt, gewiss mit wichtigen Staatsgeschäften befasst. Ich möchte jedoch von meinen Bemühungen nicht ablassen und mich noch einmal mit der Bitte um Erbarmen an Eure Hoheit wenden. Vor mehr als zwei Jahren habe ich meinen letzten Brief an Eure Hoheit geschrieben, doch bis auf den heutigen Tag keine Antwort erhalten.

Daher bringe ich meine Bitte nun noch einmal vor.

Ich bin das einzige Kind von Angelo Soliman, des Dieners Eurer Hoheit, eines Diplomaten, der sich um das Kaiserreich verdient gemacht hat, eines gebildeten und allgemein geachteten Menschen. Ich ersuche um Erbarmen für mich, denn ich werde nie Ruhe finden können, solange ich mir dessen bewusst bleibe, dass meinem Vater, dem Körper meines Vaters, bis auf den heutigen Tag kein christliches Begräbnis zuteilgeworden ist und dass er sich präpariert und ausgestopft als Exponat im Kabinett der Wunder der Natur am Hofe Eurer Hoheit befindet.

Seit der Geburt meines Sohnes vergiftet mich eine Krankheit, die stetig fortschreitet. Ich fürchte, dass diese Angelegenheit ebenso hoffnungslos ist wie meine Krankheit und dass es mir nicht gelingen wird, in dieser Sache etwas zu auszurichten. Das Wort »ausrichten« scheint mir hier recht am Platze zu sein, denn – wie ich in Erinnerung rufen darf – mein Vater wurde nach seinem Tode zugerichtet, er wurde gehäutet und anschließend ausgestopft und stellt in dieser Form bis heute ein Exponat in der Kollektion Eurer Hoheit dar. Eure Hoheit hat einer jungen Mutter ihre Bitte abgeschlagen, vielleicht wird er einer sterbenden Mutter die Erfüllung ihrer Bitte gewähren.

Ich habe diesen schrecklichen Ort besucht, bevor ich Wien verließ. In der Zwischenzeit bin ich mit einem Diener Eurer Hoheit, Heeresingenieur Herrn von Feuchtersleben, die Ehe eingegangen, und sein Dienst hat uns an den nördlichen Rand unseres Reiches verschlagen – nach Krakau. Ich bin an jenem Ort gewesen und habe es gesehen. Ich kann sagen, ich habe meinen Vater in der Hölle gesehen, denn als Katholikin glaube ich daran, dass er, seines Körpers beraubt, am Tage des Jüngsten Gerichts nicht der Auferstehung teilhaftig werden kann. Dieser Glaube sagt mir auch, dass – der Meinung eines manchen zum Trotz – der Körper unser größtes Geschenk und dass er heilig ist.

Seit der Menschwerdung Gottes ist der Körper des Menschen auf immer geheiligt, und die ganze Welt hat die Gestalt eines Menschen angenommen. Es gibt keinen Zugang zum anderen Menschen noch zur Welt als über den Körper. Hätte Christus nicht die Menschengestalt angenommen, wären wir nie erlöst worden.

Er wurde gehäutet wie ein Tier, mit Stroh ausgestopft und in Gesellschaft anderer ausgestopfter Menschen zur Schau gestellt, umgeben von den Überresten von Einhörnern, von monströsen Kröten, von den in Spiritus schwimmenden Exemplaren doppelköpfiger menschlicher Leibesfrucht und anderen Absonderlichkeiten. Ich habe die Menschen gesehen, die sich drängen, um Eure Kollektion mit eigenen Augen zu sehen, Herr, und ich habe die Röte der Aufregung auf ihren Gesichtern gesehen, wenn sie die Haut meines Vaters betrachteten. Ich habe gehört, wie sie Dich für Deinen Mut und Deine Kühnheit priesen.

Wenn Du Deine Exponate besuchst, geh auch zu ihm, hoher Herr, zu Angelo Soliman, Deinem Diener, dessen Haut Dir auch nach seinem Tode noch dient. Diese nun nicht besonders sorgfältig mit Gras ausgestopften Hände haben einst mich berührt, mich getragen, diese Wange, nun eingefallen und vertrocknet, streifte einst meine. Dieser Körper liebte und wurde geliebt, später suchten ihn Rheumaanfälle heim, an diesem Arm hat Dein Medikus ihn zur Ader gelassen. Diese mit Tauf- und Familiennamen meines Vaters beschriftete Hülle war einst ein lebendiger Mensch. Ich denke oft darüber nach, keine Nacht lässt mich die Frage ruhig schlafen: Was ist wirklich der Grund für diese so grausame Behandlung der sterblichen Überreste meines Vaters seligen Andenkens? Ist es denn möglich, dass es die Farbe seiner Haut sein könnte? Dass sie dunkel ist, schwarz? Sollte denn ein Mensch weißer Hautfarbe, der sich in den wilden Ländern befindet, genauso behandelt werden – ausgestopft und neugierigen Blicken preisgegeben?

Ist es denn ausreichend, dass ein Mensch anders ist, auf gleich welche Weise, im Äußeren oder in seinem Innenleben – und die allgemein geltenden Regeln und Sitten gelten nicht mehr für ihn? Sind denn die Gesetze nur für die Menschen ersonnen und gemacht, die gleich aussehen? Die Welt ist doch voller Vielfalt. Viele Meilen nach Süden leben Menschen, die ganz anders sind als diejenigen, die den Norden besiedeln. Im Osten leben andere Menschen als im Westen. Welchen Sinn hat ein Gesetz, das nur für eine Gruppe Gültigkeit hat? Dorthin, wo unsere Schiffe und unsere Gelder reichen, dorthin sollten auch unsere Gesetze reichen, und zwar für jedermann ohne Ausnahme. Hätte Eure Hoheit denn Euren Diener ausgestopft, wenn er weiß gewesen wäre?

Auch der am niedrigsten gestellte Mensch hat das Recht auf eine Beerdigung, und stellst Du nicht, indem Du meinem Vater diese versagst, seine Menschlichkeit in Frage?

Ich glaube, dass es jenen, die über uns herrschen, ganz und gar nicht um die Herrschaft der Seelen geht, auch wenn man das allgemein so betrachtet. Heute ist dieser Begriff viel zu zusammenhanglos und unverständlich. Wenn Gott der ist – möge mir meine Bitterkeit verziehen werden –, der die Uhren aufgedreht hat, der Große Uhrmeister oder fürwahr der Geist der Natur, der auf undeutliche und ganz unpersönliche Weise in Erscheinung tritt, dann ist der Begriff der Seele unbequem und peinlich geworden. Welcher Herrscher möchte über etwas so Flüchtiges und Ungewisses herrschen? Welcher aufgeklärte Herrscher möchte über etwas herrschen, das nicht in Laboratorien nachgewiesen worden ist?

Es steht, Eure Hoheit, außer Zweifel, dass die wahre menschliche Macht nur den menschlichen Körper betreffen kann – und so wird sie ja auch ausgeübt. Die Festlegung von Staaten und internationalen Grenzen verfügt, dass ein Mensch körperlich in einem klar definierten Raum bleiben muss; Pässe und Visa kontrollieren sein natürliches Bedürfnis nach Bewegung und Ortsveränderung. Der Herrscher, der Steuern erhebt, hat Einfluss auf das, was seine Untergebenen essen, worauf sie schlafen und ob sie sich in Leinen oder Seide kleiden. Du, Herr, verfügst auch, welcher Körper wichtiger ist und welcher weniger wichtig. Die milchprallen Brüste der Amme verteilen die Nahrung nicht gleich. Das Kind in dem Palast auf dem Hügel darf nach Herzenslust trinken, das aus dem Dorf im Tal kann die Reste aussaugen. Wenn Du, Herr, eine Kriegserklärung unterschreibst, stürztest du damit Tausende menschlicher Körper in Blutlachen.

Über den Körper Macht zu haben, das heißt wahrlich König zu sein über Leben und Tod, das ist mehr, als Kaiser selbst des größten Reiches zu sein. Deshalb wende ich mich an Dich in dieser Eigenschaft, als den Herrscher über Leben und Tod, den Tyrannen und Usurpator, und ich bitte nicht, ich fordere. Gib mir den Körper meines Vaters, auf dass ich ihn bestatten kann. Ich werde an Deiner Seite bleiben, Herr, wie eine Stimme im Dunkel, auch wenn ich sterbe, werde ich Dir keine Ruhe lassen, ich werde nicht aufhören, Dir meine Worte zuzuflüstern.

Josephine Soliman von Feuchtersleben

Dinge, nicht von Menschenhand gemacht

Nach der Sarira-Ausstellung versetzt mich die Ausstellung »Dinge, nicht von Menschenhand gemacht«, nicht mehr in Erstaunen. Dazu gehören Bücher, die von sich aus in der Feuchtigkeit von Bergeshöhlen wachsen und sich gelegentlich von Gerechten finden lassen, um dann feierlich in Tempel überführt zu werden. Und Ikonen mit dem Gesicht Gottes. Man muss dazu nur eine saubere grundierte Holzfläche eine Zeitlang sich selbst überlassen und warten. Manchmal kann darauf nachts das Gesicht Gottes erscheinen, von unten hindurchschauen, aus den tiefsten Tiefen kommt es emporgeflossen, direkt aus den sumpfigsten Fundamenten der Welt. Vielleicht leben wir ja in einer riesigen Camera obscura, eingeschlossen wie in einer dunklen Schachtel, und wenn es gelingt, eine auch noch so kleine Öffnung hineinzubohren, wenn auch nur eine Nadel hindurchsticht, fällt das Bild von außen mit einem Lichtstrahl herein und hinterlässt eine Spur auf der lichtempfindlichen Innenfläche der Welt. Man erzählt auch von einer bestimmten Buddha-Statue, sie sei angeblich ganz von selbst entstanden, makellos und aus dem feinsten Metall. Man musste sie nur von Erde befreien. Sie stellt einen sitzenden Buddha dar, der den Kopf in die Hand gestützt hat. Dieser Buddha zeigt einen Anflug von Lächeln, zart, eine Spur ironisch, wie jemand, der gerade einen subtilen Witz gehört hat. Einen Witz, dessen Pointe nicht im letzten Satz liegt, sondern im Atem des Erzählenden.

Reinheit des Blutes

In einem Hotel in Prag traf ich eine Inselbewohnerin von der anderen Hemisphäre, die mir Folgendes erzählte:

Die Menschen schleppen immer Millionen Bakterien, Viren und Krankheiten hinter sich her, dem lässt sich nicht Einhalt gebieten. Aber man kann es wenigstens versuchen. Nach der weltweiten Panik in Zusammenhang mit den BSE-Infektionen führten manche Staaten neue gesetzliche Bestimmungen ein. Jeder Inselbewohner, der nach Europa reiste, dürfte nie wieder Blut spenden, man könnte sagen, dieses Gesetz machte ihn zu einem lebenslänglich Verseuchten. So wird es auch ihr jetzt ergehen, sie wird nie wieder Blut spenden können. Das ist der Preis, den sie für ihre Reise bezahlen muss, zusätzlich zum Ticket. Die verlorene Reinheit. Die verlorene Ehre.

Ich frage sie, ob es das wert war, ob es sinnvoll war, die

Reinheit des Blutes zu opfern, um ein paar Städte, Kirchen und Museen gesehen zu haben.

Alles hat seinen Preis, sagte sie ernst.

Kunstkammer

Das Ziel einer Pilgerreise ist ein anderer Pilger, diesmal erkannte ich Charlottas liebevolle Handschrift sofort. In einem länglichen Glas mit skulpturartigem Deckel schwamm, von zwei Rosshaaren gehalten, ein kleiner Fötus mit geschlossenen Augen. Seine Füßchen berührten die rötlich verfärbten Reste der Plazenta. Ein kleines Meeresboden-Stillleben deckte das Ganze ab – alles ist mit dem Meer verbunden, auch der Hauptheld dieser Darbietung, der Fötus. Wir sind aus dem Wasser entstanden. Deshalb hatte Charlotta wohl auch die Muscheln, Seesterne und Schwämme auf den gewölbten Deckel geklebt, in dessen Mitte sich das Auge an einem getrockneten Seepferdchen – hippocampus – erfreuen konnte.

Noch ein anderes Präparat beeindruckte mich tief – in den stygischen Wassern erhaltene siamesische Zwillinge und daneben ihr getrocknetes Skelett. Das ist ein Beispiel für sparsamen Umgang mit Material – zwei Präparate aus einem verdoppelten Körper.

La mano di Constantino

Das Erste, was mir nach meiner Ankunft in der Ewigen Stadt auffiel, waren die schönen Schwarzhäutigen, die Taschen und Portemonnaies verkauften. Ich kaufte eine kleine rote Geldbörse, weil mir meine in Stockholm gestohlen worden war. Das Zweite waren die vollen Postkartenständer, bei denen man eigentlich hätte verweilen können, um den Rest der Zeit im Schatten am Tiberufer zu verbringen und vielleicht ab und zu einen Wein in einem der kleinen teuren Cafés zu trinken. Landschaftspostkarten mit dem Panorama alter Ruinen, Postkarten, die mit dem Ehrgeiz hergestellt wurden, möglichst viel auf dieser kleinen Fläche zu zeigen, werden allmählich von Detail-Postkarten verdrängt. Das ist bestimmt eine gute Idee, denn sie entlasten die erschöpften Sinne. Es gibt zu viel Welt, besser konzentriert man sich auf Einzelheiten anstatt auf das Ganze.

Da ist das schöne Detail eines Brunnens, eine kleine Katze auf einem römischen Sims, die Genitalien von Michelangelos David, der Riesenfuß einer Steinskulptur, ein vielfach gekerbter Torso, der den Betrachter sofort überlegen lässt, welches Gesicht zu diesem Körper gehört hat. Ein einzelnes Fenster in einer ockerfarbenen Wand und schließlich – ja – eine einzelne Hand, die einen Finger senkrecht in die Höhe reckt, eine monströse Hand, gleich unterhalb des Gelenks von einem ungeheueren Ganzen abgetrennt – die Hand des Kaisers Konstantin.

Diese Postkarte infizierte mich nachhaltig. Man muss wirklich darauf achten, was man als Erstes betrachtet. Von da an sah ich überall hinweisende Hände, ich war wie gefangen von diesem Detail, es beherrschte mich.

Die halbnackte Statue eines Kriegers – er trägt nicht viel mehr als den Paradehelm und die Pike in der rechten Hand. Die andere Hand zeigt irgendwohin in die Höhe. Zwei Putten machen mit dicken Fingerchen andere darauf aufmerksam, dass dort, über ihren Köpfen – was ist? Und weiter: zwei Touristinnen, die sich vor Lachen biegen, und ihre hochgereckten Finger; eine Gruppe Touristen vor einem feinen Hotel, denn gerade sind Richard Gere und Nicole Kidman herausgekommen, und auf dem Petersplatz sieht man solche Zeigefinger gleich zu Hunderten.

Auf dem Campo dei Fiori sah ich eine Frau, die vor Hitze direkt neben einem Wasserhahn erstarrt war, mit dem Finger direkt am Ohr, als wollte sie sich eine Melodie aus Jugendtagen in Erinnerung rufen und hörte schon ihre ersten Klänge.

Und danach entdeckte ich einen alten kranken Mann im Rollstuhl, den zwei junge Mädchen schoben. Der Greis war gelähmt, aus der Nase hingen ihm zwei Plastikschläuche, die in einem schwarzen Rucksack verschwanden. Auf seinem Gesicht lag der erstarrte Ausdruck hingerissenen Erstaunens, und mit dem gierigen Krallenfinger der rechten Hand deutete er auf etwas, was sich offenbar direkt hinter seiner linken Schulter befand.

Die Verortung der Leere

James Cook machte sich auf den Weg in die Südsee, um den Durchgang der Venus vor der Sonnenscheibe zu beobachten. Die Venus offenbarte ihm nicht nur ihre Schönheit, sondern auch eine bereits von dem Holländer Tasman gesichtete

Landmasse. Aus seinen Aufzeichnungen konnten die Seeleute ersehen, wo ungefähr sich dieses Land befinden musste. Jeden Tag hielten sie danach Ausschau, und jeden Tag machten sie denselben Fehler: Sie hielten Wolken für Festland. Abends unterhielten sie sich über die geheimnisvolle Insel, darüber, dass sie gewiss schön sei, da sie doch im Zeichen der Venus stand, und dass sie noch andere vorzügliche Eigenschaften haben müsse, weil sie ja Venusland sei. Jeder malte sie sich anders aus.

Der erste Offizier kam aus Tahiti, er war sicher, dass dieses Land wie seine Südseeinsel aussah, warm, tropisch, sonnenüberflutet, von endlosen Stränden gesäumt, voller Blumen, nützlicher Kräuter und Frauen mit bloßen Brüsten. Der Kapitän selbst kam aus Yorkshire (worauf er sehr stolz war) und hätte eigentlich nichts dagegen gehabt, wenn es auf der Insel genauso wäre wie dort. Er dachte sogar darüber nach, ob sich die Länder auf den beiden Hälften der Erdkugel nicht in gewisser Weise entsprechen, ob zwischen ihnen nicht eine Art planetarer Affinität besteht, eine Ähnlichkeit, die sich nicht trivial und offensichtlich, sondern auf andere, tiefere Weise manifestiert. Der Schiffsjunge Nils Jung träumte von den Bergen, er wollte die Insel gebirgig sehen, mit Bergen, deren verschneite Gipfel in den Himmel ragen, und dazwischen sollten tiefe fruchtbare Täler sein, voll weidender Schafe und mit klaren Bächen voller Forellen. (Wahrscheinlich kam er aus Norwegen.)

Und seine Augen waren es, die am 6. Oktober 1769 Neuseeland erblickten.

Von da an segelte die »Endeavour« geradeaus, und Meile um Meile trat der Umriss des Festlands aus dem Dunst. Tief bewegt übertrug Kapitän Cook den Anblick auf Papier und zeichnete Karten.

Im Laufe der Jahre dieser Verortung erlebten sie viele Abenteuer, die in lebhaften Farben beschrieben sind. Jemand äußerte die Vermutung, ein so außerordentliches Land müsse bewohnt sein, und am nächsten Tag sahen sie über dem Busch Rauch aufsteigen. Befürchtungen kamen auf, es könne bei der Beschaffung von Proviant auf dem Festland Hindernisse geben, und man malte sich die kampflustigen Wilden aus – und am selben Morgen noch zeigten sie sich wild und angsteinflößend am Strand. Sie hatten tätowierte Gesichter, streckten die Zungen heraus und fuchtelten mit ihren Speeren. Um die definitive Übermacht zu demonstrieren und gleich eine Hierarchie festzulegen, erschoss man gleich mehrere von ihnen – woraufhin die Entdecker angegriffen wurden.

Neuseeland war allem Anschein nach das letzte Land, das wir uns ausgemalt haben.

Der andere Cook

Im Sommer 1841 machte sich Thomas auf eine Wanderung von seinem heimatlichen Loughborough in das elf Meilen entfernte Leicester, um einem Treffen des Abstinenzlervereins beizuwohnen, denn er war ein großer Verfechter der Enthaltsamkeitsbewegung. In seiner Begleitung wanderten noch einige andere Herren. Auf dieser langen und beschwerlichen Wanderung kam es Cook in den Sinn – und es nimmt einen wunder, dass noch niemand vor ihm diese Idee hatte, aber das ist eben die berühmte Schlichtheit genialer Einfälle –, beim nächsten Mal doch für alle einzeln Reisenden die Eisenbahn zu mieten.

Einen Monat darauf gelang es ihm, einen ersten Ausflug für mehrere hundert Reisende zu organisieren (es ist allerdings unklar, ob alle auf ein Treffen des Abstinenzlervereins fuhren). So entstand das erste touristische Reisebüro.

Das sind die beiden Köche, die uns die Wirklichkeit brauen.

Walfische. Ertrinken in der Luft

In Australien kam es vor, dass sich alle Bewohner der umliegenden Küstenorte am Strand einfanden, wenn sich die Nachricht verbreitete, dass wieder ein verirrter Walfisch auf der Sandbank gestrandet war. Aufopfernd hielten die Menschen bei ihm Wache, begossen seine empfindliche Haut mit Wasser und versuchten, ihn zur Rückkehr ins Meer zu bewegen. Ältere Damen in Hippiekleidung behaupteten, sie wüssten, wie man das machen müsse. Angeblich brauchte man nur zu sagen: »Geh, geh, mein Bruder« – oder »meine Schwester« und ihm mit geschlossenen Augen die eigene Energie zu übermitteln.

Den ganzen Tag wuselten kleine Gestalten am Strand umher und warteten auf die Flut, die ihn wieder ins tiefe Wasser tragen sollte. Boote mit Netzen versuchten ihn hinauszuziehen. Doch das große Tier verwandelte sich schnell in eine schwere unbewegliche Masse, in einen Körper, dem am Leben gar nicht mehr gelegen war. Kein Wunder, dass die Leute sagten: »Selbstmord.« Eine kleine Gruppe Aktivisten fand sich ein, die der Meinung waren, man müsse Tieren gestatten zu sterben. Warum sollte der Akt des Selbstmords ein den Menschen vorbehaltenes Privileg sein? Vielleicht sind dem

Leben eines jeden Lebewesens feste Grenzen gesteckt, die sich nicht mit dem Auge wahrnehmen lassen, aber nach deren Überschreiten sich das Leben selbst erschöpft. Das sollte in der Tierrechts-Charta berücksichtigt werden, an der man gerade in Sydney oder Brisbane arbeitete: Liebe Brüder, wir gewähren Euch das Recht auf freiwilligen Tod.

Dubiose Schamanen trafen bei dem sterbenden Wal ein und vollführten irgendwelche Rituale an ihm, Amateurfotografen kamen und Sensationsjäger. Die Lehrerin einer Dorfschule brachte ihre Klasse an den Strand, und danach malten die Kinder den »Abschied des Walfischs«.

In der Regel dauerte es mehrere Tage, dieses Sterben. In dieser Zeit hatten sich die Küstenbewohner schon an das ruhige majestätische Wesen mit dem unergründlichen Willen gewöhnt. Jemand gab ihm einen Namen, meistens einen sehr menschlichen. Der regionale Fernsehsender kam, das ganze Land nahm an dem Sterben teil, ja dank des Satellitenfernsehens sogar die ganze Welt. Dieser Einzelgänger am Strand war ein Problem, das die Nachrichten aus drei Kontinenten verdrängte. Es gab den Fernsehstationen Anlass, Filme über Klimawandel und Ökologie zu senden. Wissenschaftler äußerten sich dazu in verschiedenen Studien, die Politiker nahmen Umweltschutz in ihre Parteiprogramme auf. Warum? Diese Frage wurde von Ichthyologen und Ökologen beantwortet, jeder von ihnen hatte seine Theorie.

Die Zerstörung des Systems der Echolokalisierung. Die Verunreinigung des Wassers. Thermonukleare Explosionen am Meeresboden, die kein Staat eingestehen will. Oder vielleicht ein Freitod nach dem Muster der Elefanten? Alter? Enttäuschung? Die Hirne von Säugetieren sind empfänglich für das Drängen der Finsternis. Erst kürzlich hat man entdeckt, wie wenig sich das Hirn des Walfischs vom Hirn des Menschen unterscheidet, doch neben den Ähnlichkeiten gibt es darin bestimmte Bereiche in dem am höchsten entwickelten Teil der Stirnlappen, die der Homo sapiens nicht hat.

Schließlich aber trat der Tod tatsächlich ein, und der tote Körper musste vom Strand geschafft werden. Dabei war dann aber keine Menge mehr zugegen, meistens gab es gar keine Zuschauer. Nur die Arbeiter in hellgrünen Jacken, die den Leichnam zerschnitten und auf Anhänger verluden, um ihn dann an einen unbekannten Ort zu bringen. Wenn es einen Friedhof für diese Walfische gab, dann brachten sie ihn bestimmt dorthin.

Billy, der Schwertwal, ist in der Luft ertrunken.

Die Menschen sind untröstlich in ihrem Kummer.

Doch es kam auch gelegentlich vor, dass man einen retten konnte. Nach großen Anstrengungen und aufopfernder Arbeit Dutzender Freiwilliger holten die Wale tief Luft und kehrten zurück in den offenen Ozean. Man konnte sehen, wie sie freudig ihre berühmten Fontänen in die Luft sprühten und dann in die Meerestiefe tauchten. Der ganze Strand jubelte.

Ein paar Wochen später wurden sie an der japanischen Küste angeschwemmt, und ihre sanften schönen Körper wurden zu Hundefutter verarbeitet.

Die Zone Gottes

Schon seit ein paar Tagen hat sie alles zum Packen bereitgelegt. Die Sachen liegen in einzelnen Stapeln auf dem Teppich. Wenn sie ins Bett geht, setzt sie vorsichtig die Füße dazwischen, stakst zwischen den Stößen mit Unterhemden, Schlüpfern, zusammengerollten Strümpfen umher, zwischen sorgsam gefalteten Röcken und ein paar viel gelobten Romanen, zu deren Lektüre sie bis jetzt nicht gekommen ist. Ein dicker Pullover und warme Schuhe, die sie extra zu diesem Anlass gekauft hat, liegen auch bereit – schließlich fährt sie ja mitten in den Winter.

Die Sachen sind, was sie sind: unergründliche weiche Mehrwegpanzer, Überzieher für ihren anfälligen, über fünfzigjährigen Körper, Schutzetuis gegen Sonneneinstrahlung und die Blicke Vorwitziger. Unerlässlich bei langen Reisen und mehrwöchigen Aufenthalten weit, weit weg, am Rande der Welt. Sie hat alles auf den Boden gestapelt, einer Liste getreu, die sie über etliche Tage in ihren seltenen freien Augenblicken erstellt hatte, sobald ihr klar war, dass sie reisen musste. Ein Versprechen muss man halten.

Während sie alles ordentlich in ihren roten Rollenkoffer packt, muss sie sich eingestehen, dass sie wenig braucht. Jedes Jahr stellt sie fest, dass es weniger wird. Nach und nach entfielen Kleider, Haarschaum, Nagellack und alle Maniküreaccessoires, Ohrringe, das Reisebügeleisen, Zigaretten. In diesem Jahr braucht sie auch keine Binden mehr.

»Du brauchst mich nicht zu fahren«, sagt sie zu dem Mann, der sie schlaftrunken ansieht. »Ich nehme ein Taxi.«

Mit dem Handrücken fährt sie über seine zarten blassen Augenlider und küsst ihn auf die Wange.

»Ruf an, wenn du angekommen bist, ich werde sonst krank vor Sorge«, murmelt er kaum verständlich, und sein Kopf sinkt wieder aufs Kissen. Er hat Nachtwache im Krankenhaus gehabt, ein Patient ist nach einem Unfall gestorben.

Sie trägt eine schwarze Hose und eine schwarze Leinenbluse. Sie schlüpft in die Schuhe und hängt sich die Tasche über die Schulter. Dann steht sie eine Weile reglos im Flur, ohne zu wissen, warum. In ihrer Familie heißt es immer, man müsse sich vor einer Reise unbedingt eine Minute hinsetzen, ein alter Brauch im Osten Polens. Doch hier, in diesem kleinen Flur, ist kein Platz zum Sitzen, kein einziger Stuhl. Deshalb steht sie still und stellt ihre innere Uhr ein, formatiert sozusagen den Timer auf Weltzeit, richtet das große Jetzt ein, den fleischgewordenen Chronometer in Menschengestalt, der dumpf im Takt mit ihrem Atem tickt. Mit einem Ruck reißt sie sich los wie ein Kind, das sich in etwas vergafft hat, fasst den Griff des Koffers und öffnet mit Schwung die Tür. Jetzt. Start. Es geht los.

Der dunkelhäutige Taxifahrer verstaut ihr Gepäck. Einige seiner Gesten kommen ihr übertrieben vor, zu vertraulich, ihr scheint, als hätte er ihren Koffer behutsam gestreichelt, als er ihn in den Kofferraum legte.

»Es geht auf große Reise?«, fragt er lächelnd und zeigt dabei seine ansehnlichen weißen Zähne.

Sie bejaht. Der Rückspiegel übermittelt freundlicherweise ein noch breiteres Lächeln.

»Nach Europa«, setzt sie hinzu, und der Taxifahrer verleiht mit einer Mischung aus Ausruf und Seufzen seiner Bewunderung Ausdruck.

Sie folgen der Uferstraße entlang der Bucht, die Ebbe hat

gerade eingesetzt, und der steinige, von Muscheln übersäte Boden kommt unter dem weichenden Wasser zum Vorschein. Die Sonne blendet und scheint heiß, man muss seine Haut schützen. Sie denkt bedauernd an ihre Pflanzen im Garten, fragt sich, ob ihr Mann sie wirklich wie versprochen gießen wird, an die Mandarinen (wenn sie bis zu ihrer Rückkehr halten, wird sie Konfitüre machen), an die gerade reif gewordenen Feigen, an die Kräuter, die an die trockensten Stellen des Gartens verbannt sind, zwischen die Steine, doch scheint es ihnen dort zu gefallen, der Estragon jedenfalls ist in diesem Jahr riesig geworden. Sogar die Wäsche, die im Garten zum Trocknen aufgehängt wird, ist immer getränkt mit seinem herben frischen Geruch.

»*Zehn*«, sagt der Taxifahrer. Sie zahlt.

Auf dem Inlandsflughafen zeigte sie am Schalter ihr Ticket und gab das Gepäck zu ihrem Reiseziel auf. Mit dem Rucksack als einzigem Handgepäck machte sie sich gemächlich zum Flugzeug auf, in das sich bereits die verschlafenen Passagiere drängten, samt Kindern, Hunden und Plastiktüten voll Proviant.

Als sich das kleine Flugzeug in die Lüfte erhob, bot sich ihr durch das Fenster ein Anblick, den sie nicht anders als »erhebend« schön finden konnte – ein komisches altes Wort, vor allem in diesem Zusammenhang, da sie ja wirklich hinauf in die Wolken erhoben wurde. Die Inseln und Sandstrände dort unten gehörten genauso zu ihr wie ihre Hände und Füße, das Meer, das sich an den Ufern zu schäumenden Wülsten rollte, die sanft geschwungene Küstenlinie, das grüne Inland der Insel, das war alles war ihr Eigentum. God's Zone, so nannten die Bewohner ihre Insel. Die Zone Gottes. Hier war er hingezogen, hierhin hatte er alle Schönheit der Welt gebracht. Jetzt verteilt er sie umsonst an alle Anwohner, ohne irgendwelche Bedingungen zu stellen.

Nach der Ankunft auf dem großen Flughafen ging sie zur Toilette und wusch sich das Gesicht. Dann betrachtete sie lange das Häuflein unruhiger Menschen, die am kostenlosen Internetanschluss Schlange standen. Reisende machten hier kurz Halt, um nahen und fernen Bekannten eine Nachricht zu schicken: Mich gibt's noch. Sie erwog sogar kurz, auch an einen Bildschirm zu treten, Servernamen und E-Mail-Adresse einzutippen und zu sehen, wer ihr geschrieben hatte, doch sie wusste im Voraus, was sie finden würde. Nichts Interessantes: ein paar Mails zu dem Projekt, an dem sie gerade arbeitete, Witze von einer Freundin aus Australien, seltene Mails von den Kindern. Der Absender der Nachrichten, die Grund für diese Reise waren, schwieg schon seit längerer Zeit.

All die Sicherheitsrituale wunderten sie – sie war schon lange nicht mehr geflogen. Sie selbst wurde durchleuchtet, ihr Rucksack auch. Man nahm ihr den Nagelklipser ab, das bedauerte sie, er war noch völlig in Ordnung, und sie hatte ihn schon seit Jahren. Die Beamten versuchten mit Kennerblick abzuschätzen, ob einer der Passagiere tatsächlich mit einer Bombe bewaffnet sein könnte, vor allem die Dunkelhäutigen oder die fröhlich schwatzenden Mädchen mit Kopftuch. Offenbar herrschten in der Welt jenseits der Grenze der gelben Linie, wo sie jetzt stand, der Welt, in die sie sich jetzt aufmachte, andere Regeln, ihr düsteres bedrohliches Grollen reichte bis hierher.

Nach der Passkontrolle machte sie ein paar kleine Einkäufe im Duty-free-Laden. Sie fand ihren Flugsteig: die Nummer *neun*; sie begab sich in den Warteraum, setzte sich mit dem Gesicht zum Eingang und versuchte zu lesen.

Das Flugzeug startete pünktlich und ohne Probleme, wieder geschah dieses Wunder, dass die Maschine, groß wie ein mehrstöckiges Haus, anmutig den Armen der Erde entglitt und sanft in die Höhe stieg.

Nach dem künstlichen Flugzeugessen wollten alle gleich einschlafen. Einige setzten die Kopfhörer auf und sahen einen Film über die phantastische Reise tüchtiger Forscher, die in einem »Akzelerator« auf die Größe von Bakterien geschrumpft worden waren und jetzt im Körperinnern eines Patienten umherreisten. Sie schaute ohne Kopfhörer auf den Bildschirm und begeisterte sich an den herrlichen Aufnahmen von einer Szenerie, die an den Meeresboden erinnerte: die karminroten Gänge der Blutgefäße, die pulsierenden Verengungen der Schlagadern und darin die aggressiven Lymphozyten, die aussahen wie Eindringlinge aus dem Weltraum, und die niedlichen teddybärartigen Blutkörperchen, die Unschuldslämmlein. Der Steward bot unaufdringlich Wasser an, eine einzelne Zitronenscheibe schwamm in dem Krug. Sie leerte einen Becher.

Wenn es regnete, floss das Wasser über die Parkwege, überspülte sie und trug feinen hellen Sand herbei, darauf konnte man mit einem Stock schreiben, die Sandstreifen verlangten danach, beschriftet zu werden. Man konnte Hüpfekästchen darauf zeichnen und Prinzessinnen in bauschigen Kleidern mit Wespentaillen und ein paar Jahre später Buchstabenrätsel, Bekenntnisse, die Liebesalgebra all dieser M + B = GL, was hieß, dass ein Marek oder Maciek in eine Basia oder Bożena verliebt war, und GL war die Große Liebe. Immer, wenn sie im Flugzeug sitzt, hat sie dasselbe Gefühl – den Blick aus der Vogelperspektive auf ihr ganzes Leben, auf einzelne Momente, von denen man auf der Erde meinen würde, dass sie für immer vergessen sind. Ein banaler Flashback-Mechanismus, ein mechanisches Erinnern.

Als die erste E-Mail kam, wusste sie nicht, welcher Absender sich hinter diesem Namen und Vornamen verbarg und warum er sich so vertraulich an sie wandte. Diese Verwirrtheit dauerte ein paar Sekunden – peinlich für sie. Der Brief war – wie ihr hinterher klar wurde – nur dem Anschein nach ein Weihnachtsgruß mit guten Wünschen. Er kam Mitte Dezember, als die ersten Hitzewellen einsetzten. Doch er ging eindeutig über die üblichen Floskeln hinaus. Er kam ihr vor wie ein Ruf vom anderen Ende eines Rohrs, ein ferner, dumpfer, undeutlicher Ruf. Sie verstand nicht alles, einzelne Sätze beunruhigten sie, wie zum Beispiel: »Das Leben erscheint mir wie ein widerwärtiges Laster, über das ich längst die Kontrolle verloren habe. Hast du schon mal mit dem Rauchen aufgehört?« Ja, hatte sie. Und es war nicht einfach gewesen.

Etliche Tage ging ihr dieser seltsame Brief nicht aus dem Kopf, dieser Brief von einem Mann, den sie vor über dreißig Jahren gekannt und seitdem nicht mehr gesehen hatte, den sie vollkommen vergessen hatte, obwohl sie ihn doch einst in ihrer Jugend zwei intensive Jahre lang geliebt hatte. Sie antwortete höflich und freundlich, in ganz anderem Ton, daraufhin kamen täglich Briefe.

Diese Mails raubten ihr die Ruhe. Offensichtlich hatten sie einen schlummernden Teil ihres Hirns geweckt, in dem sich die damaligen Jahre in Bildern, Dialogfetzen, Schwaden von

Gerüchen erhalten hatten. Jeden Tag, wenn sie den Schlüssel im Zündschloss umdrehte, um zur Arbeit zu fahren, schalteten sich in ihrem Kopf jetzt diese Aufnahmen ein, mit einer minderwertigen Kamera gedrehte Filme in verblassten Farben oder nur in Schwarz-Weiß, Genreszenen, Momentaufnahmen ohne Sinn und Ordnung, ohne Chronologie, mit denen sie nichts anzufangen wusste. Zum Beispiel eine Szene, in der sie beide aus der Stadt, oder eher dem Städtchen, hinausgehen, auf die Anhöhe, wo die Hochspannungsleitung verläuft, weshalb ein dauerndes Sirren ihre Worte begleitet, wie ein Akkord, der die Bedeutung dieses Spaziergangs unterstreicht, ein tiefer gleichbleibender Klang, eine Spannung, die weder steigt noch fällt. Sie halten sich an den Händen, es ist die Zeit der ersten Küsse, die man nicht anders als seltsam bezeichnen kann.

Das Gymnasium, das sie beide besuchten, war ein altes kühles Gebäude. Auf zwei Stockwerken gingen von den breiten Korridoren die Klassenräume ab. Alle Klassenräume sahen ähnlich aus: drei Reihen Bänke, davor das Lehrerpult. Die grün beschichteten Tafeln ließen sich hinauf- und hinunterschieben. Der Tafeldienst musste vor jeder Stunde dafür sorgen, dass der Schwamm nass war. An den Wänden hingen schwarz-weiße Männerporträts, nur im Physiksaal fand sich ein Frauengesicht: Marie Skłodowska-Curie, Zeugnis, dass es doch eine Gleichheit zwischen den Geschlechtern gab. Diese Reihen von Gesichtern über ihren Köpfen sollten die Schüler wahrscheinlich daran erinnern, dass die Schule auf wundersame Weise zu der großen Familie der Wissenschaft gehörte, dass sie ungeachtet ihrer Provinzialität in den besten Traditionen stand und Teil einer Welt war, in der sich alles beschreiben, erklären, beweisen und an Beispielen belegen lässt.

In der siebten Klasse hatte sie angefangen, sich für Biologie zu interessieren. Sie fand einen Artikel – vielleicht hatte ihr Vater ihn ihr gezeigt – über Mitochondrien. Demzufolge hatte es höchstwahrscheinlich im Urozean einzelne Wesen gegeben, die von anderen Einzellern überwältigt wurden und nun auf ewige Zeiten gezwungen waren, für ihre Ernährer zu arbeiten. Diese Sklavenschaft wurde von der Evolution sanktioniert – und also entstanden wir. Genauso wurde es dort beschrieben: überwältigen, zwingen, Sklavenschaft. Das hatte ihr offen gestanden keine Ruhe gelassen. Diese Annahme, dass am Anfang die Gewalt stand.

Schon im Gymnasium wusste sie, dass sie Biologin werden würde, deshalb lernte sie mit Feuereifer Chemie und Biologie. In den Russischstunden schrieb sie Tratschbriefchen, die von den Jungen dienstbar unter der Bank an die Mitschülerinnen weitergereicht wurden. Im Polnischunterricht langweilte sie sich zu Tode, bis sie sich in der zehnten Klasse in einen Mitschüler aus der Parallelklasse verliebte, der denselben Vor- und Familiennamen hatte wie der Absender jener Mail und dessen Gesicht sie sich jetzt wieder in Erinnerung rufen wollte. Seinetwegen hatte sie vom Positivismus und dem jungen Polen anscheinend nichts mitbekommen.

Ihre tägliche Reise ist eine Pendelfahrt, die einen anmutig geschwungenen Bogen beschreibt, *acht* Kilometer Küste, hin und zurück, von ihrer Wohnung zur Arbeit und zurück. Auf dieser Reise ist das Meer immer präsent, ja man könnte so weit gehen zu behaupten, dass es eine Seereise ist.

Bei der Arbeit allerdings konnte sie die Mails vergessen, sie war ganz bei der Sache und hatte im Kopf keinen Platz für undeutliche Erinnerungen. Sobald sie die Auffahrt zum Haus verließ und sich in den Verkehr auf der Straße einfädelte, ergriff sie eine angenehme leichte Aufregung – so vieles erwartete sie im Labor und Büro. Und da war schon der vertraute Würfel des verglasten Gebäudes, er lenkte ihr Bewusstsein in andere Bahnen, ihr Hirn funktionierte wieder besser, es arbeitete tadellos wie ein gut geölter Motor, der einen immer verlässlich ans Ziel bringt.

Sie nahm an einem großen Forschungsprojekt zur Schädlingsbekämpfung teil, es ging um Mittel gegen Wiesel und Opossums, die, unachtsamerweise von Menschen eingeführt, jetzt den einheimischen Vogelbestand dezimierten, da sie sich hauptsächlich von deren Eiern ernährten.

Sie arbeitete in einem Team, das Giftstoffe zur Bekämpfung dieser kleinen Säugetiere testete. Das Gift wurde in die Eier gespritzt, die dann in eigens dafür bestimmten Holzkäfigen im Wald und im Busch ausgelegt wurden. Das Gift musste schnellwirkend und human sein und sich blitzschnell zersetzen, damit sich die Insekten nicht am Aas der verendeten Tiere vergifteten. Ein kristallklares Gift, das für die Welt ganz unschädlich war, nur gegen diesen einen Typ des Schädlingsorganismus wirkte und sich nach Erfüllung der Aufgabe selbst neutralisierte. Ein James Bond im Ökogewand.

Damit beschäftigte sie sich zurzeit. Sie entwickelte die Substanz, sie arbeitete schon *sieben* Jahre daran.

Er wusste das irgendwoher. Wahrscheinlich hatte er es im Internet gelesen, dort findet man alles. Wenn man nicht im Internet gefunden werden kann, ist es, als gäbe es einen gar nicht. Dort muss man einen noch so kleinen Eintrag haben, und sei es auch nur auf der Namensliste des eigenen Abiturjahrgangs. Bestimmt war es ganz einfach gewesen, sie zu finden, ihr Name hatte sich ja nicht geändert. Wahrscheinlich hatte er ihren Namen einfach in Google eingetippt, und ein paar Seiten waren erschienen, auf denen ihre Artikel standen, ihre jährlichen Lehrpläne für die Studenten, ihre ökologischen Aktivitäten. Anfangs dachte sie, das sei der Grund für seine Briefe. Und ganz ohne Hintergedanken ließ sie sich auf Diskussionen per E-Mail ein.

In dem großen Langstreckenflugzeug kann sie kaum schlafen. Die Beine werden taub und schwellen an. Immer wieder schläft sie kurz ein, was ihr Zeitgefühl noch mehr verwirrt. Kann die Nacht so lang sein?, fragt sich der hilflose Körper des Menschen, der Erde, seinem Ort, entrissen, an dem die Sonne aufgeht und untergeht und das verborgene dritte Auge, die Zirbeldrüse, ihren Weg über den Himmel verfolgt.

Endlich bricht die Dämmerung an, und der Klang der Flugzeugmotoren ändert sich. Vom Tenor, an den sich das Ohr inzwischen gewöhnt hat, gehen sie in niedrigere Register über, in Bariton- und Basslagen, und schließlich gleitet die Riesenmaschine schneller als erwartet geschickt auf die Erde. Auf dem Weg über die überdachte Brücke auf den Flughafen spürt sie, wie heiß hier die Luft ist, klebrig und feucht dringt sie durch die Ritzen, und die Lunge sträubt sich, sie einzuatmen. Aber zum Glück wird sie das auch nicht müssen. Sie hat noch fast sechs Stunden bis zu ihrem Anschlussflug, diese Zeit will sie dösend auf dem Flughafen verbringen und versuchen, sich irgendwie in der Zeit zurechtzufinden. Danach erwartet sie ein weiterer Flug von rund zwölf Stunden.

Sie dachte oft an den Mann, der ihr diese unerwartete Mail geschrieben hatte. Und dann weitere, bis sich eine Korrespondenz voll Unausgesprochenem, voller Mutmaßungen entspann. Solche Dinge schreibt man nicht so direkt, gegenüber Menschen, mit denen man einst intime körperliche Beziehungen hatte, ist man schließlich zu einer gewissen Loyalität verpflichtet, jedenfalls sah sie das so. Aber warum hatte er sich an sie gewandt? Das war klar. Der Verlust der Jungfernschaft ist ein einmaliges und unwiderrufliches Ereignis, dadurch bekommt es, ganz unabhängig von jeder Ideologie, etwas Feierliches, ob man will oder nicht. Sie kann sich noch gut daran erinnern, wie es war: ein kurzer, scharfer Schmerz, wie ein Schnitt, seltsam, dass das mit so einem sanften stumpfen Gerät beigebracht werden konnte.

Sie erinnert sich auch an die großen dunkelcremefarbenen Gebäudeklötze an der Universität, an eine düstere Apotheke, in der bei jedem Wetter und zu jeder Tageszeit Licht brannte, und an die alten braunen Gläser mit sorgfältig beschrifteten Etiketten. Gelbe Streifen mit je *sechs* Kopfschmerztabletten, von einem Gummiring zusammengehalten. Sie erinnert sich an die hübsche ovale Form der Telefonapparate aus gegossenem Bakelit, meistens schwarz oder mahagonibraun. Sie hatten keine Wählscheibe, nur eine Kurbel, und ihr Klang ähnelte einem kleinen Tornado, der irgendwo in den langen Kabeltunneln entfesselt wurde, um die gewünschte Stimme heraufzubeschwören.

Sie staunt, dass sie das alles jetzt so deutlich vor sich sieht, zum ersten Mal im Leben. Wahrscheinlich wird sie alt, angeblich melden sich im Alter diese Nischen im Hirn, in denen jede Begebenheit detailliert aufgezeichnet ist. Bisher hatte sie nie die Zeit gehabt, sich mit diesen alten Geschichten zu befassen, die Vergangenheit hatte sie immer wie einen verwischten Filmstreifen wahrgenommen. Jetzt wird dieser Film langsamer und lässt Einzelheiten erkennen – groß ist des Menschen Hirn. Sogar ihre kleine braune Tasche hat sich darin erhalten, die sie von ihrer Mutter hatte, sie stammte noch aus der Vorkriegszeit und bestand aus gummiertem Stoff mit einem entzückenden Metallverschluss, der aussah wie ein Schmuckstück. Das Innere war glatt und kühl, und wenn man die Hand hineinsteckte, konnte man meinen, dort drinnen liege ein toter Arm des Flusses der Vergangenheit.

Das nächste Flugzeug, das nach Europa, ist noch größer, es hat zwei Etagen. Erholte, braungebrannte Touristen fliegen damit. Sie stopfen und quetschen exotische Souvenirs in die Gepäckablagen: eine mit Ethnomustern bemalte Trommel, einen Grashut, einen Buddha aus Holz. Sie sitzt zwischen zwei Frauen eingeklemmt genau in der Mitte der Reihe, ein sehr unbequemer Platz. Sie legt den Kopf an die Rückenlehne, doch sie weiß, dass sie nicht einschlafen wird.

Sie waren aus derselben Kleinstadt zum Studium gekommen. Er studierte Philosophie, sie Biologie. Sie trafen sich jeden Tag nach den Veranstaltungen, ein wenig ratlos und gebeutelt von der großen Stadt. Manchmal stahlen sie sich zusammen in ihr jeweiliges Studentenheim, einmal – das fällt ihr jetzt erst wieder ein – kletterte er an der Regenrinne in den ersten Stock. Sie erinnert sich auch an die Zimmernummer: 321. Doch sie war nur ein Jahr in der Stadt und an der Uni dort, sie konnte gerade noch die Prüfungen machen – dann wanderten sie aus. Ihr Vater verkaufte seine ganze Praxiseinrichtung für ein paar Groschen – den Zahnarztstuhl, die Metallschränke mit Glastüren, die Sterilisationsapparate, alle Geräte. Wäre eigentlich interessant zu wissen, was aus dem ganzen Gerät geworden ist, denkt sie. Liegt es auf einer Müllkippe? Ob die cremeweiße Farbe immer noch abblättert? Ihre Mutter verkaufte die Möbel. Es gab weder Verzweiflung noch Trauer, mit dem Loswerden der Möbel war Nervosität verbunden, denn es bedeutete ja schließlich, dass man irgendwo ganz von vorne anfing. Ihre Eltern waren damals beide jünger als sie jetzt (und beide waren sie ihr ganz alt vorgekommen) und bereit, ein Abenteuer einzugehen, egal ob in Schweden oder Australien, vielleicht sogar in Madagaskar, nur weit genug weg von dem nördlichen, maroden, klaustrophobischen Leben in dem absurden, feindseligen sozialistischen Staat am Ende der sechziger Jahre. Ihr Vater behauptete, dieses Land sei für Menschen nicht geeignet, dabei ging er sein restliches Leben lang vor Heimweh fast zugrunde. Doch sie wollte ausreisen, sie wollte es wirklich, wie jeder Teenager wollte sie hinaus in die Welt.

Dieses Land ist für Menschen nicht geeignet, dafür aber für kleine Säugetiere, für Insekten und Motten. Sie schläft. Das Flugzeug hängt in der reinen frostigen Luft, die alle Bakterien tötet. Jeder Flug desinfiziert uns. Jede Nacht reinigt uns. Sie sieht ein Bild aus der Kindheit, sie kennt den Titel nicht: Eine junge Frau berührt die Augenlider eines vor ihr knienden Greises. Es ist ein Bild aus der Bibliothek ihres Vaters, sie weiß, wo der Band stand, rechts unten, bei den anderen Bildbänden. Sie könnte jetzt die Augen schließen und in dieses Zimmer gehen, dessen Fenster im halbrunden Erker auf den Garten gehen. Rechts befand sich auf Gesichtshöhe eine Steckdose mit Schalter aus schwarzem Bakelit, den musste man mit Daumen und Zeigefinger fassen und drehen. Er leistete einen kleinen Widerstand, bevor er klackte. In dem Deckenleuchter mit *fünf* Armen ging das Licht an, die kelchförmigen Lampenschirme bildeten eine Art wirbelnden Kreis. Doch das Licht unter der Decke war schwach und zu hoch, sie mochte es nicht. Sie knipste lieber die Stehlampe mit dem gelben Schirm an, in den auf eine unerfindliche Weise Grashalme eingeschmolzen waren, und setzte sich in den abgewetzten alten Sessel. Als Kind hatte sie gemeint, dass Boboken darin hausten, schreckliche kleine Wesen, die sich nicht näher beschreiben ließen. Das Buch, das sie jetzt aufgeschlagen auf dem Schoß halten würde, ist – daran erinnert sie sich – ein Bildband von Malczewski. Sie hat die Seite aufgeschlagen, auf der die junge schöne Frau, die eine Sense hält, dem vor ihr knienden Greis zart und liebevoll die Augen schließt.

Ihre Terrasse geht auf weite Wiesen hinaus, hinter denen das tiefblaue Wasser der Bucht zu sehen ist. Die Flut spielt mit den Farben, mischt sie, überzieht die Wellen mit einem Firnis aus Silberglanz. Abends, nach dem Essen, geht sie immer auf die Terrasse hinaus, eine alte Gewohnheit aus den Zeiten, als sie noch rauchte. Jetzt steht sie dort und betrachtet die Leute, die sich allen möglichen Spielen und Vergnügungen hingeben. Würde man diese Szenen malen, käme ein fröhlicher, sonnenbeschienener, vielleicht etwas infantiler Breughel dabei heraus. Ein südlicher Breughel. Die Leute lassen Drachen steigen, einer hat die Form eines großen bunten Fisches, dessen lange dünne Flossen mit der Anmut von Schleierfischen in der Luft schweben. Ein anderer Drachen stellt einen Pandabären dar, groß und oval steigt er über den kleinen Menschenfiguren auf. Ein dritter ist ein großes weißes Segel, das den niedrigen Wagen seines Besitzers über die Erde zieht. Was für einen Nutzen man von einem solchen Drachen haben kann! Und wie praktisch ist der Wind. Wie gut.

Die Leute spielen mit Hunden und werfen ihnen bunte Bälle zu. Mit nie versiegender Begeisterung apportieren die Hunde die Bälle. Die kleinen Gestalten laufen, radeln, fahren Rollschuh, spielen Ringelreihen, Federball, Netzball, machen Yogaübungen. Über die nahe Straße ziehen bunte Autos mit Wohnwagen und Anhängern, auf denen Boote, Katamarane, Fahrräder transportiert werden. Es geht ein leichter Wind, die Sonne scheint, kleine Vögel streiten sich unter einem Baum um ein paar vergessene Krümel.

Sie sieht es so: Eine gewaltige Kraft, die jedem Atom der belebten Materie innewohnt, hält das Leben auf dem Planeten in Gang. Für diese Kraft gibt es derzeit noch keine physikalischen Beweise, sie lässt sich weder auf den detailliertesten mikroskopischen Aufnahmen noch auf Fotografien des atomaren Spektrums erkennen. Sie beruht auf dem Drang nach vorn, dem Vorwärtsstreben, dem unablässigen Hinauswollen über das, was besteht. Das ist der Motor, der alle Veränderungen treibt, eine blinde, ungeheure Energie. Ihr ein Ziel oder eine Absicht zuzuschreiben ist eine Fehlinterpretation. Darwin hat sie so gut gedeutet, wie er konnte, aber er hatte nicht recht. Keine natürliche Auswahl, kein Kampf, kein Sieg, kein Überleben der Stärksten. Konkurrenz ist Quatsch. Je mehr Erfahrung ein Biologe hat, desto länger und aufmerksamer betrachtet er die komplizierten Ordnungen und Verbindungen im Biosystem, desto mehr findet er seine Intuition bestätigt: Alles, was lebt, unterstützt sich gegenseitig in diesem Wachsen und Drängen, es verlässt sich aufeinander. Lebende

Organismen geben einander, sie gewähren einander Nutzen. Wenn es Rivalitäten gibt, dann ist das eine vereinzelte Erscheinung, eine Störung des Gleichgewichts. Es ist richtig, dass sich jeder Zweig an einem Baum vor den anderen zum Licht drängen will, ihre Wurzeln sich um die Wette dem Wasser entgegenstrecken, Tiere sich gegenseitig fressen, doch liegt in alledem eine für den Menschen erschreckende Übereinkunft. Man kann den Eindruck haben, dass wir am Theater eines großen Körpers teilnehmen, als wären die Kriege, die wir führen, nur Bürgerkriege. Es – welch anderes Wort könnte man benutzen? – lebt, hat Millionen Eigenschaften und Qualitäten, so dass alles in ihm enthalten ist und es nichts gibt, was außerhalb existiert, jeder Tod ist ein Teil des Lebens, und in gewissem Sinne gibt es keinen Tod. Es gibt keine Irrtümer. Es gibt keine Schuldigen und Unschuldigen, kein Gut und Böse; wer sich diese Begriffe ausgedacht hat, hat die Menschen in die Irre geführt.

Sie geht ins Zimmer zurück und liest seinen Brief, dessen Eintreffen gerade mit einem kleinen Klick mitgeteilt worden ist, und sie erinnert sich wieder an ihre eigene Verzweiflung vor langer, langer Zeit wegen dieses Mannes, dieses Absenders. Die Verzweiflung darüber, dass sie fortging und er blieb. Er war damals auf den Bahnhof gekommen, aber sie kann sich nicht mehr daran erinnern, wie er auf dem Bahnsteig stand, obwohl sie weiß, dass sie damals dieses Bild in sich gehegt hat, jetzt erinnert sie sich nur noch an die Bewegung des Zuges und die immer rascher vorbeiziehenden Bilder des winterlichen Warschau und an den Gedanken, der mit den Worten begann: Nie wieder. Jetzt hört sich das sehr sentimental an, und offen gestanden kann sie diesen Schmerz nicht mehr verstehen. Es war ein guter Schmerz, wie bei der Menstruation. Etwas ist vollendet, ein innerer Prozess geht zu Ende, und das Unnötige wird endgültig ausgestoßen. Deshalb schmerzt es, aber es ist ein reinigender Schmerz.

Eine Zeitlang schrieben sie einander, seine Briefe kamen in hellblauen Umschlägen mit schwarzbrotfarbenen Briefmarken. Natürlich planten sie, dass er eines Tages dorthin kommen würde, wo sie war. Aber – ebenso natürlich – er kam nicht, wer hätte auch solchen Beteuerungen Glauben geschenkt. Gründe gab es mehrere, jetzt erscheinen sie alle vage und kaum nachvollziehbar – kein Pass, die politische Lage, die abgrundtiefen Winter, in denen man stecken bleiben konnte wie in einer Eisspalte, ohne sich auch nur rühren zu können.

Gleich nach der Ankunft im neuen Land wurde sie von Anfällen einer seltsamen Sehnsucht heimgesucht. Seltsam, weil sie Dinge betrafen, die zu banal waren, um Gegenstand einer Sehnsucht zu sein: das Wasser, das sich in den Vertiefungen im Gehsteig zu Pfützen sammelt, die Neonfarben, die ausgelaufenes Benzin in diesen Lachen hinterlässt, die schwere, alte, quietschende Tür zum dunklen Treppenhaus. Sie sehnte sich sogar nach den Steinguttellern mit dem braunen Streifen am Rand und der Aufschrift »Spolem«, auf denen es im Studentenbuffet Nudeltaschen mit zerlassener Butter und Puderzucker gab. Mit der Zeit versickerte diese Sehnsucht in der neuen Erde wie verschüttete Milch, ohne eine Spur zu hinterlassen. Sie schloss ihr Studium ab und spezialisierte sich. Sie reiste durch die Welt, heiratete den Mann, mit dem sie bis heute zusammen ist, bekam Zwillinge, die bald schon selbst Kinder haben werden. Es sah so aus, als sei das Gedächtnis eine mit Papieren vollgestopfte Schublade.

Einige Papiere sind völlig belanglos, Wegwerfdokumente wie zum Beispiel Belege von der Reinigung, Quittungen für Winterschuhe und einen Toaster, von denen im Haus längst keine Spur mehr ist. Aber es sind auch andere da, von bleibender Bedeutung, Zeugnisse nicht von Begebenheiten, sondern von ganzen Prozessen. Das Impfzeugnis eines Kindes, ein Studentenausweis, dessen Seiten zur Hälfte mit Stempeln für die einzelnen Semester bedeckt sind, ein Abiturzeugnis, eine Bescheinigung über einen absolvierten Schneiderkurs.

In seinem nächsten Brief schrieb er davon, dass er im Augenblick zwar im Krankenhaus sei, doch es stehe schon fest, dass sie ihn zu Weihnachten nach Hause gehen lassen würden und er nicht mehr ins Krankenhaus zurückkehren müsse. Alles Menschenmögliche sei unternommen, untersucht und in die Wege geleitet worden, deshalb werde er nun nach Hause gehen, er wohne bei Warschau, auf dem Land, es liege Schnee und in ganz Europa herrsche strenger Frost, es seien sogar Leute erfroren. Er nannte auch den Namen seiner Krankheit, aber auf Polnisch, deshalb hatte sie überhaupt keine Ahnung, was es war, sie kannte den polnischen Ausdruck gar nicht. »Weißt Du noch, was wir uns versprochen haben?«, schrieb er. »Erinnerst Du Dich noch an die letzte Nacht vor Deiner Abreise? Wir haben im Park auf dem Rasen gesessen, es war sehr heiß, Juni, die Prüfungen waren mit Eins bestanden, die Stadt, die tagsüber die Hitze aufgesogen hatte, strömte jetzt Wärme aus, vermischt mit Betongeruch, als ob sie schwitzte. Weißt Du noch? Du hast eine Flasche Wodka mitgebracht, aber wir haben es nicht geschafft, sie zu leeren. Wir haben einander versprochen, dass wir uns wiedersehen. Egal, was passieren würde, wir würden uns wiedersehen. Und noch etwas – erinnerst Du dich?«

Natürlich erinnert sie sich. Er hatte ein kleines Taschenklappmesser, an dem sich auch ein Korkenzieher befand, mit dem sie eben die Flasche geöffnet hatten. (Die Flaschen waren damals verkorkt und mit Lack versiegelt.) Jetzt brachte er sich mit der Spitze des Korkenziehers zwischen Daumen und Zeigefinger eine längliche Wunde bei, dann nahm sie die spitze Spirale und ritzte sich eine ebensolche Wunde in die Hand. Danach berührten sie einander mit diesen Blutstropfen, sie legten die Schnitte aneinander. Diese romantische Jugendgeste nennt man Blutsbrüderschaft, sie war bestimmt aus einem damaligen Modefilm übernommen, vielleicht auch aus einem Buch, aus irgendeinem Winnetou.

Jetzt untersucht sie ihre beiden Hände ganz genau, sie weiß nicht mehr, ob es die Rechte oder die Linke war, aber sie findet nichts. Das sind keine Wunden, die die Zeit heilen muss.

Natürlich erinnert sie sich an jene Juninacht. Mit dem Alter öffnet die Erinnerung nach und nach ihre Hologramm-Tiefen: Die einen Tage ziehen wie an einer Schnur andere empor und diese wiederum Stunden und Minuten. Die reglosen Bilder setzen sich in Bewegung, zuerst langsam, immer dieselben Momente wiederholend, ein Vorgang wie beim Ausgraben von Skeletten aus grauer Vorzeit. Zuerst kommt ein einzelner Knochen zum Vorschein, da legt der Besen schon weitere frei, schließlich kommt die ganze komplizierte Struktur ans Licht, Gelenke, Verbindungen, der Bau, auf dem der Körper der Zeit ruht.

Aus Polen waren sie erst nach Schweden gegangen. Das war 1970, sie war neunzehn Jahre alt. Zwei Jahre später merkten sie, dass das zu nah war, dass irgendein Fluidum, Sehnsüchte, Miasmen, eine ungünstige Luft über die Ostsee zu ihnen drangen. Ihr Vater war ein guter Zahnarzt, ihre Mutter Zahntechnikerin, solche Leute nimmt jedes Land der Welt gerne auf. Die Zahl der Einwohner muss man nur mit der Zahl der Zähne multiplizieren, dann kann man seine Chancen leicht ausrechnen. Und je weiter weg, desto besser.

Sie antwortete auch auf diese E-Mail und bestätigte verwundert das seltsame Versprechen. Und gleich am nächsten Morgen schon kam seine Antwort, als hätte er dort, auf der anderen Seite ungeduldig gewartet, den Text zum Anhängen bereit schon irgendwo auf seinem Computer versteckt.

»Versuch Dir das vorzustellen: Unausgesetzter Schmerz und eine mit jedem Tag fortschreitende Lähmung. Doch auch das ließe sich ertragen, wäre nicht der Gedanke, dass es außer diesem Schmerz nichts gibt, dass einem kein Nachsehen gewährt wird, dass jede weitere Stunde schlimmer sein wird als die vorhergehende, was heißt, dass man sich einem unvorstellbaren Dunkel nähert, einer aus Halluzinationen bestehenden Hölle mit zehn Kreisen des Leidens. Und dass es niemanden gibt, der einen hindurchführt, niemand nimmt dich an der Hand und erklärt die Gründe, denn es gibt keine Gründe, es gibt keine Strafe und keine Belohnung.«

Und dann ein weiterer Brief, in dem er sich beklagte, dass sie so bemüht und in Phrasen schreibe: »Weißt Du, hier ist nicht mehr die Rede von irgend so etwas. Die Tradition ist solchem Denken nicht förderlich, hinzu kommt die angeborene Abneigung meiner (und vielleicht auch noch Deiner?) Landsleute gegen jedwede Reflexion. Meistens wird das mit der schmerzlichen Geschichte erklärt, die uns nie gnädig war, die uns an der Nase herumgeführt hat. Auf die größte Begeisterung folgte immer der Absturz, und so hat sich als Norm ein bestimmtes Niveau der Furcht, des Mangels an Vertrauen zur

Welt etabliert, ein Glaube an die erlösende Macht strenger Regeln bei gleichzeitiger Unwilligkeit, sich dem, was man selbst ersonnen hat, zu fügen.

Meine Situation sieht so aus: Ich bin geschieden, mit meiner Frau habe ich keinen Kontakt, meine Schwester pflegt mich, doch sie würde meine Bitten nie erfüllen. Ich habe keine Kinder, was ich sehr bedaure, genau aus diesem Grund sollte man welche haben. Ich bin eine unbeliebte und leider auch öffentliche Person. Kein Arzt wagt, mir zu helfen. In einer der unzähligen politischen Streitereien wurde ich kompromittiert und habe keinen sogenannten guten Namen mehr, ich weiß das, und es interessiert mich einen Dreck. Im Krankenhaus hat mich ab und zu jemand besucht, doch vermute ich, dass es nicht aus dem wahren Wunsch, mich zu sehen, oder aus Mitgefühl geschah, sondern nur einer Genugtuung wegen, deren man sich vielleicht nicht einmal bewusst ist. Um an meinem Bett zu stehen und den Kopf zu schütteln: ›Das ist also aus ihm geworden!‹ Ich verstehe dieses Gefühl, es ist menschlich. Ich selbst bin natürlich auch nicht kristallrein, ich habe im Leben viel Mist gemacht. Ich habe einen Vorzug: Ich war immer gut organisiert. Davon möchte ich bis zum Schluss profitieren.«

Sie hatte Mühe, alles zu verstehen, viele Worte hatte sie einfach ganz vergessen. Sie wusste zum Beispiel nicht, was eine »öffentliche Person« ist, da musste sie überlegen, jetzt meint sie, es verstanden zu haben. Was heißt das: »Mist gemacht«? Unordnung anrichten? Sich selbst Schaden zufügen?

Sie versuchte, ihn sich beim Schreiben des Briefes vorzustellen. Ob er saß oder lag, wie er aussah, ob er im Schlafanzug war, doch seine Gestalt blieb eine unausgefüllte Kontur in ihrem Kopf, ein Umriss, durch den sie hindurchsah, auf die

Wiesen und die Bucht. Nach diesem langen Brief griff sie nach den Pappkartons, in denen sie die alten Fotos aus Polen aufbewahrte, und schließlich fand sie ihn, ein Junge mit braver Frisur und einem Anflug von Bartwuchs, er trug eine komische Brille und einen ausgeleierten Tatrapullover und hielt die Hand nah am Gesicht, wahrscheinlich sagte er gerade etwas, als das Bild gemacht wurde.

Synchrones Geschehen – ein paar Stunden später kam ein Brief mit einem angehängten Foto. »Leider fällt mir das Schreiben immer schwerer. Beeil dich, bitte. Schau Dir an, wie ich aussehe. Das solltest Du wissen, obwohl das Foto vor einem Jahr gemacht wurde...« Ein schwerer Mann, das graue Haar kurzgeschoren, glattrasiert, mit weichen, etwas unscharfen Zügen. Er sitzt in einem Raum mit Regalen, die mit Papieren vollgestopft sind. Eine Redaktion? Zwischen den beiden Fotografien gibt es nicht die geringste Ähnlichkeit, man könnte meinen, es handele sich um zwei völlig verschiedene Menschen.

Sie kennt diese Krankheit nicht. Sie tippt den polnischen Namen bei Google ein und weiß gleich Bescheid. Aha! Am Abend fragt sie ihren Mann danach. Er erklärt ihr detailliert den Verlauf der Krankheit, die Unheilbarkeit, die fortschreitende Lähmung.

»Warum fragst du?«, fragt er dann.

»Nur so. Ein Freund von Bekannten hat das«, antwortet sie ausweichend, und dann erwähnt sie im Vorbeigehen, für sie selbst unerwartet, einen Kongress in Europa, auf den man sie im letzten Moment eingeladen habe.

Dieser letzte Flug zählte eigentlich gar nicht, er dauerte nur zwei Stunden, von London nach Warschau. Sie nahm ihn kaum wahr. Viele junge Leute, die von der Arbeit nach Hause reisten. Was für ein seltsames Gefühl – alle sprachen ganz natürlich polnisch. Im ersten Augenblick war es wie ein Schock, so als wäre sie Griechen aus der Antike begegnet. Alle waren warm angezogen, mit Mützen, Schals, Handschuhen, Daunenjacken, wie man sie zum Skilaufen anzieht. Erst jetzt begriff sie, was es hieß, mitten im Winter gelandet zu sein.

Ein ausgemergelter Körper, wie eine einzige Sehne auf dem Bett gespannt. Als sie eintrat, erkannte er sie nicht, das versteht sich. Er schaute sie aufmerksam an, wusste, dass sie es war, aber erkannte sie nicht, so kam es ihr jedenfalls vor.

»Hallo«, sagte sie.

Er lächelte schwach und schloss einen Moment die Augen.

»Du bist toll.«

Die Frau, wahrscheinlich seine Schwester, von der er geschrieben hatte, trat zur Seite und machte ihr Platz am Bett, damit sie die Hand auf seine legen konnte, die knochig und ganz aschfarben war; in seinem Blut war kein Feuer mehr, nur noch Asche.

»Siehst du«, sagte seine Schwester in einem Ton, als wäre er ein Kind, »du hast Besuch. Siehst du, wer zu Besuch gekommen ist? Bitte, nehmen Sie doch Platz.«

Die Fenster seines Krankenzimmers gingen auf einen verschneiten Hof mit *vier* großen Kiefern, weiter hinten sah man einen Zaun und einen Weg, dahinter richtige Villen, deren architektonische Üppigkeit sie in Erstaunen versetzte. An so etwas konnte sie sich nicht erinnern. Säulen, Veranden, beleuchtete Einfahrten. Sie hörte das Stottern eines Motors, jemand in der Nachbarschaft versuchte vergeblich, sein Auto anzulassen. Sie spürte einen leichten Geruch nach Feuer und Nadelholzrauch in der Luft.

Er schaute sie an und lächelte, aber nur mit den Lippen, seine Mundwinkel verzogen sich leicht nach oben, die Augen blieben jedoch ernst. Der Tropf stand links neben dem Bett. Die Kanüle steckte in der angeschwollenen, bläulichen, fast ausgelaugten Ader.

Als seine Schwester draußen war, fragte er: »Bist du es?«

Sie lächelte.

»Siehst du, ich bin gekommen.« Diesen einfachen Satz hatte sie sich schon lange zurechtgelegt. Und er gelang ihr ganz gut.

»Danke. Ich hab es nicht geglaubt«, sagte er und schluckte, als müsse er weinen.

Sie erschrak und fürchtete, jetzt Zeuge einer peinlichen Szene zu werden.

»Ich bitte dich«, sagte sie. »Ich habe nicht einen Augenblick gezögert.«

»Du siehst schön aus. Jung. Nur die Haarfarbe hast du gewechselt«, scherzte er schwach.

Seine Lippen waren rissig vor Trockenheit. Auf dem Nachttisch sah sie ein Wasserglas und darin ein mit Gaze umwickeltes Stäbchen.

»Willst du trinken?«

Er bejahte.

Sie befeuchtete den Stoff mit Wasser und beugte sich über den Liegenden, roch seinen süßlichen unangenehmen Atem.

Er schloss die Augen, als sie ihm behutsam die Lippen benetzte.

Sie versuchten zu reden, aber es gelang nicht so recht. Er schloss immer wieder die Augen, dann wusste sie nicht, ob er wach war oder irgendwohin abdriftete. Sie fing an: »Weißt du noch...«, aber das verfing nicht. Wenn sie schwieg, berührte er ihre Hand und bat: »Erzähl etwas. Red mit mir.«

»Wie lange...« – sie suchte nach Worten – »...wird das noch dauern?«

Es könne noch Wochen so weitergehen, sagte er.

»Was ist darin?«, fragte sie mit einem Blick auf den Tropf.

»Drei in einem. Frühstück, Mittag- und Abendessen. Kotelett mit Kohl, Apfeltorte und Bier zum Nachtisch.«

»Kotelett«, sprach sie ihm leise nach, und bei diesem fast vergessenen Wort verspürte sie Hunger. Sie nahm seine Hand und spreizte behutsam die kalten Finger. Fremde Hände, ein fremder Mensch, sie erkannte nichts an ihm, ein fremder Körper, eine fremde Stimme. Es könnte genauso gut ein Irrtum sein, sie könnte ins falsche Haus geraten sein.

»Erkennst du mich wirklich wieder?«, fragte sie.

»Aber klar. Du hast dich nicht so sehr verändert.«

Sie wusste, dass das nicht stimmte, dass er sie eigentlich überhaupt nicht erkannt hatte. Vielleicht, wenn sie Gelegenheit gehabt hätten, längere Zeit miteinander zu verbringen, all diese Mienen, Gesten, gewohnheitsmäßigen Bewegungen zu entfalten... Nur – wozu? Sie hatte das Gefühl, dass er wieder abdriftete, er hatte die Augen halb geschlossen, schien einzuschlafen. Sie ließ ihn in Ruhe. Betrachtete sein aschfahles Gesicht und die eingefallenen Augen, die völlig weißen Fingernägel, die aussahen wie aus Wachs, aber unsorgfältig, denn die Grenze zwischen Fingernägeln und Haut verschwamm.

Nach einer Weile war er wieder bei sich, schaute sie an, als sei höchstens eine Sekunde vergangen.

»Ich hab dich im Internet gefunden, schon vor langer Zeit. Ich habe deine Artikel gelesen, aber nicht viel davon verstanden.« Er lächelte schwach. »Die Terminologie war mir zu kompliziert.«

»Die hast du wirklich gelesen?«, fragte sie verwundert.

»Du bist bestimmt glücklich. So siehst du jedenfalls aus.«

»Ja, das bin ich.«

»Wie war die Reise? Wie lange hat sie gedauert?«

Sie erzählte ihm von den Flughäfen, dem Umsteigen. Sie versuchte die Stunden zusammenzurechnen, aber alles geriet ihr durcheinander, sie war ja nach Westen geflogen, und es fühlte sich an, als hätte die Zeit sich ausgedehnt. Sie beschrieb ihm ihr Haus und den Blick auf die Bucht. Sie erzählte von den Opossums und von ihrem Sohn, der gerade ein Jahr in einer Dorfschule in Guatemala Englisch unterrichtete. Von ihren Eltern, die vor nicht allzu langer Zeit kurz hintereinander gestorben waren. Erfüllt, weißhaarig, miteinander auf Polnisch flüsternd. Von ihrem Mann, der komplizierte neurochirurgische Operationen ausführte.

»Du tötest Tiere, nicht wahr?«, fragte er plötzlich.

Sie schaute ihn erstaunt an. Dann erst begriff sie.

»Das ist traurig, aber es muss gemacht werden«, antwortete sie. »Willst du trinken?«

Er bewegte den Kopf verneinend hin und her.

»Warum?«

Sie machte eine vage Geste mit der Hand. Ungeduldig. Es lag doch auf der Hand, warum. Menschen hatten gezüchtete Tiere auf die Insel gebracht, die das einheimische Ökosystem nicht kannte. Die einen wurden vor langer Zeit, vor über zweihundert Jahren, achtlos eingeführt, andere, scheinbar ganz harmlose, waren entlaufen. Kaninchen. Opossums und Wiesel aus Pelztierfarmen. Aus den Hausgärten waren Pflanzen entwischt, vor kurzem hatte sie eine Straßenböschung voll blutroter Geranien gesehen. Knoblauch hatte sich selbständig gemacht und war in der Einsamkeit verwildert. Seine Blüten waren blasser geworden, nach Tausenden von Jahren würde es womöglich eine einheimische Mutation geben. Leute wie sie arbeiteten hart, um zu verhindern, dass die restliche Welt die Insel verseuchte, dass nicht aus allen möglichen beliebigen Hosentaschen beliebige Samen auf den Boden der Insel fielen, dass nicht auf Bananenschalen fremde Pilze eingeschleppt wurden, denen sich dann das gesamte Ökosystem unterwerfen musste. Und dass nicht an den Schuhen, auf den Profilsohlen andere ungebetene Einwanderer eindrangen – Bakterien, Insekten, Algen. Man musste darauf achtgeben, auch wenn dieser Kampf von vornherein zum Scheitern verurteilt war. Man musste sich mit der Tatsache abfinden, dass es keine abgeschotteten Ökosysteme mehr gab. Die Welt verschwamm zu einem Brei.

Zollbestimmungen mussten eingehalten werden. Die Einfuhr jedweder biologischen Substanz auf die Insel war verboten, für Samen brauchte man eine besondere Genehmigung.

Ihr fiel auf, wie aufmerksam er zuhörte. Aber war das ein Thema für einen solchen Anlass?, überlegte sie und verstummte.

»Red weiter«, bat er, »erzähl.«

Sie richtete ihm den Schlafanzug, der auf der Brust auseinandergerutscht war und ein fast weißes Stück Haut mit ein paar grauen Haaren entblößte.

»Schau hier, das sind mein Mann und meine Kinder«, sagte sie und zog eine Brieftasche heraus, in der die Fotos in einem Klarsichtfach steckten. Sie zeigte ihm die Kinder. Er konnte den Kopf nicht heben, deshalb stützte sie ihn leicht. Er lächelte.

»Bist du seitdem schon mal hier gewesen?«

Sie schüttelte verneinend den Kopf.

»Aber ich bin in Europa gewesen, insgesamt auf *drei* wissenschaftlichen Kongressen.«

»Hat es dich nie hierher gezogen?«

Sie dachte nach.

»In meinem Leben ist so viel passiert... Das Studium, die Kinder, die Arbeit. Wir haben ein Haus am Meer gebaut«, fing sie an, doch in Gedanken hörte sie die Stimme ihres Vaters: »...ist für kleine Säugetiere geeignet, für Motten und Insekten...« Sie hatte es einfach vergessen.

»Weißt du, wie man so was macht?«, fragte er nach längerem Schweigen.

»Ja«, antwortete sie.

»Wann?«

»Wann du willst.«

Mit großer Anstrengung wandte er das Gesicht zum Fenster.

»So schnell wie möglich. Morgen?«

»Gut. Morgen.«

»Ich danke dir«, sagte er und sah sie an, als hätte er ihr eben seine Liebe gestanden.

Beim Hinausgehen kam ein alter überfütterter Hund und beschnupperte sie. Seine Schwester stand in der eisigen Kälte auf der Veranda und rauchte eine Zigarette.

»Rauchen Sie?«

Sie begriff, dass es eine Einladung zum Gespräch war, und war selbst erstaunt, dass sie annahm. Die Zigarette war ganz dünn, mit Menthol. Der erste Zug benebelte ihr die Sinne.

»Er bekommt Morphiumpflaster, deshalb ist er nicht ganz bei Bewusstsein«, sagte die Frau. »Und Sie? Kommen Sie von weit her?«

Offensichtlich hatte er seine Schwester nicht eingeweiht. Sie wusste nicht, was sie sagen sollte.

»Nein, nein. Wir haben einige Zeit zusammengearbeitet«, erklärte sie ohne Zögern. Sie hätte nicht gedacht, dass sie so einfach lügen konnte.

»Ich bin Auslandskorrespondentin«, sagte sie. Damit wollte sie ihren ausländischen Akzent erklären.

»Gott ist ungerecht. Grausam und ungerecht. Dass jemand sich so quälen muss«, sagte seine Schwester mit einem verbissenen Gesichtsausdruck. »Gut, dass Sie ihn besucht haben, er ist so einsam. Vormittags kommt eine Pflegerin aus der Ambulanz. Sie meint, es wäre besser, ihn in ein Hospiz zu geben, aber er will das nicht.«

Sie löschten beide gleichzeitig ihre Zigaretten im Schnee. Es zischte nicht einmal.

»Ich komme morgen vorbei, um mich zu verabschieden, ich muss wieder abreisen.«

»Morgen? So bald? Er hat sich so auf das Wiedersehen mit Ihnen gefreut … Dann sind Sie ja nur für *zwei* Tage« – die Frau machte eine Bewegung, als wollte sie ihre Hand ergreifen, als wollte sie sagen: »Lass uns nicht allein.«

Die Tickets mussten umgebucht werden, sie hatte nicht damit gerechnet, dass es so schnell gehen würde. Das Hauptticket, das von Europa nach Hause, ließ sich nicht mehr ändern, also würde sie eine Woche frei haben. Sie hatte allerdings beschlossen, hier auf keinen Fall zu bleiben, es würde besser sein, sofort abzureisen, außerdem fühlte sie sich in diesem Schnee und Dunkel ganz fremd. Für den folgenden Nachmittag gab es noch freie Plätze nach Amsterdam und nach London, sie entschied sich für Amsterdam. In dieser freien Woche würde sie die Stadt besichtigen.

Sie aß allein zu Abend, dann ging sie über die große Straße in die Altstadt. Sie schaute sich die Auslagen der kleinen Läden an, hauptsächlich gab es dort Andenken und Schmuck aus Bernstein. Der gefiel ihr nicht. Und die Stadt selbst erschien ihr unberührbar, zu groß und zu kalt. Die Menschen eilten vermummt umher, die Gesichter halb hinter Schals und Kragen verborgen, aus ihren Mündern stiegen kleine Dampfwolken. Auf dem Gehsteig lag der gefrorene Schnee in Haufen. Sie verzichtete darauf, das Studentenwohnheim zu besuchen, wo sie einst gewohnt hatte. Um ehrlich zu sein – sie fühlte sich von allem abgestoßen. Plötzlich fand sie es äußerst seltsam, dass Menschen so gern und ohne Not die Stätten ihrer Jugend aufsuchen. Was wollten sie hier finden, wessen sich vergewissern? Dass sie tatsächlich dort gewesen waren? Oder dass sie gut daran getan hatten, von dort wegzugehen? Vielleicht trieb sie auch die Hoffnung, die genaue Erinnerung an die damaligen Stätten würde wie ein Reißverschluss wirken und Zahn um Zahn mit einer metallenen Naht die Vergangenheit mit der Zukunft zu einer einzigen geschlossenen Fläche verbinden.

Offensichtlich stieß auch sie die Einheimischen ab, sie schauten sie nicht an, wichen ihren Blicken aus. Es kam ihr vor, als habe sich ihr Kindheitswunsch erfüllt, und sie sei unsichtbar geworden, sie habe eine Tarnkappe wie aus der Trickkiste der Märchen, die sie sich nur aufzusetzen brauchte, dann würde sie für die Augen der anderen nicht mehr sichtbar sein.

In den letzten paar Jahren hatte sie gelernt, dass man als Frau mittleren Alters ohne auffallende Merkmale ohnehin unsichtbar wird. Nicht nur für Männer, auch für Frauen, denn auch diese sehen darin keine Konkurrentin gleich welcher Art mehr. Eine neue, verblüffende Erfahrung: Sie spürte, wie der Blick anderer Menschen über ihr Gesicht glitt, über ihre Wangen und ihre Nase, ohne sie überhaupt zu streifen. Dieser Blick drang durch ihren Körper hindurch, und wahrscheinlich betrachteten sie durch sie Reklamen, Landschaften, Fahrpläne. In der Tat, sie schien durchsichtig geworden zu sein, und ihr kam der Gedanke, dass das doch eigentlich ungeahnte Möglichkeiten bereithalte, sie fing grade erst an, sich diese zunutze zu machen. In dramatischen Situationen wird sich keiner auf sie besinnen, »irgendeine Frau...« werden die Zeugen zu Protokoll geben, oder »Da stand noch jemand...«. Männer sind in diesem Zusammenhang noch rücksichtsloser als Frauen, die wenigstens manchmal auf einen Ohrring achten. Die Männer verbergen nichts, sie schauen sie nicht länger als eine Sekunde an. Zuweilen heftet ein Kind aus unerfindlichen Gründen seinen Blick auf sie, mustert ihr Gesicht eingehend und leidenschaftslos und wendet sich dann wieder ab – der Zukunft zu.

Den Abend verbrachte sie in der Sauna des Hotels, dann schlief sie ein, zu schnell, erschöpft vom Jetlag, fremd, wie eine einsame Karte, die aus ihrem Spiel genommen und in ein anderes, exotisches Spiel gemischt worden ist. Am Morgen wachte sie sehr früh auf, und Angst überfiel sie. Sie lag auf dem Rücken, es war noch dunkel, und sie dachte an ihren Mann, wie er sich verschlafen von ihr verabschiedet hatte.

Von plötzlicher Panik ergriffen, meinte sie, sie würde ihn nie wiedersehen. Und dann malte sie sich aus, wie sie die Tasche auf der Treppe abstellen, sich ausziehen und zu ihm legen würde, so wie er es liebte, sie würde sich an seinen nackten Rücken schmiegen, die Nase an seinem Nacken. Sie rief ihn an – dort war noch Abend, er war gerade aus dem Krankenhaus heimgekommen. Sie erwähnte den Kongress nur kurz. Sie erzählte vom Wetter, dass es eiskalt sei, dass er es nicht aushalten würde. Sie erinnerte ihn daran, die Blumen im Garten zu gießen, vor allem den Estragon auf den Steinen. Sie fragte, ob jemand von der Arbeit angerufen hätte. Dann duschte sie, schminkte sich sorgfältig und ging hinunter, wo sie die Erste beim Frühstück war.

Aus der Kosmetiktasche hatte sie eine Ampulle genommen, die aussah wie eine Parfumprobe. Unterwegs kaufte sie in der Apotheke eine Spritze. Es war lustig, denn ihr fiel das Wort für Spritze nicht mehr ein, und sie sagte »Injektion«, um sich verständlich zu machen.

Mit dem Taxi fuhr sie quer durch die Stadt. Erst jetzt wurde ihr langsam klar, woher dieses Fremdheitsgefühl kam: Es war eine völlig andere Stadt, in der nichts mehr an das erinnerte, was sie im Kopf hatte, hier fand sich nichts, was die Erinnerung zum Klingen gebracht hätte. Nichts kam ihr bekannt vor. Die Häuser waren zu schwer und gedrungen, die Straßen zu breit, die Bäume zu kompakt, andere Autos fuhren auf anderen Straßen und obendrein noch auf der anderen Seite als der ihr vertrauten. Deshalb konnte sie den Gedanken nicht loswerden, dass sie sich auf der anderen Seite des Spiegels in einem unwirklichen Land befand, wo alles unecht und deshalb auch alles erlaubt ist. Niemand ist imstande, sie an der Hand zu fassen und festzuhalten. Sie bewegt sich über diese zugefrorenen Straßen wie ein Ankömmling aus einer anderen Dimension, wie ein höheres Wesen, sie muss sich nur etwas zusammenkrümmen, um hier hineinzupassen. Und das Einzige, was sie hier zu erfüllen hat, ist diese Mission, klar und aseptisch, eine Mission der Liebe.

Der Taxifahrer verfuhr sich ein wenig in dem Villenörtchen, das einen märchenhaften Namen trug: Hinterwald am Berge – hinter den sieben Bergen, bei den sieben Zwergen. Sie bat ihn, vor einer kleinen Bar an der Ecke zu halten, und bezahlte.

Mit raschen Schritten ging sie die paar Dutzend Meter, dann stakste sie über den nicht geräumten Pfad vom Gartentor bis zum Haus. Beim Berühren des Gartentörchens rutschte die dicke Pudelmütze aus Schnee ab, und die Hausnummer wurde sichtbar: *Eins.*

Wieder öffnete ihr die Schwester, sie hatte rotgeweinte Augen.

»Er wartet auf Sie«, sagte sie und wollte gleich verschwinden. »Er hat sich sogar rasieren lassen.«

Er lag in frischem Bettzeug, wach, den Kopf zur Tür gewendet – er hatte tatsächlich auf sie gewartet. Als sie sich zu ihm aufs Bett setzte und seine Hände in die ihren nahm, bemerkte sie etwas Seltsames: Sie waren feucht von Schweiß, auch auf dem Handrücken. Sie lächelte ihm zu.

»Na, wie geht's?«, fragte sie.

»Ganz gut.«

Er log. Nichts war gut.

»Kleb mir ein Pflaster auf«, sagte er und zeigte auf eine flache Schachtel auf dem Tisch. »Es schmerzt. Wir müssen warten, bis es anfängt zu wirken. Ich wusste nicht, wann Du kommst, und wollte bei klarem Bewusstsein sein, wenn ich dich sehe. Ich hätte dich nicht erkannt. Ich hätte vielleicht gedacht, dass du es gar nicht bist. Du bist so jung und schön.« Sie streichelte ihn über die eingesunkene Schläfe. Das Pflaster legte sich wie eine gnädige zweite Haut über die Stelle auf den Nieren. Der Anblick seines ausgemergelten und gemarterten Körpers erschütterte sie. Sie biss sich auf die Lippen.

»Werde ich etwas fühlen?«, fragte er, doch sie beruhigte ihn, er solle sich keine Sorgen machen.

»Sag mir, was du möchtest. Willst du einen Augenblick allein sein?«

Er schüttelte den Kopf. Seine Stirn war trocken wie Papier.

»Ich werde keine Beichte ablegen. Leg mir nur die Hände aufs Gesicht«, bat er und lächelte schwach, fast schelmisch.

Sie tat es ohne Zögern. Sie spürte die dünne Haut, die zarten Knochen, die Vertiefung der Augenhöhlen. Unter den Fingerspitzen fühlte sie ein Pulsieren und Zittern wie von Anspannung. Der Schädel, eine feine Filigranarbeit aus Knochen, ein makelloses Gebilde aus Gebein, stark und zerbrechlich zugleich. Die Kehle schnürte sich ihr zu, das war das erste und letzte Mal, dass sie den Tränen nahe war. Sie wusste, dass ihm diese Berührung guttat, sie spürte, wie sie das Zittern unter der Haut linderte. Schließlich nahm sie die Hände von seinem Gesicht, und er lag still, hielt die Augen geschlossen. Sie beugte sich vorsichtig über ihn und küsste ihn auf die Stirn.

»Ich bin ein anständiger Mensch gewesen«, flüsterte er und sah sie durchdringend an.

Sie nickte.

»Erzähl was«, bat er.

Sie räusperte sich, wusste nicht, was sie sagen sollte.

Er kam ihr zuvor:

»Erzähl, wie es bei dir zu Hause ist.«

Sie begann: »Jetzt ist es mitten im Sommer, die Zitronen werden reif...«

Er unterbrach sie: »Kannst du von deinem Fenster aus das Meer sehen?«

»Ja«, antwortete sie. »Bei Ebbe lässt das Meer Muscheln auf dem Strand zurück.«

Doch natürlich war es nur eine Ausflucht, er hatte gar nicht vor zuzuhören, sein Blick trübte sich eine Zeitlang, bekam aber dann wieder seine frühere Schärfe, und er sah sie aus großer Ferne an, bis sie begriff, dass er schon nicht mehr zu der gleichen Welt gehörte wie sie. Sie hätte nicht beschreiben können, was es war, Furcht und Panik oder vielleicht grade das Gegenteil – Erleichterung. Er flüsterte undeutlich etwas, das sich anhörte, als bedankte er sich, dann schlief er ein. Sie nahm die Ampulle aus der Tasche und zog den Inhalt auf die Spritze. Sie entfernte den Tropfschlauch aus der Kanüle und injizierte die Flüssigkeit langsam, tropfenweise. Nichts geschah, außer dass sein Atem aussetzte, so plötzlich und natürlich, als sei das, was zuvor seinen Brustkorb bewegt hatte, eine seltsame Anomalie gewesen. Sie fuhr mit der Hand über sein Gesicht, schloss den Tropf wieder an die Kanüle an und strich die Stelle auf dem Bett glatt, wo sie gesessen hatte. Dann ging sie hinaus.

Seine Schwester stand wieder auf der Veranda und rauchte.

»Zigarette?«

Diesmal lehnte sie ab.

»Kommen Sie ihn noch einmal besuchen?«, fragte die Frau. »Er hat so auf Sie gewartet.«

»Ich reise heute ab«, erklärte sie. »Passen Sie gut auf sich auf«, setzte sie hinzu, als sie die Stufen hinunterging.

Das Flugzeug startete, und ihr Gedächtnis verschloss sich. Sie dachte nicht mehr daran. Keinerlei Erinnerung stieg mehr auf. Sie verbrachte ein paar Tage in Amsterdam, wo um diese Jahreszeit Wind und Kälte herrschten und sich die Farben der Stadt auf Weiß, Grau und Schwarz beschränkten. Sie streifte durch die Museen und übernachtete im Hotel. Bei einem Spaziergang im Zentrum stieß sie auf eine Ausstellung anatomischer Exponate des menschlichen Körpers. Neugierig ging sie hinein und verbrachte dort zwei Stunden. Sie betrachtete den nach modernsten Techniken präparierten menschlichen Körper aus allen möglichen Blickwinkeln. In ihrer merkwürdigen Geistesverfassung und großen Müdigkeit sah sie alles undeutlich, wie durch einen Nebel, nur die Umrisse. Die Nervenstränge und Samenleiter erinnerten an merkwürdige Pflanzen, über die der Gärtner die Kontrolle verloren hat: Knollen, Helme, Spitzen und Hohlsaumränder, dünne Nervennetze, Hülsen und Stäbchen, Fühler und Bärte, Trauben, Bächlein, Rüschen, Wellen, Dünen, Krater, Hügel, Berge, Täler, Hochebenen, die Mäander der Blutgefäße…

In der frischen Luft am Meer fand sie in ihrer Tasche den bunten Reklamezettel der Ausstellung. Er zeigte einen menschlichen Körper ohne Haut, in der Pose von Rodins Skulptur: In der auf das Knie gestützten Hand ruht der Kopf, ein besorgter, fast denkender Körper, obwohl er weder Haut noch Gesicht hat (das Gesicht erweist sich als einer der oberflächlichsten Körperteile), sieht man doch, dass die Augen schräg und exotisch sind. Später, als sie beim gedämpften tiefen Brummen der Flugzeugmotoren in Halbschlaf versank, hatte sie die Vision, dass diese Technologie schon bald billiger würde und jeder sich eine Plastination würde leisten können.

Anstelle von Grabsteinen würde man die Körper der Angehörigen aufstellen und mit einer Inschrift versehen können: »In diesem Körper reiste XY mehrere Jahre. Er verließ ihn im Alter von soundso viel Jahren.« Als das Flugzeug zur Landung ansetzte, ergriff sie plötzliche Furcht und Panik. Sie krallte die Hände fest um die Armlehnen.

Als sie schließlich erschöpft in ihrem Heimatland, auf dieser schönen Insel, ankam und den Zoll passierte, stellte ihr der Beamte ein paar Routinefragen: Hatte sie dort, wo sie gewesen war, Kontakt mit Tieren gehabt, war sie auf dem Land gewesen, war sie möglicherweise einer biologischen Verunreinigung ausgesetzt gewesen?

Sie sah sich auf der Veranda stehen, wie sie den Schnee von den Schuhen klopfte, und den überfütterten Hund, der die Stufen heruntergelaufen kam und sich an ihren Beinen rieb. Und auch die Hände beim Öffnen einer Ampulle, die aussieht wie eine Parfumprobe. Und sie nickte ruhig.

Der Beamte ließ sie zur Seite treten, wo man ihre schweren Winterschuhe mit Desinfektionsflüssigkeit gründlich abwusch.

Fürchte dich nicht

Einmal nahm ich in Tschechien einen jungen Serben im Auto mit, der Nebojsha hieß. Die ganze Fahrt über erzählte er mir vom Krieg, bis es mir schon leidtat, dass ich ihn hatte mitfahren lassen.

Er sagte, der Tod markiere einen Ort wie ein Hund, der

pinkelt, um sein Revier abzustecken. Manche Menschen riechen es sofort, andere fühlen sich einfach nach einiger Zeit unwohl. Sobald man sich niederlässt, macht sich die unterschwellige Allgegenwart der Toten bemerkbar. Er sagte:

»Zuerst siehst du das Lebendige, Schöne. Du begeisterst dich an der Natur, der kleinen Dorfkirche mit den Fresken, den Düften und dergleichen. Doch mit der Zeit verblasst dieser Reiz. Du fragst dich, wer vorher in diesem Haus, diesem Zimmer gelebt hat, wessen Dinge das sind, wer an der Wand über dem Bett gekratzt hat und aus welchem Holz die Fensterbänke sind. Wessen Hände den kunstvoll verzierten Kamin gebaut und den Hof gepflastert haben. Und wo sie jetzt sind. In welcher Gestalt. Wer daran gedacht hat, den Pfad am Teich entlang anzulegen, und wessen Idee es war, vor dem Fenster einen Weidenbaum zu pflanzen. Alle Häuser, Alleen, Parks, Gärten, Straßen sind vom Tod anderer Menschen getränkt. Sobald du das spürst, zieht es dich an einen anderen Ort, du hast das Gefühl, jetzt sei es an der Zeit weiterzuwandern.«

Er sagte auch, solange wir in Bewegung sind, haben wir keine Zeit für solche fruchtlosen Meditationen. Deshalb erscheint den Menschen auf Reisen alles neu, rein, unberührt und in gewisser Weise unsterblich.

Als er in Mikulec ausstieg, sprach ich mir mehrmals seinen seltsamen Namen vor: »Ne-boj-sha.« Nie bój się – Fürchte dich nicht.

Totenfeiertag

Dem Reiseführer zufolge dauert er drei Tage. Wenn er in die Wochenmitte fällt, rundet der Staat auf, und für die Schulen und Behörden wird es eine ganze Feierwoche. Die Radiosender strahlen pausenlos Chopin aus, man ist der Meinung, seine Musik sei tieferen, ernsten Gedanken förderlich. Man erwartet, dass während dieser Feiertage jeder Bewohner des Landes die Gräber seiner Angehörigen besucht. Der Staat hat im Laufe der letzten zwanzig Jahre eine beispiellose wirtschaftliche Blüte und Industrialisierung erfahren, was bedeutet, dass fast alle Bewohner der wenigen modernen Großstädte diese verlassen und sich in die tiefe Provinz begeben müssen. Schon Monate im Voraus sind alle Flugzeuge, Züge und Busse ausgebucht. Wer jetzt nicht rechtzeitig geplant hat, muss im eigenen Auto an die Gräber der Vorfahren reisen. Am Vorabend des Feiertags sind die Ausfallstraßen aus den Städten schon völlig verstopft. Der Feiertag fällt in den August, und es ist kein Vergnügen, bei den hohen Temperaturen im Stau zu stehen. Um für alle möglichen Unannehmlichkeiten gerüstet zu sein, nehmen die Leute daher kleine Fernseher und Reisekühlschränke mit. Wenn man die getönten Fenster geschlossen hält und die Klimaanlage einschaltet, kann man es ein paar Stunden aushalten, vor allem wenn man in der netten Gesellschaft von Verwandten oder Freunden ist und ein mobiles Buffet dabei hat. Jetzt hat man Zeit, Freunde anzurufen. Dank der bereits allseits üblichen Verwendung von Mobiltelefonen mit Videoverbindung kann man Versäumtes im Kontakt mit Freunden aufholen. In einem solchen Stau kann man sogar eine Videokonferenz mit alten Kumpeln veranstalten, Klatsch und Tratsch austauschen und sich für ein Treffen nach der Rückkehr verabreden.

Den Geistern der Vorfahren bringt man Gaben: speziell zu diesem Zweck gebackene Kuchen, Früchte, auf Stoff geschriebene Gebete.

Wer in den Städten zurückbleibt, erlebt einen seltsamen Anblick. Die großen Einkaufszentren sind geschlossen, sogar die riesigen Reklametafeln bleiben in diesen Tagen ausgeschaltet. Die Untergrundbahnen fahren viel seltener, an manchen Stationen wie Universität und Börse halten sie gar nicht. Schnellrestaurants und Diskotheken sind geschlossen. Die Stadt ist so leer, dass die Verwaltung in diesem Jahr beschlossen hat, auch das elektronisch gesteuerte Springbrunnensystem auszuschalten, was erhebliche Einsparungen bringen soll.

Ruth

Nach dem Tod seiner Frau erstellte der Mann eine Liste der Orte, die ihren Namen trugen – Ruth.

Er fand eine ganze Menge, und nicht nur Ortschaften, sondern auch Flüsse, Siedlungen, Hügel, sogar eine Insel. Er sagte, er tue es ihretwegen, außerdem könne er sich auf diese Weise damit trösten, dass sie auf irgendeine undefinierbare Art und Weise, und sei es auch nur durch ihren Namen, auf der Welt existiere. Wenn er am Fuße eines Hügels namens Ruth stehe, habe er das Gefühl, dass sie gar nicht tot sei, sie lebe weiter, nur anders.

Er finanzierte seine Reise aus ihrer Lebensversicherung.

Empfangshallen großer und eleganter Hotels

Ich betrete sie mit schnellen Schritten, das höfliche Lächeln des Portiers begrüßt mich. Ich lasse nervös den Blick schweifen, als sei ich zu einer Verabredung gekommen. Ich spiele etwas vor. Ungeduldig schaue ich auf die Uhr, dann lasse ich mich in einen Sessel fallen und zünde mir eine Zigarette an.

Empfangshallen sind besser als Cafés. Man braucht nichts zu bestellen, sich nicht auf Wortwechsel mit den Kellnern einzulassen, nichts zu essen. Das Hotel stellt vor mir seinen Rhythmus zur Schau, ein Wirbel mit den Drehtüren als Zentrum. Der Strom der Menschen hält inne, dreht sich ein, zwei, drei Nächte lang im Kreis, dann eilt er weiter.

Jemand sollte kommen und kommt nicht, doch gerät meine Wartemoral dadurch ins Wanken? Nein. Es ist eine Tätigkeit, die der Meditation gleicht, die Zeit verrinnt und bringt nicht viel Neues, Situationen wiederholen sich (ein Taxi kommt, ein neuer Gast steigt aus, der Portier nimmt den Koffer aus dem Kofferraum, sie gehen in die Empfangshalle, dann mit dem Schlüssel zum Fahrstuhl). Manchmal verdoppelt sich eine Situation (zwei Taxis kommen gleichzeitig aus entgegengesetzten Richtungen an, zwei Gäste steigen aus, zwei Portiers nehmen die Koffer aus zwei Kofferräumen) oder multipliziert sich gar, es entsteht ein Gedränge, die Situation wird angespannt, Chaos droht, aber es ist einfach eine kompliziertere Figur, deren verschlungene Harmonie sich nicht so einfach erkennen lässt. Ein anderes Mal wird die Halle plötzlich leer, der Portier flirtet mit der Empfangsdame, aber nur mit Blicken und angedeuteten Gebärden und ohne seine volle Portiersbereitschaft auch nur einen Moment aufzugeben.

Eine Stunde lang bleibe ich sitzen, nicht länger. Ich sehe die Leute, die aus dem Fahrstuhl springen und zu einer Verabredung eilen, diese von Geburt an Verspäteten, die manchmal vor lauter Hast in der Drehtür stecken bleiben wie in einer Mühle, die sie gleich zu Staub zermahlen wird. Ich sehe die Schlurfenden, die die Füße nachziehen, als müssten sie sich zu jedem Schritt zwingen, sie zaudern vor jeder Bewegung. Frauen, die auf Männer warten, Männer, die auf Frauen warten. Die Frauen tragen frisches Make-up, das der heraufziehende Abend nach und nach verwischt, und über ihnen schwebt eine Parfumwolke, ein Heiligenschein. Die Männer stellen vollkommene Lässigkeit zur Schau, doch in Wirklichkeit sind sie angespannt, sie leben heute in den unteren Etagen ihres Körpers, im Unterbauch.

Dieses Warten beschert manchmal hübsche Geschenke, wie diesen Mann dort, der eine Frau zum Taxi bringt. Sie ist klein, zierlich, dunkelhaarig, trägt einen engen Minirock, sieht jedoch nicht vulgär aus. Eine elegante Prostituierte. Er geht hinter ihr, groß, graumeliert, in einem grauen Anzug, die Hände in den Hosentaschen. Sie wechseln kein Wort und halten Abstand, kaum zu glauben, dass sich ihre Schleimhäute eben noch aneinander rieben, dass er mit der Zunge das Innere ihres Mundes erkundete. Sie gehen nebeneinander, er lässt ihr den Vortritt an der Drehtür. Das bestellte Taxi wartet. Die Frau steigt wortlos ein, zeigt höchstens den Anflug eines Lächelns. Kein »Bis bald«, kein »Es war nett«, nichts dergleichen. Er beugt sich noch einmal leicht zum Fenster, sagt jedoch anscheinend nichts. Vielleicht ein völlig überflüssiges »Auf Wiedersehen«, offenbar konnte er die Gewohnheit nicht bezwingen. Dann fährt sie davon. Er kehrt ins Hotel zurück, die Hände in den Hosentaschen, zufrieden und leichtfüßig, sogar ein Hauch von Lächeln spielt um seine Lippen. Er schmiedet schon Pläne für den Abend, ist in Gedanken schon bei E-Mail und Telefon, aber schiebt es noch auf, noch genießt er die Beschwingtheit, vielleicht nimmt er erst mal einen Drink.

Punkt

Wenn ich an diesen Städten vorbeifahre, weiß ich, dass man sich schließlich in einer länger aufhalten oder sogar niederlassen muss. Ich wäge sie in Gedanken gegeneinander ab, vergleiche und bewerte, und immer kommt es mir so vor, dass jede einzelne entweder zu weit oder zu nah ist.

Offensichtlich gibt es also einen festen Punkt, um den herum ich meinen kreisenden Wanderungen nachgehe. Zu weit, zu nah von wo?

Der Querschnitt als Erkenntnismethode

Schichtenweise erkennen: Jede Schicht ähnelt nur ganz ungefähr der vorhergehenden oder folgenden, meistens ist es eine Variation, eine modifizierte Version, jede trägt zur Ordnung des Ganzen bei, obwohl man das nicht erkennt, wenn man sie einzeln betrachtet, ohne Bezug auf das Ganze.

Jede Scheibe ist ein Teil des Ganzen, folgt aber ihren eigenen Regeln. Die dreidimensionale Ordnung ist in der zweidimensionalen Schicht aufgehoben und reduziert und erscheint daher als etwas Abstraktes. Man könnte sogar meinen, dass es gar keine Ganzheit gibt und nie gegeben hat.

Chopins Herz

Wie allenthalben bekannt ist, starb Chopin um zwei Uhr morgens (»in the small hours«, wie es in der englischen Version der Wikipedia heißt) am 17. Oktober. An seinem Sterbelager waren einige seiner engsten Freunde, darunter auch seine Schwester Ludwika, die ihn bis zu seinem Ende aufopfernd betreut hatte, sowie der Geistliche Jelowicki, der von diesem wortlosen tierischen Schweigen des völlig ausgezehrten Körpers, von diesem sich hinziehenden Kampf um jeden Atemzug so völlig erschöpft war, dass er zuerst auf der Treppe ohnmächtig wurde, dann aber in einem ihm nicht ganz bewussten Akt der Rebellion in seinem Tagebuch für den Tod des Virtuosen eine schönere Version erfand. So schrieb er unter anderem, Fryderyks letzte Worte seien gewesen: »Ich bin schon an der Quelle allen Glücks«, was zwar schön und rührend klang, doch ganz offensichtlich eine Lüge war. In Wirklichkeit sagte er gar nichts, wie sich Ludwika erinnerte, denn er war bereits seit etlichen Stunden bewusstlos. Was zuallerletzt über seine Lippen kam, war ein dunkles dickes Rinnsal Blut.

Jetzt sitzt Ludwika erschöpft und verfroren in einer Postkutsche. Sie ist schon bis Leipzig gekommen. Es ist ein nasser Winter, von Westen eilen ihnen schwere dunkelbauchige

Wolken hinterher, bestimmt wird es Schnee geben. Seit der Beerdigung sind schon viele Monate vergangen, doch steht Ludwika nun noch ein Begräbnis bevor – in Polen. Fryderyk hat immer wieder betont, er wolle in seinem Heimatland bestattet sein, und da er sehr wohl wusste, dass er bald sterben würde, hatte er seinen Tod sehr gut geplant. Und auch die Beerdigungen.

Gleich nach Chopins Tod kam Solanges Mann. Er erschien sofort, als hätte er in Mantel und Stiefeln bereitgestanden und nur auf das Klopfen an der Tür gewartet. Er kam mit seiner ganzen Werkstatt in einer Ledertasche. Zuerst bestrich er die kraftlose Hand des Toten mit Fett, legte sie behutsam und respektvoll in eine langgezogene Wanne und übergoss sie mit Gips. Dann nahm er mit Ludwikas Hilfe die Totenmaske ab, bevor die Züge zu starr wurden, der Tod durfte sich noch nicht darin abzeichnen, denn er macht alle Gesichter einander gleich.

Heimlich und leise erfüllte man den nächsten Wunsch Fryderyks. Am zweiten Tag nach seinem Tod ließ der von der Gräfin Potocka empfohlene Arzt die Leiche halb entkleiden, stopfte Leintücher um den entblößten Oberkörper und öffnete den Brustkorb mit einem kurzen scharfen Schnitt seines Skalpells. Ludwika, die dabei zugegen war, kam es vor, als durchlaufe ein Zittern den Körper des Toten, ja, als seufze er sogar. Später, als sich die Leintücher von dem gerinnenden Blut fast schwarz färbten, drehte sie das Gesicht zur Wand.

Der Arzt spülte das Herz in einer Kupferwanne aus, und Ludwika war erstaunt, dass es so groß, formlos und ohne jede Farbe war. Es passte kaum in das mit Spiritus gefüllte

Glas, deshalb riet der Arzt zu einem größeren Behälter. Das Gewebe durfte weder gequetscht werden noch die Wände des Glases berühren.

Vom gleichmäßigen Rattern der Kutsche gewiegt, döst Ludwika ein wenig vor sich hin. Neben ihrer Reisegefährtin Aniela auf der gegenüberliegenden Bank sitzt jetzt eine Dame, die ihr wie eine alte Bekannte aus Polen vorkommt. Sie trägt ein staubiges Trauerkleid, wie es bei den Witwen der Aufständischen üblich war, und ostentativ ein Kreuz auf der Brust. Ihr Gesicht ist verquollen, schwärzlich von den sibirischen Frösten, ihre Hände in abgewetzten grauen Handschuhen halten ein Glas. Ludwika fährt mit einem Stöhnen auf und untersucht den Inhalt des Korbes. Alles in Ordnung. Sie richtet die Haube, die ihr in die Stirn gerutscht ist. Und sie flucht auf Französisch, weil ihr Nacken ganz steif geworden ist. Aniela wacht jetzt auch auf und schiebt den Vorhang am Fenster zur Seite. Die flache Winterlandschaft ist entsetzlich düster. In der Ferne sieht man einzelne Weiler, menschliche Siedlungen, die in Nässe und Grau versinken. Ludwika stellt sich schaudernd vor, dass sie sich auf einer großen Tischplatte bewegt, wie ein Insekt unter dem aufmerksamen Blick eines monströsen Entomologen. Ein Zittern überläuft sie. Sie bittet Aniela um einen Apfel.

»Wo sind wir?«, fragt sie mit einem Blick aus dem Fenster.

»Noch ein paar Stunden«, sagt Aniela beruhigend und reicht ihrer Gefährtin ein runzliges Äpfelchen vom letzten Jahr.

Das Begräbnis sollte in La Madeleine stattfinden, die Messe war schon bestellt, unterdessen strömten die Freunde und Bekannten zur Place Vendôme, wo der Körper aufgebahrt lag. Trotz der zugezogenen Vorhänge versuchten die Sonnenstrahlen einzudringen und in den warmen Farben der Herbstblumen zu spielen, der violetten Astern und der honigfarbenen Chrysanthemen. Drinnen verbreiteten nur Kerzen ihr Licht, das die Farben der Blumen tief und satt und das Gesicht des Toten nicht ganz so blass wie bei Tageslicht erscheinen ließ.

Fryderyks Wunsch, auf seinem Begräbnis solle Mozarts Requiem gespielt werden, ließ sich anscheinend nicht so einfach erfüllen. Die Freunde des Toten hatten alle erdenklichen Kontakte ausgenutzt, um die besten Musiker und Sänger zusammenzubringen. Selbst Luigi Lablache hatte sich bereit erklärt aufzutreten, der berühmteste Bass Europas. Lablache war ein lustiger Italiener, der jeden vortrefflich imitieren konnte. Eines Abends vor der Beerdigung gab er bei einer zwanglosen Zusammenkunft auch eine so haargenaue Imitation von Fryderyk, dass sich die Gesellschaft vor Lachen bog, obwohl sie nicht recht wussten, ob sich das schickte – schließlich war der Verstorbene ja noch nicht einmal unter der Erde. Doch schließlich erklärte jemand, das sei doch nur ein Zeichen von Liebe und eine Form des Andenkens. Auf diese Art und Weise bleibe er länger unter den Lebenden. Alle erinnerten sich daran, wie schnell und boshaft Fryderyk andere imitieren konnte. Er hatte viele Talente, oh ja, das hatte er.

Doch alles verkomplizierte sich. In der Madeleine durften keine Frauen singen, weder im Chor noch Solo. Das war seit Jahrhunderten Tradition – keine Frauen. Nur Männerstimmen, allenfalls noch Kastraten (für die Kirche ist sogar ein Mann ohne Eier noch besser als eine Frau, kommentierte die Sopranistin Graziella Panini, die die Sopranpartien singen sollte), doch wo sollte man im Jahre 1849 Kastraten herbekommen? Wie sollte man »Tuba mirum« ohne Sopran- und Altstimmen singen? Der Pfarrer der Madeleine erklärte, nicht einmal Chopin zuliebe könne man mit dieser Gewohnheit brechen.

»Wie lange sollen wir die Leiche noch aufbewahren? Müssen wir uns um Himmels willen in dieser Sache etwa an Rom wenden?«, schimpfte Ludwika völlig verzweifelt.

Es war ein sehr warmer Oktober, deshalb wurde der Leichnam in ein kühles Beinhaus gebracht. Er verschwand fast unter den vielen niedergelegten Blumen. Schmächtig, ausgezehrt und ohne Herz lag er im Halbdunkel; das schneeweiße Totenhemd verbarg die nicht besonders sorgfältige Naht, mit der der Brustkorb wieder verschlossen worden war.

Unterdessen probte man das Requiem, und hochgestellte Freunde des Verstorbenen führten behutsame Verhandlungen mit dem Pfarrer. Schließlich wurde beschlossen, dass die Frauen – sowohl die Solistinnen als auch der Chor – für die Gläubigen unsichtbar hinter einer schwarzen Trennwand stehen sollten. Die Einzige, die dagegen protestierte, war Graziella, alle anderen begriffen, dass diese Lösung unter den gegebenen Umständen besser war als gar keine.

Während sie auf das Begräbnis warteten, trafen sich Fryderyks Freunde allabendlich bei seiner Schwester oder George Sand und gedachten des Verstorbenen. Sie aßen gemeinsam zu Abend und tauschten sich über den Klatsch aus der Stadt aus. Es waren seltsame Tage, so ruhig, als existierten sie außerhalb des Kalenders.

Jene Graziella, eine kleine dunkelhäutige Person mit üppigen Locken, war eine Freundin von Delfina Potocka, und beide besuchten sie Ludwika mehrere Male. Graziella nippte Likör und spottete über den Bariton und den Dirigenten, doch am liebsten redete sie von sich selbst. Typisch Künstlerin. Sie hinkte mit einem Bein, nachdem sie im letzten Jahr bei Straßenkämpfen in Wien verletzt worden war. Die Menge stürzte ihre Kutsche um, wahrscheinlich weil man vermutete, darin reise eine reiche Adlige und nicht eine Sängerin. Graziella hatte eine Schwäche für teure Fahrzeuge und prunkvolle Toilette, wahrscheinlich lag es daran, dass sie aus einer lombardischen Schusterfamilie stammte.

»Darf eine Künstlerin nicht in einer prächtigen Kutsche fahren? Darf sich jemand, der Erfolg im Leben hat, nicht ein paar Annehmlichkeiten erlauben?«, sagte sie mit italienischem Akzent, und es klang, als stottere sie leicht.

Zu ihrem Unglück hatte sie sich zur falschen Zeit am falschen Ort befunden. Die von revolutionärer Stimmung erfasste Menge wagte es nicht, den von Gardesoldaten bewachten Kaiserpalast anzugreifen, und machte sich stattdessen daran, die kaiserlichen Sammlungen zu plündern. Graziella hatte beobachtet, wie alles aus den Sälen geschleift wurde, was sich dem Volk mit aristokratischer Dekadenz, Luxus und Grausamkeit verband. Zornentbrannt warfen die Menschen Sessel aus dem Fenster, schlitzten Sofas auf, rissen die kostbare Vertäfelung von der Wand. Krachend gingen die herrlichen Kristallleuchter zu Bruch. Sie demolierten auch die Vitrinen mit den archäologischen Sammlungen. Sie schleuderten Fossilien aufs Straßenpflaster und zertrümmerten Fensterscheiben. Im Handumdrehen war die Sammlung von Halbedelsteinen verschwunden, danach machte man sich an die ausgestopften Tiere und Skelette. Ein Volkstribunal verlangte, man solle den ausgestopften menschlichen Exponaten und anderen Mumien ein richtiges christliches Begräbnis bereiten oder diese Beweise der Machtausübung über den menschlichen Körper ein für alle Mal vernichten. Man schichtete einen großen Scheiterhaufen auf und verbrannte alles, was einem unter die Finger kam.

Graziellas Kutsche hatte sich so unglücklich überschlagen, dass die Drähte der Krinoline ihr Bein verletzt und offenbar einen Nerv durchtrennt hatten, denn ihr Bein war seither taub und schlaff. Wenn sie von diesen dramatischen Ereignissen berichtete, hob sie den Rock hoch und zeigte den Damen ihr Bein in einer Stützmanschette aus Fischbein, die von einem Reifen gehalten wurde, auf dem ihr Kleid ruhte.

»Seht ihr, dazu ist eine Krinoline ganz praktisch.«

Damit hatte die Sängerin, deren Stimme und Darbietung Ludwika erst in der Trauermesse richtig zu schätzen lernte, sie auf diese Idee gebracht. Diese Geste: das Hochheben der Kleidglocke, mit der sie das Geheimnis der komplizierten auf Walfischknochen und Sonnenschirmdrähten aufgespannten Kuppel offenbarte.

Mehrere Tausend Menschen kamen zu der Beerdigung. Von der Strecke des Trauerzuges musste der Droschkenverkehr auf andere Straßen umgeleitet werden. Das Begräbnis brachte ganz Paris zum Stillstand. Als das mit so viel Hingabe einstudierte »Introitus« erklang und die Stimmen des Chores in die Kuppelwölbung aufstiegen, kamen den Menschen die Tränen. »Requiem aeternam«, erklang es kraftvoll und bewegend, doch Ludwika spürte gar keine Trauer, die hatte sie schon ganz aufgezehrt und ausgeweint – sondern Zorn. Was war das für eine elende und erbärmliche Welt, was für ein Lotterloch, dass man so früh sterben musste, ja dass man überhaupt sterben musste? Und warum er? Warum so? Sie hob das Tuch an die Augen, nicht um die Tränen abzuwischen, sondern um etwas zu haben, was sie aus ganzer Kraft zusammenpressen konnte, womit sie sich die Augen zuhalten konnte, in denen ganz gewiss kein Wasser stand, sondern Feuer.

Tuba mirum spargens sonum
Per sepulcra regionum,
Coget omnes ante thronum…,

begann der Bass Luigi Lablache mit so viel Inbrunst und Wärme, dass ihr Zorn dahinschmolz.

Dann fielen der Tenor ein und der Alt hinter dem Paravent:

Mors stupebit et natura,
Cum resurget creatura,
Judicanti responsura.
Liber scriptus proferetur,
In quo totum continetur,
Unde mundus judicetur.
Judex ergo cum sedebit
Quidquid latet apparebit:
Nil inultum remanebit.

Und zum Schluss hörte sie Graziellas reine Stimme, die wie ein Feuerwerk emporstieg, wie die Enthüllung des verletzten Beins, der nackten Wahrheit. Graziella sang natürlich am schönsten, der Vorhang dämpfte ihre Stimme nur geringfügig, und Ludwika stellte sich vor, wie die kleine Italienerin inbrünstig alle Kraft aufbot und mit hochgerecktem Kopf und schwellenden Halsadern – so wie sie sie bei den Proben gesehen hatte – diesen unvergleichlichen Klang hervorbrachte, ihr Gesang war rein wie ein Diamant, trotz des Vorhangs, trotz des Beins, der ganzen verflixten Welt zum Trotz:

Quid sum miser tunc dicurus
Quem patronus rogaturus.

Etwa eine halbe Wegstunde vor der Grenze zum Königreich Posen machte die Kutsche an einer Herberge Halt. Die Reisenden erfrischten sich und nahmen eine kleine Mahlzeit zu sich, ein Stück kalten Braten, Brot und Früchte, dann zogen sie sich zurück und verschwanden – wie wahrscheinlich die anderen Passagiere auch – im Gebüsch am Wegesrand. Zuerst bewunderten sie die blühenden Leberblümchen, dann nahm Ludwika das große Glas mit dem braunen Muskel darin aus dem Korb und platzierte es in einem kunstvoll geflochtenen Netz aus Lederriemen. Aniela knotete die Riemenenden auf Höhe des Venushügels an das Gestell der Krinoline. Als das Kleid wieder darüberfiel, verriet nichts, welchen Schatz es verbarg. Ludwika drehte sich ein paarmal im Kreis, richtete ihr Kleid und marschierte zur Kutsche zurück.

»Weit könnte ich damit nicht gehen«, sagte sie zu ihrer Gefährtin. »Es schlägt mir ans Bein.«

Aber das brauchte sie auch nicht. Sie setzte sich wieder auf ihren Platz, kerzengerade, vielleicht ein wenig steif, aber sie war ja schließlich eine Dame, die Schwester von Fryderyk Chopin. Eine Polin.

Als die preußischen Gendarmen ihnen an der Grenze befahlen auszusteigen und genau kontrollierten, ob die Damen nicht etwas nach Kongresspolen schmuggelten, was gewissen unwesentlichen Unabhängigkeitslaunen der Polen förderlich sein könnte, fanden sie natürlich nichts.

Doch in Kalisz, auf der anderen Seite der Grenze, erwartete sie bereits eine Kutsche aus Warschau und einige Freunde. Und die Zeugen dieser traurigen Zeremonie. In schwarzem Frack und Zylinder bildeten sie ein Spalier, und ihre blassen trauernden Gesichter wandten sich andächtig jedem ausgeladenen Gepäckstück zu. Ludwika konnte sich mit Hilfe der in alles eingeweihten Aniela ein Stück weit entfernen und das Glas aus den warmen Innenschichten ihres Kleides befreien. Aniela tauchte in die Spitzen, bis sie das Glas wohlbehalten herausziehen konnte. Sie legte es Ludwika in den Arm wie einer Mutter ihr neugeborenes Kind. Und dann brach Ludwika in Tränen aus.

In einer aus mehreren Kutschen bestehenden Eskorte gelangte Chopins Herz in die Hauptstadt.

Trockenpräparate

Das Ziel einer Pilgerreise ist ein anderer Pilger. Diesmal in den auf Eichenregalen ausgebreiteten Einzelteilen, über denen die in Schönschrift gemalten Worte prangen:

Eminet in Minimis
Maximus Ille Deus

Hier befand sich eine Sammlung von sogenannten Trockenpräparaten der inneren Organe. Um ein solches Trockenpräparat herzustellen, wird der jeweilige Körperteil – das Organ – gereinigt, dann mit Watte ausgestopft und getrocknet. Nach dem Trocknen wird die Oberfläche mit dem gleichen Firnislack bestrichen, wie man ihn zur Haltbarmachung von Bildoberflächen verwendet. In mehreren Schichten. Nach dem Entfernen der Watte wird auch die Innenseite des Präparates mit Firnislack behandelt.

Leider ist der Firnis nicht imstande, das Gewebe vor Alterung zu bewahren, deshalb nehmen alle Trockenpräparate eine ähnliche bräunliche Farbe an.

Da haben wir zum Beispiel einen hervorragend erhaltenen menschlichen Magen, vergrößert, ballonartig, hauchdünn wie aus Pergament, daneben dann Dünn- und Dickdärme – es wäre interessant zu wissen, welche Köstlichkeiten der Welt durch dieses Verdauungssystem gewandert sind, wie viele Tiere es passiert haben, wie viele Körner hineingestreut wurden, wie viele Früchte es zerkleinert hat.

Und daneben, als Bonus, gibt es noch einen Schildkrötenpenis oder die Niere eines Delphins.

Der Netz-Staat

Ich bin Bürgerin des Netz-Staates. Vor lauter Ortsveränderungen in die verschiedenen Richtungen habe ich in Bezug auf die Politik meines Staates in der letzten Zeit etwas die Orientierung verloren. Es hat Gespräche gegeben, Verhandlungen, Konferenzen, Sitzungen, Gipfeltreffen. Große Landkarten wurden auf den Tischen ausgebreitet, darauf waren die eroberten Stellungen mit kleinen Fähnchen abgesteckt und Pfeile bezeichneten die Richtungen der nächsten Vorstöße.

Noch vor wenigen Jahren erschienen beim achtlosen Übertreten ganz unsichtbarer oder rein willkürlicher Grenzen auf dem Bildschirm meines Mobiltelefons die exotischen Namen fremder Netze, die heute schon niemand mehr kennt. Wir haben die nächtlichen Umstürze gar nicht bemerkt, den Inhalt der Kapitulationserklärungen nicht zur Kenntnis genommen. Von den imperialen Bewegungen der aus braven, dienstfertigen Beamten bestehenden Armeen hat man die Untergebenen nicht in Kenntnis gesetzt.

Mein ebenfalls braves Telefon lässt mich sofort nach dem Aussteigen aus dem Flugzeug wissen, in welcher Provinz des Netz-Staates ich mich befinde. Es liefert mir die erforderlichen Informationen, kündigt mir Hilfe im Notfall an. Es verfügt über hilfreiche Nummern und will mich gelegentlich anlässlich des Valentinstags oder an Weihnachten zur Teilnahme an Werbeaktionen oder Lotterien bewegen. Das entwaffnet mich, und meine anarchistischen Anwandlungen schmelzen im Nu dahin.

Mit gemischten Gefühlen erinnere ich mich an eine ferne Reise, auf der ich mich eine Zeitlang außerhalb jeden Empfangsbereiches befand. Anfangs suchte das Telefon panisch nach einem Anschluss, konnte aber keinen finden. Seine Mitteilungen wurden immer hysterischer. »Kein Netz gefunden«, meldete es immer wieder. Dann resignierte es und schaute mich ratlos mit seiner quadratischen Pupille an, nichts als ein nutzloses Spielzeug, ein Stück Plastik.

Dabei fiel mir plötzlich ein alter Stich ein, er zeigt einen Wanderer, der ans Ende der Welt gelangt ist. Aufgeregt hat er sein Reisebündel abgeworfen und schaut jetzt nach draußen, über den Rand des Netzes hinaus. Der Wanderer auf dem Bild kann sich glücklich preisen, er sieht Sterne und Planeten über das große Firmament verstreut. Und er hört die Sphärenmusik.

Für uns gibt es kein solches Geschenk am Ende einer Reise mehr. Außerhalb des Netzes herrscht Stille.

Hakenkreuze

In einem fernöstlichen Land sind alle vegetarischen Restaurants mit roten Hakenkreuzen gekennzeichnet, dem uralten Symbol der Sonne und Lebenskraft. Das macht dem Vegetarier das Leben in der Fremde viel leichter – er braucht nur den Kopf zu heben und nach diesem Zeichen Ausschau zu halten. Dort gibt es Gemüsecurry in vielen Varianten, Pakora, Samosas, Korma, Pilaws, Getreidefrikadellen und auch meine Lieblingsspeise, Reisröllchen in getrockneten Algen.

Nach wenigen Tagen bin ich schon dressiert wie ein Pawlow'scher Hund – beim Anblick eines Hakenkreuzes läuft mir das Wasser im Mund zusammen.

Vornamenhändler

An einer Straße sah ich winzige Läden, wo Vornamen für die Kinder verkauft wurden, die demnächst auf die Welt kommen würden. Man muss sich entsprechend früh melden und einen bestellen. Man braucht das genaue Datum der Zeugung sowie eine Ultraschallaufnahme, denn das Geschlecht des Kindes ist bei der Wahl des Vornamens außerordentlich wichtig. Der Verkäufer notiert sich die Daten und bestellt die Interessenten zu einem weiteren Besuch ein paar Tage später.

Bis dahin stellt er dem zukünftigen Kind ein Horoskop und gibt sich der Meditation hin. Manchmal kommt ihm der Name ganz leicht, er konkretisiert sich auf der Zungenspitze in zwei, drei Klängen, die der Speichel zu Silben zusammenklebt und die geschickte Hand des Meisters anschließend in rote Zeichen auf Papier verwandelt. Bei anderen Gelegenheiten erscheint der Name widerstrebend, vage, nur in Andeutungen, widerborstig. Es ist schwierig, ihn in Worte zu fassen. Dann schaltet man Hilfstechniken ein, die jedoch das Geheimnis eines jeden Namensverkäufers bleiben.

Man sieht sie durch die offenen Ladentüren, zwischen Stapeln von Reispapier, Buddha-Figuren und handgemalten Gebetstexten mühen sie sich mit dem auf das Papier gerichteten Pinsel in der Hand ab. Manchmal fällt ein Name wie ein Klecks vom Himmel, vor Überraschung ausdrucksvoll und perfekt. Bei einer solchen Erscheinung kann man nichts machen. Es kommt auch vor, dass die Eltern ganz und gar nicht zufrieden sind, sie hätten lieber einen sanften und ganz optimistischen Namen wie Mondesglanz oder Guter Fluss für ein Mädchen und für Jungen beispielsweise Immer Voranschreitend, Unerschrocken, oder Er, der ans Ziel kommt. Da hilft es wenig, dass die Verkäufer beteuern, Buddha selbst habe seinen Sohn »Schlinge« genannt. Die Kunden gehen unzufrieden davon und begeben sich murrend zur Konkurrenz.

Drama und Action

Weit von zu Hause entfernt stehe ich in einem Videoverleih, durchstöbere die Regale und fluche auf Polnisch. Plötzlich bleibt neben mir eine vielleicht fünfzigjährige Frau stehen und sagt unbeholfen in meiner Sprache:

»Ist das Polnisch? Sprichst du polnisch? Guten Tag.« Leider hat sich damit ihr Vorrat an polnischen Sätzen bereits erschöpft.

Sie erzählt auf Englisch weiter, sie sei im Alter von siebzehn mit ihren Eltern hierhergekommen, und sie brüstet sich mit dem Wort »Mamusia«. Dann aber fängt sie zu meiner Verlegenheit an zu weinen, sie zeigt auf ihre Hand, ihren Unterarm und redet von Blut, dort sitze die ganze Seele, und ihr Blut sei doch Polnisch.

Diese unbeholfene Geste erinnert an die Gebärde eines Drogensüchtigen, ihr Zeigefinger zeigt die Vene, wo die Nadel hineinsticht. Sie sagt, sie habe einen Ungarn geheiratet und habe ihr Polnisch vergessen. Sie umarmt mich und geht davon, verschwindet zwischen den Regalen mit der Aufschrift »Drama« und »Action«.

Ich kann kaum glauben, dass man die Sprache vergessen kann, dank derer die Welt kartographisch erfasst ist. Sie muss sie einfach ganz normal irgendwo verschlampt haben. Vielleicht liegt sie zusammengerollt und verstaubt in der Schublade mit den Büstenhaltern und Schlüpfern, in die Ecke gequetscht, wie der sexy Stringtanga, den man sich irgendwann in plötzlicher Begeisterung gekauft hat, aber noch nie hat nutzen können.

Beweise

Einmal traf ich Ichthyologen, die sich bei der Ausübung ihrer Arbeit von ihrer kreationistischen Anschauung keineswegs behindert fühlten. Wir essen an ein und demselben Tisch ein Gemüsecurry und haben noch viel Zeit bis zum nächsten Flugzeug. Deshalb ziehen wir in die Bar um, wo ein Junge mit östlichen Gesichtszügen und einem kleinen Federbusch Hits von Eric Clapton auf der Gitarre spielt.

Sie erzählen, wie Gott ihre schönen Fische erschaffen hat, all diese Forellen, Hechte, Heilbutte und Flundern, zusammen mit dem ganzen Nachweis ihrer phylogenetischen Entwicklung. Zusammen mit den Fischen, die er etwa am dritten Tag ins Leben gerufen hat, fertigte er in einem Aufwasch auch ihre versteinerten Skelette, ihre prächtigen Abdrücke in Sandstein, ihre Fossilien.

»Wozu das?«, frage ich. »Wozu diese falschen Beweise?«

Sie waren auf meine Zweifel vorbereitet, und einer von ihnen antwortete:

»Gott und seine Absichten zu beschreiben, das ist, als wolle ein Fisch das Wasser beschreiben, in dem er schwimmt.«

Ein anderer setzte nach einer Weile hinzu:

»Und seinen Ichthyologen auch.«

Neun

In einem billigen kleinen Hotel über einem Restaurant in der Stadt X bekam ich das Zimmer mit der Nummer neun. Als der Portier mir den Schlüssel gab (den üblichen silberfarbenen Patentschlüssel mit einem Nummernanhänger daran), sagte er:

»Bitte passen Sie gut auf den Schlüssel auf. Der Neuner geht am häufigsten verloren.«

Ich erstarrte, den Kugelschreiber bereit zum Ausfüllen des Anmeldeformulars in der Hand.

»Was soll das heißen?«, fragte ich beunruhigt. Der Mann hinter dem Pult hatte ins Schwarze getroffen – mich, den Hobbydetektiv, die Privatspürnase für alle Zufälle und Zeichen.

Offenbar hatte er meine Unruhe bemerkt, denn beschwichtigend, fast gütlich erklärte er, dass das ja gar keine Bedeutung habe. Es sei einfach so, dass alten Zufallsregeln folgend zerstreute Reisende den Schlüssel zu Nummer neun am häufigsten verlieren. Er wisse das genau, denn jedes Jahr bestelle er einen neuen Vorrat an Schlüsseln und von der neun müsse er immer die meisten Exemplare bestellen. Sogar der Schlosser wundere sich darüber.

Während der ganzen vier Tage meines Aufenthalts in der Stadt X dachte ich an den Schlüssel. Wenn ich ins Hotel zurückkehrte, legte ich ihn immer an eine gut sichtbare Stelle, wenn ich das Hotel verließ, übergab ich ihn in sichere Verwahrung an der Rezeption. Als ich ihn einmal achtloserweise mitnahm, steckte ich ihn in die sicherste Tasche und tastete im Laufe des Tage immer danach, um sicherzugehen, dass er noch da war.

Es wäre interessant zu wissen, welches Gesetz über den Schlüssel Nummer neun herrschte, was Ursache war und was Folge. Vielleicht hatte der Mann an der Rezeption recht mit seiner spontanen Intuition, dass es Zufall war. Oder genau umgekehrt – es war seine Schuld, unbewusst gab er Zimmer neun zerstreuten, wenig vertrauenswürdigen Personen, die sich leicht etwas suggerieren ließen.

Nachdem ich die Stadt X wegen einer plötzlichen Fahrplanänderung in ziemlicher Hast verlassen musste, entdeckte ich ein paar Tage später zu meinem Entsetzen den Schlüssel in meiner Hosentasche – ich hatte nicht aufgepasst und ihn mitgenommen. Ich wollte ihn zurückschicken, doch ehrlich gesagt hatte ich die Adresse des Hotels bereits vergessen. Was mich dabei tröstete, war der Gedanke, dass ich nicht allein stand, es gab eine ganze Gruppe von Menschen, die die Stadt X mit dem Schlüssel zu Zimmer neun in der Tasche verlassen hatten. Vielleicht bilden wir unwissentlich eine Gemeinschaft, deren existentiellen Sinn wir noch nicht ahnen können. Vielleicht wird sich das in der Zukunft irgendwann offenbaren. Tatsache jedoch blieb, was der Portier schon in Worten heraufbeschworen hatte: Wieder würde er zum grenzenlosen Erstaunen des Schlossers einen Schlüssel für Zimmer neun bestellen müssen.

Versuch einer Reisestereometrie

In einem großen Langstreckenflugzeug erwacht ein Mensch aus einem unruhigen Schlaf und schaut aus dem Fenster. Unten sieht er eine riesige dunkle Landmasse, nur vereinzelt dringen schwache Lichtballungen durch die Finsternis, das sind große Städte. Er blickt auf den erleuchteten Bildschirm mit der Landkarte und denkt, dass das Russland ist, wahrscheinlich Zentralsibirien. Er hüllt sich in die Decke und schläft wieder ein.

Unten tritt jemand in einem der dunklen Flecken aus seinem Holzhaus und schaut zum Himmel hinauf, um zu sehen, wie das Wetter wird.

Würde man aus der Mitte der Erde eine hypothetische Gerade ziehen, würde sich zeigen, dass sich diese beiden Menschen einen Sekundenbruchteil lang auf dieser Gerade befinden, vielleicht scheint einen Augenblick lang darin ihr Blick auf, vielleicht verbindet diese Gerade ihre beiden Pupillen.

Einen Augenblick lang sind sie Nachbarn auf einer Vertikale, was sind schon elftausend Meter. Grade mal etwas mehr als zehn Kilometer. Für den Menschen auf der Erde ist das viel näher als die nächste menschliche Siedlung. Es ist weniger als die Entfernung zwischen zwei Stadtteilen einer Großstadt.

Sogar

Auf einer Fahrt komme ich an großen Anzeigetafeln vorbei, die schwarz auf weiß verkünden: »Jesus loves even you.« Diese unerwartete Unterstützung rüstet mich moralisch auf, was mich irritiert, ist nur dieses »sogar«.

Świebodzin

Nach einem mehrstündigen Marsch auf einem Pfad zwischen messerscharfen Yuccablättern an der steilen Küste des Ozeans entlang steigen wir durch Schattenflecken auf einen steinigen Strand. Hier ist ein kleiner Unterstand mit einem Süßwasserbehälter. In dieser großen Ödnis steht ein von drei Wänden getragenes Dach. In der Hütte stehen Bänke zum Sitzen und Schlafen. Auf einer Bank liegt – wie seltsam! – ein Heft in schwarzer Hülle und ein gelber Bic-Kugelschreiber. Das ist das Gästebuch. Ich lasse Rucksack und Karten fallen und stürze mich auf die Lektüre, lese alles vom ersten Eintrag an. Die Einträge, Handschriften, fremden Worte, die lakonischen Daten aller, die durch eine Fügung des unergründlichen Schicksals vor mir hier gewesen sind. Nummer im Heft, Datum, Name, Vorname, die Drei Pilgerfragen: Land der Herkunft, Ausgangspunkt, Zielort. Ich bin Nummer einhundertsechsundfünfzig im Heft. Vor mir sind Norweger, Iren, Amerikaner hier gewesen, zwei Koreaner, Australier, am meisten Deutsche, aber auch Schweizer und sogar – oho! – Slowaken. Dann bleibt mein Blick an einem Namen hängen: Szymon Polakowski, Świebodzin, Polen.

Ich blicke wie hypnotisiert auf den hastig dahingeworfenen Eintrag. Laut spreche ich diesen Namen aus: Świebodzin, und gleich darauf ist mir, als lege sich eine milchige Folie über den Ozean, die Yuccapalmen und den steilen Küstenpfad. Dieser komische schwierige Name, gegen den sich die verwöhnte Zunge wehrt, das perverse weiche ś, das sofort eine vage Empfindung heraufbeschwört, die Kühle des Wachstuchs auf dem Küchentisch, einen Korb frischer Tomaten aus dem Schrebergarten, den Abgasgeruch des Boilers. Das alles bewirkt, dass nur noch Świebodzin wirklich ist, sonst nichts mehr. Den Rest des Tages hängt eine große Fata Morgana über dem Ozean. Obwohl ich nie in diesem Städtchen gewesen bin, sehe ich seine kleinen Straßen, die Autobushaltestelle, die Fleischerei, den Kirchturm genau vor mir. In der Nacht überkommt mich eine Woge der Sehnsucht, es tut weh wie ein Bauchkrampf, und im Halbschlaf erblicke ich einen fremden Mund, der dieses unerhörte »św« makellos formt.

Kunicki. Erde

Der Sommer hat sich hinter Kunicki geschlossen, ist krachend zugefallen. Kunicki macht es sich bequem, tauscht die Sandalen gegen Pantoffeln ein, die kurzen Hosen gegen lange, spitzt die Bleistifte auf dem Schreibtisch, bringt die Rechnungen in Ordnung. Die Vergangenheit hört auf zu existieren, wird zu Lebensschnipseln, es gibt nichts zu bedauern. Das, was er fühlt, muss demnach ein unwirklicher Phantomschmerz sein, der Schmerz einer jeden unvollständigen, beschädigten Form, die sich von Natur aus nach Unversehrtheit sehnt. Anders lässt sich das nicht erklären.

In der letzten Zeit kann er nicht schlafen. Das heißt – er schläft abends ein, fällt um vor Müdigkeit, aber wacht schon um drei, vier Uhr auf, wie vor Jahren, nach dem Hochwasser. Damals wusste er, was der Grund für diese Schlaflosigkeit war – er hatte Angst vor der Katastrophe. Doch jetzt ist ein Loch entstanden, eine Lücke. Kunicki weiß, dass Worte sie stopfen könnten, wenn er nur die entsprechende Menge sinnvoller, passender Worte finden könnte, die erklären, was geschehen ist, dann ließe sich das Loch flicken, es blieben keine Spuren zurück, und er könnte wieder bis acht Uhr schlafen. Manchmal, ganz selten, kommt es ihm vor, als hörte er eine Stimme im Kopf, ein, zwei laut und durchdringend ausgesprochene Worte. Worte, die von der schlaflosen Nacht genauso losgelöst sind wie von dem gehetzten Tag. Etwas knistert in den Neuronen, Impulse springen von einem Ort zum anderen. Geht nicht so das Denken vor sich?

Das sind fertige Wahnvorstellungen, die an den Toren des Verstandes stehen, Massenware. Sie sind keineswegs schrecklich, es gibt keine biblische Flut, es spielen sich keine danteschen Szenen ab. Nichts als die entsetzliche Unausweichlichkeit des Wassers, seine Allgegenwart. Die Wände seiner Wohnung saugen sich damit voll. Kunicki prüft mit dem Finger den aufgeweichten kranken Putz, die feuchte Farbe hinterlässt eine Spur auf der Haut. Flecken lassen auf den Wänden die Karten von Ländern entstehen, die er nicht kennt, denen er keinen Namen geben kann. Tropfen dringen durch die Fensterrahmen, unterspülen den Teppich. Schlägt man einen Nagel in die Wand, spritzt ein kleines Rinnsal heraus, zieht man eine Schublade auf, schwappt Wasser hoch. Heb einen Stein auf, ich werde dort sein, flüstert das Wasser. Bäche ergießen sich auf die Tastatur des Computers, der Bildschirm erlischt unter Wasser. Kunicki läuft hinaus vor seinen Wohnblock und sieht, dass die Sandkästen und Blumenrabatten verschwunden sind, dass es die niedrigen Zäune nicht mehr gibt. Bis zu den Knöcheln im Wasser geht er zum Auto, er will versuchen, damit aus der Siedlung fort auf höher gelegenes Gelände zu fahren, aber er kommt zu spät. Sie sind umzingelt, in der Falle.

Freu dich doch, dass alles gut ausgegangen ist, sagt er zu sich selbst, wenn er morgens aufsteht und ins Bad geht. Klar freue ich mich, sagt er zu sich selbst. Aber er freut sich überhaupt nicht. Er kriecht zurück ins warme Bettzeug und liegt mit offenen Augen da, bis zum Morgen. Seine Beine sind unruhig, sie gehen irgendwohin, selbständig unternehmen sie einen unwirklichen Spaziergang über die Falten der Decke, jucken von innen. Manchmal döst er kurz wieder ein, und das eigene Schnarchen weckt ihn wieder auf. Er liegt da und sieht, wie es draußen immer heller wird, hört die Müllabfuhr und die ersten Autobusse lärmen, die Straßenbahnen bewegen sich aus dem Depot. Gegen Morgen setzt sich der Fahrstuhl in Bewegung, man hört sein verzweifeltes Kreischen, das Kreischen einer im zweidimensionalen Raum gefangenen Kreatur, es geht nur nach oben und unten, nie schräg oder seitwärts. Die Welt bewegt sich vorwärts, zusammen mit diesem Loch, das sich nicht reparieren lässt, wie ein Krüppel. Sie hinkt.

Und mit ihr hinkt Kunicki zum Bad, dann trinkt er im Stehen seinen Kaffee an der Frühstücksbar in der Küche. Er weckt seine Frau. Verschlafen verschwindet sie wortlos im Bad.

Er hat einen Vorteil an seiner Schlaflosigkeit entdeckt: Er hört, was sie im Schlaf redet. So können die größten Geheimnisse ans Licht kommen. Unversehens entschlüpfen sie wie Rauchwolken und lösen sich gleich auf, man muss sie direkt auf den Lippen erwischen. Also denkt er nach und lauscht. Sie schläft leise, auf dem Bauch, man kann ihren Atem kaum hören, manchmal seufzt sie, aber ihre Seufzer enthalten keine Worte. Wenn sie sich von einer Seite auf die andere dreht, sucht ihre Hand unwissentlich den anderen Körper, will ihn umarmen, das Bein wandert auf seine Hüfte. Dann erstarrt er einen Augenblick lang – was soll das bedeuten? Schließlich erkennt er es als eine mechanische Bewegung und lässt sie zu.

Es ist, als hätte sich nichts geändert, außer dass ihre Haare von der Sonne heller geworden sind und dass sie ein paar Sommersprossen mehr auf der Nase hat. Aber als er sie berührt, als er mit der Hand über ihren nackten Rücken streicht, kommt es ihm vor, als hätte er etwas entdeckt. Er weiß selbst nicht, was. Diese Haut leistet jetzt Widerstand, sie ist härter, dichter, wie Segeltuch.

Er kann sich keine weiteren Entdeckungen leisten, er fürchtet sich, zieht die Hand zurück. Im Halbschlaf hat er das Gefühl, dass seine Hand fremdes Gelände erkundet hat, etwas, was er in den sieben Jahren ihrer Ehe zu erkennen versäumt hat, etwas Beschämendes, ein Zeichen, einen Kranz um ihre Taille, aus behaarter Haut, aus Fischschuppen, Vogelflaum, irgendeine untypische Beschaffenheit, eine Anomalie.

Deshalb rückt er an den Rand des Bettes und betrachtet von dort aus diese Gestalt, die seine Frau ist. Im schwachen Licht der Siedlung, das durch die Fenster dringt, ist ihr Gesicht nur ein blasser Umriss. Versunken in den Anblick dieses Flecks schläft er ein, und als er aufwacht, wird es im Schlafzimmer hell. Das frühe Morgenlicht ist metallisch, es überzieht die Farben mit einem aschenen Hauch. Einen Moment lang meint er entsetzt, sie sei tot – er sehe ihren Leichnam, den leeren vertrockneten Körper, aus dem die Seele schon längst entflogen ist. Er fürchtet sich nicht, wundert sich nur und berührt rasch ihre Wange, um dieses Bild zu vertreiben. Sie seufzt auf und wendet sich ihm zu, als sie ihm die Hand auf die Brust legt, kehrt die Seele zurück. Jetzt geht ihr Atem wieder gleichmäßig, aber er wagt nicht, sich zu bewegen. Er wartet, bis der Wecker ihn aus dieser unbequemen Lage befreit.

Seine eigene Untätigkeit irritiert ihn. Sollte er nicht all diese Veränderungen notieren, damit ihm nur ja nichts entgeht? Heimlich aufstehen, sich aus dem Bett schleichen, am Küchentisch ein Blatt Papier in zwei Hälften teilen und aufschreiben: Vorher und Jetzt. Was würde er aufschreiben? Die Haut ist rauer – vielleicht ist das einfach der Alterungsprozess oder eine Folge der Sonne. Nachthemd statt Schlafanzug? Vielleicht sind die Heizkörper weiter aufgedreht als früher? Der Geruch? Sie benutzt eine andere Creme.

Ihm fällt der Lippenstift ein, den sie auf der Insel hatte. Jetzt hat sie einen anderen. Der frühere war hell, beige, sanft, hatte die Farbe der Lippen. Jetzt hat sie einen hellroten, karminrot, er weiß nicht, wie er die Farbe beschreiben soll, darin ist er nie gut gewesen, er wusste nie, was der Unterschied zwischen hell- und karminrot war, von purpur einmal ganz zu schweigen.

Vorsichtig schiebt er sich aus dem Bett, berührt den Boden mit den bloßen Füßen und geht im Dunkeln, um sie nicht zu wecken, ins Bad. Dort erst lässt er sich von dem grellen Licht blenden. Auf der Etagere unter dem Spiegel liegt ihr mit Glasperlen besticktes Kosmetiktäschchen. Er öffnet es behutsam, um sich zu vergewissern, ob seine Vermutung zutrifft. Ja, es ist ein anderer Lippenstift.

Am Morgen kann er perfekt etwas vorspielen, so denkt er: perfekt. Er hat angeblich etwas vergessen und muss noch fünf Minuten in der Wohnung bleiben.

»Geh nur schon, du brauchst nicht auf mich zu warten.«

Er gibt vor, in Eile zu sein, irgendwelche Papiere zu suchen. Sie zieht vor dem Spiegel die Jacke an, bindet sich den roten Schal um und nimmt den Kleinen an die Hand. Die Tür fällt ins Schloss. Er hört sie die Treppe hinunterlaufen. Er steht reglos über den Papieren, und das Echo der zugeschlagenen Tür hallt noch ein paarmal in seinem Kopf wider wie ein aufprallender Ball: bumm, bumm, bumm – dann tritt Stille ein. Er holt tief Luft und richtet sich grade auf. Stille. Er spürt, wie sie sich eng um ihn legt, deshalb setzt er sich in Bewegung – langsam und präzise. Er geht zum Schrank, steht direkt vor ihren Kleidern. Er streckt die Hand nach einer hellen Bluse aus, die ist zu elegant, sie zieht sie nie an. Er streift sie mit den Fingern, dann berührt er sie mit der Handfläche, fährt mit der ganzen Hand in die Seidenrüschen. Doch diese Bluse sagt ihm nichts, er fährt fort, erkennt das ebenfalls selten getragene Kaschmirkostüm, Sommerkleider, ein paar Hemden, die übereinanderhängen, den Winterpullover, noch in der Plastikhülle von der Reinigung, und den langen schwarzen Mantel. Den hat er auch nicht oft an ihr gesehen. Da fällt ihm ein, dass diese Kleidungsstücke hier hängen, um ihn irrezuführen, sie sollen ihn täuschen, hinters Licht führen.

Sie stehen nebeneinander in der Küche. Kunicki schneidet Petersilie. Er will nicht wieder davon anfangen, aber er ist nicht imstande, sich zu beherrschen. Er fühlt, wie sich die

Worte in seiner Kehle sammeln, er kann sie nicht hinunterschlucken. Dann eben noch einmal.

»Also, was ist denn passiert?«

Sie spricht mit müder Stimme, hebt im Ton hervor, dass sie es doch schon zum soundsovielten Mal erzählt, dass es langweilig ist, dass es nervt.

»Bitte sehr, noch einmal. Mir ist schlecht geworden, ich hatte wohl eine Vergiftung, ich hab es dir doch gesagt.«

Aber so leicht gibt er sich nicht geschlagen.

»Als du ausgestiegen bist, war dir noch nicht schlecht.«

»Ja, aber dann wurde mir übel. Übel«, wiederholt sie mit Genugtuung. »Und einen Augenblick lang bin ich wohl ohnmächtig geworden, der Kleine fing an zu weinen, und das hat mich wieder zur Besinnung gebracht. Er hatte einen Schrecken bekommen und ich auch. Wir machten uns auf und wollten zum Auto zurückgehen, aber vor lauter Verwirrung gingen wir in die falsche Richtung.«

»In welche Richtung? Nach Vis?«

»Ja, nach Vis. Nein, ich weiß nicht, ob es die Richtung nach Vis war, woher soll ich das wissen, wenn ich es gewusst hätte, wäre ich doch zurückgegangen, das habe ich dir schon tausendmal gesagt.« Sie hebt die Stimme. »Als ich merkte, dass wir uns verirrt hatten, haben wir uns auf eine kleine Wiese gesetzt, der Kleine ist eingeschlafen, und mir war immer noch schlecht...«

Kunicki weiß, dass sie lügt. Er schneidet die Petersilie, hebt den Blick nicht von der Arbeitsplatte und sagt mit Grabesstimme:

»Da war kein Wäldchen.«

Sie schreit fast:

»Aber natürlich war da eins!«

»Nein, da war keins. Nur vereinzelte Olivenbäume und Weinstöcke. Wo war da ein Wäldchen?«

Schweigen macht sich breit, dann sagt sie plötzlich todernst:

»Na gut. Du hast alles rausgekriegt. Bravo. Eine fliegende Untertasse hat uns mitgenommen, sie haben an uns experimentiert, haben uns einen Chip eingesetzt, genau hier«, – sie hebt die Haare und zeigt auf ihren Nacken, ihr Blick ist kalt.

Kunicki ignoriert ihre Ironie.

»Gut, red weiter.«

»Ich entdeckte ein Häuschen aus Stein. Wir sind eingeschlafen, es wurde dunkel...«

»So schnell? Und der ganze Tag – wo ist der hin? Was hast du den ganzen Tag gemacht?«

Sie fährt fort:

»...am Morgen hat es uns dort gefallen. Ich hab mir gedacht, du wirst dir ein bisschen Sorgen um uns machen und dich daran erinnern, dass wir existieren. So eine Schocktherapie. Wir haben Weintrauben gegessen und sind schwimmen gegangen...«

»Drei Tage ohne Essen?«

»Ich habe doch gesagt, dass wir Weintrauben gegessen haben.«

»Und was habt ihr getrunken?«, fragt Kunicki forschend.

Sie verzieht das Gesicht.

»Meerwasser.«

»Warum sagst du nicht einfach die Wahrheit?«

»Das ist die Wahrheit.«

Kunicki schneidet sorgfältig die Blätter von den fleischigen Stängeln.

»Na gut, und was kam dann?«

»Nichts. Wir sind schließlich zur Straße zurückgegangen

und haben ein Auto angehalten, das uns mitgenommen hat bis…«

»Nach drei Tagen!«

»Ja, und?«

Er wirft das Messer in die Petersilie. Das Brett fällt auf den Boden.

»Frau, weißt du, was du gemacht hast? Ein Hubschrauber hat dich gesucht! Die ganze Insel war auf den Beinen!«

»Das wäre nicht nötig gewesen. So was kommt vor, dass Leute ein paar Tage verschwinden, oder? Deshalb braucht man nicht gleich die Panik zu kriegen. Wir können doch behaupten, dass mir schlecht geworden ist, und hinterher habe ich mich wieder erholt.«

»Was ist mit dir passiert, verdammt noch mal! Was geht mit dir vor? Wie erklärst du das alles?«

»Hier gibt es nichts zu erklären. Ich hab dir die Wahrheit gesagt, aber du hörst nicht zu.«

Sie schreit, aber dann senkt sie die Stimme.

»Sag mir, was du denkst, was stellst du dir vor, wie es gewesen ist?«

Aber er antwortet nicht. Dieses Gespräch haben sie schon mehrmals geführt. Offensichtlich haben sie beide nicht mehr die Kraft dazu.

Manchmal lehnt sie sich an die Wand, kneift die Augen zusammen und macht sich über ihn lustig.

»Da kam ein Autobus voller Strizzis, die haben mich in einen Puff gebracht. Den Kleinen haben sie bei Wasser und Brot auf dem Balkon angebunden. In diesen drei Tagen hatte ich sechzig Freier.«

Er krallt die Hände um die Tischplatte, um sie nicht zu schlagen.

Er hat nie darüber nachgedacht und sich auch keine Sorgen darüber gemacht, dass er sich an einzelne Tage nicht erinnern kann. Er weiß nicht, was er an einem beliebigen Montag gemacht hat oder auch an keinem beliebigen, sondern am letzten oder vorletzten. Er weiß nicht, was er vorgestern gemacht hat. Er versucht, sich an den Donnerstag vor der Abreise aus Vis zu erinnern – und er sieht nichts. Aber wenn er sich darauf konzentriert, erinnert er sich wieder, dass sie über einen Pfad gingen, dass die ausgedörrten Kräuterbüschel unter ihren Füßen knackten und das Gras ganz trocken war, es zerfiel unter ihren Schuhen zu Staub. Und er erinnert sich an eine niedrige Steinmauer, allerdings wohl nur deshalb, weil sie dort eine Schlange sahen, die vor ihnen floh. Sie bat ihn, den Kleinen auf den Arm zu nehmen. Er trug ihn weiter bergauf, während sie die Blätter einer Pflanze abriss und zwischen den Fingern zerrieb. »Raute«, sagte sie. Da fiel ihm auf, dass alles hier danach roch, nach diesem einen Kraut, sogar der Schnaps, sie steckten ganze Zweige in die Flaschen. Aber er kann nicht mehr sagen, wie sie zurückgekommen sind und was am Abend dieses Tages geschah. Auch an andere Abende erinnert er sich nicht. Er erinnert sich an nichts, er hat alles übersehen. Und wenn man sich nicht erinnert, dann ist das, als wäre es nicht gewesen.

Einzelheiten, das Gewicht der Einzelheiten – früher hatte er das nicht ernst genommen. Jetzt ist er sicher: Wenn er sie straff miteinander zu einer Kette fügt, in der Ursache und Wirkung verbunden sind, dann wird sich alles aufklären. Das weiß er. Er muss sich nur ruhig an seinen Schreibtisch setzen, Papier ausbreiten, am besten ein Großformat, das größte, das er finden kann, zum Beispiel das, worin die Bücher verpackt werden, und alles Punkt für Punkt aufschreiben. Das ist doch die Wahrheit.

Also gut. Er schneidet die Plastikbänder um ein Bücherpaket auf und stapelt die Bücher, ohne einen Blick darauf zu werfen. Irgendein Bestseller, scheiß drauf. Er zieht den Packpapierbogen unter den Büchern heraus und streicht ihn auf seinem Schreibtisch glatt. Ein weiter, etwas zerknitterter grauer Raum, das verunsichert ihn. Mit schwarzem Filzstift schreibt er: Grenze. Dort hatten sie sich gestritten. Oder sollte er besser bis in die Zeit vor der Abreise zurückgehen? Nein, er bleibt bei der Grenze. Wahrscheinlich hat er den Pass aus dem Autofenster gereicht. Es war die Grenze zwischen Slowenien und Kroatien. Er erinnert sich daran, wie sie über eine asphaltierte Straße durch verlassene Dörfer fuhren. Steinhäuser ohne Dächer mit Brand- oder Bombenspuren. Eindeutige Zeichen des Krieges. Überwucherte Felder, trockene, dürre Erde, die niemand bewirtschaftet. Die Eigentümer sind in der Verbannung. Pfade ins Nichts. Zusammengebissene Zähne. Nichts, überhaupt nichts geschieht hier, sie sind im Fegefeuer. Aus dem fahrenden Auto betrachten sie schweigend diese erschütternde Landschaft. Doch an sie kann er sich nicht erinnern, sie saß zu nah neben ihm. Er weiß nicht mehr, ob sie angehalten haben oder nicht. Ja, sie haben an einer kleinen Tankstelle gehalten und getankt. Er meint sich zu erinnern, dass sie Eis gekauft haben. Und dass es schwül war. Der Himmel voll Milch.

Kunicki hat eine gute Arbeit. In seiner Arbeit ist er ein freier Mensch. Er arbeitet als Handelsvertreter eines großen Verlags aus der Hauptstadt. Handelsvertreter heißt, er verkauft Bücher. In der Stadt gibt es mehrere Stellen, die er in regelmäßigen Abständen besuchen muss, um sein Angebot anzupreisen, Neuigkeiten zu empfehlen und mit Rabatten zu locken. Er fährt vor einer kleinen Buchhandlung am Stadtrand vor und nimmt die bestellten Bücher aus dem Kofferraum. Die Buchhandlung heißt »Buchhandlung. Papierwaren«, sie ist zu klein, um sich einen richtigen Namen erlauben zu können, außerdem macht sie den größten Umsatz ohnehin mit Heften und Schulbüchern. Die Bestellung passt in einen Plastikkorb – Ratgeber, zwei Exemplare des sechsten Bandes einer Enzyklopädie, die Memoiren eines berühmten Schauspielers und der neueste Bestseller mit dem nichtssagenden Titel »Konstellationen«, ganze drei Stück davon. Kunicki nimmt sich fest vor, ihn zu lesen. Er bekommt einen Kaffee und ein Stück selbstgebackenen Kuchen, er ist beliebt. Bei Kaffee und Kuchen zeigt er die neue Mappe des Verlags. Das hier verkauft sich gut, sagt er, dann wird das Buch bestellt. So sieht seine Arbeit aus. Bevor er geht, kauft er noch einen heruntergesetzten Kalender.

Am Abend trägt er in seinem winzigen Büro die aufgenommenen Bestellungen in Sammelformulare ein und schickt sie per E-Mail ab. Morgen bekommt er die Bücher.

Er atmet erleichtert auf, zieht an seiner Zigarette, die Arbeit ist getan. Seit dem Morgen hat er auf diesen Augenblick gewartet, um in Ruhe seine Fotos anschauen zu können. Er schließt den Apparat an den Computer an.

64 Bilder sind darauf. Er löscht keines. Sie erscheinen automatisch auf dem Bildschirm, jedes ein paar Sekunden lang. Es sind langweilige Bilder. Ihr einziger Vorteil ist, dass sie einen Augenblick festhalten, der sonst völlig in Vergessenheit geraten wäre. Aber sind sie es wert, gebrannt zu werden? Trotzdem. Kunicki brennt sie auf eine CD, schaltet den Computer aus und macht sich auf den Weg nach Hause.

Alles, was er tut, geschieht mechanisch. Er dreht den

Schlüssel im Zündschloss um, schaltet den Alarm aus, schnallt sich an, stellt mit einem kurzen Fingerdruck das Radio an, legt den ersten Gang ein, und das Auto rollt langsam aus der Parklücke auf die Straße, im zweiten Gang in den dichten Verkehr. Im Wetterbericht wird Regen angesagt. Und in dem Augenblick fängt es tatsächlich an zu regnen, als hätten sich die Regentropfen in Bereitschaft gehalten und nur diese im Radio ausgesprochene Zauberformel abgewartet; die Scheibenwischer setzen sich in Bewegung.

Und plötzlich verändert sich etwas. Es liegt nicht am Wetter, am Regen, am Blick aus dem Auto nach vorn – er sieht auf einmal alles einfach anders. Er hat das Gefühl, als hätte er eine dunkle Brille abgenommen oder als hätten die Scheibenwischer mehr abgewischt als den Staub der Stadt. Ihm wird heiß, und unwillkürlich nimmt er den Fuß vom Gas. Man hupt ihn an. Er reißt sich zusammen und holt auf, bis er direkt hinter dem schwarzen Volkswagen ist. Seine Hände werden schweißnass. Am liebsten wäre er an den Rand gefahren, aber da ist kein Platz, er muss weiter.

Er sieht mit erschreckender Klarheit, dass die ganze wohlbekannte Strecke voll schreiend greller Zeichen ist. Informationen, die nur an ihn gerichtet sind. Räder auf einem Bein, gelbe Dreiecke, hellblaue Quadrate, grüne und weiße Tafeln, Pfeile, Zeiger. Lichter. Auf den Asphalt gemalte Linien, Informationstafeln, Warnungen, Mahnungen. Ein Lächeln von einer Reklametafel, auch das ist wesentlich. Er hat sie heute Morgen gesehen, doch da haben sie noch nichts gesagt, am Morgen hat er sie ignorieren können, jetzt gelingt es nicht mehr. Sie sprechen in kategorischem, leisem Ton zu ihm, und es sind viel mehr als vorher, es gibt eigentlich kein Stück Raum, das frei von ihnen ist. Ladenschilder, Reklamen, die Embleme von Post, Apotheke, Bank, eine hochgereckte Kelle in der Hand einer Kindergärtnerin, die Kinder über den Zebrasteifen geleitet, Zeichen folgt auf Zeichen, Querverweise, hier ein Zeichen, das auf ein anderes verweist, ein Stück weiter ein Zeichen, das ein anderes aufgreift, ein weitergeleitetes Zeichen, eine Verschwörung der Zeichen, eine Verständigung der Zeichen untereinander hinter seinem Rücken. Nichts ist harmlos und ohne Bedeutung, ein großes, endloses Puzzle.

Panisch sucht er nach einem Parkplatz, er muss die Augen schließen, sonst wird er verrückt. Was ist los mit ihm? Er zittert am ganzen Körper. Endlich findet er zu seiner Erleichterung eine Bushaltestelle, dort parkt er ein. Er versucht, sich zur Ruhe zu bringen. Vielleicht hat er eine Gehirnblutung gehabt, denkt er. Er hat Angst, umherzuschauen. Vielleicht hat er eine andere Art zu schauen entdeckt, eine Andere Sichtweise, großgeschrieben, alles großgeschrieben.

Sein Atem beruhigt sich nach einiger Zeit, doch die Hände zittern immer noch. Er steckt sich eine Zigarette an, jawohl, sie wird ihn ein bisschen mit Nikotin vergiften, mit Rauch benebeln, die Dämonen ausräuchern. Aber er weiß, dass er nicht weiterfahren wird, mit diesem neuen Wissen, das auf ihn niederdrückt, würde er es nicht schaffen. Er hat den Kopf aufs Steuerrad gelegt und atmet schwer.

Er stellt das Auto auf dem Gehsteig ab, bestimmt wird er einen Strafzettel kriegen, dann steigt er vorsichtig aus. Der Asphalt der Fahrbahn kommt ihm jetzt vor wie Sumpf.

»Herr Rührmichnichtan«, sagt sie.

Provokation. Kunicki gibt keine Antwort. Sie reißt die Schranktüren auf, holt ein Päckchen Tee heraus, wartet einen Augenblick, als gebe sie ihm Zeit zu reagieren.

»Was ist los mit dir?«, fragt sie. Diesmal aggressiv. Kunicki weiß, wenn er jetzt nicht antwortet, wird sie zur offenen Attacke übergehen, deshalb sagt er ruhig:

»Nichts ist los. Was soll los sein?«

Sie schnaubt, dann zählt sie leiernd auf:

»Du sagst kein Wort, lässt dich nicht anfassen, drückst dich auf die andere Seite des Betts, schläfst nachts nicht, siehst nicht fern, kommst spät nach Hause, riechst nach Alkohol...«

Kunicki überlegt, wie er sich verhalten soll. Er weiß, egal, was er jetzt tut, es wird das Falsche sein. Deshalb erstarrt er. Er richtet sich auf seinem Stuhl gerade auf, stiert auf den Tisch. Er fühlt sich so unwohl, als hätte er etwas geschluckt, was ihm nicht durch die Kehle will. Er spürt eine drohende Luftbewegung in der Küche. Dann macht er noch einen Versuch:

»Man muss die Dinge beim Namen nennen...«, fängt er an, aber sie unterbricht ihn.

»Ach – wenn man ihre Namen nur wüsste.«

»Okay. Du hast mir nicht gesagt, was da wirklich...«

Aber er redet nicht aus, sie schleudert den Tee auf den Boden und rennt aus der Küche. Eine Sekunde später fällt die Wohnungstür krachend ins Schloss.

›Sie ist eine ausgezeichnete Schauspielerin‹, denkt Kunicki. ›Sie könnte Karriere machen.‹

Er hat immer gewusst, was er wollte. Jetzt weiß er es nicht mehr. Er weiß nichts mehr, nicht mal das, was er wissen sollte. Er zieht die Schubladen mit den Katalogen auf und schaut achtlos die angehefteten Karteikarten durch. Er weiß nicht, wie und was er suchen soll.

Die ganze letzte Nacht hat er im Internet gesurft. Und was hat er gefunden? Eine ungenaue Karte von Vis, die Internetseite des kroatischen Amts für Tourismus, einen Fährenfahrplan. Als er den Namen »Vis« eintippte, erschienen Dutzende Seiten. Nur einige davon über die Insel. Hotelpreise und Sehenswürdigkeiten. Ein Visible Imaging System, mit Satellitenbildern, wenn er richtig verstand. Und Vaccine Information Statements. Victorian Institute of Sports. Und noch ein System for Verification and Synthesis.

Das Internet führte ihn von sich aus von einem Wort zum nächsten, gab Links an, zeigte mit dem Finger. Wenn es etwas nicht wusste, schwieg es taktvoll oder zeigte hartnäckig immer dieselben Seiten, bis zum Überdruss. Dann hatte Kunicki den Eindruck, er sei an die Grenzen der bekannten Welt gestoßen, an eine Mauer, an die Membran des Himmelszelts. Und es war unmöglich, mit dem Kopf durchzukommen und nach draußen zu gucken.

Das Internet ist ein Betrug. Es verspricht viel – dass es deine Aufgabe lösen wird, dass es für dich findet, was du suchst. Aufgabe, Lösung, Belohnung. Doch im Grunde ist dieses Versprechen ein Köder, denn man ist sofort wie hypnotisiert und verfällt in Trance. Die Pfade teilen sich schnell, verdoppeln, vervielfältigen sich, man hastet ihnen hinterher, jagt einem Ziel nach, das gleich verschwimmt und die Gestalt wechselt. Man verliert den Boden unter den Füßen, der Ausgangspunkt gerät in Vergessenheit, und das Ziel verschwindet aus dem Blickfeld, geht im Aufflackern immer weiterer Seiten und Links unter, die immer mehr versprechen, nichts halten können, schamlos so tun, als existiere hinter der Bildschirmfläche ein Kosmos. Doch nichts könnte eine größere Täuschung sein, lieber Kunicki. Was, Kunicki, was suchst du? Wohin strebst du? Hast du Lust, die Arme auszubreiten und dich in diesen Abgrund zu stürzen? Das ist der größte Trug, die Landschaft ist Tapete, man kommt nicht weiter.

Sein Büro ist klein, ein einziges Zimmer im vierten Stock eines abgetakelten Büroblocks, das er für ein paar Groschen mietet. Nebenan befindet sich ein Immobilienmakler, eine Tür weiter ein Tätowierstudio. Im Büro sind sein Schreibtisch und sein Computer untergebracht. Auf dem Boden liegen Pakete mit Büchern. Auf der Fensterbank steht ein Wasserkessel und ein Glas mit Kaffee.

Er schaltet den Computer an und wartet, dass das Gerät zu sich kommt. Dann zündet er sich die erste Zigarette an. Er schaut sich die Fotos noch einmal an, aber diesmal betrachtet er jedes einzelne lange und genau, bis er zu den letzten Bildern kommt, die den auf dem Tisch ausgebreiteten Inhalt ihrer Tasche zeigen und die Eintrittskarte mit dem Wort: Kairos – er hatte sich dieses Wort sogar gemerkt: καιρός. Ja, dieses Wort wird ihm alles erklären.

Nun hat er etwas gefunden, was er vorher nicht bemerkt hatte. Er ist so erregt, dass er eine Zigarette rauchen muss. Er betrachtet das geheimnisvolle Wort näher, es wird ihn jetzt führen, er wird es wie einen Drachen in den Wind steigen lassen und ihm hinterhereilen. »Kairos«, liest Kunicki, »kairos«, wiederholt er, unsicher, ob das die richtige Aussprache ist. Das ist wohl Griechisch, denkt er freudig, Griechisch! Er stürzt zum Bücherregal, doch da steht kein griechisches Wörterbuch, nur ein Band »Nützliche lateinische Sprichwörter«, noch ganz unbenutzt. Jetzt weiß er, dass er auf der richtigen Spur ist, und er kann sich nicht mehr bremsen. Er breitet die Bilder vom Inhalt ihrer Tasche aus, wie gut, dass er sie damals gemacht hat. Er legt sie in gleichmäßigen Reihen nebeneinander aus, wie eine Patience. Dann zündet er sich eine weitere Zigarette an und schreitet wie ein Detektiv im Kreis um den Tisch. Er bleibt stehen, zieht den Rauch ein, betrachtet den fotografierten Lippenstift und Kugelschreiber.

Plötzlich spürt er, dass es verschiedene Sichtweisen gibt. Die einen sehen nur Objekte, Gebrauchsgegenstände eines Menschen, ehrlich und konkret, man weiß gleich, wozu sie benutzt werden, wozu sie dienen. Und es gibt die Panoramasicht, eine umfassende Sehweise, bei der man die Zusammenhänge zwischen den Gegenständen erblickt, das Netz ihrer Reflexionen. Dinge hören auf, Dinge zu sein, ihr Nutzen ist nebensächlich, das ist nur ein Schein. Jetzt sind sie Zeichen, sie verweisen auf etwas, was auf der Fotografie nicht vorhanden ist, sie verweisen auf den Raum jenseits des Bildrahmens. Man muss sich sehr konzentrieren, um diesen Blick zu halten, er ist wirklich ein Geschenk, eine Gnade. Kunickis Herz schlägt immer schneller. Der rote Kugelschreiber mit der Aufschrift »Septolete« weist tief in einen dunklen, verborgenen Sinn.

Er erkennt den Ort, zum letzten Mal war er dort, als das Wasser schon fiel, gleich nach der Flut. Die Bibliothek, das altehrwürdige Ossolineum, steht am Fluss, auf diesen schaut es, das ist ein Fehler. Bücher muss man hochgelegen aufbewahren.

Er erinnert sich an den Anblick, als die Sonne schon herauskam und das Wasser fiel. Die Fluten hatten Schlamm und Morast angeschwemmt, doch ein paar Stellen waren schon gereinigt, und dort legten die Mitarbeiter der Bibliothek die Bücher zum Trocknen aus. Aufgefächert stellten sie sie auf den Boden, es sind Hunderte, Tausende. In dieser für sie unnatürlichen Haltung wirken sie wie Lebewesen, wie eine Kreuzung von Vogel und Seerose. Hände in dünnen Latexhandschuhen ziehen geduldig die Seiten auseinander, damit die einzelnen Sätze und Worte trocknen können. Leider sind die Seiten verknittert, von Schlamm und Wasser dunkel verfleckt und verzogen. Menschen bewegen sich vorsichtig dazwischen, Frauen in weißen Kitteln wie im Krankenhaus, sie öffnen die Bände zur Sonne hin, die Sonne soll lesen. Doch eigentlich ist es ein entsetzlicher Anblick, eine Art Konfrontation der Elemente. Kunicki war stehen geblieben und hatte entsetzt das Schauspiel betrachtet, doch dann war er dem Beispiel anderer Passanten gefolgt und hatte entschlossen mitgeholfen.

Heute fühlt er sich unwohl in dieser nach der Überschwemmung so schön renovierten Bibliothek, die sich mitten in der Stadt in Gebäuden um einen Lichthof verbirgt. Beim Betreten des geräumigen Lesesaals sieht er Tische in langen geraden Reihen, in diskretem Abstand zueinander. Fast an jedem krümmt oder neigt sich ein Rücken. Bäume über einem Grab. Ein Friedhof.

Die Bücher auf den Regalen zeigen dem Betrachter nur den Rücken, das ist, als könnte man Menschen nur im Profil sehen, denkt Kunicki. Sie führen nicht mit bunten Umschlägen in Versuchung, prunken nicht mit Banderolen, auf denen es von Superlativen wimmelt, diszipliniert wie Soldaten zeigen sie nur ihren Rang: Autor und Titel, sonst nichts.

Anstelle von Katalogen, Plakaten und Reklametüten gibt es Karteikästen. Die Gleichberechtigung der kleinen, in die Schubfächer gestopften Karten nötigt Bewunderung ab. Nur ein paar Informationen, Nummern, eine kurze Beschreibung, keine Prahlereien.

Er war noch nie hier gewesen. Während des Studiums hatte er nur die moderne Universitätsbibliothek benutzt.

Dort gab er einen Zettel mit Namen und Autor ab, und eine Viertelstunde später bekam er das Buch. Aber auch dort war er nicht oft gewesen, ehrlich gesagt sogar eher selten, denn die meisten Texte wurden kopiert. Eine neue Generation von Texten, ohne Einband, kurzlebige Kopien, ähnlich wie das Papiertaschentuch, das nach der Abdankung der Stofftaschentücher die Macht übernommen hatte. Die Papiertaschentücher bewirkten eine bescheidene Revolution, weil sie die Klassengrenzen verwischten. Nach einmaligem Gebrauch warf man sie in den Müll.

Vor sich hat er drei Wörterbücher: Griechisch-Polnisches Wörterbuch. Zusammengestellt von Zygmunt Węclewski. Lemberg 1929. Buchhandlung Samuel Bodek, Batory-Straße 20. Griechisch-Polnisches Handwörterbuch, Teresa Kambureli, Thanasis Kamburelis, Wiedza Powszechna, Warschau 1999. Und das vierbändige Griechisch-Polnische Wörterbuch, Redaktion Zofia Abramowiczówna, 1962 Wydawnictwo PWN. Darin kann er schließlich mit Mühe unter Verwendung des tabellarischen Alphabets sein Wort entziffern: καιρός.

Er liest nur das, was auf Polnisch und in lateinischer Schrift dasteht. 1. »Zu: Maß«, das rechte Maß, Maßhalten; Unterschied; Bedeutung, 2. »Zu: Ort«, empfindsame, vitale Stelle im Körper, 3. »Zu: Zeit«, kritischer Zeitpunkt, rechte Zeit, passender Moment, Gelegenheit, günstiger Augenblick, der günstige Moment vergeht schnell; unverhofft Angekommene, die Gelegenheit versäumen, wenn der rechte Zeitpunkt gekommen ist, Hilfe in der Not, rechtzeitig, bei geeigneter Gelegenheit, vorzeitig, kritische Phasen, periodische Zustände, chronologische Reihenfolge von Tatsachen, Situation, Stand der Dinge, Lage, äußerste Gefahr, Nutzen, Vorteil, zu welchem Zweck?, was wird dir helfen?, wo wäre es günstig?

Das ist das eine Wörterbuch. Das zweite ist älter – Kunicki gleitet mit dem Blick über die kleinen Zeilen, übergeht die griechischen Wörter, stolpert über die alte Schreibweise: »Gutes Maß, Mäßigkeit, rechtes Verhältnis, zum Ziel gelangen, übermäßig, rechter Augenblick, rechte Zeit, holde Zeit, Geeignetheit, Zeit, Stunde, Bedingungen, Verhältnisse, Zeiten, Fälle, Begebenheiten, Fährnisse, Gewogenheit, Rechtzeitigkeit. Man sagt auch: Etwas geschieht beizeiten.« In dem neuesten Wörterbuch steht in Klammern die Aussprache [kieros], außerdem: »Wetter, Zeit, Saison, Wie ist das Wetter?, Jetzt ist Weintraubensaison, Zeit verschwenden, von Zeit zu Zeit, ein bestimmtes Mal, wie lange?, das muss schon lange her sein.«

Kunicki blickt sich verzweifelt im Lesesaal um. Er sieht die Scheitel der über die Bücher gebeugten Köpfe. Er kehrt zurück zu den Wörterbüchern, liest das vorhergehende Stichwort, das ähnlich aussieht, sich eigentlich nur durch einen Buchstaben unterscheidet: καιριος. Und da heißt es noch anders: »Zur rechten Zeit getan, gezielt, passend, erfolgreich, tödlich, verhängnisvoll, entscheidend, und: eine gefährdete Stelle am Körper, wo Wunden Wirkung tun, was immer rechtzeitig ist, was immer geschehen muss.«

Kunicki packt seine Sachen zusammen und geht nach Hause. In der Nacht findet er in Wikipedia eine Seite über Kairos, aus der er nur so viel erfährt, dass es eine untergeordnete, inzwischen in Vergessenheit geratene hellenische Gottheit ist. Und dass man sie in Trogir entdeckt hat. In dem dortigen Museum befindet sich eine Darstellung dieser Gottheit, deshalb hatte sie dieses Wort notiert. Nichts weiter.

Als sein Sohn klein war, noch ein Säugling, betrachtete Kunicki ihn nicht als einen Menschen. Und das war gut, weil sie sich so nah waren. Ein Mensch ist immer fern. Er lernte, ihm geschickt die Windeln zu wechseln, mit ein paar Handbewegungen war es erledigt, nur die Wegwerfwindeln raschelten. Er tauchte seinen kleinen Köper in die Wanne, seifte ihm den Bauch ein, dann wickelte er ihn in ein Handtuch und trug ihn ins Zimmer, um ihm den Schlafanzug anzuziehen. Das war einfach. Wenn man ein kleines Kind hat, braucht man sich über nichts Gedanken zu machen, alles ist natürlich und selbstverständlich. Das Kind an sich drücken, sein Gewicht, sein Geruch – das alles ist vertraut und herzerwärmend. Doch das Kind ist kein Mensch. Es wird dann ein Mensch, wenn es sich aus den Armen windet und sagt: Nein.

Jetzt beunruhigt ihn die Stille. Was macht der Kleine? Kunicki bleibt an der Tür stehen und sieht sein Kind von Bauklötzen umgeben auf dem Fußboden. Er setzt sich neben den Kleinen und nimmt eins der Plastikautos in die Hand. Er fährt damit über eine aufgemalte Straße. Vielleicht kann er mit einem Märchen anfangen, es war einmal ein kleines Auto, das hatte sich verirrt. Er schickt sich schon an, den Mund aufzumachen, da nimmt ihm der Kleine das Spielzeug aus der Hand und gibt ihm ein anderes – einen Holzlastwagen voller Bauklötze.

»Wir bauen was«, sagt der Kleine.

»Was möchtest du denn gern bauen?«, hakt Kunicki ein.

»Ein Haus.«

Also gut, ein Haus. Sie legen Bauklötze zu einem Viereck. Das Lastauto bringt das Baumaterial.

»Oder sollen wir eine Insel bauen?«, fragt Kunicki.

»Nein, ein Haus«, sagt der Kleine und stapelt die Klötze

unordentlich aufeinander. Kunicki rückt sie behutsam grade, damit das Bauwerk nicht zusammenstürzt.

»Weißt du noch, das Meer?«

Das Kind nickt bejahend, der Lastwagen bringt einen neuen Vorrat Bausteine. Jetzt weiß Kunicki nicht mehr, was er sagen oder fragen soll. Er zeigt auf den Teppich, sagt, das sei jetzt eine Insel und sie sind auf der Insel, aber der Junge verirrt sich auf der Insel, Papa macht sich Sorgen, wo kann denn nur sein kleiner Junge sein. Er spielt es vor, aber es wirkt nicht besonders überzeugend.

»Nein«, beharrt der Kleine, »wir bauen ein Haus.«

»Weißt du noch, wie du dich mit Mama verirrt hast?«

»Nein!«, ruft der Kleine aus und kippt die Klötze für den Bau fröhlich vom Laster.

»Hast du dich schon mal verirrt?«, fragte Kunicki.

»Nein«, sagt das Kind, und der Laster fährt mit Karacho in das gerade gebaute Haus, die Wände stürzen ein. »Bummbumm!«, lacht der Junge.

Kunicki macht sich geduldig daran, das Haus wieder aufzubauen.

Als sie nach Hause kommt, sieht Kunicki sie vom Teppich aus, wie ein Kind. Sie ist groß, von der Kälte rosig, verdächtig aufgekratzt. Ihr Mund ist rot. Sie wirft ihren roten (oder vielleicht karmesin- oder purpurfarbenen) Schal über eine Stuhllehne und schließt den Kleinen in die Arme. »Habt ihr Hunger?«, fragt sie. Kunicki hat das Gefühl, als sei zusammen mit ihr ein kalter Wind ins Zimmer geweht, ein kalter böiger Wind vom Meer, eine Brise. Er hätte sie gern gefragt: Wo bist du gewesen?, aber das kann er sich nicht erlauben.

Am Morgen hat er eine Erektion und muss sich von ihr

abwenden, er muss diese peinlichen Einfälle des Körpers verbergen, damit sie es nicht als Begehren deutet, als Versuch der Versöhnung, eine Form von Nachgiebigkeit gleich welcher Art. Er dreht sich zur Wand und zelebriert diese Erektion, diese ziellose Bereitschaftshaltung, diesen Habtachtzustand, dieses angespannte Klammerglied, er hat es ganz für sich.

Die Spitze des Penis zweigt nach oben wie ein Vektor, zum Fenster, zur Welt.

Die Beine. Die Füße. Auch wenn er stehen bleibt, wenn er sich setzt, sie gehen weiter, bewegen sich virtuell fort, können nicht stehen bleiben, durchmessen den gegebenen Raum mit kleinen hastigen Schritten. Wenn er sie zum Stehen bringen will, rebellieren sie. Kunicki fürchtet, dass seine Beine explodieren und anfangen zu laufen, ihn in eine nicht abgesprochene Richtung tragen, die Hacken zusammenschlagen oder mit ihm in düstere Höfe heruntergekommener Wohnhäuser marschieren, fremde Treppen erklimmen und ihn durch Dachluken auf rutschige Steildächer führen, wo sie ihn wie einen Mondsüchtigen auf den schuppenartigen Ziegeln tanzen lassen.

Bestimmt sind diese rastlosen Beine daran schuld, dass Kunicki nicht schlafen kann. Von der Taille aufwärts ist er ruhig, entspannt und schläfrig, vom Gürtel abwärts – nicht totzukriegen. Oben verlangt er nach Ruhe und Gerechtigkeit, unten ist er frevelhaft und bricht alle Vorschriften. Oben hat er Vornamen, Nachnamen, Adresse und Steuernummer, unten hat er nichts über sich selbst zu sagen, ja im Grunde hat er von sich selbst genug.

Er würde diese Beine gerne ruhig stellen, sie mit beruhigender Salbe einschmieren, dieses innere Kitzeln ist wirklich schmerzhaft. Zu guter Letzt nimmt er Schlaftabletten. Er räumt mit seinen Beinen auf.

Kunicki versucht, seine Extremitäten zu beherrschen. Er denkt sich Methoden für sie aus: Er erlaubt ihnen, sich pausenlos zu bewegen, sogar den Zehen allein in den Schuhen, wenn der restliche Körper stillsteht. Und wenn er sich setzt, lässt er sie auch locker, sollen sie nur unruhig sein. Er betrachtet seine Schuhspitzen und sieht die leichte Bewegung des Leders, wenn seine Füße ihren besessenen Marsch auf der Stelle antreten. Doch er läuft auch viel in der Stadt herum. Er meint, diesmal habe er wirklich alle Brücken über die Oder und ihre Kanäle überquert. Jetzt habe er keine einzige ausgelassen.

Die dritte Septemberwoche ist regnerisch und windig. Die Herbstsachen müssen vom Boden geholt werden, die Jacken und die Gummistiefel des Kleinen. Er holt ihn vom Kindergarten ab, und sie eilen zum Auto. Der Junge springt in eine Pfütze und bespritzt alles ringsum mit Wasser. Kunicki bemerkt es nicht, er denkt darüber nach, was er sagen wird, er legt sich die Sätze zurecht. Zum Beispiel: »Ich habe die Befürchtung, dass das Kind einen Schock davongetragen haben könnte.« Oder selbstsicherer: »Ich habe den Eindruck, mein Sohn hat einen Schock erlitten.« Ihm fällt das Wort »traumatisch« ein: »eine traumatische Erfahrung machen«.

Sie fahren durch die nasse Stadt, die Scheibenwischer arbeiten mit Volldampf und schieben das Wasser von der Windschutzscheibe, lassen die verschwommene, im Regen versunkene Stadt kurze Augenblicke lang deutlich sichtbar werden.

Heute ist Donnerstag, das ist sein Tag. Donnerstags holt er den Kleinen vom Kindergarten ab. Sie hat zu tun, arbeitet nachmittags, hat irgendwelche Treffen, kommt spät nach Hause, und Kunicki hat den Kleinen für sich.

Sie erreichen ein renoviertes Mietshaus mitten in der Innenstadt und suchen einige Zeit einen Parkplatz.

»Wohin gehen wir?«, fragt der Kleine, und da Kunicki keine Antwort gibt, sagt er: »Wohingehnwir, wohingehnwir.«

»Sei still«, sagt der Vater, doch dann erklärt er dem Kleinen: »Wir gehen zu einem Fräulein.«

Der Kleine protestiert nicht, anscheinend ist er neugierig.

Im Wartezimmer ist niemand, dann erscheint eine große Frau um die fünfzig und bittet sie, ins Behandlungszimmer einzutreten. Das Zimmer ist hell und freundlich, in der Mitte liegt ein großer bunter weicher Teppich, darauf liegen Spielsachen und Holzklötze. Außerdem stehen zwei Sessel, ein Sofa, ein Schreibtisch und ein Stuhl im Zimmer. Das Kind lässt sich vorsichtig auf einer Sesselkante nieder, doch seine Augen wandern zu dem Spielzeug. Die Frau lächelt und gibt Kunicki die Hand, dann begrüßt sie auch den Jungen. Sie spricht mit dem Kind, als achte sie absichtlich nicht auf den Vater. Deshalb spricht er unaufgefordert, um ihren eventuellen Fragen zuvorzukommen.

»Mein Sohn hat seit einiger Zeit Schlafprobleme, er ist nervös geworden und…«, lügt er, aber die Frau lässt ihn nicht ausreden.

»Erst spielen wir ein bisschen«, sagt sie. Das klingt absurd. Kunicki weiß nicht, mit wem sie jetzt spielen wird. Er ist verblüfft und erstarrt.

»Wie alt bist du?«, fragt die Frau das Kind. Der Kleine zeigt drei Finger.

»Im April ist er drei geworden«, sagt Kunicki.

Sie setzt sich neben den Jungen auf den Teppich und reicht ihm Bauklötze an.

»Papa setzt sich jetzt in den Flur und liest ein bisschen, und wir spielen, ja?«, sagt sie.

»Nein«, sagt das Kind, steht auf und läuft zu seinem Vater. Kunicki hat verstanden. Er überredet den Kleinen, im Zimmer zu bleiben.

»Die Tür bleibt offen«, beruhigt ihn die Frau.

Der Türflügel schließt sich sanft bis auf einen Spalt. Kunicki sitzt im Wartezimmer und hört ihre Stimmen, aber sie sind undeutlich, er versteht nicht, was sie sprechen. Er hatte viele Fragen erwartet, hat sogar das Untersuchungsheft des Kindes mitgebracht, jetzt liest er darin, dass der Kleine in einer natürlichen Spontangeburt weder zu früh noch zu spät zur Welt gekommen ist, 10 Punkte auf der Apgarskala, Impfungen, Gewicht 3750, Länge 57 Zentimeter. Bei Erwachsenen redet man von Körpergröße, bei Kindern von Länge. Er nimmt eine Illustrierte vom Tisch, öffnet sie mechanisch und stößt sofort auf eine Reklame mit Neuheiten auf dem Büchermarkt. Er erkennt die Titel, vergleicht die Preise. Ein angenehmer Adrenalinschub – bei ihm ist es billiger.

»Bitte sagen Sie mir, was passiert ist. Was ist das Problem?«, fragt die Frau.

Er geniert sich. Was soll er sagen? Dass seine Frau mit dem Kind drei Tage verschwunden war, neunundvierzig Stunden lang, er hat es genau gezählt. Und dass er nicht weiß, wo sie gewesen sind. Er hat immer alles über sie gewusst, jetzt weiß er das Wichtigste nicht. Und dann stellt er sich einen Sekundenbruchteil lang vor, dass er sagt:

»Bitte helfen Sie mir. Bitte hypnotisieren Sie ihn und gehen sie jede Minute dieser neunundvierzig Stunden mit ihm durch. Ich muss es wissen.«

Und sie, diese große, kerzengrade Frau kommt so nah an ihn heran, dass er den antiseptischen Geruch ihres Pullovers spürt – so rochen früher, als er klein war, die Krankenschwestern –, nimmt seinen Kopf in ihre großen warmen Hände und drückt ihn an ihre Brust.

Aber es geschieht anders. Kunicki lügt:

»Er ist in der letzten Zeit sehr unruhig, wacht mitten in der Nacht auf und weint. Wir waren im August in Urlaub, ich dachte, vielleicht hat er etwas erlebt, was uns nicht bewusst ist, vielleicht hat er vor etwas Angst bekommen...«

Er ist sicher, dass sie ihm nicht glaubt. Die Frau nimmt einen Kugelschreiber in die Hand und spielt damit. Mit einem bezaubernden, herzlichen Lächeln sagt sie:

»Ihr Sohn ist außerordentlich weit in seiner Entwicklung, kontaktfreudig und intelligent. Manchmal kann ein ganz gewöhnlicher Zeichentrickfilm solche Reaktionen auslösen. Lassen Sie ihn nicht zu viel fernsehen. Soweit ich sehen kann, fehlt ihm nichts, absolut nichts.«

Dann fühlt er ihren besorgten Blick auf sich ruhen – so kommt es ihm jedenfalls vor.

Beim Hinausgehen, als der Kleine der Tante Doktor zu Ende gewinkt hat, denkt er: »Ein Luder.« Ihr Lächeln erscheint ihm unecht. Sie verheimlicht auch etwas. Sie hat ihm nicht alles gesagt. Jetzt weiß er, dass er nicht zu einer Frau hätte gehen sollen. Gibt es in dieser Stadt denn keine männlichen Kinderpsychologen? Haben die Frauen ein Monopol auf alle Berufe mit Kindern? Sie sind nie eindeutig, nie weiß man auf den ersten Blick, ob sie schwach oder stark sind, wie sie sich benehmen, was sie wollen, man muss immer auf der

Hut sein. Ihm fällt der Kugelschreiber ein, den sie in der Hand gehalten hat. Ein gelber Wegwerfkuli, der gleiche wie auf dem Foto vom Inhalt der Tasche.

Es ist Dienstag, sie hat frei. Vom frühen Morgen an ist er aufgeregt, schläft nicht, tut so, als achte er nicht auf ihr morgendliches Hin und Her vom Schlafzimmer ins Bad, von der Küche in den Flur und zurück ins Bad. Ein kurzer ungeduldiger Ausruf des Kindes, wahrscheinlich, als sie ihm die Schuhe schnürt. Das Zischen des Deos. Das Pfeifen des Wasserkessels.

Als sie endlich gehen, bleibt er hinter der Tür stehen und lauscht, ob der Fahrstuhl kommt. Er zählt bis sechzig – so lange dauert es, bis sie unten ankommen. Dann schlüpft er schnell in seine Schuhe und zieht aus einem Plastikbeutel eine Jacke, die er im Secondhand-Laden gekauft hat. Als Tarnung. Leise zieht er die Tür hinter sich ins Schloss. Wenn er nur nicht zu lange auf den Fahrstuhl warten muss.

Aber alles läuft wie am Schnürchen. Er schleicht hinter ihnen her, in sicherer Entfernung und fremder Jacke. Sein Blick ist auf ihren Rücken geheftet, er fragt sich, ob sie das als etwas Irritierendes spürt, aber es scheint nicht so, denn sie geht schnell, beschwingt, man könnte sagen, fröhlich. Sie springt mit dem Kleinen über die Pfützen, sie umgehen sie nicht, sondern springen darüber – warum? Woher hat sie an diesem verregneten, schon herbstlichen Morgen so viel Energie, wirkt der Kaffee schon bei ihr? Andere wirken langsamer und verschlafen, sie ist bunter, ihr beißend rosa Schal bildet einen grellen Fleck vor dem Hintergrund des Tages. Kunicki hält sich daran wie an einen rettenden Strohhalm.

Endlich kommen sie am Kindergarten an. Er ist Zeuge, wie sie sich von dem Kleinen verabschiedet, aber es lässt ihn völlig kalt. Vielleicht flüstert sie dem Jungen bei dieser liebevollen Umarmung etwas ins Ohr, irgendein Wort, genau das Wort, das Kunicki so verzweifelt sucht. Wenn er es wüsste, könnte er es in den Kasten der kosmischen Suchmaschine eintippen, und diese würde in Sekundenbruchteilen die schlichte nüchterne Antwort auswerfen.

Jetzt sieht er sie am Fußgängerüberweg stehen, wo sie auf grünes Licht wartet, sie nimmt ihr Mobiltelefon aus der Tasche und wählt eine Nummer. Ganz kurz hat Kunicki die Hoffnung, sein Mobiltelefon würde jetzt in seiner Tasche klingeln, ihr Klingelton ist die Zikade. Ja, er hat ihr die Stimme einer Zikade zugeordnet, eines tropischen Insekts. Doch seine Tasche schweigt. Während sie die Fahrbahn überquert, führt sie ein kurzes Gespräch. Jetzt muss er auf grünes Licht warten, das ist gefährlich, denn sie biegt gerade um die Ecke und verschwindet. Sobald er kann, beschleunigt er den Schritt, fürchtet schon, sie verloren zu haben, und wird wütend auf sich und die Ampel. So etwas – zweihundert Meter von zu Hause hat er sie schon verloren. Aber da ist sie – der Schal betritt eben die Drehtür eines Geschäfts. Es ist ein großes Geschäft, ein Warenhaus, das gerade eröffnet worden ist. Drinnen ist es fast leer, deshalb zögert Kunicki, ihr zu folgen, er ist unsicher, ob er sich zwischen den Ständen wird verstecken können. Doch er hat keine Wahl, es gibt noch einen Ausgang auf der anderen Seite, also setzt er die Kapuze auf – das ist ja nicht verboten, schließlich regnet es ja! – und geht hinein. Er sieht sie gleich – sie wandert zwischen den Ständen umher, langsam, als hielte etwas sie auf, sie schaut die Kosmetika an, die Parfums, bleibt vor einem Regal stehen und greift nach etwas. Sie hält einen Flakon in der Hand. Kunicki wühlt in den heruntergesetzten Socken.

Als sie gedankenverloren weitergeht, um an einem Stand mit Taschen stehen zu bleiben, nimmt Kunicki den Flakon in die Hand. »Carolina Herrera«, liest er. Soll er sich diesen Namen merken oder gleich wieder vergessen? Er wird ihn sich merken, er sagt ihm etwas. Alles hat etwas zu bedeuten, wir wissen nur nicht, was, sagt er sich in Gedanken.

Er sieht sie von weitem – sie steht mit einer roten Tasche in der Hand vor einem Spiegel, betrachtet sich abwechselnd von der einen und der anderen Seite. Auf dem Weg zur Kasse steuert sie direkt auf Kunicki zu. Dieser drückt sich panisch hinter ein Regal mit Socken, hält den Kopf gesenkt. Sie geht an ihm vorbei. Wie ein Geist. Doch plötzlich dreht sie sich um, als hätte sie etwas vergessen, und ihr Blick fällt direkt auf ihn, wie er gebückt dasteht, die Kapuze tief in die Stirn gezogen. Kunicki sieht ihre vor Erstaunen geweiteten Augen, spürt ihren Blick, der ihn berührt, über ihn gleitet, ihn abtastet.

»Was machst du hier? Wie siehst du aus?«

Im nächsten Augenblick werden ihre Augen weich, feucht, sie blinzelt. »Mein Gott, was ist mit dir los, was ist geschehen?«

Seltsam. Das hatte Kunicki nicht erwartet. Er hatte mit einem Streit gerechnet. Doch sie legt die Arme um ihn und zieht ihn an sich, schmiegt das Gesicht in diese alberne Secondhand-Jacke. Kunicki entfährt ein Seufzer, ein kleines rundes »Ah«, er weiß nicht, ob aus Verwunderung über ihr unerwartetes Verhalten oder weil er plötzlich gern in ihre weiche duftende Jacke geheult hätte.

Sie ruft ein Taxi, schweigend warten sie, bis es kommt. Erst im Aufzug fragt sie:

»Wie fühlst du dich?«

»Gut«, sagt Kunicki, aber er weiß, dass sie jetzt auf die endgültige Konfrontation zusteuern. Ihre Küche wird das Schlachtfeld sein, und sie werden ihre Angriffspositionen beziehen: er wahrscheinlich am Tisch, sie mit dem Rücken zum Fenster, wie immer. Und er weiß, dass er diesen wichtigen Augenblick nicht gering schätzen sollte, es könnte die letzte und einzige Gelegenheit sein, herauszubekommen, was geschehen ist. Was die Wahrheit ist. Doch er weiß auch, dass er sich auf vermintem Gelände befindet. Jede Frage wird eine Bombe sein. Er ist kein Feigling und wird nicht von seinen Versuchen ablassen, die Tatsachen festzustellen. Im Aufzug nach oben fühlt er sich wie ein Terrorist, ein Attentäter mit einer Bombe unter der Kleidung, die in dem Augenblick, in dem er die Wohnungstür öffnet, explodieren und alles in Schutt und Asche legen wird.

Mit dem Fuß hält er die Tür auf, um erst die Einkaufstüten hineinzuschieben und sich dann selbst in den Flur zu zwängen. Eigentlich fällt ihm nichts auf, er schaltet das Licht an und legt die Einkäufe auf die Frühstücksbar in der Küche. Er füllt ein Glas mit Wasser und stellt ein angewelktes Bund Petersilie hinein. Das bringt ihn wieder zu sich, die Petersilie.

Wie ein Geist geht er durch seine eigene Wohnung, es kommt ihm vor, als könne er durch Wände gehen. Die Zimmer sind leer. Kunicki ist ein Auge, das sich mit einem Bilderrätsel vergnügt. »Worin unterscheiden sich die beiden Bilder?« Und Kunicki sucht. Zweifellos unterscheiden sie sich – die Wohnung jetzt und die Wohnung vorher. Für dieses Spiel braucht man keine gute Beobachtungsgabe. Weder ihr Mantel hängt am Haken noch ihr Schal noch die Jacke des Kleinen, die Parade ihrer Schuhe ist verschwunden (nur seine

Schlappen sind einsam zurückgeblieben), der Regenschirm ist weg. Das Kinderzimmer sieht völlig verlassen aus, eigentlich stehen nur noch die Möbel darin. Auf dem Teppich liegt ein einzelnes kleines Auto wie ein Wrack nach einer unvorstellbaren kosmischen Karambolage. Doch Kunicki muss es genau wissen – mit ausgestreckten Händen bewegt er sich ins Schlafzimmer zum Spiegelschrank und schiebt die schweren Türen auf, sie bewegen sich unwillig, mit traurigem Grollen. Nur die Seidenbluse ist zurückgeblieben, die zu elegant ist, um getragen zu werden. Einsam hängt sie im Schrank. Die rollenden Türen versetzen einen Ärmel in leichte Bewegung, es sieht aus, als freue er sich, in seiner Verlassenheit endlich gefunden zu werden. Kunicki betrachtet die leeren Etageren im Bad. Sein Rasierzeug ist zurückgeblieben, in der hintersten Ecke. Und die elektrische Zahnbürste.

Er braucht lange, um diesen Anblick zu verarbeiten. Den ganzen Abend, die ganze Nacht und noch den folgenden Morgen.

Gegen neun macht er sich einen starken Kaffee, dann packt er ein paar Toilettensachen in eine Tasche, ein paar Hemden aus dem Schrank, Hosen. Vor dem Hinausgehen, eigentlich schon in der Tür, schaut er in seine Brieftasche – seine Papiere und Karten sind da. Er läuft nach unten zum Auto. In der Nacht hat es geschneit, er muss die Scheiben vom Schnee befreien. Er macht das, so gut es geht, mit der Hand. Er rechnet damit, am Abend in Zagreb zu sein. Und am nächsten Tag in Split. Das heißt, morgen wird er das Meer sehen.

Er fährt schnurgerade nach Süden, Richtung tschechische Grenze.

Die Symmetrie der Inseln

In der Reisepsychologie heißt es, die empfundene Ähnlichkeit zwischen zwei Orten stehe in direkt proportionalem Verhältnis zur Entfernung zwischen ihnen. Das Nahe erscheint einander nicht ähnlich, sondern fremd. Oft stellen wir – behauptet die Reisepsychologie – an den am weitesten voneinander entfernten Ecken der Welt die größte Ähnlichkeit fest.

Faszinierend zum Beispiel ist das Phänomen der Symmetrie der Inseln. Sie ist unerklärt und unerforschlich, ein Phänomen, das seine eigene Monographie verdiente. Gotland und Rhodos. Island und Neuseeland. Ohne ihr jeweiliges Gegenstück betrachtet, erscheint jede dieser Inseln unvollständig und unvollkommen. Die nackten Kalkfelsen von Rhodos haben ihre Entsprechung in den moosbedeckten Felsen von Gotland; der blendende Sonnenglanz wird umso wirklicher, wenn er mit dem weichen goldenen Nachmittag des Nordens zusammentrifft. Die mittelalterlichen Stadtmauern treten in zwei Versionen auf: dramatisch und melancholisch. Das wissen die schwedischen Touristen sehr wohl, die auf Rhodos ihre inoffizielle, unangemeldete UN-Kolonie gegründet haben.

Spuckbeutel

Im Flugzeug von Warschau nach Amsterdam spielte ich geistesabwesend mit einem Papierbeutel, auf dem ich erst nach einiger Zeit die folgende mit Kugelschreiber geschriebene Aufschrift entdeckte:

»12. 10. 2006. Flug ins Dunkel nach Irland. Zielort Belfast. Studenten des Polytechnikums Rzeszów.«

Die Aufschrift stand auf der Unterseite des Beutels, wo zwischen den zwei bedruckten Seiten etwas freigelassen ist. Der Text auf dem Beutel wiederholte in mehreren Sprachen: ... air sickness bag... sac pour mal de l'air... Spuckbeutel... bolsa de mareo. Zwischen diese Worte hatte ein Mensch seine paar Worte mit der Hand geschrieben, angefangen mit einer dicken Eins, als hätte er eine Zeitlang gezögert, diesen anonymen Ausdruck der Sorge zu hinterlassen. Hatte er angenommen, dass diese Notiz auf dem Beutel einen Leser finden würde? Dass ich so Zeuge einer fremden Reise werden würde?

Mich rührte diese einseitige Kommunikation, ich hätte gern gewusst, welche Hand das geschrieben hatte, wie die Augen aussahen, die den Linien der Druckbuchstaben gefolgt waren. Ich hätte gern gewusst, wie es diesen Studenten aus Rzeszów dort in Belfast ergeht. Eigentlich hätte ich in einem zukünftigen Flugzeug Antworten auf meine Fragen erwartet. Ich hätte mich gefreut, wenn sie geschrieben hätten: »Alles gut gegangen. Wir fahren nach Hause.« Aber ich weiß, dass nur Sorge und Unsicherheit dazu bewegen, auf Beutel zu schreiben. Weder Niederlagen noch großer Erfolg sind dem Schreiben förderlich.

Die Brustwarzen der Erde

Diese jungen Leute – ein Mädchen von höchstens neunzehn, Studentin der Skandinavistik, und ihr Freund, ein zarter blonder Junge mit Dreadlocks – wollten unbedingt von Reykjavik nach Isafjordhur trampen. Davon wurde ihnen ganz entschieden abgeraten, und zwar aus zwei Gründen: Erstens ist der Verkehr auf dieser Strecke nicht berühmt, und sie könnten unterwegs irgendwo hängen bleiben; und zweitens kann um diese Jahreszeit die Temperatur ohne jede Vorankündigung dramatisch fallen. Doch die jungen Leute hörten nicht darauf. Beide Warnungen bewahrheiteten sich bis auf den i-Punkt: Sie blieben in einer Einöde hängen, wo das letzte Auto sie abgesetzt hatte, bevor es zu einem abgelegenen Dorf abbog, ein weiteres Auto ließ sich nicht blicken. Im Laufe einer Stunde trat ein radikaler Wetterwechsel ein, und es begann zu schneien. Immer verschreckter standen sie am Rand der Straße, die die mit Lavageröll bedeckte Ebene vom einen Ende zum anderen durchschnitt. Sie rauchten Zigaretten, um sich warm zu halten, und hofften, irgendwann würde ein Auto kommen. Aber keines kam. Offenbar hatte an diesem Abend keiner Lust auf eine Fahrt nach Isafjordhur.

Sie hatten nichts, um ein Feuer zu machen, nur kaltes, feuchtes Moos und schüttere Sträucher, die das Feuer nicht mal in den Mund nehmen wollte, von verzehren mal ganz zu schweigen. Sie streckten sich in ihren Schlafsäcken zwischen den Steinen auf dem Moos aus, und als sich die Schneewolken auflösten und der sternenübersäte frostige Himmel zum Vorschein kam, sahen sie, dass die Lavasteine Gesichter bekamen und alles zu flüstern, murmeln und rascheln begann. Wie sich zeigte, brauchte man nur die Hand unters Moos und unter die Steine zu stecken, um die Erde zu berühren – und sie war warm. Die Hand spürt ferne, zarte Vibrationen, eine entfernte Bewegung, Atem – es gibt keinen Zweifel –, die Erde lebt.

Später erfuhren sie von den Isländern, dass ihnen nichts geschehen wäre, für Verirrte wie sie kann die Erde ihre warmen Brustwarzen entblößen. Man muss sich dankbar an ihnen festsaugen und ihre Milch trinken. Angeblich schmeckt sie wie Magnesiummilch, die es in der Apotheke gegen Übersäuerung und Sodbrennen gibt.

Pogo

Morgen ist Sabbat. Junge, noch nicht flügge Chassidim tanzen auf der Promenade Pogo im Rhythmus einer schwungvollen südamerikanischen Modemusik. »Tanzen« ist nicht das richtige Wort. Das sind wilde ekstatische Sprünge, ein Kreiseln auf der Stelle, die Körper stoßen sich, prallen voneinander ab – ein Tanz, wie ihn alle Teenager der Welt auf Konzerten vor der Bühne tanzen. Hier kommt die Musik aus Lautsprechern auf dem Dach eines Autos, in dem der alles überwachende Rabbi sitzt.

Ein paar aufgekratzte skandinavische Touristinnen wollen sich den Jungen anschließen, mit untergehakten Armen versuchen sie einen unbeholfenen Cancan. Doch da ruft sie einer der Teenager zur Ordnung:

»Bitte sehr, wenn die Frauen tanzen wollen, dann nur am Rand.«

Die Mauer

Manche behaupten, wir wären schon am Ende unserer Reise angelangt.

Die Stadt ist ganz weiß, wie Knochen in der Wüste, von den Zungen der Hitze abgeleckt und vom Sand blankgescheuert. Sie sieht aus wie eine kalküberzogene Korallenkolonie, die in den Zeiten des Urmeeres die Hügel überzog.

Es heißt auch, diese Stadt sei eine unebene, für jeden Piloten schwierige Startbahn, von der einst Götter von der Erde aufstiegen. Diejenigen, die von den damaligen Zeiten irgendeine Vorstellung haben, geben leider immer widersprüchliche Dinge von sich. Und heute kann man sich nicht mehr auf eine Version einigen.

Passt auf, ihr Pilger alle, Touristen und Vagabunden, die ihr bis hierher gelangt seid – ihr seid mit Schiffen hergesegelt, in Flugzeugen geflogen, habt zu Fuß Engen und Brücken, Militärsperren und Stacheldrahtzäune überwunden. Viele Male hat man eure Autos und Karawanen angehalten, hat genau eure Pässe kontrolliert, euch in die Augen geschaut. Passt auf, folgt den Zeichen und Stationen durch dieses Labyrinth kleiner Straßen; es soll euch der Zeigefinger der ausgestreckten Hand führen, die Nummerierung der Zeilen im Buche, die aufgemalten römischen Ziffern an den Häuserwänden. Lasst euch nicht in die Irre führen von den Ständen mit bunten Perlen, Kelims, Wasserpfeifen, Münzen, die (angeblich) aus dem Wüstensand ausgegraben wurden, den zu Pyramiden aufgeschütteten scharfen Gewürzen, lasst euch nicht ablenken von der bunten Menge aus Menschen wie euch, aller möglichen Herkünfte, Haut- und Haarfarben, mit allen möglichen Kleidern, Mützen und Rucksäcken.

Im Innern des Labyrinths liegt weder ein Schatz, noch gibt es dort einen Minotaurus, mit dem man einen Kampf bestehen muss, der Weg bricht plötzlich an einer Wand ab, die weiß ist wie die ganze Stadt, eine hohe, nicht zu überwindende Mauer. Angeblich ist es die Mauer eines unsichtbaren Heiligtums, doch die Tatsache bleibt bestehen: Wir sind an ein Ende gekommen, weiter geht es nicht mehr.

Deshalb soll er euch nicht wundern, der Anblick derer, die überrascht vor der Wand stehen oder die ihre Stirn daran kühlen, indem sie sie an den kalten Stein legen, oder anderer, die sich vor Erschöpfung und Enttäuschung auf den Boden gesetzt haben und sich jetzt wie Kinder an die Wand schmiegen.

Zeit, umzukehren.

Das Amphitheater im Schnee

In meiner ersten Nacht in New York träumte ich, ich irrte nachts durch die Straßen der Stadt. Ich habe einen Stadtplan und schaue auch von Zeit zu Zeit darauf, um einen Ausgang aus diesem gitterartigen Labyrinth zu finden. Plötzlich komme ich auf einen großen Platz und sehe dort ein riesiges antikes Amphitheater. Da kommen ein paar japanische Touristen und zeigen mir die Stelle auf meinem Stadtplan. Ja, es ist tatsächlich dort, ich atme erleichtert auf.

Im Dickicht der Längs- und Querstraßen, die sich kreuzen wie Kette und Schuss, inmitten dieses eintönigen Netzes sehe ich ein großes rundes Auge, das auf den Himmel starrt.

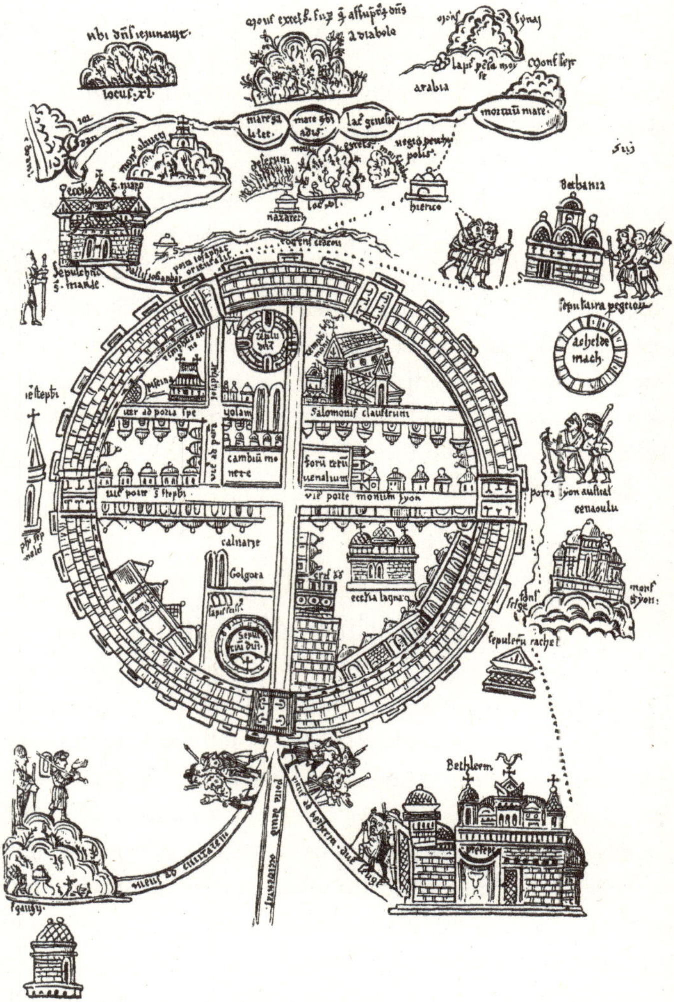

arabia
Bethania
Salomonis claustrum
Golgota
Bethlem

Die Karte von Griechenland

Sie erinnert an ein großes Tao – wenn man genau hinschaut, kann man ein großes Tao aus Wasser und Land erkennen. An keiner Stelle ist es so, als hätte das eine Element die Oberhand über das andere – sie umarmen sich gegenseitig: Erde und Wasser. Die Peloponnesische Enge ist das, was die Erde dem Wasser zurückgibt, und Kreta das, was das Wasser der Erde gibt.

Ich finde, der Peloponnes hat die schönste Form. Die Form einer großen mütterlichen Hand, aber gewiss nicht die eines Menschen, die ins Wasser taucht, um zu prüfen, ob es die rechte Temperatur für ein Bad hat.

Kairos

Wir sind die, die entgegengehen«, sagte der Professor, als sie aus dem großen Flughafengebäude getreten waren und auf ein Taxi warteten. Mit Vergnügen atmete er tief die sanfte warme griechische Luft ein.

Er war einundachtzig Jahre alt, seine Frau zwanzig Jahre jünger. Er hatte sie wohlüberlegt geheiratet, als aus seiner ersten Ehe die Luft raus war und die erwachsenen Kinder das Elternhaus verlassen hatten. Es war eine gute Entscheidung gewesen, denn seine frühere Frau brauchte inzwischen selbst Pflege und verbrachte ihren Lebensabend in einem Haus des sogenannten Abendfriedens.

Er hatte den Flug gut verkraftet, die paar Stunden Zeitunterschied machten ihm nicht viel aus, der Schlafrhythmus des

Bibliograph. Institut, Leipzig.

Professors ähnelte schon seit langem einer kakophonischen Symphonie, einer Zufallsfolge von unerwartet schläfrigen und berauschend wachen Stunden. Der Zeitunterschied verschob nur diese chaotischen Akkorde von Schlaf und Wachen um sieben Stunden.

Das klimatisierte Taxi brachte sie ins Hotel, wo Karen, die neue, jüngere Frau des Professors, das Ausladen des Gepäcks besorgte, an der Rezeption Informationen des Reiseveranstalters und den Schlüssel entgegennahm und unter einiger Anstrengung und mit Hilfe eines höflichen Portiers ihren Mann auf ihr Zimmer im zweiten Stock brachte. Dort half sie ihm fürsorglich aufs Bett, lockerte seinen Seidenschal und zog ihm die Schuhe aus. Er schlief sofort ein.

Ja, sie waren in Athen! Freudig ging sie zum Fenster und rüttelte eine Zeitlang an dem komplizierten Schloss. Athen im April. Der Frühling war mit Volldampf am Werk, das grüne Laub drängte mit Macht hervor. Die Straßen waren schon fast staubig, aber noch nicht unangenehm. Nur der Lärm natürlich, wie immer schon. Sie schloss das Fenster.

Im Bad fuhr sich Karen mit den Fingern durch die kurzen grauen Haare und ging unter die Dusche. Dort spürte sie sogleich, wie die Anspannung mit dem Seifenschaum von Kopf bis Fuß von ihr abglitt und auf Nimmerwiedersehen im Abfluss verschwand.

Sie hatte keinen Grund zur Nervosität, sagte sie sich in Gedanken, jeder Körper muss sich an die Welt anpassen, er hat keine Wahl.

Sie stand reglos unter dem warmen Wasserstrahl. »Wir nähern uns dem Ziel«, sagte sie laut. Und da sie unweigerlich in Bildern dachte – was, wie sie meinte, bei ihrer wissenschaftlichen Karriere wahrscheinlich sehr hinderlich gewesen war –, hatte sie gleich eine Art griechisches Gymnasion mit dem klassischen Startblock an Leinen vor Augen und zwei Läufer, ihren Mann und sich selbst, wie sie unbeholfen ins Ziel einlaufen, obwohl sie doch gerade erst gestartet sind. Sie wickelte sich in das weiche Handtuch und trug sorgfältig Feuchtigkeitscreme auf Gesicht, Hals und Dekolletee auf. Der vertraute Duft der Creme beruhigte sie vollends, sie legte sich in das aufgeschlagene Bett neben ihren Mann und schlief ein, ohne es zu merken.

Als sie beim Abendessen im Hotelrestaurant saßen (gedämpfte Seezunge mit Brokkoli für ihn, ein Teller Salat mit Feta für sie), fragte der Professor nach, ob sie auch seine Aufzeichnungen, Bücher und Notizen mitgenommen hatten, und zum Schluss fiel zwischen all diesen gewöhnlichen Fragen eine, die früher oder später kommen musste und eine neue Situation an der Front ihres Kampfes definierte:

»Liebes, wo sind wir eigentlich?«

Sie reagierte gelassen. Erklärte es in ein paar einfachen Sätzen.

»Ach wirklich!«, sagte er freudig. »Ich bin bloß ein bisschen zerstreut.«

Sie bestellte eine Flasche Retsina und sah sich im Restaurant um. Größtenteils waren es reiche Touristen, die hier aßen. Amerikaner, Deutsche, Engländer, aber auch solche, bei denen der ungehemmte Fluss des Geldes, dem sie hinterherliefen, bereits alle persönlichen Merkmale zum Verschwinden gebracht hatte. Sie waren einfach hübsch, gesund und wechselten mit ungezwungener Leichtigkeit zwischen den Sprachen hin und her.

Am Nebentisch saß beispielsweise eine nette Gesellschaft, fröhliche Leute in den Fünfzigern, vielleicht etwas jünger als sie, rotwangig und frisch. Drei Männer und zwei Frauen. Zwischen ihren Heiterkeitsausbrüchen (der Kellner brachte ihnen gerade eine weitere Flasche Wein) hätte Karen bestimmt einen Platz in der Runde gefunden. Ihren Mann, der gerade mit zitternder Gabel den bleichen Fischkörper zerlegte, könnte sie hier sitzen lassen, ihren Retsina nehmen und sich natürlich wie ein Pusteblumensamen an ihrem Tisch niederlassen, um die letzten Akkorde ihres Lachens zu erwischen und mit ihrem matten Alt einzustimmen.

Aber selbstverständlich tat sie das nicht. Stattdessen pflückte sie die Brokkolirosen vom Tischtuch, die sich, entrüstet über die Ungeschicklichkeit des Professors, von seinem Teller davongemacht hatten.

»Oh, Götter...«, sagte sie ungeduldig und rief den Kellner, er solle schnell den Kräutertee bringen.

»Soll ich dir helfen?«

»Füttern lasse ich mich nicht«, antwortete er und machte sich mit verdoppelter Kraft wieder über den Fisch her.

Sie war oft ärgerlich auf ihn. Dieser Mensch war vollkommen abhängig von ihr und benahm sich doch so, als sei es umgekehrt. Ihrer Meinung nach hängten sich Männer, jedenfalls die gewieftesten unter ihnen, einem Selbsterhaltungstrieb folgend unbewusst, ja fast verzweifelt an wesentlich jüngere Frauen, allerdings aus ganz anderen Gründen, als die Soziobiologen annehmen. Nein, es geht dabei überhaupt nicht um Fortpflanzung, um Gene, darum, die eigene DNA in kleine Körperkanäle zu pumpen, durch die die Zeit fließt. Es geht eher um eine Ahnung, die sie in jeder Minute ihres Lebens begleitet, eine hartnäckig verschwiegene und verborgene Ahnung, dass sie, in der stillen und langweiligen Gesellschaft der verrinnenden Zeit sich selbst überlassen, einer beschleunigten Atrophie unterliegen würden. Als wären sie für eine kurze, intensive Lebenszeit angelegt, für die Ouvertüre, einen emotionsgeladenen Wettkampf, Sieg und gleich darauf – die Erschöpfung. Als hielte die Erregung sie am Leben – das ist eine sehr kostspielige Lebensstrategie; die Energievorräte verbrauchen sich schließlich, und man lebt auf Pump.

Sie hatten sich auf einem Fest bei einem gemeinsamen Bekannten kennengelernt, der gerade seine zweijährige Vorlesungsreihe an ihrer Universität abgeschlossen hatte. Das war fünfzehn Jahre her. Der Professor hatte ihr Wein gebracht, und als er ihr das Glas reichte, bemerkte sie, dass sich die Naht seiner vollkommen unmodischen Wollweste aufriffelte und ein langer dunkler Faden sanft auf Hüfthöhe schaukelte. Sie war gekommen, um die Stelle eines gerade pensionierten Professors und seine Studenten zu übernehmen. Gerade war sie dabei, ihr gemietetes Haus zu möblieren und fand wieder Boden unter Füßen nach einer Scheidung, die schmerzlicher gewesen wäre, wenn sie Kinder gehabt hätten. Nach fünfzehnjähriger Ehe hatte ihr Mann sie einer anderen Frau wegen verlassen. Karen war über vierzig, eine Professorin mit mehreren Veröffentlichungen. Sie hatte sich auf wenig bekannte antike Kulte auf den griechischen Inseln spezialisiert. Sie war Religionswissenschaftlerin.

Sie heirateten erst mehrere Jahre nach dieser ersten Begegnung. Die erste Frau des Professors war schwer krank, deshalb war eine Scheidung nicht so einfach. Aber sogar seine Kinder waren auf ihrer Seite.

Sie dachte oft darüber nach, wie sich ihr Leben gefügt hatte, und kam zu dem Schluss, dass es eine einfache Wahrheit gab: Männer brauchen Frauen nötiger als Frauen Männer. Eigentlich könnten die Frauen gut ohne Männer auskommen, dachte Karen. Sie sind gern allein, achten auf ihre Gesundheit, sind widerstandskräftiger, pflegen Freundschaften – sie suchte in Gedanken nach weiteren guten Eigenschaften und wurde sich bewusst, dass sie Frauen wie eine vielseitig nützliche Hunderasse beschrieb. Mit einer gewissen Genugtuung kam sie auf immer mehr Hundeeigenschaften: Sie lernen schnell, sind nicht aggressiv, mögen Kinder, sind freundlich, sind auf ihr Zuhause bezogen. Vor allem wenn sie noch jung sind, kann man in ihnen einen geheimnisvollen überwältigenden Instinkt wecken, der sich nur von Zeit zu Zeit mit dem Wunsch nach dem Besitz von Kindern verbindet. Das ist entschieden mehr, dieses Erfassen der Welt, das Bahnen von Pfaden, das Auskleiden von Tag und Nacht, die Einrichtung lindernder Rituale. Diesen Instinkt mit kleinen Proben der Ratlosigkeit in Gang zu setzen, ist nicht schwer. Später werden sie blind, der Algorithmus ist verblüffend – und schon kann man die Zelte aufschlagen, es sich in ihren Nestern gemütlich machen und alles andere hinauswerfen, während sie nicht einmal merken, dass das Küken ein Monstrum ist, ein Wechselbalg.

Der Professor war vor fünf Jahren emeritiert worden, zum Abschied erhielt er Preise und Auszeichnungen, einen Eintrag ins große Buch derer, die sich um die Wissenschaft besonders verdient gemacht haben, eine Festschrift mit Artikeln seiner Schüler, und es gab mehrere Empfänge zu seinen Ehren. Auf einem Fest trat ein bekannter Fernsehkomiker auf, was den Professor ehrlich gesagt mehr als alles andere aufheiterte und vergnügte.

Nach der Emeritierung ließen sie sich in einem kleinen

komfortablen Haus in der Universitätsstadt nieder, wo er sich mit dem »Ordnen seiner Papiere« beschäftigte. Morgens kochte Karen ihm Tee und richtete ein leichtes Frühstück. Sie nahm seine Korrespondenz entgegen und antwortete auf Briefe und Einladungen, was in der Regel aus höflichen Absagen bestand. Morgens versuchte sie, es ihm im frühen Aufstehen gleichzutun, und machte sich verschlafen einen Kaffee, während sie ihm den Haferbrei zubereitete. Sie legte ihm saubere Kleidung zurecht. Gegen Mittag kam die Hausgehilfin, dann hatte Karen ein paar Stunden für sich, während er ein Schläfchen hielt. Am Nachmittag goss sie wieder Tee auf, diesmal aus Kräutern, und half ihm, sich für seinen täglichen einsamen Spaziergang zurechtzumachen. Lautes Lesen von Ovid, Abendessen und abendliche Vorbereitungen fürs Bett. Das Ganze aufgelockert durch das Verabreichen von Tabletten und Tropfen. In diesen fünf stillen Jahren gab es jedes Jahr nur eine Einladung, die sie annahm, nämlich eine sommerliche Kreuzfahrt durch die griechische Inselwelt, auf einem Luxusdampfer, wo der Professor täglich für die Passagiere einen Vortrag hielt. Sonntag und Samstag abgerechnet, waren das zehn Vorträge, die der Professor auf seinen Lieblingsthemen aufbaute, jedes Mal ein anderes. Eine feste Themenliste gab es nicht.

Der Luxuskreuzer hieß »Poseidon« (die schwarzen griechischen Buchstaben stachen scharf vom weißen Rumpf des Schiffes ab: ΠΟΣΕΙΔΩΝ) und bestand aus zwei Decks, Restaurant, Billardsaal, Café, Massagesalon, Solarium und bequemen Kabinen. Seit mehreren Jahren bewohnten sie stets dieselbe Kabine mit großem Doppelbett, Bad, einem Tisch mit zwei Stühlen und einem winzigen Schreibtisch. Der Boden war mit einem weichen kaffeebraunen Teppich ausgelegt, und wenn Karen darauf schaute, hatte sie immer noch die Hoffnung, sie könnte in dem hohen Flor den Ohrring wiederfinden, den sie hier vor vier Jahren verloren hatte. Aus der Kabine trat man direkt auf das Erste-Klasse-Deck, und abends, wenn der Professor schon schlief, nutzte Karen gern diesen Luxus, sie stand dann an der Reling, rauchte und schaute auf die Lichter, die in der Ferne vorbeizogen. Das von der Sonnenwärme des Tages erhitzte Deck strahlte Wärme aus, während es vom Wasser her kühl und dunkel wehte, und Karen kam es vor, als bilde ihr Körper die Grenze zwischen Tag und Nacht.

»Du, Retter der Schiffe und Bezwinger der Rösser, sei gegrüßt, o Poseidon, der du die Erde hältst, dunkelhaarig und glücklich, sei den Schiffern gewogen«, sagte sie halblaut, und dann warf sie dem Gott ihre kaum angerauchte Zigarette zu, die reine Verschwendung.

Die Reiseroute war seit fünf Jahren die gleiche.

Von Piräus steuert das Schiff Elefsis an, dann Korinth, und von dort aus geht es nach Süden auf die Insel Poros, wo die Touristen die Ruinen des Poseidon-Tempels besichtigen und durch das Städtchen schlendern können. Anschließend führt die Reise sie auf die Kykladen – alles ohne Eile, ja sogar träge, damit man Sonne und Meer genießen kann, den Anblick der Städte auf den Inseln, Städte mit weißen Mauern und orangeroten Dächern und dem Duft von Zitronenhainen. Die Saison hat noch nicht angefangen, deshalb drängen sich noch keine Touristenhorden – der Professor äußert sich immer ablehnend über sie und kann seinen Verdruss nicht verbergen. Er ist der Meinung, dass sie nur gucken, aber nichts sehen, sie lassen nur den Blick darüber gleiten und nehmen wahr, was ihnen ein in millionenfacher Auflage gedruckter Reiseführer sagt, eine Art McDonald's in Buchform. Die nächste Station ist Delos, wo sie sich dem Apollo-Tempel widmen, und zum Schluss geht es an den Dodekanes-Inseln vorbei nach Rhodos, wo die Reise zu Ende geht und man vom dortigen Flughafen nach Hause zurückkehrt.

Karen liebte diese Nachmittage, wenn sie in den kleinen Häfen anlegten und in geeigneter Spazierkleidung – der Seidenschal des Professors war unerlässlich – in die Stadt gingen. In den Häfen legten oft auch größere Fähren an, und die einheimischen Händler öffneten sofort ihre Lädchen, um den Besuchern Handtücher mit dem Namen ihrer Insel, Muschelkollektionen, Schwämme, getrocknete Kräuter in geschmackvollen Körbchen, Ouzo oder einfach nur Eis zum Verkauf anzubieten.

Der Professor schritt rüstig aus und zeigte mit dem Stock auf die Sehenswürdigkeiten – Tore, Springbrunnen, Ruinen hinter wackligen Absperrungen – und erzählte dazu Dinge, die seine Zuhörer selbst in den besten Reiseführern nicht finden würden. Diese Spaziergänge waren allerdings nicht Bestandteil seines Vertrags. Nur ein Vortrag täglich.

Er begann: »Ich glaube, der Mensch braucht zum Leben etwa dieselben klimatischen Bedingungen wie Zitrusfrüchte.«

Er hob den Blick zu einem Giebel voll kleiner runder Lampen und verharrte in dieser Stellung länger als annehmbar.

Karen presste die Hände zusammen, bis die Knöchel weiß hervortraten, doch es gelang ihr, ein interessiertes Lächeln zu wahren, das gleichzeitig etwas leicht Provozierendes hatte – hochgezogene Brauen, ironische Züge.

»Das ist unser Ausgangspunkt«, fuhr ihr Mann fort. »Nicht zufällig deckt sich der Raum der griechischen Zivilisation ungefähr mit dem Vorkommen von Zitrusfrüchten. Außerhalb dieses sonnigen, lebenspendenden Raumes unterliegt alles einer langsamen, aber unausweichlichen Degeneration.«

Es wirkte wie ein langer Start ohne Eile. Karen schwebte wie immer gleich ein Bild dazu vor: das Flugzeug des Professors rollt los, die Räder geraten in eine Spurrille, kommen vielleicht sogar von der Bahn ab, dann startet er eben vom Gras. Zu guter Letzt erhebt sich die Maschine jedenfalls, sie schaukelt und schwankt, aber man weiß doch: Sie wird fliegen. Karen seufzt vor Erleichterung verstohlen auf.

Sie kannte die Themen der Vorträge, kannte ihren Aufbau, in der zierlichen Handschrift des Professors auf kleinen Zetteln notiert, und seine Aufzeichnungen, bei denen sie ihm geholfen hatte. Wenn ihm etwas zustieße, würde sie eigentlich von ihrem Platz in der ersten Reihe aufstehen, jeden beliebigen Satz aufgreifen und auf dem gebahnten Pfad fortfahren können. Doch eins war gewiss: Sie würde keine solche Suada liefern können und würde sich auch nicht diese kleinen Absonderlichkeiten leisten, mit denen er unwissentlich die Aufmerksamkeit seiner Zuhörer fesselte. Sie wartete immer auf den bestimmten Moment, in dem der Professor aufstand und anfing, auf und ab zu gehen, für Karen hieß das – um wieder bildlich zu sprechen –, dass sein Flugzeug die Reiseflughöhe erreicht hatte, dass alles in Ordnung war, dass sie jetzt aufs Oberdeck gehen könnte, um ihren Blick unbeschwert über das Wasser gleiten und auf die Masten der vorübersegelnden Yachten und die hinter einem leichten weißen Dunst sichtbaren Bergesgipfel richten zu können.

Sie betrachtete die im Halbkreis sitzenden Zuhörer: Diejenigen in der ersten Reihe hatten Notizen vor sich auf den aufgeklappten Tischen und schrieben eifrig die Worte des Professors mit. Die in den hinteren Reihen, an den Fenstern, lümmelten sich auf den Plätzen und waren offensichtlich nicht interessiert, hörten aber auch zu. Karen wusste, dass diese am zudringlichsten waren und ihn hinterher mit Fragen belästigten, so dass sie kleine Kämpfe mit ihnen ausfechten musste, um ihren Mann vor zusätzlichen und überdies noch kostenlosen Ausführungen zu bewahren.

Dieser Mensch, ihr eigener Mann, setzte sie in Erstaunen. Sie hatte den Eindruck, dass er zum Thema Griechenland alles wusste, was jemals geschrieben, ausgegraben, gesagt worden war. Sein Wissen war nicht nur riesig, es war ungeheuer, bestand aus Texten, Zitaten, Bezügen, Anmerkungen, mühsam auf gesprungenen Vasen entzifferten Worten, nicht ganz deutbaren Zeichnungen, aus Fundstücken, Paraphrasen in späteren Schriften, aus Asche, Korrespondenzen und Konkordanzen. Es war etwas Übermenschliches darin – um dieses ganze Wissen in sich aufnehmen zu können, musste der Professor zu biologischen Vorkehrungen greifen, er ließ es in sein Gewebe einwachsen, öffnete ihm seinen Körper, wurde zur Hybride. Anders war es nicht möglich.

Selbstverständlich konnte ein so großer Wissensschatz nicht geordnet sein, er hatte eher die Form eines Schwamms, eines Korallenriffs, das mit den Jahren anwächst und dabei die phantastischsten Formen annimmt. Es war ein Wissen, das schon die kritische Masse erreicht hatte und jetzt in einen anderen Zustand überging, in dem es sich wohl vermehrte, vervielfältigte, in komplizierten und bizarren Formen organisierte. Assoziationen bewegen sich auf untypischem Wege fort, Ähnlichkeiten finden sich in besonders unerwarteten Versionen – wie die Verwandtschaft in brasilianischen Seifenopern, wo sich jeder als Kind, Mann, Schwester eines jeden entpuppen kann. Die ausgetretenen Pfade erweisen sich als wertlos, während diejenigen, die als unwegsam galten, zu bequemen Straßen werden. Was jahrelang überhaupt keine Bedeutung hatte, wird plötzlich – im Kopf des Professors – zum Ausgangspunkt für eine große Entdeckung, einen regelrechten Paradigmenwechsel. Sie hatte nicht den geringsten Zweifel daran, dass sie die Frau eines großen Menschen war.

Wenn er sprach, veränderte sich sein Gesicht, als spülten die Worte Alter und Müdigkeit von ihm ab. Eine andere Person kam zum Vorschein, seine Augen glänzten, die Wangen hoben und strafften sich. Der unangenehme maskenhafte Ausdruck, den sein Gesicht eben noch hatte, verschwand. Eine Veränderung, als hätte er eine Droge oder Amphetamine genommen. Sie wusste, wenn diese Droge – oder was auch immer es war – aufhörte zu wirken, würde sein Gesicht wieder erstarren, der Körper würde sich schwer auf den nächstbesten Stuhl niederlassen und wieder diesen Ausdruck von Hilflosigkeit bekommen, der ihr nur allzu gut bekannt ist. Dann musste sie ihn behutsam unterfassen, ihm einen leichten Stups geben und ihn trippelnd und schwankend zum Nickerchen in die Kajüte bringen – er hatte sich verausgabt.

Sie kannte den Verlauf der Vorträge genau. Doch jedes Mal machte es ihr Freude, ihn dabei zu beobachten, es war, als stellte man eine Wüstenrose ins Wasser, er erzählte wie von sich und nicht von Griechenland. Alle Gestalten, die er erwähnte, waren er selbst, das war offensichtlich. Alle politischen Probleme waren seine eigenen Probleme, bis hin zu den privatesten. Die philosophischen Ideen – sie waren es, die ihm die Müdigkeit von den Augen wischten, und sie waren Teil von ihm. Die Götter kannte er persönlich, er aß mit ihnen in einem Lokal nicht weit von zu Hause zu Mittag, sie hatten manche Nacht durchplaudert, Meere von ägäischem Wein getrunken. Er kannte ihre Adressen und Telefonnummern und konnte sie jederzeit anrufen. Athen kannte er wie seine Westentasche, doch selbstverständlich nicht die Stadt, in der ihre Reise begonnen hatte, sondern das antike Athen, aus den Zeiten von Perikles zum Beispiel, und diese Karte legte sich über die heutige Stadt und machte sie unsichtbar und unwirklich.

Karen hatte schon am Morgen, bei der Einschiffung in Piräus, ihre persönliche Bestandsaufnahme der Mitreisenden vorgenommen. Alle, sogar die Franzosen, sprachen Englisch. Sie kamen mit dem Taxi direkt vom Flughafen in Athen oder aus dem Hotel. Sie waren höflich, gutaussehend, intelligent. Ein Paar um die fünfzig, schlank, wahrscheinlich älter, als sie aussahen, in heller Kleidung aus Naturstoffen, Leinen und Baumwolle, er spielt mit einem Kugelschreiber, sie sitzt gerade und locker, offensichtlich beherrscht sie Entspannungstechniken. Eine junge Frau mit glasigen Augen unter den Kontaktlinsen, Linkshänderin, macht sich Notizen in großen runden Buchstaben und malt zwischendurch Schnörkel auf den Rand des Blatts. Hinter ihr zwei Schwule, adrett und gepflegt, der eine trägt eine verrückte Brille wie Elton John. Am Fenster ein Vater mit Tochter, was sie bei der Begrüßung gleich betonen, der Mann fürchtet wahrscheinlich, dass man ihn der Beziehung mit einer Minderjährigen verdächtigt. Das Mädchen immer in Schwarz, die Haare so kurz geschoren, dass sie fast kahl aussieht, sie hat einen schönen dunklen aufgeworfenen Mund, um den sich ein Ausdruck von unverhohlener Unlust malt. Ein weiteres Paar, einträchtig weißhaarig, das sind Schweden, angeblich Ichthyologen. Das weiß Karen von den Teilnehmerlisten für die Vorträge, die sie im Voraus bekommen haben. Die beiden sind ruhig und einander sehr ähnlich, keine angeborene Ähnlichkeit, sondern eine über lange Ehejahre hinweg erarbeitete. Ein paar jüngere Leute, für die es die erste Reise dieser Art ist. Sie sind sich noch nicht sicher, ob das antike Griechenland wirklich etwas für sie ist oder ob sie sich nicht lieber in die Geheimnisse der Orchideen oder nahöstliche Ornamentik um die Jahrhundertwende vertiefen möchten. Ist dieses Schiff der richtige Ort für sie, mit diesem alten Mann, der von den Zitrusfrüchten anfängt? Einen rothaarigen Mann mit hellem Teint betrachtet Karen länger, er trägt weite, auf den Hüften sitzende Jeans und streicht sich mit nachdenklicher Gebärde über den hellgelben Mehrtagebart. Das ist sicher ein Deutscher. Ein schöner Deutscher. Und noch ein paar andere Leute, die schweigend und konzentriert den Sprecher anschauen.

Das ist ein neuer Typ des Denkens, dachte Karen; er misstraut den Worten in Büchern, in den besten Lehrbüchern, Artikeln, Monographien und Enzyklopädien, im Studium ist er verspottet worden, jetzt kommt es ihm hoch. Verdorben durch die Leichtigkeit, mit der sich jede, auch die schwierigste Konstruktion, in ihre Grundbestandteile zerlegen lässt. Dadurch, dass jede nicht durchdachte Konstruktion ad absurdum geführt wird. Von der Übernahme immer wieder neuer Modesprachen, die – ähnlich wie die neueste Taschenmesserversion in der Werbung – mit allem alles machen können: Dosen öffnen, Fische ausnehmen, Romane interpretieren und die Entwicklung der politischen Situation in Zentralafrika prophezeien. Es ist ein Rebusdenken, ein Denken, das mit Verweisen und Anmerkungen umgeht wie mit Messer und Gabel. Ein Denken, das rational und diskursiv ist, einsam und steril. Ein Denken, das sich über alles bewusst ist, auch darüber, dass es nicht viel versteht, doch es bewegt sich schnell, ein flinker, intelligenter elektronischer Impuls, ohne Begrenzungen, der alles mit allem verbindet, überzeugt, dass alles zusammen etwas bedeutet, aber wir wissen nicht, was.

Der Professor machte sich nun mit Verve daran, die Etymologie des Namens Poseidon zu erklären, und Karen blickte aufs Meer.

Nach jedem Vortrag brauchte er ihre Bestätigung, dass es gut gewesen war. Wenn sie sich in der Kajüte zum Abendessen zurechtmachten, drückte sie ihn an sich, seine Haare rochen leicht nach Kamillenshampoo. Ausgehfertig – er in einem leichten dunklen Jackett, um den Hals den geliebten altmodischen Seidenschal, sie im grünen Seidenkleid – stellten sie sich mit dem Gesicht zum Fenster in die Mitte der engen Kajüte. Sie gab ihm eine Schale mit Wein, er trank einen Schluck und flüsterte ein paar Worte, dann tauchte er die Finger hinein und verspritzte Wein in der Kajüte, vorsichtig, damit der weiche kaffeebraune Teppich nicht verfleckte. Die Tropfen drangen in die dunklen Sesselbezüge, verschwanden zwischen den Möbeln, keine Spur würde von ihnen zurückbleiben. Sie tat dasselbe.

Beim Abendessen setzte er sich an ihren Tisch, den sie mit dem Kapitän teilten, er, jener goldene Mann, und sie bemerkte, dass ihr Gatte darüber gar nicht glücklich war. Doch der Mann war taktvoll und freundlich. Er stellte sich als Programmierer vor, sagte, er arbeite mit Computern und komme aus Bergen, unterhalb des Polarkreises. Er sei Norweger. Im milden Schein der Lampen erschienen seine Haut und Augen und das dünne Metallgestell der Brille wie aus Gold. Das weiße Leinenhemd bedeckte unnötigerweise den goldenen Oberkörper.

Der Mann hatte eine Frage zu einem Wort des Professors, das während des Vortrags gefallen und auch sachlich erklärt worden war.

»Kontuition«, sagte der Professor mit mühsam verhohlener Ungeduld, »das ist das, was ich gesagt habe, eine Art Einsicht, die spontane Offenbarung der Gegenwart einer Macht, die größer ist als die menschliche. Morgen werde ich dieses Thema näher ausführen«, setzte er mit vollem Mund hinzu.

»Ja«, antwortete sein Gegenüber hilflos, »aber was soll das heißen?«

Er wartete ungeduldig auf die Antwort, während der Professor, offenbar die Sammlungen in seinem abgrundtiefen Gedächtnis durchforschend, nachdachte, bis er schließlich unter Zuhilfenahme der Hand, die kleine Kreise in die Luft zeichnete, rezitierte:

»Du musst alles von dir werfen und nicht schauen, du musst gleichsam blinzeln und den Blick ändern, den anderen wecken, den in Wahrheit jeder in sich trägt, jedoch kaum jemand nutzt.«

Er errötete vor Stolz auf sich selbst.

»Das ist Plotin.«

Der Kapitän nickte mit Kennermiene und brachte dann einen Toast aus, weil es ihre fünfte gemeinsame Kreuzfahrt war.

»Auf unser kleines Jubiläum!«

Seltsamerweise dachte Karen, es würde auch die letzte sein.

»Auf dass wir uns im nächsten Jahr hier wieder treffen!«, sagte sie.

Angeregt erzählte der Professor dem Kapitän und dem rothaarigen Mann, der sich als Ole vorstellte, von seiner nächsten Idee.

»Eine Reise auf Odysseus' Spuren.« Er wartete einen Augenblick ab, damit sie über die Idee staunen konnten. »Natürlich nur annähernd. Man muss sich überlegen, wie man das organisiert…«, er warf einen Blick auf Karen.

»Odysseus hat dafür zwanzig Jahre gebraucht«, warf sie ein.

»Das macht nichts«, erwiderte der Professor fröhlich. »Heutzutage kann man das in zwei Wochen machen.«

Unwillkürlich kreuzte sich ihr Blick mit dem Oles.

In dieser oder der nächsten Nacht hatte sie einen Orgasmus, ganz von selbst, im Traum. Er hing auf irgendeine Weise mit dem rothaarigen Ole zusammen, aber wie, war ihr nicht klar, denn sie konnte sich nicht an vieles erinnern, was sich dort im Traum ereignet hatte. Sie hatte den goldenen Mann einfach erkannt. Sie erwachte und spürte eindeutige Kontraktionen im Unterbauch, war überrascht, erstaunt und schließlich beschämt. Unwillkürlich fing sie an zu zählen und bekam noch die letzten vier mit.

Als sie am nächsten Tag an der Küste entlangfuhren, musste Karen sich eingestehen, dass es an vielen Orten nichts mehr zu sehen gab.

Der Weg nach Elefsis – eine asphaltierte Straße mit sausenden Autos, dreißig Kilometer Hässlichkeit und Nichtssagendes, verdorrte Böschungen, Häuser aus Beton, Reklamen, Parkplätze und eine Erde, die sich mit nichts lohnend bebauen lässt. Speicher, Verladerampen, ein riesiger schmutziger Hafen, ein Heizkraftwerk.

Am Ufer angelangt, führte der Professor eine ganze Gruppe

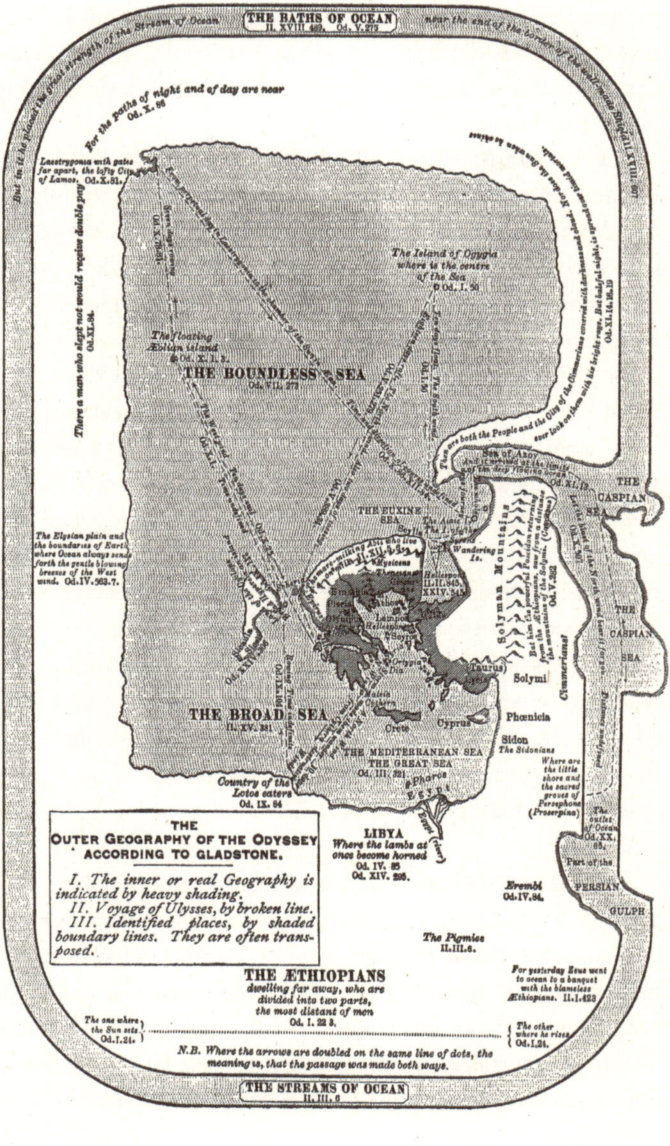
THE BATHS OF OCEAN
Il. XVIII 489. Od. V. 275
THE BOUNDLESS SEA
Od. VII. 273
THE BROAD SEA
Il. XV. 381
THE MEDITERRANEAN SEA
THE GREAT SEA
Od. III. 321
THE EUXINE SEA
THE CASPIAN SEA
Part of the PERSIAN GULPH
LIBYA
Where the lambs at once become horned
Od. IV. 85
Od. XIV. 295.
The Pigmies
Il.III.6.
Erembi
Od.IV.84.
Country of the Lotos eaters
Od. IX. 84
The Island of Ogygia where is the centre of the Sea
Od. I. 50
The floating Æolian island
Od. X. 1. 3.
Laestrygonia with gates far apart, the lofty City of Lamos. Od.X.81.
There a man who slept not would receive double pay
Od.XI.84.
For the paths of night and of day are near
Od. X. 86
The Elysian plain and the boundaries of Earth where Ocean always sends forth the gentle blowing breezes of the West wind. Od.IV.563.7.
Solyman Mountains
Cimmerians
Taurus
Solymi
Phœnicia
Sidon
The Sidonians
Cyprus
Crete
Pharos
Egypt
Where are the little shore and the sacred groves of Persephone (Proserpina)
The outlet of Ocean Od.XX. 65.
For yesterday Zeus went to ocean to a banquet with the blameless Æthiopians. Il.I.423
THE ÆTHIOPIANS
dwelling far away, who are divided into two parts, the most distant of men
Od. I. 22 3.
The one where the Sun sets Od.I.24.
The other where he rises Od.I.24.
N.B. Where the arrows are doubled on the same line of dots, the meaning is, that the passage was made both ways.
THE STREAMS OF OCEAN
Il. III. 6
THE OUTER GEOGRAPHY OF THE ODYSSEY ACCORDING TO GLADSTONE.
I. The inner or real Geography is indicated by heavy shading.
II. Voyage of Ulysses, by broken line.
III. Identified places, by shaded boundary lines. They are often transposed.

zu den ziemlich jämmerlich aussehenden Ruinen des Demetertempels. Als die Passagiere ihre Enttäuschung zum Ausdruck brachten, empfahl er ihnen, in ihrer Phantasie die Zeit zurückzudrehen.

»Diese Landstraße von Athen war damals schmal und kaum mit Steinen befestigt, schaut, ein Strom von wimmelnden Menschen zieht darüber in Richtung Elefsis, sie gehen und wirbeln dabei einen Staub auf, vor dem sich die größten Herrscher der Welt fürchten. Die Menge ruft aus Hunderten Kehlen.«

Der Professor blieb auf der Stelle stehen, drückte die Absätze in die Erde, stützte sich auf seinen Stock und sagte:

»Das mag sich ungefähr so angehört haben...« Er verstummte, um Luft zu holen, dann schrie er aus voller Kraft seiner alten Kehle. Seine Stimme klang plötzlich durchdringend und rein. Die erhitzte Luft trug seine Klage weiter, und einzelne Touristen, die zwischen den Steinen umherschweiften, hoben ebenso erstaunt die Köpfe wie der Eisverkäufer und die Arbeiter, die Absperrungen aufstellten, weil die Saison schon begann, und ein kleines Kind, das mit dem Stock einen verängstigten Käfer anstupste, und zwei Esel, die in der Ferne, auf der andren Seite des Hangs weideten.

»Iakchos, Iakchos...!«, schrie der Professor mit geschlossenen Augen.

Auch als er verstummte, hing sein Schrei noch in der Luft, und alle hielten eine halbe Minute, ein paar seltsame Sekunden lang den Atem an. Die Zuhörer waren von diesem exzentrischen Benehmen so betreten, dass sie einander nicht anzusehen wagten, und Karen war ganz rot geworden, als hätte sie den Schrei ausgestoßen. Sie trat ein paar Schritte zur Seite, um sich in ihrer Verlegenheit und der Hitze wieder zu fassen.

Doch der Greis wirkte kein bisschen aus dem Konzept gebracht.

»... und vielleicht ist es ja möglich ...«, hörte sie, »... in die Vergangenheit zu blicken, einen Blick hineinzuwerfen wie in ein Panoptikum, oder, liebe Freunde, die Vergangenheit zu behandeln als existierte sie noch und wäre nur in eine andere Dimension verlegt worden. Vielleicht muss man nur den Blick ändern, alles irgendwie schief ansehen. Denn wenn Zukunft und Vergangenheit unendlich sind, dann gibt es in Wirklichkeit kein ›einst‹. Verschiedene Momente der Zeit hängen wie Leintücher in der Luft, wie Bildschirme, die einen Moment ausstrahlen werden, die Welt besteht aus diesen unbeweglichen Momenten, großen Metaaufnahmen, und wir springen von einer zur anderen.«

Er hielt einen Augenblick inne, um zu verschnaufen, denn der Weg führte leicht bergauf, und kurz darauf hörte Karen, wie er seine Worte zwischen pfeifenden Atemzügen hervorstieß:

»In Wirklichkeit gibt es keine Bewegung. Es ist wie mit dieser Schildkröte aus dem Paradox von Zenon: Wir bewegen uns nirgendwohin, wandern allenfalls zum Innern eines Moments, und es gibt weder Begrenzung noch Ziel. Dasselbe könnte auch den Raum betreffen – da wir alle gleichermaßen von der Unendlichkeit entfernt sind, existiert auch kein Irgendwo –, niemand steckt in keinem Tag, an keinem Ort.«

Am Abend stellte Karen in Gedanken die Bilanz dieses Ausflugs auf: Sonnenbrand auf Nase und Stirn, ein blutig geschürfter Fuß. Ein scharfer Stein war unter den Riemen seiner Sandale geraten, und er hatte es nicht gemerkt. Das war eindeutig ein ernstes Zeichen der fortschreitenden Arteriosklerose, an der der Professor seit vielen Jahren litt.

Sie kannte diesen Körper gut, allzu gut: eingefallen und zerbrechlich die ausgetrocknete Haut voll brauner Flecken. Die letzten weißen Haare auf seiner Brust, der wackelnde Hals, der mit Mühe den zitternden Kopf trug, die dünnen Knochen unter dem dünnen Stoff der Haut und das Skelett, das aus Aluminium sein könnte, so vogelleicht war es.

Manchmal schlief er ein, bevor sie ihn ausziehen und ihm das Bett richten konnte, dann musste sie ihm behutsam Jackett und Schuhe abstreifen und ihn, verschlafen wie er war, dazu bewegen, sich ins Bett bringen zu lassen.

Jeden Morgen hatten sie dasselbe Problem: die Schuhe. Der Professor litt an einer unangenehmen Veranlagung – eingewachsenen Zehennägeln. Die Zehen waren geschwollen und entzündet, die Nägel hoben sich, rissen Löcher in die Socken und scheuerten schmerzhaft am Innern der Schuhe. Einen solchen schmerzenden Fuß in einen schwarzen Lederhalbschuh zu stecken wäre eine unnötige Grausamkeit gewesen. Deshalb trug der Professor im Alltag immer Sandalen, geschlossene Schuhe bestellten sie bei dem einzigen Schuster, den es in ihrer Gegend noch gab und der dem Professor für sagenhaftes Geld schöne weiche Schuhe anfertigte, locker und mit hohem Fußraum.

Am Abend bekam er Fieber, wahrscheinlich von der Sonne, deshalb verzichtete Karen auch auf das Abendessen bei Tisch und bestellte das Essen in die Kabine.

Als das Schiff am Morgen Delos ansteuerte, gingen sie gleich nach dem Zähneputzen und der mühsamen Rasur an Deck. Sie zerbröselten die mitgebrachten Kekse vom Vortag und warfen sie ins Meer. Es war früh, bestimmt schliefen alle noch. Die Sonne war eben noch rot gewesen und wurde jetzt immer heller und stärker. Das Wasser wurde golden wie Honig und zähflüssig, die Wellen schwiegen, und das große Sonnenbügeleisen bügelte auch die kleinste Falte heraus. Der Professor legte den Arm um Karen, das war angesichts dieser offensichtlichen Epiphanie die einzig mögliche Gebärde.

Sich noch einmal umschauen, schauen wie auf ein Bild, in dem sich unter Millionen Einzelheiten eine im Chaos verborgene Form befindet. Wenn man diese einmal erblickt hat, wird man sie nie mehr vergessen.

Ich werde nicht von jedem Tag dieser Reise erzählen und nicht jeden Vortrag wiedergeben – vielleicht wird Karen die Vorlesungen ja auch eines Tages herausgeben. Das Schiff zieht übers Meer, jeden Abend gibt es auf Deck Tanz, Passagiere lehnen sich mit ihren Gläsern in der Hand an die Reling und führen lässige Gespräche. Andere betrachten das nächtliche Meer, das kühle kristallene Dunkel, gelegentlich erhellt von den Lichtern großer Schiffe, Schiffe mit Tausenden von Passagieren, die jeden Tag einen anderen Hafen anlaufen.

Ich erwähne nur einen Vortrag, übrigens mein Lieblingsvortrag. Karen hatte ihn sich ausgedacht. Sie hatte ihm diesen Vorschlag gemacht, er solle doch von den Göttern erzählen, die auf den Seiten bekannter, populärer Bücher nicht vorkommen, die Homer nicht erwähnt und Ovid ignoriert hat, die sich nicht ausreichend mit Streit und Liebesgeschichten hervorgetan haben, die nicht besonders schrecklich und nicht besonders schlau sind, vergängliche Götter, die allenfalls von Steinsplittern, aus Erwähnungen, aus den Registern verbrannter Bibliotheken bekannt sind. Doch dank dieser Umstände ist ihnen etwas erhalten geblieben, was die Wohlbekannten auf immer verloren haben – die göttliche Unstetigkeit und Unfassbarkeit, das Fließende ihrer Gestalt, die Ungewissheit ihrer Genealogie. Diese Götter traten aus dem Dunkel und der Formlosigkeit, und sie fielen wieder dem Dunkel anheim. Wie auch jener Kairos, der immer an dem Punkt wirkt, wo die lineare Zeit der Menschen und die zyklische Zeit der Götter sich schneiden. Und auch an dem Punkt, wo Ort und Zeit sich schneiden, in dem Moment, der sich kurz öffnet, um diese eine, eigene, unwiederholbare Möglichkeit stattfinden zu lassen. Der Punkt, an dem die aus dem Nirgendwo ins Nirgendwo laufende Gerade einen Augenblick den Kreis berührt.

Mit flotten kleinen Schritten und außer Atem kam er herein, stellte sich an sein Pult – ein gewöhnlicher Restauranttisch – und zog ein Bündel unter dem Arm hervor. Sie kannte seine Methode. Das Bündel war ein Handtuch, direkt aus dem Badezimmer ihrer Kabine. Er wusste ganz genau – sobald er anfing, es auszuwickeln, würde Stille eintreten, und die Köpfe in der letzten Reihe würden sich nach vorn recken. Unter dem Handtuch war noch ihr roter Schal und dann schließlich blitzte etwas Weißes auf, ein Stück Marmor, wie man meinen konnte, ein Steinsplitter. Die Spannung im Saal erreichte ihren Höhepunkt, und er, wohl wissend, welche Neugier er geweckt hatte, zelebrierte es mit einem Anflug von ironischem Lächeln und dehnte seine Gesten wie im Film. Dann hob er dieses helle flache Stück auf der ausgestreckten Hand fast auf Augenhöhe und begann, Hamlet parodierend:

Wer ist der Bildhauer und woher?

Einer aus Sykion.

Und sein Vorname?
Lysippos.
Und wer bist du?
Kairos, der Allunterjocher.
Warum gehst du auf Zehenspitzen?
Ich eile unentwegt um die Welt.
Warum hast du Flügel an jedem Fuß?
Weil ich flüchtig bin wie der Wind.
Und in der Rechten, warum trägst du darin eine Klinge?
Den Menschen zum Zeichen, dass ich schärfer als jede Schneide bin.
Und die Haare, warum fallen sie dir in die Augen?
Damit mich der fassen kann, der mir entgegenkommt.
Doch – bei Zeus – warum bist du von hinten kahl?!
Damit niemand, den ich einmal mit meinen geflügelten Füßen überholt habe,
Mich von hinten packen kann, auch wenn er es wünschte.
Warum hat dich der Bildhauer geschaffen?
Um euretwillen, Fremdlinge, und als Lehre hat er mich in den Eingang gestellt.

Er begann mit diesem schönen Epigramm des Poseidippos, das einst als sein eigenes Epitaph stehen könnte. Der Professor trat an die erste Reihe und legte den Beweis für die Existenz der Gottheit in die Hände der Öffentlichkeit. Ein Mädchen – die mit dem großen verächtlichen Mund – nahm das Relief mit übertriebener Vorsicht in Empfang, vor Konzentration schob sie leicht die Zungenspitze vor. Sie reichte es weiter, und der Professor wartete schweigend, bis der kleine Gott die halbe Runde gemacht hatte, dann sagte er ungerührt:

»Sie brauchen sich nicht so anzustellen, das ist ein Gipsabguss aus dem Museumsladen. Fünfzehn Euro.«

Karen hörte das leise Lachen der Zuhörer, die sich regten, das Scharren der Stühle, ein offensichtliches Zeichen, dass sich die Spannung gelöst hatte. Er hatte gut angefangen. Wahrscheinlich hatte er heute einen guten Tag.

Leise stahl sie sich hinaus auf Deck und zündete sich eine Zigarette an, schaute auf die näher rückende Insel Rhodos und die großen Fähren, den um diese Jahreszeit noch menschenleeren Strand und die Stadt, die sich wie eine Insektenkolonie an der steilen Küste hinaufzog, der gleißenden Sonne entgegen. Dort stand sie, von einer großen Ruhe erfasst, die sie plötzlich von irgendwoher überkommen hatte.

Sie sah die Küste der Insel und ihre Grotten. Die Kreuzgänge und Kirchenschiffe, die das Wasser in den Fels gewaschen hatte, ließen sie an einen seltsamen Tempel denken. Irgendetwas hatte diesen über Millionen von Jahren erbaut, dieselbe Kraft, die jetzt ihren kleinen Dampfer trug und wiegte. Eine dichte, durchsichtige Kraft, die auch auf dem Land ihre Werkstätten hatte.

Dies sind die Urmuster der Kathedralen, schlanken Kirchtürme und Katakomben, dachte Karen. Diese gleichmäßig angeordneten Felsschichten an der Küste, die über Jahrhunderte zu vollkommener Rundheit geschliffenen Steine, die Sandkörner, die ovalen Öffnungen der Höhlen. Die Granitadern im Sandstein, ihr asymmetrisches, geheimnisvolles Muster, die gleichmäßige Küstenlinie der Insel, die Schattierungen des Sands auf dem Strand. Monumentale Bauwerke und kleine Schmuckstücke. Was sind dagegen die kleinen Häuser, die wie auf Schnüren aufgefädelt die Ufer säumen, die kleinen Häfen, Schifflein, diese Lädchen der Menschen, wo voller Dünkel alte Ideen in vereinfachter und verkleinerter Form verhökert werden?

Ihr fiel die Wassergrotte ein, die sie einst an der Adria gesehen hatten, die Grotte des Poseidon, in die einmal am Tag durch eine Öffnung im Deckengewölbe die Sonne schien. Sie erinnerte sich daran, wie bewegend sie den Anblick fand, als die Lichtsäule scharf wie eine Nadel in das grüne Wasser drang und einen Augenblick lang den sandigen Boden sichtbar werden ließ. Es dauerte nur einen Moment, dann bewegte sich die Sonne weiter.

Die Zigarette verschwand zischend im großen Mund des Meeres.

Er schlief auf der Seite, die Hand unter der Wange, mit halbgeöffnetem Mund. Das Hosenbein war hochgerutscht, und die graue Baumwollsocke wurde sichtbar. Sie legte sich behutsam neben ihn, schob den Arm um seine Taille und küsste ihn auf den Rücken unter der Wollweste. Wenn er starb, würde sie noch eine Zeitlang bleiben müssen, dachte sie unvermittelt, und sei es auch nur, um seine Sachen in Ordnung zu bringen und Platz für andere zu schaffen. Sie würde seine Aufzeichnungen sammeln, bearbeiten und wahrscheinlich herausgeben. Sie würde alles mit den Verlagen regeln, mehrere Bücher von ihm waren schon Lehrbücher. Und eigentlich stünde dem nichts im Wege, dass sie weiter seine Vorlesungen halten würde, sie wusste allerdings nicht, ob die Universität ihr das anbieten würde. Ganz bestimmt aber wird sie dieses mobile Poseidon-Seminar auf dem Spazierschiff weiterführen wollen (falls man sie einlädt). Dann würde sie wahrscheinlich viel Eigenes einarbeiten. Niemand hat uns gelehrt zu altern, dachte sie, wir wissen nicht, wie das ist. Wenn wir jung sind, kommt es uns so vor, als suche diese Krankheit nur andere heim. Wir selbst jedoch meinen aus nicht ganz geklärten Gründen, dass wir immer jung bleiben werden. Die Alten behandeln wir, als wären sie selber schuld, als hätten sie sich ihre Beschwerden wie Diabetes oder Sklerose selbst eingehandelt. Dabei fallen dieser Krankheit, dem Alter, doch die Unschuldigsten zum Opfer. Und als ihr die Augen schon zufielen, hatte sie noch einen Gedanken: Dass ihr Rücken dann ungedeckt bleiben würde. Wer würde sich dann an sie schmiegen?

Am Morgen war das Meer so ruhig und das Wetter so schön, dass alle an Deck gingen. Jemand behauptete, bei einem solchen Wetter könne man in weiter Ferne an der türkischen Küste den Berg Ararat erkennen. Aber sie sahen nur felsige Steilküste. Vom Meer aus wirkte das Massiv gewaltig, gesprenkelt mit hellen Flecken nackter Felsen, die wie Knochen aussahen. Der Professor stand gebückt, mit ihrem schwarzen Schal um den Hals und blinzelnden Augen. Karen sah ein Bild vor sich: Sie reisen unter Wasser, denn in Wirklichkeit ist das Wasserniveau hoch wie bei der Sintflut, sie bewegen sich im grünlichen Licht eines Raumes, der die Bewegungen verlangsamt und Worte erstickt. Ihr Schal klatscht nicht mehr laut im Wind, sondern wellt sich lautlos, und die dunklen Augen ihres Mannes betrachten sie weich und sanft, von den allgegenwärtigen salzigen Tränen verwaschen. Oles goldrotes Haar glänzt noch heller, und seine ganze Erscheinung ähnelt einem Tropfen Harz, der ins Wasser gefallen und sofort für immer erstarrt ist. Und hoch über ihren Köpfen entlässt eine Hand einen Vogel auf die Suche nach Festland, und bald darauf weiß man schon, wohin wir segeln, und dieselbe Hand zeigt auf einen Berggipfel, den sicheren Ort eines neuen Anfangs.

In diesem Augenblick hörte sie vorne einen Schrei, gefolgt

von einem hysterischen Warnsignal, und der Kapitän, der in der Nähe gestanden hatte, rannte zur Brücke, was Karen angesichts seiner stets zur Schau getragenen Vornehmheit erschreckte. Bald begannen auch die Passagiere zu schreien und mit den Armen zu fuchteln, die an der Reling hatten schreckgeweitete Augen und blickten nicht auf den mythischen Ararat, sondern nach unten. Sie spürte, wie das große Schiff so scharf bremste, dass das Deck unter den Füßen wegrutschte, im letzten Augenblick konnte sie die eiserne Reling fassen und wollte sofort nach der Hand ihres Mannes greifen, doch da sah sie den Professor wie in einem zurückspulenden Film mit kleinen Schritten rückwärts trippeln, auf seinem Gesicht malte sich Amüsiertheit gemischt mit Erstaunen, keinerlei Angst. Seine Augen sagen etwas wie: Halt mich! Dann sieht sie, wie er mit Kopf und Rücken gegen eine Eisentreppe schlägt, abprallt und auf die Knie sinkt. Gleichzeitig hört sie von der Vorderseite des Schiffes her einen krachenden Zusammenstoß, Schreie, dann das Aufklatschen von Rettungsreifen und den lauten Knall, mit dem das Rettungsboot aufs Wasser schlägt – wie Karen den Schreien entnahm, hatte ihr Schiff eine kleine Yacht gerammt.

Ringsum rappeln sich die Leute vom Deck auf, niemand hat sich verletzt, doch sie kniet neben ihrem Mann und versucht behutsam, ihn wieder zu sich zu bringen. Er blinzelt, blinzelt zu lange, dann sagt er ganz deutlich: »Heb mich auf!« Aber das geht schon nicht mehr, sein Körper versagt den Gehorsam, Karen bettet seinen Kopf auf ihre Knie und wartet auf Hilfe.

Dank der vorsorglich abgeschlossenen Zusatzversicherung des Professors konnte er noch am selben Tag im Hubschrauber von Rhodos ins Krankenhaus nach Athen gebracht werden, wo man ihn genauestens untersuchte. Der Tomograph zeigte ein weiträumiges Trauma der linken Gehirnhälfte und eine riesige Blutung, die sich nicht eindämmen ließ. Karen saß bis zum Schluss bei ihm und streichelte seine kraftlose Hand. Die rechte Körperhälfte war völlig gelähmt, das Auge war halbgeschlossen geblieben. Karen hatte seine Kinder angerufen, bestimmt waren sie schon unterwegs. Sie saß die ganze Nacht bei ihm, flüsterte ihm ins Ohr, glaubte, dass er sie hörte und verstand. Sie führte ihn eine staubige Straße entlang, zwischen Reklameschildern, Lagerhallen, Rampen, schmutzigen Garagen, über die Böschung einer Autobahn, die ganze Nacht.

Doch genährt vom Zufluss aus den Blutgefäßen schwoll der rote Ozean im Kopf des Professors an und überschwemmte weitere Teile – zuerst die Ebenen Europas, wo er geboren und aufgewachsen war. Unter den Fluten verschwammen Städte, Brücken und Dämme, die Generationen von Vorfahren mit so viel Mühe errichtet hatten. Der Ozean unterspülte die Schwelle ihres strohgedeckten Hauses und drang kühn ins Innere. Das Meer bedeckte den Steinboden mit dem roten Teppich und den allsamstaglich gescheuerten Küchenboden, dann löschte es das Feuer im Kamin und erfasste die Schränke und Tische. Anschließend ergoss es sich auf die Bahnhöfe und Flughäfen, von denen aus der Professor in die Welt aufgebrochen war. Die Städte, die er bereist hatte, versanken darin, die Straßen, wo er in gemieteten Zimmern gewohnt hatte; die billigen Hotels, in denen er abgestiegen war, die Restaurants, in denen er gegessen hatte. Die glänzende rote Oberfläche des Meeres hatte schon die ersten Regalfächer seiner geliebten Bibliotheken erreicht, die Seiten in den Büchern quollen auf, auch in den Büchern, die seinen

Namen auf dem Titel trugen. Die karminrote Zunge leckte an den Buchstaben, und der schwarze Druck löste sich unter ihr auf. Die Fußböden und Treppen, über die er gegangen war, um die Schulzeugnisse seiner Kinder abzuholen, saugten sich mit Röte voll, und auch der Läufer, auf dem er stolz geschritten war, um seine Professur anzutreten. Rote Flecken breiteten sich schon über das Bettzeug, in das er zum ersten Mal mit Karen gesunken war, um die Fesseln ihrer reifen, unbeholfenen Körper zu lösen. Die zähe Flüssigkeit verklebte ein für alle Male die Fächer seiner Brieftasche, in der er Kreditkarten, Flugscheine und Fotos seiner Enkelkinder aufbewahrte. Die Strömung schwappte über Bahnhöfe, Gleise, Flughäfen und Startbahnen, kein Flugzeug würde mehr abheben, kein Zug mehr einlaufen.

Das Meer stieg gnadenlos, erfasste Worte, Begriffe, Erinnerungen, unter ihm erloschen die Straßenlaternen, platzten die Glühbirnen, in den Kabeln kam es zum Kurzschluss, das ganze Netz der Verbindungen verwandelte sich in ein lebloses Spinnennetz, nutzlos, beschädigt, ein taubes Telefon. Die Bildschirme erloschen. Und schließlich drang dieser träge endlose Ozean auch unter das Krankenhaus, und Athen selbst stand im Blut, die Tempel, heiligen Pfade und Haine, die um diese Zeit leere Agora, die helle Statue der Göttin und ihr Olivenbaum.

Sie war an seiner Seite, als die nutzlos gewordenen Apparate endgültig abgestellt wurden und die sanften Hände einer griechischen Krankenschwester sein Gesicht mit einem Leintuch zudeckten.

Die Leiche wurde eingeäschert, die Asche streute sie gemeinsam mit seinen Kindern über der Ägäis aus, weil sie meinten, ein solches Begräbnis würde ihm am besten gefallen.

Ich bin

Ich habe mich weiterentwickelt. Wenn ich früher an einem fremden Ort aufwachte, dachte ich immer zuerst, ich sei zu Hause. Erst allmählich erkannte ich die unbekannten Einzelheiten, die das Tageslicht jetzt offenlegte. Die schweren Hotelvorhänge, der Klotz des Fernsehers, meinen zerwühlten Koffer, die weißen, säuberlich gefalteten Handtücher. Ein neuer Ort tat sich hinter den Vorhängen auf, verschleiert, geheimnisvoll, meistens cremeweiß oder gelb vom Licht der Straßenlaternen.

Dann kam ich in die Phase, die Reisepsychologen als »Ich-weiß-nicht-wo-ich-bin-Phase« bezeichnen. Ich wachte vollkommen desorientiert auf. Wie ein Alkoholiker auf Entzug konnte ich mich nur mit Mühe auf das besinnen, was ich am vorhergehenden Abend gemacht hatte, wo ich gewesen war und wohin es mich verschlagen hatte, nacheinander musste ich jeden einzelnen Schritt durchgehen, um das Jetzt und Hier einordnen zu können. Je länger diese eigenartige Prozedur dauerte, umso größer wurde die Panik, ein unangenehmer Zustand, ähnlich wie eine Erkrankung des Ohrlabyrinths, die mit einem Verlust des Gleichgewichtssinns und Übelkeit einhergeht. Wo zum Teufel bin ich. Doch die Details der Welt sind gnädig und führten mich schließlich auf den rechten Pfad. Ich bin in M. Ich bin in B. Dies ist ein Hotel, und das ist die Wohnung meiner Freundin, das Gästezimmer bei Familie N. Ein Sofa bei Bekannten.

Solch ein Erwachen war wie ein Abstempeln des Billetts zur Weiterreise.

Die nächste Etappe, die dritte, ist der Reisepsychologie zufolge die bedeutendste, die Krönung, die das letztendliche

Ziel darstellt: Wohin wir auch reisen, wir reisen immer darauf zu. »Es ist nicht wichtig, wo ich bin.« Es ist egal, wo ich bin. Ich bin.

Vom Entstehen der Gattungen

Wir sind Zeugen des Erscheinens neuer Wesen auf der Welt, die bereits alle Kontinente und den größten Teil der ökologischen Nischen erobert haben. Sie treten in Rudeln auf, werden vom Wind weitergetragen und legen mühelos große Entfernungen zurück.

Jetzt sehe ich sie aus dem Busfenster, diese Seerosen der Winde, ganze Herden, die in der Wüste nomadisieren. Verstreute Einzelgänger klammern sich krampfhaft an die kleinen Wüstenpflanzen und knattern lärmend – vielleicht ist das ihre Art der Verständigung.

Experten behaupten, Plastiktüten seien ein neues Kapitel der Existenz, sie stellen die seit Ewigkeiten gültigen Gesetze der Natur auf den Kopf, denn sie bestehen nur aus ihrer eigenen Oberfläche, im Innern sind sie leer, und diese historisch einmalige Absage an jeglichen Inhalt verschafft ihnen einen unverhofft großen evolutionären Nutzen. Sie sind flexibel und leicht, dank der Tragschlaufen können sie sich an Gegenständen oder Organen anderer Wesen haken und so ihren Lebensbereich ausdehnen. In Vorstädten und auf Müllhalden haben sie ihren Anfang genommen und es geschafft, im Laufe einiger windiger Jahreszeiten in die Provinz und bis zu abgelegenen Einöden vorzustoßen. Sie haben die Erde in ihrer riesigen Weite in Besitz genommen, von den großen Autobahnkreuzen bis hin zu den Stränden in Meeresbuchten, von den öden Plätzen vor Supermärkten bis hin zu den zerklüfteten Hängen des Himalaja. Auf den ersten Blick erscheinen sie zart und schwach, aber das ist eine Täuschung, sie sind langlebig, fast unverwüstlich, ihre flüchtigen Körper zerfallen nach dreihundert Jahren.

Noch nie haben wir es mit einer so aggressiven Existenzform zu tun gehabt. Manche meinen in metaphysischer Verzückung, ihre Natur erfasse die ganze Welt, unterwerfe die Kontinente, dies sei die reine Form, die ihren Inhalt sucht, dieses Inhalts jedoch sofort wieder überdrüssig wird und sich wieder dem Wind anheimgibt. Sie sei das wandernde, zu einem unwirklichen »Dort« gehörende Auge, der heimliche Beobachter, der auch Teil dieses Panoptikums ist. Andere, die mit den Füßen fester auf dem Boden stehen, vertreten die Meinung, die Evolution fördere derzeit flüchtige Formen, die die Welt kurzfristig besiedeln, dafür aber allgegenwärtig sind.

Der endgültige Fahrplan

Das Ziel dieser Pilgerfahrt war ein anderer Pilger; heute, zum Abschluss, in Plexiglas geschmolzen oder (wie in den anderen Sälen) der Plastination unterzogen. Ich musste meine Zeit in der Schlange abstehen, um es zu sehen und mit anderen an herrlich beleuchteten und zweisprachig beschrifteten Exponaten vorbeizuziehen. Was da vor unseren Augen ausgebreitet lag, sah aus wie kostbare Waren, die man für beträchtliches Geld über die Meere hierher gebracht hatte, um sie hier als Augenweide darzubieten.

Zuerst sah ich mir die säuberlich angelegten Präparate in Plexiglas an, Fragmente des Körpers, man könnte sagen, eine Ausstellung von Schrauben, Jochbeinen, Verbindungsnähten und Gelenken, kleine, in der Regel missachtete Körperteile, deren Existenz wir oft einfach vergessen. Das ist eine gute Methode: kein Zugang von Luft, keine Verdunstung, keine Gefahr der Beschädigung. Wenn ein Krieg käme, hätte dieser Unterkiefer, den ich hier vor mir habe, eine Überlebenschance, sogar in Schutt und Asche. Wenn ein Vulkan ausbräche, das Meer über die Ufer träte, die Erde einstürzte – zukünftige Archäologen könnten sich an diesem Fund erfreuen.

Aber das ist erst der Anfang. Die Pilger ziehen schweigend in einer langen Reihe vorbei, die hinteren treiben die vorderen sanft zur Eile an. Was haben wir hier, was kommt gleich, welchen Körperteil zeigen uns die gewieften Plastinierer, die Erben der Einbalsamierer, Tierausstopfer, Anatomen und Hautpräparatoren.

Hier nun eine aus dem Körper gezogene Wirbelsäule in einem Glaskasten. In ihrer natürlichen Krümmung erinnert sie an den Fremden, den Passagier, der im menschlichen Körper zu seinen Zielen reist, ein riesiger Vielbeiner. Ein aus Fühlern und Nervensträngen zusammengesetzter Gregor Samsa, bestehend aus einem mit Blutgefäßen durchflochtenen Rosenkranz kleiner Knöchlein. Darauf kann man die »Ewige Ruhe« viele Male beten, bis sich jemand zu guter Letzt erbarmt und uns gestattet, ewig zu ruhen.

Dann kam ein ganzer Mensch: der Körper – oder besser gesagt, der Korpus, der Länge nach halbiert, zeigte die faszinierende Ordnung der inneren Organe. Die Niere fiel durch ihre verblüffende Schönheit auf, ein monströser Bohnenkeim, der heilige Keim der Göttin der Unterwelt.

Im nächsten Saal dann ein Mensch, ein männlicher Körper, schlank, mit schrägen Augen, der trotz fehlender Augenlider und Haut uns, den Pilgern, die Ausgangs- und Zielpunkte der Muskeln zeigte. Weißt du, dass die Muskeln immer näher an der Zentrallinie des Körpers ihren Anfang nehmen und auf den Außenrand des Körpers zulaufen? Und dass *dura mater* kein exotischer Pornostar ist, sondern die Hirnrinde? Und dass die Muskeln vom Anfangs- bis zum Endpunkt verlaufen? Und dass der stärkste Muskel des Körpers die Zunge ist?

Vor dem nur aus Muskeln bestehenden Exponat überprüften die Pilger unwillkürlich, ob die Beschriftung zutreffend war, und spannten ihre quergestreifte Skelettmuskulatur, die Muskeln, die unserem Willen gehorchen. Leider gibt es auch ungehorsame Muskeln, über die wir keine Macht haben, wir können mit ihnen nichts machen. Sie haben sich in grauer Vorzeit in uns niedergelassen und herrschen jetzt über unsere Reaktionen.

Dann erfuhren wir viel über die Arbeit des Hirns und darüber, dass wir einem mandelgroßen Teil des Hirns die Wahrnehmung von Gerüchen, den Ausdruck von Emotionen und den Kampf- und Fluchtinstinkt verdanken. Dem Hippocampus hingegen, dem Seepferdchen, das Kurzzeitgedächtnis.

Das Septum wiederum ist ein kleiner Abschnitt im mandelförmigen Körper, der das Verhältnis zwischen Wohlgefühl und Abhängigkeit reguliert. Darüber sollte man etwas wissen, wenn es darum geht, sich mit seinen Lastern auseinanderzusetzen. Man sollte wissen, zu wem man um Hilfe und Unterstützung betet.

Das nächste Schaustück bestand aus einem Hirn und den peripheren Nerven, die akkurat auf einer weißen Fläche ausgebreitet waren. Diese rote Zeichnung auf weißem Grund hätte man für die Karte eines U-Bahn-Netzes halten können: Da war die Hauptstation, von der die Hauptverkehrsarterie abging, während andere Linien seitlich abzweigten. Gut erdacht – das muss man zugeben.

Die modernen Präparate waren vielfarbig und grell; Blutgefäße, Adern und Schlagadern wurden in Flüssigkeit gezeigt, um ihr dreidimensionales Netz schön prall hervortreten lassen zu können. Die Lösung, in der sie schwimmen, ist bestimmt Kaiserling III, diese konserviert offenbar am besten.

Wir schoben uns noch am ›Nur aus Blutgefäßen bestehenden Menschen‹ vorbei, der aussah wie eine anatomische Version eines Geistes. Ein Geist, der hell erleuchtete, gekachelte Räume heimsucht, eine Mischung von Schlächterei und Kosmetiklabor. Wir seufzten alle auf, nie hätten wir gedacht, dass wir so viele Adern haben, kein Wunder, dass wir beim kleinsten Eingriff in die lückenlose Hautfläche bluten.

Sehen ist wissen, wir hatten keinen Zweifel. Am besten gefielen uns alle Arten von Querschnitten.

Ein solcher Mensch-Körper liegt in Scheiben geschnitten vor uns. So haben wir die Möglichkeit, ihn aus ganz außerordentlichen Blickwinkeln zu betrachten.

Konservierung mit Polymeren Schritt für Schritt

- Zuerst wird der Körper traditionell zur Sektion vorbereitet. Dazu gehört auch das Auspumpen von Blut.
- Bei der Sektion wird offengelegt, was man zeigen will. Wenn es beispielsweise um Muskeln geht, muss man Haut und Fettgewebe eliminieren. In dieser Phase bringt man den Körper in die gewünschte Position.
- Anschließend taucht man das vorbereitete Präparat in ein Azetonbad, um alles Wasser daraus zu entfernen.
- Das entwässerte Präparat wird dann in ein Bad aus Silikonpolymer getaucht und in einer Vakuumkammer eingeschlossen.
- In dem Vakuum verdampft das Azeton, und an seine Stelle tritt das Silikonpolymer, das in die tiefsten Zellen des Gewebes eindringt.
- Das Silikon wird fest, bleibt aber elastisch.

Ich berührte auch Niere und Leber – sie lassen einen an Gummispielzeuge aus hartem Kautschuk denken, an einen Ball, wie man ihn Hunden zum Apportieren bringt. Die Grenze zwischen dem Künstlichen und dem Echten wird hier sehr suspekt. Ich hatte auch das beunruhigende Gefühl, dass diese Technik das Original für immer zur Kopie macht.

Boarding

Er hat die Schuhe ausgezogen, den Rucksack neben sich auf den Boden gestellt und wartet jetzt darauf, dass sie ins Flugzeug gelassen werden. Er hat einen dunklen Mehrtagebart, kaum noch Haare auf dem Kopf, sein Alter liegt irgendwo zwischen vierzig und fünfzig. Er sieht aus wie ein Mensch, dem vor nicht allzu langer Zeit bewusst geworden ist, dass er sich von anderen nicht besonders unterscheidet, man könnte sagen: Er hat eine Art Aufklärung hinter sich. Die Reste dieses Schocks sind noch auf seinem Gesicht ablesbar: Die Augen schauen nur nach unten, in die Gegend der Schuhe, wahrscheinlich um nicht mit dem Blick andere zu streifen; keine Gestik und Mimik, sie sind überflüssig geworden. Nach einer Weile zieht er ein Heft heraus, ein hübsches Notizbuch, handgeheftet, wahrscheinlich hat er es in einem Laden gekauft, wo man für viel Geld Dinge kaufen kann, die billig in der Dritten Welt hergestellt worden sind; auf dem Umschlag aus Recyclingpapier steht in schwarzen Druckbuchstaben: Traveller's Log Book. Es ist zu einem Drittel voll geschrieben. Er legt es aufgeschlagen auf seine Knie, und sein schwarzer Gel-Stift beginnt den ersten Satz.

Jetzt ziehe ich auch mein Bordtagebuch heraus und beschreibe diesen schreibenden Mann. Es ist durchaus wahrscheinlich, dass er jetzt schreibt: »Eine Frau, die etwas aufschreibt. Sie hat die Schuhe ausgezogen, den Rucksack neben sich auf den Boden gestellt…«

Geniert euch nicht – ihr anderen, meine ich, die ihr auch aufs Einsteigen wartet –, nehmt eure Tagebücher raus und schreibt. Wir, die Aufschreibenden, sind ja zu vielen. Wir lassen uns nicht anmerken, dass wir einander betrachten, wir heben den Blick nicht von unseren Schuhen. Wir werden uns gegenseitig aufschreiben, das ist die sicherste Form der Kommunikation, wir werden einander in Buchstaben und Initialen verwandeln und auf den Seiten der Notizbücher verewigen, wir werden uns plastinieren, ins Formalin der Sätze versenken.

Nach der Rückkehr nach Hause stellen wir das vollgeschriebene Tagebuch zu den anderen, in einer Schachtel hinter dem Schrank bewahren wir sie auf oder in der untersten Schreibtischschublade, in einem Fach im Nachtschränkchen. Dort haben wir über unsere Reisen berichtet, angefangen von den Vorbereitungen bis hin zur glücklichen Rückkehr. Über den hinreißenden Sonnenuntergang an einem schmutzigen, mit Plastikflaschen übersäten Strand und einen bestimmten Abend in einem überheizten Hotel. Die exotische Straße, wo ein kranker Hund uns um Essen angebettelt hat, wir aber nicht einen Krümel hatten, und die Kinder, die uns in dem Städtchen umringten, wo der Autobus den überhitzten Kühler kalt werden lassen musste. Ein Rezept für Erdnusssuppe befindet sich darin, die wie ein Sud aus Putztüchern schmeckte, und ein Feuerschlucker mit versengten Lippen. Wir haben minutiös unsere Ausgaben aufgelistet und erfolglos versucht, die Form eines Ornaments aufzuzeichnen, das in der Metro kurzfristig unsere Aufmerksamkeit gefesselt hat. Ein seltsamer Traum, den wir im Flugzeug hatten, und die Anmut einer buddhistischen Nonne, die an irgendeinem Ort eine Zeitlang vor uns in der Schlange gestanden hat. Hier wird alles stehen, sogar der stepptanzende Matrose am leeren Kai, wo einst Passagierschiffe ablegten.

Wer wird das lesen?

Gleich wird das Gate geöffnet. Die Stewardessen machen sich schon am Pult zu schaffen, und die Passagiere, die bis jetzt in Lethargie versunken waren, erheben sich von ihren Plätzen, rufen ihr Handgepäck zur Ordnung. Sie suchen ihre Bordkarten, legen die nicht ausgelesenen Zeitungen ohne Bedauern beiseite. Jeder nimmt im Kopf eine stumme Gewissenserforschung vor: Ist alles da – Pass, Ticket und Bordkarte? Hat er Geld gewechselt? Und wohin fliegt er? Und warum? Wird er dort finden, was er sucht, hat er die richtige Richtung eingeschlagen?

Die Stewardessen, schön wie Engel, prüfen unsere Reisekompetenz und erlauben uns mit sanfter Hand, in die weichen, mit Teppich ausgelegten Wölbungen des Tunnels zu sinken, der uns an Bord des Flugzeugs führt und dann, auf einem stürmischen kalten Weg, zu neuen Welten. In ihrem Lächeln verbirgt sich, wie uns scheint, ein Versprechen, dass wir vielleicht Neugeborene werden, diesmal zur rechten Zeit am rechten Ort.

Itinerarium

1. Wien – Narrenturm, Pathologisch-anatomisches Bundesmuseum, Spitalgasse 2
2. Wien – Josephinum, Museum des Instituts für Geschichte der Medizin, Währinger Str. 25
3. Dresden – Deutsches Hygiene-Museum, Lingnerplatz 1, Gläserner Mensch
4. Berlin – Berliner Medizinhistorisches Museum der Charité, Charitéplatz 1
5. Leiden – Museum Boerhaave, St. Caecilia Hospice, Lange St. Agnietenstraat 10
6. Amsterdam – Vrolik Museum, Academisch Medisch Centrum, Meibergdreef 15
7. Riga – Paul Stradina Medicīnas vēstures muzejs, 1 Antonijas iela, sowie Jēkaba Prīmana anatomijas muzejs, Kronvalda bulvāris 9
8. Sankt Petersburg – Muzej antropologii (Kunstkamera), Universitetskaja naberezhnaja 3
9. Philadelphia – Mütter Museum, 19 South 22nd Street

Zitate

S. 32: E. M. Cioran, Der zersplitterte Fluch, Aphorismen. Aus dem Französischen von Verena von der Heyden-Rynsch, Suhrkamp Verlag, Frankfurt am Main 1987

S. 96–113: Alle Zitate aus Moby Dick nach: Moby Dick oder: Der Wal, hrsg. von Norbert Wehr; dt. Übersetzung von Friedhelm Rathjen, Zweitausendeins, Frankfurt am Main 2004

Im Buch wurden Landkarten aus folgender Quelle verwendet: The Agile Rabbit Book of Historical und Curious Maps, The Pepin Press, Amsterdam 2005

S. 11: Comparative overview of important rivers (undatiert)

S. 48: Details of St. Petersburg (1850)

S. 91: Boufarik, Algeria (1882)

S. 209: Chinese map (1984)

S. 257: Nova Zembla, Russia (1855)

S. 290/291: Russian map (undatiert)

S. 416: Plan of Jerusalem, based on a manuscript from 1200 (undatiert)

S. 418: New York, USA (undatiert)

S. 435: The wanderings of Odysseus represented on a map reconstructed from the Odissey (1911)

Literaturnobelpreisträgerin

OLGA TOKARCZUK

Ihr Werk im Kampa Verlag

Die grünen Kinder

Bizarre Geschichten

Deutsch von Lisa Palmes und Lothar Quinkenstein

»Olga Tokarczuks Werk zeigt in exemplarischer Weise, welch innovative Formen künstlerisches Erzählen im 21. Jahrhundert annehmen kann. Damit setzt sie Maßstäbe für die Weltliteratur.«
Gerhard Gnauck / Neue Zürcher Zeitung

Die Jakobsbücher

Roman

Deutsch von Lisa Palmes und Lothar Quinkenstein

»Tokarczuks Bücher reißen Fenster zur Welt weit auf. 1000 sensible, zärtliche, trauererfüllte Seiten sind denkbar größte Literatur.«
Fabian Wolff / Süddeutsche Zeitung

Unrast

Roman

Deutsch von Esther Kinsky

»Rührend, großzügig, klug und zutiefst beglückend.«
Carolin Emcke

Letzte Geschichten

Roman

Deutsch von Esther Kinsky

»Weil *Letzte Geschichten* vom Sterben handelt, ist es auch ein Buch über das Leben. Dem Verschwinden der Dinge und der Erfahrungen setzt Olga Tokarczuk ihre poetische Imaginationskraft entgegen.«
Jörg Magenau / Falter, Wien

Taghaus, Nachthaus
Roman
Deutsch von Esther Kinsky

»Ein Roman, der die Welt der Träume und des Wachens auf einzigartige Weise verbindet, und zwar so, wie es sonst nur das Leben kann.«
Süddeutsche Zeitung

Ur und andere Zeiten
Roman
Deutsch von Esther Kinsky

»Eine grandiose Parabel.«
Ilma Rakusa / Neue Zürcher Zeitung

Gesang der Fledermäuse
Roman
Deutsch von Doreen Daume

»Tokarczuk zeigt erneut ihr ganzes stilistisches Können.«
Marta Kijowska / Frankfurter Allgemeine Zeitung

Der Schrank
Erzählungen
Deutsch von Esther Kinsky

»Olga Tokarczuk ist eine Meisterin im Schaffen von Welten, innerhalb derer sie viele weitere Welten ineinander verschachtelt oder miteinander verknüpft.«
Doreen Daume / Die Presse, Wien

Die verlorene Seele
Mit Illustrationen von Joanna Concejo
Deutsch von Lothar Quinkenstein

»Ein nachdenkliches, stilles und schönes Buch.«
Stephanie von Oppen / Deutschlandfunk Kultur